JN412015

판사 이한영

판사 이한영

1판 1쇄 발행 2026년 2월 9일

지은이 이해날

발행인 김성룡
매니지먼트 ㈜스마트빅/월하담
교정 심영미
표지 디자인 은디자인
본문 디자인 김민정

펴낸곳 도서출판 가연
주소 서울시 마포구 월드컵북로 4길 77, 3층
구입문의 02-858-2217
팩스 02-858-2219

ISBN 978-89-6897-141-9 04810

무너진 정의, 돌아온 판사, 확실한 형벌을 약속합니다

판사 이한영

2

이해날

장편소설

01

그날 밤.

이한영은 탁상용 달력을 들고 고심에 빠져 있었다.

달력에는 붉은 펜으로 이리저리 동그라미가 그려져 있고 암호인지 뭔지 알 수 없는 글씨가 빼곡히 적혀 있다. 지난번 배추밭 사건 때 막을 수 있는 일은 막아야겠다고 생각하며 기억나는 사건을 일일이 적어둔 거다.

물론 아직 채워야 할 일은 수없이 많았다. 한 치 앞을 볼 수 없는 검은 물속에 가라앉은 기억의 조각들은 손으로 헤집어도 떠오르지 않고 있었으니까.

이한영은 눈을 가늘게 뜨고 손가락으로 달력을 툭툭 건드렸다.

'중요한 걸 잊고 있는 것 같은데…….'

찝찝한 뭔가가 존재한다. 하지만 기억나지 않는다.

'뭐지?'

바윗덩이가 쿵 내려앉은 것처럼 답답한 가슴이다. 그때 이한영의 휴대폰에 진동이 울렸다.

"어, 정호야."

-야, 이거 어떡해? 주식, 계속 떨어지고 있어. 이제 500원대로 내려갈 것 같아.

이한영은 석정호의 주머니에 주식을 담고 있었다. 700원 정도까지만 떨어질 줄 알았는데 500원이라니, 조금 손해 본 기분이다. 하지만 얼마 지나지 않아 폭등할 게 분명한 주식이라 크게 아깝다는 생각은 들지 않는데, 미래를 모르는 석정호는 잠도 못 자고 서성이는 모양이다.

-지금이라도 뺄까?

"우리 돈 남았나?"

-돈? 돈은 왜? 너 설마? 안 돼! 못 해! 한영아, 나 속 편하게 살고 싶어. 일어나면 게임만 하던 내가 요새는 신문을 다 보고 앉아 있어. 정말 답답했는지 가슴을 치는 소리가 수화기 너머로 들려온다.

-내가 무슨 생각마저 한 줄 알아? 이 주식을 이렇게 만든 그 회사 대표 놈 찾아서 멱살이라도 흔들고 싶었다니까! 이 주식 망했다고 쓰는 기자 놈들 찾아가서 침이라도 뱉고 싶어!

'기자를 찾아가서 침을 뱉고 싶어?'

이한영의 눈동자가 달력으로 향했다.

'맞아.'

이한영은 석정호에게 고생하라는 말을 남기고 통화 종료 버튼을 눌렀다. 그리고 다시 달력을 손에 들었다.

"추용진 이 미친 새끼."

* * *

탁, 테이블 아래로 신문이 던져졌다.

"드림일보?"

"네, 드림일보 기자가 피해자들을 만나고 다닌다고 합니다."

"피해자들은 무슨, 돈 받아먹으려고 안달 난 병신들이지."

추용진 시장이 비서실장을 등지고 창가에 섰다. 그의 시선이 시청 정문 앞에 있는 피해자들에게 향한다. 서늘한 눈빛이다.

비서실장이 계속 입을 연다.

"낮에 당 대표 비서실에서도 연락이 왔습니다."

"뭐래?"

"이번 재판에서 이길 수 있냐고 물어봤습니다."

"대답은?"

"그렇다고 했습니다."

"그러니까?"

"불똥 튀지 않게 잘하라는 말만 했습니다."

추용진 시장이 입꼬리를 끌어 올렸다.

"돈은 받아놓고 나 혼자 알아서 해라? 발 빼기 들어간 거야?"

"아무래도 언론이 움직여서 그런 것 같습니다. 대통령의 시작을 우리 당의 사건으로 열 수는 없으니까요."

"하여튼 위에 있는 새끼들은 아래 있는 사람들이 어려움에 부딪히면 도와줄 생각은 안 하고 눈부터 감아."

"그래도 이번 일만 무사히 넘기시면 조만간 있을 총선 때 중앙으로 가실 수 있습니다."

추용진 시장이 입술을 핥았다.

중앙이라는 단어는 언제 들어도 매력적인 말이다.

"에스로펌을 믿을 수 있겠지?"

"국내 최고 중 하나니까요."

"하지만 우리 일에 에스로펌만 믿고 있을 수는 없잖아?"

추용진 시장은 블라인드를 내렸다. 들어오던 빛이 일그러지며 피해자들의 모습이 눈에 보지지 않게 되었을 때 그가 말했다.

"시청 정문에 쓰레기가 많아. 오래 내버려두니까 냄새나. 저놈들 안 봤으면 좋겠는데."

추용진 시장은 매음굴의 포주를 하던 사람이다. 그러다 그 지역 일대가 재개발이 되며 큰돈을 손에 쥔 후 부동산 투자로 돈을 벌기 시작하며 이미지 세탁을 이어갔다. 돈을 내고 대학과 대학원을 거치며 인맥을 넓히고 이 자리까지 왔다. 적어도 이 시에서는 그를 건들 수 있는 사람이 없었다.

추용진 시장이 얼음장 같은 눈빛을 보이며 몸을 돌려 비서실장을 향했다. 그가 뚜벅뚜벅 걸으며 아까 땅에 던진 신문을 짓밟는다.

신문엔 송나연 기자가 작성한 '산사태로 도로 유실, 폭우에 대비했다면 일어나지 않았을 참사. 피해자들의 슬픔을 외면하다'라는 제목이 적혀 있다.

"떨거지들 몇 잡아서 한 200만 원 던져 줘. 모자란다고 하는 새끼 있으면 돈백 더 주고. 그리고 언론에 내도록 해. 우리는 이 사건에 잘못이 없다, 하지만 피해자의 마음을 이해하고 슬픈 마음을 달래기 위해 애쓰고 있다, 시장이 개인 주머니를 털어서 보상하려 했지만 피해자들은 더 큰돈을 바라며 거부한다. 어때, 괜찮지?"

비서실장이 허리를 굽힌다.

"네."

"그리고 이 재판 담당이 누구라고?"

"이한영 판사라고 합니다."

"자리 한번 마련해."

* * *

며칠의 시간이 지났다.

여전히 칼날 같은 바람은 사람들의 몸을 움츠리게 한다. 피해자들은 팻말을 정리하며 고생했다고 한마디씩 전했다.

사람들이 삼삼오오 사라졌을 때 여중생 딸을 잃은 남자의 뒤로 누군가가 따라붙었다.

"저기요."

낯선 목소리에 남자가 고개를 돌린다.

"아, 기자님?"

송나연 기자였다. 눈을 마주친 그녀가 미소를 그리며 찻길 건너 커피숍을 가리킨다.

"따듯한 아메리카노 한잔하시겠어요?"

"네, 좋습니다."

두 사람은 횡단보도 앞에 섰다.

송나연 기자가 차가운 바람을 막기 위해 옷을 여미며 말했다.

"기사 반응 괜찮아요. 올라오는 댓글도 우호적이고요. 사람들의 반응이 재판에 영향을 끼칠 수는 없겠지만, 그래도 응원해주는 사람이 많으니까 힘내세요."

남자가 고개를 끄덕인다.

"감사합니다. 그런데 오늘은 무슨 일로?"

"방금 말씀드렸던 것처럼 기사 반응이 괜찮아서요, 조금 더 보강해서 올리려고요. 오늘 한 분 한 분 찾아뵙고 말 좀 들으려고 하는데, 선생님 집이 제일 멀잖아요. 그래서 선생님은 여기서 인터뷰. 괜찮죠?"

"아, 네."

많은 사람이 외면하는 그들의 억울함을 세상에 알리기 위해 도와주는 사람이다. 그들에겐 송나연 기자가 고마울 수밖에 없었다.

* * *

“이걸로 우리 아이가 죽은 걸 합의하라는 겁니까?”

“네.”

다세대주택가에 있는 오래된 단독주택.

그 앞으로 여섯 대의 검은색 승용차들이 세워져 있었다. 그리고 집의 거실로 들어가 보면 말끔하게 생긴 남자가 중년 여성 앞에 앉아 있었다. 남자는 추용진 시장의 비서실장이고, 중년 여성은 이번 사고로 아들을 잃은 피해자다.

울부짖는 중년 여성 앞에는 100만 원짜리 두 다발이 놓여 있었다.

“내가 돈 받자고 이러는 것 같아요?”

“네.”

“이 죽일 놈들아!”

“쉿, 시끄럽습니다.”

비서실장이 검지로 자신의 입을 막으며 조용히 하라는 신호를 보냈다.

중년 여성이 고개를 들어 비서실장 뒤를 향했다. 다섯 명의 덩치 큰 남자들이 병풍처럼 서 있는 게 보인다. 비서실장이 앞에서 담담히 이야기하고 있지만 수틀리면 어떻게 변할지 모를 상황이다.

여성의 입이 닫히자 비서실장이 다시 입을 열었다.

“솔직히 말씀드릴게요. 제가 오가다 아주머니를 봤습니다. 날씨도 추운데 꼭 저희 어머니 같아서 마음이 너무 아팠어요. 그래서 이렇게 찾아오게 되었습니다.”

중년 여성은 입술을 꾹 깨물고 비서실장을 노려봤다.

비서실장이 돈다발을 여성 앞으로 밀며 말을 잇는다.

“이번 재판, 피해자 측이 무조건 패배합니다. 우리는 고등법원 부장판사 같은 분들을 변호사로 선임했어요. 저도 돈 없고 힘없는 서민이라 이런 말 하는 거 싫지만 유전무죄, 무전유죄. 어차피 돈 없는 쪽이 집니다. 그러니까 200이라도 가져가세요. 그 돈으로 아드님 묘소에 비석이라도 만들어 세우면 보기라도 좋죠."

중년 여성의 입에서 돌아오는 대답은 없다.

비서실장이 미안한 표정으로 계속 말한다.

"조금 더 말씀드리자면 이 재판이 끝난 뒤엔 우리가 선임한 에스로펌의 변호사 비용을 모두 피해자분들이 짊어져야 할 겁니다. 아들 잃고 재판 지고 빚 얻고. 생각만 해도 갑갑하네."

비서실장이 작게 한숨을 내뱉었다. 그리고 지갑에서 돈을 꺼내 돈다발 위에 올린다.

"이건 제 사비입니다. 정말 우리 어머니 같아서 드리는 말씀이에요. 여기서 그만두세요."

* * *

송나연 기자가 골목을 걷고 있었다. 그녀의 자박거리는 소리만 골목에 울렸다. 두 명의 추가 인터뷰는 끝났고 또 다른 피해자의 인터뷰를 하러 가기 위해 걷는 중이다.

그녀가 다다른 곳은 오래된 단독주택 앞이다.

"어?"

좁은 골목에 한눈에 봐도 고급스러운 검은색 차량이 얼기설기 세워져 있는 게 보였다. 그리고 작은 담벼락 너머로 보이는 집 마당에는 덩치가 크고 흉악하게 생긴 남자들이 경비를 서듯 여럿 서 있었다.

송나연 기자는 걸음을 멈추고 눈을 깜빡였다. '이거 뭐지?' 하는 얼굴이다. 그녀의 머릿속이 복잡하게 이리저리 움직였다. 그때!

확!

그녀의 입을 누군가가 틀어막았다. 그리고 골목으로 그녀의 몸을 쑥 잡아챘다.

"읍! 읍!"

그녀가 콱 손을 깨문다. 피가 배어나도록 강하게 깨물었지만 큰 손은 그녀의 입을 더 거칠게 막는다. 그리고 그녀의 귓가에 조용한 음성이 흐른다.

"저예요. 쉿."

그제야 두꺼운 손이 그녀의 입에서 떨어진다. 고개를 돌아보자 이한영이 보인다. 그녀가 '여기 왜? 제 입은 왜?'라고 물어보려 할 때 이한영이 다시 "쉿"이라고 말한다.

그녀가 고개를 끄덕이자 이한영은 손가락으로 골목 밖을 가리킨다. 그녀가 고개를 빼꼼 내밀어 골목 밖을 향한다. 마당에 있던 덩치 큰 남자들이 밖으로 나와 주변을 서성이고 있다.

이한영이 그녀의 귀에 대고 속삭이듯 말했다.

"기자님 찾으러 나온 거예요."

"저를요?"

"네."

전생을 기억하면 이 자리에서 살인 사건이 벌어진다. 중년 여성이 자신을 회유하러 온 남자들에게 컵 같은 물건을 던지며 시작된 일이다. 남자들은 흥분한 여성을 막으려다가 실수로 상대를 죽여버리고 만다. 그리고 나쁜 놈들이 으레 그렇듯 암매장한다.

이한영이 입을 열었다.

"기자님, 지금 나가면 위험해질 수도 있어요. 조금만 기다리세요. 이런 일은 슈퍼맨에게 맡겨야죠."

송나연 기자의 눈이 동그랗게 커졌다.

"슈퍼맨요?"

"낮에 슈퍼맨에게 전화해 놨거든요."

* * *

"빚질 필요는 없잖아요? 산 사람은 살아야죠."

중년 여성의 입술이 움찔거린다. 눈물을 참는 거다. 그러더니 힘겹게 움직인다.

"빚져도 돼요."

"네?"

"우리가 져서 에스로펌인지 뭔지 선임비 내도 된다고! 내가 이 더러운 돈 받자고 이러는 것 같아!"

중년 여성은 흥분하고 있지만 비서실장은 여전히 침착하다.

"그럼 뭘 원하죠?"

"그냥 사과! 미안하다는 사과! 너희들이 잘못했다는 그 사과! 사과하는 게 그렇게 어려워?"

비서실장이 말이 안 통한다는 표정으로 고개를 저었다.

"사과 받아서 뭐 해요? 남는 거 없어요. 좋아요, 할게요. 미안합니다. 됐나요?"

순간 중년 여성은 놓여 있던 컵을 집어 던졌다. 비서실장 옆을 스친 컵이 벽에 부딪치더니 '쨍그랑!' 하는 소리와 함께 파편이 튄다.

지금껏 평정심을 유지하던 비서실장의 미간이 꿈틀댄다.

"아, 진짜! 사과도 했잖아! 뭘 원하냐고!"

중년 여성은 자식 잃은 짐승이다. 시청에서 똑바로 일했다면 지금도 웃고 있을 아들을 잃었다. 참고 있던 울분이 터졌는지 손에 잡히는 것은 다 던지기 시작했다.

"내 아들 살려놔! 내 아들!"

"내가 신이야? 어떻게 살려!"

비서실장이 고개를 돌려 어떻게 좀 해보라는 얼굴로 깡패들을 바라봤다.

한 깡패가 품에서 칼을 꺼낸다.

"아줌마, 조용히 해."

비서실장이 황당한 얼굴로 깡패를 바라봤다.

"누가 그런 걸 꺼내래!"

"실장님, 흥분한 사람에게는 이런 게 제일 잘 먹혀요."

"무식한 깡패 새끼가!"

개판 5분 전.

중년 여성은 울면서 손에 잡히는 대로 계속 던져대고, 비서실장은 깡패에게 흉흉한 날붙이를 집어넣으라 하고.

중년 여성이 자리에서 일어났다. 그녀의 손에는 텔레비전 장식장 옆에 있던 도자기가 들려 있다. 그걸 들고 달려들 모양이다.

비서실장이 당황해서 말했다.

"아줌마! 그거 맞으면 진짜 큰일 나요!"

이한영의 전생에선 그녀가 도자기를 휘두르다가 피하려던 깡패의 칼에 찔려 숨졌다. 그리고 이번에도 그녀는 몸을 움직였…….

드르르륵. 미닫이문이 거칠게 열리고 검은 양복을 입은 박철우 검사가 들어왔다.

"모두 스톱!"

갑작스러운 등장에 정말 모두 동작을 멈추고 멍한 눈으로 박철우 검사를 바라본다.

비서실장이 바짝 마른 입술을 움직여 묻는다.

"누구?"

"검사요."

"마, 마당에 있는 애들은?"

마당에도 경비로 세워둔 남자들이 있었다. 그런데 이 자리가 개판 5분 전이라 밖에서 일어난 소란을 듣지 못했다는 건 생각하지 못하는 모양이다.

"밖에 있던 사람들은 수갑 차고 얌전히 차에 타고 있습니다. 그럼 여기 계신 분들, 흉기불법소지죄로 영장 없이 체포합니다. 변호사를 선임할 수 있고요, 적부심도 청구할 수 있네요. 자, 이제 변명해보세요. 없으면 바쁘신 경찰분들 들어옵니다."

비서실장은 아직 상황 파악이 안 되는 모양이다.

"여, 여길 어떻게?"

"아, 궁예 짓을 하는 사람이 있어서."

"그게 무슨 말이에요?"

"몰라요, 나도. 자, 이제 수갑 채워야 하니까 양손 고이 앞으로."

* * *

경찰차의 요란한 불빛이 어두운 골목길을 채우고 있었다. 한눈에 봐도 흉악한 남자들이 봉고에 올라타고 있다.

그 옆에서 플래시가 터진다.

"여기 좀 봐주세요."

송나연 기자다.

경찰이 인상을 찌푸렸다.

"아니, 기자가 여기 냄새는 어떻게 맡고 왔대?"

"냄새 맡은 건 아니고요, 일이 있어서 왔다가. 어쨌든 스마일!"

찰칵찰칵 소리가 나지만 깡패들은 얼굴도 가리지 않는다. 찍을 테면 찍어보라는 눈빛이다.

비서실장은 차에 오르지 않고 박철우 검사 앞에 서 있다.

"내가 누군지 알고 이러는 겁니까!"

"누군지는 경찰서 가서 조회해보면 다 나올 테니까 통성명은 경찰이랑 하시고, 그만 타세요."

"검사님, 오해라니까요!"

"그러니까 오해는 경찰서 가서 푸세요. 나 잡고 이러지 말고요. 그리고 아주머니 협박하던 거 맞잖아요? 말 들어보니까 합의하라고 강압적으로 했다면서요?"

"말조심해요! 강압적이라뇨!"

"강압적 맞죠. 깡패들은 왜 끌고 옵니까?"

"저 사람들, 깡패 아니에요!"

비서실장이 잘하면 치겠다는 식으로 나온다.

박철우 검사가 어이없다는 듯 고개를 저으며 봉고차에 타는 남자들에게 시선을 향했다. 짧은 머리, 온몸에 문신. 어떤 놈은 칼자국도 보인다. 저런 놈들이 깡패가 아니라니…….

비서실장을 경찰차에 욱여넣고 나서야 박철우 검사의 일이 마무리되었다. 넥타이를 풀며 답답한 숨을 내뱉은 박철우 검사가 송나연 기자 앞으로 와서 섰다.

"이한영 씨는요?"

판사라는 호칭을 붙이지 않은 것은 주변에 다른 사람들이 많기 때문이다.

송나연 기자가 셔터 누르던 걸 멈추고 고개를 틀어 박철우 검사를 향한다.

"우리가 저번에 만났던 호프집으로 오래요."

"술 마시자고? 아, 진짜! 나 차 끌고 왔는데."

송나연 기자의 눈이 반짝인다.

"정말요? 그럼 갈 때 나 태워주세요. 오늘 차를 안 가지고 와서 어떻게 가야 하나 고민하고 있었는데 잘됐다. 대리비는 반반씩, 어때요?"

* * *

방금 이한영에게 전화를 받은 유세희는 휴대폰을 내려놓았다.

'오늘 폭탄을 넘기라고?'

그녀는 소리 나지 않는 한숨을 내쉬며 앉아 있던 화장대에서 스르륵 일어났다.

거울을 보던 그녀가 이리저리 표정을 바꿔본다. 최대한 고민한 표정을 짓기 위해서다. 얼굴을 돌려보던 그녀는 하나로 묶었던 머리끈을 쭉 풀어냈다. 흘러내린 긴 머리를 손으로 몇 번 헝클고 다시 거울을 본다. 그제야 만족했는지 고개를 끄덕인 후 몸을 틀어 방을 벗어났다.

그녀가 향하는 곳은 아버지 유선철 대표의 서재다. 널찍한 거실을 지나 계단을 오를 때 막 서재에서 나오던 언니 유하나와 마주쳤다. 시선을 부딪쳤지만 인사는 없다. 스쳐 지날 뿐이다.

계단을 내려가던 유하나의 발걸음이 우뚝 멎었다. 그녀의 고개가 유세희를 향해 돌아간다.

"야."

유세희는 뒤도 돌지 않고 대답한다.

"왜?"

시무룩한 목소리다.

유하나의 입꼬리가 끌려 올라간다. 유하나가 계단을 다시 올라 유세희의 앞에 섰다. 그리고 빈정거리는 목소리로 입을 열었다.

"일이 잘 안되나 봐?"

"네가 신경 쓸 일은 아닌 것 같은데?"

유세희가 표독스러운 눈빛을 보냈지만 유하나는 상관하지 않는다는 듯 손을 내밀어 유세희의 머리끝을 만지작거렸다.

"변호사들이 말을 안 들어? 아니면 상대측 변호인이 너무 짱짱해?"

"할 말 없으면 네 갈 길 가지?"

머리끝을 만지던 유하나의 손이 멎었다. 그리고 유세희의 얼굴을 찬찬히 훑는다.

"우리 세희, 어릴 때 장난감 조립하다가 잘 안되면 짜증 내면서 버렸는데. 그거 내가 고쳐주고 했잖아. 그럼 넌 언니가 최고라며 기뻐했고. 기억나지? 이번에도 짜증 내면서 버려. 내가 고쳐줄게."

유세희가 더럽다는 듯 유하나의 손을 탁 쳐냈다.

"밖에서 뒹굴고 오는 네 남편, 그 남편 품에 안기는 너. 더럽다. 손 치워줘."

유세희는 유하나를 차갑게 노려본 후 다시 서재로 향했다.

유세희의 뒷모습을 보던 유하나의 입술이 죽 찢어 웃는다.

"쟤가 진짜 장난감을 버리려나?"

* * *

"전 서울 사람이에요! 서울특별시민! 그런데 불법 무기 소지 잡으려고 충남까지 내려와야겠어요?"

박철우 검사가 이한영을 향해 외쳤다.

"오랜만에 얼굴 보고 좋죠."

"맞아요, 나 집에 갈 때 태워주기도 하시고."

"아, 진짜."

박철우 검사가 툴툴거릴 때 이한영이 그의 잔을 채우며 말했다.

"제가 앞으로도 박철우 검사님이 말하는 궁예 짓을 할지도 모르거든요."

"또요? 안 나가. 난 못 나가."

박철우 검사가 손을 홱홱 저었다. 그러다가 이한영의 얼굴을 물끄러미 본다. 장난치는 표정이 아니다.

"뭔 일로 부를 건데요?"

"여러 가지. 하지만 큰 사고를 막기 위해서니까 도와주세요. 세금 잘 내는 소시민은 박철우 검사님을 응원합니다."

세상의 모든 범죄를 막을 수는 없겠지만 기억나는 모든 것은 막아내고 싶었다.

힐끗 이한영의 표정을 살피던 박철우 검사가 고개를 크게 끄덕였다.

"진짜 무속인처럼 말하네. 알겠어요. 지금까지 틀린 적도 없으니 신기 떨어지지 않게 물 받아 놓고 기도나 잘하세요."

그러고는 소주를 들어 입에 털어 넣는다.

이한영의 눈은 송나연 기자에게 향했다.

"기자님은 다친 곳 없어요?"

전생에서 일어났던 오늘의 살인 사건. 그곳엔 피해자가 중년 여성만 있던 게 아니다. 그 주변을 서성이던 어떤 기자도 있었다. 미래는 계속 바뀌고 있었고, 이번에 이 사건과 연루된 사람은 송나연 기자다. 그래서 혹시 몰라 이한영이 찾아간 건데 다행히 피해자는 아무도 없었다.

"저요? 전 괜찮죠. 판사님은요? 제가 깨문 곳 괜찮아요?"

박철우 검사가 이한영과 송나연 기자를 번갈아 바라본다.

"깨물어? 사람을 물었어요?"

"네."

송나연 기자가 힘없이 고개를 푹 숙이자 박철우 검사가 낄낄거렸다.

"어쩐지 하는 짓이 강아지 같더니, 기어이 사람을 물었네."

"뭐라고요!"

눈꼬리가 치솟는 송나연 기자를 보며 박철우 검사가 장난스레 웃는다.

송나연 기자가 다시 이한영을 본다.

"괜찮으세요?"

"네, 뭐."

"그러게 제 입은 왜 막으셔서. 그냥 이름을 불렀으면 됐을 텐데요."

"그럴까 생각도 했는데요. 기자님이 인사하는 목소리가 워낙 크잖아요.

거기 깡패들이 있는 곳에서 제 이름을 발랄하게 부를까 봐 어쩔 수 없었어요."

송나연 기자가 벌떡 일어나 공손히 허리를 굽혔다.

"죄송합니다. 앞으로는 인사 발랄하게 하지 않고 시무룩하게, 작게 할게요."

박철우 검사가 픽 웃는다.

"훈련소 보내야겠네요, 흐흐흐."

송나연 기자가 박철우 검사를 본다.

"무슨…… 훈련소요?"

"동물들 있는……."

다시 송나연 기자의 눈썹이 팩 올라갈 때 이한영의 휴대폰이 진동했다.

유세희다.

이한영은 잠시 전화 좀 받고 오겠다는 말을 남긴 후 테이블을 떠났다.

"네, 이한영입니다."

—아버지께 상황이 나빠질 것 같으니 변호를 포기하겠다고 말씀드렸어요.

유선철 대표의 성격상 빰 두세 대쯤은 맞았을 거다. 하지만 유세희의 목소리는 담담하다. 화를 참는 느낌도 들지 않는다.

—이한영 판사님이 말했던 대로 바로 유하나가 들어왔네요. 자기가 해보겠다고요.

"대표님은 허락했을 테고요?"

—네.

* * *

—고생하셨습니다.

유세희는 통화가 끊긴 휴대폰을 화장대에 올려 뒀다. 이한영의 예상대로 몇 대 맞았는지 그녀의 뺨은 곧 멍들 것처럼 붉다.

평소 아버지 유선철 대표에게 혼나면 화장대의 화장품을 집어 던지며 화풀이를 끝내고 전부 새로 교체하는 게 그녀의 성격이다. 하지만 오늘은 지나칠 정도로 차분했다.

그녀의 눈동자가 거울을 본다. 거울에는 유하나의 재수 없는 얼굴이 보이는 것 같았다. 그녀의 얼굴을 보며 유세희가 붉은 입술을 움직였다.

"내가 버린 장난감, 잘 고쳐봐. 그런데 어쩌나? 그 장난감 못 고치면 너 많이 혼날 텐데."

유하나의 얼굴이 사라지고 이번엔 유선철 대표의 얼굴이 보인다. 방금 서재에서 유선철 대표가 했던 말이 귓가에 울린다.

-내가 진광이나 하나가 못 미더워서 널 보냈을 것 같아! 이번엔 제발 한번 뭘 좀 보여주길 바랐어! 그런데 포기? 끝까지 버러지로 살 생각이야!

유선철 대표가 그녀를 충남으로 보낸 이유였다.

이한영의 전생에서도 그녀는 이 사건을 담당했었다.

거울을 보던 유세희의 입술이 살짝 미소 지어졌다.

"꼴에 아버지라고, 아직 기대도 하고 있었네."

그녀의 눈은 웃지 않는다. 입만 웃고 있다.

* * *

며칠 후.

"새롭게 팀을 맡게 된 유하나라고 합니다. 재판이 얼마 남지 않았는데 사정상 중간에 교체돼서 정말 죄송합니다."

"이거 이번에도 미인이 오셨네. 유선철 대표님의 따님분들은 모두 미인

이신가 봅니다, 하하하."

추용진 시장은 이번에도 크게 웃었다.

유하나가 두꺼운 수첩을 펼치며 입을 열었다.

"지난 과정은 모두 인계받았으니 걱정하실 필요 없습니다. 그런데 최근 합의 과정에서 불미스러운 일이 있었다고요?"

며칠 전 비서실장이 구속수사를 받게 되었지만 전혀 상관하지 않는 얼굴로 추용진 시장이 고개를 끄덕였다.

"그건 신경 쓰지 않으셔도 됩니다. 모두 그놈이 떠안고 뛰어들기로 했으니까요."

"시장님과 연관이 있다는 건가요?"

추용진 시장이 손가락을 흔들었다.

"아니, 그게 아니고. 그놈이 알아서 한 일이다 이겁니다. 그리고 내가 시켰다고 해도 상관없어요. 이런 자잘한 사건은 기껏해야 1년? 그 정도 살지 않나요?"

단체가 칼을 소지한 상태로 협박했다. 이럴 때는 특수협박이 되어 7년 이하의 징역을 살 수도 있다. 게다가 그 깡패들은 상습적으로 볼 수 있기에 가중처벌을 받을 가능성이 크다.

하지만 추용진 시장은 아랫사람들이 어떻게 되든 상관하지 않는다.

"비서실장이 한 1년 징역 살다 나왔다고 칩시다. 그럼 남은 인생은 어째요? 내 옆에 비비고 있어야 뜨신 밥이라도 먹을 수 있죠, 하하하하."

한참을 웃던 시장의 거들먹거리는 소리가 이어진다.

"막말로 내가 시켰다고 해도 에스로펌은 내 편을 들어줄 거 아닙니까? 내가 힘 있는 사람이니까. 에스로펌은 힘 있는 자의 편을 들어주지 거지들과는 놀지 않잖아요?"

그때 문이 다급히 열리고 한 남자가 안으로 들어왔다. 그의 문 여는 소리에 추용진 시장의 웃음소리가 잠시 멎었다.

남자는 고개를 숙여 인사하더니 추용진 시장 앞으로 와서 신문을 건넨다.

"뭔데?"

"드림일보 석간입니다."

지난번에도 피해자 어쩌고 인터뷰를 해 갔던 게 드림일보다. 그런데 또 드림일보라니. 어쩐지 마음이 불편해지기 시작했다.

추용진 시장이 신문을 확 펼쳤다.

대문짝만 하게 큰 글씨가 보인다.

아들의 죽음을 슬퍼하는 피해자에게 시청이 특수협박을 하다

추용진 시장의 찌푸려졌던 표정이 일그러짐과 동시에 휴대폰이 울린다. 발신 번호를 확인하니 당 대표다.

"이런, 젠장!"

* * *

–지금쯤 유하나가 시장을 만나고 있겠네요.

이한영은 유세희의 전화를 받고 있었다.

"그럼 계획대로 계속 움직여주세요."

전화를 끊은 이한영의 시선이 책상에 놓인 신문으로 향했다.

송나연 기자가 쓴 기사가 1면에 보인다.

'추용진 시장…….'

뒷돈을 받아 호의호식하고 순방을 핑계로 해외여행을 다니며 국민 혈세를 쭉쭉 빨아먹는 쓰레기다.

'넌 발판이자 신호탄일 뿐이야.'

이한영에게 추용진 시장은 백이석 법원장과 임정식 수석 부장을 위로 올릴 발판이다. 그리고 유세희, 유하나 자매가 더욱 물어뜯고 싸울 신호탄이기도 하다.

'싸우려면 균형이 맞아야지.'

아직은 어른과 아이의 싸움처럼 언니 유하나의 힘이 더 세다.

두 사람의 힘을 맞추려면 유하나가 앉은 장기판의 차와 포를 떼어 버려야 한다.

이한영의 손이 유하나의 장기판에서 차를 떼듯 움직였다.

'유하나가 한번 깨질 때가 됐네.'

* * *

또각또각, 하이힐 소리가 들린다. 유하나가 걸어오는 소리다. 그녀가 멈춰 선 곳은 독일제 고급 승용차 앞이다.

차에 올라 시동을 걸던 그녀는 잠시 행동을 멈추고 고개를 틀어 빠져나온 건물을 향했다. 머릿속에선 당 대표와 통화를 이어가던 추용진 시장의 표정이 떠오른다.

추용진 시장은 중병 선고를 들은 사람처럼 점점 파리해져 갔다. 전화기에 대고 하는 말은 "죄송합니다. 문제없을 겁니다"가 전부였다. 그리고 통화가 끝났을 때는 일주일은 꼬박 밤을 새운 사람처럼 초췌해져 있었다. 단순히 책임 추궁을 받은 분위기가 아니었다.

'당 대표가 무슨 일을 걱정하는 거지? 언론이 떠들어대는 정도론 눈 하나 깜짝하지 않을 사람인데…… 무슨 일이야?'

배상 소송은 어렵지 않게 볼 수 있는 사건이다. 그래서 정치판까지 연결될 줄은 몰랐다. 벌어지는 상황을 모르는 그녀는 눈을 안대로 가리고 검은 상자에 손을 집어넣는 기분을 느끼고 있었다. 징그러운 무엇인가가 있는 상자 속으로 쑥! 변호사가 앞일을 예측하지 못하는 것은 눈 감고 절벽을 걸어가는 것과 마찬가지다.

고개를 비스듬히 기울여 생각에 빠지던 순간, 그녀는 뒷덜미에 날카로운 칼이 닿아 있는 것 같은 섬뜩함을 느꼈다.

'설마?'

다급히 라디오 뉴스 채널을 틀자 아나운서의 시끄러운 목소리가 들린다.

충남에 있는 한 시에서 충격적인 일이 발생했습니다. 시를 상대로 한 배상 소송에서 비서실장 안 모 씨가 조직폭력배를 동원해 피해자를 상대로 특수 협박한 혐의를 받고 있습니다. 야당의 강토원 대표는…….

예상이 맞았다.

이 사건을 빌미로 야당이 여당을 공격하기 시작한 거다. 발을 빼기에는 이미 늦었다. 아버지에게 유세희를 똥 멍청이 취급하면서 당당히 이길 수 있다고 선언한 후다.

그녀가 손톱을 잘근잘근 깨물기 시작했다.

'회사에까지 불똥이 튀지는 않을 거야. 아버지는 야당과 여당, 가리지 않고 좋은 관계를 이어가고 있으니까. 문제는…… 이길 수 있을까?'

시작부터 비서실장의 변수가 터졌다. 오랜 경험에 비춰 봤을 때 앞으로도 또 예상하지 못할 일이 터질 수도 있다. 그러다가 숨어 있던 지뢰라도 밟으면 패배한다.

'이러다가 또 깨지면?'

욕을 바가지로 먹고 후계 구도에서 멀찍이 밀려날 게 거의 분명하다. 유하나가 입술을 꽉 깨물 때 그녀의 휴대폰이 울렸다. 유세희다.

더러운 표정으로 전화기를 바라보던 그녀가 휴대폰을 귀에 대자 유세희의 기분 나쁜 음성이 들려온다.

-시장 만났니?

"할 말 있으면 빨리 해."

ㅡ계단에서 기억나냐고 물어봤지? 기억나. 어릴 때 내가 버렸던 장난감 네가 고쳐줬잖아. 이번에도 열심히 해서 잘 고쳐줬으면 좋겠다. 뉴스 안 들었으면 들어봐. 장난감 고장 난 소리가 뉴스에서 들리네. 고마워라.

한없이 비꼬는 말투.

뚝 끊긴 전화를 보며 유하나가 깔깔깔 웃기 시작했다.

한참 후, 그녀의 얼굴에서 웃음기가 사라졌을 때 그녀는 머리끈을 입에 물고 뒷머리를 하나로 모았다.

'뭐야, 알고 있던 거야? 네가 여기까지 머리를 썼다고? 좋지도 않은 머리로 애 좀 썼네. 그런데 세희야. 네가 그렇게까지 도발하면 내가 반드시 해낼 수밖에 없잖아. 몰라서 그래? 너와 다르게 난 실패해본 적이 없어.'

유하나의 눈에 서슬 퍼런 빛이 돈다.

* * *

"잘하셨습니다. 그쪽 언니가 더 의욕적으로 나오겠네요."

이한영은 유세희와 통화하고 있었다.

유세희는 이한영의 지시를 받고 일부러 유하나를 도발한 거다. 그녀는 유하나가 당황한 게 재밌었는지 한참을 웃었다.

전화를 끊은 이한영이 픽 웃으며 손을 움켰다가 펼쳤다. 펼쳐진 손바닥엔 유하나와 유세희가 올라와 네가 이기나 내가 이기나 아등바등 싸우는 게 보이는 것 같았다. 으르렁거리기도 하고 사나운 발톱을 드러내기도 한다. 그렇다 해도 어차피 이한영의 손바닥 안이다.

이한영이 주먹을 콱 움켜쥐었다.

'오랜만에 얼굴 좀 봅시다, 전생의 처형.'

* * *

변론 준비 기일이 되었다.

본격적인 재판 전에 소장이나 답변서 등을 제출하고, 분쟁이 있는 사항에 대해 논점을 명확히 하는 과정이다. 법정보다는 심문실이나 법관 사무실 등에서 비교적 자유로운 분위기로 이뤄지는 경우가 많다.

이번에는 이한영의 사무실에서 하기로 되어 있었다. 테이블을 정리하고 있을 때 똑똑똑 노크 소리가 들리고 문이 열리더니 조서를 작성할 사무관이 들어왔다. 40대 중후반의 남자로 업무량이 많은지 다크서클이 턱 밑까지 죽 내려와 있다.

"고생 많으십니다."

이한영이 인사를 하며 사무관에게 커피를 건넸다.

커피믹스가 아닌 테이크아웃 잔을 본 사무관의 입이 좌우로 찢어진다.

"아이고, 뭘 또 이런 걸 다. 감사합니다. 잘 마시겠습니다, 흐흐흐."

사무관은 싱글벙글 웃으며 노트북을 펼친다.

잠시 후 윤관호 변호사가 들어왔다.

"편안히 이야기하자고 샀습니다. 드세요."

"감사합니다."

커피를 받은 윤관호 변호사가 반갑다는 눈인사를 보냈다. 하지만 그게 전부다. 더 이상의 대화를 이어가지 않았다. 아는 사이라고 이러쿵저러쿵 대화를 이어가면 피고 측 변호사에게 불합리한 재판으로 오해받을 수도 있기 때문이다.

윤관호 변호사가 테이블에 앉아 서류를 꺼내 읽고 있을 때 문이 삐걱 열렸다.

기다리던 유하나다.

"늦지 않았죠?"

그녀가 화사하게 웃어 보인다. 그 미소에 칙칙했던 사무실이 밝아지는 것은 물론이고 사무관과 윤관호 변호사마저도 잠시 넋이 나간 듯하다.

당연한 반응이다. 늘씬한 몸매에 시원한 외모, 어느 남자고 유하나를 처음 봤다면 가던 길을 멈추고 고개를 돌릴 정도니까. 동생 유세희의 얼굴이 동양적으로 단아한 미인이라면 유하나는 서구적으로 화려한 미인이다. 하지만 이한영에게는 그 얼굴이 예쁘게 보이지 않는다. 그녀 역시 유세희와 마찬가지로 똑같이 싸가지가 없었고, 그 안에 더러운 괴물이 있기 때문이다.

이한영이 마지막으로 남은 커피를 유하나에게 건넸다.

"처음 뵙겠습니다. 이한영 판사라고 합니다. 반갑습니다."

지난번 김진한 부장을 만났을 때도 그랬지만, 전생의 악연을 만난다는 것은 즐거운 일이다.

'그리고 이 커피, 네가 좋아하는 거였지? 많이 마셔. 조금 이따가 속이 쓰릴 거야.'

커피를 받으며 유하나가 살짝 미소를 짓는다.

"아, 감사해요. 에스로펌 유하나 변호사예요."

잠시의 인사말이 끝나고 이한영이 윤관호 변호사에게 시선을 향했다.

"그럼 심리를 시작해볼까요? 우선 원고 소송대리인께서 말씀해주시겠어요?"

이한영이 윤관호 변호사와 함께 이야기하고 있을 때 유하나는 이한영을 훑고 있었다. 물론 이한영이 눈치채지 못하게 조심히 관찰하는 중이다.

'유세희가 얘를 만난다고? 키, 덩치 괜찮고, 얼굴은 좀 아니네. 예전에는 그렇게 얼굴 따지더니 남자 보는 눈이 많이 떨어진 거야? 돈도 없다고 하던데. 커피 고르는 취향은 괜찮네.'

윤관호 변호사의 말이 끝날 때까지도 유하나는 이한영을 살피고 있었다. 그러다 윤관호 변호사의 이야기가 끝나 고개를 돌린 이한영과 눈이 마주치자, 마치 우연히 시선이 닿은 듯이 웃어 보였다.

이한영도 미소를 짓는다.

“이제 피고 측 소송대리인, 말씀해주세요.”

이한영은 유하나가 자신을 살피고 있다는 걸 진작부터 눈치채고 있었다. 하지만 모른 척했다. 어차피 그녀의 능력으로 이한영의 얼굴에서 읽어낼 것은 없기 때문이다.

그녀가 붉은 입술을 작게 움직였다.

“우선 피해자들이 입은 상처에 대해 본 대리인도 깊이 애도를 표합니다. 하지만…….”

유하나는 많은 준비를 했는지 한참이나 말을 이어갔다. 윤관호 변호사가 조사한 것보다 배는 많은 양이다.

“……그래서 피고 측의 잘못은 없다고 봅니다.”

자신 있게 마지막 말을 내뱉은 그녀는 다시 이한영의 표정을 살폈다. 재판이란 판사를 설득하는 과정이다. 표정을 보면 승부의 향방을 예측할 수도 있다. 하지만 이한영의 얼굴은 감정 없는 벽이다. 그녀가 얻을 수 있는 것은 아무것도 없었다.

“피고 측 진술 끝났나요?”

“네? 네.”

“좋습니다. 그럼 주장을 입증하기 위해 제출할 증거나 증인이 있나요?”

윤관호 변호사부터 입을 열었다.

“원고 측에서는 갑 제1호증부터 갑 제27호증까지 증거로 제출하겠습니다. 그리고…….”

말이 이어지는 동안 유하나는 입술을 잘근 깨물었다.

‘돌이야? 포커페이스 하자는 거야? 표정이 왜 없어?’

문뜩 정치판과 연결된 문제만 생각하느라 잠시 잊고 있었던 사실…….

그동안 이한영이 에스로펌을 상대로 한 재판, 다른 판사였다면 완벽히 속이고 넘어갈 수 있던 일이다. 하지만 이한영 앞에선 모두 들통났고 어떤 이득도 얻지 못했다.

순간 그녀의 머릿속에 불안감이 차올랐다.

'이번에도?'

그녀는 고개를 저었다. 상대 변호사보다 배는 많은 증거다. 변수를 생각해서 이것저것 다 긁어 왔다. 이번 재판의 패배로 소송비까지 감당해야 할 피해자들이 조금 불쌍하긴 하지만 그건 가난하게 사는 그쪽 문제일 뿐이다. 이제 완벽한 승리를 기대하며 재판을 즐기면 되는데…….

'도대체 왜 불안한 거야?'

그녀가 마른 입술을 혀로 핥을 때 증거 제출 및 증인 신청이 모두 끝났다.

"신청한 증인, 증거 모두 채택하죠. 더 없나요?"

이제 변론 기일을 잡고 바이바이 손을 흔든 후 다음에 보면 된다. 하지만 이한영은 윤관호 변호사와 유하나를 보내줄 생각이 없나 보다.

그는 잠시 입을 다문 채 기록물을 다시 넘기기 시작했다. 아무 말도 하지 않고 그렇게 한참을 서류만 보고 있었다.

불안했는지 유하나가 입을 열었다.

"판사님? 추가로 필요한 증거가 있다면 말씀해주시는 게……."

"잠시만요. 두 분의 자료가 워낙 대립돼서 잠시 생각을 정리하고 있습니다."

조용히 하라면, 조용히 해야 한다.

유하나가 입을 다물고 있을 때 이한영이 빙글 돌리던 펜을 멈췄다. 그의 시선이 천천히 윤관호 변호사를 향했다가 유하나에게로 움직인다. 그리고 그녀의 눈에서 이한영의 눈이 뚝 멈춰 섰다.

네가 뭘 하고 있는지, 뭘 생각하는지 모두 다 알고 있다는 눈빛.

계속해서 이한영을 살피던 유하나는 순간 움찔거렸다.

그때 이한영의 입술이 움직인다.

"직권에 의한 증거조사를 하겠습니다. 괜찮을까요?"

신청된 증거에 의해 심증을 얻을 수 없거나 그 밖에 필요하다고 생각한 때에 판사가 직권으로 증거조사를 할 수 있는 법이 존재한다. 그런데 조사의 범위는 정해지지 않았다. 즉, 판사 마음대로 할 수 있다는 뜻.

사건에 파묻힌 판사들이 일일이 증거조사를 할 수 없기에 유명무실한 법이나 마찬가지이지만, 유명무실해도 법은 법. 판사가 법대로 하겠다는데 변호사가 이래라저래라 말 못 한다.

예상도 하지 못한 말을 들은 유하나는 가뜩이나 큰 눈이 튀어나올 듯했다. 뒤통수를 툭 치면 빠질 정도다.

"지, 직권조사요?"

"네."

그동안 에스로펌은 이한영 앞에서 죽만 쒔다. 그래서인지 이 상황이 자신에게 불리할 것 같다는 느낌을 강하게 받았나 보다. 그녀가 어색하게 웃으며 어떻게든 상황을 유리하게 만들기 위해 입을 열었다.

"필요한 증거가 있다면 저희가……."

이한영이 고개를 저었다.

"아뇨. 제가 기록물을 살피다가 필요로 할 때 조사하도록 하겠습니다. 일일이 전화드리기도 그렇고, 다들 바쁘시잖아요."

그녀의 얼굴을 보며 이한영이 빙긋 미소를 그렸다.

'법 좋아하지? 법으로 밟아줄게, 자근자근.'

* * *

또각, 또각, 또각.

복도를 빠르게 걷던 유하나의 걸음 속도가 천천히 느려졌다. 그녀는 고개를 틀어 이한영의 사무실을 바라보았다.

머릿속에 온갖 수식을 대입하고 경우의 수를 계산하는 등 난리법석을 부려봤지만 예상조차 하지 못한 상황에 어떤 대응을 해야 할지 답이 서지 않는다.

'직권조사? 미친 새끼.'

그녀는 휴대폰을 꺼내 아버지 유선철 대표의 번호를 찾았다. 하지만 손가락은 통화 버튼을 누르지 못하고 허공에서 멎는다. 마지막까지 망설이고 있는 거다. 아버지의 도움을 받을지 말지…….

숨을 고르던 그녀는 고개를 끄덕였다. 휴대폰을 꺼냈을 때부터 이미 결심한 일이다. 아버지의 도움 없이 성공해야 인정받을 수 있지만, 지금은 어렵다. 패배해서 점수를 잃는 것보다 유지하는 게 낫다.

고민을 끝낸 그녀는 눈을 질끈 감고 통화 버튼을 눌렀다.

"지금 막 마치고 나왔어요."

수화기 너머로 아버지 유선철 대표의 목소리가 흐른다.

–그래서?

"우리 측 증거가 더 확실해요. 하지만……."

그녀는 말끝을 흐리며 입술을 꾹 물었다.

그러자 유선철 대표의 낮은 목소리가 느릿하게 들려왔다.

–하지만, 뭐지?

"다른 변호사들이 이한영 판사 앞에서 왜 깨지고 왔는지 알겠어요. 이한영 판사는 예측 불가예요. 튀는 판사죠. 기록물만 보고 움직이지 않아요. 원고와 피고의 주장이 상반된다며 직권에 의한 증거조사를 하겠다고 했어요."

–직권에 의한 조사?

"네."

수화기 너머로 유선철 대표의 낮은 웃음소리가 흘러왔다. 중간중간 "의욕이 넘쳐. 어린 친구야" 등의 말도 들린다.

그리고 그의 웃음소리가 멈췄다.

–지금 어디야?

"법원이에요."

–이한영 판사는?

"사무실에 있겠죠."

–바꿔.

테이블을 정리하던 이한영은 문이 열리는 소리에 고개를 틀었다. 유하나가 보인다.

"무슨 일이시죠?"

유하나는 대답 없이 다가와 휴대폰을 보였다. 통화 표시가 보인다.

"저희 아버지예요. 에스로펌 유선철 대표님이죠."

법조계에 있는 사람이라면 유선철 대표의 이름을 들으면 긴장부터 해야 하는 게 정상이다. 하지만 이한영은 '그래서 뭐?'라고 묻는 듯한 표정이다.

"변론 준비는 끝났는데요. 급한 일이 아니라면 다음 기일에 뵙고 싶습니다."

고작 단독판사 따위가 에스로펌 대표의 전화를 받고 싶지 않다고 말한다. 순간, 유하나의 눈썹 끝이 올라갔다가 내려왔다.

'바보야? 에스로펌이 뭔지 모르고 이러는 거야?'

그녀가 작게 고개를 저으며 이한영 앞으로 한 걸음 더 다가선다.

"이한영 판사님, 세희와 만난다고 들었어요."

이한영은 고개를 살짝 비틀었다. 이제는 무슨 헛소리를 할지 궁금해졌다.

"로펌과 판사의 관계가 아니라 딸을 걱정하는 어느 아버지의 전화라고 생각해주셨으면 좋겠어요. 다른 오해는 하지 마시고요."

말을 마친 그녀가 이한영 앞으로 휴대폰을 쑥 내밀었다.

작은 손에 쥔 휴대폰을 물끄러미 보던 이한영이 고개를 끄덕이며 건네받았다.

“네, 이한영입니다.”

−유선철이라고 해요.

사람의 눈물로 배를 채우는 인간. 혈관에 피 대신 독이 들어 있을 것 같은 인간.

그게 유선철이다.

그의 목소리를 듣는 순간, 권위주의에 찌든 고압적인 눈매로 악을 지르던 추악한 노인이 떠올랐다.

‘오랜만입니다, 전생의 장인어른.’

이한영의 시선이 힐끗 유하나를 향했다.

‘오늘 전생 처가 식구들을 많이 보네. 처형과 장인어른…….’

유하나는 이한영이 당황해서 말을 못 한다고 생각했는지 ‘그럼 그렇지’라는 표정으로 미소를 그리고 있다.

이한영이 천천히 입술을 움직였다.

“어쩐 일이시죠?”

−주말에 서울로 오세요. 재판에 관한 이야기는 하지 않을 테니 부담 느낄 필요는 없습니다. 방금 하나가 말했던 대로 딸애가 만나는 남자를 보고 싶을 뿐이니까요.

이한영은 유세희가 집에서 무슨 말을 했기에 만난다느니 어쩐다느니 하는지 웃기기만 했다. 그는 입꼬리가 올라가는 걸 참느라 애쓰며 입을 열었다.

“그러죠.”

전생의 악연을 만나는 기분, 또 느끼게 생겼다.

* * *

이한영은 의자에 등을 비스듬히 기댄 채 고개를 들어 천장을 보고 있었다.

멍하니 있던 그가 픽 웃는다. 유하나를 코너에 몰아 놓고 고양이가 쥐를 가지고 놀듯 가지고 놀고 싶었는데, 아쉽게도 쥐가 도망쳐버렸다.

기회는 나중에도 있다는 생각으로 아쉬움을 훌훌 털어버린 이한영의 생각은 유선철 대표에게로 향했다. 유하나와 유세희가 가진 힘의 균형을 맞추기 위해 유하나의 장기판에서 차와 포를 뗄 생각을 하고 있었는데, 어느 순간 장군이 불쑥 앞에 와 있는 느낌이다.

이한영이 아랫입술을 쓸어 만졌다.

'유선철 대표…….'

전쟁 통에 태어나 아버지 없이 살아온 남자.

밑바닥부터 시작해 산전수전을 겪으며 공안 검사로 혁혁한 공을 세웠지만, 군사정권이 끝난 뒤 검찰을 나오게 된다. 그리고 에스로펌을 설립했다.

돈만 준다면 악마도 변론한다는 의지 아래 대한민국을 병들게 했던 유선철 대표. 그의 지휘 아래 이뤄진 악랄한 변호만 들어도 토악질이 날 정도다. 하지만 영원한 것은 없다고, 세상의 암적인 존재였던 그는 약 10년 후 병에 걸려 목숨을 잃는다. 호시탐탐 대표 자리를 노리던 자식들은 그가 생각보다 일찍 죽었다며 내심 기뻐하기도 했었다.

유선철 대표를 떠올리던 이한영은 잔잔히 미소를 그렸다.

'지옥에 가셨나 했는데, 제가 다시 사는 바람에 또 만나게 됐네요. 이번엔 빨리 은퇴시켜 드리겠습니다. 그래서 죄 좀 덜어드리죠. 천국에는 못 가더라도 형량은 줄여야죠.'

오랜만에 만나는 전생의 장인어른이다. 돌아가시고 처음 뵙는 거니 감회도 새롭다. 두 손 가득히 들고 갈 선물을 준비하려면 지금부터 바삐 움직여야 한다.

생각을 멈춘 이한영은 자세를 바로 하고 손목을 들어 시간을 확인한다.

남은 시간은 나흘.

'충분하네.'

* * *

시간은 쏜살같이 흘러갔다.

토요일, 이한영은 이른 아침부터 송파로 와서 어머니가 하는 고물상에 있었다.

무겁게 포개진 박스를 힘껏 들고 움직이는 이한영을 향해 허리 펼 시간도 없이 일하던 어머니가 입을 연다.

"놔둬. 엄마가 할게. 힘드니까 하지 마. 들어가서 쉬고 있어."

"괜찮아요. 안 힘들어요."

어머니가 허리를 곧게 세우고 손을 허리에 대더니 이한영을 흘겨본다.

"법전 만지는 손으로……."

"법전 만지는 손이 박스 나르지 말라는 법 없어요."

이한영은 어머니를 향해 씨익 웃어 보인 후 이번에는 페플라스틱을 손에 든다.

어머니는 말릴 수 없다는 듯 고개를 저었다.

"점심 뭐 먹을까? 자장면 시켜 먹을까?"

"약속 있어요. 먹고 올 거예요."

오랜만에 아들과 점심을 먹을 줄 알았던 어머니는 조금 서운한 표정이다.

"저녁은 집에 와서 먹을게요."

"그래? 먹고 싶은 거 있어? 엄마가 일 일찍 마치고 들어가서 해둘게."

"뭐가 좋을까? 청국장 어때요?"

"청국장 먹고 싶어? 청국장에 보리밥?"

"네."

어머니가 콧노래를 부른다.

"장을 봐서 들어가야겠네."

이한영은 기분 좋게 미소를 그리며 다시 힘차게 박스를 들었다.

오늘은 유선철 대표를 만나기로 한 날이다. 점심에 약속이 되어 있으니 그 전에 어머니의 일을 잠시 돕는 중이다.

이한영이 손목시계를 확인하고 쭉 기지개를 켰다. 오도독 소리가 시원하게 들린다. 그렇게 막 고물상 정리가 끝났을 때 새벽 거리를 돌았던 할머니들이 리어카를 끌고 들어왔다. 낡은 목도리를 맨 할머니는 새벽이 추웠는지 손이 꽁꽁 얼어 있다.

"할머니, 저기 난로에서 몸 좀 녹이셔요. 한영아, 컨테이너에 호빵 있거든. 하나 꺼내서 드려."

컨테이너로 들어가자 어디서 가져왔는지 호빵 찜기가 보인다. 김이 모락모락 나는 호빵을 들고 와 할머니에게 건네니 추운 날씨에 따듯했는지 행복한 미소를 지어 보였다.

"영감 하신다는 아들?"

어머니가 조금은 멋쩍지만 자랑스러운 표정으로 고개를 끄덕인다.

예전에는 판사나 검사, 정부 고위 관리직을 '영감'이라 부르는 경우도 있었지만 대법원에서 영감이라는 호칭이 민주주의적이지 못하다며 관습을 없애라고 지시했었다. 하지만 요즘에도 가끔 듣는 말이기도 하다.

1시간 정도 더 고물상 일을 도운 이한영은 집으로 돌아와 옷을 갈아입었다. 거울 앞에서 넥타이를 맨 후 복장을 살핀 이한영이 힐끗 보인 가방으로 시선을 향한다.

두툼한 서류 가방.

저 안에 유선철 대표에게 줄 선물이 있다.

* * *

이한영이 타고 있는 차가 고층 빌딩 앞에 섰다.

"어떻게 오셨어요?"

"대표님과 약속이 되어 있어서요. 이한영이라고 합니다."

경비가 확인을 위해 전화를 거는 동안 이한영은 창밖을 통해 건물을 바라봤다.

30층의 빌딩. 이 안엔 국내외 천여 명의 변호사와 회계사, 세무사 등 전문가 400여 명이 존재한다. 콘크리트로 세워진 건물이지만 이한영에게는 법으로 둘러싸인 성벽처럼 느껴졌다. 그리고 그는 그 성으로 들어가고 있었다.

차에서 내려 주차장을 둘러보던 이한영은 헛웃음을 지었다. 쉽게 보기 힘든 고급 차가 죽 늘어서 있다. 대한민국의 돈 있는 변호사들은 다 이곳에 있는 기분마저 든다.

이한영은 몸을 돌렸다. 넓은 주차장이지만 수없이 드나들었던 곳이기에 곧장 엘리베이터를 찾아 오를 수 있었다. 대표이사실은 이 빌딩의 최상층에 있다.

층수를 알리는 숫자가 빠르게 변하고 목적지에 다다르자 엘리베이터의 문이 열린다. 반듯하게 생긴 여비서가 손을 배꼽 위에 올리고 공손히 허리를 숙였다.

"이한영 판사님이십니까?"

"네."

"기다리고 계십니다."

비서가 몸을 돌려 긴 복도를 앞서 걷는다. 그리고 잠시 후 치솟을 듯 높은 문 앞에 섰다. 앞에는 공항의 보안 검사대 같은 게 보인다.

문을 올려다보는 이한영에게 비서가 검은색 바구니를 내민다.

"휴대폰과 시계, 볼펜 등의 물건을 소지하고 들어갈 수 없습니다."

여러 형태로 발전된 소형 녹음기를 사전에 막기 위함이다. 시계를 풀어

바구니에 담던 이한영이 말했다.

"가방은 가지고 들어갈 겁니다. 서류만 있습니다."

"네."

온갖 잡다한 검사가 끝난 뒤에야 열리지 않을 것 같던 거대한 문이 열렸다. 쉰 명이 앉을 긴 회의 테이블에 유선철 대표와 어떤 중년 남성이 보인다. 그리고 유선철 대표의 옆으로 단발머리 여성이 서 있다.

여성은 유선철 대표의 비서실장으로 잘 아는 얼굴이다. 하지만 중년 남성은 처음 본다.

'누구지?'

유선철 대표가 이한영을 보며 자리에서 일어섰다.

"소파에 좀 앉아 계시겠소? 내가 아직 일하는 중이라."

이한영은 회의 테이블에서 조금 떨어진 소파에 앉았다. 테이블과는 등을 기대고 앉은 자리라 상대의 얼굴은 볼 수 없지만 자연스레 회의 테이블의 대화 소리는 들려온다.

"아들이 폭행죄로 걸렸다고요?"

"아, 네."

중년 남성이 이한영의 눈치를 보자 유선철 대표가 괜찮다는 듯 손을 젓는다.

"내 딸애가 만나는 사람인데, 한번 보고 싶어서 불렀어요. 괜찮습니다. 그래서 지금 아들은 어디에 있습니까?"

중년 남성이 민망스러운 표정으로 대답한다.

"중앙지검에 있습니다."

"알았어요, 잠시만요."

유선철 대표가 시선을 틀어 자신의 옆에 선 비서실장을 향했다.

비서실장이 고개를 끄덕이더니 몸을 돌려 중앙지검장을 향해 전화를 건다. 그리고 다시 몸을 돌려 유선철 대표에게 휴대폰을 건넨다.

유선철 대표는 모두가 들을 수 있도록 스피커폰 버튼을 누른 후 전화기를 테이블에 내려놓았다.

“나예요, 지검장.”

-그동안 안녕하셨습니까, 대표님?

“내 아는 분의 아들이 있는데, 이승민이라고.”

뭔가 뒤적이는 소리가 들려왔다. 그리고…….

-네, 지금 형사 3부에서 조사받는 중입니다.

“우리 로펌에서 그 일을 맡으려고 하는데, 의견 좀 듣고 싶습니다.”

-체면에 어긋나지 않게 준비하겠습니다.

“고마워요. 나중에 식사나 하죠.”

판사가 있는 곳에서 청탁을 하다니. 유선철은 이한영에게 자신의 힘을 대놓고 과시하고 있었다.

유선철 대표의 차가운 시선이 천천히 이한영의 뒷모습을 향했고, 소파에 앉아 있던 이한영은 알 수 없는 미소를 지었다.

“오래 기다리게 해서 미안하네.”

“괜찮습니다.”

중년 남성이 떠난 후 유선철 대표는 소파로 걸어와 이한영의 맞은편에 앉았다. 하지만 그게 끝. 어떤 대화도 이어지지 않았다.

유선철 대표는 말없이 이한영을 바라보고만 있다. 보통 사람은 상관도 하지 않을 작은 움직임, 손가락 까닥거리는 것조차 살펴 성격과 심리를 분석하려는 거다. 셀 수 없이 많은 사람을 만나며 자연스레 얻어진 관찰 능력은 내면을 꿰뚫어보는 괴물을 만들어냈다.

전생에서는 아무것도 모른 채 유선철 대표를 만나 낱낱이 까발려졌었지만, 지금은 다르다. 이미 한번 겪어봤던 일이고 이에 대한 대응은 생각해 왔다.

이한영은 깍지 낀 손을 무릎에 올린 후 눈동자를 내려 시선을 피했다.

그리고 자연스레 발끝을 비스듬히 튼다. 초조하고 방어적이며 이 상황을 벗어나고 싶다는 몸짓. 유선철 대표에게 진짜 얼굴을 보일 필요가 없기에 내면을 역으로 보이려는 행동이다.

유선철 대표는 인간이 통제하기 어려운 미세한 표정과 발끝의 움직임 등 이한영의 모든 행동을 눈에 담고 있었다. 괴물의 혓바닥이 살갗을 스치듯 서늘한 눈길이 이한영의 머리끝부터 발끝까지 기분 나쁘게 훑어내린다.

이한영이 마른침을 꿀꺽 삼킬 때 건조한 목소리가 들려왔다.

"판사 앞에서 지검장에게 부탁하고. 본의 아니게 좋지 못한 모습을 보였어. 미안하네."

어느새 반말.

이한영은 대답하지 않았다. 하지만 눈빛은 사근사근했다.

그 눈빛에 유선철 대표가 만족한다는 듯 고개를 끄덕이며 말을 이었다.

"이한영이라고?"

"네."

"생각했던 것보다 훨씬 더 마음에 들어."

"감사합니다."

이한영이 살짝 고개를 숙이며 유선철 대표의 표정을 살폈다.

그는 빙긋이 미소를 그리고 있다.

'속았어!'

이제 이한영을 신념은 있지만 감당할 수 없는 힘엔 고개를 숙일 줄 아는 사람으로 평가할 거다. 그리고 유선철 대표는 그런 사람을 좋아한다. 강자 앞에서 꼬리를 살랑거릴 수 있어야 오래 살아남을 수 있다나 뭐라나 하면서.

"세희가 이따금 이한영 판사의 이야기를 하는데, 그때마다 아주 즐거워 보여."

"아, 네."

이쯤 되니 유세희가 식탁에 앉아 무슨 말을 하는지 정말 궁금해진다. 하지만 물어볼 수는 없다. 멋쩍은 미소만 지을 뿐이다. 그리고 유세희와 어떤 관계도 아니지만 굳이 반론하지 않았다. 지금은 상대가 그렇게 믿어주는 게 이한영의 행동에 도움이 되기 때문이다.

이후로 유세희에 관한 이야기로 몇 번의 대화를 이어갔다. 유선철 대표의 입에서 나온 말은 유세희가 어릴 때 어땠는지에 대한 단상이다.

유세희에 대한 화제가 슬슬 끝나갈 무렵, 유선철 대표가 찻잔을 들며 별것도 아닌 말투로 말을 툭 내뱉었다.

"직권에 의한 조사를 한다고?"

그 말로 수건돌리기를 하듯 빙빙 돌던 겉핥기 대화가 끝났다.

"네."

"이유가 뭔가? 나도 법으로 밥을 먹는 사람으로, 단독판사가 그런 결정을 했다는 것에 대해 궁금증이 많았어."

"민사는 원고와 피고가 모두 인정하고 만족해야 좋은 재판이라고 생각합니다. 하지만 양측의 주장은 상반되어 있었고, 기록물만 봤을 땐 어느 쪽의 손을 들어도 패배한 쪽에서 반발할 게 분명했기 때문입니다."

"그래서 판사가 개입해 좋은 재판을 만들어보려 한 건가?"

"네."

날카로운 눈으로 이한영을 지켜보던 유선철 대표가 송곳을 찔러 넣듯 묻는다.

"세희에게 재판에서 빠지라고 한 이유는 뭐지?"

"네?"

일부러, 일부러 당황한 표정을 지었다.

이한영이 당황하자 유선철 대표가 다 알고 있었다는 눈빛으로 낮게 웃으며 입을 연다.

"세희는 인정받고 싶은 욕구에 비해 큰일을 못 해본 아이야. 그런데 갑자기 일을 포기한다니 이상했어……. 그런데 인제 보니 이한영 판사의 훈수가 있었구먼?"

"죄송합니다."

"아니야, 괜찮아. 법에도 연인 사이의 일은 많이 덮어주지 않나? 난 이유가 듣고 싶을 뿐이야. 세희에게 빠지라고 한 이유. 직권에 의한 조사를 하려는 이유."

점차 강압적으로 바뀌던 유선철 대표가 뚝 말을 멈춘다. 그리고 조용히 이한영을 바라본다. 이번에도 모두 알고 있다는 눈빛이다.

그 눈빛은 '피해자들의 손을 들어주려는 거지!', '그래서 세희에게 빠지라고 한 거지!', '피해자들의 증거보다 시청의 증거가 배는 많으니까 직권으로 조사한다고 한 거지!'라고 말하고 있었다. 고압적인 눈매는 어서 잘못을 토해내라며 이한영의 입을 강제로 벌릴 듯했다.

이한영의 입술이 달싹였다.

"저도 재판에 관해 드릴 말씀이 있었습니다."

"해봐."

"이번 재판, 포기해주십시오."

"뭐?"

예상을 빗나간, 뜬금없는 대답이다.

유선철 대표의 눈썹이 꿈틀거렸지만 이한영은 상관하지 않고 말을 이었다.

"에스로펌이 그동안 적자를 낸 것처럼 허위 보고를 했다는 자료가 있습니다. 그 자료가 발표되면 탈세 혐의로 수백억 원의 추징금을 내야 할지도 모릅니다."

이한영은 진심으로 유세희가 있는 에스로펌이 걱정된다는 눈빛과 함께 말을 꺼냈고, 유선철 대표의 이맛살은 확 접혔다.

"……탈세라니? 무슨 소리 하는 건가?"

가장 잘 아는 사람이 모르는 척하고 있다.

그럼 알려주는 게 예의다. 이한영은 들고 온 가방을 열어 서류를 꺼내 테이블 위로 쑥 내밀었다.

유선철 대표가 느릿하게 서류를 손에 들 때 이한영은 그를 향해 시선을 올렸다. 유선철 대표는 수천억 원의 재산을 가지고 있다. 하룻밤 술값은 상상하기 힘들며, 힘 있는 사람들의 주머니에 수십억의 돈을 찔러주는 걸 자랑으로 여긴다. 하지만 세금 내는 건 아까워하는 사람이다.

지금껏 조용했던 유선철 대표의 얼굴에 태풍경보가 울리고 있었다. 서류를 노려보듯 살피던 유선철 대표의 시선이 이한영에게로 향했다.

눈빛과 달리 목소리는 차분하다.

"누구야?"

"네?"

"이 자료 끄적거린 사람이 누구야?"

전생의 기억을 토대로 이한영이 작성한 거다. 하지만 그렇게 말할 수는 없다.

"충남법원에서 얼마 전 내사가 있었습니다. 그 내사에 제가 관여했고, 진행 중에 몇몇 판사들이 정치권과 결탁한 사실을 알게 됐습니다."

"그래서?"

"조사를 은밀히 이어 던 중에 우연히 발견된 자료입니다. 누가 작성했는지는 모르지만 야당에서는 그동안 대기업이나 대형 로펌의 약점을 쥐기 위해 준비하고 있었던 것 같습니다."

진실 1퍼센트, 거짓 99퍼센트.

유선철 대표가 이한영의 말을 조사한다고 해도 상관없었다. 이한영이 내사에 관여되어 있던 것은 사실이었고, 그 뒤 어떻게 움직였는지 전부를 아는 사람은 아무도 없으니까.

이한영이 계속 말을 이었다.

“야당은 이번 사건을 장작으로 삼아 정치 싸움의 불씨를 피울 생각을 하는 것 같았습니다. 그래서 유세희 씨에게 빠지라고 했습니다.”

“장작은 계속 필요한데, 그 제물이 에스로펌이 될 가능성이 존재한다?”

“건방진 생각이었다면 죄송합니다.”

유선철 대표가 고개를 저었다. 그리고 다시 자신의 손에 들린 서류를 본다.

“그놈들은 충분히 뒤통수를 때리고도 남을 놈들이지. 그럴 수도 있겠어.”

그게 끝이었다. 앞으로 어떻게 하겠다는 말 없이 서류를 덮어 테이블 위로 툭 던졌다.

* * *

잠시 후.

이한영이 떠난 그 자리에 유선철 대표는 아직 앉아 있다. 그가 손을 살짝 올리자 지금껏 멀찍이 떨어져 없는 것처럼 서 있던 단발머리의 비서가 다가왔다.

“야당에 문제를 제기할까요?”

유선철 대표가 손을 저었다.

“됐어. 그놈들이 이런 걸 준비하고 있다는 걸 안 것만으로도 큰 이득을 본 거야. 더 바라지는 마.”

“알겠습니다.”

“하지만 그냥 넘어갈 수는 없지. 여당 대표에게 전화 돌려봐.”

“네.”

비서가 전화를 꺼내려 할 때 유선철 대표가 다시 입을 연다.

“이한영이 어땠어?”

"전 괜찮게 봤습니다."

유선철 대표가 입꼬리를 올렸다.

"세희가 나이가 들었나? 사람 보는 눈이 좋아졌어."

그 시각, 차량에 올라탄 이한영은 눈을 비비고 있었다. 유선철 대표를 향해 존경의 눈빛을 보냈던 눈동자를 모래알로 씻고 싶은 기분이다. 한참 거칠게 얼굴을 비비던 이한영이 행동을 멈추고 방금 나온 엘리베이터로 시선을 향했다.

유세희에게 힘을 실어주고 유하나에게 엿을 먹이려던 계획은 어긋났지만, 생각지도 못하게 단숨에 유선철 대표의 앞에 섰으니 성과는 크다.

이한영의 시선은 조수석에 놓인 서류 가방으로 이동했다. 전생을 돌이켜보면 에스로펌의 탈세 혐의는 몇 번이나 불거져 나왔지만 언제나 미꾸라지처럼 쏙쏙 빠져나가기 일쑤였다.

탈세로 에스로펌을 흔들 수는 없다. 놈들을 잡으려면 더 큰 덫을 놓아야 한다. 이한영의 머릿속에서 앞으로의 계획이 빠르게 세워지고 있었다.

* * *

–에스로펌이 추용진 시장의 변호를 포기했습니다. 에스로펌의 유하나 변호사는 재판을 준비하는 과정에서 시청의 협조가 부족했다며…….

–추용진 시장이 새로운 변호인단을 선임했습니다.

–추용진 시장이 변호인단과 함께 직접 재판에 참여하기로 했습니다. 추용진 시장은…….

뉴스가 시끄럽게 이어지며 재판의 날이 성큼 다가왔다.

"2시 재판이죠?"

책상에 앉아 기록물을 보던 이한영이 시선을 들어 앞을 향했다. 윤슬혜 판사가 보인다.

"언제 들어왔어, 기척도 없이?"

그녀가 생글 미소를 그리며 이한영의 책상에 커피를 내려놓는다.

"드세요."

새로운 부장 아래에서 새롭게 법원 생활을 시작한 윤슬혜 판사는 표정이 많이 좋아졌다. 예전에는 웃고 있어도 어딘지 피곤하고 우울해 보였는데 지금은 웃지 않아도 기분 좋아 보인다.

"웬 커피?"

"우동진 부장 일요. 감사하다는 말 제대로 못 한 것 같아서요. 하긴 했지만 커피라도 드려야 할 것 같아서."

"땡큐."

이한영이 뒷목을 주무르며 캔커피의 뚜껑을 열었다.

"맞다, 오늘 이한영 판사님 재판에 기자들 엄청 올 것 같아요."

"그러겠지."

정치권에서 떠들썩한 일인 데다 시장이 직접 법정에 선다는데 기자들이 가만히 있을 리 없다.

"시장이 왜 나올까요? 이한영 판사님을 압박하려는 걸까요?"

이 사건을 최대한 빨리 끝내고 새로운 국면을 맞이하려는 여당 대표의 지시일 거다. 그리고 시장은 아무 잘못이 없다는 정치적 퍼포먼스이기도 하다.

윤슬혜 판사가 힐끔 이한영의 표정을 보더니 말을 잇는다.

"대법관이 와도 압박당하지 않을 분인데."

"그렇게 보여?"

"네, 항상 당당하시잖아요."

그때 이한영의 휴대폰에 진동이 울렸다.

"네, 기자님."

–저 지금 여기에 와 있거든요. 시장 재판 보려고요.

왠지 목소리가 다급하다.

–제가 법조 기자 경력이 얼마 되지 않아서 그런지 모르겠는데요. 기자들 이렇게 많이 온 건 처음 봤어요, 으아아아.

"그거 말하려고 전화하신 거였어요?"

–아뇨, 아뇨! 사람 많은 거 미리 알고 오시라고요. 갑자기 많은 사람들을 보고 긴장하지 마시라고.

"그 말 들으니까 벌써 긴장되는데요."

–아…….

수화기 너머에서는 잠시 말이 없다.

보지 않아도 알 수 있다. 송나연 기자는 지금 동상처럼 굳어 '내가 입이 방정이지, 전화를 왜 해서'라고 생각하며 자신을 탓하고 있을 거다.

* * *

"모두 일어나주십시오!"

이한영의 등장에 법정에 있던 사람들이 자리에서 일어섰다. 딱 한 명 빼고.

피고인석에 삐뚤게 앉아 있던 추용진 시장이 건들거리는 손가락으로 자신의 다리를 가리키며 말한다.

"아, 다리를 다쳐서."

이한영이 추용진 시장을 보며 가소로운 듯 미소 지었다.

"바로 시작하죠."

02

재판이 한창 진행되고 있을 때.

두 남자가 법정을 향해 걷고 있었다. 앳된 얼굴의 젊은 기자와 주름이 자글자글한 경력 많은 기자다. 젊은 기자는 서두르려 했지만 경력 많은 기자가 느릿느릿 움직이는 바람에 속도를 내지 못하고 있다.

젊은 기자의 다급한 표정을 보며 경력 많은 기자가 픽 웃는다.

"천천히 가자."

"시작하지 않았을까요?"

경력 많은 기자가 고개를 휘휘 젓는다.

"좀 늦어도 괜찮아. 지각했다고 벌금 내는 것도 아니고 출석 체크하는 것도 아니잖아?"

"그래도요. 돌아가는 상황을 알아야 기사를 쓰죠. 다른 기자들은 아까 들어간 것 같은데요."

"괜찮다니까. 내가 법원 밥을 몇 년 먹었어? 지금쯤이면 증인 선서하고 있을 거야. 네가 쓸 기삿거리는 나오지도 않았을 테니 걱정하지 마."

젊은 기자가 입을 삐죽, 불만의 표정을 짓는다.

그 표정을 보며 경력 많은 기자가 말을 잇는다.

"네가 경력이 짧아서 모르나 본데, 이런 재판은 요란하기만 하지 볼 건 없어."

"그래요?"

"여기 판사가 형사 뛰다가 이제 막 민사로 온 생초짜야. 그런데 기자들은 왕창 와 있고 시장이 정치 퍼포먼스로 피고석에 떡하니 앉아 있어. 이게 무슨 상황 같아?"

"글쎄요."

"네가 신문사 대표님 인터뷰하는 거랑 똑같지, 흐흐흐. 생각해봐라. 초보 판사가 떨려서 제대로나 하겠냐?"

젊은 기자가 이해했다는 듯 고개를 끄덕였다.

경력 많은 기자가 젊은 기자의 등을 툭툭 두들기며 계속 말을 이었다.

"그 지겨운 걸 다 보고 앉아 있을 필요는 없어. 우리가 써야 할 게 뭐야? 간략한 재판 분위기. 그중에서도 뭐? 추용진 시장이 어떤 행동을 하는지, 그것만 보면 되는 거야. 알았어?"

"네."

고개를 주억거리는 젊은 기자를 보며 경력 많은 기자가 슬쩍 미소를 지었다.

"들어가서 보면 내가 무슨 말을 하는지 알 거다."

잠시 후, 두 사람은 법정에 도착해 안으로 들어갔다. 이제 막 피해자 측 증인신문이 시작되는 중이었다.

경력 많은 기자가 남은 자리를 비집고 찾아 앉으며 주변을 슥 둘러봤다.

늦게 온 만큼 분위기부터 살피는 거다. 그의 시선은 원고, 피고, 판사를 지나 방청석으로 향했다. 태반이 기자다. 기자들의 시선은 모두 피고석에 앉아 있는 추용진 시장에게 향해 있다.

경력 많은 기자가 젊은 기자에게 귓속말을 했다.

"다른 기자들 눈이 어디에 있는지 봐. 재판의 결과와 진행은 아무도 관심 없어. 모두 추용진 시장만 궁금할 뿐이야."

"추용진 시장 되게 거들먹거리고 있네요."

"손바닥 비비고 돈 꽂아서 시장 된 새끼야. 기자들 있는 건 신경도 안 쓸 거다. 그러니까 너도 추용진 시장을……."

순간 뭔가가 이상했는지, 그는 말끝을 흐렸다. 법정에 들어와 스치듯 봤던 판사의 얼굴이 뒤늦게 떠오른 거다.

'뭐지?'

그의 시선이 천천히 법대에 앉아 있는 판사를 향했다.

단독판사가 정치판에서 뒹구는 시장을 다루기는 어렵다고 생각했는데…….

'초짜라고 하지 않았어? 저게 단독이라고?'

기자는 혹시 잘못 봤나 싶어 다시 판사의 눈빛을 살폈다. 아무리 봐도 평범한 단독판사가 아니다. 수십 년 굴러먹은 능구렁이가 앉아 있는 것 같다. 오랜 시간을 법원에서 보낸 기자의 뾰족한 촉이 등줄기를 타고 올라오고 있었다.

경력 많은 기자가 옆에 앉은 젊은 기자를 팔꿈치로 툭툭 찔렀다. 젊은 기자가 고개를 돌리자 작게 입을 연다.

"노트북 펴고, 저 판사만 봐."

"판사요? 시장은요? 시장 보라면서요?"

"시장은 됐어. 판사만 봐. 뭐 터질 것 같으니까 준비 딱 해."

그의 진지한 눈빛을 본 젊은 기자가 고개를 끄덕이며 노트북을 펼쳤다.

게을러 보여도 냄새 맡는 것엔 전국 최고라는 걸 인정하기 때문이다.

경력 많은 기자는 다시 법대에 있는 판사에게로 시선을 옮겼다.

'저 판사는 도대체 뭐야?'

* * *

재판은 빠르게 진행되고 있었다.

어느새 피해자 측이 신청한 증인신문이 끝나고 이어서 시청의 증인이 자리에 앉았다.

시청에서 선임한 변호사가 목에 핏대를 세우며 묻는다.

"정기적 또는 비정기적으로 도로 상태를 확인했다는 거죠?"

"네."

변호사가 빠르게 말을 잇는다.

"마지막으로 도로를 점검했을 때가 언제입니까?"

"사고가 나기 일주일 전에 확인했어요."

증인은 30대 후반의 남자로 시청 직원이다. 며칠 전, 시청 측 변호사를 은밀히 만나 증언할 내용을 교육받았었다. 즉, 지금 오가는 질문과 대답은 대본처럼 짜놓은 거다.

신문이 이어지는 동안 이한영의 시선은 방청석을 살피고 있었다. 한쪽 구석에서 피해자들이 간절한 표정으로 두 손을 모으고 있다. 그들은 보상금을 받고 싶은 게 아니다. 잘못이 없다고 정색하는 시청으로부터 진실된 사과를 듣고 싶을 뿐이다.

피해자들의 표정을 살피던 이한영의 눈동자가 추용진 시장에게로 이동했다. 추용진 시장은 거실 소파에 앉아 법정 드라마를 보듯 다리를 까닥까닥하며 재수 없는 표정으로 여유롭게 상황을 즐기고 있다. 증인의 답을 들을 때마다 뭐가 웃긴지 픽픽 웃기도 한다. 피해자들과 전혀 다른 분위기다.

그때 변호사가 몸을 돌려 이한영을 향했다.

"이상입니다."

변호사가 자리로 돌아가자 이한영은 윤관호 변호사를 향해 입을 열었다.

"원고 측, 증인신문 시작하세요."

윤관호 변호사가 증인 앞으로 나왔다.

"증인, 산사태가 일어난 지역엔 보수공사가 예정되어 있었습니다. 그런데 공사를 진행하지 않았죠. 맞습니까?"

눈을 깜빡거리던 증인은 눈동자를 또르르 굴려 추용진 시장에게 향했다. 동시에 추용진 시장이 손가락을 까닥, 계획대로 하라는 신호를 보낸다.

"……잘못 알고 계신 것 같은데요. 일정이 미뤄져서 그렇지 진행하려고 했었습니다."

"진행하려고 했다고요?"

"네."

시청은 계획만 했을 뿐, 공사할 의지는 없었다. 그런데 직원은 뻔뻔한 얼굴로 다른 소리를 하고 있다. 윤관호 변호사의 미간에 주름이 잡힐 때 피고석은 축제 분위기가 되었다.

추용진 시장이 시청 변호사의 귀에 대고 속삭인다.

"저 변호사 지금 엿 먹은 거 맞지?"

"표정 보니까 그러네요. 증인이 조금만 더 밀어붙이면 이 재판은 확실히 우리에게 기울어질 겁니다."

"변호사면 많이 공부한 양반인데, 병신 아니야? 자료가 우리 측에 있으면 언제든 원하는 대로 조작할 수 있는데, 그걸 몰라, 흐흐흐. 그런데 어렵지도 않은 재판을 에스로펌은 왜 포기하고 지랄이었을까?"

"원래 서울 놈들이 지방 재판은 못 해요. 재판도 다 인맥인데, 향판과 알고 지낼 리가 없잖아요."

"어찌 되었든 다 변호사 덕이야. 재판 마무리되면 내가 크게 한턱낼게.

기대해.”

“감사합니다.”

희희낙락, 목소리도 크다.

“피고 측, 조용히 하세요.”

결국 참다못한 이한영의 목소리가 들렸다.

“죄송합니다.”

변호사는 고개를 숙였지만 추용진 시장은 거들먹거리는 표정으로 손만 살짝 들어 올린다. 이한영의 시선이 증인에게 이동하자 추용진 시장은 그새를 못 참고 또 입을 연다.

“저 새끼는 한번 보자는 걸 왜 그렇게 거부했을까?”

“누가요? 저 판사요?”

“내가 재판 시작하기 전에 한번 보자고 했거든. 그런데 계속 싫다고 거부하더라고. 재판 불리하게 될까 봐 걱정했는데, 그럴 필요가 없었네. 에이.”

“판사이기는 하지만 나이가 어리잖아요. 시장님을 만나는 건 부담스러웠겠죠, 흐흐.”

변호사의 웃음소리가 소리 없이 흐를 때 추용진 시장은 증인에게 눈을 돌렸다. 증인은 윤관호 변호사의 질문에 넙죽넙죽 대답하고 있다. 그 대답이 만족스러웠나 보다.

“우리 계장, 휴가 좀 보내줘야겠네.”

증인과 눈이 마주치자 추용진 시장이 엄지손가락을 들어 보인다.

“잘했어. 잘했어.”

“피고 측! 조용히 해달라고 했을 텐데요.”

다시 이한영의 경고가 떨어졌다.

두 번째다.

하지만 이번에도 추용진 시장은 반성의 기미 없이 손만 까닥 흔든다.

"네, 그러죠."

"피고, 예의 있는 모습까지는 바라지 않지만 자중해주시기 바랍니다. 이 법정엔 피고가 시장으로 있는 시의 시민들이 피해자로 나와 있어요."

가만히 있으라는 말인데, 아니꼽게 들렸나 보다.

시장의 눈살이 완벽하게 찌푸려졌다.

"재판장님, 시의 시민들과 이 재판이 무슨 상관인가요?"

"피고, 증인신문 할 때 계속 웃고 있었던 거 압니다. 손으로 뭔가를 지시하는 모습도 봤고요. 지금까지는 참고 있었지만 더 이상은 어렵겠습니다. 한 번만 더 그런 모습 보이면……."

추용진 시장이 "그럼 뭐?"라고 말하기 위해 입술을 달싹거리자 변호사가 그의 손을 빠르게 잡으며 다급한 목소리로 작게 속삭였다.

"참으세요. 기자들 있어요."

추용진 시장이 아랫입술을 꾹 문 채 곁눈질로 방청석을 살폈다. 수많은 기자들이 초롱초롱한 눈빛으로 노트북에 손을 올리고 있다. 아무리 바보라 해도 이럴 때 떡밥을 뿌리는 것은 불난 집에 휘발유를 끼얹는 것과 마찬가지라는 것을 알고 있다.

결국 추용진 시장의 입에선 하고 싶은 말을 하지 못했다는 답답한 한숨이 흘렀다.

"하…… 알겠습니다. 죄송합니다."

추용진 시장이 입을 다물었다. 그 덕에 법정은 조용해졌지만 그의 표정은 여전히 건들건들하다.

한편, 지금껏 법대를 지켜보고 있던 경력 있는 기자가 젊은 기자에게 빠르게 말했다.

"지금 판사가 한 말, 피해자들이 법정에 와 있으니까 자중하라는 말, 빨리 올려! 제목은 '시장에게 호통친 판사', 어때?"

"넵!"

젊은 기자는 기다렸다는 듯 대답했다.

그는 판사의 말과 행동을 모두 적던 중이다. 편집해서 올리기만 하면 된다.

경력 있는 기자가 입꼬리를 올리며 말했다.

"단독 거는 거 잊지 말고!"

"당연하죠."

젊은 기자가 노트북을 두들기기 시작하자 경력 있는 기자는 휴대폰을 들어 혹시 관련 기사가 없는지 찾아본다.

판사가 시장을 상대로 경고했다는 것은 좋은 기삿거리다. 이런 기사가 올라가면 네티즌들이 물어뜯으며 조회 수를 올려줄 게 분명한데…….

"어?"

"왜요?"

"이미 올라갔어."

"안 올렸는데요?"

"아니, 씨발. 누가 이미 올렸다고. 누구야, 도대체?"

기사를 터치해서 작성한 기자의 이름을 찾았다.

"송……나연? 알아, 누군지?"

젊은 기자는 모른다는 표정으로 도리도리 고개를 저었다.

경력 있는 기자가 머리를 북북 긁으며 방청석을 죽 훑기 시작했다.

"하, 손가락 빠르네. 어디에 앉아 있는 사람이야?"

방청석의 가장 앞이다.

옷을 얼마나 껴입었는지 동그랗게 보이는 송나연 기자가 손가락 잔상만 보일 정도로 빠르게 기사를 적어 올리고 있었다.

* * *

재판은 계속 이어졌다.

이한영은 윤관호 변호사의 증인신문을 보고 있었다. 하지만 머릿속은 온통 추용진 시장의 건방진 얼굴로 채워져 있다. 보통 사람은 법정의 분위기에 위축되기 마련이다. 하지만 추용진 시장은 심할 정도로 여유가 있다. 그것은 이 재판이 콩밥을 먹일 수 있는 형사가 아니라 민사이기 때문이다.

그리고 추용진 시장이 얻을 물질적 피해는 전혀 없다. 피해자들이 보상금을 받는다 해도 세금에서 나가는 거지 자신의 지갑에서 나가는 게 아니다.

당의 간부들에게 밉보이고는 있지만 시간이 지나면 손바닥을 비벼 해결할 수 있다고 생각할 거다. 그걸 알기에 추용진 시장은 처음부터 끝까지 거들먹거리고 있다.

이한영의 시선이 추용진 시장에게로 향했다. 눈이 마주치자 히죽 웃어 보인다.

더러운 미소를 보던 이한영의 눈동자가 자신의 앞으로 움직였다. 서류가 보인다. 이한영의 손가락이 툭, 서류를 건드려본다.

'다리가 아파서 못 일어나겠다고? 영원히 일어나지 못하게 해줄까?'

"추가 신문 필요하십니까?"

증인신문이 끝났다. 이한영의 질문에 양측 변호사들은 고개를 젓는다. 이제 판결 기일을 지정하고 재판을 마치면 된다. 하지만 이한영은 재판을 끝낼 생각이 없는지 턱을 쓸어 만지며 말없이 앉아 있다.

적막한 시간, 모두가 숨을 죽인 채 이한영의 말을 기다린다. 그리고 잠시 후 이한영의 시선이 불만으로 가득한 표정의 추용진 시장에게 향했다.

"피고, 다리가 불편하다고요?"

뜬금없는 질문이지만 추용진 시장은 대수로울 것 없다는 듯 고개를 끄덕였다.

"네."

"불편하더라도 증인석에 와주시겠습니까?"

"증인석에요? 내가요?"

"네."

판사 따위가 시장을 증인석에 앉히려 하다니.

추용진 시장의 미간이 확 일그러졌다. 기자들만 없었다면 씨발 저발 등 갖가지 욕이 난무했을 눈빛이다.

"판사님, 이 재판에 제 증언이 필요한 것 같지는 않은데요."

"그건 제가 판단할 문젭니다. 전 피고에게 묻고 싶은 게 있는데요."

추용진 시장이 자신의 다리를 가리켰다.

"아파서 못 가겠습니다."

"법정 경위에게 부축을 부탁하죠. 경위, 피고가 증인석에 앉을 수 있도록 도와주세요."

법정 경위가 추용진 시장에게 다가왔다.

추용진 시장의 얼굴이 다시 한번 팍 일그러진다.

"됐어요. 내가 알아서 가죠."

그가 벌떡 일어나 증인석을 향해 걸어간다. 조금 절뚝이기는 하지만 많이 아파 보이지는 않는다.

증인석에 앉은 추용진 시장이 삐뚜름한 눈으로 이한영을 노려본다. 시장을 증인석에 앉혔으니 어디 마음대로 해보라는 눈빛이다. 하지만 방청석과 등지고 있으니 그 얼굴과 눈빛이 기자들에게 보일 리는 없다.

"질문 있으면 하세요."

눈빛과 태도로 압박하려는지 말투도 호의적이지 않다.

하지만 이한영은 상관하지 않았다.

"어쩌다 다친 겁니까?"

"스키 타다가."

"몸도 안 좋으신데 법정까지 오시고, 고생하셨습니다."

"네."

기분 나쁜 티를 팍팍 풍기는 추용진 시장을 보며 이한영이 차분히 입을 열었다.

"변호인을 통해 들으셨겠지만 이번 재판은 제가 직권으로 증거를 조사했습니다."

그 말에 법정이 웅성대기 시작했다.

"판사가 직권으로?"

"무슨 말이야? 가능한 거야?"

"조사는 검사가 하는 거 아냐?"

"민사를 검사가 어떻게 해! 그러니까 판사가 하겠지."

"관련 법 찾아봐, 어서!"

기자들의 타이핑 소리가 거칠게 들려온다.

이한영은 소란이 잠잠해지길 기다리며 얼음장같이 싸늘한 눈빛으로 추용진 시장을 내려다보고 있었다.

그 눈빛에 추용진 시장은 눈을 찌푸렸다.

'뭘 조사한 거야? 뭐가 나온 거야? 나올 게 없잖아?'

불안했는지 주변을 두리번두리번한다. 변호사와 눈이 마주쳤지만 그 역시 아무것도 모르는지 눈만 껌뻑이고 있을 뿐이었다.

그리고 법정이 조용해졌을 때 이한영은 들고 있던 서류를 툭, 법대에 내려놓았다.

"피고, 제가 조사한 증거를 보면 피고의 행동 중 법에 어긋나는 게 발견됐습니다. 하지만 이 법정에서 그 책임을 추궁하지는 않을 겁니다."

'뭐야? 이 법정에서 추궁하지 않는다고? 그럼 다른 법정에서 추궁하겠다는 말이야? 도대체 뭔데?'

"제가 조사한 바에 따르면 사고 지역을 공사하기로 계약된 업체는 예정에 없던 다른 곳을 공사하고 있었습니다."

추용진 시장이 눈이 순간 튀어나올 듯 커졌다.

'어떻게 알았지?'

쉬쉬하던 일인데 그걸 찾아내다니…….

잠시 눈을 깜박거리던 그가 더듬더듬 입을 열었다.

"그, 그래서요? 일하다 보면 예정대로 안 되는 때가 많아요. 사람이 하는 일인데, 틀어지기도 하는 거죠. 아마 그때도 다른 지역에 갑자기 일이 생겨서 공사했을 겁니다. 그런 거 있잖아요? 관이 터지거나 그런 거. 맞아요. 그랬어요."

지금까지 단답형으로 대답했는데, 많이 당황했나 보다. 기색을 숨기지 못하고 길게 변명하고 있다.

직구가 들어간 거다.

이럴 땐 하나 더 넣어줘야 한다.

"관이 터지거나 그런 공사가 아니라 보도블록을 교체하는 작업이었습니다. 장마철이 다가오는데, 배수로 정비보다 보도블록 교체가 더 시급했나 보네요."

"그, 그러니까, 유모차를 끄는 엄마들은 보도블록이 낡으면 다니기 힘들거든요."

말도 안 되는 변명.

그럼 다시 한번 직구.

"작년에도 교체한 것으로 되어 있는데 올해 또 교체한 이유가 뭡니까? 제가 알기로 보도블록의 수명은 15년 정도일 텐데요."

추용진 시장의 얼굴에선 식은땀이 삐질삐질 흐르고 있었다.

"15년이라는 수명은 잘 관리했을 때고요. 거기는 관리가 안 됐는지 금방 부서졌더라고요."

계속해서 한심한 대답이 이어지자 이한영이 무겁게 입을 열었다.

"제가 조사한 바에 따르면 피고는 일정의 돈을 받기로 업체와 계약되어 있었습니다."

"아니야!"

추용진 시장이 자신도 모르게 벌떡 일어섰다.

그런데 뒷덜미가 섬뜩하다. 조심스레 뒤를 바라보니 기자들이 초롱초롱한 눈으로 추용진 시장을 잡아먹을 듯 보고 있다. 여기서 입을 잘못 놀리면 피라냐 떼가 있는 강물에 다이빙하는 것과 같다.

추용진 시장이 마른침을 꿀꺽 삼키며 조심스레 입을 열었다.

"아니에요. 돈이라니, 무슨 큰일 날 소리를 하는 겁니까? 전 한평생 부정한 돈을 만져본 적이 없습니다."

"아니라고요? 그럼 업체에서 피고의 아들 통장에 돈을 넣는 이유가 뭡니까?"

"그, 그게, 그러니까……."

추용진 시장은 어떻게든 상황을 모면하기 위해 머릿속으로 수많은 계산을 반복했다. 그리고 잠시 후 답을 얻었는지 허옇게 질려 있던 얼굴에 조금이지만 핏기가 돈다.

그가 고개를 끄덕끄덕하더니 침착하게 입을 열었다.

"제가 그 업체 사장과 개인적인 친분이 있습니다. 그래서 돈을 빌려준 일이 있어요. 그런데 시장과 업체 사장이 친한 사이라는 게 알려지면 좀 그렇잖아요? 그래서 몰래 빌려주고 받는 중이었습니다. 그뿐입니다. 전 항상 봉사하는 마음으로 대한민국을 위해 일했고, 또 일하고 있습니다. 부끄러운 점은 없습니다."

잠시 말을 멈춘 추용진 시장이 자리에서 일어나더니 몸을 돌려 방청석을 향한다. 그의 눈은 정확히 피해자들을 보고 있었다.

"우선, 그 도로의 보도블록은 많이 깨져 있던 상태입니다. 유동 인구가 많은 지역이라 다른 사고를 막기 위해 그 도로의 보수공사를 먼저 지시했습니다."

그의 말이 다시 멈췄다. 그리고 이번엔 방금과 전혀 다른 간곡한 목소리가 흐른다.

"피해자들의 마음을 충분히 이해합니다. 하지만 이번 사고는 재해였습니다. 언론에서도 기상청에서도 예상하지 못한 스콜입니다. 하지만 우리 시청이 잘했다면 없었을지도 모를 사고라는 걸 인정합니다. 앞으로는 이런 일이 없도록 더 세심히 살피겠습니다. 그리고 판결이 어떻든 제 사비를 털어서라도 상처 입은 마음을 보듬도록 하겠습니다. 죄송합니다."

진작 보상했다면 법정까지 오지도 않았다. 보상해주기 싫어 질질 끌다가 여기까지 왔는데 비리가 살짝 들춰지자 다급히 상황을 마무리하려 한다.

정중하고 가식적인 사과.

하지만…….

피해자 한 명이 자리를 박차고 일어나 분노를 씹어 먹듯 외쳤다.

"개소리하지 마!"

다른 피해자도 일어난다.

"깡패 보냈던 건 기억 안 나?"

"뻔뻔한 새끼야!"

"죄송합니다. 모두 제 잘못입니다."

피해자들은 쉬지 않고 욕을 내뱉었고, 추용진 시장은 그들을 향해 허리를 굽힌 채 멈춰 있다. 그런데 바닥을 향해 있기에 아무도 볼 수 없는 추용진 시장의 표정이 즐거워 보인다.

'더 욕해라, 더 심하게. 제발!'

이 자리에는 기자들이 많다.

그들이 이한영이 말한 비리를 기사로 작성하면 불길이 걷잡을 수 없이 커질 수도 있다. 그것만은 막아야 했다. 다행히 피해자들이 도와준다. 기자들은 자극적인 내용을 원했고, 피해자와 시장의 대립은 충분히 맛있는 소재다.

'여기서 화룡점정.'

털썩, 추용진 시장이 무릎을 꿇었다. 그리고 방청석을 향해 넙죽 절을 한다.

"죄송합니다!"

피를 토하듯 간절한 목소리에 욕을 내뱉던 피해자가 멈칫거렸다. 신나게 타이핑을 하던 기자들의 손가락 역시 허공에 멎는다.

순간 적막.

추용진 시장은 얼어붙은 법정의 분위기를 즐기며 빙긋 미소를 그렸다.

'됐어, 넘어갔어. 그런데 저 판사 새끼는 어떻게 조사했길래 이런 걸 아는 거야?'

잠시 그렇게 절하던 추용진 시장이 비장한 얼굴로 일어서더니 피해자들을 향해 허리를 굽힌다. 그리고 조용히 피고석을 향해 몸을 돌린다.

그 모습을 이한영이 모두 지켜보고 있었다. 자기 자리를 지키려는 추악하게 아름다운 뒷모습. 이대로 보낼 수는 없다.

"피고."

자리로 돌아가던 추용진 시장이 엉거주춤 고개만 틀어 이한영을 향한다.

"네?"

"어디 가십니까? 제 말, 아직 안 끝났는데요."

"아, 안 끝났다고요?"

추용진 시장의 눈이 벌겋게 충혈되기 시작했다.

'지금도 돌아버리겠는데, 또 있다고?'

추용진 시장의 다급한 표정과 달리 이한영의 입술이 느긋하게 열린다.

"보도블록이 깔린 것이 돈을 받기 위해서가 아니었다고요?"

추용진 시장이 푹 한숨을 내뱉었다.

"아닙니다. 말씀드렸듯이 빌려준 돈을 받았을 뿐입니다. 억울해요!"

추용진 시장이 가슴을 치며 억울함을 호소할 때 이한영이 툭, 말을 던진다.

"업체 사장이 증언했어요."

"네? 증언했다고요? 누가요?"

"업체 사장요."

추용진 시장의 얼굴이 울상이 되었다. 동시에 기자들의 타이핑 소리가 다시 울리기 시작했다.

추용진 시장이 고개를 절레절레 저으며 주춤주춤 뒤로 물러난다.

"아니에요. 진짜 아니에요. 아니라고!"

잠깐 사이였지만 추용진 시장의 얼굴은 폭삭 늙어가고 있었다.

* * *

사무실로 돌아온 이한영은 법복을 벗어 옷걸이에 건 후 휴대폰을 열어 기사를 살펴봤다.

-추용진 시장, 보도블록 업체와 리베이트! 충격!

-추용진 시장, 법정에서 피해자들에게 고개 숙이다. 반응은 싸늘

-추용진 시장의 비리가 만들어낸 비극

잠깐 사이에 추용진 시장의 비리에 관한 내용이 많이도 올라왔다. 몇 페이지에 걸쳐 관련 기사가 쭉 이어진다.

그때 휴대폰이 울린다. 백이석 법원장이다.

"네, 법원장님."

-재판 결과는?

"피고 측에서 모든 보상을 하기로 했습니다. 판결 기일까지는 가지 않게 됐습니다."

추용진 시장은 재판을 더 끌면 위험하다는 생각이 들었는지 다급하게 모든 보상을 해주겠다며 마무리를 지었다.

하지만 그가 끝내고 싶다고 끝날 수 있는 일이 아니다. 기자들은 냄새를 맡았고, 검찰이 봤다. 추용진 시장이 거쳐야 할 지옥은 이제부터가 시작이다.

백이석 법원장과의 통화가 끝냈을 때 이한영의 휴대폰이 다시 울렸다. 이번엔 송나연 기자다.

–판사님, 기사 보셨어요?

"네, 봤어요."

–흐흐흐흐.

기분 나쁘게 웃고 있다.

"왜 그렇게 웃죠?"

–어? 기사 보셨다면서요? 몰라서 묻는 거?

보긴 봤는데, 무슨 소리를 하는지 모르겠다.

–아항, 추용진 시장만 검색해 보셨구나? 검색창에 이한영을 눌러보세요, 푸하하하! 아, 내가 작성한 기사도 있지만 다른 사람이 작성한 게 더 많아요! 나한테 뭐라고 하지 마세요!

이한영은 전화를 끊지 않고 재빨리 자신의 이름을 검색해 봤다.

–시장의 고개를 숙이게 한 이한영 판사

–이한영 판사 버럭에 추용진 시장 울상

–힘없는 자의 편, 이한영 판사

–'판사란 이래야 한다'를 보여준 이한영 판사

이한영의 입에서 한숨이 길게 흘렀다. 그가 다시 휴대폰을 귀에 대며 물었다.

"이게 뭐죠?"

"뭐긴요. 스타 탄생! 히힛!"

* * *

다음 날, 이한영이 사무실에 앉아 판결문을 작성하고 있을 때 삐걱 문이 열리고 핸드카트를 끌며 직원이 들어왔다.

이한영이 일어나 직원을 향해 살짝 고개를 숙였다.

"고생하십니다."

기록물이 들어왔나 싶어 카트를 보는데 서류 더미가 아니라 라면 상자 크기의 택배 박스 두 개가 보인다. 택배를 시킨 적이 없는데 뭔가 이상하다.

"이게…… 뭐죠?"

"선물 같은데요?"

직원은 박스를 들어 구석에 내려놓은 후 손을 털며 이한영을 향했다.

"여기 택배 용지에 '힘내세요'라고 적혀 있잖아요. 저도 어제 판사님이 시장에게 뭐라 했다는 기사 보고 속이 시원했습니다."

항상 뚱한 표정으로 기록물을 나르는 직원이다. 그런데 오늘은 시원한 미소를 남기고 사무실을 떠났다.

다시 혼자가 된 이한영은 물끄러미 박스를 보다가 테이프를 뜯었다. 가장 먼저 예쁜 편지지에 정성스레 쓴 손 글씨가 보인다.

–앞으로도 나쁜 놈들에게 호통치시라고 목 캔디 보냅니다. 파이팅!

편지 아래에는 목 캔디 상자가 수북이 쌓여 있다.

다른 상자를 뜯어봤다. 이번엔 비타민 상자가 꽉 채워져 있다.

–피로 해소하시고 열심히 일해주세요. 응원할게요.

이한영은 자신도 모르게 픽 웃었다.

해야 할 일을 했을 뿐인데 응원을 받으니 좋기도 하지만 한쪽으론 칭찬 받을 일인가 싶어 씁쓸하기도 하다.

비타민과 목 캔디 상자를 들어 이리저리 살필 때 똑똑똑 노크 소리가 들렸다.

"윤슬혜 판사입니다."

"들어와."

문을 조용히 열고 들어온 윤슬혜 판사가 펼쳐진 상자를 보고 휘둥그레 뜬 눈으로 쪼르르 다가와 상자 앞에 쪼그려 앉는다.

"이거 뭐예요? 선물? 누가 이런 걸 다 보냈을까요? 이제 유명인 되신 거 맞죠?"

부장판사가 바뀌며 그녀는 하루가 다르게 밝아지고 있다.

"유명인은 아무나 되나."

"이 정도면 유명인이죠, 선물도 오고."

"반짝 판결로 알려진 이름은 일주일만 기억돼도 대단한 거야."

하루가 멀다 하고 충격적인 사건이 쏟아지는 대한민국이다. 아마 오늘 내일이면 이한영의 이름은 잊힐 거다.

윤슬혜 판사가 비타민을 들어 보인다.

"하나 먹어도 돼요?"

"안 돼. 아무거나 먹으면 탈 나."

"이건 먹어도 괜찮을 것 같은데요."

"그래도 허락받고 먹어야지."

이한영은 책상으로 다가가 전화기를 들어 민사 수석 부장에게 전화를 걸었다.

–100만 원 넘어?

두 상자를 살펴봤지만 아무래도 100만 원이 넘을 것 같지는 않다.

"아뇨."

-그럼 감사하게 생각하고 먹어. 남는 것 있으면 나도 하나 주고.

이한영이 윤슬혜 판사에게 먹으라고 턱짓을 했다. 윤슬혜 판사가 눈을 반짝이며 비타민 하나를 꺼내 오도독 씹는다.

이한영은 책상에 엉덩이를 걸치고 비스듬히 앉아 그녀가 먹는 모습을 가만히 지켜보다가 물었다.

"그런데 어쩐 일이야?"

"내 정신 좀 봐."

그녀가 이한영 앞으로 다가와 가방에서 신문을 꺼내 책상에 놓는다.

'이한영 판사 호통! 고개 숙인 추용진 시장'이라는 타이틀과 추용진 시장의 난처한 얼굴이 크게 걸려 있었다.

윤슬혜 판사의 손가락이 신문의 우측 아래를 가리킨다. 반명함 크기로 이한영의 얼굴이 보인다.

"인터뷰도 하셨지만 이렇게 지면에 실린 건 처음이죠? 기념될 것 같아서 가지고 왔어요."

"처음 아니야."

"네?"

"신문에 실린 거 처음 아니라고."

"정말요?"

"예전에 절도범에게 사형을 선고한 판사라고 기사 난 적 있어."

"아……."

농담이라고 말한 건데 윤슬혜 판사는 아쉽다는 표정으로 "이게 처음이었어야 하는데"라며 중얼댄다.

이한영이 픽 웃으며 신문을 손에 들었다.

"그래도 칭찬받으며 신문에 실린 건 처음이네. 땡큐, 돌아갈 때 목 캔디랑 비타민 몇 개 가지고 가."

분명 '몇 개'라는 말을 했는데 윤슬혜 판사는 부장판사도 줘야 하고 배석판사도 어쩌고 하며 양팔 가득 들고 사무실을 떠났다.

잠깐 소란했던 사무실이 다시 적막해지자 이한영은 휴대폰을 손에 들었다.

"네, 계장님. 이한영 판삽니다."

감사계 정건우 계장이다.

내사가 진행됐을 때 이한영을 도와 정보를 캐내던 사람으로, 이번에 추용진 시장의 비리를 털 때도 도움이 컸다. 어떤 식으로 정보를 알아내는지 물어봐도 기업 기밀이라고만 대답하며 멋쩍게 웃을 뿐이다.

"비타민이랑 목 캔디 몇 개 드릴까요?"

–갑자기 비타민이라뇨?

"어제 재판 보고 사람들이 선물을 보냈네요. 반은 계장님 것으로 생각하는데요."

–아이고, 감사합니다, 흐흐.

이한영은 정건우 계장과의 통화를 끝내고 신문을 펼쳤다.

이한영 판사 호통! 고개 숙인 추용진 시장

시종일관 불성실한 추용진 시장의 태도에 이한영 판사는 참지 못하고 "이 법정엔 피고가 시장으로 있는 시의 시민들이 피해자로 나와 있어요"라며 엄중히 경고했다. 추용진 시장은 이후 굳게 입을 다물었다.……(중략)……이 재판에서 특이했던 점은 판사가 직권으로 증거를 조사했다는……(후략)…….

* * *

하얗고 긴 손가락이 거칠게 신문을 구겼다.

형체를 잃은 신문을 콱콱 누르는 손의 주인은 김윤혁이다. 그는 희미하지만 얼음보다 더 차가운 미소를 지으며 고개를 저었다.

그때 똑똑똑, 노크 소리가 들린다.

김윤혁은 들고 있던 신문을 휴지통에 툭 던지며 입을 연다.

"네."

그 목소리에 문이 열리고 직원들이 카트에 기록물을 가득 담아 들어온다.

직원들이 시선을 옮겨 김윤혁을 향한다. 차가운 미소가 담겨 있던 게 거짓말이었던 것처럼 김윤혁은 따듯한 눈을 하고 있다.

직원이 책상에 기록물을 놓으며 말한다.

"김윤혁 판사님을 보면 언제나 기분이 좋아요, 하하하."

직원들이 사무실을 벗어났다.

탁, 문이 닫히자 김윤혁의 얼굴은 다시 딱딱하게 굳어진다. 그가 고개를 저으며 깍지 낀 두 손으로 머리를 감싸고 의자에 푹 눌러 앉는다.

멍하니 천장을 보던 그가 중얼거린다.

"쫓아가기 힘들어지네."

* * *

세상을 얼려버릴 것 같은 삭막한 바람이 불어오고 있을 때 전국의 법원은 매서운 칼날 아래에서 떨고 있었다. 전흥우 대법원장의 지시로 이뤄진 법원 감찰 때문이다. 직원 수십 명이 징계를 받은 초유의 사태였지만 판사에 대한 언급은 아직 없었다. 대한민국의 판사가 모두 청렴하기에 조용한 게 아니다. 감찰의 목적이 정치적인 것에 있기 때문이다.

천운을 얻어 대법원장에 오른 전흥우는 세력이 없었고, 어떤 정책이든 대법관들은 반대했다. 그런 그들을 찍어 누르기 위해서는 힘이 필요했다. 전흥우 대법원장은 감찰을 신호탄으로 판사들의 목에 칼을 겨눈 후 무릎 꿇는 사람은 살려두는 방식으로 세력을 늘리고 있었다. 그리고 전흥우 대법원장의 세력 모으기 놀이가 끝났다. 언론은 쉬지 않고 판사들의 비리를 토해낸다.

－경기남부지방법원의 이준수 판사가 뇌물을 받은 혐의로…….
－충청북부지방법원 박상현 법원장이 가짜 석유를 판매한 김 모 씨로부터 무죄 청탁의 대가로 5억 원을 받았다는 정황이 드러났습니다.

공정하지 못한 감찰.
판사들 내부에서는 불만의 씨앗이 자라나고 있었다.

* * *

이한영은 기사를 보던 휴대폰을 덮었다.
역사를 알기 때문에 작은 징후도 눈에 보인다. 판사 두 명이 머리를 맞대면 전흥우 대법원장에 대한 욕을 한다. 누가 본다면 대수롭지 않게 여기며 넘어가겠지만 민심은 천심이고 전흥우 대법원장에게 민심은 판사들의 마음이다. 민심의 동요는 역사적으로 걷잡을 수 없는 소용돌이를 만들어낸다.
'이번에도…….'
역사의 물줄기는 예정대로 흐르고 있었다. 이 물줄기는 미래의 대법원장 강신진이라는 흉악한 악마를 만들어낼 것이다.
이한영은 주먹을 접었다가 펴봤다. 아직은 물길을 바꿀 힘이 없다. 역사의 물길에 쓸려 내려가지 않기 위해 안간힘을 쓰며 노를 저을 뿐이다.
이한영이 시선을 들어 알 수 없는 글자로 가득한 탁상용 달력을 향했다. 채워진 글자는 잠깐씩 기억나는 미래를 모조리 적어둔 거다.
한 장을 넘기자 붉은 동그라미가 보인다.

'정기 인사 시즌.'

역사는 예정대로 움직이고 있었지만 지금의 정기 인사는 이한영의 전생과 다른 일이다. 전생에서 백이석 법원장은 대법관이었고, 임정식 수석 부장은 사법부를 떠난 뒤였다. 이한영은 이 두 사람을 모두 서울로 올리고 싶었다.

'내 예상대로 진행될까?'

* * *

"춥지 않으십니까?"

"춥나?"

"전 괜찮지만……."

며칠 후 이한영은 백이석 법원장의 전화를 받고 법원 옥상에 올라와 있었다. 두 사람만 있는 옥상에서 법원장은 난간 앞에 서서 뒷짐을 진 채 세상을 내려다보고 있다.

"이런 바람도 맞아보고 저런 바람도 맞아봐야지. 춥다고 피하면 안 돼. 그래야 어려운 사람들의 마음도, 높은 양반들의 생각도 알 수 있는 거야."

백이석 법원장의 눈에 어떤 결의가 보인다.

'도대체 무슨……?'

이한영은 백이석 법원장의 말을 모두 담기 위해 귀를 세웠다.

그가 계속 말한다.

"강한 자에게 짓밟히는 게 민초야. 민초를 보듬어줄 수 있는 판사가 되어야 해. 하지만 민초 중에서도 독초가 있어. 그 독초는 아주 고약해서 같은 민초가 먹을 물을 빼앗아 시들게 하지. 그런 독초는 잘 가려 뿌리 뽑도록 해."

"무슨 말씀을 하시는지 모르겠습니다."

예상과 다른 일이 벌어질까, 불안한 마음이 든다.

백이석 법원장이 몸을 돌려 이한영을 향했다.

"부끄러워."

'부끄럽다니?'

"난 이번 감찰로 깨끗한 법원이 되기를 바라고 있었어. 그런데 숙청이었을 뿐이야."

이한영은 자신도 모르게 마른침을 삼켰다.

전생에서 백이석 법원장은 전흥우 대법원장에게 맞서다가 옷을 벗었다. 이번엔 대법관이 아니기에 바람을 피해 갈 줄 알았는데 착각이었나 보다. 자리가 바뀐 것이지 사람이 바뀐 건 아니었다.

이한영은 입술을 꽉 닫으며 백이석 법원장의 얼굴을 살폈다.

"망조가 들었을 때 나 같은 늙은이가 할 수 있는 것은 하나야."

덜컥, 이한영의 마음이 내려앉았다. 설마설마하던 게 백이석 법원장의 입에서 터져 나오고 있었다.

백이석 법원장이 이한영의 앞으로 한 걸음 다가온다.

"자네가 커가는 모습을 조금 더 지켜보고 싶었는데, 아쉽……."

백이석 법원장이 떠나면 거센 비를 막아주는 우산이 사라지게 된다. 임정식 수석 부장이 있지만, 그의 힘은 백이석 법원장에 비한다면 초라할 뿐이다.

이한영은 백이석 법원장의 결심이 더 이어지기 전에 허리를 굽혔다.

"맹호복초라는 말이 있습니다."

풀밭에 엎드려 있는 호랑이라는 뜻.

영웅은 일시적으로 숨어 있지만 때가 되면 반드시 세상에 드러난다는 말이다.

백이석 법원장이 낮게 웃는다.

"이한영 판사, 이제 호랑이는 자네야."

"건방지게 들리실지 모르겠지만 아직은 때가 아니라고 생각합니다."

말을 마친 이한영이 다시 허리를 펴고 섰다. 대찬 눈빛이다.

백이석 법원장이 살래살래 고개를 젓는다.

"이한영 판사."

"역사를 뒤져봐도 폭군에게 대항한 충신이 살아남은 일은 없습니다. 충신이 사라졌다고 나라가 바뀌지도 않았고요. 이번에 법원장님이 나서시게 된다면……."

"그만!"

백이석 법원장이 벌컥 소리쳤다.

싸늘한 바람이 두 사람 사이에 긴장감을 만들어낸다.

하지만 이한영은 멈추지 않았다.

"부끄럽고 창피하더라도 지금 그 자리를 지키시는 게 사법부를 위한 일입니다. 지금 나서시는 건 더 큰 혼란을 만들어낼 뿐입니다."

"이한영 판사!"

"화를 내신다는 것은 제 말에 동의하고 있지만 반론할 말이 없다는 뜻입니다."

백이석 법원장의 입에서 무거운 한숨이 흘렀다.

"자네가 커가는 걸 더 보고 싶었어."

이한영은 다시 한번 백이석 법원장을 향해 허리를 굽혔다. 그의 머릿속은 빠르게 법원 정기 인사까지 남은 일수를 계산하고 일어날 일에 대해 답을 내리고 있었다. 그리고 입을 열었다.

"오늘 내로 대법원장에게 전화가 온다면 제 말을 한 번만 들어주시기 바랍니다."

"오늘 내로?"

"네."

"오늘 서울에 갈 택시가 온다는 건가?"

"네."

"하하하하!"

늙은 호랑이의 웃음소리가 세상을 채웠다. 그리고 뚝, 그의 얼굴에서 웃음기가 빠르게 사라진다.

"서울로 입성해서 자네를 장자방 삼아 때를 기다리라?"

'저는 법원장님을 이방원 삼아 때를 기다릴 겁니다.'

백이석 법원장의 고개가 느릿하게 끄덕여졌다.

"좋아. 오늘 하루 자네의 말을 믿고 기다려……."

순간, 백이석 법원장의 휴대폰이 시끄럽게 벨을 울렸다. 발신 번호를 확인한 백이석 법원장의 눈동자가 풍랑을 만난 배처럼 흔들린다.

–백이석 법원장님, 나 전홍우요.

대법원장이다.

백이석 법원장의 흔들리던 눈이 이한영에게서 멎었다.

이한영이 허리를 굽혔고, 법원장은 입술을 꽉 다문다. 고개 숙인 행동이 무엇을 뜻하는지는 확실하다.

–서울로 가십시오!

이한영은 소리 없이 외치고 있었다.

선택의 기로에 선 백이석 법원장은 괴로운 표정을 숨기지 못했다. 전화가 오면 서울로 가겠다고 넙죽 대답했지만, 정말 올 줄은 몰랐다. 설마가 사람 잡는다고, 말 떨어지자마자 정말로 전화가 왔다.

'이게 도대체 뭔!'

백이석 법원장의 눈동자가 허리를 굽히고 있는 이한영에게 향했다.

이 상황을 예견할 정도로 무서운 통찰력이다. 이한영이 커나가는 걸 지켜보고 싶은 마음이 법복을 벗으려 했던 각오를 무너뜨리고 있었다.

잠시 바위처럼 굳어 있던 백이석 법원장이 생각을 정리한 듯 천천히 고개를 끄덕인다.

"한번 찾아뵙지요. 언제가 괜찮겠습니까?"

–시원하시네요. 제 생각을 알고 있나 봅니다, 하하하하.

'생각을 알고 있냐고?'

생각을 알고 있던 것은 백이석 법원장이 아니라 이한영이다. 그는 전홍우 대법원장을 만난 적도 없으면서 그의 생각을 관통하고 있다.

백이석 법원장이 작게 한숨을 내뱉었다.

"언제가 좋겠습니까?"

–아무래도 사람들의 눈에 띄지 않으려면…….

대법원장과 일정을 약속하고 통화를 종료할 때 이한영이 굽혔던 허리를 바로 세웠다.

"큰 결정 감사드립니다."

백이석 법원장이 헛웃음을 지었다.

"법원장이나 되는 사람이 단독판사의 지시를 따르고 있다는 걸 알면 세상이 비웃을 거야."

"죄송합니다."

가만히 이한영을 보던 백이석 법원장이 고개를 젓는다. 이런 행동을 하면 건방지고 재수 없어 보여야 하는데, 밉지도 않고 건방져 보이지도 않는다. 오히려 더 마음에 든다. 이상한 일이다.

"됐어. 그만 내려가지."

백이석 법원장이 이한영의 등을 툭툭 치며 한발 앞서 걷는다. 그는 응원 또는 격려의 방식으로 사람의 등이나 어깨를 토닥이지 않는다. 적어도 이한영이 알기로는 처음이다.

앞서가는 거인의 어깨를 보며 이한영이 빙긋이 미소를 그렸다.

* * *

사무실에 앉아 있던 백이석 법원장이 고개를 비스듬히 기울인다. 잠시 그렇게 정지 상태로 있더니 혼잣말을 중얼댄다.

"이한영?"

대법관에 오르기 전 스치는 곳으로만 생각했던 충남지방법원에서 당돌한 놈을 만났다. 하지만 알다가도 모르겠다. 이한영에 대해 임정식 수석부장이나 다른 사람의 평가를 들어보면 똘똘하긴 했지만 지금처럼 드러나지는 않았다고 한다.

"이유가 뭘까?"

깊이 생각에 빠지던 백이석 법원장은 누가 봤다면 주책없다고 할 웃음을 피식피식 흘렸다. 그는 운명을 믿는 사람은 아니다. 하지만 이한영과의 만남은 하늘이 내려준 것 같다는 생각이 들었다.

백이석 법원장이 자리에서 일어나 창가로 걸어가며 휴대폰을 손에 쥐었다. 통화하는 사람은 백이석 법원장 대신 대법관에 오른 박주호 대법관이다.

"계획했던 일, 난 빠지겠네."

조금 놀랐는지 수화기 너머에서 무거운 침묵이 느껴진다. 하지만 잠시다. 침묵과 달리 가벼운 대답이 들려왔다.

-그래, 그렇게 해.

원로 법관들은 대법원장에게 항명을 준비하고 있었다. 결사의 과정에서 빠지면 배신자라 손가락질할 수도 있지만, 박주호 대법관은 오랜 친구의 모든 것을 이해한다는 말투였다.

-그런데 이유를 말해줄 수 있겠나? 자네가 이유 없이 빠질 사람은 아니잖아?

"조금 더 지켜보고 싶은 놈이 있어."

-이한영을 말하는 거지?

"맞아, 그놈."

낮은 웃음소리가 들려왔다.

—싸우는 것도 중요하지만 씨앗을 심는 것도 중요하지. 고생하게.

"이해해줘서 고마워."

—내가 백수 되면 술이나 사도록 해.

백이석 법원장은 전화기를 내려 뒀다. 그의 시선이 창밖을 향한다. 혼돈의 사법부를 보여주듯 굵은 눈발이 휘날리고 있었다.

* * *

역사는 밤에 이루어진다.

백이석 법원장과 전흥우 대법원장의 만남도 한밤중에 은밀히 이뤄졌다. 두 사람 사이에서 어떤 말이 오갔는지는 아무도 모른다.

하지만 이한영은 어렴풋이 예상했다.

'백이석 법원장은 전흥우 대법원장과 손을 잡았어.'

어울리지 않지만 목적에 의해 잡은 손.

나비의 작은 날갯짓이 본격적으로 시작되었다. 역사의 소용돌이를 보자면 두 사람의 만남은 극히 작은 변수에 불과하다. 하지만 앞으로 어떤 크기로 휘몰아칠지 예측하기 어려웠다. 그러나 걱정하지는 않았다. 차근차근 벽돌 쌓이듯 계획은 완성되고 있었다.

깊은 생각에 빠져 있던 이한영이 쭉 기지개를 켰다.

'이제는 서울로 갈 때만 기다리면 되는 건가?'

서울에는 사람도 많고 그만큼 죄인도 존재한다. 그들을 하나하나 찍어누르면 언젠가는 에스로펌의 유선철 대표와 유성그룹의 장태식 회장 그리고 미래의 대법원장 강신진의 멱살을 움켜쥘 수 있을 것이다.

이한영의 휴대폰이 진동했다.

"네, 법원장님."

백이석 법원장의 목소리가 조금은 피곤하게 들려왔다.

—아직 안 자고 있었나?

"네, 괜찮습니다."

—이야기 끝내고 나왔어.

"고생하셨습니다."

이한영은 단 한마디도 놓치지 않을 기세로 수화기 너머의 목소리에 귀를 기울였다.

'어떤 결과가 나왔을까?'

백이석 법원장이 요구한 것은 서울에 가는 조건으로 함께 데려갈 사람의 인사권이다. 전홍우 법원장이 몇 명이나 응했을지 궁금했다.

—대법원장에게 중앙지법 티켓 넉 장을 받았는데…….

'넉 장?'

이한영의 눈에 힘이 들어갔다. 여유롭게 서울 땅을 밟을 수 있다.

백이석 법원장의 목소리가 이어졌다.

—하나는 나, 다른 하나는 임정식 수석 부장, 마지막으로 자네. 하지만 하나가 남아. 어디에 썼으면 좋겠나? 천천히 생각해봐.

서울에 관련된 일은 전적으로 맡기겠다는 말이다. 하지만 이한영은 바로 대답하지 않았다. 이럴 때 과욕을 부리며 나부대면 진짜 철없고 건방진 놈이 될 뿐이다.

이한영의 대답이 들려오지 않자 수화기 너머에서 웃음소리가 들린다.

—인사권을 건들기는 부담스럽나? 괜찮아. 편안히 해봐.

그리고 뚝, 전화가 끊겼다.

이한영은 통화가 종료된 휴대폰을 손에 쥐고 작게 미소를 지었다. 백이석 법원장의 말처럼 단독판사가 인사를 지명하기는 부담스러운 일이다.

하지만 잘못 봤다. 이한영은 껍데기만 단독판사다. 인사권을 준다면 어떤 부담도 갖지 않고 감사히 잘 쓸 수 있다.

'누구를 선택해야 할까?'

친구는 가까이, 적은 더 가까이라는 말과 함께 가장 먼저 김윤혁의 서글서글한 눈빛이 자리했다. 하지만 김윤혁은 어차피 서울로 입성한다. 쓸데없이 표를 낭비할 필요는 없다. 김윤혁의 얼굴이 사라지고 몇몇 판사들의 얼굴이 더 떠올랐다가 내려가기를 반복했다.

마지막으로 윤슬혜 판사의 얼굴이 떠오른다. 윤슬혜 판사는 험난한 서울 생활에서 강력한 우군이 될 게 분명하다. 게다가 그녀의 아버지 윤관호 변호사는 정계와 손이 닿아 있다. 이기적인 생각일지 몰라도 윤슬혜 판사를 옆에 둔다면 요긴한 도움을 받을 수 있다. 짧은 고민 끝에 윤슬혜 판사를 선택했다. 하지만 이한영의 표정이 밝지 않다. 답을 내리긴 했지만 개운하지 않고 찝찝하다.

'뭐지?'

찝찝함이 불면증을 만들어 왔는지 이한영은 밤새 한숨도 자지 못하고 뒤척였다.

* * *

"윤슬혜 판사, 서울 갈래?"

이한영은 출근 후 윤슬혜 판사를 사무실로 불렀다. 혼자 쓰는 방이니 다른 사람을 신경 쓰지 않아서 좋다.

윤슬혜 판사가 눈을 깜빡인다.

"서울에는 왜요?"

뜬눈으로 밤을 새워 피곤해서 그런지 자초지종을 설명하지 않고 결론부터 말해버렸다.

이한영이 잘못 말했다는 듯 손을 휘저은 뒤 다시 입을 열었다.

"다른 사람에게는 이야기하지 말고. 이번 정기 인사에서 우리 법원 판사 중 몇 명이 서울로 이동할 거야."

윤슬혜 판사의 눈이 휘둥그레졌다.

보통 단독판사가 이런 말을 하면 믿지 못하겠다는 표정을 지어야 한다. 인사권이 없는 건 당연하고 의견을 낼 힘도 부족하기 때문이다. 하지만 윤슬혜 판사는 이한영의 말을 100퍼센트 신뢰하는 눈빛이다.

초롱초롱 이한영을 바라보던 그녀가 고개를 크게 끄덕였다.

"가고 싶습니다."

"알았어, 보고할게."

말이 끝났으면 가야 하는데, 윤슬혜 판사는 이한영의 책상 앞에서 쭈뼛쭈뼛하고 있다.

"할 말 있어?"

"우동진 부장이 뒤틀린 향판이었잖아요? 저도 그런 사람이 되면 어쩌나 겁이 났어요. 그래서 다른 지역을 돌아보고 싶었는데, 기회를 주셔서 감사합니다. 열심히 하겠습니다."

꾸벅 고개를 숙인다.

이한영이 픽 웃으며 나가라고 손을 흔든다.

"다른 곳에 말하지 말고."

"네."

윤슬혜 판사가 사무실을 나가려고 문고리를 잡는데, 이한영이 그녀를 멈춰 세웠다.

"잠깐만."

"네?"

뒤돌아선 그녀를 이한영이 쭉 훑었다. 얼굴을 보면 찜찜함의 이유가 뭔지 기억나지 않을까 싶어서다. 하지만 기억나지 않는다.

"아니야. 가봐."

그녀가 떠나고 이한영은 미간을 찌푸린 채 자리에 앉았다.

'도대체 뭐지?'

아직도 모르겠다.

전생의 일인가 싶어 기억의 수면을 헤집어봐도 손에 잡히는 것은 없다. 쓸데없는 일만 기억날 뿐이다. 잠시 생각에 빠져 있던 이한영은 고개를 저었다. 답이 없는 데 매달리는 것만큼 멍청한 일도 없다.

일단 윤슬혜 판사에 대한 생각은 뒤로 미뤄 놓고 기록물을 펼쳤다. 한참 업무에 빠져 있는데 책상에 놓인 휴대폰이 부르르 떨렸다.

"네, 기자님."

송나연 기자다. 뭐가 신났는지 큰 목소리로 말하고 있다.

–이번에 추용진 시장 사건요, 피해자 인터뷰부터 제가 전부 단독 쳤잖아요? 포상금을 받았답니당!

"축하드려요."

–다 판사님 덕이니까, 제가 한턱 쏠게요. 드시고 싶은 거 있어요? 국밥?

"먼저 얼마를 받았는지 말씀해주셔야 음식을 고르지 않을까요?"

–그건 노코멘트요. 국밥 드세요, 국밥. 푸하하하!

기분 좋은 웃음에 이한영도 웃게 된다.

"네, 알겠습니다. 국밥이라도 사 주셔서 다행이네요. 떡볶이면 어쩌나 걱정했네."

"다행은요. 국밥은 두 그릇도 시켜 드릴 수 있어요. 그런데 떡볶이도 당기네요. 국밥 먹고 떡볶이 콜?"

순간, 이한영의 머릿속에 송나연 기자의 목소리가 스치듯 들렸다.

–다행은요?

그러니까 지금의 어리바리한 송나연 기자가 아니라 날카로운 눈빛과 세련된 모습을 한 법조팀장 송나연 기자의 목소리. 그녀가 이한영에게 윤슬혜 판사에 대해 말했었다.

-다행은요. 다시는 못 걸을 텐데.

그 목소리를 기억하며 이한영은 온몸에 쭉 소름이 돋는 느낌을 받았다. 그러니까 윤관호 변호사가 판사로 있을 때 그에게 10년이 넘는 형을 받은 살인자가 있다. 그가 출소 후 윤관호 변호사를 찾아온 거다. 죽여야 할 사람을 죽였을 뿐인데 감옥에서 살게 했다며 지하 주차장에서 공기총으로 탕!

그런데 그 총에 윤슬혜 판사가 맞았다.

이한영은 관자놀이를 꾹꾹 눌렀다. 기억하지 못했던 이유도 알겠다. 이한영은 당시 유세희와 연애를 하던 중이었다. 그 때문에 대법원장이 휘두른 감찰의 덫에 걸렸었다. 로펌 사람을 만나고 다닌다는 이유였다. 강도 높은 조사를 받느라 이 시기에 일어난 일을 잘 알지 못한다.

게다가 윤슬혜 판사가 큰일을 당하긴 했지만 이한영에겐 그저 얼굴만 아는 사람이었을 뿐. 20여 년이라는 시간이 지나며 기억 속에서 흐릿해져 있었다. 하지만 지금은 다르다.

이한영이 뒷목을 주물렀다.

'서울 가기 전에 할 일이 생겼네.'

송나연 기자와 통화를 끝낸 이한영은 다급히 달력을 손에 들었다. 그의 시선이 닿은 곳은 붉은 동그라미, 정기 인사가 이뤄지는 날이다. 사건은 오늘부터 이날 사이에 일어난다.

남아 있는 시간은 2주.

정확한 날짜를 알고 있다면 그날에 맞춰 일을 진행하겠지만, 거지 같은 기억력은 딱 여기까지다.

이한영은 이맛살을 구긴 채 턱을 괴며 눈을 가느다랗게 떴다. 14일 동안 윤슬혜 판사의 옆을 지킬 수는 없다. 하루이틀은 이런저런 변명을 하며 붙어 있는 게 가능할지 몰라도 그 이상은 미친놈 취급을 받을 게 분명하다. 그나마 다행스러운 것은 사건이 일어나는 장소와 대략적인 시간 그리고 범행에 사용된 무기를 기억하고 있다는 거다.

'장소는 아파트 지하 주차장, 시간은 출근길, 무기는 공기총……. 어떻게 막을 수 있지?'

쉽게 답이 내려지지 않았다.

일단 윤관호 변호사가 판사로 있던 시절에 판결한 기록을 싹 뒤졌다. 그중에 10년 넘게 형을 때린 사건을 추리고 마지막으로 출소한 놈과 가석방된 놈을 훑었다.

그러자 딱 한 놈이 남았다.

"이원문."

살인으로 징역 15년을 받은 자로, 처음부터 끝까지 죽여야 할 사람을 죽인 게 죄냐며 무죄를 주장했던 미친놈이다. 놈은 한 달 전 출소해서 세상을 휘적휘적 돌아다니고 있다. 어쩌면 윤관호 변호사의 주변을 배회하고 있을지도 모른다. 범인은 확정 지었다. 이제 사전에 잡아넣을 방법을 생각해야 한다.

이한영의 손가락이 톡톡, 책상을 두들기기 시작했다. 그리고 잠시 후 그 손가락의 움직임이 멎었다.

'놈이 총기 소지를 허가받았을 리 없잖아?'

금고 이상의 실형을 선고받은 자는 집행이 종료된 지 5년이 지나지 않은 한 총기 소지를 허가받을 수 없다.

'10년 이하 징역, 나오자마자 또 들어가겠네.'

이한영은 휴대폰을 들어 지난 내사 때 도움을 받았던 감사계 정건우 계장에게 전화를 걸었다.

"한 달 전에 출소한 사람인데요. 혹시 소재지를 파악할 수 있을까요?"

—그럼요.

"이름은 이원문이고요. 대전에 있었어요. 얼마나 걸릴까요?"

-그래도 하루는 주세요, 흐흐.

정건우 계장은 어렵지 않은 일이라는 듯 시원하게 대답한다.

이한영은 휴대폰을 내려 두며 출소한 이원문의 얼굴이 들어간 서류를 손에 쥐고 팔랑팔랑 흔들다가 곱게 접어 와이셔츠의 주머니에 집어넣었다.

* * *

"윤슬혜?"

"네."

이한영은 서울로 갈 남은 한 사람을 보고하고 있었다.

그런데 백이석 법원장이 의외라는 표정으로 바라본다.

"난 자네가 김윤혁 판사를 추천할 줄 알았어."

"네? 김윤혁 판사요?"

"친하잖아."

면전에서 쌍욕을 듣는 기분이다. 하긴, 모르는 사람이 봤을 땐 서로 우애 깊은 미소를 짓고 있으니 그렇게 보일 수도 있겠다.

백이석 법원장이 들고 있던 윤슬혜 판사의 서류를 책상에 툭 던지며 고개를 끄덕인다.

"어련히 잘 생각했겠지. 좋아, 윤슬혜 판사를 올리도록 하지."

인사를 추천하면 이유를 묻는 게 당연하다. 하지만 백이석 법원장은 신기할 정도로 아무것도 묻지 않았다. 이한영에게 맡긴 이상 믿고 지켜보겠다는 것이다.

"감사합니다."

이한영이 몸을 틀어 사무실을 나가려 할 때 백이석 법원장의 느릿한 목소리가 흐른다.

"잠깐, 궁금했던 게 있어. 그날 대법원장의 전화가 올 거라는 걸 어떻게 안 거지? 점쟁이라도 된 건가?"

농담처럼 가벼이 묻고 있지만 백이석 법원장의 눈은 이한영의 모든 걸 살피고 있다.

'점쟁이?'

박철우 검사에겐 궁예 소리를 듣는데, 백이석 법원장에겐 점쟁이로 보이나 보다. 하지만 이번은 전생을 통해 알고 있던 것으로 맞힌 게 아니다. 벌어지는 상황을 머릿속에 넣고 계산하여 답을 낸 거다. 비참하게 죽었다 깨어난 덕인지 세상을 살피는 능력은 상당히 대범하고 차분해져 있었다.

그 말을 솔직하게 전했다.

"어쭙잖은 머리로 상황을 생각해봤을 뿐입니다."

"상황? 그게 전화가 올 날짜까지 맞힌다는 건가?"

"감찰의 후폭풍으로 서울에 있던 법원장 두 분이 옷을 벗으셨습니다. 판사들의 동요가 심한 상태에서……."

이어지는 말에는 빈틈이 없었다.

백이석 법원장은 너털웃음을 터뜨린다.

"점쟁이가 아니라 귀신이었어, 귀신."

"운 좋게 들어맞아서 다행이라고 생각합니다."

한참 웃던 백이석 법원장이 고개를 끄덕였다.

"인사 발표가 나면 즉시 이동할 거야. 미리 준비하고 있도록 해."

* * *

그 시각.

서울중앙지방법원 강신진 형사 수석 부장의 사무실 문이 열렸다.

강신진 수석 부장은 미래의 대법원장이다. 그가 고개를 들어 문을 향하자 김진한 부장이 넙데데한 얼굴로 다급히 다가와 고개를 숙였다.

"행정처장님으로부터 들어온 얘기가 있습니다. 우리 법원으로 백이석 법원장님이 오신다고 합니다. 추가로 세 명을 데리고 온다는데……."

그의 다급한 표정과 달리 강신진 수석 부장은 느긋하다.

"백이석 법원장이 우리 법원으로 올 것은 예상하던 일이고. 나머지 세 명은 누구지?"

"거기까지는 파악하지 못했습니다. 제 생각으로는 지난번에 말씀드렸던 이한영이라고 있지 않습니까? 그놈이 포함되어 있을 것 같습니다."

강신진 수석 부장이 들고 있던 펜을 빙그르 돌렸다.

"이한영? 백이석 법원장이 키운다는 그놈?"

"네."

"만나봤다고 했지? 평가는?"

"말씀드렸듯이 아주 마음에 듭니다."

강신진 수석 부장이 느릿하게 고개를 끄덕인다.

"일이 많아서 천천히 만나보려고 했는데, 직접 서울로 올라와준다면 조금 더 일찍 얼굴을 볼 수 있겠어."

"마음에 드시면 우리 쪽으로 영입하실 겁니까?"

이들의 비밀스러운 조직은 들어가는 게 매우 어렵다. 하지만 강신진 수석 부장의 언질이 있으면 높은 허들을 뛰어넘는 것은 일도 아니었다.

그래서 물어본 말인데, 강신진 수석 부장은 애매한 답을 내놓는다.

"술이나 한잔하겠지. 그 외에 뭐가 더 필요한가?"

"아, 네."

강신진 수석 부장이 빙글 돌리던 펜을 내려놓으며 말한다.

"백이석 법원장이 데리고 온다는 사람들, 누군지 확실히 알아보도록 해."

"알겠습니다."

강신진 수석 부장의 방에서 나온 김진한 부장이 서둘러 휴대폰을 들었다. 전화가 향하는 곳은 김윤혁이다.

–네, 부장님.

“이번 정기 인사에 충남에서 우리 지법으로 대거 넘어올 것 같아. 혹시 들은 말 있어?”

김윤혁은 복도를 걸으며 김진한 부장의 전화를 받고 있었다.

“아뇨. 없습니다.”

담담한 목소리로 대답했지만 미간은 확 찌푸려져 있었다. 정기 인사는 2주 남았다. 서울행이 내정된 사람들은 이미 사실을 알고 있을 거다. 아무것도 모른다는 것은 이번에 서울에 갈 일이 없다는 뜻이다. 지긋지긋한 이곳을 벗어나고 싶은데 그 마음을 모르는지, 김진한 부장은 짜증 나는 지시를 내린다.

–혹시 알게 되면 연락 주고.

“네.”

–그리고 조금만 참아. 금방 이쪽으로 올려줄 테니까.

‘그게 언젠데!’

하지만 생각과 달리 대답은 차분히 한다.

“알겠습니다.”

김윤혁은 통화가 종료된 휴대폰을 신경질적으로 주머니에 넣었다. 그가 아랫입술을 꽉 다물 때 반대편에서 이한영이 걸어오는 게 보인다.

‘혹시 너냐? 너 따위가 나보다 먼저 인정받는 거냐?’

김윤혁은 한국대학교 수석 졸업에 연수원 차석 출신이다. 강신진 수석 부장의 지시가 없었다면 충남에 있을 사람이 아니었다. 그런 김윤혁이었기에 비주류 대학을 나온 이한영은 취급조차 하지 않았다. 그런데 최근 뒤처지는 느낌을 받기 시작하더니 이젠 손을 뻗어도 닿지 않을 것 같다. 쫓아가기 위해 스타일을 따라해보기도 했지만 아직도 이한영의 등은 멀다.

김윤혁은 다가오는 이한영을 보며 잠시 눈을 감았다. 그리고 다시 눈을 떴을 때 그는 어느새 반듯한 미소를 짓고 있었다.

“어디 가?”

“아, 사무실.”

“고생해.”

“너도.”

친분 있는 사람들의 가벼운 대화.

이한영은 맑게 웃으며 그의 옆을 스친다.

동시에 김윤혁의 걸음이 천천히 멎었다. 그가 고개를 틀어 이한영의 뒷모습을 본다.

‘개새끼.’

이한영이 자꾸 눈에 거슬리고 있었다.

* * *

“네, 지금 나갈게요.”

이한영은 전화를 책상에 내려놓고 일어섰다.

다음 날 점심시간, 송나연 기자가 특종을 준 감사의 마음으로 국밥을 산다며 때를 맞춰 왔다.

이한영이 막 사무실을 벗어나던 중 주머니의 휴대폰이 울렸다.

“네, 계장님.”

감사계 정건우 계장이다.

–어제 말씀하셨던…….

전생에서 윤슬혜 판사를 총으로 쏜 이원문을 이야기하는 거다.

이한영이 빠르게 물었다.

“아, 네. 나왔나요?”

-관리 대상 우범자인데 소재지 파악이 안 되고 있네요. 이거 어쩌죠?

심장이 덜컥 내려앉고 입안이 바짝 마른다.

머릿속이 복잡하다. 이원문의 소재지를 받으면 박철우 검사를 통해 집안을 깡그리 뒤져 공기총을 찾아내고 총포 단속법으로 잡아낼 생각을 하고 있었는데…… 이제 그 방법은 사용할 수 없다.

이한영은 휴대폰을 들어 날짜를 확인했다.

남은 시간은 13일. 언제인지 모를 아침에 발생한다.

오늘 아침에도 혹시 몰라 윤슬혜 판사가 사는 아파트에 대기하고 있었는데, 앞으로 매일 아침 잠복근무를 해야 하나 별별 생각이 다 들었다.

'방법이 없나?'

잠복근무하다가 범인을 잡는 것은 가장 하책이다. 범인은 총을 들고 있고, 이한영이 나선다 해서 완벽히 해결되리라는 장담은 할 수 없다. 어쩌면 부상자만 더 늘어날 수도 있다.

사전에 막는 게 가장 좋은데…….

눈을 안대로 가린 것처럼 앞이 보이지 않는다. 보이지 않는 답을 찾아 손을 휘젓고 있을 때.

"어? 식사하러 가세요?"

말총머리를 한 윤슬혜 판사가 머리를 흔들며 이한영의 앞으로 다가온다.

"어, 밥 먹었어?"

"네, 지금 막 먹고 올라오는 길이에요. 맛있게 드세요."

그녀가 생긋 웃는다. 그리고 고개를 꾸벅하고 자신의 사무실을 향한다. 이한영의 시선이 천천히 그녀의 뒷모습을 좇았다. 부장판사가 바뀌며 최근 열심히 법원 생활을 하는 그녀다. 성격도 밝아졌고 매사에 웃는다. 하지만 이 사건을 막지 못하면 그녀는 두 다리를 못 쓰게 된다. 전생에서는 사건 후 판사를 그만두고 아버지 윤관호 변호사 아래로 들어가 변호사 생활을 했었다.

사무실을 향해 걷던 그녀가 몸을 돌리더니 이한영을 향해 다시 쪼르르 다가온다. 그리고 주머니를 뒤적뒤적, 껌을 내놓는다.

“식사하고 드세요.”

“땡큐.”

이한영의 손에 껌을 건네며 소곤거리는 목소리로 말을 잇는다.

“어젯밤에 아버지한테 말씀드렸거든요. 서울 가는 거요. 흔쾌히 허락하셨어요. 제가 혼자 서울 가는 게 걱정되긴 하지만 판사란 목숨보다 명예를 소중히 해야 한다면서 앞으로 열심히 하래요.”

“잘됐네. 인사 명령 나면 바로 간다니까 준비하고 있어.”

“네.”

그녀는 다시 방긋 미소를 그리고 몸을 돌려 총총걸음으로 사무실을 향해 떠났다. 그녀는 벌써 서울에서 생활할 청사진을 그리고 있다. 하지만 이 사건을 막지 못하면 그녀에게 미래는 없다.

이한영은 어금니를 꽉 다물었다.

‘지켜줄게.’

이한영이 거친 걸음으로 법원 밖을 향해 이동했다.

* * *

밖으로 나오자 날씨가 쌀쌀하다.

그런데 앞에서 기다리고 있어야 할 송나연 기자가 보이지 않는다. 그 자리에 멈춰 서서 주변을 살피는데…….

“저기요, 뭐 좀 물어볼게요.”

누군가의 목소리가 들렸다.

고개를 돌리자 익숙한 얼굴이 보인다. 전생에서 공기총을 들었던 살인범이다.

03

이한영은 다시 한번 상대를 향했다.

사진과 다른 건 짧아진 머리카락과 깊어진 주름뿐, 이리 보고 저리 봐도 살인범이 맞다. 게다가 어깨에 짊어진 큰 알루미늄 케이스, 떡하니 총을 들고 있다.

'바보 아냐?'

소재지 불명에 새벽 지하 주차장을 범행 장소로 삼은 걸 봐서 지능범이라고 생각했는데, 그게 아닌가 보다.

이한영은 살짝 고개를 저었다. 놈이 하도 뜬금없이 튀어나왔으니 환상인가 싶어 다시 확인하는 거다.

"저기요?"

놈의 또렷한 목소리가 귀에 박혀 들어오며 잠시 당황했던 눈동자가 제

자리를 찾았다.

"여기서 일하세요?"

"네, 그런데요?"

"혹시, 윤관호 판사님이라고 아직 계시나요?"

놈은 윤관호가 법원을 떠나 변호사가 됐다는 사실을 모르고 있다. 이한영이 대답하지 않자 놈이 희끗희끗한 귀밑머리를 긁적이며 멋쩍게 말한다.

"은혜를 입은 일이 있어서 인사드리고 싶은데, 여기서 근무했다는 것만 알고 있지 다른 건 몰라서요. 여기 안 계시나?"

"계십니다."

"그래요? 다행히 여기 계셨네요, 흐흐."

묘한 웃음을 흘리던 놈의 눈동자가 데구루루 법원 건물로 향한다. 윤관호 변호사의 얼굴이라도 떠올리는지 충혈된 눈동자에 살기가 번뜩인다. 눈빛에 담긴 살기를 보니 더욱 확실해진다. 이놈 때문에 윤슬혜 판사는 평생 휠체어를 타야 하는 불구가 됐었다. 총총 뛰어다니는 그녀가 남은 인생을 어떻게 살았을지 생각하면 지금 당장 이놈의 멱살을 후려잡아 내동댕이치고 싶다. 하지만 놈을 제압할 완벽한 기회를 위해 잠시 기다려야 한다.

"불러드릴까요?"

가볍게 던진 말에 놈이 손사래를 친다.

"아뇨, 아뇨. 괜찮습니다. 계신다는 걸 알았으니 나중에 뭐라도 사서 찾아봬야죠."

놈이 웃으며 자리를 떠나려는지 슬금슬금 뒷걸음질한다.

하지만 이한영이 한발 다가서며 거리를 좁힌다.

"저기요, 궁금해서 그러는데, 어깨에 걸친 거 도대체 뭡니까?"

"이거요?"

놈이 메고 있는 알루미늄 케이스를 보며 음흉하게 웃는다.

"색소폰이요. 음악이 취미라, 흐흐."

"아닌 것 같은데."

"맞아요, 색소폰."

"열어 볼 수 있어요?"

분위기가 이상하다고 느껴졌는지 놈의 눈살이 비뚜름해진다. 동시에 뒷걸음질하는 속도가 빨라졌다. 그러더니 도망가기 위해 몸을 확 틀며 다리에 힘을 준다.

하지만 늦었다.

기다렸다는 듯 이한영의 우악스러운 손이 그의 옷깃을 콱 움켜잡았다. 잡아당기는 힘이 강했는지 놈의 몸이 기우뚱할 때 이한영은 툭 다리를 걸어 상대를 땅바닥에 내동댕이쳤다.

콰당탕탕!

알루미늄 박스가 반대편에 처박히며 요란한 소리를 냈다. 놈은 자빠진 게 고통스러웠는지 뒹굴뒹굴했다. 한참이나 땅바닥을 구르며 정신을 못 차리던 놈이 핏발 선 눈으로 이한영을 노려본다.

"뭐야? 이 개새끼……. 어? 뭐 하는 거야! 허리띠는 왜 풀러! 씨발!"

이한영은 허리띠를 풀고 있었다. 생판 모르는 사람이 갑자기 자빠뜨리더니 허리띠를 푸는 모습, 놈의 눈에는 기괴하게 보일 수밖에 없다. 덜컥, '허리띠로 때리려나?' 하는 생각이 드는 건 당연하다.

"미친 새끼!"

놈은 몸을 틀어 엉금엉금 기어가는 자세로 바닥을 기기 시작했다. 하지만 멀리 가지 못한다. 이한영이 그의 팔을 걷어차 자빠뜨린 후 팔을 뒤로 꺾어 허리띠를 밧줄 삼아 포박했기 때문이다.

"경찰 올 때까지 얌전히 있자. 그게 서로 피곤하지 않고 좋잖아."

"너 도대체 뭐야! 뭐냐고!"

울 것 같은 녀석의 목소리를 뒤로하며 이한영은 경찰에 전화를 걸었다.

"여기 충남지법 정문 아래쪽에 있는 횡단보도입니다."

놈의 목소리가 다급해졌다.

"겨, 경찰? 경찰은 왜 불러? 어!"

그때 다다다다 달려오는 소리가 들렸다. 어디에 있었는지 뒤늦게 나타난 송나연 기자다. 누가 봐도 싸운 것 같은 상황에 그녀가 매우 걱정스러운 표정으로 다급히 묻는다.

"무슨 일이에요? 다친 곳 없어요?"

"네, 없어요."

"정말요? 어디 봐요."

"괜찮으니까 저기 있는 알루미늄 박스나 한번 열어봐주겠어요?"

송나연 기자는 말을 듣지 않고 숨은그림찾기 하듯 이한영의 얼굴을 샅샅이 살핀다. 그리고 상처 하나 보이지 않자 그제야 가슴을 쓸어내리며 안도의 한숨을 내쉰다.

"이 사람은 뭐예요?"

"기자님? 질문은 나중에. 일단 알루미늄 박스 좀 열어주세요."

"아, 네."

지금껏 씩씩대며 도망칠 기회만 살피던 놈이 발버둥을 치기 시작했다.

"열지 마! 열면 다 죽여버릴 거야! 열지 말라고!"

피 토하는 목소리가 시끄럽게 울렸지만 송나연 기자는 상관 않고 알루미늄 박스를 연다.

그리고 돌처럼 굳었다.

역시 총이 있었다.

"그거 가지고 오세요."

이한영의 말에 송나연 기자가 겁먹은 얼굴로 고개를 젓는다.

"이, 이거 진짜 총이죠? 건들면 나가는 거 아녜요? 난 못 만져요. 못 해요."

"그럼 박스째 가지고 와줄 순 있죠?"

송나연 기자가 알루미늄 박스를 들고 왔고 이한영은 총을 살폈다.

"총번도 없고……. 화약 탄을 사용할 수 있게 개조도 했네?"

놈의 얼굴이 참혹하게 일그러질 때 멀리서 사이렌 소리가 들려왔다.

"오, 얼굴만 무섭게 생긴 줄 알았는데 싸움 좀 하던데요? 멋져, 멋져. 얍! 얍!"

경찰에게 놈을 인계한 후 송나연 기자와 국밥집에 왔다.

잠시 작은 주먹을 허공에 날리던 그녀가 엄지손가락을 내민다.

"진짜 멋져요!"

"싸움 아닙니다. 제압이에요."

송나연 기자가 히히 웃더니 테이블에 몸을 바짝 끌어당겨 앉으며 보물을 발견한 어린아이의 눈빛을 보인다.

"총 든 사람과 싸워 이긴 판사. 이거 특종 냄새가 살살 나지 않아요?"

이한영이 빠르게 손을 저었다.

"부탁드릴게요. 절대 기사 쓰지 말아주세요."

"왜요? 유명해지면 좋지 않아요? 나쁜 일도 아니고."

"유명해져서 좋을 게 뭐 있어요? 월급이 오르는 것도 아니고, 불편하기만 해요."

송나연 기자가 조금은 아쉬운 표정으로 고개를 끄덕였다.

"좋아요, 좋아. 제가 이번 특종은 특별히 포기할게요."

테이블에 김이 모락모락 오르는 국밥이 놓였다.

이한영이 수저를 손에 쥘 때 드르륵 소리와 함께 테이블에 있던 휴대폰이 진동한다.

'김진한?'

이한영에게 어떤 조직에 들어오라고 권했던 서울중앙지방법원 김진한 부장이다.

느끼한 목소리가 수화기를 넘어 들려왔다.

–우연히 들었는데, 이한영 판사가 서울로 올라온다면서요?

"네, 앞으로 잘 부탁드립니다."

–우리 형사 수석 부장님이 한번 봤으면 하던데. 서울 올라오는 대로 연락 줘요.

형사 수석 부장이라면 미래의 대법원장 강신진이다.

가장 큰 적!

이한영의 손에 힘이 꽉 들어갔다.

'드디어 얼굴 한번 보는구나.'

* * *

대법원, 부장판사 이하 법관 정기 인사

대법원은 지방법원 부장판사 이하 법관에 대한 정기 인사를 단행했다.

취임과 함께 사법부 감찰을 시행하며 깨끗한 사법부를 목표로 한 전흥우 대법원장은 이번 인사에서 법원행정처 등을 중심으로 대폭 개편을 이뤄냈다.

일각에서는 제왕적 권한을 가진 대법원장의……(후략)…….

예상했던 대로 백이석 법원장을 비롯해 이한영과 임정식 수석 부장 그리고 윤슬혜 판사의 이동이 발표됐다. 하지만 이한영은 미간을 찌푸린 채 사무실에 앉아 있다. 인사 발표는 예상했던 것이라 감흥이 없었다. 문제는 그 아래에 있는 기사.

불법 개조 총기를 든 범인과 싸워 이긴 판사 이한영

"하……."

이한영의 입에서 무거운 한숨이 흘러내렸다.

송나연 기자가 쓴 기사는 아니다. 법원에 대기하던 어느 출입기자가 우연히 보고 써서 올린 기사다. 도대체 뭘 봤는지 발차기를 하고 어쩌고, 홍콩 액션 영화처럼 당시 상황을 적어 놨다. 댓글은 더 가관이다.

–범인 잡는 판사다!

–얼굴 보소. 기관총 들고 왔어도 안 되겠네.

–시장도 깔아뭉개는데 범인쯤이야ㅋㅋ

–이한영 판사를 UFC로!

–이 사람, 지난번 역갑질 판사 맞지?

원치 않게 유명해지고 있었다.

턱을 괸 채 시선을 들어 앞을 바라봤다. 택배 박스가 수북하다. 이번에도 사람들이 응원한다며 보낸 선물이다. 아직 목 캔디와 비타민도 다 먹지 못했는데 저걸 어떻게 처분해야 하나 고민하고 있는데, 똑똑똑 소리가 나더니 윤슬혜 판사가 사무실로 들어왔다.

그녀가 이한영을 향해 꾸벅 허리를 굽힌다.

"감사합니다."

"뭐가?"

"기사 봤어요, 이한영 판사님이 잡은 거라고……. 그 사람, 아버지가 재판했던 사람인데요. 불법 총기를 가지고 있던 게 아버지를 해코지하려는 이유였대요."

그녀가 다시 폴더폰 인사를 한다.

"됐어."

감사 인사 받으려고 한 일은 아니다.

허리를 편 그녀가 살짝 미소를 짓더니 입을 연다.

"아침에 아버지가 말씀하셨어요. 판사로 살아가면 언젠가 총구를 보게 될지도 모른다고요. 하지만 끝까지 명예를 지키래요, 그게 판사라고."

그 총구가 실제 총을 이야기하는 것은 아니다. 부정 청탁, 뇌물, 협박, 회유 등등 마주치면 벗어나기 힘든 상황을 말하는 거다.

청탁과 부탁은 한 글자 차이.

친한 사람이라는 가면을 쓰고 나타나 바짓가랑이를 잡고 눈물을 흘리며 하는 부탁은 총구보다 무섭다.

그녀가 작게 입을 연다.

"저도 아버지처럼 판사로서 잘 이겨나갈 수 있겠죠?"

"걱정하지 마. 총구 앞에서 무릎을 꿇으면 피고인석에 앉혀줄게."

어찌 들으면 격려 인사인데, 진실된 눈으로 살벌하게 하고 있다. 이한영이 책상에서 일어나 앞으로 나오며 말했다.

"그러니까 올바른 길만 가도록 해."

눈을 깜빡이던 그녀가 고개를 끄덕인다.

"아, 네."

"사무실 갈 거지? 나도 임정식 수석 부장님한테 가야 하는데. 나가자."

두 사람은 사무실을 나와 복도를 걸어 엘리베이터 앞에 섰다.

문이 스르륵 열린다.

그 사이로 김윤혁이 보인다. 윤슬혜 판사가 황급히 고개를 숙였고, 김윤혁의 시선은 이한영에게 향했다.

"전근 간다며?"

"어."

이한영은 엘리베이터에 올라타 김윤혁의 옆에 섰다. 윤슬혜 판사도 그 뒤를 쫓아 구석에 섰다.

"축하해."

이한영은 힐끗 김윤혁의 표정을 살폈다. 선명한 미소를 그리고 있다.

가만히 있어도 미소를 짓는 듯한 얼굴이 선명한 미소를 띠고 있다는 건 억지웃음이라는 거다. 김윤혁은 남보다 뒤처지는 걸 병적으로 싫어하는 사람이다. 근무지를 옮긴다고 이한영의 직급이 올라가는 것은 아니지만 밀렸다고 느낄 거다.

윤슬혜 판사가 먼저 내렸고, 작은 공간에 이한영과 김윤혁만 남았다.

김윤혁이 부드럽게 입술을 열었다.

“잘됐다.”

“뭐가?”

“서울 가는 거. 어머니 서울에 계시잖아? 혼자 계시다고 들었는데, 효도할 수 있겠네.”

지금껏 웃고 있던 이한영의 표정이 순간 굳었다.

김윤혁에게 어머니의 안부를 듣는 건 패륜적인 욕을 듣는 것보다 더 더러운 기분이다.

받았으면 돌려줘야 한다.

“사실 서울로 가는 거 걱정하고 있었거든. 해야 할 일이 많은데 남기고 가는 것 같아서. 그래도 다행이야, 내가 서울로 가도 네가 여기에 남아 있으니까. 잘해주겠지.”

난 떠나지만 넌 남아 있다는 표현.

김윤혁의 선명했던 미소가 싹 가신다. 억지로 웃으려 하지만 입꼬리는 올라가지 않고 볼살만 부르르 떨린다. 미세한 변화라 다른 사람은 알 수 없겠지만 오랜 시간 함께한 이한영은 똑똑히 느끼고 있었다.

‘뭐야? 이 정도로 가면이 흔들리는 거야? 겨우 이 정도였어?’

그럼 한 번 더. 쐐기를 박듯 말했다.

“가끔 놀러 올게.”

엘리베이터를 빠져나온 이한영이 우애 깊은 미소를 보이며 손을 흔들었다.

스르륵 문이 닫힌다.

그 틈새로 김윤혁의 웃음이 점차 흐려지는 게 보였다.

* * *

시간은 번개와 같이 번쩍거리며 지나갔다.

서울중앙지방법원의 출근을 하루 앞둔 이한영은 김진한 부장과 서초구에 있는 한정식집에 마주 앉아 있었다.

"내일부터 출근이지?"

"네."

두 사람은 미래의 대법원장이자 이한영의 가장 큰 적인 강신진 수석 부장을 기다리는 중이다. 이제 같은 지법에서 일하게 돼서 그런지 김진한 부장은 말을 편하게 하고 있다.

"네 이야기를 했더니 출근 전에 꼭 한번 봤으면 좋겠다고 하시더라고. 멋지신 분이야."

김진한 부장은 강신진 수석 부장이 비밀 조직의 어떤 위치에 있는지 말하지 않는다. 아니, 조직에 관한 것은 일절 언급하지 않고 있다. 이 자리가 그 조직을 위한 것인지, 아니면 같은 법원에서 일하게 될 사람을 만나는 자리인지 헷갈릴 정도다.

그때 미닫이문에 사람의 그림자가 보였다. 김진한 부장이 빠르게 일어섰고, 이한영도 그를 따라 일어섰다.

동시에 미닫이문이 드르륵 열렸다. 그 앞에 강신진 수석 부장이 서 있다. 묵직한 존재감. 그가 등장한 순간 공기의 분위기가 달라진 것 같은 느낌이 든다. 성큼성큼 안으로 들어온 강신진 수석 부장이 이한영 앞에 뚝 멈춰 섰다.

이한영이 고개를 숙였다.

"이한영이라고 합니다."

강신진 수석 부장은 칼날 같은 눈으로 이한영을 본다. 그 기세가 사나웠는지 김진한 부장도 마른침을 삼켰다. 하지만 이한영은 그 눈빛을 받아내고 있다. 아니, 받아낸다는 말로 부족하다. 오히려 상대를 찍어 누를 것같이 노려보고 있다.

무슨 일이 벌어질 것 같은 싸늘함.

김진한 부장은 초조한 마음으로 손을 쥐었다가 펴기를 반복했다. 도대체 어떤 상황이 벌어질지 도무지 예상할 수 없었다.

'이한영이 왜 저래?'

충남에서 만났을 때는 침착하니 조곤조곤하던 이한영이다. 그런데 지금은 불붙은 주유소 같다.

'수석 부장님은 또 왜 이래?'

강신진 수석 부장은 평소 느긋한 태도로 유명한 사람이다. 가끔 불같이 화를 내기도 하지만 평소엔 전혀 아니다. 김진한 부장의 눈동자가 강신진 수석 부장과 이한영을 번갈아 봤다. 그러고 보니 두 사람은 똑같이 '불'이다.

'불끼리 마주치면?'

김진한 부장이 불안한 시선으로 두 사람을 바라보며 마른 입술을 혀로 핥았다.

그때.

"크하하하하하!"

강신진 수석 부장의 입에서 크게 웃음소리가 터졌다. 하지만 이한영의 눈빛은 바뀌지 않는다. 그대로 쏘아보고 있다. 김진한 부장의 귀엔 강신진 수석 부장의 웃음소리가 불안불안하게 들려온다.

그때 뚝! 강신진 수석 부장의 웃음이 멈췄다.

"맹랑한 친구야."

강신진 수석 부장의 말에 김진한 부장은 가슴이 철렁 내려앉는 것 같았다.

'어긋난 건가?'

김진한 부장은 이한영이 마음에 들었다. 그래서 두둔해주고 싶지만, 살벌한 눈빛 앞에서 입도 뻥긋하기 어려웠다. 김진한 부장이 눈을 아래로 깔라고 계속 신호를 보냈지만, 이한영은 강신진 수석 부장을 쏘아볼 뿐이다.

말로 형용할 수 없는 침묵 속에서 강신진 수석 부장은 이한영의 뇌를 뜯어보듯 샅샅이 살피고 있다.

그리고 툭.

"자네는 법이 뭐라고 생각하나?"

이한영은 기다렸다는 듯 대답한다.

"예외가 없어야 한다고 생각합니다."

중국의 고대 사상가 한비자가 한 말이다. 한비자는 이상적인 제도의 법제화를 위해선 사사로운 감정을 배제하고 모든 사람에게 공평한 법을 적용해야 한다고 주장했다.

"그 법은 어디에 있지?"

이한영이 자신의 머리를 손가락으로 툭툭 치며 느릿하게 입을 열었다.

"이 안에 있죠."

김진한 부장은 모든 게 끝났다는 표정으로 입술을 꽉 다물었다. 지금 이한영의 행동은 상당히 건방졌다.

예상대로 강신진 수석 부장의 입술이 삐뚤어진다.

"난 십수 년을 법정에서 살아왔지만 아직도 법이 어려워. 그런데 10년도 안 된 놈의 머릿속에 법이 있다고? 그래, 한번 들어볼까? 다시 한번 묻지. 법이 뭐라고 생각하나?"

"제 머릿속에 수석 부장님의 법은 없습니다."

이건 또 무슨 선문답인가…….

김진한 부장은 허탈한 얼굴로 이제 될 대로 되라는 표정을 지었다.

"수석 부장님의 법은 수석 부장님의 머릿속에 있습니다. 세상을 사는 법, 사람답게 사는 법, 그리고 사람을 거두는 법."

강신진 수석 부장의 온몸에서 공기를 짓누르는 압박감이 흐른다. 김진한 부장이 고개를 숙이고 이어질 호통을 기다리는데…….

확 누그러진 말투가 들린다.

"술이나 한잔하지."

김진한 부장이 고개를 번쩍 들어 강신진 수석 부장의 눈치를 살폈다. 며칠 전, "마음에 들면 영입하실 겁니까?"라고 물었을 때 강신진 수석 부장은 답했었다.

—술이나 한잔하겠지. 그 외에 뭐가 더 필요한가?

강신진 수석 부장이 성큼성큼 상석으로 걸어가 앉는다.

"앉아."

이한영이 살짝 고개를 숙이고 자리에 앉자 강신진 수석 부장이 이한영의 잔에 술을 기울인다.

"들지."

이한영은 그걸 또 공손히 받고 있다.

김진한 부장의 머릿속은 혼란스러웠다. 이 상황이 도대체 뭔가 싶다.

바로 직전에 이한영은 외나무다리에서 원수를 만난 듯 쏘아봤고, 강신진 수석 부장은 으름장을 놓았다.

'그런데 이게 뭐야?'

오랜 사이처럼 주거니 받거니 술을 마시고 있다. 그 뒤로 술자리는 별 탈 없이 지나갔다. 법이나 사회에 관한 뜻 있는 이야기가 아니라 잡담이 이어지며 화기애애한 분위기였다. 하지만 김진한 부장은 그 분위기 속에서도 눈치를 보느라 마음이 불편했다.

잠시 후, 이한영이 먼저 자리에서 일어섰다. 술자리엔 강신진 수석 부장과 김진한 부장만 남았다. 김진한 부장이 강신진 부장의 표정을 살핀다. 방금까지 잡담하고 있던 양반인데, 지금은 또 굳은 표정으로 있다.

그때 묵직한 목소리가 흐른다.

"김진한 부장."

"네."

"사람 보는 눈이 많이 좋아졌어. 내 눈을 마주칠 수 있는 사람이 몇이나 되겠나?"

김진한 부장이 활짝 웃었다. 비가 오듯 우중충했던 마음에 햇볕이 쨍하는 기분이다. 이제 평소처럼 농담까지 한다.

"그렇죠? 가끔은 제 직업으로 판사가 아니라 스포츠 선수 스카우트가 적합하지 않았나 생각합니다, 하하하."

"다음 모임에 데리고 나오도록 해."

"알겠습니다!"

김진한 부장이 이제야 기분 좋게 술잔을 들 때 강신진 수석 부장이 손을 살짝 든다. 그 행동에 술잔을 든 김진한 부장의 손길이 뚝 멈춘다.

"충남에 저놈 동기가 있다고 했지?"

"김윤혁이라고 있습니다."

"두 사람 사이가 어떻지?"

김진한 부장이 잠시 기억을 더듬더니 미간을 살짝 찌푸린다.

"모르겠습니다."

"몰라?"

"네. 주변의 이야기나 김윤혁의 말을 들어보면 꽤 좋은 친구인 것 같은데……."

김진한 부장은 의심이 많은 사람이다. 그 성격 덕에 사람을 파악하는 능력은 아주 높다. 그가 말끝을 흐리는 걸 보며 강신진 수석 부장이 이해했다는 듯 고개를 끄덕인다.

"이한영이 잘나가는 걸 보고 배알이 꼴릴 수도 있다는 말이지?"

"네."

"그놈, 서울로 올려."

김진한 부장의 얼굴에 다시 화색이 돌았다.

"알겠습니다."

"이유는 알고 있지?"

"서로 감시하게 하겠습니다."

"그리고?"

"경쟁하게 해서 명마 한번 만들어보겠습니다."

원하는 대답을 들었다는 듯 강신진 수석 부장이 고개를 끄덕이자 김진한 부장은 지금껏 들고 있던 술을 입으로 가져간다.

* * *

택시를 타고 송파에 있는 어머니의 집으로 향하던 이한영의 눈빛은 다시 원수를 마주한 눈빛으로 바뀌어 있었다.

'강신진 수석 부장.'

오랜만에 칼날 같은 눈을 마주하니 아직도 등골이 찌릿찌릿하다. 강신진 수석 부장은 태산 같은 사람이다. 그를 처음 본 사람이라면 그 웅장함에 감탄할지도 모른다. 하지만 이한영에겐 태산의 웅장함보다 인간이 만들어낸 쓰레기가 먼저 보였다.

강신진 수석 부장을 떠올리며 앞으로의 계획을 살피던 이한영이 픽, 미소를 지었다. 강신진의 수법을 돌이켜보면…….

'김윤혁도 곧 서울로 올라오겠네. 충남에서 딴짓하지 말고 내 옆에 있어라, 윤혁아.'

'친구는 가까이, 적은 더 가까이'라는 말이 있다. 그 말처럼 강신진과 김윤혁은 더 가까이해야 한다.

* * *

임정식 : 민사 수석 부장판사

이한영 판사 : 민사 단독

윤슬혜 판사 : 민사 합의부

이한영은 이곳에서도 민사의 일을 이어가게 되었고, 윤슬혜 판사는 임정식 민사 수석 부장의 배석으로 들어갔다. 법관들만 중앙지방법원으로 이동한 게 아니다. 내사 때 일을 도와줬던 감사계 정건우 계장도 함께 이곳으로 오게 됐다. 그는 이번에도 감사계다.

"그러고 보니 바뀐 게 없네."

"바뀐 게 없다뇨?"

"생각해보니까 사무실만 바뀐 거지 가까이했던 분들이 고스란히 왔어."

책상에 앉아 기록물을 읽던 이한영이 테이블에 있는 윤슬혜 판사에게 시선을 돌렸다.

"집은 구했어?"

윤슬혜 판사가 고개를 젓는다.

"아직요. 일단 요 앞에 단기 임대해서 지내요. 빨리 구해야죠."

"단기 임대? 얼마야?"

"160이요."

"월에?"

"네."

잠시 잊고 있었는데, 윤슬혜 판사의 아버지는 꽤 유능한 변호사다. 즉,

얘네 집 부자다.

"왜요? 판사님은 어머니랑 같이 산다고 하지 않았어요?"

"나가래."

어머니는 옷을 빨고 다리는 게 귀찮고 혼자 있는 게 편하시다며 어서 나가라고 채근한다. 말은 그렇게 하지만 가뜩이나 바쁜 일정의 판사가 여자를 만나려면 밖에서 도는 게 낫다고 생각하시는 것 같다.

"제가 사는 오피스텔로 오세요."

"비싸."

이곳은 서초구다. 지하가 아니라 햇빛 보고 살려면 꽤 많은 월세를 내야 한다. 판사 월급으로 감당하기는 힘들다. 이한영은 석정호에게 맡긴 주식이 어서 뛰어주기를 바라는 마음으로 휴대폰을 툭 건드려 봤다. 주식이 오르면 집은 구할 수 있을 거다.

그때 노크도 하지 않은 문이 끼리릭 열리며, 이한영과 윤슬혜 판사의 눈은 자연스레 문으로 향했다. 오만하게 사람을 깔보는 눈빛, 온몸에서 나 잘났다는 기운을 풀풀 풍기는 누군가가 들어온다.

연수원 동기 오바른 판사다. 이름과 달리 바르지는 않지만 김윤혁을 제치고 수석을 차지하며 대법원장상을 손에 쥔 수재다. 하도 잘난 척과 비아냥대기를 잘해서 싫어하던 얼굴인데 20여 년 만에 보니까 반갑다.

"동기니까 인사는 하러 왔다."

"땡큐."

"충남에서 누가 온다고 해서 윤혁이가 올 줄 알았는데, 네가 왔네."

오바른 판사가 아니꼬운 말을 툭툭 던지고 있지만 이한영은 대수롭지 않은 표정으로 받아줬다. 어릴 때는 저런 도발에 넘어가 아래턱에 힘을 꽉 주기도 했었는데, 나이가 들어서인지 귀엽기만 하다. 똘똘이 스머프를 보는 기분이다.

오바른 판사가 수석 수료자라고 난 척을 하지만 그것 역시 초등학생이

만점 받았다고 까부는 것처럼 느껴진다. 초등학교 성적이 중학교까지 이어지지 않는다고, 수석 수료자 중 대법관에 오른 사람은 지금껏 단 한 명, 고등법원 부장판사직에 오른 사람도 한 손에 꼽을 정도다.

성적과 관직은 절대 비례하지 않는다.

'이 녀석의 미래는 어땠더라?'

잠시 생각을 더듬어봤다.

순간 등줄기가 서늘하다. 이놈은 곧 스스로 목숨을 끊는다.

'왜지?'

자존감이 하늘을 찌를 듯 높은 사람, 어딜 봐도 스스로 목숨을 버릴 위인은 아니다.

'그런데 왜?'

이한영의 시선이 책상에 놓인 달력을 향했다.

'이 녀석의 장례를 치른 건 내가 결혼하기 며칠 전이야. 무슨 일이 있었길래…….'

결혼 준비에 정신이 없던 시기였고 친하지 않은 사이였기에 부고 메시지만 기억날 뿐 다른 것은 떠오르지 않는다.

자신의 끔찍한 미래를 모르는 오바른 판사는 여전히 비꼬고 있다.

"서울 왔으니까 새롭지? 열심히 해라. 같은 동기들 창피하게 만들지 말고."

'야, 너 곧 죽어.'

니글니글한 얼굴이 안쓰럽게 보인다. 말해주고 싶은 마음이 목구멍까지 올라왔지만 마침 휴대폰이 진동을 울려주어 꾹 참을 수 있었다. 백이석 법원장이다.

이한영이 오바른 판사를 향해 조용히 하라는 표시를 보낸 뒤 통화 버튼을 눌렀다.

"네, 법원장님. 네, 알겠습니다."

올라오라는 지시다.

이한영이 자리에서 일어섰다.

"오랜만에 만나서 반가운데, 법원장님이 불러서 가봐야겠다. 나중에 술이나 한잔해."

이한영이 툭툭 그의 어깨를 격려차 두들겼다. 오바른 판사가 황당한 눈으로 이한영을 바라본다.

이한영이 사무실을 빠져나가자 오바른 판사가 문을 바라보며 어금니를 꽉 깨문다.

"법원장한테 손바닥 비벼서 올라온 새끼가, 여유로운 척은."

"아닌데."

오바른 판사의 시선이 목소리가 들리는 곳을 향해 홱 하니 돌아간다. 큰 눈을 가진 윤슬혜 판사가 보인다.

"이한영 판사님요, 손바닥 비빌 사람 아니에요. 동기면서 그것도 모르세요?"

"넌 뭐야?"

테이블에 앉아 있던 그녀가 자리에서 일어나 꾸벅 허리를 굽힌다.

"윤슬혜 판사입니다. 합의부 배석으로 있습니다. 잘 부탁드립니다."

"배석?"

"네."

살짝 고개를 숙인 그녀가 말총머리를 흔들며 사무실을 떠났다.

열렸던 문이 다시 닫힐 때까지 황당한 눈으로 있던 오바른 판사가 뭐가 분한지 악을 지른다.

"아오!"

* * *

"깡치 맡아볼 텐가?"

법원장실에 들어온 이한영에게 백이석 법원장이 한 첫마디다.

이한영은 이런저런 질문 없이 고개를 끄덕였다.

"네."

깡치란 해결이 골치 아픈 사건으로, 누구나 맡기 싫어한다. 그런데 묻지도 않고 고개를 끄덕이는 이한영을 보며 백이석 법원장은 조용히 미소 지었다. 불평 없이 일을 맡는 사람은 예뻐 보일 수밖에 없다.

백이석 법원장이 안경을 벗어 책상에 두며 입을 열었다.

"내가 사람을 데리고 왔다고 불만을 품은 놈들이 많아."

알고 있었다.

몇몇 판사들은 이한영 등을 보며 법원장에게 꼬리를 흔들어 서울에 온 향판이라고 비아냥거리고 있었다. 그중에서도 이한영이 가장 많은 손가락질을 받고 있다. 듣도 보도 못한 대학 간판을 가진 게 그들의 뒷담화엔 좋은 꼬투리다. 방금 사무실에 들어와 이런저런 시비를 건 오바른 판사가 좋은 예다.

"알고 보면 자네가 날 따라온 게 아니라 자네가 나를 이끌어준 건데, 이상하게들 오해를 하고 있어."

백이석 법원장의 농담에 이한영이 가볍게 고개를 숙였다.

"아닙니다."

"아니기는, 맞는 말이지."

백이석 법원장이 책상에 있던 서류봉투를 들어 이한영에게 내밀었다.

"읽어봐."

이한영이 서류를 꺼내 펼쳤다.

'이건?'

다른 의미의 깡치, 일이 복잡하기보다는 언론과 국민의 관심을 받아 부담스러운 사건이다.

얼마 전, 어린이집 교사 채희정이 네 살짜리 여자아이의 뺨을 때렸다. 아이는 심하게 고꾸라져 10여 분간 의식을 잃었지만 어린이집 교사 채희정은 대수롭지 않게 생각하고 원장에게 보고하지 않았다.

집으로 돌아간 아이가 구토와 어지러움 등 이상 증상을 보이자 부모는 병원으로 데려갔다. 두개골 골절에 의한 출혈로 긴급수술. 이후 아이는 청력 감퇴, 시력장애, 인지장애를 보인다.

방긋방긋 웃던 딸이 믿었던 어린이집 교사에게 폭행을 당해 하루아침에 듣지도 보지도 못하는 신세가 되어 병원에 누워 있다. 완치를 장담할 수 없는 상황에 부모는 울분을 참지 못하고 언론에 제보했다.

보통 지역 맘 카페라 불리는 곳을 시작으로 이 사건이 들끓었고, 지금도 이에 관한 이야기는 식을 줄을 모른다.

"부담스럽지 않겠어?"

판사도 인간인지라 여론이 시끄러우면 본질을 놓칠 수 있기에 우려되나 보다.

이한영이 서류를 다시 봉투에 집어넣으며 고개를 끄덕였다.

"네, 괜찮습니다."

자신 있는 태도에 백이석 법원장이 조용히 웃는다.

"시장에게 호통치고 기관총을 든 사람도 제압한 자네인데, 여론의 집중쯤이야 두렵지 않겠지."

백이석 법원장도 기사를 봤나 보다. 그런데 기관총이라니…….

"기관총은 아닙니다."

"기사에 일반 총을 개조해 기관총으로 만들었다고 적혀 있던데?"

법원장실을 벗어난 이한영은 휴대폰을 들어 기사를 확인했다.

'기관총과 싸워 이긴 람보 판사'라는 제목의 기사가 떡하니 보인다.

자극적인 제목이 아니면 읽지 않으니 낚시성 제목으로 시선을 끌고 싶은 마음은 알겠지만, 홍콩 액션 영화로 시작된 기사가 블록버스터로 바뀌는 건 막아야 한다.

'도대체 어떤 인간이…….'

기사를 쭉 내려 기자의 이름을 찾아보자…….

송나연 기자다.

'아, 진짜.'

이한영은 재빨리 전화를 걸었다.

대뜸 들려오는 목소리.

–죄송해요!

"내리시죠?"

–네…… 제가 클릭 수에 눈이 멀어서 그만……. 절 믿지 마세요. 저도 영락없는 기자였나 봐요. 기자를 믿지 말라는 말도 있잖아요.

"우는소리 해도 안 봐줍니다. 내려주세요."

–네…… 바로 내릴게요.

전화를 끊자 바로 진동이 울린다. 박철우 검사다.

–람보네, 람보야. 하하하.

슈퍼맨이라고 놀림받던 한을 풀어내고 있다.

–람보니까, 앞으로 머리띠 하고 웃통 벗고 다녀요. 알았죠?

"검사님께서 바지 위에 빨간 팬티를 입으시면 전 웃통을 벗고 다니겠습니다. 상상해보니까 양복바지 위에 팬티 입은 모습이 더 웃기겠네요."

–누가 웃기는진 봐야 할 일이고. 서울 왔잖아요? 술 한잔해야죠?

시답잖은 대화를 이어가며 사무실에 도착하자마자 벌컥 문이 열리더니 핸드카트에 기록물을 가득 실은 직원 두 명이 들어온다.

"책상에 둘까요?"

직원들이 책상에 기록물을 놓고 방을 벗어나자 이번엔 니글니글한 얼굴의 오바른 판사가 다시 쑥 들어왔다.

"아까 할 말이 다 안 끝나서."

오바른 판사는 이한영이 자신의 어깨를 툭툭 친 행동이나 윤슬혜 판사가 두둔한 것 등 쓸데없는 응어리를 갖고 있었다. 그래서 노골적으로 적개심을 눈에 담아 들어왔는데…….

"아, 앉아. 안 그래도 하고 싶은 이야기가 있었어."

이한영이 흔쾌히 테이블을 가리킨다.

그리고 티테이블로 걸어가며 묻는다.

"커피? 녹차?"

"어? 커피."

오바른 판사는 눈을 깜빡였다. 같은 조직에 있다고 모두가 친할 수는 없다. 사법연수원 동기라고 모두 가깝지는 않다. 특히 이한영과 오바른 판사의 관계가 그랬다. 이한영이 오바른 판사의 밉상 행동을 보고 싶지 않아 피해버렸기 때문이다. 그런데 살가운 행동을 하다니, 이한영의 태도가 이상하다.

이한영이 커피를 타서 오바른 판사 앞에 놓았다. 그리고 맞은편에 앉는다. 오바른 판사가 적대감을 보이지만 이한영은 느긋하고 여유로운 태도다.

오바른 판사는 침을 꿀꺽 삼켰다.

'왜 이놈이 윗사람처럼 느껴지는 거지?'

단독이 아니라 꼭 부장판사 윗급을 보는 것 같았다.

그때.

"오바른 판사."

오바른 판사는 자기도 모르게 바로 대답한다.

"어?"

"혹시 빚진 거 있어?"

"빚?"

오바른 판사의 미간이 찌푸려졌다.

이한영이 손을 저었다.

"없으면 됐고. 혹시 여자 친구 있어?"

"뭐라는 거야? 너, 우리 애 돌잔치 왔었잖아! 내가 여자 친구 있으면 큰 일 나지!"

"아……."

이한영이 고개를 끄덕였다.

그러고 보니 오바른 판사의 결혼식과 돌잔치에 갔던 기억이 살포시 떠오른다. 스치는 인연으로만 생각했기에 녀석에 대한 기억은 지워지다시피 존재하지 않는다. 그러니까 더 미궁이다.

'애도 있는데 목숨을 끊었다고? 저 성격에?'

혹시 단서가 잡힐까 싶어 젊은 남자가 시름에 빠질 만한 것을 이것저것 물어봤는데 나오는 것은 없다.

이한영이 고개를 비스듬히 하고 오바른 판사를 살폈다.

"혹시 주식 하고 있어?"

오바른 판사가 벌떡 일어나서 눈빛을 곤두세운다.

"너 지금 일부러 나 자극하려고 그러는 거지? 하, 내가 네 생각을 모를 줄 알고? 왜? 나보다 성적 안 좋으니까 무시하는 척 이겨보려는 거냐?"

이한영이 황당한 표정을 지었다.

"내가 오바른 판사를 이겨서 뭐 한다고."

"그런데 우리 애 돌잔치는 왜 잊고 있어!"

20년 전, 다른 사람의 돌잔치를 기억하는 게 더 웃긴 거다. 아니, 그 전에 별로 친하지도 않았는데 그 자리에 참석한 게 신기하기만 하다.

이한영이 앉으라고 손을 흔들었다.

"오랜만에 만났는데 이상한 거 물어봐서 미안. 커피나 마셔."

오바른 판사가 아랫입술을 꾹 물고 엉거주춤 앉을 때 이한영의 휴대폰이 울렸다. 발신 번호는 김윤혁이다.

“어, 윤혁아.”

–전화받을 수 있어?

다정한 목소리가 흐른다.

“어, 괜찮아. 지금 오바른 판사 만나서 이야기하는 중이야.”

–아, 그래?

“무슨 일이야?”

이놈이 며칠 만에 이한영이 보고 싶은 것은 아닐 거다. 분명 어떤 목적이 있어서 전화했을 텐데…….

–나도 중앙지법으로 전근 가게 됐네.

“어?”

–급하게 결정 난 일이라.

강신진 수석 부장의 스타일상 김윤혁을 붙여 서로 감시하게 하고 경쟁하게 할 것이라고는 예상했다. 하지만 이렇게 빨리 진행될 줄은 몰랐다.

‘어떻게 대법원장을 구워삶은 거야?’

인사권은 대법원장이 가지고 있다. 강신진 수석 부장이 어떤 방법을 썼는진 알 수 없었다.

이한영이 고개를 끄덕였다.

“잘됐네, 또 같이 일할 수 있고.”

–그럼 가서 보자.

이한영은 전화를 끊었다.

그리고 다시 오바른 판사를 보는 순간, 뱀이 다리를 타고 올라오는 소름을 느꼈다.

‘김윤혁?’

녀석은 오거나 간다는 소식을 알릴 놈이 아니다. 김윤혁이 전화를 건 이유는 단 하나. 지난번, 충남지법의 엘리베이터에서 이한영이 했던 말.

—다행이야. 내가 서울로 가도 네가 여기 남아 있으니까. 잘해주겠지.

지기 싫어하는 녀석의 성격상, 자신도 이한영과 동등한 위치에 서 있다는 것을 알린 거다.

이한영의 눈동자가 앞에 앉은 오바른 판사를 향했다.

'잘난 척 좋아하는, 공부만 잘하는 놈.'

이번엔 휴대폰으로 향한다.

'지기 싫어하는 소시오패스.'

그러고 보니 전생에서 김윤혁은 이 시기쯤 서울중앙지방법원에 있었다.

'그때 이 두 사람이 만났다면?'

이한영은 살짝 눈을 감았다. 머릿속에는 김윤혁이 오바른 판사를 살해하고 자살로 위장하는 그림이 그려진다. 하지만 곧 살래살래 고개를 저었다.

'섣부른 판단은 안 돼. 가능성도 적어. 김윤혁도 이득을 위해 움직이는 놈이야.'

김윤혁이 오바른 판사를 살해하고 얻을 이득이 없다. 기분 나쁘다는 이유로 살해했다면 이한영은 몇 번은 죽었을 거다. 게다가 대한민국의 살인 및 강도 사건 검거율은 100퍼센트에 육박한다. 김윤혁의 성격상 위험부담을 갖고 일을 처리할 리 없다. 하지만 찝찝하다.

오바른 판사가 이한영의 사무실을 나왔다. 그가 입을 꽉 앙다문다. 한껏 비아냥거리려고 들어갔는데, 하고 싶던 말은 하나도 못 하고 커피만 마시고 나왔다. 게다가 잠깐이지만 눈빛에 압도되어 우러러보기까지 했다. 오바른 판사는 이한영보다 두 살 더 많다. 하지만 이한영이 형처럼 느껴진다.

여기까지 생각한 오바른 판사가 퍼뜩 정신을 차리더니 고개를 빠르게 흔들었다.

'이상한 생각 하지 마. 이한영은 꼴통일 뿐이야.'

그때 오바른 판사 앞에 검은 그림자가 쑥 나타났다.

“동기 왔다며?”

“네? 네.”

검은 그림자의 입꼬리가 올라간 반면, 오바른 판사는 상당히 주눅 든 얼굴이다. 검은 그림자가 오바른 판사의 어깨에 팔을 두른다.

“지방대 나왔다던데, 친해?”

“아뇨, 아닙니다. 안 친해요.”

* * *

이한영의 사무실, 종이 넘기는 소리만 사락거렸다.

오바른 판사의 일은 일단 뒤로 미뤘다. 시간이 남아 있었고 지금 살펴봤자 얻어지는 단서가 없기 때문이다. 사건이란 날짜가 가까워지며 많은 흔적을 보이는 법이다.

이한영은 천천히 살펴보기로 하고 백이석 법원장이 준 기록물에 파묻혔다.

어린이집 교사 채희정의 아동 폭행. 해결 과정은 모르지만 바로 뒤에 일어난 일이 충격적이라 어렴풋이 기억하고 있다. 결과를 이야기하자면 어린이집 교사 채희정은 형사에서 징역 6년, 민사에서 2억 원의 손해배상 판결을 받는다.

여기까지는 권선징악 해피엔딩이다. 하지만 어린이집 교사 채희정은 발 빠르게 움직였다. 사전에 이혼해 남편에게 재산을 넘겼고, 가지고 있던 소형 아파트는 경매에 넘겼다. 그리고 채희정의 변호사가 수임료 명목으로 1억 원이 넘는 돈을 경매 금액에서 배당받아 가며, 피해자의 가족은 치료비는커녕 단 한 푼도 받지 못했다.

자신이 돌봤던 아이가 평생 장애를 안고 살아갈지도 모르는 상황이었지만 손해배상만 생각하며 생돈이 나간다고 여긴 어린이집 교사 채희정의 쓰레기 같은 행동이었다.

법으로 싸울 땐 선한 자가 이기는 게 아니다. 아는 자가 이긴다.

'피해자가 돈을 받으려면?'

어린이집 교사 채희정의 위장 이혼을 입증해야 한다. 하지만 절대 쉬운 일이 아니다. 이한영은 들고 있던 펜으로 책상을 툭툭 두들겼다.

이 재판엔 세 가지 숙제가 있다.

어린이집 교사 채희정에게 적법한 벌을 주는 것. 피해자 가족에게 제대로 된 보상을 하는 것. 마지막으로 법원의 다른 판사들에게 조금의 인정을 받는 것.

이 재판으로 모두에게 인정받을 수는 없겠지만 적어도 대학이 전부는 아니라는 것은 알려야 한다. 그래야 이한영을 품고 있는 백이석 법원장의 행동에 거침이 없어지고, 이한영 역시 나중의 계획을 준비할 때 수월하다.

'어떻게 해야 할까?'

이한영의 머릿속은 갖가지 계획이 복잡하게 얽히고설키며 답을 내렸다가 지우기를 반복하고 있었다. 그리고 탁, 팬을 책상에 찍는 소리가 크게 들렸다.

길이 보였다.

이한영이 휴대폰을 귀에 댄다. 곧 익숙한 목소리가 흐른다.

–유세희입니다.

"이한영입니다."

–어쩐 일이시죠?

"한번 뵙고 싶습니다."

–아, 서울로 오셨다는 말 들었어요. 언제가 좋을까요?

애써 사근사근한 척하는 가식적인 목소리를 듣고 있으니 소름이 끼친다.

이한영은 유세희와 약속을 잡고 전화를 끊었다. 그리고 바로 송나연 기자에게 전화를 걸었다.

"기사 내렸어요?"

―네…….

시무룩하니 정직한 목소리.

유세희의 목소리를 듣다 송나연 기자의 인간다운 목소리를 들으니 소름 끼쳐 올라왔던 닭살이 내려가는 기분이다.

"퇴근 언제죠?"

* * *

"어디 가는 거예요?"

송나연 기자가 운전석과 조수석 사이로 얼굴을 쑥 내밀고 묻는다.

"저기, 부담스러운데 제대로 앉아 계시면 안 될까요?"

조수석에 앉은 석정호의 말에 송나연 기자가 입을 삐쭉삐쭉하더니 굴하지 않고 다시 묻는다.

"판사님, 목적지를 알려주세요."

"조작하러 갑니다."

"조작?"

* * *

원룸으로 가득한 주택가.

이한영은 차에 비스듬히 기댄 채 서 있었다.

"내일부터 며칠간 고생 좀 해줬으면 좋겠는데."

"뭐든."

석정호가 고개를 끄덕이자 이한영이 차 키를 건네며 계속 말한다.

"글러브 박스에 카메라 있어. 잠복근무하면서 내가 지목한 사람 사진 좀 찍어줘."

"몰래 찍으라는 거지?"

"응, 몰래 찍다가…… 들켜."

"들켜?"

모순적인 말에 석정호가 눈을 깜빡일 때 송나연 기자가 두 사람의 대화에 끼어든다.

"무슨 말씀 하는 거예요? 나만 모르는 거예요?"

석정호가 도리도리 고개를 젓는다.

"아뇨. 저도 몰라요."

송나연 기자가 황당한 표정을 짓는다.

"뭔지도 모르면서 무조건 하겠다고 했어요?"

"네."

"왜요?"

"왜라뇨? 한영이잖아요."

이한영이니까 믿고 한다는 말. 얼토당토않은 대답이지만 묘하게 수긍이 간다.

송나연 기자가 이해하기 어렵다는 표정을 짓자 석정호가 그것도 모르냐는 눈빛을 보내며 이한영에게 시선을 돌렸다.

"그래도 누굴 찍어야 하는진 가르쳐줘야지."

"저 사람."

이한영이 턱짓을 하자 석정호의 고개가 돌아간다.

30대 초반의 여자가 누군가와 통화하며 뭐가 즐거운지 깔깔거리며 지나가고 있다. 어린이집 교사 채희정이다. 자신 때문에 한 아이가 병원에 누워 있는데, 그런 죄책감 따위는 개나 줘버린 것 같은 모습이다.

그녀를 알아본 송나연 기자가 빠르게 묻는다.

"그 재판 말으신 거예요?"

"네."

"재판? 뭔데?"

석정호의 질문에 송나연 기자가 동영상을 검색해 건넸다. 휴대폰엔 방송사를 통해 공개된 어린이집 CCTV 화면이 보인다. 어린이집 교사 채희정이 양반다리로 앉아 있고, 작은 여자아이가 고개를 숙이고 있다. CCTV 영상이라 소리는 들리지 않지만 혼나는 게 익숙한지 두 손을 배꼽 위에 모으고 있는 아이의 모습이 게 꽤 자연스럽다.

남편의 내연녀를 만난 것처럼 아이에게 삿대질하던 채희정이 느닷없이 풀스윙. '쩌억!' 하고 소리가 들리는 것만 같았다. 여자아이는 힘없이 픽 날아간다.

작은 화면을 통해 보고 있지만 석정호는 자신이 맞은 것처럼 눈을 질끈 감아버렸다. 그렇게 채희정에게 맞은 여자아이가 화면 밖으로 날아가며 영상은 끝났다. 거칠게 살아온 석정호에게도 경악스러운 장면이다. 그의 이마에 순간적으로 심줄이 툭 솟아오른다.

"이게 뭐야?"

석정호의 얼굴이 악마처럼 변해갈 때 이한영이 그의 등을 툭툭 쳤다.

"저 여자에게 지옥을 보여줘야겠지? 넌 지금부터 흥신소 직원이야. 남편의 지시로 저 여자의 뒤를 파는 중이지. 들킨 후에는 남편이 시켰다고 말해."

송나연 기자가 조심스레 손을 들었다.

"저 여자가 남편에게 흥신소를 붙였다고 따지면 어떻게 해요?"

"안 따져요. 며칠 전에 위장 이혼했어요."

송나연 기자의 눈썹 사이에 주름이 지어진다.

"위장…… 이혼요? 설마, 제가 생각한 이유는 아니겠죠? 손해배상금을 주기 싫어서라든가……."

"웃고 있잖아요, 지금도."

이한영이 다시 턱짓을 했다. 채희정은 뭐가 신나는지 여전히 깔깔깔이다.

"이해했지?"

석정호가 고개를 끄덕이자 이한영의 시선이 옆에 앉아 있는 송나연 기자에게로 향했다. 그들은 채희정의 집을 파악한 후 멀지 않은 호프집에 앉아 자세한 계획을 이야기하는 중이었다.

"기자님은 이 사건을 계속 기사로 내주세요. 위장 이혼이니 뭐니 구차한 내용을 적을 필요는 없어요. 법적인 팩트만 던져두면 나머지는 네티즌들이 알아서 의심해줄 거예요. 할 수 있겠어요?"

송나연 기자가 고개를 끄덕였다.

"네, 할게요. 우리 팀장이 뭐라고 해도 어떻게든 기사 올릴게요. 그러니까 저 사람한테 꼭 엄벌을 내려주세요."

송나연 기자의 간절한 눈빛.

석정호도 거든다.

"50년 정도 콩밥 좀 먹여줘라."

민사이기 때문에 엄벌이나 콩밥을 먹일 수는 없다. 하지만 위장 이혼까지 해가면서 지키려 하는 돈을 뜯어낼 생각이다. 그녀에겐 그게 지옥이다.

이한영이 두 사람을 바라보며 조용히 미소 지으며 고개를 살짝 끄덕였다.

"그러지."

시원한 대답에 송나연 기자가 앞에 놓인 오백 잔을 번쩍 들어 올린다.

"너무 오래 말씀하셔서 미지근해졌지만, 짠 하죠."

이후, 이런저런 말로 대화가 이어졌다.

석정호가 문뜩 뭔가 생각났는지 맥주잔을 탁, 내려놓으며 이한영을 본다.

"맞다, 너 기관총은 뭐냐?"

"기관총?"

"기사 났던데? 예비군 훈련 하러 간 거야?"

기관총이라는 단어가 나왔을 때부터 이한영의 눈치를 살살 보던 송나연 기자가 다급히 테이블의 호출 벨을 눌렀다.

"사장님! 여기요! 치, 치킨 주세요! 맥주도 주시고요!"

* * *

"서울로 오신 거 축하드려요."

"감사합니다."

다음 날 저녁, 이한영은 서울의 야경이 멋지게 보이는 고급 레스토랑에서 유세희를 만나고 있었다.

간단히 먹어도 한 명당 10만 원을 훌쩍 넘는 곳. 전생에도 수차례 드나들었지만 좋은 기억은 단 하나도 없다. 유세희와 싸웠던 기억만 가득하다.

하지만 오늘은 다를 거다. 흰 셔츠에 검은 조끼를 입은 웨이터가 다가오자 이한영이 메뉴판을 내밀며 말한다.

"코스 말고 하나씩 주문하죠. 토마토 카르파치오와 버섯 콩소메……."

이한영은 이번에도 유세희에게 묻지 않고 독단적으로 메뉴를 골라 간다. 매너 없는 행동이지만 유세희는 인상을 찌푸리지 않고 호기심 어린 표정으로 고개를 살짝 기울인다.

지금껏 이한영 앞에서 커피 한 잔, 케이크 한 조각을 말해본 적 없다. 하지만 어떻게 알았는지 자기의 취향을 속속들이 맞히고 있다.

"그리고 디저트 와인은 샤토 디켐으로 하죠."

머릿속에 들어갔다 나온 것처럼 마지막 와인 취향까지 맞혀버렸다.

이한영이 시선을 돌려 그녀를 향한다. 그리고 부드러운 미소.

"멋대로 주문해서 죄송합니다. 제가 좋아하는 음식인데 세희 씨가 드셔 봤으면 해서요. 입맛에 맞았으면 좋겠네요."

유세희는 입을 열지 못한 채 고개만 끄덕인다.

'뭐야, 음식 취향이 같은 거였어? 그런데 가난하다고 하지 않았나?'

가난해도 고급 레스토랑에서 식사할 수는 있다. 하지만 특별한 날에 한정된 것이지, 이한영처럼 자연스럽게 메뉴를 주문하고 분위기에 녹아들 듯 익숙해지려면 한두 번 와서는 힘들다.

음식이 하나둘 테이블에 놓였다.

이한영이 입을 연다.

"사실 유세희 씨에게 먼저 전화가 오길 기다렸는데, 오지 않더라고요. 그래서 일을 핑계로 연락드렸습니다. 추용진 시장 때는 칭찬 좀 받았나요?"

그녀가 고개를 끄덕였다.

"네, 덕분에요."

"좋아요. 그럼 다른 일을 말해보죠. 알고 계실 겁니다, 어린이집 폭행 사건."

"그건 저희가 맡지 않은 사건인데요."

"맡으세요. 다른 변호사의 일을 빼앗는 것은 쉽게 할 수 있는 일이잖아요."

"이한영 씨?"

이한영의 말은 절제된 예의와 무례를 넘나들고 있다.

유세희가 제지하려 했지만 이한영은 상관하지 않고 막무가내로 밀고 나간다.

"피해자 측의 변호사는 이번 일에 별 관심이 없습니다. 세희 씨 생각처럼 돈이 안 된다고 생각하고 있겠죠. 하지만 이 사건은 세희 씨에게 괜찮은 데뷔전이 될 것 같은데요."

"데뷔요?"

"본격적으로 일해보라는 지시, 아직 안 내려왔나요?"

유세희의 얼굴에 억지 미소가 걸리며 '어떻게 알았지?'라는 생각이 고스란히 드러났다. 얼마 전, 작은 사건부터 맡아 본격적으로 일을 배워보라는 말을 유선철 대표에게 들었다. 후계 구도에서 밀려 있던 그녀에겐 신상 명품 백을 선물받은 것보다 기쁜 일이었다. 하지만 그 일은 둘만 있을 때 했던 대화다.

"이한영 씨에게 그런 말씀까지 하셨나 봐요?"

"아뇨."

유세희의 입술이 살짝 뒤틀린다.

"그럼 어떻게 안 거죠?"

"흐름요. 유세희 씨의 오빠와 언니는 최근 하락세입니다. 하지만 반대로 유세희 씨는 상승기류를 타고 있죠. 제가 대표님이라면 유세희 씨가 흐름을 탔을 때 밀어올려 볼 것 같은데요. 어디까지 올라가나 궁금하기도 하고."

이한영이 포크로 쿡 버섯을 찍어 그릇에 가져가며 말을 이었다.

"여기서 잘하셔야 합니다. 데뷔전을 어떻게 치르느냐에 따라 평가는 달라지기 마련이거든요. 그래서 이 사건을 유세희 씨에게 권하는 거예요. 여론의 집중을 받고 있지만 어렵지는 않은 사건. 데뷔전으로 괜찮지 않나요?"

"그 사건 담당이 이한영 씨인가요?"

"네."

"그러니까 제가 승소할 수 있게 도와주겠다는 말?"

이한영이 고개를 저었다.

"에스로펌이라면 어렵지 않을 것으로 판단했을 뿐입니다."

유세희는 혀로 입술을 핥았다.

'처음으로 내가 선택하는 사건. 이길 수 있는 사건. 이한영의 말을 따라 봐?'

얄팍한 셈을 끝낸 그녀가 고개를 끄덕인다.

"그러죠."

"이왕 데뷔 무대를 권해드린 김에 변호사까지 추천해도 되겠습니까?"

이한영은 테이블에 휴대폰을 내려놓고 그녀의 앞으로 죽 밀었다.

유세희가 눈동자만 아래로 내려 화면을 보자 한 남자 변호사의 얼굴이 보인다.

"누구죠?"

에스로펌의 변호사 수는 어마어마하다. 유세희가 모든 사람들의 얼굴과 이름을 알 수는 없었다.

"이름은 이도수. 꽤 유능한 사람이라고 들었습니다. 대표 변호사로 그 사람을 선택하세요."

유세희의 시선이 다시 휴대폰 화면으로 향했다.

'능력 있다고?'

에스로펌의 이름난 변호사 중 그녀의 편은 없다. 그래서 팀을 꾸리기 위해 저평가 우량주를 찾던 중이다.

'이도수?'

그녀는 이도수라는 이름의 변호사를 머릿속에 담았다. 뜬금없이 선물 받은 기분을 느꼈지만 태연하게 말했다.

"생각해보죠."

이한영은 조용히 미소 지으며 포크를 손에 들고 식사를 시작한다. 그러더니 힐끗 유세희의 얼굴을 살핀다.

이도수 변호사는 배신의 아이콘이다. 그리고 이한영은 이도수 변호사 다루는 방법을 아주 잘 알고 있었다. 즉, 유세희의 측근으로 만든 후 원하는 정보를 언제든 빼낼 생각이다.

* * *

“이한영이 어린이집 폭행 사건 재판을 담당한다는데?”
“이한영? 그게 누구야?”
“이번에 법원장 따라온 향판.”
“아…….”
서울중앙지방법원에는 이한영이 어린이집 재판을 맡았다는 소문이 파다하게 돌았다. 휴게실에서 몇 명만 머리를 맞대도 이한영에 관한 이야기로 꽃을 피웠다.
“알아보니까, 충남에 있을 때 곧잘 했다는데?”
“그래 봤자 향판이다.”
“판결 잘못 내렸다가 언론에 물어뜯기는 거 아냐? 지방 기자들하고 서울 기자는 전투력이 다른데. 크크크.”
아무도 이한영을 기대하는 사람은 없었다.

그리고…….
“모두 자리에서 일어나주시기 바랍니다!”
법정 경위의 목소리에 방청석에 있던 모든 사람이 자리에서 일어섰다.
이한영이 고개를 숙인 후 자리에 앉는다.
“지금부터 재판을 시작하겠습니다. 손해배상 청구 사건입니다. 원고 소송대리인, 참석하셨습니까?”
에스로펌 이도수 변호사가 자리에서 일어나 대답한다.
“네, 원고도 참석했습니다.”
이도수 변호사 옆에는 여자아이의 아빠 이서훈이 절망으로 가득한 얼굴로 앉아 있다.
“피고 소송대리인, 참석하셨습니까?”
머리가 희끗희끗한 변호사가 자리에서 일어난다.
이름은 송영대. 채희정이 법을 이용해 돈을 빼돌리도록 도와준 쓰레기다.

"네, 피고도 참석했습니다."

송영대 변호사 옆에는 채희정이 앉아 손톱을 만지작거리고 있다. 표정은 가증스러울 정도로 쌩쌩하다.

이한영이 고개를 들어 방청석을 향했다. 여론의 관심을 받는 사건이라 꽤 많은 기자가 보인다. 그들의 관심은 오로지 채희정이다.

이한영의 시선이 주변을 더 훑었다. 재판이 없는 판사들도 많이 와 있다. 그러나 기자들과 달리 그들의 관심은 이한영. 작은 실수를 기다리며 승냥이 떼처럼 물어뜯을 준비를 하고 있다. 소리 없는 으르렁거림이 귓가에 들려오는 것 같다.

이한영이 손가락으로 법대를 툭툭 두들겼다.

'이 재판의 목적 중 하나.'

판사들의 머릿속에 이한영이라는 이름을 각인시키는 것이다. 지금 저들은 무능하지만 손바닥을 잘 비비는 간신으로 이한영을 판단하고 있다. 그 생각을 뒤집어버린다.

사법부의 세계에서 튀는 판사란 해머로 처맞기 딱 좋은 인물이다. 하지만 단순히 튀는 게 아니라 선구자가 된다면 지위 고하를 막론하고 그 뒤를 따르는 사람이 생기기 마련.

'너희 모두를 내 뒤에 세워주마.'

이 자리엔 부장판사도 있고 단독판사 중 연차가 되는 사람도 있다. 하지만 이한영은 그들 모두를 손바닥에 올릴 생각을 하며 천천히 입을 열었다.

"그럼 바로 시작하죠."

"몇 달 전 푸른 어린이집에 다니던 원고의 딸……."

이도수 변호사가 소송을 건 이유를 조곤조곤 설명하는 것을 들으며, 이한영은 시선을 어린이집 교사 채희정에게 향했다. 그녀는 여전히 재판엔 관심 없다는 얼굴로 손톱만 만지고 있다. 급기야 손톱에 후후, 바람까지 불어댄다.

이한영의 눈이 찌푸려진다. 평범한 사람이 법정에 앉아 느긋하기는 어렵다. 무거운 분위기에 압도당해 긴장하고, 때로는 숨도 제대로 못 쉬어야 한다. 그런데 그녀는 지나칠 정도로 태연하다.

'배상할 재산이 없으니까 이 재판이 의미 없는 시간이라 생각하는 걸까? 아니면, 심리적으로 자신은 죄가 없다고 착각하고 있나?'

그때 이도수 변호사가 강한 목소리로 청구 원인 진술을 마무리했다.

"따라서 치료비와 함께 손해배상금 2억 원을 청구합니다!"

2억이라는 단어에 채희정의 뻔뻔한 눈동자가 처음으로 이도수 변호사에게 향했다. 그러더니 뭐가 웃긴지 소리 없이 히죽이 웃는다.

"뭐가 웃겨!"

피해자의 아버지 이서훈이 벌떡 일어섰다. 그 눈에는 그녀의 머리통을 자근자근 찍어 누르고 싶다는 욕망이 그득했다. 사나운 짐승의 눈.

하지만 채희정은 피하지 않는다. 오히려 똑바로 마주 보며 천연덕스럽게 어깨를 으쓱인다.

그 모습에 이서훈은 뱃속에서부터 끓어오르는 분을 참지 못하고 악을 토해내며 흐느낀다.

"너 때문에, 씨발! 내 딸이!"

이도수 변호사가 다급히 말리며 욕설은 멈춰졌지만 이서훈의 얼굴은 파들파들 경련을 일으키고 있다. 갈기갈기 찢어진 아비의 마음이 법정을 채우며 방청석의 분위기가 숙연해질 때 그 적막을 뚫고 이한영이 입을 열었다.

"원고, 마음은 알겠지만 자중해주세요."

"네, 죄송합니다."

이도수 변호사가 고개를 끄덕이자 이한영은 피고 채희정의 변호사에게 눈을 향했다.

"피고 측 대리인, 청구에 대한 답변을 해주세요."

머리가 희끗희끗한 송영대 변호사가 안쓰러운 표정으로 일어서더니 원고 측을 향해 고개를 숙였다.

"본 대리인도 딸을 키우는 아버지로서 원고의 마음을 이해합니다. 원고의 딸이 건강해지기를 진심으로 바랍니다."

여기까지는 일반적인 인사.

송영대 변호사가 한 발 앞으로 걸어 나오며 법정을 채울 큰 목소리로 외친다.

"하지만, 피고 채희정은 잘못이 없습니다! 이것은 마녀사냥일 뿐입니다!"

치료비를 꼬투리 잡아 배상금을 낮추려 할 것으로 예상했는데 무죄를 주장하다니……. 얼음물이 쏟아져 내린 것처럼 법정의 분위기가 싸늘해졌다.

가장 충격받은 것은 피해자의 아버지 이서훈이다. 그는 "잘못이 없습니다"라는 말이 한국말이 아닌 것처럼 몇 번을 되뇌어 중얼거렸다.

"잘못이 없다고? 잘못이?"

이서훈이 자신도 모르게 벌떡 일어나 타는 듯한 눈빛으로 송영대 변호사를 노려봤다. 그의 입에서 부들부들 떨리는 목소리가 흘러나왔다.

"뭐라고요? 잘못이 없다고요?"

송영대 변호사가 대수롭지 않다는 얼굴로 고개를 가볍게 끄덕였다.

"네."

"다, 다시 말해봐요. 그럼 우리 애가 누구에게 맞았다는 겁니까?"

송영대 변호사가 고개를 짧게 가로저었다.

"피고 채희정이 폭행한 사실은 인정합니다. 피고 채희정은 네 살짜리 아이를 폭행했고, 그에 대한 재판은 지금 형사로 이뤄지고 있습니다."

이서훈이 다시 이도수 변호사의 손에 이끌려 힘없이 자리에 앉을 때 송영대 변호사가 방청석으로 시선을 돌리며 말을 이었다.

"이 자리에 있는 모든 분은 어린이집 CCTV 영상을 보셨을 겁니다. 방송사를 통해 세상에 알려진 영상은 인터넷에 검색만 해도 나오니까요. 하지만 그 영상엔 맹점이 있습니다. 피고 채희정은 뺨을 때렸을 뿐입니다."

법정이 술렁거리기 시작했다.

송영대 변호사는 노련한 사람답게 말을 멈추고 분위기가 흔들리는 것을 기다렸다. 그리고 술렁임에 빈틈이 생기는 순간, 빠르게 말을 이었다.

"병원의 진단서는 두개골 골절 이유로 폭행을 지목하지 않았습니다! CCTV 영상도 마찬가지! 아이는 피고에게 맞은 직후 화면 밖으로 사라졌습니다. 모두 지레짐작할 뿐이에요! 저렇게 맞았으니까 다쳤을 거라고요! 그래서 보신 분 있습니까? 확실히 맞아서 두개골이 골절되었다고 말씀하실 수 있는 분이 계십니까?"

송영대 변호사가 몸을 돌려 이한영을 향했다. 그는 생각할 틈을 주지 않고 이한영을 몰아붙였다.

"재판장님! 이 사건은 까마귀 날자 배 떨어진다는 속담처럼 우연에 우연이 겹친 사건일 뿐입니다!"

그는 뚝 말을 멈춘다. 이한영이 '우연'이라는 단어를 머릿속에 기억할 시간을 기다리는 거다. 그리고 다시 말을 잇는다.

"아이들은 쉽게 넘어집니다. 피해 아이는 그날 술래잡기 놀이를 하며 몇 차례나 넘어지고, 때로는 땅을 구르기도 했습니다. 언제인지 정확히 집어낼 수는 없지만 아마 그때쯤 다쳤을 것으로 생각됩니다. 재판장님, 뺨을 때린 이유로 손해배상 청구를 한다면 얼마든지 받아들일 용의가 있습니다. 하지만 하지 않은 일까지 청구하는 것은 부당합니다. 원고의 청구를 기각하여주십시오."

송영대 변호사는 이한영을 향해 정중히 허리를 굽힌 후 자리로 돌아갔다.

법정은 술렁였고 재판을 지켜보던 판사들은 속삭였다.

"이거 제대로 된 깡친데? 피고 변호사의 말도 일리가 있잖아?"

“충남에서 온 향판 골치 아프겠다, 흐흐흐.”

원래 남의 불행을 지켜보는 건 즐거운 일이다. 판사들이 보기에 이한영의 퇴로는 막히고 있었다. 송영대 변호사의 말에 따라 배상금을 줄이면 기자들이 양념을 버무려 기사를 쓸 테고, 기다리고 있던 네티즌들은 물어뜯고 맛보고 난리가 날 것이다. 그렇다고 송영대 변호사의 말을 무시한 채 일방적으로 피해자의 손을 들어준다면, 법원장에게 꼬리 흔들어 서울로 왔다는 인식에 기름을 끼얹는 것과 같다. 즉, 실력 없는 멍청한 새끼가 신념도 없게 되는 거다.

양측의 변호사가 첨예하게 대립할수록 판사들은 즐거운 마음으로 재판을 지켜봤다.

그때 이도수 변호사가 빠르게 말했다.

“뺨을 맞아 바닥에 쓰러졌습니다!”

송영대 변호사도 밀리지 않고 기다렸다는 듯 답했다.

“화면엔 튕겨 나간 것까지만 보입니다! 도대체 어디에서 머리를 다쳤다는 겁니까?”

양측 변호사가 한창 싸우고 있던 그 시각.

한낮이지만 하늘은 어스름하다. 황량한 바람이 가로수의 마른 가지를 스쳐 갈 때 김진한 부장은 법원 앞에 나와 있었다.

“비가 오려나…….”

손을 내밀어봤지만 물방울이 떨어지지는 않는다. 잠시 하늘을 살피던 김진한 부장은 누군가를 기다리는 듯 고개를 쭉 빼고 도로로 시선을 향했다.

곧이어 택시 한 대가 멈춰 섰다. 우중충한 하늘과 달리 맑은 표정의 김윤혁이 택시에서 내렸다. 이내 그가 예의 있게 허리를 굽혀 인사하자 김진한 부장이 반갑다는 표시로 그의 팔을 토닥인다.

“서울에서 보니까 느낌이 다르네. 그런데 오늘 올라온 거 아냐? 휴가 언제까지야?"

"휴가는 내일까지예요."

"그럼 좀 쉬지. 천천히 와도 되는데."

김윤혁이 고개를 틀어 법원 건물로 시선을 향했다. 그리고 간절했다는 표정으로 중얼거렸다.

"오고 싶었어요. 이제야 왔네요."

그의 입가에 서글서글한 미소가 그려지자 김진한 부장은 짐짓 미안한 표정을 지었다.

"그동안 고생 많았어. 진작 서울로 불렀어야 했는데, 미안하다."

"아니에요. 좋은 경험이었어요."

그때 투투툭, 우울했던 하늘에서 굵은 물방울이 떨어지기 시작했다.

"야, 비 온다. 일단 올라가자."

김진한 부장이 앞서 걸으며 말을 이었다.

"강신진 수석 부장님은 지금 다른 곳에 가셔서 저녁에나 인사드릴 수 있을 거야. 이한영 판사가 재판 중인데, 한번 볼래?"

두 사람은 이런저런 대화를 나누며 어느새 법정 앞에 섰다.

끼이익, 문이 열리며 김윤혁의 긴장된 시선은 법정 안으로 향했다. 가장 끝에 이한영이 보인다. 그 순간 김윤혁의 손에 힘이 콱 들어갔다. 이글거리는 눈빛은 이한영을 집어삼킬 듯 보고 있었다.

'네가 나보다 먼저 이곳에 앉을 줄은 몰랐어. 다시는 내 앞에 서지 못하게 해주지.'

잠시 이한영을 노려보던 김윤혁의 시선이 법정의 분위기를 살피기 위해 슥 움직였다. 그러다가 판사로 보이는 사람들에게서 멎는다.

'웃고 있어?'

판사들은 더러운 표정으로 미소 짓고 있었다. 그 웃음의 의미를 김윤혁은 단번에 알아차렸다. 그들은 이한영의 재판이 망했다고 여기며 마음속으로 축제를 즐기는 중인 것이다.

'병신 새끼들.'

김윤혁은 법정에 들어오자마자 이한영의 눈을 봤다. 이한영의 눈빛은 혼란과 절망에 빠져 있지 않았다. 순식간에 먹잇감의 숨통을 끊기 위해 발톱을 숨기고 어슬렁어슬렁 다가가는 호랑이의 그것이었다.

'그러니까 너희는 안되는 거야. 평생 그러고 살아라.'

판사들을 한심하게 생각하며 김윤혁은 양측 변호사에게 시선을 돌렸다.

피고 채희정의 소송대리인 송영대 변호사가 어이없다는 표정으로 고개를 젓고 있었다.

"피고는 위험한 장난을 하는 아이들을 말리려다 자신도 모르게 우발적으로 폭행을 저질렀습니다. 이건 인정합니다! 하지만 몇 번을 말씀드렸습니까? 그것만으로 두개골에 골절이 생길 수는 없어요. 피고 채희정 씨의 키는 162센티미터, 몸무게는 50킬로그램, 근력 역시 평균입니다. 그런데 가능하다고요?"

말을 하던 송영대 변호사가 힐끗 이한영을 살피며 마른침을 꿀꺽 삼켰다. 다른 사람들은 송영대 변호사의 혓바닥이 판사를 압박하고 있다고 느끼고 있지만, 바로 앞에서 이한영을 마주한 송영대 변호사는 그렇게 생각하지 않았다.

김윤혁의 생각대로 이 재판 과정에서 상대의 기세에 밀려 뒤로 물러선 것은 오히려 송영대 변호사였다.

'도대체 넘어오질 않아!'

이한영의 표정은 변화가 없다. 그저 관찰하듯 보고 있을 뿐이다.

'어린 새끼가 뭘 먹었기에 눈빛이 저래?'

이번엔 원고 측 소송대리인 이도수 변호사가 입을 열었다.

"아이의 키는 1미터가 되지 않습니다. 몸무게 역시!"

그때 이한영이 손을 살짝 들었다.

"됐습니다."

단 한마디였다.

하지만 그 말로 동네 애들 싸움하듯 설전을 벌이던 두 변호사의 입이 확 닫혔다. 마치 황제의 말을 기다리는 신하같이 우두커니 서 있을 뿐이었다.

방청석에 있던 판사들은 그 분위기를 이제야 느끼기 시작했다. 그들은 조용히 속삭였다.

"지금까지 넋 놓고 있던 거 아니었어?"

"향판이 송영대 변호사를 휘어잡을 수 있다고?"

"1년 차 단독이잖아?"

그들이 수군수군할 때 이한영이 입을 열었다.

"이 사건의 쟁점은 아이의 다친 이유가 피고의 폭행 때문이냐 아니냐가 되겠네요. 맞습니까?"

"네."

송영대 변호사가 고개를 끄덕였다.

"쟁점은 정리된 것 같은데, 증거나 증인 요청을 하기 전에 피고에게 물어보고 싶은 게 있습니다."

이한영의 시선이 피고석에 있는 채희정에게 향했다. 지금껏 딴짓하던 채희정이 시선을 들어 올린다.

두 사람의 눈이 마주쳤을 때 이한영의 목소리가 느릿하지만 또렷하게 법정을 채웠다.

"피고, 먼저 아물지 않은 상처를 꺼내는 것 같아 죄송하다는 말씀을 드리겠습니다. 이혼했다고 들었는데요. 맞나요?"

"네."

"손해배상금이 선고되면 갚을 능력은 있습니까?"

채희정의 입꼬리가 주우욱 찢어진다. 그리고 재수 없을 정도로 천연덕스럽게 한마디.

"아뇨, 없어요."

"재산이 없습니까?"

"재산은 남편이 가져갔고, 위자료로 받은 아파트는 경매로 넘어갔네요. 그리고 난 형사재판을 받고 감옥에 갈 것 같아요. 피해자 아버지에겐 죄송하지만 난 돈도 없고 갚을 능력도 없네요. 그런데 이 재판, 계속할 필요가 있을까요?"

그녀의 뻔뻔한 얼굴을 보며 이한영도 그녀와 똑같이 재수 없을 정도로 천연덕스럽게 답했다.

"네, 해야죠."

"네?"

이한영의 눈빛에 채희정은 가슴이 덜컥, 어딘지 모르게 꺼림칙함이 느껴졌다. 그녀의 표정에 처음으로 긴장감이 차올랐고, 이한영의 눈은 번뜩인다.

'피해를 줬으면 책임을 져야 하는 게 대한민국 법이다. 법 지키게 해줄게. 앞으로 울면서 살아라.'

04

순간, 채희정을 쏘아보던 이한영의 눈동자가 다른 쪽으로 이동했다가 다시 제자리를 찾는다.

짧은 순간에 이뤄진 움직임, 마주하고 있던 채희정 외에는 아무도 느끼지 못했다. 최희정은 자신도 모르게 마른침을 삼켰다. 이한영의 눈동자가 닿았던 곳에 불길한 무언가가 꿈틀대는 느낌을 받았기 때문이다.

인간은 호기심의 동물.

궁금증을 참지 못한 그녀는 메두사의 얼굴을 살피는 사람처럼 눈동자를 움직였다.

'왜 여기에?'

그곳에 그녀의 남편이 있었다. 이한영의 눈빛에 덜컥 겁먹었던 가슴이 쿵 내려앉는 기분이다.

그때 이한영의 목소리가 법정을 채웠다.

"그럼 증인을 호명하겠습니다. 원고 측 증인 김준호 씨, 오셨습니까?"

"예, 참석했습니다."

남편이 손을 든다.

채희정의 얼굴은 혼란으로 가득했다. 그녀가 홱 고개를 돌려 송영대 변호사에게 향했다. 그리고 작지만 빠른 목소리로 묻는다.

"뭐죠? 저 사람이 왜 증인으로 온 거죠?"

"못 들었나요?"

"제가 저이랑 연락할 수 있는 상황이 아니잖아요!"

그녀는 남편에게 연락할 수 없다. 일반 전화는 통신 기록이 남을 것 같고, 공중전화는 누군가가 감시할 것 같다는 생각 때문이다. 송나연이라는 기자가 하루가 멀다 하고 기사를 써 내려가는 바람에 채희정의 이름과 얼굴은 널리 알려져 있었다.

송영대 변호사가 이해했다는 표정으로 고개를 끄덕였다.

"원고 측에서 위장 이혼을 의심하고 있어요. 그에 대한 확인 절차라고 보시면 됩니다."

"그걸 동의하면 어떡해요! 말실수라도 하면……."

송영대 변호사가 씨익 웃는다.

"저를 믿으세요. 어떤 실수든 덮을 수 있습니다."

송영대 변호사는 자신 있게 말했지만 채희정의 마음은 편할 수 없다. 그녀의 눈동자가 다시 남편에게로 향했다.

'저 여잔 누구야?'

남편 옆에 낯선 여자가 앉아 있다. 누가 봐도 아름다운 얼굴, 매력적인 몸매. 유세희였다.

그녀를 모르는 채희정은 왠지 모를 질투심에 사로잡혔다. 여자가 남편에게 귓속말을 한다. 뭐라 하는지 알 수는 없지만 개 같은 남편은 뭐가 좋은지 실실 웃고 있다.

아랫입술을 꽉 깨물던 채희정은 남편의 뒤에서 낯익은 얼굴을 찾았다. 며칠 전, 집 앞에서 카메라로 그녀를 찍던 남자다. 뭘 하는 거냐고 따져 물었더니 남자는 태연하게 대답했었다.

—그쪽 남편이 시켰어요.

그 남자는 석정호였다.

채희정은 정성스레 돌보던 손톱을 피가 날 정도로 콱콱콱 물어뜯기 시작했다. 그녀의 머릿속에 '몸이 멀어지면 마음도 멀어진다'라는 흔하디흔한 말이 날카로운 칼로 각인되기 시작했다.

'재산까지 모두 넘겼는데…….'

이곳은 법정, 남편을 앉혀 두고 사실관계를 따져 물을 수도 없다. 그저 의심을 이어갈 뿐이다.

그때…….

남편 옆에 앉은 여자가 남편의 어깨에 손을 올리고 다정히 먼지를 털어낸다. 모든 것은 이한영에게 지시를 받은 유세희의 계획된 행동으로, 그녀는 그저 "어마? 파리가?"라고 하며 가볍게 손을 댔을 뿐이다.

하지만 그 모습에 채희정의 정신은 툭, 방향을 잃었다. 눈이 뒤집히고 의심의 씨앗이 뿌리를 내리며 삽시간에 생각을 장악했다. 즉, 그녀는 제정신이 아니게 되었다. 법정이라는 제한된 공간이 만들어낸 그녀의 착각.

이한영은 그녀의 표정을 관찰하며 작게 미소 지었다.

'채희정은 손바닥에 올라왔고.'

이젠 발버둥 치는 모습을 즐길 뿐이다.

"증인신문은 원고 측부터 하죠."

그녀의 남편 김준호가 증인석에 나와 자리에 앉았다.

채희정이 불같은 눈동자로 그를 노려봤다. 한 번이라도 눈을 마주치면 마음이 편해질 것 같은데, 그는 채희정을 보지 않는다. 그저 법대에 있는 판사만 보고 있다.

이도수 변호사가 채희정의 남편 김준호의 앞에 섰다.

"증인, 피고와 어떤 관계죠?"

"부부였습니다."

"지금은요?"

"이혼한 상태입니다."

채희정은 피가 배어나는 손톱을 계속해서 잘근잘근 씹었다. '이혼'이라는 단어가 불에 달궈진 쇠처럼 가슴을 후벼 파는 중이다.

"이혼 사유가 재산을 지키기 위해서였습니까?"

김준호가 시선을 들어 이도수 변호사를 향했다. 그러더니 고개를 절레절레 젓는다.

"아닙니다. 성격 차이입니다."

"얼마 전부터 증인과 전 부인인 피고 사이에 위장 이혼설이 나오고 있는 것을 알고 있습니까?"

김준호가 무겁게 한숨을 내쉴 때…….

"원고 대리인, 잠깐만요. 증인에게 물어보고 싶은 것이 있습니다."

이도수 변호사가 한발 물러서자, 이한영이 말을 잇는다.

"피고에게 2억 4천만 원의 아파트를 위자료로 줬다고 들었습니다. 맞나요?"

"네. 재산 분할 당시 투자용으로 가지고 있던 아파트를 넘겼습니다."

"그 아파트에 대출이 1억 있었네요. 피고 채희정 씨는 직장을 잃은 상태라 대출을 갚지 못했고요. 결국 아파트가 경매로 넘어갔습니다. 재산 분할이 공평하지 않은 것 같은데요?"

김준호가 자신 없는 투로 말끝을 흐린다.

"제가 아이를 맡아 키워야 해서……."

"아이가 있습니까?"

김준호가 고통스러운 표정으로 고개를 끄덕였다.

"네."

"몇 살이죠?"

김준호의 죄책감으로 가득한 눈동자가 원고석에 앉아 있는 피해자의 아버지 이서훈에게 향했다. 우물거리던 입술이 힘겹게 열린다.

"네…… 살입니다."

다친 아이와 동갑이다.

채희정은 자신도 자식을 키우는 처지에서 남의 아이를 짓밟은 것이다.

"네 살이면 한창 말 안 들을 때 아닌가요? 혼자 키우기 어려울 텐데요."

영화나 드라마에 등장하는 판사들은 근엄하게 앉아 변호사와 검사의 말을 듣기만 한다. 하지만 실제론 다르다. 그들은 재판 과정을 부드럽게 진행하고 진실을 찾기 위해 이런저런 개입을 빈번하게 한다. 대다수 사람들은 '혼자 키우기 어렵겠다'라는 질문이 증인의 긴장을 풀어주는 일반적인 질문이라고만 생각했다.

하지만 채희정의 머릿속은 복잡했다.

'내가 실형을 받으면 혼자 애 키우기 힘드니까 여자를 만나는 거야? 이혼 도장은 찍었으니까 완벽히 끝낼 빌미를 찾기 위해 흥신소 사람을 보낸 거고? 내가 넘긴 재산으로 저 여자랑 잘 먹고 잘살려고? 그 재산 우리 아빠가 준 거야, 개새끼야!'

채희정의 입술이 꽉 닫혔다. 침착했던 모습은 이제 없다. 그녀의 눈동자가 다시 유세희에게 향했다. 유세희는 채희정의 남편 김준호가 말할 때마다 뭐가 즐거운지 간간이 미소를 지었다.

채희정은 그 얼굴을 찢어버리고 싶었다. 이미 채희정의 머릿속엔 그녀가 감옥에 간 사이 남편 김준호가 유세희와 결혼한 상황을 넘어 자신의 자식이 유세희에게 "엄마, 엄마" 하는 모습까지 보였다.

그때 이한영의 한마디가 그녀의 뒤통수를 망치로 후려치듯 들려왔다.

"빨리 힘든 시간이 끝나고 즐거운 가정을 이루셨으면 좋겠습니다."

그 말이 채희정에겐 어서 저 여자와 결혼하라는 말로 들린다. 그리고 남편은 그걸 또 대답하고 있다.

"아, 네. 감사합니다."

쾅! 채희정이 양손으로 테이블을 내리찍으며 일어섰다.

"지금 뭐 하는 거야!"

비명에 가까운 목소리.

송영대 변호사가 채희정의 갑작스러운 행동에 화들짝 놀랐다.

"채희정 씨?"

채희정의 귀에 송영대 변호사의 목소리는 들리지 않는다. 그녀는 파르르 떠는 눈빛으로 남편 김준호를 노려보고 있다.

이한영이 채희정을 물끄러미 보다가 입을 연다.

"채희정 씨, 하고 싶은 말이 있습니까? 대질심문도 가능합니다."

이한영은 '피고'라고 부르지 않았다. '채희정'이라는 이름을 불러 그녀의 마음속의 빈틈을 노리고 있었다.

송영대 변호사가 힐끗 이한영을 살폈다. 이한영의 나이는 어리다. 하지만 저 눈동자를 보고 있으면 경험이 없다고 무시할 수 없다. 빈틈을 보이는 순간 시퍼런 칼날이 쑤시고 들어올 게 분명하다. 대질심문만큼은 막아야 한다는 생각이 본능적으로 들었다.

송영대 변호사가 채희정을 다급히 부른다.

"채희정 씨? 채희정 씨!"

하지만 이한영은 그의 의도를 예측하고 제지했다.

"피고 측 대리인, 가만히 계세요."

법정에선 판사가 까라면 까야 한다. 송영대 변호사가 못마땅한 표정으로 입을 닫자 이한영의 목소리가 다시 흐른다.

"채희정 씨, 화를 내는 이유가 뭐죠? 지금부터 폭력적인 것을 제외하고 법정에서 일어나는 소란은 모두 허락하겠습니다. 편하게 말씀해보세요."

판사의 지시로 멍석이 깔렸다.

송영대 변호사는 이한영의 얼굴을 바라보며 입술을 꽉 깨물었다.

'악마야, 악마! 저 새끼는 악마야!'

악마는 무서운 얼굴을 하지 않는다. 편안한 모습으로 사람을 유혹한다. 지금 이한영이 그랬다. 채희정의 모든 것을 이해한다는 표정으로 지옥에 들어오기를 손짓한다.

그리고 채희정이, 넘어갔다.

멍석에 선 그녀가 날뛴다.

"위장 이혼이에요!"

송영대 변호사는 끝났다는 표정으로 눈을 감았고, 동시에 법정은 소란스러워졌다.

"뭐야? 무슨 말이야?"

"위장 이혼?"

"손해배상을 안 하려고?"

기자들의 타이핑 소리가 타타타 빠르게 들렸고, 송영대 변호사는 어떤 행동도 하지 않았다. 그가 아무리 경험 많은 능구렁이라 해도 지금의 벽을 타고 넘어갈 수는 없다.

"위장 이혼이라고요?"

"네, 위장 이혼이에요! 저 새끼 혼자 잘 사는 모습, 못 보겠어요."

김준호가 딱딱하게 굳은 경악한 표정으로 채희정을 향했다.

"뭐, 뭐라는 거야? 위장이라니?"

채희정의 얼굴에 차가운 미소가 서리며 비꼬듯 입을 연다.

"개새끼야, 그렇게 살지 마. 하! 어쩐지, 먼저 위장 이혼하자고 서류 갖고 왔을 때 알아봤어야 했어. 그때부터 만났니?"

"뭐라는 거야!"

"네가 저 여자랑 잘 먹고 잘살려고 한 거잖아!"

채희정의 손가락이 가리킨 곳. 그곳엔 유세희가 앉아 있었다. 뜬금없이 삿대질을 받은 유세희가 눈을 동그랗게 뜬다.

"저요?"

"그래, 너!"

김준호가 어쩔 줄 모르는 표정으로 채희정에게 외쳤다.

"지금 무슨 말 하는 거야! 저 여자는 여기서 처음 봤어! 생각해봐! 내가 정말 저 여자랑 만나는 사이라면 법원까지 같이 왔겠어?"

"거짓말! 그럼 저 남자는! 흥신소는 뭔……?"

채희정의 시선이 석정호가 앉아 있던 곳으로 향했지만, 그곳은 처음부터 아무도 없었던 것처럼 텅 비어 있었다.

김준호는 죽을 것같이 답답하단 표정으로 채희정을 노려봤다.

"너, 지금 무슨 짓을 했는지 알아?"

채희정은 그제야 뭔가 잘못됐다는 생각이 들었다. 그녀의 눈동자가 조심스레 이한영에게로 향한다.

판사의 입술이 느릿하게 움직인다.

"위장…… 이혼이라고요?"

그제야 정신을 차린 그녀가 떨리는 눈동자로 고개를 좌우로 흔들었지만, 늦었다.

"아니에요. 아니야, 아니라고! 이게 뭐야!"

"피고, 아이가 네 살이라고 들었습니다. 피고가 다치게 한 아이와 동갑입니다. 자기 아이가 소중하면 남의 아이도 소중한 겁니다. 어린이집에서 아이들을 보육했다면 누구보다 잘 알고 있어야 할 내용 아닌가요? 아이를 다치게 했으면 당연히 보상을 해야죠!"

"아니야. 아니에요. 아니라고요. 맞아요. 난 때리기는 했지만 그게 머리뼈에 금이 갈 수는 없어요. 그죠, 변호사님? 말해봐요, 좀!"

다급한 표정으로 물었지만 송영대 변호사는 말없이 고개를 저었다.

재판엔 흐름이라는 게 있다. 그 흐름이 모두 어그러진 상황에서 계속 입을 놀려봤자 턱만 아프다는 것을, 그는 오랜 경험 끝에 잘 알고 있었다.

* * *

어린이집 아동 학대, 민사 승소

어린이집 폭행 사건과 관련 법원이 가해자인 채 모 씨에게 2억 원의 손해배상 판결을 내렸다.

이날 재판에서 이한영 판사는 심문을 통해 채 모 씨에게 위장 이혼을 자백받고……(중략)……채 모 씨는 민사뿐만 아니라 형사재판도 받던 중이다. 검찰은 민사소송을 통해 위장 이혼이 밝혀진 만큼 증거인멸의 우려가 있다며 구속영장을 신청했다.

이한영은 사무실로 올라가기 위해 복도를 걷고 있었다. 마주 오던 판사가 이한영을 보며 엄지손가락을 쳐든다.

"심문을 통해 자백을 받아내는 모습 멋졌어. 실력 없는 줄 알았는데, 다시 봤어."

"감사합니다."

그 판사만이 아니었다.

"이런 판사가 지금까지 왜 지방에 있었어? 진작 올라오지."

"아, 재가 그 판사야, 심문으로 자백받은?"

처음 보는 판사들까지 인사한다.

이한영을 무시하던 법원의 공기가 바뀌기 시작했다. 물론 아직 좋지 않은 시선으로 보는 눈도 있지만, 생각 이상의 성과다.

일일이 인사받던 중 이한영의 휴대폰이 울렸다. 석정호다.

–하, 한영아.

불안한 목소리.

다급히 물었다.

"왜?"

–터, 터졌어!

"뭐가?"

–주식!

석정호에게 맡겨 뒀던 주식이 뛰기 시작했다.

이제 상승세를 탔기 때문에 터졌다고 말하기는 시기상조지만, 지금껏 떨어지기만 하는 주식을 보며 마음고생했던 석정호는 무척 기쁜 모양이다.

–어떻게 하지? 나 떨려. 지금 팔까?

이한영은 고개를 저었다.

"기다려. 더 오를 거야."

이한영은 전화를 끊고 인터넷에 들어가 주식시세를 확인했다. 현재 이한영이 보유한 주식의 가치는 1억 8천. 약 두 배 가까이 뛰었지만 큰 그림을 그리기엔 도화지도 살 수 없는 돈이다.

이한영은 휴대폰을 주머니에 넣으며 삐걱, 사무실의 문을 열었다.

"……!"

사람 좋은 미소를 그리며 김윤혁이 앉아 있었다. 뜬금없이 재수 없는 얼굴이 보여서 조금 놀랐지만 이한영은 바로 표정을 바꾸고 반가운 미소를 그렸다.

"뭐야? 오면 온다고 연락이라도 주지."

"주인 없는 방에 와서 미안. 김진한 부장님이 볼일 있다고 잠시 여기 있으라고 해서."

"언제부터 출근이야?"

"내일모레. 오늘은 분위기 좀 보려고 왔어."

이한영이 법복을 벗어 옷걸이에 걸며 말을 이었다.

"커피 마실래?"

"좋지."

이한영은 티테이블로 향했고, 김윤혁은 턱을 괴고 느긋하게 앉아 사무실을 죽 둘러봤다. 하얀 벽지를 타고 지나던 김윤혁의 시선이 이한영의 뒷모습에서 뚝 멈춘다. 동시에 서글서글하던 눈빛이 점차 싸늘하게 굳어졌다. 먹이를 앞에 두고 군침을 흘리는 육식동물. 지금 당장 이한영의 목을 틀어쥔다 해도 이상하지 않은 눈빛이었다.

하지만 잠시다. 이한영이 머그잔을 들고 몸을 돌리자 닿아 있던 눈빛이 언제 그랬냐는 듯 싹 바뀌며 맑게 웃는다.

"쏘리. 믹스밖에 없어."

"언젠 내려 마셨나?"

김윤혁 앞에 마주 앉아 커피를 입에 대던 이한영이 힐끗 눈동자를 올렸다.

'너 그러다 눈빛으로 사람도 죽이겠다. 아, 전생에는 나한테 청산가리도 줬었구나?'

몸을 틀던 이한영은 섬뜩할 정도로 차가운 김윤혁의 눈빛을 놓치지 않았다. 순간, 이한영의 머릿속에 '잘난 척 왕' 오바른 판사가 떠올랐다. '사람도 죽일 것 같은 눈빛, 소시오패스의 코털을 건드는 철없는 똘똘이 스머프……'

김윤혁이 오바른 판사를 살해해서 얻을 이득은 없다. 그래서 아닐 거라고 예상하지만, 한번 꽂힌 생각은 바꾸기가 어려웠다.

'너냐? 설마, 네가 오바른 판사를 죽이는 거냐?'

묻고 싶은 마음이 가슴속에서 스멀스멀 기어 나와 목구멍을 간지럽혔다. 하지만 꾹 참는다.

'만약 네가 오바른 판사를 죽이는 거라면, 내가 막아줄게. 그리고 넌 감옥으로 바이바이.'

그때 김윤혁이 머그잔을 내려놓으며 조용히 미소 짓는다.

"맛있네."

"내가 믹스는 잘 타잖아. 알지?"

"어? 지금까지 커피는 모두 내가 탄 것으로 아는데?"

두 사람 사이는 인위적으로 평온했다. 그때 문이 벌컥 열리고 누군가가 들어오며 인위적이었던 공기가 흐트러졌다. 넙데데한 얼굴의 김진한 부장판사다.

"오래 기다렸어?"

활짝 웃고 있지만 김진한 부장의 눈빛은 뭔가를 기대하며 분위기를 살피고 있다. 강신진 수석 부장으로부터 두 사람을 경쟁시키라는 지시를 받은 이상, 어떻게든 갈등의 골짜기를 찾아내 이용하려는 생각 때문이다.

김진한 부장의 표정을 지켜보던 이한영은 한숨을 내뱉었다. 다시 인생을 살며 전생처럼 살지 않기 위해 남을 관찰하기 시작했더니 별의별 눈동자를 다 보고 앉아 있다. 앞에 앉은 표정을 숨긴 김윤혁이라든가, 뭐든 의심부터 하고 보는 김진한 부장이라든가.

그때 이리저리 움직이던 김진한 부장의 눈동자가 이한영에게서 멎었다. 찾아낼 게 없었던지 조금 아쉬운 얼굴로 입을 연다.

"금요일에 시간 있지?"

"금요일요?"

"우리 정기 모임 있거든. 아, 내가 말 안 했지? 김윤혁 판사도 우리 모임이야, 하하하."

예상했던 거다. 하지만 모른 척 김윤혁을 향해 눈을 동그랗게 떴다.

"너도 이 모임이었어?"

"어? 어."

김윤혁은 멋쩍은 미소를 남기며 다시 머그잔을 손에 들어 마신다. 동시에 테이블 아래 숨겨진 이한영의 주먹은 꽉 쥔 상태다.

드디어 트로이 목마다.

* * *

며칠 후.

석정호는 핏줄이 죽죽 그어진 퀭한 눈으로 모니터만 바라보고 있었다. 며칠간 잠을 못 잤는지 다크서클은 턱 밑을 넘었고 파리한 안색은 어딘가 아픈 환자처럼 보인다. 화면에는 이한영의 지시로 1억 원을 몰빵 한 송현전자의 주가가 보인다. 1억 8천만 원까지 올랐을 때는 대박이 났다며 환호성을 질렀는데, 이젠 3억을 훌쩍 넘기고 있다.

'미쳐버리겠네.'

석정호는 머리를 북북 긁었다.

한참 고민하던 석정호가 휴대폰을 들었다. 손가락이 통화 버튼으로 갔다가 멈추기를 몇 번, 망설이던 끝에 꾹 누른다.

전화는 당연히 이한영에게 향한다.

–어, 정호야.

침착한 목소리가 들리자 최대한 간절하게 입을 연다.

"한영아, 월요일에 장 열리면 바로 팔까? 난 그릇이 작은가 봐. 심장이 벌렁거리고 미치겠어. 눈만 감으면 그래프가 떠올라서 잠도 못 자."

–내가 말할 때까지 신경 쓰지 말고 가지고 있어.

"떨어지면?"

–안 떨어져. 걱정하지 마.

"이거 끝나면 족발 사줄 거니?"

–질릴 때까지 먹게 해줄게.

석정호는 슬픈 얼굴로 휴대폰을 책상에 올려 뒀다. 그리고 진땀 가득한 양손으로 머리를 부여잡은 채 찌그러진 것처럼 앉았다.

"이 돈이면 족발이 몇 개야? 평생 먹어도 되겠다."

지능이 낮은 사람처럼 모자란 말을 지껄이고 있을 때 방문이 삐걱 열리고 석정호의 어머니가 문틈으로 고개를 내민다.

"밥 먹어야지."

석정호가 홱 하니 고개를 돌렸다.

"어머니, 뺨 좀 때려주세요."

"뺨?"

아들의 뜬금없는 말에 석정호의 어머니가 눈을 깜빡인다.

석정호가 간절한 목소리로 다시 말한다.

"제가 지금 제정신이 아닌 것 같아요."

어머니의 이맛살이 확 모아졌다.

"그러니까 게임 좀 그만해! 컴퓨터만 잡고 있는데 제정신일 수 있겠어!"

"나 요즘 게임 안 해요!"

"지금 그건 뭔데!"

"주식요! 주식!"

어른들은 주식을 좋아하지 않는다. 살면서 주식으로 패가망신했다는 이야기를 숱하게 들어 왔기 때문이다. 그것은 석정호의 어머니도 마찬가지였다.

뺨을 때려 달라던 곰 같은 덩치는 어머니에게 등짝을 맞았다, 쩍 소리가 날 정도로.

"하지 말라는 건 다 하고 있어! 주식을 네가 왜 해!"

"아니, 이건 한영이가……."

"한영이는 왜 끌어들여!"

* * *

“누구예요? 석정호 씨?”

전화를 끊는 이한영에게 송나연 기자가 물었다.

“네.”

이한영이 가볍게 대답한 후 커피잔을 든다. 점심시간을 이용해 법원 근처 커피숍에서 송나연 기자를 만나고 있었다.

송나연 기자가 눈을 반짝인다.

“석정호 씨가 주식 해요? 어디? 말해보세요. 제가 이래 봬도 금융통이었잖아요. 도움이 될 수도 있어요.”

“아, 송현전자요.”

송나연 기자가 눈을 크게 떴다.

“대박!”

“대박까지는 아니고.”

이제 시작이다.

현재 주가는 약 3천 원. 지금도 많이 올랐지만 앞으로 1만 원까지 갈 주식이다. 즉, 1억이었던 이한영의 돈은 3억을 넘어 10억까지 거침없이 오를 거다. 그걸 알고 있기에 지금의 상승세는 놀랍지도 않았다.

송나연 기자가 테이블로 바짝 몸을 끌어당겨 앉았다.

“거길 어떻게 알고 투자했대요? 다 망한다고 했던 곳인데, 석정호 씨 성격이면 도박하는 느낌으로 지른 건가?”

“뭐, 거기까지는 잘 모르겠고요. 부탁한 건?”

이한영이 손을 내밀자 송나연 기자가 ‘내 정신 좀 봐’ 하는 표정으로 가방을 뒤지더니 가로세로 5센티미터의 작은 기계를 꺼내 테이블에 올렸다.

위치 추적기다.

송나연 기자가 커피잔을 양손에 쥐며 묻는다.

"그런데 이걸 어디에 쓰려고요?"

"오늘 밤에 제가 어딜 갈 거예요. 차에 붙여둘 테니까 따라오세요."

휴대폰 앱을 사용할 수도 있지만 변수를 염두에 둬야 했다.

"어딜 가는데요?"

"저도 어디를 가는지, 누가 오는지 몰라요."

"잉?"

"기자님이 할 일은 몰래 접근해서 그 자리에 오는 사람들의 얼굴이나 차량을 사진 찍어 두는 거예요. 위험할 수도 있으니까 언제든 도망칠 준비하고요."

위험한 일이라고 언질을 줬는데, 송나연 기자는 넙죽 대답한다.

"넵! 그런데 위험해지면 도와줄 거죠?"

이한영이 고개를 끄덕이자 송나연 기자가 배시시 웃으며 의자에 등을 기댄다.

"그거 알아요? 얼마 전에 석정호 씨가 했던 말 있잖아요? 뭔지도 모르지만 이한영 판사님이니 하라면 무조건 한다던 말. 지금 내 꼴이 그러네요. 어딜 가는지, 누굴 만나는지도 모르면서 무조건 따라가겠대. 바보네, 바보야."

"감사합니다."

송나연 기자가 다시 몸을 테이블로 당겨 앉는다. 그리고 힘을 조금만 더 주면 테이블을 부수고 이한영에게 뛰어들 기세로 얼굴을 샅샅이 살핀다. 그러더니 자기 생각이 맞는다는 듯 고개를 끄덕.

"판사님, 얼굴이 왜 그래요?"

"얼굴?"

"예전에 충남에 있을 때 제가 판사님 인터뷰한 적 있잖아요?"

"아, 네."

"그때 마주쳤던 다른 판사분 기억나세요?"

이한영의 눈동자가 잠시 생각에 잠겼다. 송나연 기자와 인터뷰를 할 때 김윤혁이 스쳤던 기억이 있다.

"네, 기억나요."

"지금 눈, 꼭 그분 같아요. 가식 덩어리."

이한영이 어색하게 웃었다.

"그거 욕 같은데요?"

"욕 맞아요. 판사님은 가식은 없다고 생각했는데 지금 표정에선 뚝뚝 떨어져요. 안 멋있어."

그녀가 휴대폰을 들어 이한영의 얼굴을 찰칵 찍는다.

"봐요, 봐. 얼굴이 어떤가."

이한영은 카메라에 찍힌 자신의 얼굴을 보며 커피잔을 손에 들었다.

김윤혁과 또 같은 방을 쓰게 됐다. 그것과 함께 오바른 판사의 일이나 여러 가지가 겹치며 얼굴에 가면을 쓰고 사는 날이 많아졌다. 지금 표정도 그래서 그런가 보다.

"웃어요, 좀. 판사님이 안 웃으면 진짜 깡패 같아요."

"그것도 욕이죠?"

"아니, 이건 칭찬. 미소 천사거든요."

* * *

"이한영입니다."

그날 밤, 이한영과 김윤혁은 김진한 부장의 사무실 앞에 섰다.

들어오라는 목소리에 문을 열고 들어가자 김진한 부장이 작은 바구니를 책상에 올려 두고 손가락으로 가리킨다. 김윤혁이 익숙한 행동으로 휴대폰을 바구니에 넣고 손목에 찬 시계도 풀었다. 이한영이 가만히 있자 김진한 부장이 다시 바구니를 가리킨다.

“말했잖아. 우리 모임이 워낙 비밀스러워서. 휴대폰은 조금 이따가 돌려줄 거야. 시계도 풀고. 벨트도 풀고. 볼펜 같은 거 있어도 맡겨 두고.”

몰래카메라 장비가 워낙 발전되다 보니 모든 것을 사전에 방지하려는 의도다.

바구니에 물건이 가득 담기자 김진한 부장이 넙데데한 얼굴로 웃어 보인다.

“오늘 이한영 판사 차 타고 가기로 했지?”

“네.”

“그럼 내려가자.”

세 사람은 지하 주차장으로 내려가 이한영의 차에 올랐다.

조수석에 앉은 김진한 부장이 블랙박스의 메모리를 뽑아낸다. 도대체 어떤 인물들이 오기에 이렇게까지 하는지 알 수 없었다.

김진한 부장이 뽑아낸 칩을 시가잭이 있는 공간에 툭 던져 놓으며 입을 연다.

“블랙박스 없다. 운전 조심해라, 흐흐.”

“네, 어디로 갈까요?”

“일단 남한산성 쪽으로 가. 송파에 산다고 했으니까 그쪽 길은 익숙하지?”

“그럼 출발하겠습니다.”

이한영은 액셀을 밟았다.

남한산성으로 향하며 이한영의 머릿속은 전생을 더듬고 있었다. 전생에서 지금 형사 수석 부장 강신진은 대법원장이었다. 그것도 역사상 가장 강력하고 추악한 절대군주. 그의 앞에선 산천초목도, 심지어 대통령마저 무릎을 꿇었다.

세상에 갑자기 일어나는 일은 없다. 모든 것은 이유가 있고, 그에 따른 결과로 나타나는 거다. 따라서 강신진 수석 부장이 그런 권력을 손에 쥔

것도 지금부터 차근차근 준비했을 것으로 예상된다.

'이 모임이 강신진의 첫걸음일까? 이걸 부숴버리면 강신진도 처박아버릴 수 있는 건가?'

이한영의 눈은 점차 차가워졌다.

그리고 도심을 벗어나 산길을 달린 자동차가 산 중턱에 있는 고즈넉한 한정식집에서 멈췄다.

영화에서나 봤던 강당처럼 넓은 공간.

길게 놓인 테이블에 사람들이 양반다리를 하고 앉아 있었다. 구석에 앉아 있던 이한영은 자신도 모르게 침을 꿀꺽 삼켰다. 김진한 부장이 연구회 어쩌고 말했기에 법조계 인물만 있을 줄 알았다. 하지만 이 자리에 있는 사람은…….

이한영의 시선이 가장 상석으로 향했다. 그곳에 전전 대통령이었던 박광토가 앉아 있다. 주우우욱 아래로 내려오자 현 대통령의 비서실장 이성남과 박수주 국무총리, 우교훈 법무부 장관 그리고 힘 좀 쓰는 정계 의원. 그런데 이걸로 끝이 아니다.

이창복 서부지검장, 박준보 경기남부지검장, 위진용 경찰청장 등등등이 더 있었다! 심지어 일부 법관이나 검사는 있어도 없는 것처럼 보일 정도다. 이 자리엔 대한민국을 움직이는 사람들이 앉아 있었다.

'씨발.'

욕이 절로 나온다. 이 모임을 부숴버릴 생각을 했다는 것 자체가 웃긴 일이다. 이한영의 힘은 여기에 비하면 먼지보다 못하다. 몸을 날려 싸워봤자 계란으로 바위 치기. 이상한 점은 이 자리에 모인 대부분은 머지않은 미래에 강신진 수석 부장의 손에 감옥에 갈 사람들이라는 거다.

'이 모임을 만들어 두고 감옥에 보내? 도대체 뭐야?'

이한영의 머릿속이 혼란으로 가득 찰 때 드르륵 소리와 함께 미닫이문이 열렸다. 열린 문 사이로 강신진 수석 부장이 거대한 태산처럼 서 있었다. 그는 이 자리에서 서열이 높지 않다. 하지만 고고할 정도로 성큼성큼 걷는다. 그의 걸음이 뚝 멈춘 곳은 전전 대통령인 박광토의 앞이다.

"늦어서 죄송합니다."

허리 굽히고 사과하지만 절대 비굴하게 들리지 않는 목소리. 강신진 수석 부장은 이 공간의 모든 시선을 빼앗고 있었다.

박광토 전직 대통령의 눈동자가 느릿하니 강신진 수석 부장을 향한다.

"별일 없지?"

"네, 차가 밀렸을 뿐입니다."

"그럼 앉아."

강신진 수석 부장은 다시 고개를 숙인 후 몸을 돌린다. 그리고 성큼성큼 자신의 자리를 찾아 앉았다.

강신진 수석 부장이 미닫이문을 열고 들어와서 자리에 앉기까지 모든 사람들의 눈은 그의 행동을 담고 있었다. 그만큼 강신진 수석 부장은 확실한 존재감을 드러냈다.

잠시 그를 지켜보던 박광토 전직 대통령이 느릿하게 입을 연다.

"다 모인 건가? 그래, 오늘 안건이 뭐지?"

옆에 앉아 있던 현직 대통령의 비서실장이 빠르게 답한다.

"전흥우 대법원장에 관한 안건입니다."

전흥우 대법원장은 파격 인사를 강행하고 있었다. 최근엔 법관의 꽃이라는 고등법원 부장 자리에 경력도, 능력도 없는 사람을 앉혔다. 각 요직도 마찬가지로 친분이 있거나 고개 숙인 자들이 속속들이 차지하고 있다. 힘이 없는 상태로 대법원장에 오른 전흥우로선 권력을 강화하려는 방편이었지만, 다른 사람의 눈엔 사법부가 기울어가는 것처럼 보였다.

법무부 장관이 입을 열었다.

"대법원장은 대한민국 의전 서열 3위입니다. 하지만 국민이 관심을 보이지 않으니 드러나지 않게 권력을 행사할 수 있습니다."

이번엔 총리가 말을 받는다.

"1만 6천여 개에 달하는 인사권, 3천여 명의 법관과 1만 3천 명에 달하는 법원 공무원, 그 외에도 사학분쟁조정위원회 등 각종 위원회에도 손길이 닿고 있습니다. 계속 놔두면 어떤 식으로 사법부가 망가질지 예측도 되지 않습니다."

가만히 그들의 말을 듣던 박광토 전직 대통령이 입술을 움직인다.

"하늘이 도와 어렵게 대법원장이 됐으면 열심히 할 생각을 해야지 자기 힘 기르기에만 목을 빼고 있으니……."

박광토 전직 대통령이 자리에 앉은 사람들의 얼굴을 죽 훑었다. 그리고 가볍게 말을 잇는다.

"누가 철부지의 목을 죌 건가?"

모두 숨을 죽인다.

이 자리에 앉아 있는 사람들이 대한민국의 권력자라 해도 상대는 대법원장이다. 그를 상대한다는 것은 목숨을 걸어야 할 일. 선불리 나설 수 없었다.

그때 법무부 장관이 손을 든다.

"전흥우 대법원장의 비리를 찾아보겠습니다. 언론을 이용하면……."

하지만 그의 말은 이어지지 못했다. 강신진 수석 부장의 느긋한 목소리가 공간을 채웠기 때문이다.

"사법부의 일입니다."

단호한 목소리에 박광토 전직 대통령이 눈을 반짝였다.

"알아서 하겠다는 건가?"

"대법관들이 뭔가를 준비한다고 들었습니다. 조금만 기다려주십시오."

박광토 전직 대통령이 쏘아보듯 강신진 수석 부장을 바라본다.

그 늙은 눈빛에 수석 부장의 넓은 이마엔 칼날 위에 선 것 같은 긴장감이 채워진다. 하지만 강신진 수석 부장은 그 눈빛을 피하지 않았다. 태연하게 바라볼 뿐이었다.

박광토 전직 대통령이 천천히 고개를 끄덕였다.

"강신진 수석 부장의 말이라면 기다리도록 하지. 다음 안건."

숨 막히는 긴장이 한순간에 풀어지며 비서실장이 입을 열었다.

"국토부 장관이……."

2시간에 걸쳐 회의만 진행하던 모임이 끝났다.

다들 떠나기 위해 밖으로 몸을 돌릴 때 이한영 앞으로 강신진 수석 부장이 섰다.

"담배 태우나?"

"아뇨."

강신진 수석 부장이 희미한 미소를 짓는다.

"요즘은 건강이다 뭐다 해서 태우지 않는 친구가 많아. 그래도 옆에서 말동무는 해줄 수 있겠지?"

"네."

"따라와."

강신진 수석 부장이 몸을 돌려 밖으로 나가자 이한영이 그 뒤를 따랐다.

두 사람의 뒷모습을 물끄러미 보는 김윤혁의 옆으로 김진한 부장이 섰다.

"수석 부장님이 이한영을 예뻐하는 것 같지? 다행이야. 혹시 마음에 들지 않으면 어쩌나 걱정했거든."

김진한 부장은 김윤혁의 표정을 살핀다. 그는 시도 때도 없이 이한영과 김윤혁의 사이를 탐색하는 중이다. 이번에도 "예뻐하는 것 같지?"라는 말을 통해 김윤혁의 시기심을 들여다보려 했다.

하지만 김윤혁도 만만한 상대는 아니다. 그가 희미하게 웃으며 답한다.

"네, 다행이네요."

* * *

그 시각, 송나연 기자는 한정식집의 주차장이 훤히 보이는 산 중턱 큰 나무 아래 앉아 오들오들 떨고 있었다. 입에서는 작은 목소리로 "아, 추워, 아 추워"라는 말만 흘러나오고 있다. 두꺼운 패딩과 핫팩 등 방한 장비로 무장하고 있지만 겨울의 마지막 기승은 틈새를 찾아 뼈까지 오그라들게 한다.

'저 사람들은 왜 오밤중에도 선글라스를 끼고 있는 거야. 옷은 왜 저래? 춥지도 않나?'

오들오들 떨던 그녀는 한정식집의 담벼락에 붙어 죽 늘어선 경호원들을 향했다. 그들은 추운 날씨에도 검은 재킷 하나만 입고 그 자리를 지키고 있다.

그때 지루했던 기다림의 시간이 끝나고 사람들이 하나둘 나오기 시작한다. 한정식집의 불빛이 워낙 밝았고 주차장에 가로등까지 세워져 있어 한눈에 얼굴을 알아볼 수 있었다.

송나연 기자는 숨소리마저 죽인 채 그들의 면면을 살폈다.

'뭐야?'

텔레비전이나 신문에서 쉽게 볼 수 있는 권력자들이다.

게다가…….

'박광토도 있어?'

전전 대통령 박광토까지 보인다.

그녀의 눈살이 찌푸려졌다. 이한영을 따라 특종이라는 것을 몇 번 잡아봤지만 이건 특종이라는 말로 정의 내릴 수 없었다. 거대한 역사의 흐름을 보는 것만 같았다. 그녀는 추위에 파랗게 변해버린 입술을 혀로 핥으며 가방에서 카메라를 꺼냈다.

큼지막한 DSLR 카메라가 아니다. 작은 똑딱이다. DSLR 카메라는 사진을 찍을 때 내부의 셔터 막 때문에 찰칵 소리가 난다. 이럴 때 소리 없이 찍으려면 똑딱이가 최고다.

'플래시 껐고…… 찰칵 소리 없앴고…….'

다시 한번 장비를 확인한 그녀는 한정식집에서 나오는 인물들을 향해 카메라 렌즈를 조준하고 전장의 저격수처럼 사진을 찍기 시작했다.

그때 컹컹컹!

반대편 어둠 속에서 개 짖는 소리가 들려왔다. 놈들은 기자 등 누군가의 침입을 두려워해 개까지 동원해 보안을 지키고 있었다.

송나연 기자의 표정은 새파랗게 질렸고, 경호원들의 시선은 빠르게 산으로 향한다.

걸렸다.

* * *

이한영이 강신진 수석 부장을 따라 간 곳은 한정식집의 구석에 있는 인적 없는 흡연장이었다.

강신진 수석 부장이 입에 담배를 물고 불을 붙인다. 그리고 한숨처럼 연기를 내뱉는다.

"자네의 법은 예외가 없어야 한다고 했지?"

"네."

"지금 이 모임을 어떻게 생각하나?"

이한영은 눈을 살짝 찌푸렸다. 전생의 강신진 수석 부장의 행동을 돌이켜보면 그는 이 모임을 좋게 생각하지 않는다.

'원하는 대답은?'

이한영이 입을 열었다.

"솔직히 말씀드리면 전직도 아닌 전전 대통령이 현 정국을 좌지우지하고 있다는 게 조금 의외였습니다."

"의외?"

"네."

강신진 수석 부장이 알 수 없는 미소로 고개를 끄덕인다.

"의외라……. 그때 자네가 내게 했던 말이 또 하나 있어. 내 법은 내 머릿속에 있다. 세상을 사는 법도 여기에 있다."

강신진 수석 부장이 손가락으로 자신의 머리를 톡톡 치며 말을 잇는다.

"난 이 모임을 어떻게 생각할 것 같나?"

전생을 들여다보면 강신진 수석 부장은 이 자리에 있던 인물들 대부분을 비참할 정도로 무릎 꿇려 감옥에 보내버린다. 그 일을 알고 있는 이상 그가 어떤 생각하고 있는지 예상되었다. 하지만 알고 있다고 대답해선 안 된다.

역사를 대입해보면 세상을 꿰뚫어 봤던 책략가의 비참한 죽음을 어렵지 않게 찾아볼 수 있다. 즉, 잘난 척하며 나불거렸다간 오히려 위험한 놈 취급을 받을 수도 있다는 말이다.

"모르겠습니다."

강신진 수석 부장이 천천히 고개를 주억거렸다. 그리고 낮게 말한다.

"집이 고물상을 한다고 들었어."

"네."

"아버지는 고등학교 졸업하고 돌아가셨다고?"

"네."

"아버지가 경찰과 대치하던 철거민이라 들었는데."

이한영의 주먹이 자신도 모르게 꽉 쥐어졌다. 아버지의 죽음, 그것은 친한 친구인 석정호도 거론하지 않는 것이다.

이한영의 표정을 본 강신진 수석 부장이 손을 저었다.

"아픈 일을 끄집어내려는 건 아니야. 난 고아였어. 남들 학교 다닐 때

구두를 닦고 껌을 팔며 야간학교에 다녔지. 흔한 이야기야."

강신진 수석 부장의 입에서 다시 담배 연기가 흘렀다. 그가 담배를 재떨이에 비벼 끄며 말을 잇는다.

"자네도 그랬겠지만 나도 악착같이 공부했어. 똑같이 태어났는데, 잘나게 태어난 놈들만 잘사는 건 억울하잖아? 그런데 막상 이 세상에 들어오니 더러워. 악취가 나. 놈들은 손에 쥔 권력을 놓을 줄을 몰라. 아까 그들이 했던 이야기도 똑같아. 결국은 전홍우 대법원장의 손에 있는 권력을 자기 손에 쥐고 싶을 뿐이야. 그들의 말과 행동에 국민은 없어."

강신진 수석 부장이 눈동자를 천천히 이한영에게 향했다. 그리고 무겁게 입을 연다.

"쓰레기를 비우는 방법은 쓰레기통을 뒤집는 거야. 고물상집 아들이라면 쓰레기 처리가 익숙할 것 같은데. 어때? 고물상집 아들이 버려진 고아를 도와 세상 청소 한번 해볼 텐가?"

이럴 때 해야 할 말과 행동은 하나다. 이한영은 강신진 수석 부장을 향해 허리를 굽혔다.

"따르겠습니다."

그때! 한정식집을 두르고 있던 경호원들이 부산스럽게 움직이기 시작했다. 이어서 다급한 목소리가 들려온다.

"침입자가 있는 것 같습니다!"

"산 중턱!"

"랜턴 준비해!"

이한영의 얼굴이 딱딱하게 굳어졌다.

'송나연 기자?'

이곳에 침입자라면 송나연 기자밖에 없다.

'젠장!'

이한영의 얼굴이 참혹하게 일그러졌다.

상황을 모르는 강신진 수석 부장은 이한영의 표정을 오해하고 느긋하게 말한다.

"걱정할 필요 없어. 여기 경호원들은 경찰 출신이 대부분이야. 수색에는 선수들이지. 간첩이 들어왔다고 해도 곧 잡힐 거야."

그 말이 더 걱정된다. 잡히면 안 되니까 문제다.

불안한 마음으로 돌담길을 걸어 주차장으로 나온 이한영은 빠르게 주변을 살폈다.

모임에 참석했던 권력자들은 침입자가 있든 말든 상관 않고 자리를 떠나는 중이고, 경호원들은 큰 개를 앞세워 어둠이 깔린 산으로 일사불란하게 들어가고 있었다.

"멀리 못 갔을 거야. 반대편에서부터 올라가! 바위나 나무 밑, 허투루 지나지 말고!"

"네!"

"소로는 모두 막았습니다!"

"출구 통제했습니다!"

모두 전직 경찰 출신답게 빈틈을 보이지 않고 산을 수색하기 시작한다. 곧이어 어두웠던 산에 랜턴의 불빛이 일자로 주욱 그어졌다. 이대로면 안 잡히는 게 더 이상한 거다.

이한영이 입술을 콱 깨물었다. 머릿속엔 송나연 기자가 했던 말이 쉬지 않고 울리고 있었다.

–위험해지면 도와줄 거죠?

가까이 있는 사람도 구하지 못하면서 세상을 구한다거나 복수한다는 것은 멍청한 말이다.

무조건 구해야 한다.

게다가 놈들에게 잡히면 어떤 고초를 겪을지 예상하기도 어렵다. 이들은 대한민국 권력 그 자체. 사람 하나 어찌 하는 것은 문제도 아니었다.

이한영은 숨을 깊게 들이마신 후 내쉬었다.

'의심받지 않고 도움을 줄 수 있는 법, 뭐가 있지?'

머릿속이 빠르게 회전하기 시작했다. 그리고 약간은 위험하지만 충분히 가능성이 있는 답에 이르렀다.

'할 수 있어. 내가 갈 때까지 잡히지만 마라, 잡히지만 마!'

이한영의 시선이 강신진 수석 부장을 향해 틀어졌다.

강신진 수석 부장은 평온한 얼굴로 어두운 산에 그어진 랜턴의 불빛을 감상하듯 보고 있다.

"저……."

이한영이 강신진 수석 부장에게 입을 열려 할 때 톡톡, 누군가가 등을 건든다. 고개를 틀어 뒤를 보니…….

송나연 기자가 뜬금없이 한정식집의 종업원 복장을 하고 서 있었다.

"살 떨려서 죽는 줄 알았네, 심장이 쪼그라지는 줄 알았어요, 히히."

이한영은 송파에 있는 24시간 커피숍에서 송나연 기자와 만나고 있었다. 손부채를 부치던 송나연 기자가 방긋 웃는데, 이한영이 입을 열었다.

"도대체 어떻게 된 거예요?"

기다렸다는 듯 눈을 반짝이며 대답한다.

"그러니까요. 그게 어떻게 된 거냐 하면요. 갑자기!"

비탈길을 구르고 얼어붙은 계곡을 포복하는 것으로 무용담이 이어졌다. 모르는 사람이 들었다면 북파 공작원의 일대기를 듣는 느낌일 거다.

"그래서 한정식집 뒷마당, 그러니까 항아리 많은 곳 있잖아요? 거기로 굴러떨어졌거든요. 장을 푸던 직원분이 저를 보고 옷도 빌려주고 그랬어요."

“천운이네요.”

“그죠? 로또 사야겠죠? 1등에 당첨되면…….”

그녀가 골똘하게 뭔가 생각하더니 주먹으로 테이블을 탁 치며 말을 잇는다.

“기분이다! 이한영 프로님, 차 바꿔드리죠.”

“아, 매우 감사합니다.”

건조한 대답에 송나연 기자가 입술을 삐죽였다.

“차를 바꿔준다는데 반응이 미적지근하네요? 뭐, 어쨌든, 아까 그 사람들 왜 모인 거예요?”

송나연 기자의 동공이 진해졌다. 얼굴에 장난기는 보이지 않는다.

“글쎄요. 저도 오늘 처음 간 자리라 잘 모르겠는데, 굳이 말씀드리면 비밀결사대 같은 느낌?”

“비밀결사대요? 뭔데요? 어떤 말을 했는데요?”

비닐봉지 소리를 들은 강아지의 눈이다.

하지만 이한영은 외면했다.

“여기까지.”

송나연 기자의 눈썹이 팍 솟구쳤다.

“뭐예요! 예고편만 늘어놓고 본방송은 안 하는 게 어디 있어요? 말 꺼냈으면 끝까지 해야죠!”

“기자를 믿지 말라면서요?”

“아…….”

람보라는 별명을 만들어낸 이상 할 말은 없을 거다. 그녀의 안쓰러운 표정을 즐기던 이한영이 입술을 움직였다.

“저도 정말 몰라요.”

전직 대통령이 현직 권력자들과 국정을 논한다고 말할 수는 없었다. 송나연 기자를 믿지 못하는 게 아니라, 자칫 위험에 빠질 수도 있기 때문이다. 언젠가는 말하겠지만 지금은 아니다.

"자세히 알게 되면 말씀드릴게요."

송나연 기자가 쑥, 새끼손가락을 내민다.

"약속!"

"네, 약속."

두 사람의 새끼손가락이 얽혔다 풀어진다.

이번엔 이한영이 그녀에게 손을 내밀었다.

"사진 찍은 거 주세요."

"한 장도 못 찍었어요. 진짜, 진짜."

"주세요."

다 알고 있다는 이한영의 눈빛에 송나연이 푹 고개를 숙인다.

"네……."

그녀가 가방에서 카메라를 꺼내 힘없이 건네자 이한영은 카메라의 액정을 통해 사진을 확인한다. 짧은 시간이었지만 유력 인물의 얼굴은 모두 찍혀 있다.

"복사 떠둔 거 없죠?"

"떠둘 시간이 있었겠어요!"

"이 메모리카드도 나중에 드릴게요."

이한영은 메모리카드를 꺼내 손에 쥐었다. 이것 역시 송나연 기자가 가지고 있으면 위험할 수 있다. 언젠가 '쾅!' 하고 터뜨릴 날을 기다리며 가방에 넣었다.

송나연 기자는 이한영의 마음을 아는지 순순히 따르고 있지만, 아쉬움 가득한 한숨은 어쩔 수 없나 보다.

"제가요, 그 사진 찍느라고 아끼는 점퍼도 찢어지고, 무릎도 까지고……."

"나중에 꼭, 특종으로 보답하겠습니다."

송나연 기자가 슬그머니 눈을 피하더니 중얼댄다.

"특종은 특종이고, 배고파 죽겠어요. 국밥 사주세요. 이한영 프로님은 밥 먹고 왔으니까 괜찮겠지만 저는 추운 데서 벌벌 떨었어요."

"국밥에 머릿고기. 콜?"

"소주도요?"

"가죠."

"잠깐!"

송나연 기자가 손을 번쩍 들어 일어서려던 이한영을 멈춰 세웠다.

"생각해보니까 국밥으로 안 되겠어요. 비싼 거."

"아무거나, 원하는 거 말씀하세요."

이한영이 대수롭지 않게 말하자 그녀가 가방에서 작은 녹음기를 꺼내 히든카드를 던지듯 탁 놓는다.

"진짜 비싼 거."

뭔가 중요한 게 있다는 듯 이글이글 타오르는 눈빛이다.

이한영의 눈동자가 테이블에 놓인 녹음기로 향했다.

"뭐죠?"

"옷을 빌려 입고 이한영 프로님을 찾아다녔어요. 혹시 나 때문에 무리수라도 두면 어쩌나 걱정됐거든요."

"그래서요?"

"혹시 쓰일 곳이 있을까 해서 녹음기는 켜고 다녔죠. 쟁쟁한 사람들이 모여 있는 자리였잖아요. 그 사람들의 한마디, 한마디에 버릴 말은 없죠."

'어떤 말이 녹음됐길래?'

이한영이 녹음기를 손에 들자 송나연 기자가 가방에서 이어폰을 꺼내 건넨다. 이한영은 이어폰을 귀에 꽂고 플레이 버튼을 꾹 눌렀다.

—강신진 저 새끼, 하는 거 봤지? 이래서 출신이 중요한 거야. 쌍놈 새끼가 법복 입었다고 양반 되는 거 아니잖아?

–어떻게 할까요?

–왜? 너도 마음에 안 들었어?

–들겠어요? 구두나 닦던 딱새가 똑같이 놀려고 하면 짜증 나죠.

–기다려, 내가 지금 검찰 통해서 저 새끼 구린내를 찾고 있으니까.

이한영의 눈동자가 송나연 기자에게 향했다.

"누구죠?"

"법무부 장관하고 야당 이진황 의원요. 어때요? 국밥이 아니라 비싼 거 사야겠죠?"

"뭐든."

이한영이 남은 커피를 손에 쥔 채 일어섰다.

* * *

그날 밤, 집에 돌아온 이한영은 송나연 기자가 건네준 녹음기를 몇 번이고 들었다.

'우교훈 법무부 장관.'

어렴풋이 기억난다. 우교훈 법무부 장관은 강신진 수석 부장의 멱살을 틀어쥐려 했다가 역으로 꼬리를 잡혀 시궁창에 처박혔었다.

'그게 이거였나?'

워낙 말도 많고 탈도 많은 대한민국이라 분쟁의 시기는 정확히 기억나지 않지만 이들의 갈등이 고조되었다는 건 쉽게 예상할 수 있었다.

'내가 우교훈을 도와 강신진을 칠 수 있을까?'

이한영의 머릿속에 우교훈 법무부 장관의 얼굴이 그려졌다.

하지만 이내 고개를 저었다.

우교훈 법무부 장관은 거만하고 권위적인 사람이다. 강한 자에게는 한

없이 비굴한 모습을 보이지만, 조금이라도 떨어지는 사람은 투명 인간 취급을 한다. 즉, 이한영의 말을 귀담아들을 성격이 절대 아니다. 게다가 직원복을 입은 송나연 기자 앞에서 저런 말을 떠벌릴 정도로 신중하지 못하며 그릇이 작다.

'우교훈은 강신진을 이길 수 없어.'

서열상으로 보면 우교훈이 강신진보다 한참 우위에 있다. 하지만 결과는 그 반대로 나타날 게 빤히 보인다.

이한영의 손가락이 툭툭, 책상을 두들기기 시작했다. 미래를 알고 있고, 녹음기를 통해 놈들의 계획도 알고 있다.

'어떻게 이용할 수 있을까?'

답은 간단하다. 이걸로 강신진을 고꾸라뜨릴 수 없다면 상대의 마음을 훔쳐 옆으로 바짝 다가선다. 역사를 들여다보면 수많은 제왕의 몰락은 측근으로부터 시작되었다.

* * *

봄이 성큼 다가왔나 싶더니 눈발이 폴폴 날리고 있었다. 석정호는 손톱을 물어뜯으며 모니터만 바라보고 있다.

"씨발, 또 올랐어! 또!"

불과 며칠 전 3억을 넘었던 돈은 이제 5억을 단번에 뛰어넘었다. 이제 이게 숫자인지 돈인지 헷갈릴 정도다. 하지만 불안한 마음은 어쩔 수 없다. 그는 곧장 이한영에게 전화를 걸었다.

"한영아, 이젠 한계 같은데, 팔까? 내일부터는 떨어질 것 같아. 내가 차트를 분석해봤는데 너무 단기간에 급등했어. 조정이 들어갈 거야."

수화기 너머에서 재밌다는 듯 낮은 웃음소리가 들렸다.

–차트까지 분석했어?

“그래! 공부 한번 안 해본 내가 요즘 주식 책을 파고 있다니까! 그러니까…….”

–가지고 있어.

단호한 대답이다.

“한영아!”

–그리고 잠 좀 자. 너 갈라진 목소리 들으니까 피곤한 게 확 느껴진다.

“잠이 오겠냐!”

이한영은 언제나 똑같이 가지고 있으란다.

석정호는 전화를 끊으며 다시 모니터를 향했다. 주식은 여전히 오르고 있다.

“아오! 또 올랐어!”

웃고 있지만 불안한 얼굴이다.

* * *

이한영은 전화를 끊고 복도를 걷고 있었다. 그가 향하는 곳은 강신진 형사 수석 부장의 방이다. ≪손자병법≫에선 불이 일어나는 적절한 때와 날이 있다고 했다. 시기를 정확히 파악해야 한다는 말이다.

이한영에게는 그게 바로 지금, 갈등이 고조되는 시기였다. 이유는 강신진 수석 부장의 옆에 의심 많은 김진한 부장이 있기 때문이다.

김진한 부장은 눈앞에서 봉지를 뜯어 탄 커피도 독이 있는지 없는지 의심하는 성격이다. 그의 눈에 우교훈 법무부 장관의 머릿속은 이미 파악됐을 것이다.

이한영이 강신진 부장의 사무실 문을 열고 들어가 허리를 굽혔다. 마침 김진한 부장도 와 있었다.

“이한영 판사 왔네?”

김진한 부장이 넙데데한 얼굴로 미소를 그리며 손을 들었고, 강신진 수석 부장은 여유로운 눈빛으로 이한영을 향했다.

이한영은 상대를 어려워하는 표정을 지으며 어렵게 입을 열었다.

"지난주 모임에서 스치듯 들은 이야기가 있습니다."

"스치듯?"

이한영이 고개를 끄덕인 후 말을 이었다.

"네, 우교훈 법무부 장관께서 뭔가 좋지 않은 일을 꾸미려는 것 같습니다."

동시에 김진한 부장이 손뼉을 탁 쳤다.

"아, 우리도 그 이야기 하고 있었는데."

'그 이야기를 하고 있었다고?'

김진한 부장이 강신진 수석 부장을 향해 고개를 돌렸다.

"제가 그랬잖아요, 우교훈 장관 눈빛이 안 좋다고요. 분명 꿍꿍이가 있다니까요."

강신진 수석 부장은 잠시 생각에 잠겨 있더니 침착한 눈동자로 이한영을 향한다.

"어떤 이야기를 들었지?"

"검찰을 통해 수석 부장님의 뒤를 캐는 것 같습니다."

당연하지만 녹음기를 줄 수는 없다. 그래서 몰래 들었다는 말을 전했는데, 강신진 수석 부장의 눈동자가 서늘해진다. 그 눈빛에 떠들고 있던 김진한 부장은 황급히 입을 닫았고, 이한영은 자신도 모르게 긴장된 호흡을 내뱉었다.

강신진 수석 부장이 턱을 쓸어 만지며 느릿하니 고개를 젓는다.

"법무부 장관이라는 사람이 사리사욕을 위해 검찰을 움직이다니…… 안 될 일이야."

강신진 수석 부장의 시선이 스르륵 김진한 부장에게 향했다. 눈만 마주쳤을 뿐인데 김진한 부장이 다급히 고개를 숙인다.

"검찰의 수뇌부를 만나보겠습니다."

"아냐."

"그럼 어떻게 준비를……?"

"그건 나중에 이야기하도록 하지. 일단 들어야 할 말이 더 있어서."

강신진 수석 부장의 시선이 다시 이한영을 향했다. 방금까지의 서늘한 눈길이 아니다. 뭔가를 몹시 궁금해하는 어린아이 같은 천진난만함이었다.

"이한영 판사, 법무부 장관 우교훈은 재활용이 되겠나?"

느닷없는 질문.

이한영은 마른침을 삼켰다. 법원의 일개 수석 부장이 대한민국 의전 서열 21위 법무부 장관의 처분을 단독판사 이한영의 선택에 맡기고 있었다. 누가 본다면 우스운 광경. 하지만 이 자리에 있는 누구도 웃지 않았다.

이한영이 입을 열었다.

"재활용은 불가할 것 같습니다."

강신진 수석 부장이 엷은 미소를 지으며 천천히 고개를 끄덕였다.

"그렇군."

단 한마디를 끝으로 강신진 수석 부장은 턱을 괸 채 생각에 빠져들었다.

'표정은 나쁘지 않아. 무슨 생각을 하는 거지?'

이한영이 그의 표정을 살필 때 김진한 부장이 엉거주춤 일어서며 문을 가리킨다. 이만 가보라는 뜻이다.

이한영은 고개를 숙인 후 방을 떠나 복도로 나와 닫힌 문을 향했다. 그의 눈이 가늘어진다.

'이제 어떻게 되는 거지?'

강신진 수석 부장이 어떤 방식으로 법무부 장관과 싸우는지 보고 싶었지만 거기까진 보여주지 않을 분위기다.

'젊은 시절의 강신진, 넌 어떤 방법을 사용해서 위로 기어올라간 거냐?

누구의 피를 뒤집어쓰고 어떤 오물을 만졌길래 그런 추악한 모습이 되어 버리는 거냐?'

이한영이 생각에 빠져 있을 때 벌컥, 수석 부장실의 문이 열리더니 김진한 부장이 빼꼼 고개를 내민다.

"아, 다행이다. 아직 안 갔네. 다시 들어와."

이한영의 주먹이 콱 쥐어졌다.

그들의 방식을 볼 수 있다. 이한영은 김진한 부장의 뒤를 쫓아 다시 사무실로 들어갔다.

강신진 수석 부장이 자신의 앞자리를 손가락으로 가리킨다.

"앉아."

이한영이 소파에 앉는 걸 지켜보던 강신진 수석 부장이 느릿하게 입을 연다.

"법무부 장관을 치우는 과정, 듣고 싶나?"

'듣고 싶나?'

보여줄 마음은 없다는 것. 하지만 계획을 듣기만 해도 큰 도움이 된다.

"네, 궁금합니다."

"총장을 만날 거야."

'총장? 검찰총장!'

무소불위의 권력을 가진 검찰의 정점, 검찰총장. 그런데 강신진 수석 부장은 동창을 만나는 것처럼 가볍게 말하고 있다.

강신진 수석 부장이 이한영의 표정을 눈에 담으며 말을 이었다.

"방법은 피리 사냥을 하려고 해."

피리 사냥이란 노루를 잡는 방법의 하나로, 새끼의 울음소리와 비슷한 피리를 불어 어미 노루를 유인하는 방법이다. 즉, 검찰총장 아들의 목에 칼을 대고 법무부 장관과 싸우라고 협박할 생각인 거다.

"위험하지 않을까요?"

강신진 수석 부장이 픽 웃는다.

“검사가 옷 벗을 각오를 하면 대통령도 기소할 수 있다는 말 들어봤지? 판사가 옷 벗을 각오를 하면 세상을 심판할 수 있어.”

강신진 수석 부장의 눈에 하늘을 찌를 듯한 자신감이 이글거리고 있었다. 그가 깍지 낀 손을 테이블에 자연스레 올리며 말을 잇는다.

“자네와 난 세상의 청소를 약속했어. 난 결과를 통해 내 능력을 보여줄 생각이야. 자네도 나에게 뭔가를 보여줘야 하지 않겠나?”

찌르는 눈빛을 마주하며 이한영이 고개를 끄덕이자 강신진 수석 부장이 희미하게 미소를 그린다.

“내가 최근 유심히 보고 있는 사건이 있어. 그 재판, 자네가 배정받을 수 있도록 법원장님께 건의하지.”

잠시 후 이한영이 떠나고, 사무실에는 강신진 수석 부장과 김진한 부장만 남아 있었다.

김진한 부장이 한가득 걱정이 담긴 눈빛으로 입을 열었다.

“검찰총장은 너무 위험합니다. 그 아래를 통해도 충분할 것 같은데요.”

강신진 수석 부장이 손을 휘휘 저었다.

“결단이 섰을 때 망설이는 것은 바보나 하는 짓이야.”

김진한 부장이 몇 번을 더 말렸지만 강신진 수석 부장은 요지부동이다. 결국 김진한 부장은 강신진 수석 부장의 계획을 받아들이기로 했다.

“그런데 이한영이가 다른 곳에 이야기하면 어떡하죠?”

“할 수도 있겠지. 하지만 이한영이가 입을 연다면 대상은 하나야.”

강신진 수석 부장이 손가락으로 천장을 가리켰다. 위에는 백이석 법원장의 사무실이 있다.

김진한 부장이 그의 손가락을 따라 천장을 바라볼 때 강신진 수석 부장이 빙긋 웃는다.

"법원장님이 알게 된다면 꾸중 좀 듣겠지."

"꾸중으로 끝날 것 같지 않은데요……."

강신진 수석 부장이 다시 손을 휘휘 저었다.

"아까 이한영이 표정 봤어? 내가 총장을 만난다고 했을 때 놈은 놀라지 않았어. 오히려 고작 검찰총장이냐는 눈빛으로 나를 바라봤지."

농담이라고 생각했는지 김진한 부장이 슬며시 웃는다.

"설마요."

하지만 강신진 수석 부장의 목소리는 단호하다.

"그런 눈을 가진 놈은 고자질하지는 않아. 오히려 내가 어떻게 하는지 지켜보려 할 거야."

* * *

'강신진…….'

이한영은 복도를 걸으며 생각에 잠겨 있었다. 며칠 지켜본 것뿐이지만 상대는 강하다. 야망에 걸맞은 머리와 배짱은 물론, 사람을 휘어잡는 카리스마까지 갖고 있다.

'강신진이 검찰총장의 힘을 손에 쥐고 법무부 장관을 치면 어떻게 되는 거지?'

지금껏 강신진은 조용했다.

어떤 꿍꿍이가 있었는지는 모르지만, 적어도 세상에 널리 알려진 이름은 아니다. 하지만 법무부 장관과 본격적인 대립을 하게 되고 승리까지 거머쥐게 된다면, 자신이 곧 정의라는 믿음을 가진 끔찍한 괴물이 세상에 나올 거다.

그건 막아야 한다. 적어도 이한영이 어깨를 견줄 수 있게 될 때까지 속도를 늦춰야 한다.

'지금 내가 할 수 있는 일.'

이한영의 눈동자가 스르륵 위로 올라갔다.

'백이석 법원장님의 도움을 받아?'

고개를 저었다. 여기까지는 강신진도 예상했을 거다. 상대의 예상대로 움직이는 것은 하책이다.

'그럼?'

상대의 예측을 깨고 움직여야 한다.

이한영의 머릿속에 한 사람의 얼굴이 떠올랐다 사라질 때 동시에 휴대폰을 귀에 댔다.

"오늘 좀 만났으면 합니다. 저녁이면 좋겠네요. 퇴근하면서 연락하죠."

떠오른 상대는 흔쾌히 허락한다.

'다음은?'

강신진 수석 부장은 이한영이 '어떤' 재판을 배정받을 수 있도록 건의한다고 했다. 상대의 의도를 알기 위해선 그 재판을 미리 파악해야 한다. 이한영은 휴대폰을 들어 최근 몇 달간의 기사를 빠르게 훑어 넘겼다. 그리고 한 기사에서 멈췄다.

전범 기업 변호하는 에스로펌

에스로펌이 일제강점기 징용 피해자들의 국내 소송과 관련, 전범 기업인 제국제강을 변호하기로 선언했다.……(중략)……강제징용을 당했다가 귀국한 진서운 씨(92) 등 아홉 명이 "미불 임금 등을 지급하라"며 제국제강을 상대로 낸 손해배상 청구 소송에서……(중략)……에스로펌의 변호사는 "누구든 변호받을 권리가 있다"는 원론적인 의견만을 이야기하고 있다.

느낌이 강하게 온다. 강신진 수석 부장은 이 사건을 건의할 생각이다. 건의하는 과정은 어렵지는 않을 거다.

지난번 어린이집 사건 때 많은 판사들이 이한영의 실력을 인정했지만, 한편으로는 어린이집 교사가 혼자 자폭한 것으로 생각하며 고깝게 보는 판사들도 존재했다.

그런 예를 들며 자극한다면 백이석 법원장은 흔쾌히 허락할 게 분명하다. 백이석 법원장은 이한영이 성장하기를 누구보다 원하는 사람이기 때문이다. 이한영의 시선이 다시 기사로 향했다.

에스로펌은 역사의 아픔을 뒤로하고 돈만 바라보며 제국제강과 손을 잡았다. 하지만 승산이 있기 때문에 접근하는 것이다. 감성적으로 접근한다면 "당연히 우리나라 사람이 피해를 입었으니까 도와줘야지!", "우리나라 판사고 우리나라 법이잖아!"라고 말할 수 있다.

하지만 법적으로 접근하면 짜증 나게 꼬인 사건이다. 한일 협정으로 개별 청구권이 소멸했고, 제국제강은 전범 기업이었던 과거와 다른 회사로 재구성되었으며, 배상의 소멸시효 역시 훌쩍 지나 있었다.

이한영은 시선을 틀어 복도의 창을 통해 세상을 바라봤다. 판결 하나로 온 세상의 비난을 받을 수도 있고 모든 칭찬을 들을 수도 있는 일.

이한영이 픽 웃었다.

'이거 난이도가 너무 높은데? 검찰총장을 만나는 쪽이 쉬워 보여.'

레벨은 비슷하게 맞춰야 제맛이다.

'나만 고생할 순 없잖아?'

이한영은 조용히 미소 지으며 사무실을 향해 걸었다.

* * *

그날 저녁, 그랜드피아노가 중앙에 자리 잡은 재즈바에서 이한영은 유세희를 만나는 중이었다.

"비즈니스가 더 남았나요? 아니면 새로운 일?"

유세희가 다리를 꼬아 앉으며 큰 눈동자로 이한영을 바라봤다.

"꼭 무슨 일이 있어야 하나요?"

"우리 사이에 그 이상의 진전은 없다고 봐서요."

이한영이 조용히 웃었다.

"유세희 씨, 솔직해져볼까요? 나한테 관심 있습니까?"

갑작스러운 찌름에 유세희의 눈동자가 살짝 파문을 일으킨다. 하지만 곧 표정을 숨긴다.

"아뇨."

"그래요? 아쉽네요. 난 관심이 있는데요."

유세희의 눈동자에 다시 파문이 일어날 때 이한영이 중앙에 있는 그랜드피아노를 가리키며 말을 잇는다.

"저 피아노를 치면서 노래라도 불러야 믿겠습니까?"

뜬금없는 말에 유세희가 깔깔 웃으며 고개를 저었다.

"노래 잘 부르세요?"

"전혀요."

"그런 짓 하지 마세요. 여자들이 제일 싫어하는 행동이에요. 다른 손님들에게 민폐이기도 하고요."

"다행이네요. 사실 피아노를 칠 줄 몰라요. 기억하는 계이름이라고는 '솔솔, 라라, 솔파미'가 전부예요."

"지금 '학교 종이 땡땡땡'을 말씀하신 건가요? 그건 솔파미가 아니라 솔솔미일 텐데요."

그녀가 다시 깔깔 웃는다. 한참을 웃던 유세희가 고개를 끄덕인다.

"그래서 절 보자고 한 이유는? 이한영 판사님의 성격을 보면 나한테 관심 있다는 말을 하기 위해 불러낼 분은 아닌 것 같은데."

"요즘 에스로펌에서 유세희 씨는 어떤 위치죠?"

"어떤 위치냐뇨?"

"지난번 어린이집 교사 사건도 잘 해결했잖아요?"

유세희가 작은 머리를 가로저었다.

"단순한 승리. 돈은 안 되는 일. 그런 일로 능력을 인정받기는 어렵죠."

돈은 안 되는 일.

그래서 돈 되는 제국제강의 매국적인 사건은 덥석 맡았나 보다.

하지만 이한영은 내색하지 않은 채 천천히 고개를 끄덕였다.

"아쉽네요. 이번에 알려드릴 일도 돈은 안 되는 일인데요."

"어떤?"

"검찰총장 엄준호."

"검찰총장?"

유세희의 가뜩이나 큰 눈이 더욱 커졌다.

엄준호 검찰총장의 임기는 1년여밖에 남지 않았다. 그는 은퇴 후 아무것도 하지 않은 채 유유자적 살아가겠다고 선언했지만, 각 로펌은 그의 거취에 관심을 쏟는 중이다. 스포츠로 따지면 FA 대어! 에스로펌의 유선철 대표 역시 엄준호 총장에게 관심을 쏟는 중이다.

"유선철 대표님이 엄준호 총장님을 섭외하기 위해 많은 노력을 하고 계시다고 들었습니다."

유세희의 눈이 반짝였다.

"방법이 있나요?"

엄준호 검찰총장의 도장을 찍기만 한다면 단번에 언니, 오빠와 어깨를 나란히 할 수 있다. 회사에서 그녀를 바라보는 변호사들의 시선도 확 바뀔 게 당연하다.

이한영이 고개를 끄덕였다.

"네, 방법이 있을 것 같네요."

유세희가 눈을 반짝였고, 이한영이 그녀의 앞에 바짝 몸을 당겨 앉았다.

"엄준호 총장을 개인적으로 만날 수 있습니까?"

"법조계에서 에스로펌 막내딸이라는 자리가 가볍지 않다는 것은 아실 텐데요?"

이한영이 천천히 고개를 끄덕였다. 그리고 테이블에 서류봉투 하나를 툭 놓았다.

그녀의 큰 눈동자가 서류봉투로 향한다.

"뭐죠?"

"엄준호 총장님에게 아들이 하나 있습니다. 마약을 하고 있네요."

"마약?"

강신진 수석 부장이 엄준호 총장 아들 모가지에 칼을 댄다고 했을 때 순간적으로 기억난 일이다. 대쪽 같은 검사로 알려졌던 엄준호 검찰총장은 아들의 마약 문제로 불명예를 안고 총장의 자리에서 물러나게 된다.

이한영이 말을 이었다.

"제가 알고 있을 정도면 다른 쪽에서도 냄새를 맡았을 테니 피하기는 어려울 겁니다. 엄준호 총장을 만나 직접 수사하라고 말씀드리세요. 적어도 명예는 지킬 수 있을 겁니다. 그리고 에스로펌이 변호하면 되겠네요. 이 정도면 머릿속에 시나리오가 그려지나요?"

그녀의 입가에 순간 탐욕의 미소가 스쳐 지나간다. 그 미소를 보는 이한영의 입가엔 다시 조용한 미소가 걸린다.

'유세희, 이번에도 내 손바닥에서 놀아보겠네.'

강신진 수석 부장은 이한영이 계획을 이야기한다면 백이석 법원장 정도에서 그칠 것으로 생각하고 있다. 하지만 이한영은 유세희를 통해 검찰총장에게 직접 이야기할 생각이다.

강신진이 계획하는 모든 것을 방해하고 이뤄지지 않게 한다. 그게 이한영의 첫 번째 목표.

'검찰총장이 계획을 알아버릴 텐데 그럼 어떻게 움직일까, 강신진 씨?'

강신진이 고생할 생각을 하니 벌써부터 즐거워진다.

그때 유세희가 이한영을 바라본다.

"그런데 또 물어보게 되네요. 이걸 왜 제게 가르쳐주는 거죠?"

"몇 번 대답했네요. 유세희 씨가 위로 올라가는 걸 보고 싶어서입니다."

"내가 올라간 자리에 이한영 판사님이 앉을 수도 있기 때문인가요?"

"빙고."

유세희의 입술에 살짝 미소가 걸린다.

"야망 없는 남자는 매력 없는데, 꽤 큰 야망을 품고 계시네?"

05

유세희가 테이블에 놓인 서류봉투를 가져가려고 손을 뻗는 그 순간, 이한영이 봉투 끝을 잡고 들어 올려 그녀의 손은 허공을 집고 말았다.

그녀의 큰 눈동자가 이한영을 향했다.

"뭐죠?"

"하나 더, 해야 할 말이 있습니다."

그녀가 고개를 끄덕이자 이한영이 말을 잇는다.

"엄준호 총장을 섭외한 후엔 모든 공을 아버지에게 넘기세요."

유세희의 이맛살이 찌푸려졌다.

그녀는 자신이 엄준호 총장을 스카우트했다는 걸 널리 알려 변호사들의 신임을 얻을 생각이었다. 그런데 모든 공을 아버지에게 돌리라니.

그녀의 눈에 의문이 가득 실렸다.

"왜죠?"

이한영이 서류봉투를 부채 부치듯 펄럭이며 느릿하게 입을 열었다.

"유세희 씨와 나의 관계는 많은 사람들이 알고 있을 겁니다. 그런데 유세희 씨가 엄 총장을 섭외한다면 사람들이 뭐라고 생각할까요? 지금껏 가만히 있던 막내딸이 갑자기 일을 잘한다며 칭찬할까요, 아니면 남자 친구의 도움을 받았다고 비아냥거릴까요?"

유세희는 남자의 액세서리가 될 마음이 전혀 없다. 무대 뒤에 서서 박수를 보내는 내조의 여왕이 아니라 주연이 되고 싶은 사람이다.

이한영이 그녀의 표정을 눈에 담으며 툭 던지듯 말을 내뱉었다.

"남자 친구의 능력에 의존하는 사람이 되고 싶지는 않죠?"

그녀는 생각도 하지 않고 답한다.

"당연하죠."

이한영은 다시 서류봉투를 내려놓더니 그녀를 향해 쭉 밀었다. 그리고 작은 목소리로 귓가에 속삭이듯 말한다.

"두 마리 토끼를 모두 잡을 수는 없어요. 일단은 아버지에게 인정받는 것. 그거 하나만 생각하죠. 그럼 변호사들의 시선은 자연스레 모일 겁니다. 누구에게? 유세희 씨에게."

유세희가 고개를 끄덕였다.

이한영의 입가에는 미소가 맺혔다.

그녀가 엄준호 검찰총장과 만나는 자리에서 아들의 마약 문제를 거론하는 것은 상관없었다. 엄준호 검찰총장이 자신의 치부를 떠들어댈 리는 없기 때문이다.

하지만 다음의 일이 문제다. 유세희가 에스로펌으로 돌아와 "내가 검찰총장과 계약을 성사시켰어요!"라고 떠들어대면 사람들은 '유세희가 어떻게?'라며 의심할 것이다. 지금껏 그녀가 보여준 게 없었기 때문이다.

그리고 그 의심의 소리는 강신진의 귀에도 들어갈 거다. 하지만 유선철 대표가 직접 움직였다고 하면 그 누구도 의심하지 않는다. 강신진이라 해도 한발 늦었다고만 생각할 거다. 유선철은 그 정도의 정보력과 힘이 있는 사람이기 때문이다. 일은 누가 하느냐에 따라 바라보는 시선이 달라진다.

유세희가 테이블에 놓인 서류봉투를 손에 들었다.

"어쩌나? 남자 친구라는 말, 듣기 싫지는 않네. 하지만 남자 친구의 등에 업혀 다니는 철부지로 보이고 싶지도 않아요. 이한영 씨 말대로 하죠."

이한영이 눈을 가늘게 만들어 웃었다.

일단 강신진이 걷는 길에 돌덩이 하나를 올려 걸음 속도를 늦췄다. 이제 다음 일을 해야 한다.

* * *

며칠 후, 백이석 법원장 앞에는 임정식 민사 수석 부장과 강신진 형사 수석 부장이 앉아 있었다.

백이석 법원장이 고심 어린 표정으로 두 수석 부장의 얼굴을 번갈아 본다.

"두 사람 모두 알고 있을 거야. 징용 피해자들의 소송이 우리 법원으로 왔어."

판결 하나로 국민의 적이 될 수도 있는 재판. 판결 하나로 국민 판사라는 칭호를 얻을 수도 있는 재판. 판사들에겐 부담되는 일이다.

백이석 법원장의 시선이 임정식 민사 수석 부장의 앞에서 멎었다.

"임의 배정이 아니라 지정해야 할 것 같은데, 누가 맡았으면 좋겠나?"

임정식 수석 부장의 눈앞에 이한영의 얼굴이 스쳤다가 사라졌다. 하지만 그는 그 이름을 꺼내지 못했다. 바로 옆에 강신진 수석 부장이 있기 때문이다.

괜히 자기 새끼 챙기는 사람으로 인식되면 자신뿐만 아니라 이한영의 앞날에도 좋지 않다.

임정식 수석 부장이 망설이고 있자 백이석 법원장의 눈동자가 강신진 수석 부장에게 향했다.

“강 수석 부장은 이 일에 적임자가 있다고 생각하나?”

강신진 수석 부장이 기다렸다는 듯 입을 열었다.

“이한영 판사를 추천하고 싶습니다.”

뚝 떨어지는 말에 임정식 수석 부장이 놀란 눈으로 강신진 수석 부장을 향했다.

강신진 수석 부장은 단호한 눈빛으로 백이석 법원장을 보며 무거운 입술을 움직인다.

“이한영 판사는 사건에 꽂히면 끝까지 파고든다고 들었습니다. 상대가 시장이라 해도 상관없이 판결을 내리는 사람이라고 알고 있습니다. 여론에 휘둘리지 않고 법에 따라 판결을 내릴 사람은 이한영 판사가 유일하다고 봅니다.”

백이석 법원장이 천천히 고개를 끄덕이며 다시 임정식 수석 부장에게 시선을 옮겼다.

“임 수석 부장의 생각은?”

“저도 이한영 판사라면 나쁘지 않다고 생각합니다.”

“그럼 이한영이로 하지.”

백이석 법원장이 들고 있던 서류를 툭 테이블에 던지자 임정식 수석 부장이 챙겨 들었다.

백이석 법원장이 말을 잇는다.

“임 수석 부장, 단독재판이라 해도 복잡한 사안이야. 이한영이 혼자 하기는 버거울 테니 옆에 배석 하나 붙여주도록 해.”

“알겠습니다.”

임정식 수석 부장은 백이석 법원장의 말에 대답하며 슬쩍 강신진 수석 부장의 표정을 살폈다. 뜬금없이 이한영을 추천하다니, 무심한 표정에 어떤 생각이 담겨 있는지 알 수가 없었다.

* * *

"폭탄 하나 맡아라."

"네?"

이한영은 임정식 수석 부장의 방에 있었다.

폭탄을 맡으라는 말에 놀란 눈으로 바라보자 임정식 수석 부장이 두툼한 서류봉투를 건넨다.

"강제징용 피해자의 재판이야. 들어서 알고 있지?"

"아, 네."

이한영은 서류봉투를 받아 들며 임정식 수석 부장을 향해 시선을 들었다.

"혹시, 법원장님이 직접 주시는 겁니까?"

임정식 수석 부장이 휘휘 고개를 저었다.

"아니, 강신진 수석 부장이 너를 추천했어."

임정식 수석 부장의 입에서 아침에 있었던 회의 내용이 간략히 전해지자 이한영은 슬며시 미소 지었다.

자신의 의도를 숨긴 채 자연스레 남을 추천하는 강신진 수석 부장의 방법. 확실히 배울 점이 있었다.

"웃어? 부담 안 돼?"

"부담은 됩니다."

"그런데?"

"제가 맡고 싶었습니다."

임정식 수석 부장이 황당한 표정을 지었다.

"심장이 강철로 만들어진 거야, 뭐야?"

농담을 계속하던 임정식 수석 부장이 펜을 빙그르 돌리며 말을 이었다.

"혼자서 힘들 테니 배석 붙여주라 하셨거든. 윤슬혜 판사 붙여볼까? 같이 해본 적 있으니까 호흡은 맞을 거 아냐? 필요하면 더 이야기하고."

"윤슬혜 판사도 과하다고 생각합니다. 감사합니다."

임정식 수석 부장이 고개를 끄덕였다.

"사무실에 가 있어. 윤슬혜 판사를 보낼 테니까."

* * *

강신진 수석 부장은 소파에 눕듯이 앉아 느긋하게 천장을 보고 있었다. 가만히 시간을 보내고 있는 게 아니다. 그의 눈앞에는 싸우며 울부짖는 수많은 사람의 모습이 있었다.

천장을 바라보던 그가 고개를 저었다.

"시끄러워. 정말 시끄러워."

그의 입에서 낮은 한숨이 흐를 때 '똑똑똑' 소리와 함께 "김진한 부장입니다"라는 소리가 이어서 들렸다. 강신진 수석 부장이 자세는 그대로 한 채 고개만 돌려 문을 향했다.

"들어와."

문이 삐걱 열리고 김진한 부장이 들어왔다.

"검찰총장과 약속 잡았습니다. 내일 저녁입니다."

"얼굴이 왜 그래?"

김진한 부장의 표정은 신호만 주면 비가 내릴 것처럼 먹구름이 밀려와 있었다.

"그, 그게……."

"말해."

김진한 부장이 토해내듯 빠르게 말한다.

"엄준호 검찰총장이 에스로펌과 계약한 것 같습니다."

엄준호 검찰총장이 로펌과 계약했다는 것, 조금 의외이기는 하지만 여기까지는 그럴 수도 있는 일이다. 하지만 김진한 부장의 얼굴에 떠오른 표정은 그 이상의 의미를 담고 있었다.

김진한 부장이 머뭇머뭇 앞으로 다가와 휴대폰을 쑥 내민다.

"보셔야 할 것 같습니다. 지금 나온 속보입니다."

검찰 '마약 투약' 혐의, 엄준호 검찰총장 아들 긴급체포

동남아에서 구매한 필로폰을 투약한 혐의로 엄준호 검찰총장의 아들 엄 모 씨를 긴급체포……(중략)……검찰에 따르면 엄준호 검찰총장이 직접 정황을 파악하고 수사를 명령한 것으로……(중략)……엄준호 검찰총장은 조사 결과에 따라 법에서 정해진 대로 응당한 처벌을 받아야 한다며…….

강신진 수석 부장이 고개를 저었다.

"엄준호 총장이 에스로펌과 계약했다고?"

"네."

"아들 변호는 거기서 담당하겠네?"

"네. 유선철 대표가 직접 움직인 모양입니다."

"조용히 살겠다던 엄준호를 이런 식으로 손에 쥐다니, 노인네가 한발 빨랐어."

그들의 생각과 달리 유세희가 움직인 거지만, 철없다고 소문난 막내딸이 했을 거라곤 아무도 상상하지 못했다.

강신진 수석 부장이 휴대폰을 건네자 김진한 부장이 고민 가득한 얼굴로 묻는다.

"어떻게 할까요?"

"약속 취소해. 준비 없이 나가면 실없는 사람만 될 뿐이야. 시간을 두고

다른 계획을 생각해보지."

강신진 수석 부장은 다시 느긋이 소파에 기대 천장을 바라봤다.

검찰총장을 떠밀어 법무부 장관과 싸움을 붙이려 했지만 그 계획은 어긋나버렸다. 하지만 강신진은 느긋한 사람이다. 계획이 틀어졌다고 원통해하며 화를 내지 않는다. 아쉬움 없이 곧바로 다른 계획을 머릿속에 세우고 있었다.

* * *

그 시각, 에스로펌 대표이사실.

유선철 대표 앞엔 유세희가 앉아 있었다.

"잘했어."

유선철 대표는 큰 목소리로 칭찬했지만 유세희는 아무렇지도 않은 표정으로 고개만 살짝 끄덕였다.

"어렵지 않은 일이었어요."

유선철 대표가 그녀의 옆으로 다가와 어깨를 툭툭 친다.

"이한영이가 가르쳐줬다고?"

"네."

"이한영이가 공을 나에게 넘기라 했다고?"

"네."

"볼수록 마음에 드는 놈이야. 세상을 보는 눈이 있어. 잘 만나서 네 사람을 만들도록 해."

"네."

유선철 대표가 유세희를 보며 빙긋 웃었다.

그가 볼 때 유세희의 그릇은 이한영과 비교하면 한없이 작다. 하지만 그런 큰 그릇을 들고 닦아 쓰는 게 여자다. 유세희라면 이한영을 손에 쥘 거라고 생각했다.

그때 '똑똑똑' 소리와 함께 문이 열리더니 검은 양복을 입은 사내들이 큰 서류 가방을 들고 대표이사실로 들어왔다. 사내들은 유선철 대표가 직접 지휘하는 직속 변호사들이다. 저들이 있을 땐 오빠 유진광이든 언니 유하나든 모두 대표이사실을 떠나야 한다.

유세희가 자리에서 일어나려 하자 유선철 대표가 고개를 젓는다.

"듣고 배워. 너도 이제 큰일을 맡아봐야지."

유세희의 눈이 반짝였다.

엄준호 총장으로 인해 칭찬받을 땐 표정의 변화가 없었지만 지금은 웃음을 참느라 입술이 씰룩였다. 아버지에게 드디어 인정받고 있다는 게 확실히 와닿았기 때문이다.

결국 유세희는 참고 있던 미소를 내보이고 말았다. 그녀가 밝게 웃으며 고개를 끄덕였다.

"네."

대표이사실엔 변호사들의 뚜벅거리는 소리만 들렸다. 변호사 스무 명이 회의 테이블에 앉았지만, 유세희는 여전히 소파에 있었다.

유선철 대표가 회의 테이블 가장 상석에 앉자 적막한 분위기가 넓은 대표이사실을 찍어 누르기 시작한다. 유선철 대표가 고개를 끄덕이며 변호사들을 쭉 훑는다.

노인의 밝은 눈이 얼굴에 닿았을 때 가장 옆에 앉은 변호사가 무거운 분위기를 뚫고 입을 열었다.

"제국제강 사건입니다. 소송인의 평균연령이 90세를 훌쩍 넘었습니다."

"그래서?"

"병원에 알아봤더니 연세도 있고 많은 지병을 안고 있어 1년을 버티기 힘들 거라고 합니다."

"전부?"

"네."

"그래서?"

"상속인도 존재하지 않습니다."

유선철 대표의 입꼬리가 말려 올라갔다.

"굳이 법정에서 싸울 필요도 없는 사건이라는 건가?"

"네."

"재판 직전에 변호인 사임서 넣어."

"네."

"시간 끌어, 뒈질 때까지."

"네."

"담당 판사는 누구지?"

"이한영이라고 합니다."

유선철 대표의 입에 활짝 미소가 걸렸다. 그의 시선이 천천히 유세희에게 향한다.

"세희야, 이한영이 한번 만나도록 해."

그들에게 역사의 아픔은 없다. 오로지 돈이 되는지 아닌지가 전부다. 역사의 슬픔은 과거일 뿐, 돈이 되지 않는다면 기억할 가치도 없는 일이다.

그리고 그 아버지에 그 딸이다. 유세희가 밝게 웃으며 고개를 끄덕였다.

* * *

사무실의 문이 열리고 서류 박스가 가득 담긴 카트가 끊이지 않고 미끄러져 들어온다. 박스에 담긴 기록물은 모두 강제징용에 관한 것이었다. 테이블에 산처럼 쌓이는 기록물은 생각 없이 읽어도 수일은 걸릴 것처럼 보인다.

커피를 마시던 김윤혁이 기록물을 툭툭 건들며 이한영에게 시선을 옮졌다.

"고생 좀 하겠어."

"응. 생각보다 많네."

김윤혁의 눈동자가 이번엔 테이블에 앉아 있는 윤슬혜 판사에게 향했다.

"윤 판사도 고생해. 난 소리 나는 거 신경 안 쓰니까 떠들어도 괜찮아."

"아, 감사합니다."

윤슬혜 판사가 고개를 꾸벅 숙였다.

그들이 대화하는 와중에도 기록물은 착착 쌓이고 있었다.

윤슬혜 판사가 서류 하나를 손에 집어 넘겼다.

"에스로펌이 피고 측 대리인이죠? 제국제강에서 얼마를 받았을까요? 많이 받았겠죠?"

"그렇겠지?"

이한영이 가볍게 답하며 책상에서 벗어나 테이블로 향했다.

그녀는 계속 말을 잇는다.

"피해자 다섯 분이 각각 1억씩 청구했잖아요. 에스로펌에 의뢰할 돈을 이분들께 드리는 게 더 안 들 텐데. 이해가 안 돼요."

"재판도 없이 보상금을 지급한다는 것은 스스로 잘못을 인정하는 거야. 지금껏 잘못이 없다고 주장해 왔는데 갑자기 자기들의 치부를 인정할 수 있겠어?"

윤슬혜 판사가 한숨을 내쉬며 고개를 저었다.

"그런데 제국제강보다 에스로펌이 더 얄미운 거 알아요? 한국의 대표 로펌이라는 곳이 전범 기업을 대변하고 나섰잖아요."

그녀는 일제강점기의 친일파가 에스로펌 같았을 거라고 생각되나 보다.

이한영이 그녀의 앞에 앉았다.

"법률상 에스로펌이 제국제강 변론을 맡은 게 문제 있어?"

"아뇨."

"그럼 법만 봐."

"네."

"이제 시작하자. 난 피고 측을 맡을 테니까 윤슬혜 판사는 원고 측을 정리해줘."

두 사람은 기록물을 손에 들고 하나하나 읽으며 중요한 부분에는 밑줄을 긋고 포스트잇에 쟁점을 정리하기 시작했다.

그때 이한영의 휴대폰에 진동이 울렸다. 석정호다. 이한영이 복도로 나가며 전화를 귀에 댔다.

"어, 정호야. 또 얼마 올랐어?"

주식장 마감 시간인 오후 3시 30분이 되면 알람처럼 정호에게서 전화가 온다. 그리고 언제나 흥분한 목소리로 외친다.

–7억 찍었어!

"가지고 있어."

여기까지가 매일 반복되는 대화의 패턴.

그런데 오늘은 좀 이상했다.

평소 가지고 있으라는 말을 하면 죽어가는 한숨 소리를 내던 석정혼데 오늘은 다르다. 우물쭈물하는 게 느껴진다.

"왜? 무슨 일 있어?"

–한영아, 내가 생각해봤는데, 이쪽 공부 제대로 한번 해볼까?

철없는 소리를 하고 있다.

"엉뚱한 소리 마."

지금은 이한영의 전생 지식을 바탕으로 때려 맞혔을 뿐이다. 앞으로도 이렇게 되리라는 보장은 절대 없다.

–아니, 내가 막 주식으로 돈을 크게 번다는 게 아니라 며칠 해보니까 사회 공부도 돼서 그래. 스포츠 기사만 검색해서 읽던 내가 경제 뉴스도 보고 있어. 내가 배운 것도, 가진 것도 없는데…….

이한영의 머릿속에 한 사람의 얼굴이 떠올랐다. 지난번 석정호가 주식 공부를 한다고 했을 때부터 머릿속에 넣고 있던 인물이다.

"제대로 배울 생각 있어?"

–응, 있어.

"중간에 포기하지 않고?"

–어? 어.

머리가 팽팽 돌아가지 않아서 그렇지 곰 같은 우직함이야 믿을 수 있다. 동굴에 들어가서 마늘과 쑥으로 100일을 버티라 해도 버틸 놈이다.

이한영은 손목을 들어 시간을 확인했다.

"오늘 밤에 강남역으로 나와. 옷은 정장을 입었으면 좋겠네."

–강남역?

"집 주변에, 지하에 방 하나 얻어 놓고."

이한영은 석정호와의 통화를 끊었다.

전생에서 이한영은 돈 걱정을 해본 적이 없다. 아내가 거대 로펌의 막내딸인데 걱정하는 게 이상한 것이다. 그래서 돈을 어떻게 굴려야 하는지도 모른다. 미래의 지식을 알고 있지만 솔직히 앞이 깜깜했던 게 사실이다.

이럴 때 필요한 것은 투자 전문가다. 그 역할에 제격인 인물이 있다.

* * *

"아으, 봄이 온다더니만 춥네."

"그렇게 입고 있으니까 춥지."

"네가 정장 입고 오라며. 내가 정장이 이것밖에 없잖아, 흐흐."

석정호는 봄가을에 입는 얇은 검은색 정장을 입고 있었다. 추운지 몸을 웅크리고 주변을 둘러보며 말을 잇는다.

"그런데 누굴 만나려고 그래?"

두 사람은 강남역 주변에 서 있었다. 발 디딜 틈도 없을 정도로 많은 사람들 속에서 이한영이 입을 연다.

"사기꾼이 될 사람."

사기꾼도 아니고 사기꾼 될 사람이라니. 석정호가 고개를 갸웃거릴 때 이한영이 손가락으로 한 곳을 가리켰다. 석정호의 시선은 자연스레 그의 손가락이 가리키는 곳을 향해 움직였다.

커피숍, 창가에 앉은 남자가 보인다. 파란 점퍼를 입고 있지만 통통하니 뺀질뺀질하게 생긴 인상이다.

"저 남자?"

이한영이 고개를 끄덕였다.

"응, 파란 점퍼. 지금부터 네가 할 일은……."

노트북을 두들기며 히죽이던 남자는 누군가가 어깨를 콕콕 찌르는 걸 느꼈다. 고개를 돌려 보자 심장이 덜컥 내려앉을 정도로 거대한 덩치가 보인다. 거기에 검은 양복까지 입고 있으니 끔찍하게 느껴졌다.

"왜, 왜요? 무슨 일 있어요?"

"이순호 맞지? 닉네임 프린스."

거대한 덩치가 이름과 온라인에서 사용하는 닉네임까지 말하자 이순호라 불린 남자는 더욱 겁먹기 시작했다.

"누, 누구시죠?"

거대한 덩치는 석정호다. 그가 이순호 옆 의자를 쭉 빼더니 여유롭게 앉았다. 그리고 이순호의 어깨를 툭툭 치며 말했다.

"뭐 쓰고 있었어?"

이순호가 화들짝 노트북을 덮으려 했다. 하지만 석정호가 그의 손을 제지한다.

"두 번 말하게 할래? 뭐 쓰고 있었어?"

"죄송합니다."

"사람들 많은 곳에서 혼나고 싶지 않지? 따라와."

석정호가 자리에서 일어나 앞으로 성큼성큼 걸어간다. 이순호는 고개를 푹 숙인 채 그의 뒤를 쫄래쫄래 쫓는다.

멀찍이 떨어져 그 모습을 지켜보던 이한영은 피식 웃었다.

"둔하게 생겨선 연기 좀 하네."

"뭘 잘못했는진 알지?"

석정호와 이순호는 한적한 커피숍으로 이동해 있었다. 이순호가 두려움으로 가득한 눈으로 석정호를 바라본다. 석정호가 두꺼운 주먹으로 테이블을 '쾅!' 하고 쳤다.

"대답 안 해?"

"……사람들을 모아 투자금을 걷었어요."

"얼마 모았어?"

"1억 3천요."

"유사수신행위가 2년 이하 징역이라는 건 알지?"

유사수신행위란 허가를 받지 않고 불특정 다수에게 자금을 받는 행위를 말한다.

이순호가 고개를 끄덕끄덕할 때 석정호가 낮은 목소리로 입을 열었다.

"몇 명한테 받았어?"

"열셋요. 1천만 원씩."

"지금 당장 이자 쳐서 돌려줘."

이순호가 떨리는 목소리를 감추지 못하며 묻는다.

"그, 그럼 봐주실 거예요?"

"봐서."

고압적인 태도.

이순호는 석정호가 경찰 같은 쪽이라고 생각했다. 경찰이 아니고서야 이런 행동을 할 리가 없기 때문이다. 그가 재빨리 휴대폰을 들어 토토톡, 손가락을 움직이기 시작했다.

이한영은 멀찍이 떨어져 앉아 그들을 보고 있었다. 이순호는 몇 년 후 수백억대의 사기로 대한민국을 들썩이게 하는 놈이다. 처음에는 인터넷 투자 게시판에서 이름 좀 날리는 정도였지만 실력이 알려지면서 사람들이 모이기 시작했고, 놈은 빠른 속도로 돈을 벌기 시작했다. 그의 실력만큼은 진짜였던 것이다.

하지만 인간의 욕심은 끝이 없는 법.

욕망에 넘어간 이순호는 크게 한탕 하기 위해 유령회사를 설립하고 있지도 않은 금 투자와 장외주식 거래 등으로 사람들을 현혹하다가 검찰에 잡히고 만다. 하지만 이젠 그런 미래는 없을 거다.

그때 이순호가 고개를 들어 석정호를 향했다.

"다 했어요."

"그래? 그럼 부탁 하나만 하자."

"부탁요?"

"내게 투자 좀 가르쳐라. 경제적인 걸 전반적으로 알려줬으면 좋겠는데."

"……투자요?"

이순호가 눈동자를 데구루루 굴리며 석정호를 살폈다. 정신을 차리고 보니, 형사랑은 거리가 멀다.

"누구세요?"

"백수."

이순호가 황당한 얼굴로 고개를 저었다.

"하, 씨발. 이제 개나 소나 와서 지랄이네. 일없어요."

"그럼 이건?"

석정호가 탁, 녹음기를 테이블에 내려놓았다.

이순호의 눈동자가 녹음기로 향할 때 석정호가 빠르게 입을 연다.

"네 음성 녹음한 거. 이건 무섭나? 죄를 시인했잖아?"

"이봐요, 그쪽은 몸 쓰는 사람이지만 난 머리 쓰는 사람이야. 피해 입지도 않은 새끼가 녹음해서 뭘 어쩔 건데? 그런 건 증거로도 못 써, 병신아."

"나도 피해자야."

석정호가 휴대폰을 들어 올렸다. 1천만 원이 입금되었다는 문자가 보인다.

"네가 방금 넣은 돈인데, 너 이자 안 넣었더라? 계속 나한테 병신, 병신 욕할래?"

"아뇨. 하지만 돈 다 돌려줬으니까 끝난 거 아녜요?"

이순호가 다시 눈동자를 굴리기 시작했다. 하지만 그의 생각은 이어지지 못했다. 석정호의 큰 손이 그의 팔을 강하게 잡았기 때문이다.

우악스러운 악력에 이순호가 미간을 찌푸리자 석정호가 빙긋이 웃는다.

"술이나 한잔 먹으러 가자. 내가 족발 살게."

이순호는 도망치고 싶었지만 팔이 잡혀 있으니 이러지도 저러지도 못하고 끌려갈 수밖에 없었다.

석정호가 커피숍에서 나와 뼈를 스미는 바람을 가로질러 걸으며 이순호에게 말했다.

"지금부터 너는 조국을 위해 일하게 될 거다."

"조국?"

"그래, 인마. 내가 널 어떻게 찾았겠냐?"

이순호의 눈이 번쩍였다. 생각해보니 모든 게 이상했다. 인터넷 게시판에서 행동했기에 그의 얼굴과 이름을 아는 사람은 없다. 하지만 이 남자는 자신의 얼굴과 이름을 정확히 알고 있었다.

게다가 예사롭지 않은 덩치. 조선시대에 태어났다면 장군이 되었을 몸이다. 그뿐만 아니라 녹음을 대비하며 사전에 투자까지 해둔 치밀함.

이순호가 침을 꿀꺽 삼키며 입을 열었다.

"혹시 국……정원?"

석정호가 고개를 비틀었다.

"국정원보다 높지 않나? 아닌가? 그건 모르겠네."

"그보다 높으면……."

"됐고. 넌 도망치면 바로 잡혀. 알았어?"

그들이 사라지는 모습을 지켜보며 이한영은 피식 웃었다. 이순호는 천천히 길들이면 된다. 녀석을 통해 적과 싸울 실탄을 준비한다. 이순호는 천천히 접근하기로 하고, 이제 다음 일을 할 시간이다.

이한영은 진동이 울리는 휴대폰을 꺼내 귀에 댔다.

"네, 유세희 씨."

–퇴근하셨나요? 뵙고 싶은데요.

* * *

이한영은 유세희와 지난번 만났던 재즈바에 앉아 있었다.

그녀가 짙은 검은 눈동자로 바라본다.

"강제징용 재판, 이한영 씨 담당이라면서요?"

"네. 에스로펌이 피고 측 대리인이라고 들었습니다."

"이한영 씨도 우리가 나쁘다고 보나요? 매국 로펌이라고?"

"법에는 어긋나지 않는다고 봅니다."

유세희가 온더록스 잔을 가볍게 흔들며 말을 이었다.

"아버지가 이 재판에 신경 쓰고 계세요."

이한영이 손을 올렸다.

"재판에 관한 이야기는 그만하고 싶은데요."

유세희가 조용히 웃는다.

"청탁이 아니에요. 이 재판에는 우리나라의 아픈 역사가 담겨 있어요. 그러니까 제대로 해주셨으면 해요. 우리는 비록 매국 로펌이라는 말을 듣고 있지만 감성이 아닌 논리로 세상을 보기 위해 노력할 겁니다. 그러니까 이한영 판사님도 신중하게 해주셨으면 좋겠어요."

말을 마친 그녀가 잔을 들어 올렸다.

'신중?'

어찌 들으면 감성적으로 되지 말고 논리적으로 접근하자는 말로 느껴질 수도 있다. 하지만 대놓고 시간을 끌겠다는 말. 그러니까 이한영도 협조해줬으면 한다는 거다.

이한영은 잠시 전생을 통해 이 재판을 돌이켜봤다. 에스로펌은 피해자들이 모두 세상을 떠날 때까지 재판을 질질질 끌었다. 피해자분들이 어떤 마음으로 세상을 떠나는지는 관심도 없었다. 그들은 오로지 승리에만 굶주린 하이에나일 뿐이었다.

이한영의 눈동자가 유세희에게 향했다. 그녀는 가증스럽게 웃고 있었다.

"유세희 씨, 재판은 내가 합니다."

어떤 협조도 하지 않겠다는 강한 어조.

"네?"

흔들리는 그녀의 눈동자를 보며 이한영이 잔을 들어 내밀며 말을 잇는다.

"그리고 아버지의 말이 아니라 제 말을 따라야 원하는 자리에 더 가까워질 겁니다."

"내가 원하는 자리에 앉으려면 이한영 씨의 말을 따라야 한다?"

이한영은 찌푸려진 유세희의 눈빛을 마주 보며 고개를 끄덕였다.

"어렵게 생각할 필요 없잖아요? 아버지가 만든 판에서 뛰어놀아봤자 부처님 손바닥입니다. 기적적인 일을 해낸다 해도 아버지의 예상을 넘어서긴 힘들죠. 그렇게 해서는 언니 오빠를 따라잡을 수 없어요."

언니, 오빠라는 말에 유세희의 입꼬리가 대각선으로 휘었지만 이한영은 상관하지 않고 묵직한 목소리로 말을 이었다.

"손바닥에서 내려오세요."

그녀가 살래살래 고개를 저었다.

"내려와서요? 뭘 할 수 있죠?"

"이번 재판, 상대측이 이길 수 있도록 도우세요."

유세희는 찌푸린 눈을 펴지 않고 이한영의 눈빛을 바라봤다. 분명 자신감은 넘친다. 하지만 유세희에겐 세상 물정 모르는 만용으로만 보인다.

"이한영 씨, 기분 나쁠 충고를 해도 될까요?"

"따가운 말은 몸에 좋은 법이죠."

"이한영 씨와 똑같은 눈, 많이 봤어요. 초임 판사나 검사, 미숙한 신규 변호사가 그런 눈을 하고 있지요. 그 사람들의 처음과 끝은 모두 똑같았어요. 강렬한 신념이 있었지만 결국 권력 앞에 무릎 꿇었죠. 그리고 어느 순간 자신이 욕했던 사람들과 똑같은 길을 걸어가고 있었어요."

이한영이 픽 웃었다.

"제가 강렬한 신념으로 세상과 싸우는 철부지로 보이나요?"

"그게 아니라면 이번 재판, 우리 회사에 도움을 주세요. 이한영 씨는 우리 아버질 모르고 있어요."

이한영이 탁 소리가 날 정도로 강하게 온더록스 잔을 테이블에 내려놓았다. 그리고 눈동자만 올려 유세희를 바라본다.

유선철 대표를 모른다니, 웃기는 소리를 하고 있다.

누구보다 추악한 노인네. 오로지 자신의 욕망을 위해 법을 악용했던 쓰레기. 아주 잘 알고 있다.

그 눈빛이 사나웠는지 유세희가 움찔거릴 때 이한영이 잔에서 천천히 손을 떼며 느릿하게 입을 열었다.

"뭔가 오해하는 것 같네요. 난 유선철 대표님과 싸우겠다고 말한 적 없어요. 유세희 씨를 원하는 자리에 앉혀주고 싶다고 했을 뿐이에요."

이한영의 강렬한 눈빛에 유세희는 자신도 모르게 고개를 끄덕였다.

"좋아요. 그런데 이 재판에서 우리 회사가 패한다고 해서 나한테 돌아올 이득이 어디 있죠?"

이한영이 조용히 미소를 그렸다.

"그럼 제가 알고 있는 걸 말해보죠. 제국제강은 우리나라 중견 기업을 합병할 계획이 있습니다."

돈이 쏟아질 일이다. 돈 냄새를 맡은 에스로펌은 합병 과정에서 법률 자문을 하고 싶어 했다. 그래서 욕먹을 각오를 하고 이번 강제징용 보상금 재판을 맡았다.

이한영이 계속 말했다.

"이번 재판은 제국제강과 에스로펌의 관계를 돈독히 하는 교두보가 되겠네요?"

유세희의 눈이 동그랗게 커졌다. 에스로펌에서도 소수만 알고 있는 이야기이기 때문이다.

"이, 이한영 씨? 그걸 어떻게?"

전생을 살았기 때문에 알고 있는 사실이다. 하지만 그 사실을 모르는 유세희에게는 놀라울 뿐이었다.

이한영이 모든 걸 알고 있다는 눈빛으로 빙긋이 웃으며 말을 이었다.

"그러니까 이번 강제징용 재판, 에스로펌이 패소하도록 도우세요. 대표님이 심혈을 기울여 만든 교두보가 와르르 무너지게 만드세요."

"그, 그래서요?"

"무너진 진지에서 공을 세워라. 사카모토 료마."

그녀의 눈동자가 자리를 잡지 못하고 흔들린다. 머릿속으로 어느 쪽이 이득이 될지 셈을 하는 거다.

이한영이 그녀 앞으로 바짝 끌어당겨 앉으며 속삭였다.

"제국제강이 에스로펌과 일하지 않겠다고 선언할 때 유세희 씨가 관계

회복을 시키면?"

유세희의 눈에 욕망이 확 담겼다.

이한영이 그녀의 귓가에 쐐기를 박는다.

"영웅은 난세에 난다고 했습니다. 유세희 씨가 영웅이 되는 순간, 그 시나리오는 제가 쓰고 싶은데요."

유세희의 눈동자가 천천히 이한영에게 옮겨 갔다.

이한영이 어깨를 으쓱해 보인다.

"오빠나 언니가 아무것도 못하는 위기의 순간에 일을 해결하면 유세희 씨의 회사 내 서열은 어떻게 될까요?"

유세희가 고개를 끄덕인다.

그녀의 눈빛은 이미 결심을 끝마친 상태다.

"이번 재판에서 우리는 시간을 끌 거예요."

"시간?"

"네. 강제징용을 당했던 분들에게 남은 날은 고작 1년이라고 들었어요. 그 시간만 버티면 되죠. 처음에는 별 이유 없이 기일 연기 신청을 할 거고……."

한 번 정도는 기일을 연기해주는 편이다. 하지만 두 번, 세 번 미루려면 타당한 사유가 필요하다.

그녀가 말을 잇는다.

"재판 직전 변호사들이 사임할 거예요."

기존 변호사가 사임하고 새로운 변호사가 들어오면 관련 자료를 살펴봐야 한다는 핑계로 또 기일 변경을 신청할 수 있다. 즉, 재판을 질질 끌겠다는 명백한 의도다.

"아버지는 이한영 씨가 트집 잡지 말고 허가해줄 것을 바라고 있어요. 신청 허가는 모두 판사의 재량이니까요."

"다른 건?"

"아직은 여기까지예요."

이한영이 툭툭, 손가락으로 테이블을 두들기며 조용히 전생을 떠올려 봤다.

에스로펌은 의사의 말을 듣고 징용 피해자들이 1년밖에 살지 못한다고 단정했지만, 그분들은 더 오랜 시간 세상에 남았고 그만큼 싸움은 길어진다. 그러나 그렇다고 해서 그분들이 이기는 것도 아니다. 결국 그분들은 대법원의 결정을 듣기 전에 세상을 떠났다.

테이블을 두들기던 이한영의 손가락이 툭 멈췄다. 빨리 끝을 봐야 한다. 슬픈 역사를 겪어 온 분들이다. 마지막까지 슬프게 할 수는 없었다.

이한영이 생각을 정리한 후 테이블을 짚으며 일어섰다.

"그럼 이만 가죠. 이 재판의 승패가 속도에 달려 있다는 것을 안 이상 다시 들어가서 기록물을 읽어봐야겠네요."

유세희가 손바닥만 한 검은색 백을 들고 일어설 때 이한영이 그녀의 옆에 섰다.

"유선철 대표님께는 제가 잘 협조하기로 했다고 말씀드리세요. 나머지 변명은 생각해두겠습니다."

"그렇게 할게요."

대답한 그녀가 테이블을 빠져나가기 위해 몸을 돌리는 순간, 이한영의 거친 손이 그녀의 손을 확 잡는다. 갑작스러운 행동에 깜짝 놀란 그녀가 고개를 틀어 큰 눈으로 이한영을 향했다.

이한영은 조용한 미소를 그리고 있을 뿐이었다.

"가시죠."

"저, 저기, 이한영 씨?"

"오늘은 손만 잡읍시다."

"네?"

이한영은 그녀의 손을 움켜잡은 채 성큼성큼 걸어 나갔다. 그의 손에 이끌려 가는 유세희의 뺨이 붉어진다. 지금까지 남자의 손을 잡아보지 못한 것도 아닌데, 이한영의 두꺼운 손에 자신도 모르게 의지하고 있었다.

* * *

종이 넘기는 소리만 사락거리며 들려왔다.

시간은 밤 12시를 훌쩍 넘어가고 있었지만 김윤혁은 아직 사무실에 남아 있었다. 그의 표정이 좋지 않다. 평소와 달리 웃음기 있는 얼굴이 아니라 마치 도깨비같이 일그러져 있다.

종이를 한 장 더 넘긴 순간 쾅, 양손으로 책상을 내리찍는다. 그러더니 고개를 좌우로 저으며 관자놀이를 꾹꾹 누른다.

김윤혁의 분에 가득 찬 눈빛은 테이블에 산처럼 쌓인 기록물에 닿아 있었다.

"강신진 수석 부장이 이한영을 추천했다고?"

김윤혁의 입가에 어이없다는 실소가 걸렸다.

그는 일류 대학을 졸업했으며 연수원을 차석으로 수료했다. 스펙상 무엇 하나 빠지는 게 없다. 비록 충남에서 향판을 하긴 했지만 이는 어디까지나 태산같이 거대한 강신진 수석 부장에게 인정받고 싶은 마음에 그의 지시를 따랐기 때문이지 달리 문제가 있어서가 아니었다.

하지만 오히려 이한영이 인정받고 있다. 강신진이 이런저런 말을 하진 않지만 이한영을 가까이 두려 한다는 것은 바보라도 알 수 있었다.

"그놈이 뭘 했다고? 묻지도 않고 충남에 내려간 건 나야!"

실핏줄이 죽죽 그어진 김윤혁의 시선이 홱, 이한영의 책상으로 이동했다.

"망쳐버려?"

김윤혁의 볼이 실룩거린다.

"이놈의 자료를 에스로펌에 넘겨버려?"

에스로펌은 대한민국의 최고 로펌 중 하나다. 그들은 법을 유리하게 해석할 힘이 있으니, 거기에 이한영의 생각까지 넘겨버리면 누구도 반박할 수 없는 논리를 만들어낼 거다.

김윤혁의 입가에 시린 미소가 떠올랐다.

'그럼 이한영은 강제징용 된 노인들을 병신 취급하고 제국제강의 손을 들어줄 수밖에 없겠지?'

비난의 화살을 온몸으로 받아내는 이한영이 보이는 것만 같다. 상상만 해도 즐거웠다. 김윤혁이 벌떡 자리에서 일어서더니 이한영의 책상으로 빠르게 걸어가 서랍을 뒤진다. 그러다 다이어리를 꺼내서 펼치고 이 사건과 관련된 요약이 있는지 찾기 시작했다.

"없어?"

그의 손이 더 빠르게 책상을 더듬었다. 원하는 것은 보이지 않는다. 그러다가 마지막 서랍에 닿았다.

콱! 콱! 당겨봤지만 열리지 않는다. 다른 서랍은 모두 열어두고 이 서랍만 잠가둔 이유. 원래 잠긴 서랍이 더 궁금한 법이다.

'도대체 뭘 숨긴 거야!'

그는 열쇠를 찾기 위해 책상 위를 눈으로 살폈다.

'이놈이 사무실 열쇠를 집으로 가져갈 성격은 아닌데?'

사무실을 더듬던 그의 눈동자가 책장에 멈췄다. 책장에 놓인 열쇠가 보인다.

'병신 새끼.'

김윤혁이 몸을 돌려 책장으로 향했다.

그때 뚜벅뚜벅 발소리가 들린다.

김윤혁의 시선이 홱, 문으로 이동했다. 구두 소리는 가까워지고 있다.

'젠장!'

김윤혁이 서둘러 다시 자리에 앉는 순간 삐걱, 문이 열렸다. 들어온 사람은 이한영이다.

"아직 퇴근 안 했네?"

이한영의 말에 김윤혁이 고개를 끄덕였다.

그의 표정은 방금과 다르다. 도깨비 같던 인상은 사라졌고, 피곤함에 찌든 얼굴로 환히 웃고 있다.

"넌? 다시 들어온 거야?"

이한영이 테이블에 놓인 기록물을 툭 치며 대답했다.

"응. 기록물이 이렇게 있으니까 집에 있어도 마음이 안 편하네."

"그래도 좀 쉬지."

"조금만 있다가 들어갈 거야. 너는?"

김윤혁이 빙긋이 웃으며 어깨를 으쓱한다.

"난 이제 가봐야지."

김윤혁은 자리에서 일어나 가방을 챙기기 시작했다. 그리고 이내 사무실을 빠져나가기 위해 문 앞에 섰다.

김윤혁이 이한영을 보며 빙긋이 웃는다.

"그럼 고생해."

김윤혁이 떠나며 탁 하고 문이 닫히자, 이한영은 책상의 연필꽂이에서 볼펜 하나를 꺼내 손가락으로 한 바퀴 돌렸다. 손 위에서 빙그르르 돌던 볼펜이 뚝 움직임을 멎는다. 잠시 볼펜을 바라보던 이한영은 볼펜의 중앙 분리부를 돌렸다. 그러자 속에서 USB가 나왔다.

요즘 몰래카메라는 참 잘 나온다. 100만 원도 하지 않는 금액으로 상대에게 의심받지 않고 자연스럽게 촬영할 수 있다.

'내가 너랑 같은 방을 쓰면서 가만히 있을 수는 없잖아?'

이한영은 컴퓨터에 USB를 꽂았다. 책상에 앉아 있는 김윤혁의 얼굴이 보인다.

–강신진 수석 부장이 이한영을 추천했다고?

–그놈이 뭘 했다고? 묻지도 않고 충남에 내려간 건 나야!

–망쳐버려?

그가 이한영의 자리로 오면서 더 이상 모습은 보이지 않았다. 하지만 그 뒤로도 뭔가를 뒤지는 소리가 요란하게 들렸다. 그리고 이한영이 사무실로 들어오며 상황은 마무리되었다.

모니터를 바라보던 이한영이 자리에서 일어나 책장에 있는 서랍 열쇠를 손에 들었다. 그리고 김윤혁이 열려고 하다가 실패한 책상을 열었다. 드르륵 소리가 들리며 서랍의 안쪽이 보인다. 그곳엔 아무것도 없었다.

이한영이 빈 서랍을 툭툭 두들기며 깊은 생각에 빠졌다.

'이용할 수 있을 것 같은데…….'

* * *

며칠 후.

복도를 걷는 이한영 옆으로 윤슬혜 판사가 빠르게 붙었다.

"에스로펌에서 기일 변경을 신청했다면서요?"

"응."

"받아주실 거예요?"

이한영은 묘하게 웃을 뿐이다.

이한영의 표정을 살피며 윤슬혜 판사가 조심스레 입을 연다.

"딱 봐도 시간 끄는 거잖아요. 이러다가 변호사 사임, 선임 몇 번 하고……."

"읽어봐."

이한영이 휴대폰을 윤슬혜 판사의 눈앞으로 쑥 들이밀었다.

깜짝 놀란 그녀가 고개를 틀어 이한영을 향한다.

"뭐예요?"

"기사."

건조한 목소리를 들으며 그녀는 기사를 훑었다.

시간 끌기 절대 안 돼. 서울중앙지법 백이석 법원장 호통

강제징용 피해자의 소송과 관련해 소송대리를 맡은 에스로펌이 변론 기일 연장 신청을 한 것으로 알려졌다. 이에 백이석 법원장은 뻔히 보이는 꼼수라며……(중략)……백이석 법원장은 피해자들의 연세가 많고 시간을 끌 사안이 절대 아니라며 최우선순위로 두고 속전속결로 끝내야 한다고……(중략)…… 일각에서는 법원장의 이런 발언이 판사의 판결에 영향을 미치는 것은 아니냐며 우려를 표하고 있다. 이번 1심은 서울중앙지방법원 이한영 판사가…….

* * *

쾅! 유선철 대표의 꽉 쥔 주먹이 책상을 내리찍었다.

"백이석!"

꽉 다문 입에선 씹어 먹듯 분노가 새어 나왔다.

유선철 대표에게 백이석 법원장은 젊은 시절부터 악연이었다. 그는 무엇 하나 협조한 적이 없다. 돈도 없는 거지새끼가 법복을 두르고 청렴한 척한다. 생각만 해도 짜증이 났다.

"그런데 또!"

유선철 대표의 살모사 같은 눈에 분노가 치밀어 오를 때 책상 위 전화가 시끄럽게 울렸다.

—제국제강 측에서 기사를 본 것 같습니다.

"맥주 처먹으면서 구경이나 하라고 해."

유선철 대표는 전화기를 집어 던지듯 내려놓았다. 쉽게 풀릴 줄 알았던 일이 난항을 만나면 짜증이 나는 법이다. 게다가 이번 일에 얽힌 돈은 수천억에 가깝다. 겉으로만 보면 강제징용 피해자의 쥐똥만 한 피해 보상금이 전부지만 제국제강은 대한민국 기업을 인수하려는 목적이 있다.

이번 일이 잘돼서 믿음을 준다면 앞으로 기업 인수에 관한 모든 것의 자문을 에스로펌이 맡게 될 거다.

"그런데 백이석 이 새끼가 시작부터 똥을 뿌려?"

아랫입술을 꾹 물고 생각에 빠졌던 유선철 대표가 서둘러 전화기를 들어 올렸다.

"세희더러 올라오라고 해."

잠시 후, 대표이사실의 거대한 문이 열리고 유세희가 들어왔다. 그녀가 들어오자마자 유선철 대표가 쏘듯이 말한다.

"이한영이가 협조한다고 했지?"

유세희는 선뜻 대답하지 못했다.

이한영에게 어떻게 행동해야 할지 들었지만 유선철 대표의 두 눈이 무섭게 빛나고 있기 때문이다.

"그……렇게 말은 했어요."

"내가 들을 수 있도록 스피커폰 누르고 전화해봐."

그의 말과 동시에 그림자처럼 서 있던 유선철 대표의 비서가 문밖으로 나가더니 유세희가 밖에 두고 온 휴대폰을 들고 들어왔다. 유선철 대표가 딸도 믿지 못한다는 증거였다.

비서가 휴대폰을 건네자 유세희는 비장한 표정으로 이한영의 번호를 눌렀다. 그녀는 이한영이 스피커폰이라는 걸 모르고 다른 소리를 할까 걱정됐는지 신호음이 가는 동안 마른침을 삼켰다.

-이한영입니다.

그리고 전화가 연결되었다. 이한영의 목소리는 대표이사실 전체에 울렸다. 무거운 분위기 속에서 모두가 숨죽인 채 유세희의 전화를 꿰뚫듯 본다.

유세희가 애써 침착하게 입을 열었다.

"유세희예요."

–네, 세희 씨.

이한영의 반가운 목소리에 유선철 대표의 눈빛이 번쩍인다.

세상을 움직이는 것은 남자다. 하지만 그 남자를 움직이는 것은 여자다. 적어도 유선철 대표는 그렇게 생각하고 있었다.

유선철 대표는 유세희의 전화에 반가워하는 이한영의 목소리를 들으며 사랑에 빠져 주인 만난 똥개처럼 꼬리를 흔드는 모습을 상상했다.

'빠졌어.'

유선철 대표가 유세희를 보며 손으로 신호를 보냈다. 그녀가 고개를 끄덕인 후 목소리를 이었다.

"이번 재판에 협조하기로 말씀하셨던 것, 예정대로겠죠?"

유선철 대표는 휴대폰에서 나오는 소리에 바짝 귀를 기울였다. 하지만…….

–아…….

생각했던 대답이 아니다. 아쉬움이 가득 담긴 탄식!

그 한숨이 의미하는 걸 모를 유선철 대표가 아니다. 그의 눈썹이 순식간에 위로 솟구쳐 올랐다.

–죄송합니다. 저도 어떻게 해보려고 했는데, 불가할 것 같습니다. 이유 없는 연장일 뿐이라……. 정확한 사유를 넣어서 다시 신청하시면 저도 적극적으로 반영하겠습니다.

유세희는 전화를 끊고 시선을 앞으로 향했다.

유선철 대표는 아무 말 없이 입을 다물고 있다. 그의 입에서 새어 나오는 단어는 딱 하나였다.

"백이석……."

잠깐의 침묵 끝에 유선철 대표의 옆으로 비서가 섰다.

"어떻게 할까요?"

잠시 화가 났던 유선철 대표가 정신을 추스르는 듯 눈을 꾹 감았다.

"일단 법원이 역사적 문제를 신중하지 못하게 접근하며 서두르고 있다고 반박 기사를 내."

"알겠습니다."

"그리고……."

유선철 대표의 눈이 번뜩였다.

* * *

"이러면 됐나?"

"감사합니다."

이한영이 허리를 굽히자 백이석 법원장이 손을 젓는다.

"법원장은 판사들이 소신껏 설 수 있도록 도와야 할 의무가 있어. 내 할 일이었으니 고마워할 필요 없어."

백이석 법원장은 자세한 내막까지는 알지 못했다. 하지만 에스로펌이 시간을 끄는 걸 막아 달라는 이한영의 부탁을 묻지도 않고 들어줬다.

백이석 법원장이 자세를 고쳐 앉으며 이한영을 향했다.

"이제 에스로펌에서 어떻게 나올 것 같나?"

통찰력으로 앞날을 예측해보라는 뜻.

이한영은 바로 대답했다.

"법원장님께서 말씀하신 이상, 에스로펌은 재판이 금방 끝날 것으로 예상할 겁니다."

"그렇겠지."

그만큼 사법부에서 백이석 법원장의 힘은 크다. 그가 나선 만큼 재판은 속전속결로 끝나게 될 것이다. 대법원까지 간다 해도 마찬가지다. 전생에서도 이랬으면 좋았겠지만 그때 백이석 법원장은 대법원장과 맞서느라 다른 재판에 관심을 둘 여력이 없었다.

이한영이 계속 말했다.

"에스로펌은 피해자를 만날 겁니다. 돈으로 달래고 힘으로 협박해서 소송을 그만두라고 말하겠죠."

"피해자를 만난다?"

"네. 유선철 대표는 안전한 길에서 최선의 결과를 우선하는 사람입니다. 재판을 길게 끌기가 어려워졌다는 걸 안 이상 소송이 일어나지 않게 하기 위해 최선을 다할 겁니다. 어차피 제국제강의 목표는 재판의 승리가 아니라, 법적으로 죄가 있다는 걸 인정하지 않는 것이니까요."

백이석 법원장이 조용히 고개를 끄덕였다.

"죄를 인정하지 않기 위해 몰래 합의하고 사건을 끝낸다?"

"네. 하지만 생각대로 되지 않을 겁니다. 돈이면 다 되는 세상은 아니니까요."

* * *

이한영의 예측대로 에스로펌은 피해자를 만나러 가는 중이었다. 변호사는 조세헌. 첫째 아들 유진광의 오른팔이자 오명금속 살인 사건으로 수감된 이동욱 변호사의 라이벌이었던 사람이다.

핸들을 틀던 조세헌 변호사가 인상을 찌푸리며 입을 열었다.

"팀장님 담당 아니잖아요? 그런데 나설 필요가 있을까요?"

블루투스로 연결된 차량의 스피커에서 첫째 아들 유진광의 느글거리는 목소리가 흐른다.

—이럴 때 아버지가 믿을 사람이 나밖에 없잖아. 내가 믿을 사람은 조세헌 변호사밖에 없고. 나도 곧 도착하니까 옆에나 앉아 있어 줘. 언제쯤 도착해?

"15분 정도 남았습니다."

조세헌 변호사는 이맛살을 찌푸리며 힘껏 액셀을 밟았다. 그는 이 재판이 마음에 들지 않았다.

잠시 후 도착한 곳은 서울의 달동네.

조세헌 변호사는 한참 아래쪽에 차를 댄 후 힘겹게 언덕을 올랐다. 중간쯤 올랐을 때 계단에 앉아 숨을 고르는 유진광이 보였다. 조세헌 변호사를 본 유진광이 언덕 아래를 가리키며 말했다.

"경치 좋지?"

"네."

"이런 곳을 뭐라고 부르는지 알아? 이제 달동네라고 부르지도 않아요. 개미 마을이래, 개미 마을. 킥킥킥, 개미굴에 살고 있으니 인간도 아닌 거지. 서울에 몇 군데 남아 있는데, 왜 안 밀어버리는지 모르겠어."

더 듣고 싶지 않은 이야기에 조세헌 변호사가 말을 돌린다.

"피해자의 집은 어딥니까?"

"여기."

유진광이 엄지손가락으로 뒤를 가리켰다. 시멘트 벽이 그대로 드러난 초라한 집이 보인다.

유진광이 낮은 목소리로 다시 입을 연다.

"잘 봐둬. 100년 전에 거지같이 살다가 일본에 끌려간 새끼는 지금도 거지야. 시간이 지나도 세상은 바뀌지 않아."

"네."

대답이 짧았다.

유진광이 히죽 웃으며 조세헌 변호사의 표정을 살핀다. 그러더니 가볍게 쥔 주먹으로 그의 가슴을 툭 쳤다.

"인간을 사랑해 불을 훔쳤다가 목에 맷돌을 달고 끝없이 침전하는 프로메테우스."

윤동주의 〈간〉이라는 시에 나오는 구절을 변형한 말로, 프로메테우스는 제우스가 아끼는 불을 인간에게 주다가 걸려 독수리에게 간을 쪼아 먹히는 벌을 받는 그리스 신화의 영웅이다.

뜬금없는 말에 조세헌 변호사가 눈을 동그랗게 뜨고 유진광을 바라본다. 유진광은 여전히 히죽 웃으며 조세헌 변호사의 넥타이를 고쳐 매주듯 만지작거린다.

"프로메테우스가 되고 싶은 건 아니지? 지금처럼 잘 먹고 잘 입고 좋은 차 타고 다니려면 보이는 것을 외면할 줄 알아야 해. 나라고 이 재판이 마음에 들겠어? 안타깝지, 안타까워. 불쌍해."

조세헌 변호사가 이 재판을 마음에 들어 하지 않는 걸 알고 하는 이야기다. 유진광이 조세헌 변호사의 팔을 툭툭 치며 말을 이었다.

"불쌍하고 안타깝지만 어떡해? 최악의 변호사는 적에게 동정심을 갖는 사람이야. 조세헌 변호사는 좋은 변호사잖아? 의뢰인만 생각하도록 해."

"알겠습니다."

조세헌 변호사가 고개를 숙였다.

유진광이 씩 웃었다.

"그럼 불쌍하니까 돈 주러 가자."

조세헌 변호사가 유진광의 옆을 스쳐 문 앞에 섰다. 그리고 주먹을 꽉 쥔 채 쾅쾅쾅, 철문을 두들겼다.

"계십니까!"

잠시 후, 두 사람은 볼에 핀 검버섯이 여럿 보이는 노인의 앞에 앉았다.

"어디서 왔다고요?"

노인의 힘없는 목소리에 유진광이 빠르게 입을 연다.

“에스로펌에서 왔습니다. 제국제강의 소송대리인입니다.”

“그런데요?”

유진광은 망설이지 않고 말한다.

“이 재판, 그만둬주십시오.”

노인의 눈에 순간적으로 불이 확 올랐다.

하지만 유진광은 계속 말한다.

“다 어르신들을 생각해서 드리는 말씀입니다. 우리 쪽 고문단은 대법관 출신, 장관 출신, 검찰총장 출신으로 이뤄져 있습니다. 어르신께서 절대 이길 수 없는 싸움입니다. 한평생 고생하며 살아오셨는데, 말년엔 편하게 지내셔야 하지 않겠습니까?”

노인은 유진광의 얼굴을 더 마주하지 못하고 눈을 감았다. 눈꺼풀이 살짝 떨려 온다.

하지만 유진광은 말을 잇는다.

“소송은 언제 끝날지 알 수 없습니다. 어르신의 건강 역시 마찬가지고요. 그래서 저희는 제국제강과 어르신, 양측의 이득이 무엇일지 오랫동안 고민했습니다.”

노인의 눈꺼풀이 열렸다. 주름진 눈매로 유진광을 가만히 보던 노인이 혼잣말처럼 중얼거린다.

“고민했다고요?”

“네. 아시겠지만, 한일 관계도 있고 해서 이 재판의 결과는 나지 않을 수도 있습니다. 그러니까 어르신께서 ‘제국제강에 잘못이 없다. 다 돈 때문에 한 일이다’라고만 해주신다면 저희가 피해 보상금으로 신청한 1억이 아니라 그 이상을…….”

“못난 놈!”

노인의 입에서 찢어지는 목소리가 터져 나왔다. 늙은 눈에선 줄기줄기 눈물이 쏟아져 내린다.

"내가 그깟 돈 때문에 이러는 줄 알아! 살면 얼마나 더 산다고 그 돈이 필요하겠어!"

노인이 울고 있지만 유진광은 상관하지 않는다.

"그럼 다른 게 필요하시다면……."

"인정!"

"네?"

"인정하라고! 나를 끌고 갔다는 걸 인정하라고! 내 평생의 삶을 거짓으로 만들지 말라고! 인정, 그거면 돼. 크흐흐흐……."

노인은 어깨를 들썩이며 통곡한다.

조세헌 변호사는 작게 한숨을 내뱉었고, 유진광은 계속 노인을 설득하려 한다.

"죄송합니다. 그건 어렵습니다. 돈이든 뭐든 말씀하시면……."

"나가!"

* * *

방청석에 있는 사람들은 모두 한곳을 보고 있었다. 그 시선을 따라가면 아흔이 넘은 노인들이 힘겹게 방청석에 앉는 모습이 보인다.

많은 사람들은 바쁜 현실에 과거를 잊는다. 하지만 과거는 전래 동화가 아니라 기록이다. 노인들이 적셔진 눈시울로 법대를 바라보는 모습에 지켜보던 사람들은 자신도 모르게 숙연해졌다.

그리고 그들 앞에 이한영이 섰다.

재판을 마친 강신진 수석 부장이 법복을 펄럭이며 바삐 걸어가고 있었다. 향하는 곳은 강제징용 재판이 벌어지는 법정이다.

그가 막 코너를 돌 때 옆으로 김진한 부장이 섰다.

"시작했습니다."

"분위기는?"

"뭐, 이제 시작인데요."

"표정들은 어때?"

김진한 부장이 넙데데한 얼굴을 갸웃거렸다.

"그게 좀 이상해요."

"이상해?"

"백이석 법원장님이 나서시면서 재판이 당겨졌잖아요? 그런데 에스로펌 측이 희한할 정도로 여유롭네요."

강신진 수석 부장이 법복을 훌훌 벗어 팔에 걸며 물었다.

"이한영의 표정은?"

"그게…… 그놈도 여유롭습니다."

"그럼 초조한 쪽은 피해자 측인가?"

"네."

법정 앞에 도착해 김진한 부장이 조용히 문을 열자 방청석의 분노가 폭발할 것 같은 활화산처럼 훅 다가온다.

김진한 부장은 자신도 모르게 마른 입술을 혀로 핥았다.

"이거, 판결 잘못했다가는 돌 맞아 죽을 것 같은데요."

"감정이 좋지 않으니까 그렇겠지."

"이한영이에겐 상당히 어려운 숙제 같습니다."

속삭이는 말에 강신진 수석 부장이 가늘게 웃었다.

"지켜보자고."

법대 앞에서는 피해자 측의 청구 원인 진술이 끝나고 에스로펌의 답변이 이어지고 있었다.

"한국과 일본은 평화조약 제4조를 통해 모든 문제를 완전히 해결했습니다. 즉, 규정에 따르면 원고들은 어떠한 주장도 할 수 없습니다!"

에스로펌의 변호사는 주성복.

돈만 준다면 악마라도 변호할 수 있다는 경제적인 인물이다. 그의 입에서 한마디 한마디 말이 이어질 때마다 방청석에서는 탄식이 흐르고 있었다. 하지만 주성복 변호사는 아랑곳하지 않는다.

"저도 대한민국의 국민으로서 안타까운 역사를 떠올리면 울분이 터집니다. 하지만! 결코, 감정적으로만 생각해선 안 됩니다."

주성복 변호사가 원고 측을 향해 몸을 돌려 그들을 차갑게 바라본다.

"이번 재판은 원고 측의 억지일 뿐입니다."

주성복 변호사와 눈을 마주친 노인들이 파르르 몸을 떤다. 같은 한국인으로서 저런 말을 하는 걸 이해할 수 없었기 때문이다.

하지만 주성복 변호사는 노인들의 감정에 관심이 없었다.

"몇 년 전 일본에서 징용된 분들이 제국제강을 상대로 소송을 건 적이 있습니다. 결과는 징용된 분들의 패소였습니다."

주성복 변호사의 시선이 이한영을 향해 빠르게 돌아갔다.

"재판장님, 판례에 따르면 일본 법정의 판결이 사회질서에 벗어나지 않는 한 국내에서도 기속력을 갖는다고 합니다. 게다가 제국제강은 인수와 합병 등을 통해 이전과는 전혀 다른 회사가 되었습니다. 그런데 왜! 광복으로부터 70년! 평화조약을 체결한 지 50년! 수십 년이 지난 일에 소송을 거는지 모르겠습니다."

한국의 로펌이 제국제강을 대표하듯 이야기한다. 로펌의 이미지 따윈 상관없다. 그들에겐 승리가 곧 이미지이자 돈이기 때문이다.

주성복 변호사가 이한영을 향해 한 발 다가서며 말을 잇는다.

"안타깝게도 무엇 하나 상관없는 제국제강이 왜 손해배상을 해야 하는 겁니까! 이건 대한민국의 감정을 이용한 부당한 청구입니다. 청구를 기각하여주십시오."

말을 마친 주성복 변호사는 그 자리에 우두커니 서서 이한영을 바라봤다. 판사를 압박하려는 행동이다.

하지만 상대는 이한영이다. 손가락으로 법대를 툭툭 두들기던 이한영이 감흥 없이 입을 열었다.

"알았어요. 이만 들어가세요."

주성복 변호사는 몸을 돌리며 미간을 찌푸렸다.

'유세희와 사귀는 사이라고 하지 않았어? 뭐 저리 뻣뻣해?'

곧바로 증인신문이 이어졌다.

첫 번째 증인은 이번에 소송을 건 원고 중 한 명인 노인 홍병학이다. 홍병학 노인이 법정 경위의 부축을 받아 힘겹게 증인석에 앉았다. 노쇠한 몸. 하지만 눈빛은 강렬하다.

피해자 측 변호사가 앞에 섰다.

이름은 이제율. 인권변호사로 유명한 사람이다. 약자의 편에 서서 꽤 많은 승리를 거뒀지만 그의 눈엔 긴장감이 역력했다. 눈앞에 있는 주성복 변호사 때문이다.

'에스로펌의 악마…….'

이길 수 있다고 확신할 수 없다.

짧게 긴장을 내뱉은 이제율 변호사가 홍병학을 향해 입을 열었다.

"증인, 강제징용을 당했다고요?"

"네."

"당시 상황을 설명해주겠습니까?"

홍병학이 잠시 옛 기억을 더듬듯 눈을 감았다. 그리고 고통을 씹으며 말했다.

"마을에 공고가 났어요. 제철소에 들어가 훈련을 받으면 취직도 하고 돈도 많이 준다고 했어요. 그래서 다들 가고 싶어 했죠. 배가 고프니까요."

"그래서 지원했습니까?"

"아뇨. 시장의 추천을 받아야만 들어갈 수 있었어요. 그런데 이상한 게,

시장의 추천서엔 마을의 어린 친구들 이름만 적혀 있었던 거예요."

"증인의 이름도 있었나요?"

"네."

"그래서 지원했나요?"

홍병학이 고개를 저었다.

"아뇨. 당시 전쟁이 한창이라는 말도 있었고, 느낌이 이상해서 지원하지 않았습니다."

"지원하지 않았는데 어떻게 제철 회사에 가게 된 겁니까?"

홍병학의 입이 닫혔다. 고통스러운 기억을 떠올렸는지 주름진 볼이 가늘게 떨리더니 힘겹게 입을 열었다.

"수, 순사가 말채찍으로 때렸어요. 지원하지 않으면 부모님 앞에서 죽이겠다고……. 그래서 어쩔 수 없이 갔어요."

홍병학의 말에 이제율 변호사는 잠시 눈을 감았다. 순간 뜨거워진 감정을 참지 못한 것이다.

잠시 마음을 달랜 변호사가 다시 입을 열었다.

"그다음은 어떻게 됐죠?"

홍병학의 입에서 과거가 흘렀다. 불구덩이에 들어가 석탄 찌꺼기를 빼오던 노예 같은 삶과 도망치다가 잡혀 두들겨 맞은 일 등이었다.

"그리고 제철소가 공습으로 파괴되고 일본이 패전했어요. 임금은 하나도 받지 못했고, 우리는 그렇게 버려졌습니다."

"그래서 가족분들은 만나셨나요?"

가족이라는 말에 홍병학의 눈에서 뜨거운 눈물이 왈칵 쏟아졌다. 아흔이 넘은 노인이 아이처럼 울며 대답은 못 하고 고개만 젓는다.

잠시 안쓰러운 눈으로 홍병학을 바라보던 이제율 변호사가 천천히 이한영에게 몸을 돌렸다.

"이상입니다."

그리고 주성복 변호사가 뚜벅뚜벅 증인 앞으로 걸어왔다. 증인은 아흔이 넘었지만 주성복 변호사는 고압적으로 내려다보며 입을 연다.

“하나만 묻겠습니다. 그때 제국제강에 있던 일본인들이 지금도 살아 있습니까?”

“아, 아뇨.”

딱 하나의 대답을 들은 뒤 주성복 변호사는 이한영을 향해 몸을 돌렸다.

“재판장님, 지금의 제국제강과 이전의 제국제강은 분명 다른 회사라는 걸 다시 강조하고 싶습니다. 그리고 또 하나. 당시 제국제강은 합법적으로 노동자를 모집했습니다. 증인의 말에 모집 공고가 있었다는 게 그 증거입니다. 제국제강은 강제 동원한 사실을 전혀 모르고 있었습니다. 이상입니다.”

홍병학이 고개를 들어 황당한 시선으로 주성복 변호사를 향했다.

“그, 그게 할 말이라고 하는 거요? 아까부터 계속…….”

노인의 말은 이어지지 못했다. 주성복 변호사가 그의 말을 자르고 입을 열었기 때문이다.

“제가 틀린 말을 한 것 같진 않은데요?”

“이, 이봐요!”

주성복 변호사가 노인의 눈을 똑바로 바라보며 잔뜩 비꼬듯 말을 이었다.

“증인, 생각 좀 하세요. 지금 이 소송이 말이 된다고 생각합니까? 이성적으로 보세요. 지금의 제국제강은 당시와 전혀 상관없어요. 일본이라면 가리지 않고 욕을 하니까 그 분위기를 타고 이러는 거잖아요!”

말도 안 되는 소리에 홍병학은 멍한 시선으로 입을 다물었다.

동시에 원고 측 변호사 이제율이 급히 일어났다.

“지금, 뭐 하는 겁니까! 역사는 연속성을 가지고 있습니다! 과거를 끝내지 않는 한, 앞으로 나아갈 수 없습니다!”

주성복 변호사가 픽 웃는다.

“말 잘했네. 과거를 끝내야 하는데 왜 들추고 있습니까?”

두 사람의 언성이 높아질 때 '쾅!' 하고 둔탁한 소리가 법정을 울렸다. 이한영이 주먹으로 법대를 내리찍은 거다.

깜짝 놀란 사람들의 시선이 모두 이한영에게 향했다.

"양측, 자중해주세요. 더 할 말 없으면 다음 증인신문 이어 가죠."

한편, 방청석의 가장 뒤에서 재판을 지켜보던 김진한 부장이 입을 열었다.

"캬, 이한영이가 선을 제대로 그었는데요? 가만히 놔뒀으면 멱살 잡을 것 같았는데요. 단독이 저렇게까지 분위기를 흔들기 쉽지 않은데, 흐흐."

"제법이야."

피식거리며 웃던 김진한 부장의 고개가 스르륵 옆으로 이동한다. 다른 사람들의 분위기를 살피려는 거다. 그때 그의 시선이 닿은 곳에 김윤혁이 보인다.

"윤혁이도 와 있네요?"

"윤혁이?"

"저번에 수석 부장님이 충남에서 우리 지법으로 올린 판사 있잖아요. 이한영이 동기."

"아……."

강신진 수석 부장이 기억났다는 듯 고개를 끄덕이자 김진한 부장이 장난스레 웃었다.

"기억 좀 해주세요. 지난번에 인사도 했었는데."

"그러지."

몇 번을 만났다. 하지만 강신진 수석 부장의 머릿속에 김윤혁은 없었다. 그저 이한영을 키울 페이스메이커 정도로 생각할 뿐이다.

그리고 다음 증인이 앉았다.

피고 측이 신청한 증인으로, 제국제강의 한국 담당 후쿠모토. 재일 교포 3세다.

그가 증인석에 앉더니 이한영을 또렷이 보며 입을 열었다.

"조선 놈은 맞아야 한다!"

뜬금없는 말에 방청석이 술렁거릴 때 그가 태연히 말을 이었다.

"……그런 말이 있었죠. 하지만 이제 극우 몇몇을 제외하고는 그런 말을 쓰지 않습니다. 시대는 지났고 다 과거일 뿐입니다. 시작하죠."

후쿠모토의 발언으로, 가뜩이나 분노로 채워졌던 법정은 포탄의 뇌관이 터질 일만 기다리는 것 같았다.

주성복 변호사가 모두의 싸늘한 눈초리를 받으며 증인석으로 걸어 나온다.

"증인, 강점기 때의 제국제강과 지금의 제국제강이 어떻게 다르죠?"

"기존의 제국제강은 50년 전, 일본의 회사 경리 응급조치법과 기업 재건 정비법의 제정 및 시행에 따라 해산하였고 자산 출자로 새로이 회사를 설립했습니다."

후쿠모토의 말이 이어질 동안 이한영의 시선은 방청석으로 향했다. 중간에 유세희가 앉아 있는 게 보인다. 이한영이 눈빛을 보내자 그녀는 스르륵 자리에서 일어나 또각거리며 법정을 벗어났다.

법정을 나가 복도에 선 유세희가 휴대폰을 귀에 댔다. 아버지 유선철 대표에게 거는 전화다.

-재판은 어떻게 되고 있어?

"주성복 변호사는 잘하고 있어요. 일반인들이 보기엔 기분이 나쁘겠지만, 논리적으로 상대측 변호사는 반론을 못 하는 상태예요."

-그런데 전화 건 이유가 뭐야?

"그게……."

유세희가 유선철 대표와 전화를 하는 동안 이한영은 법대를 툭툭, 손가락으로 두들기고 있었다.

'유세희는 내 뜻을 따랐고.'

그의 시선이 다시 방청석으로 향했다. 모든 사람들이 에스로펌의 뻔뻔한 태도에 분을 참지 못하는 눈치다. 하지만 대한민국 최고 중 하나라는 에스로펌의 악마 변호사 주성복을 논리적으로 깨부술 수 있는 사람은 없다. 원고 측의 이제율 변호사 역시 손만 부들부들 떨고 있을 뿐이었다.

그렇게 마지막 증인신문까지 끝났다. 사람들의 답답한 시선이 이한영을 향한다.

순간, 그때까지 법대를 툭툭 두들기던 이한영의 손가락이 움직임을 멈췄다. 그리고 느긋하게 주성복 변호사에게 시선을 향했다.

"양측의 신문 잘 들었습니다. 최종변론을 하기 전에 묻고 싶은 게 있습니다."

판사의 질문은 때가 없다. 하고 싶으면 하는 거다. 그게 '법정의 신'이라 불리는 판사의 힘 중 하나다.

"양측 변호사분들도 알고 계시겠지만 이번 사건에는 예민한 문제가 많이 걸려 있습니다. 그래서 최종변론을 듣고 선고를 내리기 전에 신중해지고 싶습니다. 이해해주셨으면 합니다."

이한영의 한마디에 분노에 치를 떨던 기자들의 눈빛이 바뀌었다. 그들이 속삭인다.

"충남에서 시장한테 호통쳤던 판사 맞지?"

"증거를 직접 찾기도 한 판사야."

"법정에서 휴대폰 검사해서 저수지 살인 사건도 해결했었잖아?"

주성복 변호사의 재수 없는 말과 후쿠모토의 뻔뻔함에 명치에 바위를 얹고 있던 방청석의 모든 눈이 기대를 잔뜩 품고 이한영을 향했다. 저들의 논리를 부술 수 있는 사람은 하나! 판사 이한영뿐이다.

모두의 간절한 눈빛은 그 말을 하고 있었다.

06

이한영이 입을 열었다.

"우선 피고 측 소송대리인."

묵직한 목소리에 주성복 변호사는 뭔가 싸늘한 느낌을 받았다. 목에 칼이 닿은 것 같은 그런 느낌.

그가 자신도 모르게 마른침을 삼키는데, 이한영의 목소리가 귀를 찌르고 들어왔다.

"처음 청구 원인에 대해 답변을 하실 때 일본의 판결이 기속력을 갖는다고 하셨죠?"

"네. 외국 법원의 판결 효력을 인정하는 것이……."

담담하게 말을 이어가려고 했지만 이한영이 손을 들어 주성복 변호사의 입을 틀어막았다.

"대리인, 그래서 제가 일본의 판결을 따라야 한다는 겁니까?"

"네?"

"이곳은 일본 법정이 아니라 한국의 법정입니다. 제가 일본 사법부의 지시를 따를 필요는 없는 것 같은데요."

"재판장님, 법령에 따르면……."

이번에도 이한영은 그의 말을 단칼에 자른다.

"대리인, 일본은 식민 지배가 합법적이라는 인식을 전제로 합니다. 하지만 우리 헌법 규정을 보면 일본의 지배는 불법적인 강점에 지나지 않습니다. 즉, 대한민국의 헌법 정신과 양립할 수 없습니다. 그 효력을 인정해야 할까요?"

법정이 술렁이기 시작했다.

지금껏 철옹성같이 완벽하게 보였던 주성복 변호사의 논리가 흔들리는 게 느껴졌기 때문이다.

이한영의 나이는 주성복 변호사보다 한참이나 어리다. 법정에 선 시간만 따져도 감히 비교할 수 없다. 하지만 이한영의 입에서 쏟아진 말에 주성복 변호사는 놀랄 수밖에 없었다.

주성복 변호사가 눈을 깜빡일 때 이한영이 엄숙히 그를 바라보며 말을 이었다.

"그래서 전 독자적인 판단을 내리려고 하는데, 제 말에 틀린 점이 있습니까?"

"아뇨. 없습니다."

이한영이 내리그은 날카로운 칼!

주성복 변호사는 아무것도 하지 못한 채 뒤로 물러설 수밖에 없었다.

하지만 아직 끝이 아니다. 이한영은 계속해서 칼을 휘둘렀다.

"그리고 평화조약에 따라 피해자들이 어떤 소송도 하지 못한다고 하셨는데요."

"아, 네."

주성복 변호사는 눈동자를 데구루루 굴렸다. 질문을 예상하고 답변을 생각하려는 거다.

하지만 이한영은 생각할 시간을 주지 않았다.

"국가와 국민은 별개의 법적 주체인데, 개인 청구권까지 소멸했다고는 볼 수 없지 않나요?"

"한일 양국 정부의 합의가 있었던 만큼……."

"2006년에 우리나라 정부에서 협정과 관련한 일부 문서를 공개한 적이 있는데, 식민 지배 배상 청구가 아니라 양국의 채무 관계를 해결하기 위한 것이라고 되어 있었습니다. 위안부 문제와 같은 불법행위에 대해서는 해결되지 않았다고 하는데, 어떻게 생각하십니까?"

"그러니까 그게……."

팩트는 잔인한 거다. 주성복 변호사의 말은 꼬여가고만 있었다.

주성복 변호사가 제대로 답변하지 못하자 이한영의 시선은 피해자 측 소송대리인 이제율 변호사에게 향했다.

"그럼 이번엔 원고 측에 묻겠습니다."

이제율 변호사는 긴장된 숨을 들이마셨다.

이한영의 눈빛은 상대가 누구든 봐줄 마음이 없어 보인다.

"네, 질문하십시오."

"구 제국제강이 저지른 일을 지금의 제국제강이 승계했다고 볼 수 있나요?"

이제율 변호사가 바로 입을 연다.

"해산되고 다시 설립되었다고 하지만 같은 사업을 계속한 점 등을 볼 때……."

영화나 드라마와 달리 실제 법정에서 판사는 상당히 많은 개입을 한다.

때로는 무죄를 호소하는 죄인을 쏘아보며 "내가 당신을 믿고 무죄를 내려도 되겠습니까?"와 같은 말로 심리전을 펼칠 때도 있고, 말이 길어지는 변호사에게 "기록물에 적히지 않은 말을 해보세요"라고 압박하기도 한다.

지금도 그렇다.

이한영은 누구도 트집을 잡지 못할 완벽한 판결을 위해 양측의 변호인을 자유자재로 뒤흔들고 있었다.

그때 주성복 변호사의 시선은 빠르게 방청석으로 향했다. 유세희를 찾는 거다. 그녀가 이한영을 향해 무언의 눈빛을 보내주길 바랐는데…….

보이지 않는다.

'어디로 간 거야?'

유세희를 찾아 방청석을 훑던 주성복 변호사의 시선이 한곳에서 멎었다. 바로 제국제강의 한국 담당 후쿠모토가 있는 자리다. 후쿠모토는 몹시 불쾌한 얼굴로 주성복 변호사를 노려보고 있었다. 그 눈빛은 이렇게 말하고 있었다.

'돈을 받았으면 돈값을 해, 병신아.'

주성복 변호사가 마른 입술을 혀로 핥을 때 이한영의 질문이 다시 그에게 향했다.

"원고 측 대리인."

"네?"

또 칼날 같은 질문이 날아온다.

유세희는 유선철 대표와의 전화를 끊고 법정으로 들어가기 위해 문고리를 잡았다. 그 순간, 문이 저절로 열리며 안에서 오빠 유진광과 조세헌 변호사가 나왔다.

조세헌 변호사가 유세희에게 살짝 고개를 숙일 때 유진광이 짜증으로 가득한 눈으로 그녀를 바라보며 입을 연다.

"네 남자 친구 때문에 엿 되게 생겼다?"

유세희도 지지 않는다.

"네가 잘했다면 애초에 법정까지 오지 않았겠지."

그녀의 말에 유진광의 아래턱에 꽉 힘이 들어가며 턱살이 흔들렸다. 강제징용 피해자의 집에 갔다가 욕만 먹고 나온 일이 기억났기 때문이다.

그가 짜증을 삼키며 입을 열었다.

"들어가서 봐, 네 남자 친구라는 새끼가 무슨 짓을 하고 있는지. 그리고 지켜봐, 네가 망친 판을 내가 어떻게 살리는지. 철이 없으니까 이 판에 걸린 돈이 얼만지 계산이 안 되냐?"

"내가 계산 못 하는 거 처음 알았어? 고등학교 때부터 수학은 포기했었는데. 오빠라고 하나 있는 게 동생한테 관심이 없으니."

"자랑이냐? 머리 나쁜 거 떠벌리고 다니게?"

유세희는 괜찮은 대학을 나왔다. 하지만 최고의 대학에 사법고시까지 패스한 유진광에겐 한심해 보일 뿐이다.

말을 마친 유진광이 그녀를 스쳐 지나갔고, 옆에 있던 조세헌 변호사도 그 뒤를 쫓았다.

유세희는 고개를 틀어 복도 끝으로 사라지는 두 사람을 싸늘한 눈빛으로 노려봤다.

"언제까지 웃을 수 있는지 보자."

입을 꾹 다문 그녀가 몸을 틀어 법정으로 들어가자 이한영이 입을 열고 있었다.

"좋습니다. 이것으로 변론을 종결하겠습니다. 선고 기일에 뵙죠."

이한영이 자리에서 사라지자 법정은 순식간에 소란스러워졌다.

"판결 안 들어도 이미 끝난 거 아냐?"

"원고의 승리인 거지?"

"마지막에 이한영 판사가 질문할 때 주성복 변호사가 제대로 답변한 게 하나도 없었잖아."

"씨발, 조선 놈은 맞아야 한다고? 별 개 같은 소리를 다 들어보네."

"에스로펌 어쩌냐? 지금도 매국 로펌이라고 손가락질받는데 패소까지 해버리면, 크크크."

에스로펌의 논리가 와르르 무너지는 걸 본 기자들은 신이 났다. 폭죽을 주면 장소와 상관없이 터뜨릴 기세다.

즐거운 자리에서 유일하게 인상을 구기고 있는 한국인은 주성복 변호사뿐이었다. 입을 다물고 주먹을 꽉 쥔 주성복 변호사의 귀에 후쿠모토의 목소리가 들려왔다.

"변호사."

주성복 변호사가 고개를 틀어 후쿠모토를 향했다.

후쿠모토가 엄지손가락으로 뒤를 가리킨다.

"얘기 좀 나누죠."

주성복 변호사가 초췌한 표정으로 고개를 끄덕이며 가방을 챙겨 후쿠모토의 옆에 섰다.

법정을 벗어나 기자들과 멀어지자마자 후쿠모토가 작지만 강하게 호통친다.

"대답 하나 제대로 못 하고!"

"판사가 허를 찌르고 들어올 줄은 몰랐습니다. 단독이라 애송이라고만 생각해서……."

"하! 한국에서 에스로펌이 대단하다고 들었는데, 별거 없네요?"

그때 유진광이 갑자기 나타나 두 사람 사이로 비집고 들어왔다.

"별거 없긴요? 야구는 9회 말 투아웃부터. 재판은 선고 내려질 때까지 모르는 겁니다."

유진광이 후쿠모토를 향해 씩 미소를 그린 후 주성복 변호사에게 시선을 돌렸다.

"지금부터는 제가 하죠."

아무리 유선철 대표의 아들이라 해도 회사의 서열은 주성복 변호사가 더 높다. 지금처럼 끼어드는 것은 상당히 버릇없는 행동이다. 하지만 이곳은 프로의 세계. 결과를 보여주지 못하면 고개를 들기 힘들다. 주성복 변호사는 심란한 얼굴로 한발 물러설 수밖에 없었다.

후쿠모토의 시선이 얼굴에 닿자 유진광이 활짝 웃으며 입을 연다.

“인사드린 적 있죠? 유진광이라고 합니다.”

“아, 네. 그런데 이미 다 끝난 상황 같은데, 뭘 보여줄 수 있다는 겁니까? 이대로라면 2심부터는 다른 로펌을 찾을 수밖에 없어요.”

“얼마까지 쓸 수 있습니까?”

뜬금없는 말에 후쿠모토가 눈을 깜빡인다.

“얼마라니?”

유진광이 엄지와 검지를 비비며 미소를 그렸다.

“한국엔 돈이면 귀신도 부릴 수 있다는 말이 있죠.”

* * *

“법원 건너편 커피숍입니다. 혼자 앉아 있네요. 다른 손님은 없습니다.”

–알았어. 조 변호사는 빠져도 좋아.

“감사합니다.”

조세헌 변호사는 한숨을 내쉬며 전화를 끊었다. 그의 시선이 커피숍의 창가로 향한다. 그곳에 이한영이 앉아 있는 게 보인다.

“이렇게까지 해야 하나?”

조세헌 변호사는 고개를 절레절레 흔들며 자리를 떠났다.

그리고 잠시 후 유진광과 후쿠모토가 커피숍의 건너편에 섰다. 신호가 바뀌자 두 사람은 곧장 횡단보도를 건너 커피숍으로 향한다. 목적지는 당연히 이한영이다.

커피를 마시던 이한영은 누군가 온 기척에 고개를 들었다. 유진광과 후쿠모토가 보인다.

유진광이 능글맞은 웃음으로 입술을 움직였다.

"처음 뵙죠? 유세희 오빠 되는 사람입니다."

"그런데요?"

"세희에 대해 할 말이 있어서요. 일단 앉겠습니다."

자리에 앉은 유진광이 휴대폰을 꺼내 테이블에 놓으며 눈짓한다. 서로 녹음과 같은 보안에 신경 쓰자는 행동이다. 이한영과 후쿠모토도 휴대폰을 올려놓았다.

"무슨 일로 오신 거죠?"

"세희 오빠로서 온 거예요. 그렇게 경계하실 필요 없습니다."

"죄송하지만 만나기 부담스러운 상황이네요. 짧게 말씀해주셨으면 하는데요."

유진광이 몸을 끌어당겨 이한영을 향해 가까이 붙어 앉았다. 그리고 낮게 속삭인다.

"우리 집에서는 이한영 씨와 세희가 결혼까지 할 거라고 생각하고 있습니다."

"저도 좋은 감정으로 만나고 있습니다."

"그런데 결혼은 현실이에요. 돈이 오가는 비즈니스. 수준이 맞지 않으면 힘들 겁니다. 집은 가지고 있죠?"

"아뇨."

"그럼 모아둔 돈은?"

"에스로펌이 기대하는 만큼은 어렵겠죠?"

유진광이 안타깝다는 눈으로 입술을 쓸어 만진다.

"세희와 만나기 위해선 아주 많은 돈이 필요할 겁니다. 당장 예식장만 해도 실내는 좁아서 못 하는 터라 야외에서 해야 할 테니까요. 게다가 세희 취미가 가방을 모으는 건데…….”

“그래서요?”

“10억.”

난데없는 말에 이한영의 눈이 찌푸려졌고 유진광은 말을 잇는다.

“이 재판에서 우리 측의 손을 들어주는 대가로 10억을 드리죠. 이 정도면 결혼 준비 과정에서 체면을 차릴 수는 있을 겁니다.”

“하하.”

이한영이 어이없는 웃음을 터뜨렸다.

10억이라니.

전생에서 10억의 뇌물을 받았다는 혐의로 지랄맞은 수모를 당했다. 그래서 이한영이 제일 싫어하는 숫자가 10억이다.

하지만 유진광은 이한영의 웃음을 다른 쪽으로 해석했나 보다.

“돈의 출처에 관한 걱정은 하지 않아도 됩니다. 한밤중에 아무도 보지 않을 때 집으로 배달될 거니까요.”

“10억이 배달된다고요?”

“사과 좋아하시나요? 아니면 배? 같이 넣어 드리죠.”

그때 지금껏 가만히 있던 후쿠모토가 입을 열었다.

“우리 회사에서 쓰는 겁니다. 이한영 판사님에겐 단순한 재판일지 몰라도 우리에겐 중요한 일이니까요.”

“중요하다고요?”

“피해자들이 승소하게 되면 어떤 상황이 벌어질 것 같습니까? 기다렸다는 듯 다른 사람들이 일어설 겁니다. 우리는 그 숫자를 22만 명으로 추정하고 있습니다. 1인당 1억의 소송. 22만 명이면 22조. 우리 연간 영업이익률의 두 배입니다.”

“그래서요?”

“우리는 5만 명의 직원이 일하는 회사입니다. 게다가 한국의 기업과도 많은 연관성이 있어요. 우리가 흔들리면 한국의 기업도 흔들립니다."

"안 흔들립니다."

순간 유진광의 표정이 썩어 들어간다.

"이한영 씨, 지금 10억이 모자라서 그래요?"

이한영이 당연하다는 듯 고개를 끄덕인다.

"내가 가진 역사에 대한 인식, 재판에 대한 신념. 10억으로 바꿀 수는 없죠."

"이한영 씨, 10억이면……."

유진광의 목소리는 이어지지 못한다. 후쿠모토의 목소리가 찌르듯 들어왔기 때문이다.

"20억."

깜짝 놀란 유진광의 고개가 후쿠모토를 향해 틀어졌다. 20억이라니. 분명 자신과 이야기했을 땐 10억이 전부라고 그랬다.

그런데 더 웃긴 건 이한영이 살래살래 고개를 젓고 있다는 거다. 이한영의 입가에 미소가 걸려 있다.

"22조가 걸린 게임이라면서요? 그런데 고작 20억?"

"30억."

"더."

"40억."

"크게 놉시다."

"50억."

유진광의 입은 턱이 빠질 듯 벌어지고 있었다.

사실 그는 이 재판의 방관자나 마찬가지다. 그가 피해자를 찾아가 합의를 권하기는 했지만 어디까지나 담당자는 주성복 변호사이기 때문이다.

그가 후쿠모토를 끌고 이한영을 찾아온 것은 최근 주가를 올리고 있는 유세희를 찍어 누르고 싶은 가벼운 마음이 전부였다. 그래서 온 건데, 판사들의 빤한 월급에 10억이면 무릎 꿇고 꼬리를 살랑일 거라고 예상했는데, 돌아가는 꼴이 이상하다. 가볍게 꼈던 판이 상상 이상으로 커지고 있었다.

급기야…….

"100억."

말도 안 되는 금액이 후쿠모토의 입에서 터져 나왔다. 그러자 유진광의 얼굴에선 핏기가 싹 가셨다. 그동안 판사를 앞에 두고 청탁을 해봤지만 이 정도의 액수를 제시한 것은 처음 봤다. 대법관이나 고등법원의 판사도 이 정도는 받지 못한다. 그런데 단독판사에게 100억이라니.

더 미치겠는 것은, 단독판사가 100억이라는 소리를 듣고도 고상하게 커피나 마시고 있다니!

유진광이 후쿠모토의 팔을 급하게 잡아챘다. 그리고 이한영을 슥 본 후 일본어로 빠르게 입을 연다.

"후쿠모토 씨? 제국제강에서 이런 금액을 내놓을 수는 없잖아요!"

후쿠모토는 대답이 없다. 이한영만 노려보고 있을 뿐이다.

"후쿠모토 씨!"

다시 불러도 대답이 없자 유진광의 눈동자는 이한영에게 옮겨 갔다.

"이봐요, 이한영 씨!"

생각 없이 들어온 판이지만 지랄맞게 변한 이상 어떻게든 중재를 해야 했다.

하지만 이한영은 유진광의 말을 무시한 채 천천히 입을 열었다.

"간 보지 말고 맥스로 베팅하세요. 2심이든 대법원이든 내가 내린 판결이 기준입니다. 내 논리를 깨지 못하면 어딜 가든 똑같은 판결이 나올 겁니다. 그만큼 내 판결은 중요하죠. 22조의 게임, 나한테 얼마를 주겠습니까?"

"200억."

200억.

세후 4천만 원의 연봉을 받는 사람이 숨만 쉬며 500년을 모아야 하는 돈.

유진광은 얼굴을 쓸어내렸다.

그때 후쿠모토가 느릿하게 입을 연다.

“우리가 쏟을 수 있는 최대 금액입니다. 물론 세탁 잘해서 드릴 수 있습니다. 이 정도면 되겠습니까?”

유진광의 눈동자가 이한영에게 향했다.

이건 절대 거부할 수 없다. 신념이 있건 없건, 역사적 사명감이 있든 말든 눈앞에 보이는 200억을 차는 놈이 있다면 그건 병신이다.

유진광이 떨리는 목소리를 애써 감추며 입을 열었다.

“받아서 씹어 삼키세요. 탈 안 납니다. 어차피 판사들은 자기 판결에 책임지지 않잖아요? 눈 딱 감고 원고 패소를 외치세요. 그럼 이한영 씨 주머니에 200억이 들어가는 겁니다.”

유진광은 입을 닫고 이한영의 입술에 주목했다. 후쿠모토도 마찬가지였다. 하지만 이한영은 대답 없이 천천히 고개를 주억거릴 뿐이었다.

그리고 잠시 후 그들이 기다리던 이한영의 입술이 느릿하게 열렸다.

“기각.”

유진광의 눈이 뒤집혔다.

“이봐! 당신 월급으로 평생 모아도……!”

“야.”

이한영의 낮은 목소리에 유진광이 움찔한다.

“야?”

“그래, 야.”

이한영이 커피잔을 꾹 쥐며 말을 잇는다.

“창피하지 않아?”

“창피? 지금 그게 무슨 말입니까!”

"나 같으면 창피해서 뒈지겠다."

유진광은 눈동자를 굴렸다. 이한영이 왜 이러는지 생각하기 위해서다. 그리고 입을 연다.

"지, 지금 언론 때문에 그러는 거예요? 어차피 언론은 잠잠해집니다. 상관하지 마세요. 기사에 댓글 남기는 거지 같은 새끼들은 어차피 평생 그러고 살 거예요. 국민이 이한영 씨의 이름을 기억할 것 같아요? 그놈들이 머리가 좋았다면 개 취급당하면서 소처럼 살겠어요? 이한영이라는 이름, 모두 잊어먹을 겁니다. 그놈의 냄비 근성, 어디 안 갑니다. 하지만 돈은 남아요!"

이한영은 대답이 없다.

유진광이 계속 말한다.

"이한영 씨, 판사의 눈과 변호사의 눈이 다른 건 알죠? 이렇게 들으면 기분 나쁠지 모르겠는데, 내 동생 만나는 남자라 뒷조사 좀 했습니다. 좋지 못한 대학을 나왔더라고요?"

"그래서?"

"그 대학으론 올라가는 데 한계가 있습니다. 그럼 나중에 법복 벗고 변호사 생활할 거잖아요? 미리 배우세요. 변호사는 자신을 선택해준 고객을 위해 일할 뿐입니다."

"그래서?"

"이한영 씨, 돈이라는 놈은 말이죠, 창피한 걸 따지지 않아요. 이기는 사람에게 올 뿐이죠. 앞에 놓인 200억, 그 역시 마찬가지. 승자의 손을 잡아야 얻을 수 있습니다. 여기서 승자란 재판의 승패를 말하는 게 아니에요. 인생의 승자! 곧 죽을 노인네들 안타깝게 생각 말고 우리와 손잡아요. 그럼 계속해서 승자로 살 수 있어요! 좋은 차 타고! 넓은 집 살고!"

유진광은 말을 멈추고 이한영의 표정을 살폈다.

'개새끼가 표정의 변화가 없어!'

유진광은 아랫입술을 꽉 물었다. 꽉 다문 입에서 성질을 참는 목소리가 새어 나온다.

"이한영 씨! 세희는요, 민족, 지역, 인종, 피부색, 언어, 나이, 이념은 상관하지 않아요. 하지만 거지는 차별하죠. 세희하고 잘 만나고 싶다면……!"

설득한다고 하는 소린데, 유세희를 거론하며 협박하고 있다.

이한영이 픽 웃으며 입을 열었다.

"아까 내 뒷조사를 했다고 했죠? 나도 조사를 좀 했네요. 유세희 씨와 당신 사이, 안 좋잖아요? 내가 세희 씨 만나는 데 그쪽 도움은 필요 없을 것 같은데?"

마치 모든 걸 알고 있다는 듯한 눈동자에 유진광은 다시 말문이 턱 막혔다.

"그, 그게 지금 무슨 상관입니까? 그리고 형제끼리 사이가 안 좋을 수도 있지!"

"내가 아까 창피하지 않냐고 물었죠? 그 말은 주변 시선 때문에 창피한 게 아니라……."

이한영이 손가락으로 유진광의 가슴을 가리켰다. 순간, 유진광은 그 손가락이 자신의 가슴을 후벼 파는 것처럼 느껴졌다.

유진광이 고개를 숙여 자신의 가슴을 바라보는 걸 지켜보며 이한영이 또렷이 말을 잇는다.

"마음이 창피하지 않냐는 뜻입니다. 그리고 200억? 그 돈, 내가 벌어도 됩니다."

"이한영 씨!"

악다문 입에서 나오는 소리를 들으며 이한영의 손가락이 그의 뒤를 가리켰다.

"그만. 시간 된 것 같네요. 제가 지금 기자님과 약속이 된 자리라서요. 기자님 오셨는데, 계속 똑같은 이야기를 반복할까요?"

유진광의 시선이 이한영의 손가락을 따라 뒤로 이동했다. 그곳엔 송나연 기자가 서 있었다.

"안녕하세요."

송나연 기자가 맑게 웃으며 손을 흔들자 유진광이 입을 꽉 다물며 자리에서 일어섰다. 후쿠모토도 기분 나쁜 기색을 거침없이 풍기며 따라 섰다.

유진광이 가방을 손에 쥐며 이한영을 노려봤다.

"나중에 봅시다."

"그러든지요."

유진광과 후쿠모토가 떠나자 그 자리에 송나연 기자가 앉았다.

"방금 저 사람 에스로펌 유진광 팀장 아니에요? 그 옆에 있던 사람은 제국제강 후쿠모토?"

"네."

"뭐예요? 왜 이한영 판사님하고……."

이한영은 조용히 미소 지으며 창밖으로 시선을 돌렸다. 떠나는 유진광의 뒷모습이 보인다. 유진광은 이한영의 전생에 후계 싸움에서 승리를 거머쥐고 에스로펌 대표 자리에 앉았다.

그러나 이번 이한영의 생에서 유진광은…….

'감옥이 어울리지.'

이한영의 눈빛에는 이글이글 불덩이가 타오르고 있었다. 아버지 유선철이 아니라면, 옆에 있는 조세현 변호사가 아니라면, 유세희나 유하나보다 쉬운 상대가 유진광이다.

'너부터 치워주마.'

* * *

"그래서?"

"후쿠모토는 화가 나서 먼저 가버렸습니다."

"넌?"

"죄송합니다."

에스로펌 대표이사실.

유진광은 유선철 대표의 책상 앞에 서 있었다. 유진광은 들려올 호통을 기다리며 허리를 숙인 채 눈을 질끈 감았다. 그런데 기다려도 호통이 들려오지 않는다.

고개를 살짝 들어 보니, 유선철 대표는 웃고 있었다.

"이한영이가 200억 정도는 벌 수 있다는 말을 했다고?"

"네. 철모르는……."

유선철 대표가 손을 저었다.

"네 자산이 어느 정도지? 200억은 넘지?"

"빌딩 세 개만 해도 그 돈은 넘을 겁니다."

"그런데 그런 돈이 넙죽 들어오면 어떻게 할 건가?"

"받겠죠."

"그래, 그게 보통의 사람이야. 그런데 이한영이는……."

기인이다. 넓은 그릇은 상상도 하기 힘들다.

이한영을 생각하던 유선철 대표는 문뜩 유진광이 이한영을 어떻게 봤는지가 궁금해졌다.

"이한영이 인상이 어땠어?"

대답을 못 하고 있다.

"솔직히 말해봐. 느낀 대로, 가감 없이."

"제가 기업 인수, 합병 전문으로 세상의 괴물이라는 사람은 대부분 만나본 것 같습니다."

"그런데?"

"이한영이도 괴물입니다. 그런데 재계의 괴물들과는 느낌이 조금 다릅니다."

"어떻게?"

"지옥의 벽을 타고 올라온 악마 같았습니다."

그 말과 동시에 유선철 대표가 책상에 놓인 전화기를 들어 올렸다.

"세희더러 올라오라고 해."

* * *

"혼이 날 줄 알았는데 오히려 칭찬을 받았다고요?"

–네. 제국제강의 청탁을 거절했다면서요? 그 일로 아버지가 기분이 좋은 모양이에요.

이한영은 유세희와의 전화를 끊으며 고개를 갸웃거렸다. 제국제강과 일이 틀어지며 길길이 날뛸 줄 알았는데 오히려 좋아했다니…….

'이건 예상 못 했네.'

이번 일로 에스로펌에 내분이 일어나야 한다. 유세희가 왜 이한영을 설득하지 못했냐, 유진광은 왜 나서서 일을 망치냐 등등 싸우고 물어뜯어야 한다. 그게 이한영의 계획이었다. 그런데 유선철의 기분이 좋다니. 이한영은 잠시 유선철 대표의 성격을 떠올려봤다.

냉정하고 자신감 넘치는 사람. 위험한 돌다리는 절대 건너지 않지만 그 이면엔 모두 자신이 해결할 수 있다는 자신감도 가지고 있다.

'제국제강과 얽힌 일은 어떻게든 해결할 수 있다고 생각한 모양이네.'

이한영이 픽 웃으며 시선을 앞으로 이동했다. 송나연 기자가 보였다.

"기사 하나 써주세요. 제목은 '제국제강, 이번 재판에서 지면 22조를 물어야 할지도 모른다' 같은 식이면 좋겠네요."

송나연 기자의 눈이 동그랗게 커졌다.

"22조?"

“네. 역사의 아픔은 제대로 끊어야죠. 강제징용 된 분들 모두 보상받으셨으면 좋겠습니다.”

에스로펌이 조용하다면, 흔들어주면 된다.

* * *

유선철 대표가 제국제강 본사 회장과 전화를 하며 에스로펌의 대표이사실엔 일본어가 울려 퍼지고 있었다.

“걱정할 필요 없습니다. 1심은 결과를 예상했어요. 아무래도 첫 재판이니 사람들의 관심이 많이 쏟아질 수밖에 없잖아요. 판사도 단독이라 어리죠. 젊은 사람들이 멀리 못 보잖아요? 하지만 시간이 지나 2심에 가게 되면 사람들의 관심에서 멀어지고, 나이가 지긋한 양반들이 법대에 앉아 있을 겁니다. 당연히 쉽게 작업할 수 있을 테고, 판결이 기사로 나온다 해도 아무도 찾아보지 않을 거예요.”

–이번 일만 잘 해주신다면 앞으로 한국에서 필요한 법률 자문은 모두 에스로펌에 맡기겠습니다.

유선철 대표는 전화를 끊었다. 그리고 곧장 휴대폰을 들었다.

“아, 박 사장. 나요. 다름이 아니라 사람들 눈을 좀 가렸으면 하는데. MC 정근? 그게 누구야? 어쨌든 그놈이 마약을 했다고?”

–네, 꽤 인기 있는 가수라 사건이 터지면 포털사이트 검색어에 그놈만 나올 겁니다.

유선철 대표의 얼굴은 평화롭다. 어떤 걱정도 없어 보인다. 지금부터 사람들의 눈과 귀를 막으면 얼마 지나지 않아 모두 잊어먹을 거다. 빽빽거리는 인간들만 없다면, 이 나라의 법을 좌지우지할 수 있다는 자신감이 있기 때문이다.

* * *

다음 날.

유선철 대표는 서울중앙지방법원으로 차를 타고 가고 있었다. 그의 옆으로 유진광이 앉아 있다.

유선철 대표가 입을 연다.

“포털사이트 확인해봐.”

“네.”

유진광은 재빨리 휴대폰을 만지작거렸다. 그러더니 얼굴이 딱딱하게 굳는다.

“아, 아버지.”

“왜?”

“실검 1위가 대한 독립 만세입니다.”

분명 연예인의 문제가 실검에 올라야 한다. 그런데 쓸데없이 대한 독립 만세라니. 유선철 대표의 독사 같은 눈에 순간적으로 살기가 담겼다.

유진광이 휴대폰을 건네며 불길한 목소리로 입을 연다.

“드림일보에서…….”

유선철 대표가 잡아채듯 휴대폰을 뺏어 들었다.

제국제강, 그들이 물어야 할 것은 22조다

본 기자는 제국제강이 에스로펌을 선임하면서까지 배상을 피하려는 이유를 고민해봤다.

이번 재판에 걸린 소송액이 1인당 1억인 데 비해 에스로펌에 의뢰를 맡긴 비용이 더 크기 때문이다.……(중략)……단순히 역사적 문제를 외면하기 때문일까, 아니면 다른 이유가 있기 때문일까?……(중략)……강제징용 피해자가 22만 명. 이번 판결이 도화선이 될 수 있다.

“어떤 새끼가!”

유선철 대표의 이가 갈리는 소리가 요란하게 들려왔다. 휴대폰을 든 손이 파르르 떨려 온다. 꺼야 할 불에 누군가가 휘발유를 뿌렸다. 아니, 포탄에 불을 붙인 것이나 다름없다. 가만히 두면 '쾅!' 하고 터질 거다. 그럼 앞으로 얻을 수 있는 막대한 돈이 사라진다.

유선철 대표가 끓어오르는 화를 참으며 입을 열었다.

"당장 기사 내리라고 해."

"네?"

"어서!"

불같은 목소리에 유진광은 서둘러 휴대폰을 손에 쥐었고, 유선철 대표는 벌겋게 충혈된 눈으로 창밖을 향했다.

법원에 가까워지며 시위대가 보인다. 아직 추위가 가시지 않은 날인데 일렬로 죽 늘어선 사람들은 얼굴이 퍼렇게 언 채로 오들오들 떨며 팻말을 들고 구호를 외친다.

"제국제강은 부끄러운 역사를 반성하고 법적 배상을 하라!"

"에스로펌은 창피한 줄 알아라!"

"멍청한 놈들이."

유선철 대표의 눈살이 찌푸려질 때 유진광이 입을 열었다.

"기사는 바로 내리겠다고 합니다."

"다른 신문사도 연락해. 괜히 분위기 맞춘다고 춤추다간 다리가 부러질 거라고."

"아, 네."

유진광은 다시 휴대폰을 들었고, 유선철 대표는 한숨을 내쉬었다.

"쉽게 꺼질 불이 아니야. 다른 방법을 생각해봐야겠어."

그의 눈과 귀에 사람들의 구호는 보이지도, 들리지도 않는다. 오로지 이 불씨를 꺼뜨려 제국제강과 정상적인 관계를 이어가는 것에만 초점이 맞춰져 있었다.

그리고 차가 법원으로 들어갔다.

유선철 대표가 차에서 내리자 기다리고 있던 유세희가 앞에 선다.

“오셨어요?”

유선철 대표가 고민 가득한 눈빛을 숨기며 차분히 답한다.

“추운데 왜 나와 있어?”

“그래도 나와 있어야죠.”

“이한영이는 별말 없었어?”

“네. 그때 말씀드린 대로 이번에는 백이석 법원장의 지시를 따라야 할 것 같아요.”

유선철 대표는 천천히 고개를 끄덕인다. 그리고 앞서 걷기 시작했다.

그의 뒤를 유진광이 따르며 힐끗 유세희를 본다. 하지만 유진광과 유세희, 두 사람은 어떤 대화도 하지 않는다. 그들은 서로를 투명 인간 취급하고 있다.

* * *

이한영의 뚜벅거리는 발소리만 울려 퍼졌다. 다른 소리는 아무것도 들리지 않는다. 옷깃이 사부작거리는 소리 역시 마찬가지다.

방청석에 앉은 모두는 숨소리마저 죽인 채 이한영만 바라보고 있다. 이한영은 그들의 눈길을 한 몸에 받으며 법대에 섰다.

그가 방청석을 향해 천천히 허리를 굽힌 후 자리에 앉는다.

“판결을 선고합니다.”

지금껏 고요했던 방청석은 더욱 가라앉으며 모두가 뜨거운 눈빛으로 이한영의 판결을 기다린다.

그리고 이한영의 입이 열렸다.

“……피고 제국제강은 원고 홍병학 등에게 각 1억 원의 손해배상금을 지급하고 소송비용은 피고가 부담한다!"

지금껏 참고 있던 탄식이 쏟아져 내렸다. 한쪽에서는 당연한 판결이었다는 듯 고개를 끄덕이는 사람도 있고, 주먹을 꽉 쥐는 사람도 보인다.

그들과 달리 이한영은 대수롭지 않다는 표정이다. 그저 해야 할 일을 했다는 얼굴로 평소처럼 자리에서 일어섰다. 하지만 그가 움직임과 동시에 모든 사람들의 시선이 이한영에게 쏟아졌다. 마치 그가 걷는 걸음걸음을 기억하려는 것 같다.

그때 이한영이 다시 몸을 돌려 노인들을 향했다. 단 한 동작일 뿐이었지만 법정은 다시 숨을 죽였다.

이한영의 낮은 목소리가 느릿하게 흘렀다.

"법정을 떠나기 전, 한말씀만 드리겠습니다. 제가 내린 판결이 어르신들의 지난 삶을 보상할 수 없다는 것 알고 있습니다. 어르신들의 아픔이 가벼운 돈으로 치유될 수 없다는 것도 알고 있습니다. 그러니 그저, 앞으로 건강하셨으면 좋겠습니다."

이한영은 노인들을 향해 천천히 허리를 굽혔다가 폈다. 그리고 적막한 법정을 빠져나간다.

동시에 평생을 피해자로 살아온 노인들의 눈에서 뜨거운 눈물 줄기가 주르륵 흘러내리기 시작한다.

"감사합니다. 감사합니다……."

그들의 울음소리만 법정을 채운다. 지금껏 떠들던 기자들의 목소리도 그곳엔 없었다.

한편, 방청석의 가장 끝자리, 강신진 수석 부장이 천천히 일어섰다.

"숙제를 잘 해냈군."

김진한 부장이 고개를 끄덕였다.

"이제 욕하는 사람도 없을 것 같습니다."

"욕?"

"지난번 어린이집 폭행 사건 때 이한영이 집요하게 심리전을 펼쳐서 자백을 받아냈거든요. 그런데 판사들 사이에선 피고 혼자 자폭한 거라는 평가가 있었습니다."

"그래?"

"그런데 이번 사건은 이한영이 양측의 변호사를 쥐고 흔들었으니 자폭이네 뭐네 하는 말은 나오지 않겠죠."

강신진 수석 부장이 만족한 미소로 천천히 고개를 끄덕였다.

"잘 키우도록 해. 앞으로 우리가 할 일에 큰 도움이 될 거야."

"알겠습니다."

"가지."

강신진 수석 부장은 법정을 떠나기 위해 몸을 돌렸다. 하지만 곧 멈칫했다. 그의 시선이 천천히 뒤로 움직인다. 눈길이 닿은 곳에는 굳은 표정으로 앉아 있는 유선철 대표와 유진광이 보였다. 그때 유선철 대표의 고개가 백이석 법원장이 있는 곳으로 돌아갔다.

강신진 수석 부장이 조용히 미소를 지었다.

"호랑이와 독사, 싸우면 누가 이길까?"

무슨 말인지 이해하지 못한 김진한 부장이 눈을 깜빡였다.

"네? 누가 이기다뇨?"

"산중의 왕인 호랑이는 독사를 신경 쓰지 않지만, 독사는 몸을 숨기고 다가와 발목을 물겠지."

"네?"

강신진 수석 부장이 빙긋이 웃는다.

"아니야, 아니야. 그만 가지."

강신진 수석 부장은 이내 몸을 돌리더니 성큼성큼 법정을 벗어났다.

유선철 대표는 관자놀이를 꾹꾹 누르고 있었다.

"저게 이한영이가 쓴 판결문이라고?"

유진광이 유선철 대표를 향해 고개를 틀었다.

"방금 이한영이가 선고했으니까, 당연히 이한영이……."

유선철 대표가 절레절레 고개를 젓는다.

"경력 10년도 안 된 단독판사가 쓸 수 있는 판결문이 아니잖아! 들었으면서도 몰라!"

판결문을 보면 사람을 알 수 있다. 손가락에 지문이 있듯 판결문에도 판사의 모습이 고스란히 담기기 때문이다. 그런데 이한영의 판결문은 절대 풋내기가 쓴 내용이 아니다. 법정에서 닳고 닳은 사람이, 작심하고 쓴 내용이었다.

유선철 대표는 2심을 생각하며, 어떤 부분을 물고 늘어져 판결을 뒤엎을 수 있는지 고민했었다. 하지만 트집 잡을 만한 모든 부분이 철벽처럼 막혀 있었다.

유선철 대표가 이한영의 그릇을 높이 사고 있기는 하지만 아무리 능력이 좋다 해도 경험이 바탕이 되지 않으면 채울 수 없는 게 있기 마련이다.

"이건 이한영이가 쓴 게 아니야. 이런 걸 적을 놈은 하나야."

"그럼 누가?"

유진광이 조심스레 묻자 유선철 대표가 의심하고 있던 이름 하나를 똑똑 끊어 답했다.

"백, 이, 석."

유선철 대표의 고개가 천천히 돌아간다. 독사의 눈이 향한 곳엔 백이석 법원장이 앉아 있었다. 그는 죽일 듯이 노려보며 낮은 목소리로 입을 연다.

"저놈이야."

유진광의 시선 역시 백이석 법원장에게 향했다. 사법부의 백호가 큰 모습으로 앉아 있었다. 시선을 느꼈는지 백호 백이석의 눈동자가 움직인다. 그리고 유선철 대표와 마주친다. 마주 본 두 사람은 서로를 향해 이글거리는 눈빛을 보내면서도 입으로는 웃는다.

그때 그들의 상념을 깬 것은 지금껏 조용히 있던 후쿠모토다.

“대표님, 이제 어떻게 할 겁니까?”

“회의 후에 연락드리죠.”

“본사에서도 이 재판만 보고 있어요!”

유선철 대표가 번뜩이는 눈동자로 후쿠모토를 쏘아봤다. 그 눈빛이 강렬했는지 후쿠모토는 순간 움찔거리며 아무 말도 못 한다.

“본사에는 내가 잘 이야기했어요. 알겠습니까?”

“아, 네, 네.”

유선철 대표가 천천히 일어선다. 후쿠모토는 고개를 끄덕일 뿐이다.

이리저리 눈치를 살피던 유진광이 순간 주먹을 꽉 쥐었다. 어쩌면 지금이 큰 기회가 될지 모른다는 생각이 들었기 때문이다. 후계 싸움에서 그와 둘째 유하나는 비등했는데, 유세희가 그 뒤를 바짝 쫓아오기 시작했다. 만약 여기서 큰 건을 하나 올리면 멀리 도망갈 수 있다.

여기까지 생각이 미친 유진광이 유선철 대표의 옆으로 바짝 붙어 섰다.

“아버지, 제가 이한영이와 다시 만나보겠습니다. 자기 논리의 허점은 쓴 놈이 제일 잘 알고 있겠죠. 물어보고…….”

“그만.”

묵직한 목소리에, 유진광은 이해할 수 없다는 눈빛을 보냈다.

“아버지, 2심은 반드시 이겨야죠.”

“지난번에도 설득하지 못한 네가 이번엔 설득할 수 있다고? 네가 할 수 있는 일이 아냐.”

“그때는 시간도 없었고, 재판 중이었잖아요. 이한영도 예민한 상태였고요. 하지만 지금은 다 끝났고, 2심은 그놈과 상관도…….”

“쓸데없이 나서지 마. 그리고 그 판결문, 이한영의 솜씨가 아니야.”

“그래도 자기가 직접 선고를 내렸는…….”

유선철 대표는 유진광의 말을 더 듣지 않고 방청석을 떠나버렸다. 그 뒤로 얄미운 유세희가 쪼르르 따라붙는다.

“아버지, 제가 이한영 씨에게…….”

유세희의 재수 없는 목소리를 들으며 유진광은 삐뚤어진 눈으로 그녀의 뒷모습을 노려봤다.

“아, 진짜. 미치겠네.”

유진광은 오기로라도 이한영을 만나야겠다는 생각을 가지며 휴대폰을 손에 든다.

“이한영이 전화번호 좀 알아봐.”

그는 전화를 이어가며 법정을 떠났다.

그리고 그들이 모두 사라진 자리에 딱 한 사람만 남아 있었다. 바로 송나연 기자다.

“네, 판사님. 유진광이 또 판사님을 찾아갈 모양인데요?”

–왜요?

“판결문 논리가 어쩌고저쩌고하던데…….”

* * *

“재판 끝났으니까 상관없잖아요? 만나는 게 부담되는 건 아니죠?”

이한영은 유진광과 한정식집에 마주 앉아 있었다.

“절 보자고 한 이유는요?”

“앞으로 한 식구 될 것 같은데, 밥이나 먹자고 하는 거지 뭐가 있겠습니까?”

동시에 미닫이문이 열리고 색색의 음식이 상에 쫙 깔린다. 유진광이 젓가락을 들며 입을 연다.

"내가 코스 요리를 안 좋아해서 한 번에 다 갖다 달라고 했습니다. 나쁘지 않죠?"

이한영이 손목을 들어 시간을 확인했다.

"제가 또 약속이 있어서요, 음식을 다 먹긴 힘들 것 같은데. 하실 말씀 있으면 빨리 하시죠."

유진광은 힐끗 이한영을 바라본다.

만나자마자 밀어붙일 생각을 했지만 막상 앞에 서자 입을 열기가 힘들었다. 마치 자신의 속을 훤히 들여다보는 듯한 눈빛 때문이다. 하지만 애써 미소를 그리며 입을 열었다.

"좋습니다. 본론을 바로 말씀드리죠. 판결문, 어떻게 쓴 겁니까?"

"많이 고민해서 쓴 겁니다."

"누가 써준 건 아니고?"

"자기 판결문 쓰기에도 바쁜 판사들이 남의 판결문에 신경 쓸 시간이 있을까요?"

"직접 썼다는 겁니까?"

"네."

"판결문의 허점, 알려줄 수 있습니까?"

"그걸 찾아야 하는 건 변호사들 아닌가요?"

유진광이 입꼬리를 말아 올리며 테이블에 검은색 신용카드를 놓았다.

"세희하고 식사나 하세요. 걔가 허영심도 많고 계산적인 애라 비싼 걸 사야 할 겁니다. 판사 월급으로는 걔 감당하기 힘들잖아요?"

이한영의 눈동자가 신용카드로 향하자 유진광이 말을 잇는다.

"솔직히 말하면 아까 판결문 듣고 고민을 했어요. 2심에 가려면 트집 잡을 곳을 찾아야 하는데, 여간 안 보여야지."

"칭찬, 감사하네요."

이한영의 말이 긍정으로 들렸는지 유진광은 더 신나서 이야기했다.

"아까 말했듯이 같은 식구가 될 사람이잖아요. 허점 하나 알려준다고 뭐 있습니까? 어차피 해결해야 할 것은 이제 2심 판산데?"

이한영이 테이블에 놓인 카드를 손가락으로 톡톡 치며 유진광의 얼굴을 바라봤다.

"제가 에스로펌과 처음 마주쳤던 날, 그때 변호사도 카드를 줬었죠."

"그건 푼돈이고."

"카드를 주는 거 식상한데, 다른 건 없습니까?"

"뭐 필요한 거 있어요? 여자?"

자기 여동생과 만나는 남자에게 여자가 필요하냐고 묻고 있다니, 정말 한심한 쓰레기다.

유진광은 이한영의 생각을 모르고 실실거린다.

"청담동에 아가씨들이 예쁜 곳이 있는데, 어때요? 갈래? 그런 애들 싫으면 연예인 불러줄까? 그 왜, 있잖아요? 요즘 잘나가는 애들. 내가 전화만 하면……."

"약속 시간 됐네요."

"뭐요?"

동시에 드르르륵, 미닫이문이 거칠게 열렸다.

유진광이 깜짝 놀라 문을 바라보자 도깨비 얼굴을 한 채 독이 잔뜩 오른 독사의 눈을 치뜬 유선철 대표가 보인다.

독사가 방으로 들어온다.

"여자? 지금, 여자를 불러준다고?"

유진광은 자신도 모르게 앉은 채로 뒤로 물러선다.

"아, 아버지……."

* * *

"창피한 모습을 보였어."

"괜찮습니다."

유선철 대표는 크게 한숨을 내뱉었다.

아들이라고 하나 있는 놈이 동생의 남자를 앞에 두고 여자를 불러주니 어쩌니 추한 모습을 보였으니 부끄러울 수밖에 없다.

유선철 대표가 천천히 고개를 돌려 옆으로 향했다. 유진광이 고개를 숙인 채 앉아 있다. 뺨을 세게 맞았는지 손바닥 자국이 선명하다.

한심한 눈으로 혀를 끌끌 차던 유선철 대표가 다시 이한영에게 눈을 돌렸다.

"판결문, 자네가 쓴 건가?"

"네, 제가 썼습니다."

당연한 듯 대답했지만 유선철 대표는 고개를 휘휘 젓는다.

"자네의 지난 판결문을 모두 찾아봤어. 갑자기 변했더군. 배석으로 있을 때와 단독으로 올랐을 때가 달라. 문체는 비슷할지 몰라도 분위기를 숨길 수는 없지."

당연한 이야기다. 수십 년을 이 바닥에서 뒹굴다가 과거로 돌아왔는데 그 전과 같은 게 더 이상한 것이다. 하지만 '아, 제가 죽었다 깨어나서요' 할 수는 없는 노릇.

이한영은 입을 닫고 있었다.

유선철 대표는 이한영의 침묵을 긍정으로 해석했는지 천천히 고개를 끄덕인다.

"오늘 보자고 한 것은 판결문 때문이 아니야. 그건 지금부터 우리 회사 직원들이 해결해야 할 문제지."

"아, 네."

이제 본론이 나올 시간이다.

이한영이 눈동자를 들어 유선철 대표의 표정을 살필 때 툭, 말이 던져졌다.

"법복, 계속 입고 있을 건가? 회사에서 일을 배울 생각은 없나?"

이한영의 눈썹이 꿈틀거렸다. 이건 예상하지 못했던 말이다.

유진광 역시 몰랐나 보다. 지금껏 죄인처럼 있던 그가 서둘러 고개를 들었다.

"아버지! 이한영 판사를 회사로 부르다뇨!"

지금까지의 주눅 들어 있던 표정이 아니다. 영역을 지키려는 짐승과 같은 눈빛이다.

유진광 역시 이한영의 능력을 높이 사고 있었다. 그래서 그가 에스로펌에 들어오면 어떤 일이 벌어질지 어렵지 않게 예상할 수 있었다. 유세희의 서열이 갑자기 높아진다. 어쩌면 자신의 머리 위에 설지도 모른다. 그리고 아버지의 자리에 그녀가 앉을 수도 있다. 그것만은 무슨 수를 쓰든 막아야 한다!

그가 계속해서 목소리를 높인다.

"이한영 판사는 지금……!"

하지만 목소리는 이어지지 못했다.

"나가."

"네?"

"나가!"

버럭 지르는 호통에, 유진광은 어금니를 씹으며 자리에서 일어섰다. 터벅터벅, 힘없이 미닫이문을 향해 걸어가던 그가 뚝 멈춰 섰다. 그러더니 고개를 틀어 강한 눈빛으로 이한영을 쏘아본다. 하지만 그뿐이다. 유선철 대표 앞이라 뭐라 입을 열지는 못하고 눈빛만 남긴 채 그 자리를 떠났다.

문이 닫히고 유진광이 사라지자 유선철 대표가 담배를 꺼내 들더니 한숨처럼 연기를 내뿜었다.

"아들이라고 하나 있는 게 저 모양이야."

'당신이 죽으면 저 모양인 아들이 후계를 잇습니다.'

"딸이라고 있는 것들은 매일 싸움질이야. 욕심만 많아."

'당신이 죽은 이후 유하나는 의문의 사고로 죽어요. 아마 유진광이 죽였겠죠. 유세희는 평생을 욕심에 사로잡혀 미치광이처럼 살게 됩니다.'

유선철 대표가 고개를 절레절레 저었다.

"난 자식을 위해 살아왔어."

'자식들은 당신의 죽음을 기다리고 있습니다.'

"자네가 들어와서 녀석들의 중심이 되어줬으면 해."

'거짓말.'

"들어온다 해서 바로 중책을 맡기지는 못하네. 우리 회사는 부장판사급들도 팀장이 되기 어려운 규모니까. 하지만 곧 실력을 보여줄 거라 믿어."

유선철 대표가 테이블에 툭툭 재를 떨며 무거운 목소리로 말을 이었다.

"회사로 들어오게."

독사의 시선이 이한영의 표정을 훑고 있다. 하지만 이한영의 표정에서 읽을 수 있는 것은 없었다.

이한영은 전생을 통해 유선철 대표를 겪어봐서 그가 어떤 식으로 사람을 파악하고 꾀어내는지 잘 알고 있었다.

'나를 페이스메이커로 삼아 유진광을 키우고 싶겠지. 영원히 법 위에 설 수 있는 가문을 만들고 싶을 거야. 하지만 그 전에 에스로펌은 간판만 남게 될 거야. 그 간판은 유세희에게 주지.'

유선철 대표가 테이블에 담배를 꾹 눌러 끄며 입을 연다.

"자네 생각은 어떤가?"

그는 말없이 이한영을 바라본다. 대답을 종용하고 있는 거다.

이한영은 거침없이 답했다.

"죄송합니다. 전 법관 생활이 좋습니다."

들어가겠다고 말하며 환심을 살 수도 있다. 하지만 지금은 에스로펌에 관심이 없다는 듯 비쳐야 한다. 역사를 기억해보면, 욕심 있는 사위가 살아남은 경우는 거의 없다.

지금 환심을 살 수 있는 말은 하나.

"이런 말씀을 드리면 어떨지 모르겠습니다."

"뭐든 말해봐."

"전 형제가 없이 자랐습니다. 그래서 세희 씨에게 형제가 많다는 이야기를 들었을 때 반가웠습니다. 허락해주신다면 주제에 어긋나지 않게 형제지간이 잘 어울릴 수 있도록 노력해보겠습니다."

처가 재산에 관심은 없다. 하지만 우애 깊은 형제는 욕심이 난다. 이한영은 최대한 진심을 담아 말했다.

그러자 유선철 대표는 희미하게 웃었다.

"법관으로 있겠다는 건가?"

"네."

"나도 즉각적인 대답을 들을 거라고 기대하지는 않았어. 천천히 생각해보게."

두 사람은 긴 복도를 지나 한정식집의 건물을 벗어났다. 건물에서 나오자 잔디밭이 보인다.

주차장으로 향하는 잔디밭을 걸으며 유선철 대표가 하늘을 본다.

"예전에는 서울에도 별이 많이 보였어."

"저도 어릴 때 별을 봤던 기억이 있습니다."

"그래? 서울에서?"

"아버지가 리어카를 끌고 폐지를 주우셨습니다."

유선철 대표는 이미 이한영에 대한 많은 것을 조사했다. 그의 어머니가 고물상을 하는 것부터, 아버지가 어떤 사람이었고 어떻게 사망했는지. 전부 어렵지 않게 알 수 있는 일이었다. 하지만 모른 척 놀란 눈을 보이며 이한영의 말을 귀담아듣는다.

"아버지는 새벽에 폐지가 많다며 일찍 움직이셨습니다. 전 리어카의 뒤에 타고 곧잘 좇아다녔죠. 천천히 움직이는 리어카에 누워 하늘을 보면 별이 참 많았습니다."

이한영은 말을 하며 손에 들고 있던 휴대폰을 툭 땅에 떨어뜨렸다. 하지만 밤이었고 잔디밭이기에 누구도 알지 못했다.

유선철 대표는 이한영의 말을 들으며 허허 웃는다.

"가난하게 살았다는 것은 큰 자산이야. 우리 애들은 궁핍함을 몰라."

두 사람은 정문을 지나 주차장에 다가섰다. 이곳은 안과 달리 자갈로 채워져 있다. 걸을 때마다 자그락거리는 소리가 들려온다.

주차장에 도착한 이한영은 주변을 죽 훑었다. 유진광은 먼저 갔는지 차가 보이지 않는다. 남아 있는 차량은 유선철 대표와 이한영의 자동차뿐이다.

유선철 대표가 차 앞에 서자 그림자처럼 붙어 있는 비서가 뒷문을 열었다.

"먼저 가지."

"조심히 들어가십시오."

이한영이 허리를 굽히자 유선철 대표가 이한영의 어깨를 툭툭 친다.

"그럼 잘 생각해봐."

그때 뒤에서 어떤 여성의 목소리가 들려왔다.

"잠깐만요! 이거 놓고 가셨어요!"

머리에 위생모를 쓴 종업원이 이한영의 휴대폰을 보이며 쪼르르 달려오고 있었다. 컵이 놓인 쟁반을 한 손에 들고 있는 게 위태위태하다.

유선철 대표가 슥 이한영을 본다.

"휴대폰 놓고 왔나?"

이한영이 주머니를 만지작거리며 고개를 끄덕였다.

"그런 것 같습니다."

"빈틈이 없을 것 같은데, 허술한 면이 있구먼."

"죄송합니다."

"아냐, 아냐. 사람이 빈틈도 있고 그래야 제맛인 거지."

그때도 종업원은 달려오고 있었다. 천천히 와도 되는데 꽤 급한 걸음이다.

결국 발이 엉켰는지, 철퍼덕 넘어졌다. 쟁반에 놓였던 컵이 허공으로 솟아오르더니 열려 있던 차의 뒷문으로 들어갔다. 이어서 쟁반이 자갈에 나뒹굴며 쇠가 굴러다니는 요란한 소리가 들려왔다.

적막해졌다. 바람 부는 소리만 들릴 뿐이다. 뒷좌석의 시트에선 뚝뚝 물이 떨어지고 있다.

적막을 깬 것은 종업원의 울 것 같은 목소리였다.

"죄송해요! 죄송합니다!"

종업원은 넘어져 다친 것은 상관하지 않았다. 죽을죄를 지은 표정으로 차를 향해 엉금엉금 기어간다. 그리고 떨리는 손으로 주머니에서 행주를 꺼내더니 차의 시트를 닦기 시작한다.

"죄송합니다. 죄송합니다."

그녀의 목소리에 유선철 대표가 미간을 찌푸렸다. 동시에 비서가 종업원의 앞을 막아섰다.

"됐습니다. 책임을 묻지 않겠으니까 가세요."

"죄송합니다. 정말 죄송합니다."

"가세요!"

단호한 목소리에 종업원은 허옇게 질린 얼굴로 뒷좌석에 떨어진 컵을 손에 들더니 연신 허리를 굽실대며 주춤주춤 뒤로 물러섰다.

이한영이 눈동자만 움직여 종업원을 향한다.

"제 휴대폰."

"아, 여기요. 죄송합니다."

종업원은 이한영에게 공손히 휴대폰을 건네며 고개를 들어 이한영을 바라본다.

눈이 마주친 두 사람.

종업원은 송나연 기자였다.

* * *

“이한영의 판결문이 변한 시기. 백이석 법원장과 가까이 지낼 때부터야. 백이석 법원장이 이한영을 방패로 쓰려는 건가?”

어두운 차 안에서 독사의 눈이 날카롭게 빛났다.

독사의 혓바닥이 날름거리는 것처럼 유선철 대표의 손가락이 툭툭, 암레스트를 두들기고 있었다.

조수석에 앉아 있던 비서가 고개를 틀어 뒤를 향했다. 그녀는 오랜 시간 유선철 대표의 옆에 있으며 그가 원하는 게 무엇인지 가장 잘 파악하는 사람이다.

“시키실 일이라도 있습니까?”

“사람으로 얽힌 일을 풀려면 어떻게 해야 하나?”

“사람으로 풀어야겠지요.”

“준비하도록 해.”

“알겠습니다.”

몇 마디 대화도 없었다. 딱 그뿐이다. 하지만 비서는 모든 것을 이해한 듯했다.

그녀가 다시 몸을 돌려 앞을 바라보자 유선철 대표의 눈빛은 창밖으로 향한다.

“호랭이 사냥이라……. 쉽지는 않겠어.”

* * *

"아오, 다리 아파. 아까 넘어지면서 까졌나 봐요."

"괜찮아요?"

"약 바르면 되겠죠. 그런데 제 연기 어땠어요?"

핸들을 잡은 이한영의 옆으로 송나연 기자가 귀에 이어폰을 꽂으며 묻는다.

이한영이 엄지손가락을 들어 보였다.

"최고."

"제가 냉전 시대에 태어났다면 킬러 같은 걸 했어도 잘했을 것 같지 않아요? 누구도 알아볼 수 없게 변장해서 찾아가는 미모의 여자 킬러. 히히."

그녀는 장난스럽게 웃다가 이한영의 시선을 느끼고 손을 젓는다.

"농담, 농담. 나 안 예쁜 건 나도 알아요."

"예뻐요."

"잉? 판사님, 안경부터 맞추셔야겠네."

"예쁘다니까 그러네."

전생에서 봤던 그녀는 지금 입은 두툼한 패딩이 아니라 가벼운 코트를 입고 있었다. 뿔테 안경 대신에 렌즈를 착용했다. 머리도 아무렇게나 질끈 묶은 머리가 아니라 일명 아나운서 머리라 불리는 커트 머리였다.

차갑고 이지적이며 도시적인 여자.

보통 사람들이 커리어 우먼을 떠올리면 딱 느껴지는 그런 얼굴이었다. 아무래도 지금의 모습은 이한영의 개입 때문인 것처럼 느껴졌다.

이한영은 잠시 옛 기억을 떠올리며 조만간 신데렐라에 나오는 마법사가 되어야겠다고 생각했다.

"기자님? 잘 가는 미용실 있어요?"

"잠깐만요!"

그녀가 이한영에게 조용히 해 달라고 손짓했다. 그리고 귀에 꽂힌 이어폰에 집중한다.

잠시 후, 그녀가 이한영을 향했다.

"이게 무슨 소리예요? 백이석 법원장님이 이한영 판사님과 가까이 지낼 때부터 어쩌고 하는데요. 사람으로 얽힌 일은 사람으로 풀어야 한대요."

"백이석 법원장님?"

"네."

한정식집의 주차장에서 송나연 기자가 넘어졌을 때 그녀는 시트를 닦는 척 작은 도청기를 의자 아래에 부착해 뒀었다. 따로 차량에서 나누는 대화를 들으려 했던 것은 아니다. 다른 쪽으로 사용하기 위해 붙여둔 건데, 대어가 낚인 것이다.

송나연 기자가 더듬더듬 입을 연다.

"호랭이 사냥이래요."

이한영의 눈빛이 싸늘해졌다.

* * *

집으로 돌아온 이한영은 휴대폰 모양의 기계를 손으로 만지작거리고 있었다. 송나연 기자가 듣던 도청 장치다.

'호랑이 사냥이라…….'

그의 눈동자에 조금씩 긴장이 서리기 시작했다.

'유선철…….'

정재계는 물론이고 사법부, 검찰, 경찰 등 법에 연관된 기관이라면 어디든 끈이 닿아 있다. 그가 마음만 먹으면 못 할 일은 거의 없다.

'사람으로 얽힌 일은 사람으로 풀어야 한다고? 어떤 방법을 쓰려고 하지?'

바람 소리가 들려오며 창문이 흔들릴 때 이한영은 천천히 눈을 감았다.

머릿속에선 유선철 대표가 했던 악행의 방법들이 파노라마처럼 스치고 있었다.

'그중에서도 가장 쉽고 안전한 방법.'

백이석 법원장은 말 그대로 호랑이다. 정면에서 마주 싸우려면 유선철 대표도 모든 것을 걸어야 한다.

'몰래 접근해 상대를 파멸시킬 방법.'

고위 공직자의 숨통을 단숨에 끊어 놓을 수 있는 것은 단 하나다.

'뇌물!'

청렴함을 강조하는 분위기 속에서 뇌물에 걸리면 살아남기 힘들다. 생각을 멈춘 이한영은 천천히 눈을 떴다.

'어떤 방법으로?'

백이석 법원장은 금덩어리가 앞에 놓여 있어도 돌덩어리로 취급할 사람이다. 그가 재물을 탐했다면 진작 법복을 벗고 변호사를 개업해 상상도 할 수 없는 돈을 끌어모았을 것이다.

'뇌물을 받을 수밖에 없는 상황을 만들어?'

고개를 저었다.

'쉽고 안전한 방법이 아니야. 복잡해져.'

유선철 대표는 가장 안전한 길을 택하는 사람이다. 단순한 것이 진리라고 믿는다. 괜히 상황을 만들다가 꼬리 잡힐 일은 하지 않는다.

이한영의 손가락이 책상을 톡톡 두들기기 시작했다.

'그럼 어떤?'

생각은 깊은 새벽까지 이어졌다.

* * *

다음 날, 이한영은 박철우 검사와 함께 법원에서 멀지 않은 식당에 앉아 있었다. 칸막이가 있어 다른 사람의 눈엔 보이지 않는 프라이빗한 공간이다.

"이 여자는 왜요? 미인이던데?"

박철우 검사가 이한영에게 얇은 서류봉투를 건네며 능글맞게 웃는다.

"아, 확인해보고 싶은 게 있었거든요."

이한영은 대수롭지 않게 말하며 서류봉투를 열어 내용물을 펼쳤다.

오른쪽 위에 사진이 보인다. 유선철 대표를 그림자처럼 쫓아다니는 단발머리 비서실장이다.

'한소영?'

이제야 이름이 기억난다. 유선철 대표의 최측근으로 있으며 모든 비밀을 머릿속에 집어넣고 있는 여자. 항간에는 한소영이 입을 열면 에스로펌이 무너진다는 이야기도 전해졌다. 막강한 실권을 손에 쥐고 있던 그녀는 유선철 대표의 사망 이후 야망을 드러내고 유진광, 유하나, 유세희와 경영권 다툼을 벌였다. 결과는 교통사고로 인한 사망.

그녀의 죽음이 유진광의 계획이었다는 것은 모르는 사람 빼고는 다 알고 있던 일이었다.

당시 이한영은 유선철 대표의 눈에 차지 않는 사위였기에 옆에 잘 가지도 못했고, 해외 연수를 준비하는 중이어서 그녀에 대한 기억이 흐릿했다.

'한소영, 한소영…….'

이한영은 몇 번 그녀의 이름을 중얼거렸다. 그리고 천천히 손바닥을 펼쳤다.

'이 여자도 내 손바닥에 올린다.'

이한영의 눈동자에 불덩이가 들어간 것처럼 번쩍거렸다.

그때 박철우 검사가 젓가락으로 나물을 집으며 입을 연다.

"이번 판결, 나도 잘 봤습니다."

이한영이 서류봉투를 챙겨 뒤에 놓으며 박철우 검사를 향했다. 무슨 말인지 모르겠다는 눈빛에, 박철우 검사가 어깨를 으쓱하며 말을 잇는다.

"그거요. 강제징용 피해자들 판결."

"아……."

"판사님 꽤 유명해지지 않았어요? 길거리 다니면 누가 막 사인해 달라고 안 해요?"

이한영이 고개를 저었다.

"알아보는 사람은 있는데요, 사인해 달라는 경우는 없네요. 뒤에서 손가락질하면서 수군거리기만 해요."

"크크크, 삿대질받아요?"

"네."

"그건 기분 나쁘겠네, 흐흐."

박철우 검사는 뭐가 재밌는지 킬킬 웃는다. 그러더니 입을 연다.

"이런 거 보면 검사보다 판사가 괜찮다는 생각도 들어요. 우리는 민사로 나쁜 놈을 때려잡을 순 없으니까요."

"그럼 경력직으로 오세요."

"에이, 난 뼛속까지 검산데, 흐흐."

이한영이 피식 웃는다.

"네, 검사님은 검사가 제일 잘 어울립니다."

"판사님도 판사가 제일 잘 어울려요. 그러니까 우리 죽을 때까지 이 짓만 합시다. 나중에 변호사 한다고 하면 배신하는 거예요."

순간, '죽을 때까지'라는 말이 이한영의 귀에 거슬리게 들려왔다.

"……죽을 때까지요?"

"네."

한소영의 서류를 보며 전생을 떠올려서인지, 아니면 박철우 검사의 호기로운 목소리를 들어서인지, 이한영의 눈동자는 다시 전생을 보고 있었다.

그러고 보니…….

'박철우 검사도 교통사고로 사망했었잖아!'

이한영의 전생에서 박철우 검사는 남에게 고개 숙이지 못하는 뻣뻣한 성격이었다. 명령을 따라야 하는 검사 세계에서 고지식한 성격은 진급과 거리가 멀었고, 부부장검사로 있다가 의문의 교통사고로 사망했다.

잠시 옛 기억을 더듬던 이한영이 물었다.

"박철우 검사님, 지금 부부장이죠?"

박철우 검사가 자랑스럽게 웃는다.

"그럼요. 단독판사와는 계급이 다르죠, 흐흐."

이한영의 몸에 죽 소름이 돋아 올랐다.

* * *

박철우 검사와 헤어진 후, 이한영은 서초동에 있는 마트를 향해 가고 있었다. 물건을 사려는 것은 아니다. 유선철 대표의 비서실장 한소영을 만나러 가는 거다.

박철우 검사가 가지고 온 서류엔 그녀의 신용카드 사용 내역도 적혀 있었다. 그녀는 항상 같은 요일, 같은 시각, 같은 마트에서 장을 본다.

이한영은 마트를 향해 걸어가며 생각에 빠졌다.

'박철우 검사…….'

사람은 태어나면 죽는다.

산부인과에는 아기 울음소리가 울리고, 장례식장은 통곡으로 채워진다. 이것은 불변의 원칙이다.

그렇다 해도 주변을 살펴보면 명을 다해 삶을 마치는 게 아니라 불의의 사고로 숨을 거두는 사람이 너무 많다. 전생에서는 모르고 지나갈 일이었고, 친한 사람들이 아니었기에 크게 신경 쓰지 않았다. 하지만 이번은 다르다.

이한영은 주먹을 꽉 쥔 채 마트에 도착했다. 많은 사람들 속에서 한소영을 찾는 건 어렵지 않은 일이었다. 그녀는 아름다웠고, 늘씬한 키와 몸매는 어디서든 도드라져 보였다.

주류 코너에서 서성이는 그녀를 향해 이한영은 성큼성큼 다가갔다.

"안녕하세요."

카트를 밀던 그녀는 갑작스러운 이한영의 등장에 눈을 크게 떴다.

반면에 이한영은 여유롭게 말을 잇는다.

"여기 마트 다니시나 봐요?"

"아, 네."

그녀가 의심스러운 눈으로 이한영을 훑을 때 이한영은 카트에 담긴 물건을 빠르게 눈에 담았다.

'껍질이 제거된 채소, 즉석조리 식품.'

확실히 혼자 사는 사람답다.

한소영이 이한영을 보며 묻는다.

"이한영 판사님 댁은 이쪽이 아니지 않나요?"

"집은 송파죠."

"그런데 어쩐 일로……?"

"한소영 씨를 만나러 왔습니다."

그녀의 눈에 다시 의문이 담긴다.

"저를요?"

"2층에 커피숍 있던데요. 장 보는 거 마치면 시간 좀 내줄 수 있을까요?"

잠시 후, 두 사람은 커피숍에 마주 앉았다. 마트의 커피숍이라 오가는 사람이 많이 보인다.

한소영이 커피를 손에 들며 이한영을 바라본다. 생긋 웃는 얼굴이다.

"판사님이라 불러야 하나요?"

"이한영 씨라고 하죠."

사람들이 많은 마트다. 판사라고 불리는 것은 부담스러운 일이다.

한소영이 고개를 끄덕였다.

"이한영 씨를 보면 이상한 점이 많다는 것 아세요?"

"이상한 점요?"

"다른 사람."

알 수 없는 말에 이한영이 고개를 갸웃거렸다.

"다른 사람?"

한소영이 커피숍 주변을 천천히 둘러본다.

"이곳에 있는 사람들은 보통 사람. 하지만 이한영 씨는 다른 사람이죠."

"무슨 말씀인지 모르겠는데요."

"제가 유선철 대표님의 비서실장으로 있으면서 권력과 재력을 가진 분들을 많이 만나봤어요. 그분들의 공통점은 철저히 나뉘고 싶어 한다는 거였죠. 비행기를 타도 퍼스트클래스에 오르고, 백화점을 방문해도 영업 전 VIP 시간을 이용하죠. 일반 사람들과 섞이고 싶어 하지 않아요. 같은 공간에서 숨 쉬는 것 자체를 싫어하는 분들이니까요. 그리고 그분들은 이 주변에 있는 사람들을 인간이라고 생각하지 않죠."

이한영이 피식 웃으며 고개를 저었다.

"제가 그분들과 똑같다고요?"

"그게 아니라, 느낌이 그래요. 마치 그 세계에 있었던 분 같아요. 사람의 목숨을 말 한마디로 좌지우지할 수 있는 세계. 그런 세상에 있어 보지 않고서는 아무리 당당하고 잘나가는 사람도 유선철 대표님의 눈을 쳐다볼 수 없으니까요."

잘 봤다.

비록 힘없는 사위였지만 그 집안에 있었고, 간접적으로 체험한 게 많았다. 더럽고 치사하고 한심한 인간 군상의 모습.

'그 안에 너도 있었어. 다른 사람을 이야기하면서 너를 빼놓으려고 하

지 마. 더러운 싸움에 끼어들었던 것은 너도 마찬가지야.'

잡담은 여기까지였다. 한소영이 커피를 내려놓으며 줄기를 묻는다.

"그래서 절 보자고 한 이유는요?"

"어떤 검사님이 저를 보며 '궁예'라고 합니다."

"궁예?"

"관심법이라고 하나요? 사람의 속을 들여다볼 수 있는 능력이 있거든요."

한소영의 입가에는 여전히 미소가 맺혀 있다. 그녀가 웃음을 담아 묻는다.

"드라마를 좋아하시는 검사님인가 보네요. 그래서 제 속을 보고 오셨나요?"

"네."

"제가 어떤 생각을 하는데요?"

태연히 묻는 그녀를 보며 이한영이 천천히 입술을 움직였다.

"죽어라, 유진광."

순간, 한소영의 얼굴에서 웃음기가 싹 빠져나갔다. 맞은편에 앉은 이한영은 여전히 빙긋이 웃고 있었지만 그녀는 억지로 웃기도 힘들었다.

"그, 그게 무슨 말이죠?"

"에스로펌의 표면적인 후계자는 유진광과 유하나죠. 하지만 대표님의 머릿속은 이미 유진광으로 후계를 정해 뒀습니다. 맞나요?"

"그래서요?"

"난 유진광이 아니라 유세희 씨가 그 자리에 올랐으면 하거든요."

한소영이 커피를 마셔 마른 입안을 축인다. 하지만 얼굴이 붉어진 것은 숨길 수 없었다.

"이한영 씨, 전 유진광 팀장이 죽기를 바라지 않아요. 후계 자리에 누가 올라가든 상관없고요. 그리고 제가 지금 그 말을 대표님께 전하면 어쩌려고 그러죠?"

"하세요."

당당한 목소리에 한소영의 눈빛이 찌푸려진다.

"뭐라고요?"

"그럼 나도 이야기할 겁니다. 한소영 씨가 에스로펌의 비리를 보따리로 준비하고 있다는 것! 에스로펌 백쉰 명의 E.P(Equity Partners : 지분 파트너)를 만나 유선철 대표 사후에 회사를 꿀꺽할 계획이 있다는 것!"

한소영은 몸이 굳어지는 것을 느꼈다. 아무도 모르게 준비하던 일인데 앞에 있는 판사가 어떻게 알았는지 도저히 알 수 없었다.

그녀가 아랫입술을 꾹 무는데, 이한영의 목소리가 귀를 찌르고 들어왔다.

"우리, 유진광이 사냥합시다."

그녀의 꾹 깨문 입술에서 당혹스러운 목소리가 새어 나온다.

"이, 이한영 씨!"

"난 유세희를 위에 올리고 싶고, 한소영 씨는 자신이 올라가고 싶잖아요? 여기까지는 다른 목적. 하지만 그 전에 유진광을 치워야 한다는 목적은 같지 않나요? 같이 합시다."

한소영은 아무 말도 못 했다. 그녀는 이한영의 거친 손길이 자신의 검은 뱃속을 모두 까뒤집는 느낌을 받고 있었다.

그녀의 눈동자가 이한영을 향했다. 유선철 대표보다 더한 악마가 눈앞에 보인다.

그때 이한영이 그녀의 앞으로 몸을 바짝 끌어당겼다.

"블룸버그가 발표한 자료에 따르면 지난해 에스로펌의 법률 자문 거래 총액 18조. 돈이 전부가 아니죠. 에스로펌엔 대한민국 최고 인재들이 모여 만든 데이터가 있어요. 에스로펌을 손에 쥔다는 것은 돈은 물론이고 대한민국의 법 위에 군림할 수 있다는 뜻입니다."

"이, 이한영 씨?"

"가만히 두면 유진광이 테이블에 놓인 판돈을 모두 먹을 겁니다. 지켜보기만 하고 있을 겁니까? 난 베팅을 했는데, 한소영 씨는?"

07

한소영은 대답 대신 큰 숨을 내뱉었다.

말로는 선택의 기회를 준 것처럼 보이지만 절대 아니다. 이것은 강요다. 눈빛을 보면 알 수 있다. 선택을 거부하면 그녀의 모든 계획을 폭로할 각오가 보인다.

그녀는 생각을 최대한 차분히 만들며 빠져나갈 길을 찾아봤다. 하지만 어디에도 구멍은 보이지 않는다.

'그리고 저 웃음!'

마음에 들지 않았다. 정말 자신이 궁예가 된 듯, 사람을 관통하는 눈빛과 미소! 어떻게 해야 할지 갈피를 잡지 못하고 있을 때 그녀의 귓속을 이한영의 칼날 같은 음성이 찌르고 들어왔다.

"시간은 충분히 준 것 같은데, 어떻게 하시겠습니까?"

답이 보이지 않는다. 그녀는 끄덕일 수밖에 없다.

"좋아요."

그녀의 대답에 이한영의 미소는 짙어졌지만 한소영은 스트로를 잘근 씹어 물었다.

'이건 내 스타일이 아니잖아!'

질질 끌려다니며 말 잘 듣는 개가 되는 건 그녀의 방식이 아니다. 이한영이 찌르면 그녀도 찔러야 한다.

그녀가 애써 웃으며 입을 연다.

"방법은 있나요? 유진광 팀장이 허술해 보여도 사법시험을 통과한 사람이에요. 어릴 때부터 힘을 사용하는 방법도 배워 왔고요. 쉽지 않을 텐데요."

"아……."

이한영이 아무것도 아니라는 듯 낮게 웃자 당황한 그녀가 빠르게 물었다.

"방법이 있나요?"

이한영은 대수롭지 않다는 듯 고개를 끄덕인다.

"네, 있어요."

"……어떤?"

의문을 가득 담아 물었지만 이한영은 손을 휘휘 저었다.

"공장에 가본 적 있나요?"

뜬금없는 말에 한소영의 눈살이 찌푸려졌다.

"공장이라뇨?"

"대학에 다닐 때 자동차 부품 생산 공장에 아르바이트를 나간 적이 있어요. 거기서 한 분을 만났는데요. 그분은 자신이 만드는 부품이 정확히 어디에, 어떻게, 어떤 원리로 쓰이는진 모르고 있더라고요."

"지금 무슨 말씀을 하시는 거죠?"

"딱, 거기까지. 한소영 씨가 해주시면 될 일입니다."

한소영은 기가 차다는 듯 웃었다.

“그러니까 뭔지도 모르고 해라?”

“해야 할 일은 전화로 알려드리죠. 한소영 씨는 큰 도움이 될 겁니다.”

자세한 내용은 말해주지 않겠다는 강한 표현이다. 무시하는 듯한 느낌에 한소영의 눈에 분기가 올랐다. 하지만 분노는 잠깐이다.

순간, 그녀의 머릿속에 섬뜩한 생각 하나가 스쳐 갔다.

‘이한영이 에스로펌에 들어오면?’

그녀의 등줄기에 소름이 죽 돋는다.

‘절대 안 돼!’

그녀가 느낀 이한영은 악마다. 악마가 에스로펌에 들어오면 모든 것을 잘근잘근 씹어 먹을 수도 있다. 그렇게 되면 자신은 닭 쫓던 개가 되어 입맛이나 다시고 있을지도 모른다.

‘또 비서로 남으라고? 안 돼! 막아야 해! 계속 판사나 하고 지내야 해!’

그녀가 마른 입술을 혀로 핥으며 이한영을 향했다.

“이한영 씨? 백이석 법원장님께 총애를 받는다고 들었어요.”

이한영의 눈동자에 번쩍 섬광이 돌았다. 기다리고 있던 말이다. 그는 한소영을 압박해 스스로 더러운 음모를 토해내길 기다리고 있었다.

하지만 계획대로 됐다고 기뻐하는 기색을 보여선 안 된다. 최대한 심드렁하게 말해야 한다.

“예뻐해주시기는 하죠.”

“저도 정보 하나를 드리죠. 유선철 대표님이 백이석 법원장님을 노리고 있어요.”

알고 있는 내용이다. 하지만 이한영은 모른 척 시치미를 떼며 묻는다.

“백이석 법원장님을요? 어떤 방법으로요?”

“뇌물.”

예상하던 방법. 하지만 이번에도 모른 척 되묻는다.

"백이석 법원장님이 뇌물을 받으실 분은 아닌데요."

"그렇죠. 백이석 법원장님은 절대 받을 분이 아니죠. 하지만 아내분은요?"

이한영은 뒤통수를 맞은 듯한 느낌을 받았다.

'바보같이! 가장 간단한 방법을 못 찾고 있었어!'

한소영의 목소리가 들려온다.

"청렴하게 산 분일수록 가족을 설득하는 것은 어렵지 않아요. 백이석 법원장님이 청렴하기 위해 참고 기다리며 어렵게 산 것은 희생한 가족들이니까요."

이한영의 손가락이 버릇처럼 테이블을 두드리기 시작했다.

"뇌물을 주는 방식엔 두 가지가 있죠. 어떤 겁니까?"

뇌물을 건네는 방법 중 하나는 3만 원, 5만 원 등 뇌물이라고 볼 수 없는 적은 금액을 차차 늘려가는 거다. 뇌물을 받은 사람은 끓는 냄비 속의 개구리처럼 상황을 모른 채 지옥에 빠져들어 간다. 그리고 어느 순간, 시간과 돈만큼 커진 친분에 명예를 버리고 만다.

두 번째는…….

"거부할 수 없는 돈으로 단번에 머리를 찍어낼 거예요."

유선철 대표는 백이석 법원장을 고꾸라뜨리고 이한영을 에스로펌에 끌고 올 생각을 하고 있었다. 하지만 지금 그의 계획은 가장 믿는 측근인 한소영의 입에서 흘러나오고 있었다.

* * *

에스로펌은 어수선했다.

한 달에 한 번 있는 정기 보안 점검 때문이다. 보안팀은 각종 탐지기를 들고 건물 전체를 샅샅이 훑고 있었다.

보안 요원들의 표정은 평온하다. 그동안 수시로 해왔던 점검이지만 특이한 일이 발생한 적은 단 한 번도 없었기 때문이다.

지하 주차장에서 관용차를 검색하던 한 보안 요원이 유선철 대표의 차 문을 열었다. 그리고 평소처럼 탐지기를 집어넣는 순간, '삐삐삐삐!' 하고 시끄러운 알람이 울렸다.

보안 요원의 얼굴이 사색이 된 것은 순간이다. 그가 떨리는 손을 뻗어 소리가 나는 곳을 향해 움직였다. 덜컥! 뭔가가 잡힌다. 꺼내 보니 도청기다.

보안 요원이 악을 질렀다.

"여, 여기! 도청기가 있습니다!"

다른 차를 검색하던 보안 요원들의 고개가 일제히 그곳을 향한다. 그들의 표정 역시 딱딱하게 굳어진다.

"그거 대표님 전용차잖아!"

"씨발, 어떤 새끼가!"

그 시각, 유진광은 사무실에 서서 창밖을 보고 있었다.

"백이석 법원장을 칠 것 같다고?"

"네. 분위기를 보면 그럴 것 같습니다."

조세헌 변호사의 말에 유진광의 눈썹이 꿈틀거렸다.

"이한영 그 새끼가 도대체 뭔데?"

"유선철 대표님은 이한영을 크게 보는 것 같습니다. 만약 이한영이 법복을 벗고 회사로 들어오면……."

말을 다 듣지 않았지만 유진광의 입술은 바짝 타들어갔다. 상상만 해도 끔찍한 일이 벌어질 게 뻔하기 때문이다. 그가 몸을 돌려 책상에 있는 물을 벌컥벌컥 마셨다.

탁! 세차게 컵을 내려둔 유진광이 조세헌 변호사를 강하게 쏘아본다.

"이한영이 엄마가 고물상을 한다고 했지? 가난한 새끼들 잡는 건 조 변호사 특기잖아? 방법이 없겠어?"

조세헌 변호사가 입술을 쓸어 만졌다.

"고물상을 차리면서 빚이 있다고 들었습니다."

"빚? 얼마?"

"4천만 원 정도요."

"4천? 씨발, 별것도 아니구먼."

조세헌 변호사가 고개를 가로로 흔들었다.

"팀장님에겐 하룻밤 술값이지만 가난한 사람들에겐 평생 벌어야 할 돈일 수도 있습니다."

"대가리가 나쁘니까 그렇게 사는 거지. 어쨌든 빚이 있는데, 뭐? 방법이나 말해봐!"

"이러면 어떨까요?"

뭔가 생각이 있는 듯한 발언에 유진광의 눈이 번쩍인다.

"어떤 거? 뭐라도 말해봐."

"백이석 법원장을 치고 이한영이 여기에 올 때까지 빨라도 6개월은 걸릴 겁니다."

"그런데?"

"그동안 우리는 고물상에 대출을 더 주는 거죠. 4천이 아니라 1억, 2억, 3억! 판사의 고만고만한 지갑으론 빚을 감당할 수 없게요."

"그리고?"

"그다음은 팀장님이 잘하시는 딜! 이한영에게 빚을 갚아주는 조건으로 유세희 아가씨와 관계를 끝내게 하든가……."

"가능해?"

조세헌 변호사가 고개를 끄덕였다.

"정상적인 사람도 채권추심팀에 걸리면 정신이 망가지게 되죠. 피가 마르고 하루하루가 고통이니까요."

유진광이 사무실을 서성이기 시작했다. 급한 걸음이 초조해 보인다. 그렇게 걷던 그가 다시 휙 고개를 돌려 조세헌 변호사를 향했다.

“돈을 안 빌리겠다고 하면 다 헛수고잖아?”

조세헌 변호사가 조용히 웃는다.

“이런 일에 전문인 사람이 있잖아요?”

“누구?”

“오판석요.”

오판석, 명동 사채왕이라 불리는 사람이다. 돈이 필요 없는 사람도 빌리게끔 계획해 인생을 박살 내는 것엔 선수다.

유진광이 다시 방 안을 서성이기 시작했다. 얼굴엔 고민이 가득하다.

“오판석은 위험하지 않아?”

“위험하죠. 이한영이가 새우잡이 어선에 탈 수도 있겠죠.”

서성이던 유진광의 걸음이 뚝 멎었다. 그의 입가에 재수 없는 미소가 걸린다.

“연락해봐.”

휴대폰을 꺼내던 조세헌 변호사가 멈칫거린다. 그러더니 조심스레 입을 연다.

“팀장님, 아이디어는 드리겠지만 이번 일에 깊게 관여하고 싶지는 않습니다.”

“마음대로 해.”

유진광은 빨리 전화나 걸라고 다그쳤다.

조세헌 변호사는 휴대폰을 들어 번호를 찾더니 유진광에게 건넸다. 통화 연결음이 이어지고 상대의 목소리가 들려오자 유진광이 밝게 웃으며 입을 열었다.

“아, 나 에스로펌 유진광 팀장이에요.”

—배우신 양반이 어쩐 일로? 돈이 필요해서 전화한 것 같진 않은데, 흐

흐흐.

느글거리는 목소리가 들렸다.

"다름이 아니라, 부탁할 게 있……."

그때 쾅, 사무실의 문이 열렸다. 그리고 검은 양복을 입은 보안 요원들이 쏟아지듯 들어왔다. 이곳은 에스로펌에선 누구도 건들 수 없는 곳. 유진광의 방이다.

유진광이 들고 있던 휴대폰의 통화 종료 버튼을 누르며 보안 요원들을 무섭게 노려봤다. 그리고 분노의 불덩이를 토해낸다.

"뭐 하는 거야!"

보안 요원 한 명이 앞으로 나서더니 유진광을 향해 허리를 굽혔다.

"죄송합니다. 대표님의 차에서 도청 장치가 발견되었습니다."

"그런데? 그게 나랑 무슨 상관이야!"

서슬 퍼런 목소리지만 보안 요원은 담담했다.

"다른 사무실은 모두 점검했습니다. 남은 것은 유진광 팀장님과 유하나 팀장님 그리고 유세희 팀장님의 방뿐입니다."

"하! 그래서 예의 없이 이러고 들어오는 거야? 여기가 어디라고!"

유진광이 어이없다는 듯 고개를 저었다.

"죄송합니다. 잠시 확인만 하겠습니다."

앞에 선 보안 요원이 눈짓하자 뒤에 있던 검은 양복들이 움직이기 시작했다.

유진광은 여전히 고개를 젓고 있다.

"아무것도 없다고! 내가 아버지를 왜 도청해! 아무것도 없으니까 쓸데없는 짓 그만하고 꺼지라……!"

삐삐삐삐삐삐삐!

책상에서 소리가 난다.

유진광의 표정이 삽시간에 시커멓게 변해갈 때, 보안 요원이 거칠게 서랍을 열어젖혔다.

"이, 있습니다."

유진광이 주춤주춤 뒤로 물러섰다.

"아니야! 난 아니라고! 그게 왜 여기에 있어! 조, 조세헌 변호사! 뭐라고 말 좀 해봐!"

유진광의 눈에 핏줄이 죽죽 그어지고 있었다.

* * *

"난리가 났겠네요?"

–아직 혼나고 있는 모양이에요.

이한영은 법복을 펄럭이며 빠르게 걷고 있었다. 지금 통화하는 상대는 유세희다. 그녀는 이한영의 말을 듣고 유진광의 방에 도청기를 넣어 뒀었다.

–그런데 이 정도로 유진광이 무너질까요?

"아뇨. 안 무너집니다."

유선철은 아들인 유진광이 대를 이어야 한다고 생각하는 사람이다. 잠시 눈 밖에 날지는 몰라도 결과적으로는 유진광이 대표 자리에 오를 게 분명하다.

–아…… 그냥 죽어버리면 안 되나?

분명 유진광은 유세희의 오빠다. 하지만 그녀는 진심을 담아 그렇게 말하고 있었다.

이한영은 유세희와의 전화를 끊었다. 그러자 곧바로 휴대폰이 다시 울린다. 이번엔 한소영이다.

–설마 지금 일, 이한영 씨가 계획한 건가요?

"지금 일이라뇨?"

한숨 소리가 들린다.

—알겠어요. 더 묻지 않죠. 이한영 씨가 말했던 날이 온 것 같네요. 유진광이 벼랑 끝에 섰어요.

이한영의 입가에 미소가 그어졌다.

"그럼 퇴로를 만들어줘야죠. 도망갈 수 있도록."

도망친 곳에 천국은 없다. 지옥이 있을 뿐이다.

* * *

"유진광 팀장이 대표님 차를 도청했다며?"

"와, 씨발. 대표 자리에 오르고 싶다고 아버지를 도청하냐? 무섭다, 무서워."

"그래서 어떻게 된대? 직위해제? 강등?"

휴게실에 모여 수군거리던 변호사들은 한순간에 꿀 먹은 벙어리가 되었다. 유진광의 최측근 조세헌 변호사가 들어왔기 때문이다.

조세헌 변호사는 어색한 침묵을 뚫고 자판기로 걸어가 음료를 뽑는다. 그리고 싸늘한 시선으로 사람들을 훑었다. 그 시선이 닿을 때마다 변호사들은 고개를 숙이고 눈을 마주치지 않으려 애썼다.

"왜? 하던 말 계속해."

당연하지만 아무도 말이 없다.

조세헌 변호사의 눈에 냉랭한 기운이 담긴다.

"하라는 일들은 안 하고 모여서 잡담질이야! 유진광 팀장 걱정하지 말고 너희들 의뢰인이나 걱정해! 시간 남으면 네 인생이나 걱정하고!"

"죄송합니다."

"꺼져."

변호사들이 기다렸다는 듯 우르르 빠져나가자 떠들썩했던 휴게실엔 적막이 찾아왔다.

낮게 한숨을 내뱉은 조세헌 변호사가 다리를 외로 꼬아 앉았다.

"유진광……."

보안 요원이 도청 장치를 찾아냈을 때 유진광이 피를 토하듯 외치던 목소리가 들려온다.

―조, 조세헌 변호사! 뭐라고 말 좀 해봐!

조세헌 변호사는 고개를 저었다.

'거기서 왜 날 찾은 거지?'

유진광의 목소리가 서서히 사라진다.

하지만 끝이 아니다. 이번엔 한때는 라이벌이었지만 지금은 감옥에 있는 이동욱 변호사의 목소리가 들려온다.

―유씨 집안, 조심해.

조세헌 변호사의 입에서 다시 한숨이 흘렀다.

'설마…….'

* * *

대표이사실의 거대한 문이 열리고 허옇게 질린 얼굴의 유진광이 비틀비틀 나오고 있었다.

"내가 아니라니까, 도대체 왜 그게 내 책상에……."

혼잣소리를 중얼거리던 그가 인기척을 느끼고 고개를 들었다.

한소영이 앞에 서 있다.

"유진광 팀장님."

유진광이 손을 젓는다.

"나중에, 나중에 얘기하죠."

그에게 다른 사람과 대화를 나눌 정신은 없었다.

하지만 한소영은 그를 막아선다.

"대표님께서 뭐라고 하셨습니까?"

"씨발, 지금 그걸 들어야겠어요!"

살기 넘치는 눈빛으로 쏘아봤지만 한소영은 피하지 않는다.

"전 비서실장입니다."

"알았다고! 그러니까 꺼져요. 나중에 어떻게 처맞았고 무슨 개소리를 들었는지 세세하게 말해줄게!"

"죄송합니다. 알아야 합니다. 대표님께 묻는 것보단 유진광 팀장님께 듣는 게 편할 테니까요."

그녀의 집요함에 유진광은 피가 날 정도로 머리를 북북 긁었다. 그리고 짜증 섞인 말로 입을 연다.

"출근하지 말래. 됐죠?"

"네."

한소영이 유진광을 향해 허리를 굽혔다.

"내가 대표가 됐다면 제일 먼저 당신을 잘라버렸을 거야."

"잘리고 싶진 않은데요."

스쳐 가던 유진광이 눈을 부릅뜨고 노려본다.

"말장난하는 것도 아니고!"

"……방법이 하나 있습니다."

유진광의 발걸음이 멎는다.

"뭐?"

"대표님의 마음을 돌릴 방법이 하나 있습니다."

"뭐, 뭔데?"

"이한영 판사를 에스로펌에 데리고 오는 겁니다."

유진광의 눈썹이 위로 솟구쳤다.

"내가 그 새끼를 왜 데리고 와!"

한소영이 유진광의 마음을 알아본 듯 빙긋이 미소를 그리며 속삭인다.

"가만히 계시면 유하나 팀장이 올라올 텐데요. 그것보다는 이한영 판사가 오더라도 지금의 자리를 유지하는 게 좋지 않을까요?"

지금껏 멍해 있던 유진광의 눈동자에 점차 생기가 돌았다. 그가 천천히 고개를 주억거리며 중얼거렸다.

"완전히 배제되는 것보다는 이한영을 끌고 와서 내 능력을 인정받고 자리를 지켜라?"

"네, 덤으로 이한영 판사가 팀장님의 편이 된다면 더 좋겠죠."

유진광은 이제 웃기까지 하고 있다.

"한 실장, 내 편에 서겠다는 말인가요?"

"잘리고 싶지 않을 뿐입니다."

유진광이 손을 저었다.

"아까 말했던 것 취소할게. 내가 대표 자리에 가도 당신은 계속 이 자리에 있을 겁니다."

"감사합니다. 그럼 방법까지 알려드릴까요? 원래는 제가 해야 할 일이지만……."

유진광은 가만히 있어도 대표 자리에 앉게 될 사람이다. 하지만 그는 유선철 대표의 마음을 모른다. 먼 미래를 보지 않고 당장 앞만 바라보며 벼랑 끝에 섰다고 생각할 뿐이다.

히죽거리며 웃는 유진광을 바라보는 한소영의 귓가에 이한영의 목소리가 들리는 것 같았다.

―벼랑 끝에 선 사람에게 동아줄을 건네면, 그게 썩었는지 멀쩡한지 알려고 하지 않아요. 일단 잡고 보죠.

그리고 유진광은 썩은 동아줄을 덥석 잡았다.

* * *

"싫어?"

"네."

"하, 씨발. 조세헌 변호사, 지금 나 무시하는 거야?"

유진광은 백이석 법원장의 아내에게 뇌물을 건넬 생각을 하고 있었다. 성공만 한다면 눈엣가시 같던 백이석 법원장을 끌어내릴 수 있다. 그리고 유선철 대표에게 완벽한 신임을 얻게 된다.

그런데 조세헌 변호사가 거부하고 있다.

"백이석 법원장이 법복을 벗는다고 이한영이가 우리 회사에 올까요?"

"오게 해야지. 백이석이라는 방패막이만 사라지면 우리가 못 할 게 뭐야? 뭐든 할 수 있어. 그럼 지가 어떻게 버텨?"

"이한영이에겐 어떤 방법을 쓸 겁니까?"

"조세헌 변호사가 말한 대출을 계획해봐야지."

조세헌 변호사가 고개를 저었다.

"아이디어만 드렸을 뿐, 하지 않겠다고 말씀드렸는데요."

"그러니까 왜?"

"느낌이 안 좋습니다."

백이석 법원장을 상대하는 것은 위험한 일이다. 괜히 끼어들었다가 낭패를 볼 수 있다. 게다가 그의 머릿속에선 '유씨 집안, 조심해'라는 말이 계속해서 울리고 있었다.

'나 혼자 독박을 쓸 수도 있어.'

유진광이 이해가 되지 않는다는 눈빛으로 고개를 저었다.

"느낌을 믿을 거면 무당이나 찾아가지?"

“죄송합니다. 전 빠지고 싶습니다.”

조세헌 변호사가 자리에서 일어나 고개를 숙인 후 사무실을 벗어났다.

혼자 남은 유진광은 머리를 북북 긁는다. 그리고 짜증으로 가득한 눈빛으로 조세헌 변호사가 떠난 문을 노려봤다.

“저 새끼도 안되겠어. 개가 주인 말을 안 들으면 데리고 있을 필요가 없잖아?”

* * *

“이, 이게 뭐예요?”

중년의 여성은 눈앞에 놓인 허연 봉투를 보며 마른침을 삼켰다.

장을 보던 그녀는 남편의 일로 이야기할 것이 있다는 낯선 남자의 말에 커피숍까지 쫓아왔다. 그런데 난데없이 봉투를 꺼내 테이블에 올리자 난감했나 보다.

“아, 제 소개를 못 했네요.”

남자는 빙긋이 미소를 그리며 품속으로 손을 가져간다. 그리고 지갑을 꺼내 명함을 찾아 테이블에 놓는다. 에스로펌 유진광이라는 이름이 선명히 보인다.

“에스로펌에서 제 남편에게 왜요? 제 남편은 변호사를 할 마음이 없는데요.”

그녀는 백이석 법원장의 아내였다.

유진광이 호탕하게 웃는다.

“아, 별거 아닙니다. 변호사를 하라고 드리는 것도 아니고 대가가 있는 것도 아닙니다.”

“그럼 왜?”

“에스로펌은 국내 최대 법률 회사로서 매년 훌륭한 법조인을 뽑아 물심

양면으로 지원하고 있습니다. 이번에 백이석 법원장님이 뽑힌 것뿐이죠."

그녀는 고개를 저었다.

"죄송합니다. 좋은 뜻이 있다고 해도 무턱대고 받을 수는 없어요. 남편과 상의 후에……."

"법원장님은 무조건 반대하시겠죠. 그런데요……."

유진광이 테이블에 놓인 봉투를 손에 들더니 내용물을 꺼내 탁 놓았다.

"들어보셨죠, 백지수표? 원하는 금액을 적으시면 됩니다."

"아뇨. 죄송합니다."

그녀는 완강하다.

하지만 유진광의 입가에서 미소는 걷히지 않았다. 뇌물을 앞에 둔 사람의 반응은 모두 똑같기 때문이다. 처음엔 거절. 하지만 그 뒤엔 두 손으로 공손히 받는다.

'언제까지 버티나 보자.'

유진광은 품에서 펜을 꺼냈다. 그리고 백지수표의 가장 뒷자리에 동그라미를 그리기 시작했다.

한 개, 두 개, 세 개, 네 개…… 그렇게 여덟 개.

유진광은 '탁!' 소리가 날 정도로 강하게 펜을 내려놓은 후 동그라미가 적힌 수표를 그녀에게 밀었다.

"가장 앞에 원하는 숫자를 적어보세요. 어떤 숫자가 들어가든 모두 사모님 돈입니다. 동그라미가 모자란가요? 하나 더 적을까요?"

유진광은 거침없이 동그라미 하나를 더 그렸다.

이제 10억 단위다.

갈피를 못 잡는 여인의 눈동자를 보며 유진광이 독사의 음성을 내뱉었다.

"직업 만족도에서 법관이 1위라고 하지만 생활비 때문에 법복을 벗는 분이 많아요. 그런 의미에서 백이석 법원장님은 참 존경스럽습니다."

"저, 저기요?"

그녀가 만류했지만 유진광은 상관하지 않고 말을 이어간다.

"법원장 월급이 일반 판사들과 크게 차이 나지 않는다는 것, 저희도 잘 알고 있습니다. 그런데 백이석 법원장님은 월급의 일정 부분을 자신이 교도소로 보낸 사람에게 쓰기도 한다면서요?"

"이봐요."

"참 멋진 분입니다. 그런데 우리가 보기엔 멋지지만, 가족분들은요? 멋지다고 생각하세요? 백조가 우아하게 헤엄치기 위해 수면 아래 다리는 헐떡여야 합니다. 백이석 법원장님이 멋지기 위해선 가족들이 허덕여야 하겠죠."

새끼 독사의 음성에도 그녀는 완강하다.

자신의 앞에 놓인 수표를 유진광을 향해 밀며 강한 어조로 말한다.

"죄송합니다. 받을 수 없……."

유진광의 입꼬리가 비뚜름해졌다.

"막내아드님이 결혼할 여자가 있다면서요!"

아들이라는 말에 여인의 입이 막히자 유진광이 더 강하게 말한다.

"결혼할 때 아파트 한 채는 해줘야 하지 않아요? 거지같이 월세나 전세로 시작하게 하려고 합니까? 그렇게 살아서 뭐가 남는데요? 우리 아빠 백이석 법원장이라는 게 자랑스러울까요? 아드님 손에 남는 건 없어요."

유진광이 수표를 들더니 천천히 펄럭인다.

"남는 건 아파트예요. 내 아들 떳떳하게 좋은 아파트 갖고 결혼하게 해주세요. 장인 장모 만났을 때 '나, 씨발, 10억짜리 아파트 있다!'라고 말할 수 있게 해주세요. 얼마나 좋아요?"

유진광이 펄럭이던 수표를 조심히 내려놓으며 속삭인다.

"그게 싫으세요? 그럼 현실을 말해드릴까요? 아드님은 월세 내느라 허덕일 겁니다. 은행 이자 갚느라 평생을 살 겁니다! 얼마 안 남은 월급으로 치킨이나 뜯어 먹으면서 예쁜 마누라, 자식과 오순도순 살 겁니다! 미치도록 행복하겠네요!"

여인의 입술이 말라가자 유진광이 그녀를 향해 바짝 다가섰다. 그리고 낮은 목소리로 위협하듯 입을 열었다.

"사모님의 손주는 무슨 죕니까? 거지 같은 집에서 태어난 게 죄네요."

"저기요……."

"앞으로 태어날 손주가 평생 노력이나 하면서 병신같이 살면 좋겠어요? 며느리가 콩나물값 몇 푼 아끼려고 유통기한 다 된 물건 사서 '몇백 원 아꼈네. 알뜰살뜰 부자 되겠네! 적금이나 넣어야겠다!' 하면서 살게 하겠습니까?"

여인은 대답하지 못한다.

유진광이 그녀의 눈을 강하게 쏘아보며 천천히 말한다.

"사모님의 아들은 고작 몇백만 원을 벌기 위해 밤낮없이 일하게 될 겁니다. 어쩌면 과로로 병원 신세를 질지도 모르겠네요. 그렇게 해도 이 돈 못 만져봅니다. 평생 모아도 이 돈 못 모아요! 그렇게 살게 하고 싶으면 그러세요. 모두 사모님의 결정에 달렸습니다."

유진광이 다시 몸을 뒤로 빼며 의자에 느긋하게 등을 기댄다. 그리고 그녀를 향해 수표를 죽 민 후 양팔을 벌리며 쐐기를 박듯 말했다.

"선택하세요."

여인의 떨리는 눈동자가 앞에 놓인 백지수표를 향했다.

그녀의 눈빛에 유진광은 쾌재를 불렀다. 분명 그녀의 눈동자엔 욕망이 담겨 있었다. 하지만…….

"유진광 씨라고요? 아버지가 누군진 모르겠지만 자랑스러웠던 적이 없었나 보네요."

"네?"

"우리 아빠 백이석 법원장이라는 거, 우리 애는 참 자랑스러워해요. 남는 거 있어요."

"이, 이봐요!"

"우리 손주는 노력하며 살게 할래요. 내 며느리가 몇백 원을 아끼려 한다면 참 예쁠 것 같아요. 그리고 얼마 없는 월급으로 치킨 먹는 거 맛있어요."

그때.

"치킨은 진리죠."

유진광의 뒤에서 묵직한 음성이 들려왔다. 유진광이 빠르게 뒤를 돌아보자 검은 양복을 입은 한 남자가 보인다. 유진광이 눈을 크게 뜨고 상대를 바라보며 물었다.

"누, 누구세요?"

"서울중앙지검 박철우 검사입니다. 당신을 뇌물공여죄 현행범으로 영장 없이 체포합니다."

* * *

겨울의 끝을 알리는 바람은 매서웠다. 두툼하게 옷을 입었지만 찬 바람은 뼈를 쑤시고 들어온다. 눈보라가 휘몰아칠 때 이한영은 집 근처 족발집에 앉아 석정호를 만나고 있었다.

젓가락으로 족발을 집던 석정호가 슬금슬금 주변 눈치를 보더니 아주 작은 목소리로 속삭인다.

"야, 지금 주식 얼만지 알아?"

800원대였던 송현전자 주식은 어느새 6천500원을 넘어서고 있었다.

당시 1억을 넣었으니 현 가치는…….

"8억?"

젓가락을 든 석정호의 손에 힘이 콱 들어간다.

"그래, 8억! 우리 부자야, 부자!"

석정호는 눈에 힘을 주며 낮지만 강한 목소리로 외쳤지만, 이한영은 시큰둥했다.

그의 표정을 살피며 석정호는 고개를 갸웃거렸다.

"안 놀라네?"

"생각보다 느려."

"야! 이게 느려? 이러다가 주당 1만 원 돌파하는 거 아니냐고 난리야!"

"누가?"

"인터넷에서……."

이한영이 석정호의 빈 잔을 채우며 물었다.

"이순호는 뭐래?"

이순호는 강남역에서 만난 투자 전문가다. 전생에서는 사기를 벌이다가 검찰에 잡히는 인생을 살았지만 이번엔 이한영의 손바닥에서 놀고 있다.

석정호가 턱을 쓸어 만졌다.

"분위기가 이렇게 좋은데, 계속 팔아야 한다네? 실체 없는 소문으로 오른 건 무조건 떨어진다나? 그놈 말이 청산유수라 듣고 있다 보면 나도 모르게 팔 것 같다니까."

"잠시만 더 가지고 있어."

"무조건 네 말을 따라야지, 흐흐."

석정호는 기분 좋게 웃으며 술잔을 꺾어 술을 마신다. 그리고 이한영을 바라본다.

"그런데 어쩐 일이야?"

이제 본론을 꺼내야 할 시간이다.

"부탁 하나만 하려고."

"뭐든 말해."

이한영이 주머니에서 쪽지 하나를 꺼내 건넨다.

"이분 옆에서 가드 좀 해줄 수 있겠어?"

석정호는 이한영이 건넨 쪽지를 큰 손으로 조심스레 펼쳤다. 백이석 법원장의 얼굴이 보인다.

"이 아저씬 누구야?"

"우리 법원장님."

"법원장?"

그때 이한영의 휴대폰에 진동이 울렸다. 호랑이도 제 말 하면 온다더니 백이석 법원장이다. 이한영은 잠깐 전화를 받겠다는 신호를 보낸 후 휴대폰을 귀에 댔다.

"네, 법원장님."

–소식은 들었지?

"네, 들었습니다."

낮에 박철우 검사에게서 유진광을 검거했다는 이야기를 들었다.

–영장실질심사가 들어갈 거야. 자네가 하겠나?

"네?"

–유진광을 담당할 영장 판사가 오늘 휴가를 냈어. 대직으로 자네가 들어갔으면 하는데.

"알겠습니다. 바로 들어가겠습니다."

이한영은 휴대폰을 내려놓았다.

석정호가 아쉬운 표정으로 이한영을 바라본다.

"너 한 잔도 안 마셨는데 또 들어가야 해?"

"일이 바쁘네."

"에이, 나랏일 하는 사람 막을 수도 없고. 이순호나 불러야겠다."

석정호가 툴툴거릴 때 이한영은 족발집 문을 열고 밖으로 나섰다. 그리고 곧 눈보라 속으로 사라져갔다.

* * *

영장실질심사란 구속영장이 청구되면 판사가 피의자를 대면하고 심문해서 구속 사유를 판단하는 과정이다.

이한영이 심문실의 문을 열고 안으로 들어가자 머리가 헝클어진 채 앉아 있는 유진광이 보인다. 그의 모습은 수척해져 있었다.

"여기서 볼 줄은 몰랐네요."

이한영의 목소리에 유진광이 고개를 들어 다급히 말한다.

"전화 한 통만 씁시다."

"그러세요."

이한영은 휴대폰을 꺼내 책상에 놓았다.

유진광이 휴대폰을 손에 들어 바삐 번호를 누른다.

"아, 아버지."

–죽어!

뚝. 전화가 끊겼다.

유진광의 눈동자가 파르르 떨린다. 하지만 아직 도움을 요청할 곳이 남았는지 다시 휴대폰을 만지작거린다.

–네, 조세헌 변호사님 휴대폰입니다.

"누, 누구지?"

–박지영 비서입니다.

"조세헌 변호사는?"

–지금 자리에 안 계십니다. 대표님 지시로 부산에 가셨는데, 휴대폰을 놓고 가셨어요.

더 듣지 않아도 알 수 있다.

조세헌 변호사는 휘말리고 싶지 않아 일부러 놓고 간 거다. 유진광은 꾹 눈을 감았다. 이제 스스로 해결하는 수밖에 없다.

"이한영 판사, 날 구속할 건가요?"

"그럴 사유가 있다면요."

"뇌물공여죄는 불구속이 관행인 걸로 알고 있는데."

"관행이야 바뀌기도 하죠."

유진광이 어금니를 씹으며 말했다.

"검찰은 구속에 집착하고 있어요! 에스로펌의 장남을 잡았다는 걸 보여주고 자기들이 로펌보다 위에 있다는 걸 알리기 위해서지! 이건 공정하지 못합니다."

"이유가 뭐든, 죄를 지은 것은 사실이잖아요?"

이한영이 맞은편에 앉으며 다리를 외로 꼬았다.

협조적이지 않은 말투에 유진광의 얼굴엔 짜증이 확 떠올랐다.

'네까짓 게 지금 나를 구속하겠다는 거야?'

하지만 유진광은 화를 꾹 참으며 말을 잇는다.

"툭 까놓고 말해봅시다. 우리, 가족이 될 거잖아요?"

"그래서요?"

"뇌물공여는 징역 5년이 최고라는 거 몰라요? 난 기껏해야 징역 1년에 집행유예 2년을 받을 겁니다. 날 구치소에 처박아 놓으면 나중에 내 얼굴 어떻게 보려고 그래요? 안 껄끄럽겠어요?"

이한영이 픽 웃었다.

"판사도 아니면서 형량을 계산하고 계시네요?"

"나도 변호사야. 형량 계산은 할 줄 알아요!"

"그래서요?"

'그래서요?'라고 말했지만 '어쩌라고?'라는 뜻이다.

유진광이 마른 입술을 핥으며 입을 열었다.

"어차피 나올 거, 피차 피곤하지 말자는 겁니다."

이한영이 들고 있던 수첩을 흔들어 툭툭 테이블을 두들겼다.

"뭔가 잘못 생각하시는 것 같은데요. 유진광 씨는 법원장님의 가족을 찾아가 뇌물을 건네려 했어요. 다른 사람도 아니고 법원장이에요."

이한영은 손가락으로 아래를 가리키며 계속 말했다.

"이 건물의 왕. 대한민국 사법부의 원로 중 한 사람. 서울중앙지방법원 법원장 백이석. 그 사람을 건드리고도 집행유예가 가능하다고 보세요?"

유진광이 눈동자를 치켜떴다.

"백이석 법원장은 몇 년 안 남았어. 정년 퇴임하겠지. 이한영 판사는 영원히 판사일 것 같나요? 아니야, 날고뛰어도 대학 간판 때문에 좌절하고 말 겁니다. 출신 때문에 한계가 있다는 거 스스로도 잘 알잖아요? 높이 올라가 봤자 지방법원의 부장판사가 끝이에요!"

"그래서요?"

"하지만 에스로펌의 간판은 영원하죠. 법원장이 은퇴해도 이한영 판사가 법복을 벗어도! 에스로펌은 그 자리에 있을 겁니다. 그리고 우리 가족이 되면 대학 간판 따위는 아무 상관 없어요. 내가 그렇게 만들어줄게! 그러니까 이쪽으로 건너와요. 내가 밀어줄 테니까."

이한영이 들고 있던 수첩을 던지듯 놓으며 픽 웃었다.

"구속하지 말라는 말을 참 어렵게 하시네."

"우리, 함께합시다. 인생이 달라질 수 있어요! 법을 주무르고 돈 펑펑 쓰면서 아가씨도 주무르고! 내가 대표 하고 이한영 판사가……."

그때 이한영의 휴대폰이 울렸다. 유선철 대표다.

지금껏 다급한 눈빛으로 이한영을 설득하던 유진광의 얼굴에 빙긋이 웃음꽃이 피었다. 그리고 태도가 변했다. 의자에 비스듬히 등을 기대고 앉으며 다리를 꼰다. 그리고 거들먹거린다. 유선철 대표가 나선다면 불구속은 확정이라는 걸 알기 때문이다.

"그렇지, 아버지가 날 버릴 수는 없지. 뭐 해? 어서 받아요."

유진광의 재수 없는 목소리를 들으며 이한영은 휴대폰을 귀에 댔다.

"이한영입니다."

–미안한 부탁을 하려고 전화했네. 이건 에스로펌 전체의 문제야. 법을

다루는 회사에서 자식 하나 빼주지 못하면 누가 믿고 거래를 맡기겠나? 진광이는 내가 따끔하게 혼낼 테니…….

이한영의 시선이 천천히 유진광에게 향했다.

유진광은 재수 없는 미소를 지우지 않고 쭉 기지개를 켠다.

"집에 가서 초밥이나 시켜 먹어야겠네."

중앙지방법원 앞은 기자들로 인산인해를 이루고 있었다.

눈이 쏟아져 내리고 있지만 기자들은 상관하지 않는다. 얼마 전, 강제징용 피해자 재판에서 전범 기업을 변호한 에스로펌의 장남이 구속 심사를 받고 있으니 관심이 높을 수밖에 없다.

법원 정문에 한 기자가 섰다. 카메라가 기자를 바라보며 큐 사인을 보내자 그녀가 다급한 목소리로 입을 연다.

"법원장의 가족을 찾아가 백지수표를 건넨 혐의로 체포된 에스로펌 유진광 팀장이 영장실질심사를 받고 있습니다. 이한영 판사가 영장 심사를 담당하며, 구속 여부는 새벽쯤에나 발표될 전망입니다."

다른 방송사도 마찬가지다. 지지 않고 법원의 소식을 전했다.

"유진광 씨는 대한민국 최고 법률 회사 중 하나인 에스로펌 유선철 대표의 장남인 것으로 알려졌습니다."

또 다른 방송사의 기자도 뺨이 붉게 언 채 입을 열고 있다.

"에스로펌은 전 대법원장과 검찰총장, 각 장관과 국회의원 등이 고문으로 있는 거대 로펌입니다. 일각에서는 유진광 씨에 대한 영장 심사가 보여주기 위한 명목일 뿐이며 제대로 된 조사가 이뤄지지 않을 거라고 보고 있……. 아, 생각보다 빨리 발표가 난 모양입니다."

결과가 적힌 쪽지를 전달받은 기자가 잠시 멍하니 내용을 들여다본다. 그러더니 더듬더듬 입을 열었다.

"유진광 씨에 대한 구속영장이 발부되었습니다."

쾅!

유선철 대표가 책상을 내리찍었다.

"도대체!"

시뻘건 눈으로 분노를 쏘아내던 유선철 대표가 빠르게 고개를 돌렸다. 독사의 눈이 노려보는 곳엔 한소영 비서실장이 서 있다.

"자네가 하기로 했던 일 아닌가?"

한소영이 빠르게 고개를 숙였다.

"죄송합니다."

"그런데 왜!"

거친 목소리가 대표이사실을 울리자 한소영이 고개를 숙인 채 죄스러운 목소리로 준비했던 변명을 쏟아낸다.

"유진광 팀장이 대표님께 징계를 받은 이후 공적을 쌓고 싶어 했습니다. 그래서……."

"그래서! 저런 초짜를 보낸 거야! 백이석이 누군지 몰라! 자네는 호랑이 아가리로 진광이를 떠민 거나 마찬가지야!"

"죄송합니다."

유선철 대표는 입을 꾹 다문 채 고개를 저었다.

분을 참고 냉정하게 생각해보면 한소영 실장은 어쩔 수 없는 상황이었을지도 모른다. 에스로펌은 가족 중심의 회사였고, 피가 섞이지 않은 사람들은 그 권력에 매달릴 수밖에 없기 때문이다.

유선철 대표가 크게 숨을 내쉰 후 입을 열었다.

"팀장급 이상은 모두 회의실로 모이라고 해."

"네."

"내일 아침 9시, 고문단 회의 준비하도록 하고. 점심은 백이석 법원장과 약속 잡아."

"알겠습니다."

"식사 후 커피는 검찰총장과 마실 수 있도록 해놔. 저녁은 대법원장과 하지."

"알겠습니다. 준비하겠습니다."

* * *

"저녁 안 드셨어요?"

"네. 먹으려고 했는데 갑자기 일이 터져서요."

"유진광 때문이죠?"

"네."

이한영의 차는 영화관의 지하 주차장에 세워져 있었다. 조수석에 앉은 유세희가 걱정스러운 표정으로 이한영을 바라본다.

"아빠한테 혼나면 어쩌려고 그랬어요? 아버지는 분명 구속을 반대했을 텐데."

이한영이 햄버거를 한입 베어 물며 빙긋이 미소를 짓는다.

"전화까지 하셨어요."

"그런데 왜……."

"지난번에 세희 씨가 유진광이 없었으면 좋겠다고 했잖아요?"

"아……."

"전 대표님의 명령보다 세희 씨의 마음이 더 중요합니다."

유세희가 가볍게 웃자 이한영은 말을 잇는다.

"그래도 대표님께 미움받는 건 싫으니, 그건 세희 씨가 알아서 해주세요. 제가 로미오와 줄리엣 같은 사랑을 꿈꾸지는 않아서요."

유세희가 천천히 고개를 끄덕였다.

"걱정하실 필요는 없어요. 지금 당장은 화를 내시겠지만 아버진 욕심 있고 능력 있는 사람을 좋아하니까요. 다만 한영 씨가 우리 회사의 중추로 오는 건 힘들겠죠. 패밀리를 건드렸으니 고문단이나 변호사들이 좋지 않게 생각할 테니까요."

이한영이 고개를 휘휘 저었다.

"전 에스로펌에는 관심 없습니다. 하지만 세희 씨에겐 관심이 있네요."

분명 로맨틱하게 하는 말은 아니다. 24시간 패스트푸드점에서 산 햄버거를 씹으며 대충 집어 던지는 말이다. 하지만 그 말에 유세희의 가슴은 두근거렸다.

그때 이한영이 유세희의 손목을 덥석 잡았다. 거친 손길에 유세희가 눈을 흠칫 뜬다.

'뭐, 뭐야?'

힐끗 이한영을 바라보자 그의 얼굴이 천천히 다가오고 있다. 동시에 그녀의 심장은 쿵쾅쿵쾅, 심할 정도로 요동치기 시작한다.

조용한 지하 주차장. 오가는 사람은 보이지 않는다. 지금의 분위기가 뭔지는 바보라도 알 수 있다.

'어쩌지?'

받아들여야 하나, 아니면 요조숙녀 흉내를 내야 하나? 어떤 행동이 이한영을 더 옭아맬 수 있을까? 그녀의 머릿속에서 복잡한 계산이 이뤄지고 있었다.

그녀가 이한영에게 관심이 없는 것은 아니다. 하지만 목적은 어디까지나 에스로펌이고, 이한영은 도구여야 한다. 그녀는 이 순간에도 어떻게 이한영을 이용해서 대표 자리에 앉을 수 있을지 고민하고 있었다.

'그동안 능력은 충분히 봤어. 이 남자가 있으면 내가 대표가 될 수도 있어. 그럼 어떻게 해야 하지?'

그때 그녀의 머릿속에 아버지 유선철의 목소리가 들리는 것 같았다.

–세상을 담을 수 있는 그릇이라 해도 그걸 닦고 관리하는 것은 여자야.

그 그릇에 어떤 음식을 올릴지 결정하는 것은 너야. 절대 주도권을 빼앗기지 말도록 해.

생각을 이어가는 중 이한영의 얼굴은 숨결이 느껴질 정도로 가까워졌다. 조금만 더 다가오면 뜨거운 입술이 닿을 거다. 이제 결정의 시간이다.

'아직은 아니야. 더 애가 타야 해. 강렬히 나를 원해야 해. 무릎을 꿇고 애원하게 만들어야 해. 가볍고 쉽게 보여선 안 돼. 볼 수는 있지만 만질 수 없는 꽃처럼 보여야 해.'

마음의 결정은 끝났다.

"이한영 씨?"

그런데 그녀가 거절의 목소리를 내려 할 때, 스르륵 이한영의 얼굴이 그녀를 스쳐 기울어진다. 그리고 '딸칵' 소리가 나며 가슴을 옥죄던 안전벨트가 풀렸다.

유세희의 입에 허탈한 웃음이 걸렸다.

'뭐야? 고작 안전벨트를 풀려는 거였어? 바보같이, 손은 왜 잡은 거야?'

괜히 긴장하고 있었나 보다. 복잡했던 고민이 허무하게 느껴질 정도였다. 그녀가 생각을 숨긴 채 입을 열었다.

"영화 시간 됐죠? 올라갈까요?"

"아뇨."

"네? 영화 시간……."

순간, 그녀의 의자가 확 뒤로 기울어졌다. 그리고 그녀의 위로 야수가 덮쳐 온다. 생각할 시간도 거부할 시간도 없다.

거칠고 투박한 입맞춤.

제멋대로인 남자!

'안전벨트를 푼 이유가 이거였어?'

놀라서 동그랗게 떴던 유세희의 눈이 감긴다. 무방비가 되어 그대로 이한영을 느낄 수밖에 없었다. 하지만 그때 이한영의 손가락이 그녀의 얼굴을 간지럽게 건드렸다.

예상치 못한 느낌에 눈을 뜨자 이한영이 빙긋이 미소를 그리며 입을 연다.

"오늘은 여기까지만 하죠."

"네?"

"영화 봐야죠."

이한영은 미소를 남긴 채 몸을 일으켜 차에서 내렸다. 그리고 조수석으로 이동해 차 문을 열고 다정하게 그녀의 손을 잡는다.

그녀는 이한영의 손에 이끌려 차에서 내릴 수밖에 없었다. 멍한 그녀의 눈동자를 보며 이한영이 다시 따스한 미소를 지었다.

'자명고를 찢는 낙랑공주가 되어라.'

전생에서 이한영을 괴롭혔던 악녀 유세희는 현생에서 철저히 농락당하고 있었다.

* * *

−10억! 드디어 찍었어!

며칠이 지난 아침, 단독판사 회의를 마치고 사무실로 돌아가던 길에 석정호로부터 반가운 소식이 들려왔다. 송현전자에 투자한 돈이 쑥쑥 오르더니 어느새 10억을 찍었다는 거다.

하지만 이한영의 목소리는 시큰둥하다.

"이제 팔아."

−팔아?

"응."

지금껏 절대 팔지 말라고 하던 사람이 갑자기 돌변하자 당황했는지 석정호가 빠르게 입을 연다.

–이거 지금 난리야! 계속 오를 거라고 다들 전망하고 있어!

"누가?"

–인터넷에서…….

"팔아."

–에휴…….

한숨 소리가 들려온다.

–알았어. 지금 팔게.

전생을 기억하면 앞으로 조금은 더 오르는 것으로 알고 있다. 하지만 어느 순간 폭락의 때가 온다. 주식 투자 전문가도 아니고 그 순간이 언제였는지 정확히 기억나지 않았기에 안전한 순간에 회수하는 게 옳은 판단이다.

이한영이 전화를 끊자 옆으로 김윤혁이 섰다. 그가 부드러운 미소를 그리며 입을 연다.

"뭐 샀어?"

"아, 친구가."

"그래? 어떤 거?"

"나도 잘 몰라."

그 전에도 이한영을 살피던 김윤혁이었지만 최근엔 그 움직임이 노골적이다. 마치 어떤 색깔의 속옷을 입었는지까지 궁금해하는 눈치다.

그 이유는 알 수 있었다. 지금 이한영이 모두에게 받는 인정의 눈빛. 그것을, 원래는 김윤혁이 받았어야 했다.

이한영의 전생에서 김윤혁이 강제징용 같은 재판으로 이름을 알렸던 것은 아니다. 하지만 일단 잘생긴 외모로 점수를 먹고 들어갔으며, 깔끔한 일 처리 방식과 모두에게 호감받는 행동은 인정을 받는 데 큰 플러스 점수가 됐다.

하지만 이한영이 다시 인생을 살며 김윤혁의 삶도 크게 요동치고 있었다. 법원이라는 공간에서 수십 년을 나뒹굴며 잔뼈가 굵은 이한영에게 갓 몇 년 판사 생활을 한 김윤혁이 비비기는 어려웠다. 그래서 김윤혁이 선택한 것은 철저하게 가면을 쓰고 이한영을 들여다보려 하는 것이다. 하지만 그것도 어려웠다.

김윤혁은 앞서 걸어가는 이한영을 차가운 시선으로 바라봤다.

'저 새끼는…….'

그는 누구보다 가식이라는 가면을 잘 쓸 수 있다고 자부해 왔다. 그래서 알 수 있다. 이한영은 철저하게 거리를 두고 있었다. 앞에서는 친한 척 모든 것을 받아주는 것 같지만, 대화를 하고 나면 남은 것은 없었다.

지금의 대화도 그랬다. 이한영에게 친구가 뭘 샀는지 물어보자 '나도 잘 몰라'라며 넘어가버린다.

그때 김윤혁의 어깨에 누군가 팔을 둘렀다. 고개를 돌려 보자 김진한 부장이다.

"시간 있지? 얘기 좀 하자."

"아, 네."

김윤혁은 김진한 부장을 따라 그의 사무실로 향했다. 책상에 앉은 김진한 부장이 심각한 표정으로 얼굴을 쓸어내린다. 심상치 않은 이야기를 예고하듯 표정부터가 어둡다.

잠시 후 그는 고민으로 가득한 목소리로 입을 연다.

"윤혁아……."

"네, 부장님."

"청부 하나 받을 수 있겠냐?"

김윤혁의 눈이 번쩍 뜨였다.

"청부요?"

김진한 부장이 무거운 한숨을 내뱉으며 책상 위에 서류 하나를 던지듯 놓았다.

"읽어봐."

김윤혁이 서류를 들어 읽기 시작했다. 유성전자에서 일하던 희귀질환 피해자의 산업재해 인정 재판이다. 언론에서 난리가 날 법하지만 유성그룹의 힘이 워낙 막강하기에 세상은 알면서도 쉬쉬하고 있었다.

"이건……."

김진한 부장이 고개를 끄덕였다.

"우리 수석 부장님이랑 유성쇼핑 장태식 사장이랑 오랜 친구야. 알고 있지? 그런데 장태식 사장이 유성전자 문제를 해결하고 회장님께 인정받기를 원하나 보네. 이 일이 잘되면 차기 회장으로 낙점받을 수 있는 모양이야."

장태식 사장, 이한영의 전생에선 유성그룹의 회장이었던 사람이다. 이한영은 그에게 실형 판결을 내렸다는 이유로 감옥에 끌려갔다.

김윤혁을 보며 김진한 부장이 말을 잇는다.

"손에 오물 좀 묻혀라."

김윤혁은 마른 입술을 핥으며 서류를 한 장 두 장 더 넘겨 본다. 넘기면 넘길수록 기록물에 적힌 피해자들에 대한 내용이 가슴 찢는 원성이 되어 들리는 것 같았다.

김진한 부장이 계속 말했다.

"강신진 수석 부장님은 큰일을 계획하고 계셔. 그런데 큰일에는 많은 돈이 필요해. 시체도 많이 쌓이겠지. 하지만 너도 알잖아? 강신진 수석 부장님이 계획하시는 일이 성공하면 세상은 바뀔 거야. 이런 지저분한 세상이 아니라 모두가 법을 지키는 체계적인 세상이 될 거야. 아름다운 세상을 위해 소가 희생하는 것은 역사의 명령이야. 어쩔 수 없어."

"제가 시체가 되라는 말씀이십니까?"

김진한 부장이 고개를 휘휘 저었다.

"아니. 선봉에 서서 시체를 만들어야지. 지금은 나쁘게 보일지 몰라도 역사가 만들어지려면 궂은일 할 사람은 필요한 법이야. 언젠가 우리가 원하는 세상을 만들었을 때, 지금의 모든 고통은 보상으로 돌아올 거야. 그리고 그 세상은 우리가 만드는 거다, 윤혁아.”

김윤혁은 다시 서류로 향했다. 기록물에 적힌 원성은 김윤혁의 귀를 찢을 듯 계속해서 울리고 있었다. 그 망설임의 눈동자를 김진한 부장이 봤다.

그가 조심스레 입을 연다.

“쉽지 않은 결정이라는 거 알아. 마음이 원치 않으면 그만둬도 좋아. 이한영이에게 부탁하지.”

이한영이라는 말에 김윤혁의 손에 힘이 꽉 들어간다. 동시에 기록물에 적힌 피해자들의 목소리가 심할 정도로 구겨진다. 김윤혁의 시선이 피해자들을 떠나 김진한 부장에게 향했다. 망설이던 눈빛은 사라졌다.

“이 일, 강신진 수석 부장님도 알고 계십니까?”

“그럼, 그러니까 네가 맡는 거지. 직접 지명하셨어.”

김진한 부장은 일부러 ‘이한영’을 거론한 거다. 그리고 예상대로 김윤혁의 눈에 어둠이 돈다.

김윤혁은 천천히 고개를 틀어 벽을 바라봤다. 하지만 그 벽을 지나고 지나면 사무실에 앉은 이한영이 있다. 김윤혁의 검은 눈동자가 이한영을 무섭게 쏘아본다.

‘넌 사람들에게 인정을 받아라. 난 윗사람의 인정만 받으면 된다. 세상은 윗사람의 인정을 받는 사람이 위에 서더라. 그게 진리더라.’

김윤혁이 다시 김진한 부장에게 시선을 돌리자 김진한 부장이 강한 목소리로 묻는다.

“하겠나?”

김윤혁이 고개를 끄덕였다.

“네, 하겠습니다.”

“그럼 자네가 배당받을 수 있도록 손을 써두지. 자네는 2심이나 대법원 갔을 때 트집 잡히지 않도록 준비해. 피해자들을 완벽하게 뭉개버릴 판결문이 나와야 할 거야."

"네."

김진한 부장이 빙긋이 미소를 그리더니 서랍에서 통장 하나를 꺼내 책상에 놓았다.

"유성쇼핑 장태식 사장님이 주시는 용돈이야. 명동 사채왕이라는 사람을 통해 세탁되었으니까 문제없이 쓸 수 있을 거야."

"감사합니다."

김윤혁이 고개를 숙이자 김진한 부장이 책상에서 일어나 그의 어깨를 토닥인다.

"지금의 피해자들, 영원히 잊지 말도록 해. 언젠가 우리가 세상을 만들었을 때 이분들의 희생을 우리는 기억하고 애도해야 하니까. 이름 없이 사그라진 순국선열."

* * *

"아버지가 백이석 법원장님을 만나고 싶어 하세요. 회사에서 며칠 동안 연락했는데 계속 거절하는 모양이네요."

조용한 레스토랑, 이한영은 유세희와 마주 앉아 있었다.

유선철 대표는 모든 인맥을 동원해 백이석 법원장과 식사 자리를 만들려 했다. 하지만 백이석 법원장은 철벽을 치는 중이었다.

식사를 이어가며 유세희가 힐끗 이한영을 바라봤다.

눈동자가 마주치자 이한영이 빙긋 웃는다.

"제 얼굴에 뭐가 묻은 건 아니죠?"

"아녜요."

그녀는 다시 칼질을 시작했다.

'처음엔 손만 잡자 했고, 그다음엔 키스까지만이었어. 그럼 오늘은?'

유세희의 심장이 괜히 들뜨고 있다. 하지만 그녀는 곧바로 고개를 젓는다.

'내가 휘둘러야 해. 끌려다닐 수는 없어. 처음 소개를 받을 때부터 비즈니스적인 관계로 이어가자고 생각했잖아? 내가 꼬셔야 해. 병신같이 마음 들뜨고 하지 마.'

그녀가 복잡한 생각을 이어가는데, 이한영이 툭 입을 연다.

"유성전자 산업재해 사건, 에스로펌이 맡았죠?"

"아, 네. 담당이 이한영 판사님이 아닌 것으로 아는데요."

"네, 전 아니죠. 그런데 에스로펌에서 그 사건을 맡은 대표 변호사가 유하나죠?"

"네."

유세희가 고개를 끄덕이자 이한영이 손을 깍지 끼어 테이블에 올린다.

"이번엔 유하나를 잡을까요?"

"네?"

뜬금없는 말에 유세희는 눈을 크게 뜨고 앞을 바라본다.

하지만 이한영은 태연하다. 마치 유하나 따위는 별것 아니라는 식으로 이야기하고 있다.

"유하나가 잡힐까요? 유진광은 불법을 저질렀지만……."

이한영이 손을 저었다.

"그건 제가 고민하겠습니다."

유하나를 잡고 에스로펌의 기둥뿌리를 모두 뽑아버린다. 덤으로 김윤혁 역시 벼랑 끝으로 몰아세운다. 이것이 이한영의 계획이었다.

이한영이 유세희를 향해 다시 싱긋 웃으며 장난스레 물었다.

"유진광을 잡고 키스를 받았잖아요? 그럼 유하나를 잡으면?"

유세희의 귀가 순간 달아올랐다.

"그, 그런 농담 안 좋아해요."

그녀는 또 끌려다니고 있다. 어쩔 줄 모르는 그녀의 모습을 이한영의 눈동자가 모두 담아내고 있었다.

그리고 유세희가 다시 고개를 들었을 때 이한영이 입을 열었다.

"유하나를 잡는 데에는 세희 씨의 도움이 필요합니다."

유세희는 눈을 깜빡였다. 달콤한 밀어를 속삭이더니 순식간에 비즈니스로 넘어가는 종잡을 수 없는 화법에 정신을 차리기가 어려웠다.

잠시 한숨을 내뱉으며 정신을 가다듬은 그녀가 입을 열었다.

"도움요? 유진광의 방에 도청기를 넣은 일 같은 거라면 어렵지 않아요."

이한영이 단호하게 고개를 저었다.

"아뇨."

"그럼?"

"유하나의 팀에서 일어나는 모든 대화를 가지고 와주세요."

"대화?"

법정 다툼에서 상대의 전략을 안다는 것은 전쟁에서 높은 고지를 사수하는 것과 마찬가지다.

이한영의 타오르는 눈빛에 유세희는 고개를 끄덕일 수밖에 없었다.

그리고 잠시 후 이한영이 떠난 레스토랑.

잠시 더 있겠다고 말한 유세희는 혼자 남아 있었다. 창밖을 멍하니 보던 그녀가 앞에 놓인 와인병을 들어 잔에 기울인다. 쪼르르 붉은빛이 채워지며 찰랑거린다. 흔들리는 물결이 마치 그녀의 마음 같다.

와인을 보며 그녀가 작게 중얼거렸다.

"이한영?"

붉은 입술이 대각선으로 휘어졌다.

"나쁘지 않네."

다음 날.

유세희는 자신의 책상 앞에 섰다.

팀장이라는 명패가 보인다.

변호사 자격증이 없는 그녀가 짧은 시간 팀장이라는 직책을 받게 된 것은 아버지가 유선철 대표라는 점과 이한영의 머리가 있었기 때문이다.

그녀가 자신의 명패를 슥 손으로 훑는다. 에스로펌이라는 거대 회사에서 일반 사람들은 팀장이 되길 강렬히 원한다. 하지만 그녀는 이 명패에 만족할 생각이 전혀 없다. 그녀가 원하는 것은 단 하나, 대표이사실이다. 그 자리에 앉기 위해선 가진 모든 것을 이용할 생각이다.

빙긋 미소를 그린 그녀가 책상에 앉자 문이 열린다. 들어온 비서가 유세희 앞으로 다가와 허리를 굽힌다.

"팀장님, 운전기사 있잖아요……."

유세희는 얼마 전 자신의 운전기사를 교체할 것을 지시했었다.

"아직 안 잘랐어?"

"팀장님께 폭언을 들었다고……."

"하, 나이도 먹을 만큼 먹은 인간이 욕 조금 먹었다고 고소라도 한대? 자기가 운전 못 한 것은 기억도 못 하지?"

"아, 네. 갑질이라고 주장하네요."

유세희가 짜증이 난다는 듯 고개를 저었다.

"도대체 누가 갑질을 한다는 거야? 운전기사와 내가 싸우면 누가 병신돼? 나지?"

"네."

"적당히 돈 줘서 마무리해."

"네."

비서가 고개를 숙였다.

유세희가 말을 이었다.

"그리고 이번에 유성전자 소송과 관련해서 유하나가 만든 팀 있지? 그

팀 명단을 분석해서 가지고 와."

"알겠습니다."

비서가 자리를 떠나려 하자 유세희가 그녀를 다시 불러 세웠다.

"잠깐."

비서가 몸을 돌리자 유세희가 다시 말한다.

"무섭게 생긴 애완견 중에 제일 비싼 게 뭐야?"

"……애완견요?"

"그래. 못생기고 무섭게 생긴 거 찾아봐."

* * *

겨울이 지나면 봄이 오는 게 세상의 이치다.

얼어붙었던 한강은 그 이치를 거스르지 않고 도도히 흐르기 시작했다.

역사의 물줄기 역시 마찬가지다. 이한영의 개입으로 유진광이 구속되는 등 변화하는 것 같았지만, 큰 물줄기는 전생과 다르지 않다.

대법관 여섯 명이 항명의 뜻으로 옷을 벗었지만 대법원장 전흥우는 권력의 중심을 잡기 위해 제멋대로 인사를 강행하고 있었다. 좌천되는 사람이 부지기수였고, 뜬금없이 올라간 사람이 한둘이 아니다.

인사가 만사라는 말이 있다. 인재를 적재적소에 배치하는 것이 순리대로 돌아가게 한다는 뜻이다. 하지만 그 인사가 잘못되었으니 전흥우 대법원장에 대한 판사들의 소리 없는 원성은 차곡차곡 쌓이는 중이다.

이한영의 시선은 흐르는 한강 물에 닿아 있었다. 전생을 기억하고 과거를 떠올리며 앞으로 일어날 일과 그 안에서 움직여야 할 행동이 복잡하게 얽히고설키는 중이다.

그때 바람이 불어왔다. 이한영은 강을 타고 불어오는 바람 소리가 마치 자신을 향하는 함성같이 느껴졌다.

한반도의 역사는 한강이 관장하고 있다. 고구려, 백제, 신라가 그랬고, 조선이 그랬다. 한강을 차지하기 위해 수많은 피가 뿌려졌다. 그렇게 수천 년을 쌓아 온 역사의 바람이 이한영의 등을 떠밀고 있다. 어서 더러운 세상을 끝내고 새로운 시대를 만들어 달라고! 하지만 그 바람 속에서 이한영은 고개를 저었다.

'아직은 아니야.'

세상일에는 때가 있고, 이한영의 힘은 미약하다. 아직은 물줄기의 수면 아래에서 숨을 참으며 고통스럽게 기다려야 한다.

그때 이한영의 휴대폰이 울렸다. 석정호다.

—돈 들어왔어.

석정호는 이한영의 말대로 주식을 팔았다. 수중에는 약 10억 원이라는 돈이 들어온 상태다. 이제 씨앗이 될 돈은 준비했다. 씨앗을 키워 나무로 만들고 공성전의 무기로 발전시키기 위해서는 쉬지 않고 움직여야 한다.

"그럼 그 돈으로 사무실부터 얻어."

—사무실?

"이순호라는 투자 전문가도 잡았는데, 집에서 일할 수는 없잖아."

—아, 흐흐. 나도 출근하겠네.

석정호는 출근할 곳이 있다는 것만으로 좋은가 보다. 그가 전화를 끊으려 할 때 이한영이 빠르게 입을 열었다.

"잠깐만, 오늘 스케줄 없지?"

—백수가 스케줄이 어디 있겠어.

"그럼 조금 이따가 내가 말한 곳으로 와. 돈 들어온 카드 가지고 오는 것 잊지 말고."

이한영은 전화를 끊고 천천히 자리에서 일어섰다.

거센 바람은 여전히 등을 떠밀고 있다. 하지만 이한영은 움직이지 않는다. 바람이 권하는 대로 갈 수 없다. 모든 계획은 이한영의 손바닥에서 움직여야 한다.

그때 그의 옆으로 송나연 기자가 섰다.

"엄청 춥더니 며칠 지났다고 낮에는 이제 훈훈하네요. 그런데 어쩐 일로 한강으로 부른 거예요?"

"오늘 밤에 젊은 언론인 파티가 있다고 들었는데요. 기자님도 참석하죠?"

송나연 기자가 민망하다는 듯 웃는다.

"파티라고 하기까지는 뭐하고요. 그냥 뷔페 빌려서 젊은 기자들이 모여 식사하는 자리예요. 그런데 왜요? 가지 말까요? 사실, 갈까 말까 고민하고 있었거든요."

"왜요? 같은 업종에서 일하는 사람과 만나면 좋잖아요?"

"그냥……."

그녀는 나대고 시끄러운 성격이 아니다. 게다가 화려한 모습으로 주변의 시선을 끌지도 못한다. 그런 모임에 참석해봤자 어떤 정보도 얻지 못하고 구석에서 조용히 밥이나 먹고 올 거라는 걸 잘 알고 있다. 그래서 말끝을 줄인 건데…….

이한영이 성큼성큼 걸어간다.

"어? 어디 가세요?"

이한영이 도착한 곳은 안경집이었다.

"안경 맞추게요? 프로님, 눈 나빠요?"

"아뇨."

"그럼?"

이한영은 그녀의 말에 대답하지 않고 안경집 사장을 보며 입을 연다.

"서클렌즈, 어떤 게 잘나가죠?"

당황한 송나연 기자가 이한영을 보며 묻는다.

"이한영 프로님?"

하지만 이한영은 여전히 그녀의 목소리를 외면하고 사장의 말에 집중했다.

사장이 입을 연다.

"브라운 버전이에요. 렌즈에 금 펄이 들어가서 눈에 별을 박아 놓은 것 같다는 이야기가 많아요."

"주세요."

이한영이 렌즈를 받아 건네자 송나연 기자는 황당하다는 표정을 짓는다.

"저기, 프로님? 지금 뭐 하시는지 설명해주셨으면 좋겠는데요."

이한영이 픽 웃었다.

"간지러운 말 해도 될까요?"

"뭐가 됐든 설명해주세요."

"제가 신데렐라의 마법사 할머니가 되기로 했거든요."

"그게 뭐예요!"

"오늘 기자님은 모임에 참석하셔서 많은 사람들을 만나야 하니까요."

"네?"

이한영은 더 말하지 않고 다시 걷는다. 그 뒤를 송나연 기자가 쪼르르 좇는다.

"많은 사람들을 만나야 한다니요?"

이한영은 역시 대답하지 않고 그대로 직진한다. 그렇게 또 다른 가게 앞에 섰다.

구시렁대며 잘 쫓아오던 송나연 기자가 가게 이름을 보더니 퍼뜩 멈춰 선다.

"설마 이 가게 가려고요?"

"네."

"설마 여기서 옷 사라고요?"

"네."

송나연 기자가 고개를 빠르게 가로저었다.

"판사님, 나 돈 없어요."

"난 있어요."

"그래서 지금 사 준다고요?"

"네."

대수롭지 않게 말하는 이한영을 보며 송나연 기자의 눈썹이 확 치솟아 올랐다. 그리고 주변 사람들의 눈치를 보며 작은 목소리로 빠르게 말했다.

"아니, 그 돈 있으면 아껴야죠! 왜 내 옷을 사 주고 있어요? 난 옷이야 따듯하면 된다고 생각하는 사람이에요! 여기 옷값이 얼마나 비싼지 알아요?"

"미리 주는 생일 선물이라 생각하고 조용히 받죠."

"내 생일 멀었어요! 그리고 호박에 줄 긋는다고 수박 되는 거 아니잖아요? 내가 이런 거 입는다고 예뻐지면 성형외과는 죄다 망하게요? 그러니까 나 이런 거 필요 없어요. 정 사 주고 싶으면 나중에 국밥이나 사 줘요."

이한영이 이마를 긁적였다.

"예뻐지면 어떻게 할래요?"

"하이고, 말도 안 돼. 내가 안 예쁜 건 우리 아빠 빼고 세상 사람이 다 알거든요?"

그때 뒤에서 익숙한 목소리가 들렸다.

"기자님, 안 예쁜 건 인정."

이한영의 전화를 받고 어느새 도착한 석정호가 고개를 끄덕이고 있다.

송나연 기자의 얼굴이 홱 돌아간다.

"뭐예요!"

"아, 성격은 좋아요."

이한영이 쭉 기지개를 켜듯 팔을 뻗었다.

"우리 내기하죠. 예뻐지면 올 한 해 국밥은 모두 기자님이 사세요."

"헐, 그렇게 내 국밥을 사 주고 싶으신가?"

석정호가 황당해하는 송나연 기자를 힐끔 본다.

두툼한 패딩에 두꺼운 뿔테 안경. 하나로 질끈 묶은 머리. 아무리 봐도 아니다.

잠시 그녀를 훑던 석정호가 장난스럽게 킬킬대며 입을 연다.

"내가 볼 땐 한영이 네가 국밥을 살 것 같은데? 너 졌어. 내가 네 말이라면 뭐든 믿겠지만……."

송나연 기자가 다시 홱 노려본다.

"뭐예요!"

"아, 성격 좋은 건 인정."

송나연 기자와 입씨름을 하다간 하루가 모자랄 것 같았다.

이한영은 석정호에게 카드를 받은 후 그녀의 목소리를 뒤로하고 일단 가게로 들어갔다. 그리고 그녀에게 어울릴 만한 원피스와 검은색 패딩을 샀다.

옷이 예쁘고 안 예쁘고는 잘 모른다. 하지만 전생에서 유세희가 입고 다니던 것을 떠올리니 이 정도면 괜찮다는 감은 있었다.

어마어마한 가격인데 시원하게 일시불로 카드를 긁는 이한영을 보며 송나연 기자가 눈을 깜빡였다.

"판사 월급이 많지 않다고 들었는데……."

이한영은 대답하지 않고 이번엔 미용실로 향한다.

"머리는 아나운서 스타일 있잖아요? 약간 단발 스타일. 그리고 머리한 다음에 메이크업 부탁하고요. 옷 갈아입을 수 있게 탈의실을 준비해주세요."

송나연 기자는 눈을 깜빡이고 있었다. 도대체 무슨 일이 벌어지고 있는지 도저히 알 수 없었다.

이한영이 그녀의 옆에 쇼핑백을 두며 말을 이었다.

"그럼 우리는 저 앞 커피숍에 있을 테니까 끝나면 오세요."

* * *

"사무실은 왜 얻으라는 거야?"

"아, 표면적으론 투자회사를 만들 거야."

"투자회사?"

이한영은 송나연 기자의 변신을 기다리며 석정호와 함께 커피숍에 앉아 있었다.

이한영이 말을 잇는다.

"일단 이순호한테 원유값이 상승할 거라고 전해줘. 시기는 아마 올여름 쯤일 거야."

"아, 응."

석정호는 잊지 않겠다는 듯 휴대폰을 꺼내 이한영의 말을 적었다. 잠시 투자에 관한 이야기를 마치고 석정호가 묻는다.

"그런데 기자님한테 왜 옷을 사 주는 거야? 관심 있어?"

"아니."

"그런데 왜?"

첫 번째 이유는 전생의 송나연 기자를 다시 끄집어내기 위해서다. 전생에서 그녀는 날카롭고 멋진 커리어 우먼이었다. 역시 아버지가 모함당하는 걸 보며 성격이 변한 것 같지만 이한영의 개입으로 그녀는 성격이 변하지 않고 둥글둥글 순한 강아지로 남았다.

옷을 바꾸고 모습을 바꾼다고 성격까지 변할지는 모르겠지만, 분명한 점은 태도는 변한다는 거다. 트레이닝복을 입었을 때와 정장을 입었을 때 사람의 행동이 각기 다르기 때문이다. 그리고 두 번째 이유는 오늘 있을 젊은 언론인 모임에서 생길 어떤 일 때문이다.

이한영이 대답하지 않자 석정호가 빙긋이 웃으며 입을 연다.

"그런데 아까 기자님도 그랬잖아. 호박에 줄 긋는다고 수박 되냐며? 나도 그렇게 생각해. 내가 아무리 비싼 정장을 입는다고 누가 좋게 보겠어? 그냥 조폭처럼 보일 뿐이지. 기자님도 별반 다르지……."

그때 커피숍의 문이 열리고 한 여자가 들어왔다.

동시에 석정호의 눈이 튀어나온다.

"와, 씨발! 가슴!"

08

석정호만이 아니다. 순간 커피숍에 있던 모든 사람들의 눈길이 그녀에게 향했다.

그녀는 바로 송나연 기자였다.

꽉 달라붙는 원피스 덕에 숨겨 왔던 몸매가 그대로 드러나 있지만 천박하지 않다. 안경을 벗어 던지며 나타난 지적인 외모 덕에 도도하고 차가워 보인다. 섣불리 다가설 수 없는 분위기마저 느껴지고 있다.

모두가 술렁이는 가운데 이한영만이 침착했다.

"오셨네."

그녀를 꿰뚫듯이 바라보던 석정호가 눈을 깜빡인다.

"누가 오셔?"

"기자님."

"설마! 저분이?"

"응, 송나연 기자님."

옷과 머리가 바뀌고 화장을 했다고 석정호가 못 알아볼 사람이 되어서 왔다.

하지만 이한영에게는 익숙한 얼굴이다. 유세희가 입던 옷을 참고해 골라서 그런지 옷이 좀 야해 보이긴 해도 전생에서 만났던 그 송나연 기자가 다가오고 있었다.

석정호가 더듬더듬 입을 열었다.

"내가 인터넷에서 화장법이라는 걸 본 적 있는데, 실제로 보니까 이건 진짜 사기잖아! 와 씨, 화장 성형이라는 말이 진짜였어."

석정호가 머리를 쥐고 혼란에 빠져 있을 때 송나연 기자는 여전히 이한영을 향해 다가오고 있었다.

바보가 아닌 이상 자신을 지켜보는 모두의 시선을 확연히 느낄 수밖에 없다. 말할 수 없는 부끄러움에 송나연 기자는 얼굴을 붉히며 고개를 푹 숙였다.

입구에서부터 테이블까지는 거리가 얼마 되지 않는다. 하지만 그녀에겐 유독 멀게 느껴졌나 보다. 겨우 도착한 그녀가 서둘러 자리에 앉는다.

이한영이 장난스레 웃으며 말했다.

"예뻐지면 1년 동안 국밥 산다고 했죠? 잘 먹겠습니다."

"감사합니다. 옷값이랑 갚을게요."

"생일 선물 대신이라니까요. 옷은 마음에 드세요?"

"사실 옷도 부담스러워요. 이렇게 달라붙는 원피스는 처음 입어봐서요."

"그건 좀 부담스럽네요."

그녀의 몸매는 눈 둘 곳이 없었다.

이한영이 그녀의 옆에 놓인 쇼핑백을 가리키며 말을 이었다.

"패딩도 사 드렸잖아요? 그거라도 걸치시지."

"아……."

송나연 기자는 이제야 기억났는지 서둘러 쇼핑백에서 패딩을 꺼내어 걸쳤다. 태도는 얌전해졌지만 꼼꼼한 성격까지는 멀었나 보다.

이한영이 손목을 들어 시간을 확인했다.

"모임에 갈 시간 됐죠?"

"아, 네."

이제 그녀를 예쁘게 만든 본론이 시작될 차례다.

"오늘 기자분들의 대화 주제는 크게 두 가지일 겁니다. 하나는 어떤 연예인의 스캔들이고, 다른 하나는 유성전자 산업재해 사건일 거예요."

공장에서 작업을 하던 근로자가 희귀병에 걸린 사건이다. 피해자는 공장에서 나온 유해 물질 때문에 병에 걸렸다고 주장하지만, 유성전자에서는 연관성이 없다며 잡아떼는 중이다. 김윤혁이 담당하고 있다.

이한영이 계속 말했다.

"그리고 오늘 모임에 나온 기자 중에 박지현이라고 있을 거예요. 아세요?"

송나연 기자가 고개를 끄덕인다.

"알아요! 동북일보에서 기자 하는 애."

박지현이라는 기자, 헛바람만 잔뜩 들어 자신이 꽤 잘난 줄 아는 사람이다. 직업과 외모로 사람의 급을 나누고, 수준에 못 미치는 것 같으면 말 한마디 섞지 않는다. 송나연 기자가 평소 모습으로 접근했다면 비웃음만 잔뜩 당하고 물러섰을 거다.

송나연 기자가 물었다.

"그런데 박지현 기자는 왜요?"

"박지현 기자가 유성전자 사건을 오랫동안 취재했다고 들었어요."

* * *

이한영은 송나연 기자를 목적지에 내려준 후 다시 법원으로 향했다. 엘리베이터를 기다리고 있을 때 옆으로 윤슬혜 판사가 섰다.

"아직 퇴근 안 했어?"

"네, 다음 재판에 제가 주심이라서요."

"임정식 수석 부장님이 독하지?"

"쫌?"

"내가 그 마음 알아."

"그래도 배우는 게 많아서 좋아요. 정말 꼼꼼하시잖아요."

"그건 꼬장꼬장하다고 하는 거야."

"꼬장꼬장하시기도 해요."

윤슬혜 판사가 장난스레 웃는다.

두 사람은 엘리베이터에서 내려서도 사무실로 향하는 복도에서 이런저런 대화를 나눴다.

"그럼 고생해."

"네, 판사님도 고생하세요."

이한영은 윤슬혜 판사를 보내고 사무실 문을 열었다. 김윤혁은 퇴근했는지 텅 비어 있다.

책상에 앉은 이한영은 연필꽂이에서 볼펜 하나를 꺼내 들었다. 펜으로 보이지만 몰래카메라다. 중앙 분리부를 돌리자 USB가 나온다. 컴퓨터에 꾹 눌러 연결하자 곧 동영상이 플레이되며 책상에 앉은 김윤혁의 모습이 보인다.

느긋하게 등을 기대고 영상을 보던 이한영의 눈살이 살짝 찌푸려졌다.

'평소와 다르다.'

김윤혁의 성격은 차분하다. 그런데 주의 산만하게 주변을 두리번거리고 있다. 그러더니 책상 서랍을 열어 뭔가를 꺼낸다.

'통장과 카드?'

김윤혁은 통장을 펼치더니 고개를 좌로 흔든다. 그리고 한참 동안 만지작거리다가 다시 집어넣는다.

'뭐지?'

의미 없이 불안해 보이는 행동과 통장.

'설마…… 청부?'

김윤혁이 맡은 큰 재판은 유성전자 사건이다. 전생에서도 이 재판은 김윤혁이 맡았었고, 결과는 당연히 유성전자의 승리였다. 김윤혁이 청부 재판을 맡았다고 단언할 수는 없지만 모든 분위기가 그쪽으로 향하고 있다.

'유성전자 사건을 해결해주면서 돈까지 받았나?'

이한영이 손목을 들어 시간을 확인했다.

'밤 11시 20분.'

김윤혁이 다시 들어올 시간은 아니다. 이한영의 시선이 스르륵 김윤혁의 책상으로 향한다.

'통장의 명의가 김윤혁으로 되어 있을까?'

만약 청부가 맞는다면 통장의 명의는 다른 사람의 이름으로 되어 있을 것이다. 청부는 흔적을 지울 수 있는 현금과 물건 또는 대포 통장 등으로 이뤄진다.

이한영의 시선은 다시 모니터로 향했다. 화면 속의 김윤혁은 뭔가를 작성하고 있다. 쓰는 모양을 보면 판결문이 아니다. 다른 무엇인가다.

이한영의 눈동자에 서늘한 기운이 담겼다.

'혹시?'

김윤혁은 혼자 죽는 성격이 절대 아니다. 청부가 걸렸을 때를 대비해 뭔가를 준비하고 있을 게 분명하다. 한참 뭔가를 작성하던 김윤혁은 내용을 저장하고 USB를 빼서 서랍에 넣었다. 그 이후의 모습을 보기 위해 화면을 빠르게 돌려 봤지만 특별한 모습은 없었다. 그리고 김윤혁은 퇴근할 때까지 다시 서랍을 열지 않았다. 즉, 내용물은 아직 책상 안에 있다는 소리다.

이한영은 입술을 쓸어 만졌다.

'이놈이 저런 물건을 사무실에 놓고 다닐 성격은 아닌데……. 설마, 날 유도하는 건가?'

억측인 것은 알고 있다. 하지만 김윤혁이라면 자신과 마찬가지로 몰래 카메라라도 설치할 수 있다고 생각해야 한다. 싸움에서는 내가 할 수 있는 일은 상대도 할 수 있다는 걸 항상 염두에 둬야 하기 때문이다.

이한영은 자신의 책상 밑과 벽을 손으로 더듬어봤다. 볼펜형 몰래카메라로 김윤혁의 자리는 항상 찍고 있기에 그 부분에 뭔가를 설치했다면 바로 들통이 났을 것이다. 그렇다면 사각지대는 단 한 곳, 이한영의 책상뿐이다.

잠시 주변을 손으로 더듬으며 확인해봤지만 특별한 것은 없다. 적어도 도청기나 카메라는 없다는 것. 그렇다면 이한영이 자유롭게 움직여도 상관없다는 뜻이다.

'그럼 확인해봐야지.'

이한영은 자리에서 일어나 김윤혁의 책상으로 다가갔다. 손으로 툭 당기자 서랍이 힘없이 열리며 통장과 카드 그리고 USB가 보인다. 자신의 책상으로 통장과 USB를 가져와 막 확인하려 할 때, 휴대폰에 진동이 울렸다.

송나연 기자다.

"네, 기자님."

–지금 끝났어요. 박지현 기자하고도 인사했어요.

"네, 어땠나요?"

–말씀하셨던 것처럼 유성전자에 관한 이야기가 많았어요. 젊은 기자들이라 다들 정의감에 불타서 그 기사를 쓰고 싶어 하는데 위에서 막고 있대요. 다른 회사도 다 똑같은가 봐요. 어쨌든! 그래서 자연스럽게 박지현 기자에게 유성전자 이야기를 할 수 있었거든요? 그런데 조금 이상한 말을 들었어요.

'이상한 말?'

이한영이 전화기에 귀를 바짝 가져다 댔다. 그녀가 말을 잇는다.

-유성그룹이 근로복지공단하고 한국대학교 박석형 교수한테도 손을 써뒀다고 하던데요?

'근로복지공단? 박석형 교수?'

이한영의 눈이 찌푸려졌다.

전생에서 김윤혁이 내렸던 판결문을 다시 읽어볼 수도 없고, 그 내용을 전부 기억할 수도 없다. 하지만 당시를 돌이켜보면 김윤혁은 이 재판으로 어떤 손가락질도 받지 않았었다.

'복지공단과 박석형 교수가 뒤에서 서포트를 했던 건가?'

가능성은 충분하다. 산업재해를 인정하는 기준에서 근로복지공단의 조사 근거는 중요한 기준이 된다. 그리고 한국대학교 박석형 교수는 유해물질의 권위자다.

피해자가 자신의 피해를 입증해야 하는 시스템. 피해자들의 논리가 근로복지공단과 박석형 교수를 뚫기는 어려울 것이다.

이한영이 천천히 고개를 끄덕였다.

"알겠습니다. 감사합니다."

-아, 그리고요!

이한영이 전화를 끊으려 하자 송나연 기자가 급하게 막아섰다.

"네, 말씀하세요."

-판사님, 동기 있잖아요? 잘생겼는데 기분 나쁘게 생긴 분.

김윤혁을 말하는 거다.

"아, 네."

-지금 법원으로 들어가던데요? 저, 그 옆을 지나가다가 봤어요.

'그게 제일 중요한 거잖아!'

이한영이 인상을 구기며 빠르게 물었다.

"지금요? 아니면 아까?"

–지금 막요!

김윤혁의 성격상 오늘 이 물건을 놓치면 다신 얻을 수 없을지도 모른다. 시간이 촉박해도 최대한 빨리 확인해야 한다. 이한영은 송나연 기자와의 전화를 끊으며 재빨리 통장을 들어 펼쳤다. 통장의 명의는 역시 다른 사람 이름이다.

'대포 통장. 들어온 돈은?'

3천만 원.

'청부 금액이야.'

이한영은 휴대폰을 들어 통장의 계좌와 명의를 사진 찍으며 다른 손으론 USB를 들어 컴퓨터에 꽂았다. 모니터에 USB의 내용이 펼쳐진다. 김진한이라는 이름의 폴더가 보인다.

'김진한 부장? 뭐지? 김진한 부장이 브로커였나?'

복사하기를 누르려 할 때! 문밖에서 사무실에 가까워지는 발소리가 들려온다. 김윤혁이 분명하다!

'씨발!'

김윤혁은 편의점에서 산 도시락을 들고 복도를 걷고 있었다. 많이 피곤한지 머리가 헝클어졌고 눈도 충혈되어 있다. 하지만 그는 퇴근을 못 하고 있었다.

유성전자 사건은 강신진 수석 부장에게 지시를 받은 첫 재판이다. 어쩌면 장태식 사장과 연이 닿을 수도 있다. 단 한 번의 건수로 동아줄을 잡아 천국으로 향할 수도 있는 일.

김윤혁은 인생의 큰 기로에 서 있었다. 성공의 열쇠를 잡기 위해선 완벽한 판결문을 만들어 인정받아야만 한다. 피해자들의 슬픔이야 미안할 뿐이다.

그는 어느새 사무실 앞에 도착했다. 하품을 하던 그가 손을 내밀어 문고리를 잡으려는 순간!

'빛?'

열린 문틈으로 빛이 나오고 있다.

'이한영?'

오늘따라 칼퇴근을 했던 녀석이 왜 다시 돌아왔는진 모르겠지만 이한영의 얼굴을 떠올린 순간 김윤혁의 미간은 찌푸려졌다. 어딜 봐도 마음에 들지 않기 때문이다.

'개새끼.'

잠시 속으로 이한영의 욕을 내뱉은 김윤혁이 언제 기분이 나빴냐는 듯 빙긋이 미소를 그린다. 표정 관리를 하는 거다.

그리고 콱! 문고리를 잡았다.

그때.

"어? 김윤혁 판사님, 아직 퇴근 안 하셨어요?"

김윤혁이 들리는 목소리를 향해 고개를 틀었다. 윤슬혜 판사가 보인다.

"아, 윤 판사도 아직이야?"

"네, 일이 많아서요."

말을 하던 윤슬혜 판사의 시선이 김윤혁의 손으로 향한다.

"어? 도시락 사 오셨나 봐요?"

김윤혁이 멋쩍은 표정으로 봉지를 들어 보였다.

"저녁을 못 먹어서."

"아…… 저, 그런데 정말 죄송한데요. 제가 궁금한 게 있는데, 알려주실 수 있을까요?"

"말해봐."

김윤혁은 따스한 미소를 지어 보였다.

윤슬혜 판사가 입을 연다.

"소유권 이전등기 말소에 관한 건데요."

윤슬혜 판사가 들고 있는 휴대폰, 그곳엔 이한영의 전화를 받았다는 흔적이 보인다.

방금 윤슬혜 판사는 이한영에게 전화를 받았었다.

-김윤혁이 사무실 못 들어오게 10분만 잡아줘.

잠시 후, 윤슬혜 판사가 "고맙습니다"라는 말과 함께 허리를 굽히고 사무실 앞을 떠났다. 그녀의 뒷모습을 흐뭇하게 보던 김윤혁이 다시 문고리를 잡았다. 문을 열자 책상에 앉아 기록물을 읽고 있는 이한영이 보인다.

김윤혁이 책상으로 걸어가며 입을 열었다.

"다시 들어온 거야?"

평온한 말투에 이한영이 고개를 끄덕였다.

"응. 집에서 하려고 했는데 집중이 잘 안 돼서 다시 왔어."

"밥 먹었지? 너 있는 줄 알았으면 하나 더 사 오는 건데."

김윤혁이 도시락을 꺼내 보이자 이한영이 고개를 저었다.

"아, 괜찮아. 먹어."

"미안."

김윤혁이 책상에 앉았고, 이한영은 그를 보며 빙긋이 미소를 그렸다.

'많이 먹어라. 꼬리 잡혔다.'

그리고 잠시 후, 이한영은 자리에서 일어섰다. 다 먹은 도시락을 휴지통에 버리던 김윤혁이 시선을 튼다.

"갈 거야?"

"어, 늦었잖아. 넌?"

"난 조금 더 하다가 가려고."

김윤혁이 있는 곳에선 USB의 내용을 볼 수 없다. 집에 가서 녀석의 흔적을 낱낱이 확인할 생각이다. 하지만 이한영은 생각과 달리 걱정스러운 표정으로 입을 열었다.

"그러다 몸 상해. 쉬엄쉬엄해."

김윤혁이 팔을 펼쳐 쭉 기지개를 켜며 고개를 끄덕인다.

"나도 그러고 싶다."

집에 돌아온 이한영은 노트북을 열어 USB를 꽂은 후 김진한 부장의 이름이 있는 폴더를 찾아 클릭했다.

강신진의 옆에서 악마가 될 김윤혁, 그의 꼬리가 잡혔다. 영화나 드라마에선 상대가 크기를 기다려주지만 현실에선 가차 없이 찍어 죽여야 한다. 그래야 바퀴벌레는 새끼를 낳지 못한다.

화면에 문서 파일이 떠올랐다. 하지만 기대하던 내용이 아니다. 알 수 없는 단어가 나열되어 있다.

–김진한 부장, 11시 30분, 휴대폰.

이한영의 미간이 확 좁혀졌다.

'11시 30분과 휴대폰? 뭐지?'

이한영의 손가락이 톡톡, 책상을 두들기기 시작했다. 김윤혁의 성격상 이런 내용을 의미 없이 적어 두지는 않는다.

이한영은 눈을 감았다.

'내가 김윤혁이라면, 그래서 청부를 받았다면? 그리고 걸린다면!'

김진한 부장은 꼬리를 자르고 도망칠 거다. 증거라고는 대포 통장 하나뿐이다.

'김윤혁에게는 김진한 부장이 유일한 동아줄이야. 재판에 들어갔을 때 김진한 부장이 외면하지 못하고 돕게 하려면, 어떤 물귀신 작전을 써야

하지?'

진술이 오락가락하지 않고 정확해야 한다. 그리고 상황적 증거가 뒷받침되어야 한다.

'지금 있는 증거는 유일하게 대포 통장 하나. 그럼 여기에 적힌 내용은 혹시 모를 상황에 대비해 언제, 어떻게 돈을 받았는지에 대한 요점이겠네?'

책상을 두들기던 이한영의 손가락이 멎었다.

'11시 30분.'

얼마 전, 단독판사 회의가 있던 날.

김윤혁은 바로 사무실에 들어오지 않고 휴게실에 들렀다가 왔다고 했다. 그때 시간이 11시 30분쯤이다.

'그때 받았구나?'

이한영의 눈이 번쩍였다.

* * *

"이게 뭐예요?"

"조사 좀 부탁드립니다."

다음 날, 이한영은 법원 근처 커피숍에서 감사계 정건우 계장을 만나고 있었다. 정건우 계장은 백이석 법원장의 사람으로, 은밀한 뒷조사엔 일가견이 있다. 이한영도 내사를 맡았던 당시 정건우 계장의 도움을 받은 적이 있다.

"은행 계좌네요. 강영수? 누구예요?"

어젯밤 김윤혁의 서랍에서 확보한 통장 사본이다.

"저도 거기까지는 몰라요. 그런데 자금 세탁이 된 대포 통장일 가능성이 커서요."

"대포 통장이라……."

심각한 표정으로 계좌를 살펴보던 정건우 계장이 흔쾌히 고개를 끄덕였다.

"좋아요. 다른 사람도 아니고 이한영 판사님의 부탁이니 한번 조사해보죠."

"감사합니다."

"그런데 자신은 못 해요. 자금 세탁이라는 게 복잡하기도 하고, 노숙자가 대여섯 명 끼어 있으면 저로선 추적하기 힘들어요. 아마 검찰이나 국정원이 나서도 쉽지는 않을 거예요."

해외를 돌며 복잡한 단계를 거쳐 세탁된 돈이 한국에 들어올 땐 투자 형식으로 차명계좌를 통하는데, 이때 노숙자의 계좌를 사용하기도 한다. 주거지가 불분명한 노숙자의 특성상 인출과 입금이 징검다리식으로 몇 번 이뤄지면 최초의 출처를 알아내기가 사실상 불가능하다.

정건우 계장이 종이를 고이 접어 품에 넣으며 입을 열었다.

"아, 그리고 늦었지만 축하드립니다."

"축하요?"

"어? 아직 모르시는구나. 늦은 게 아니라 내가 빨랐네, 흐흐."

정건우 계장이 묘하게 웃는다.

나는 모르는 내 일을 상대방은 이미 알고 있다면 어쩐지 기분 나쁘다.

"뭔데요?"

"비밀입니다. 이런 건 내 입으로 말하면 안 돼서요."

정건우 계장은 뜬금없이 사람을 궁금하게 만들어 놓고 한발 빼고 있다.

정건우 계장과 헤어진 후 법원으로 들어온 이한영은 경비팀 보안실에 들어와 있었다. 벽에 붙은 여러 대의 모니터가 법원 전체를 샅샅이 살피고 있는 게 보인다.

직원이 모니터를 보며 입을 열었다.

"그날 11시 30분요?"

"네. 김진한 부장님 사무실 앞을 볼 수 있을까요?"

"잠시만요……."

직원이 마우스를 움직이자 모니터에 김진한 부장실 앞의 복도가 나타난다. 문이 열리고 김윤혁이 나온다.

'역시, 휴게실에 간 게 아니라 김진한을 만났구나.'

여기까지는 생각대로다.

"스톱."

이한영이 잠시 직원의 행동을 멈추고 김윤혁을 살폈다. 아직 특이한 부분은 보이지 않는다.

"다시 움직여주세요."

김윤혁은 사무실에서 나와 그대로 복도를 걸어간다. 그리고 엘리베이터 앞에 선다.

"엘리베이터 안을 볼 수 있을까요?"

"아, 네."

직원이 다시 마우스를 움직였다.

김윤혁이 엘리베이터에 오른다. 그리고 주머니에서 통장을 꺼낸다.

"스톱."

화면이 다시 멈췄다.

김윤혁의 눈동자는 똑똑히 CCTV를 보고 있다. 지금 자신이 통장을 꺼냈다는 것을 의도적으로 보이기 위함이다.

"저기 주머니에 있는 통장, 확대할 수 있을까요?"

"확대할 수는 있겠지만 화면 다 깨질걸요."

"부탁드립니다."

확대는 했지만 직원의 말대로 화면이 깨져 보인다. 이한영이 고개를 끄덕이며 주머니에서 USB를 꺼냈다.

"지금 제가 본 영상, 넣어 주세요."

이한영은 사무실로 가기 위해 복도를 걷고 있었다.

'이제 남은 퍼즐은 휴대폰?'

안에 어떤 내용이 있는지는 모른다. 중요한 것은 그 휴대폰을 손에 넣어 확인하는 것이다.

'어떻게?'

대부분의 사람들은 휴대폰을 손에 쥐고 산다. 그것은 김윤혁도 마찬가지였다.

'술을 먹여?'

아쉽게도 어려운 일이다. 김윤혁은 술을 입에 대지 않는 사람이다. 복잡한 생각을 이어가고 있을 때, 이한영의 귀에 능글맞은 목소리가 들렸다.

"야, 크크크."

오바른 판사다. 그가 재수 없게 웃으며 붙어 섰다. 그러더니 능글능글 웃음을 지우지 않고 말을 잇는다.

"뉴스 봤냐?"

"어떤 거? 사법 파동?"

전흥우 대법원장에 대한 항명으로 대법관 여럿이 옷을 벗은 이후 판사들이 줄줄이 사표를 쓰고 있었다. 그 숫자가 지금까지 서른아홉. 앞으로 백 명이 넘을 거라는 추측까지 조심스레 나오고 있다. 가장 큰 논란이라 말한 건데, 아니었나 보다.

오바른 판사가 인상을 확 찌푸린다.

"그거 말고! 이거, 이거!"

그리고 이한영을 향해 휴대폰을 쑥 내밀었다.

경찰 간부가 조직폭력배 두목과…….

경찰 간부가 조직폭력배 두목과 같은 동호회 활동을 하며 금품을 받았다는 기사다.

"이게 왜?"

"내 담당이거든."

왜 그런진 모르겠지만 오바른 판사의 표정이 뿌듯해 보인다. 잠시 그의 얼굴을 살피던 이한영이 대수롭지 않게 고개를 끄덕였다.

"진실을 잘 밝혀서 꼭 엄벌을 내려줘라. 부탁한다."

이한영이 오바른 판사의 어깨를 툭툭 쳤다.

격려의 의미인데 기분이 나빴나 보다. 오바른 판사가 뜬금없이 화를 낸다.

"끝까지 우습게 보지?"

"내가 뭘?"

"나도 이 사건 잘해서 스타 판사 될 거야. 내가 치고 올라가면 네 자리는 없을걸. 연수원에서도 내가 공부 더 잘했잖아! 그러니까 혼자 잘났다고……!"

결국 자신이 공부도 더 잘했고 잘났는데 이한영이 잘나가서 배가 아프다는 말이다.

절로 한숨이 흘렀다.

이놈이나 저놈이나, 한심하다.

"저기, 오바른 판사? 스타 되려고 판사 한 거야? 그러니까 우리가 공부만 해서 세상을 모른다고 욕먹는 거야. 스타가 되고 싶으면 연예인을 해. 그 얼굴로 연기하면 연기파 조연은 하겠네. 왜 판사를 하고 있어?"

"야!"

논리에서 막히자 오바른 판사의 눈에 불이 번쩍였다.

하지만 이한영은 상관하지 않는다.

"강신진 수석 부장님이 지금 그 말 들으면 정말 좋아하시겠다. 형사에서 인물 났다고 칭찬받지 않을까? 그러니까 그대로 전해드릴게."

강신진 수석 부장의 이름이 나오자 분노가 빠르게 조절되나 보다. 두 눈을 치켜세웠던 오바른 판사의 눈매가 언제 그랬냐는 듯 순한 양처럼 변한다.

"이, 이를 거야?"

"봐서."

다시 사무실로 향하는 이한영의 옆으로 오바른 판사가 쪼르르 따라붙었다.

"야, 농담도 몰라? 내가 말이 헛나왔네. 스타가 된다는 게 아니라, 그러니까 나도……."

열심히 자기변호를 하는 오바른 판사의 목소리를 들으며 이한영은 픽 웃었다.

말만 그렇게 했지 실제로 이야기할 생각은 전혀 없다. 오바른 판사는 행동이 재수 없기는 해도 법에 어긋나는 판결은 내리지 않는 사람이다. 그리고 그는 곧 죽는다.

이한영이 그의 어깨에 팔을 둘렀다.

"내가 오바른 판사 목숨 한번 살려준 거야. 그러니까 잘해."

오바른 판사가 활짝 웃는다.

"안 이를 거지?"

"그건 봐서."

"아, 진짜!"

그때 사무실 문이 확 열렸다. 나온 사람은 김윤혁이다. 그가 이한영을 보고 휴대폰을 들어 올린다. 이한영의 시선은 자연스레 그 휴대폰으로 향한다.

'저 안엔 뭐가 있는 거야?'

김윤혁은 물론이고 김진한 부장까지 한 번에 쓸어버릴 수 있는 무엇!

정말 궁금했다. 마음 같아선 지금 당장 다리를 걸어 자빠뜨린 후 휴대폰을 빼앗아버리고 싶다. 하지만 참아야 한다.

김윤혁이 사람 좋아 보이는 미소를 지으며 입을 연다.

"아, 전화하려고 했는데."

"전화?"

"지금 법원장님 지시로 단독판사 모두 대회의실로 모이래."

그때 오바른 판사의 휴대폰에 진동이 울렸다. 그가 전화를 받는다.

"아, 대회의실? 들었어. 지금 갈게. 응? 휴대폰 놓고 오라고?"

오바른 판사가 전화를 끊으며 이한영과 김윤혁을 향했다.

"휴대폰 놓고 오라는데? 법원장님 앞에 계시는데 휴대폰 만지작거리면 손모가지를 잘라버린다고……."

그들은 휴대폰을 내려놓기 위해 사무실로 들어갔다. 주머니에서 휴대폰을 꺼내 책상에 올린다. 하지만 이한영의 시선은 자신의 휴대폰이 아니라 김윤혁의 것에 집중되어 있었다.

'기회? 아니면?'

세 사람은 다시 복도로 나와 회의실로 향했다.

김윤혁의 휴대폰에 생각이 집중된 이한영은 자연스레 한발 물러서서 걷는 중이다.

'일이 있다고 다시 사무실로 돌아가?'

하지만 그런다 해도 문제는 있다. 김윤혁의 휴대폰은 패턴으로 잠겨 있기 때문이다.

'보통 사람의 패턴은 N, Z, 일자, 대각선, 네모 등 단순화된 도형이 많아. 김윤혁도 그럴까?'

일단 생각을 했으면 움직인다. 하지만 무리였다.

이한영이 입을 열려 할 때…… 뒤에서 다가온 김진한 부장이 어깨에 팔을 둘렀다.

“법원장님이 모이라고 했지?”

“아, 네.”

김윤혁과 오바른 판사가 몸을 돌려 김진한 부장에게 허리를 굽힌다.

김진한 부장이 슬쩍 웃으며 말을 잇는다.

“잘 들어. 원래 사법 파동 나고 이러면…….”

이한영은 사무실에 다녀오겠다는 말을 일단 미뤘다.

의심 많은 김진한 부장과 얼굴에 철갑을 두른 김윤혁이 함께 있는 이상 행동을 자제해야 한다.

그리고 대회의실에 도착했다.

김진한 부장이 열심히 하라는 말과 함께 자리를 떠나자 김윤혁의 눈이 이한영에게 향했다.

“들어가자.”

“그래야지.”

지금 사무실에 갈 수는 없지만 기회는 있다. 백이석 법원장이 이야기하는 중에 잠시 시간을 내면 된다.

이한영은 강단에서 가장 멀리 떨어진 뒷자리에 의자를 빼고 앉았다. 밖으로 나가기 위해 문까지는 두 발만 걸어가면 되는 자리다.

잠시 후 백이석 법원장이 들어와 강단에 서자 그의 옆으로 강신진 형사 수석 부장과 임정식 민사 수석 부장이 섰다.

백이석 법원장이 입을 연다.

“모두 이야기를 들었을 거야. 단독판사와는 상관없는 이야기처럼 들릴지 몰라도 대법관 여럿이 옷을 벗은 이후…….”

백이석 법원장의 목소리가 이어지는 동안 김윤혁의 생각은 이한영에게 닿아 있었다.

‘이한영…….’

김윤혁의 인생에서 이렇게까지 열등감을 느낀 적은 처음이었다. 그는 공부로도, 인정받는 것으로도 언제나 중심에 있었다. 하지만 어느 순간부터 이한영에게 밀렸다. 처절할 정도로 노력하지만 그 거리는 좁혀지지 않는다.

'하지만 이번 재판이 끝나면 내가 널 앞지르기 시작할 거야. 김진한 부장이나 강신진 수석 부장이나 공을 무시할 사람들은 아니니까. 백이석 법원장님의 관심도 받을 수 있겠지. 이젠 네가 내 뒤를 따라와라.'

백이석 법원장의 목소리는 계속 이어졌다.

"우리 법원에서도 사직서를 낸 판사가 많아. 부장판사 네 명이 자리를 비웠어. 그래서 이민기 판사."

"네!"

이유는 모르겠지만 백이석 법원장은 단독판사들의 이름을 부르고 있었다.

이한영은 이제 슬슬 밖으로 나가 사무실로 향할 준비를 했다. 그리고 마침내 엉덩이를 뗐을 때…….

"마지막으로 이한영 판사."

"네!"

이한영은 일단 대답했다.

백이석 법원장이 이한영을 바라보며 말을 잇는다.

"이상 네 명은 합의부 부장판사 대행으로 임무를 수행한다."

"……!"

단독판사였던 이한영이 부장판사의 임무를 수행하게 되었다. 비록 대행이지만 승진의 초고속 기차를 탄 것이나 마찬가지다. 이런 경우 대행이 끝나면 파견 판사 또는 요직에 올라 빠르게 앞서 나간다. 이한영은 얼떨떨한 표정으로 백이석 법원장을 바라봤다.

그리고 김윤혁은 누가 봐도 확연히 알 수 있을 정도로 안색이 창백하게 바래가고 있었다.

동시에 대회의실이 술렁거리기 시작했다.

"뭐야? 이한영이 부장판사 대행이라고?"

"저놈 서열이 어떻게 되지? 서열 꼬이는 거잖아?"

"너무 편애하는 거 아냐?"

이한영을 호명하기 전에 말한 세 명은 서열상 위에 있고 곧 부장판사를 달 사람들이기에 대행 임무를 맡는 게 당연하다고 생각되었다. 하지만 이제 2년 차 단독 나부랭이가 기라성 같은 선배들을 뒤로하고 대행 임무를 맡게 되었으니 불만의 목소리가 터지는 것은 당연하다. 누군가는 판사들이 독립적이라 서열이라는 것에 무관심하다고 하지만 그 속을 들여다보면 검찰보다 무섭게 서열 세우기를 한다.

법원에 근무하는 사람들은 판사의 초임지만 알아도 연수원의 등수를 알 수 있고, 나란히 걸을 때의 위치나 사무실의 배정만 봐도 서열을 알 수 있다고 말할 정도다.

판사의 서열 세우기는 임용부터 시작된다. 성적순으로 지방과 수도권, 서울로 발령지를 가르고, 서울 내에서도 중앙과 동, 서 등으로 나뉜다. 문제는 이게 동기들만의 경쟁이 아니라는 거다. 어느 자리에 누가 먼저 앉느냐에 따라 선후배의 서열이 바뀔 수도 있다.

먼 훗날 대법관이 되었을 때도 마찬가지다. 대법관은 한 층에 세 명씩 사무실을 배정받는데, 가장 서열이 높은 사람이 가운데 사무실을 사용한다. 여기서 서열은 기수의 순서가 아니라 누가 먼저 대법관이 되었냐를 본다.

대법관이나 된 사람들도 서열을 중요시하고 어느 위치의 방을 사용하느냐에 예민하게 반응하는데, 이한영에게 뒤처졌다고 생각한 단독판사들의 불만은 당연한 거다.

속삭이고 있어서 명확하지는 않지만 웅성거림 속에 불만이 녹아 있다는 것은 백이석 법원장도 확실히 느끼고 있었다. 백이석 법원장의 시선이 옆으로 향했다. 그곳엔 강신진 수석 부장이 서 있었다.

지금껏 우두커니 서 있던 강신진 수석 부장이 성큼 앞으로 걸어 나왔다.

"이한영 판사의 부장판사 대행을 추천한 것은 나다."

그 한마디에 지금껏 시끄러웠던 웅성거림이 싹 사라졌다.

백이석 법원장과 임정식 수석 부장은 이한영과 함께 충남에서 올라온 사람들이다. 그들이 추천했다면 팔이 안으로 굽는다고 뒷말을 하겠지만, 강신진 수석 부장은 다르다. 그는 지금껏 서울에서만 생활해 온 사람이다.

강신진 수석 부장이 단독판사들을 죽 훑어보며 다시 입을 열었다.

"자네들의 섭섭함은 알고 있어. 하지만 시국을 한번 생각해봐."

강신진 수석 부장이 말하는 동안 김윤혁은 고개를 숙이고 있었다. 갈라진 표정을 감추기 위해서다. 다른 단독판사들이 느닷없이 손바닥으로 뒤통수를 후려 맞은 것 같은 느낌을 받고 있다면, 김윤혁은 해머로 처맞은 충격을 느끼고 있었다.

친척이 땅을 사도 배가 아픈 세상이다. 그런데 함께 쭉 생활한, 게다가 한때는 별것 아닌 사람으로 취급했던 이한영이 갑자기 확 치고 올라왔다.

미쳐버리는 느낌이었다. 하지만 꾹 참고 기다렸다. 그리고 멀어졌던 거리를 다 따라잡았다고 생각했는데, 이한영은 또 도망가버린 것이다. 그것도 강신진 수석 부장의 손에 의해…….

김윤혁이 형언할 수 없는 눈웃음을 지으며 고개를 들었다. 강신진 수석 부장이 목소리를 높이고 있다.

"우리 판사들도 변했다는 것을 보여줘야 해! 그래서 이한영 판사를 추천했어!"

그 말을 들으며 김윤혁은 원한에 사무친 목소리를 작게 냈다.

"손에 구정물을 묻히는 건 나잖아. 이한영은 당신을 위해 손을 더럽히지 않았잖아? 왜 내가 아니라 이한영인데……?"

충격적인 발표가 끝나고 단독판사들은 대회의실을 떠났다. 강신진 수석 부장이 어찌어찌 수습은 했지만 판사들의 불만은 쉽게 사라질 것 같지 않았다.

모두가 떠나고 마지막으로 김윤혁이 힘겹게 일어날 때 그의 옆으로 임정식 수석 부장이 섰다.

“김윤혁.”

“아, 네.”

임정식 수석 부장은 충남에 있으며 김윤혁을 지켜본 사람이다. 그리고 임정식 수석 부장 역시 오랜 시간 출세 가도에서 벗어나 동기들의 진급을 지켜보기만 했던 사람이다. 그래서 김윤혁의 심정을 누구보다 잘 안다고 생각했다.

“얘기 좀 하자.”

* * *

“일단 이 재판부터 대직으로 들어가도록 해.”

이한영의 앞으로 두툼한 서류가 던져졌다. 던진 사람은 백이석 법원장이다.

이한영이 고개를 저었다.

“법원장님, 제가 부장 대행을 한다는 것은…….”

백이석 법원장이 안경을 벗으며 이한영의 말을 단칼에 자른다.

“능력이 없어서 못 하겠다는 건가? 아니면 내 지시를 거역하겠다는 건가?”

“법원장님…….”

서열을 무시한 채 치고 올라가면 적이 많아진다. 지금도 충남에서 서울로 올라왔다고 아니꼽게 보는 사람이 많은데, 그 이상이 되면 피곤하다.

하지만 백이석 법원장의 목소리는 단호했다.

“능력이 있다면 해!”

이한영은 대답할 수 없었다.

백이석 법원장이 빙긋이 미소를 짓는다.

"대행을 마치면 국회나 해외로 파견을 가든가 아니면 행정처에서 5년 정도 시간을 보내게 될 거야. 그다음엔 서울행정법원 부장판사가 되겠지."

"네?"

뜬금없는 말이 이어지고 있다.

"임기를 마치면 고등법원 부장판사가 될 거야. 다음엔 행정처장이 될 테고, 마지막으로 대법관, 대법원장의 자리에 앉아야지."

이한영의 눈빛에 의문이 들었다. 지금 백이석 법원장은 최고의 엘리트 코스를 거론하고 있다.

백이석 법원장이 계속 말을 이었다.

"앞길은 닦아놨지만 앞으로 어떻게 될지는 몰라. 아스팔트 길이라 해도 금이 가고 들풀이 자라는 건 막을 수 없으니까. 그 길을 걷는 것은 자네 하기 나름이네."

"무슨 말씀을 하시는지 모르겠습니다."

"내가 얼마나 판사 생활을 할 수 있을 것 같은가? 얼마 전 내 동기인 박주호 대법관이 옷을 벗은 건 알지?"

전생과 같았다면 옷을 벗는 것은 백이석 법원장이었을 것이다. 하지만 이한영의 개입으로 백이석 법원장은 대법관이 되지 못했고, 당시 특허법원장이었던 박주호가 대법관에 올랐다. 그리고 그가 옷을 벗었다.

"대법관이 공석이야. 그 자리에 누가 갈 것 같나?"

당연히 백이석 법원장이다. 이제 그가 그 자리에 오르는 것은 막을 수 없다.

백이석 법원장이 다시 입을 연다.

"나도 박주호와 똑같은 길을 걷게 되겠지. 전흥우 대법원장과 싸우다가 옷을 벗게 될 거야. 그런데 그러기엔 아쉬워. 내가 사법부에 뿌려 놓은 씨앗이 없어.”

그래서 찾은 씨앗이 이한영이다.

“내가 못 한 일을 대신 해줬으면 좋겠어.”

백이석 법원장은 자신이 못 한 일이 무엇인지 굳이 말하지 않았다. 하지만 그게 무엇인지는 듣지 않아도 알 수 있었다. 외부 세력에 흔들리지 않는 강한 사법부, 원칙에 따라 강직한 판결을 내릴 수 있는 판사다.

“사람들이 농담으로 이야기하는 걸 들었어. 백이석이 늙은 호랭이라면 이한영은 새끼 호랭이라고. 떠나기 전에 새끼 호랭이 등에 날개를 달아 주고 싶은데, 거절하겠나?”

이한영은 천천히 허리를 굽혔다.

백이석 법원장의 진심 어린 마음을 거부할 수 없었다.

“법을 어긴 사람에겐 자비 없는 호랑이가 되도록 노력하겠습니다.”

백이석 법원장이 책상에서 일어나 이한영의 앞으로 다가왔다. 그리고 그의 등을 토닥였다.

“빠르게 올라가서 누구보다 먼저 정점을 밟도록 해. 내가 해줄 수 있는 마지막 일이야.”

* * *

법원장실에서 나와 복도를 걸을 때 이한영의 휴대폰이 울렸다. 정건우 계장이다.

“네, 계장님.”

–흐흐흐, 내가 아까 축하한다고 했던 말이 뭔지 알겠죠?

커피숍에서 정건우 계장을 만났을 때 그는 뜬금없이 축하한다고 말했었다. 지금 보니 그게 부장판사 대행을 말하는 거였다.

–축하드립니다. 그 경력에 대행하는 것은 정말 파격적인 거예요.

"감사합니다."

—뭐, 그건 그렇고요. 아까 그 대포 통장 있잖아요?

"아, 네."

—명의 주인이 노숙자예요. 돈을 넣은 사람 역시 노숙자고요. 그런데 이 사람들 명의로 불법적인 일이 많았나 봐요. 검찰에서도 뒤를 쫓고 있네요. 곧 뿌리가 잡힐 것 같습니다.

듣던 중 반가운 소리다. 이 계좌가 추적된다면 김윤혁과 김진한 부장을 한 번에 찍어버릴 수 있다.

이한영은 어느새 사무실 앞에 도착했다.

문을 열고 들어가니 김윤혁이 그늘이 가득 진 얼굴로 앉아 있다. 하지만 들어온 이한영을 보며 애써 웃는다.

"축하해."

"땡큐."

이한영이 대수롭지 않게 말하고 자리에 앉자 김윤혁이 다시 입을 연다.

"이사는 언제야?"

단독에서 합의부로 이동한 이상 이 사무실을 계속 사용할 수는 없다. 이동해야 한다.

"글쎄, 임정식 수석 부장님 말씀으론 내일 바로 옮기라던데."

"같이 있을 줄 알았는데, 또 떨어지네. 아쉽다."

이한영이 치고 올라간다는 사실에 충격을 많이 받았나 보다. 아쉽다는 목소리에 진심이 느껴지지 않았다.

'가면에 금이 가고 있나?'

이한영은 힐끗 김윤혁에게 시선을 이동했다.

'갔네, 금.'

입가엔 미소가 있지만 눈은 아니다. 질투와 시기가 가득하다.

'흔들어봐?'

이한영은 백이석 법원장에게 받은 서류를 꺼내 보였다.

자연스레 김윤혁의 시선이 서류로 움직인다. 예상대로 또 묻는다.

“사건을 받은 거야?”

“어. 이번에 사직서를 낸 부장님이 맡았던 사건인데, 급한가 봐.”

“뭐야?”

“화학 공장 산업재해.”

“……산업재해?”

김윤혁의 목소리가 떨떠름하다.

“응. 네가 맡은 유성전자 산업재해랑 비슷하네? 재판은 내가 하루 더 빨라.”

김윤혁의 눈동자에 당혹감이 차오른다. 만약 이한영이 피해자들의 손을 들어주게 되면 그 뒤에 김윤혁은 난감해진다.

비슷한 내용의 비슷한 사건에서 다른 판결이 내려진다면 지금껏 조용했던 언론이 우르르 눈을 돌릴 것이다. 지금이야 유성그룹에서 언론을 막고 있다고 하지만 기자라는 족속은 언제든 배신해서 불붙은 집에 기름을 끼얹는 게 취미인 사람들이다.

‘내가 손가락질을 받을 수도 있잖아?’

평판에 상당히 신경을 쓰는 김윤혁이다. 지금 이한영의 말이 불편하게 다가올 수밖에 없다.

이한영이 힐끗 그의 표정을 살폈다.

‘한 번 더 흔들어?’

사람은 흔들리면 어떻게든 자세를 잡기 위해 무리수를 던진다. 그리고 무리수는 언제나 패착이 되기 마련이다.

“궁금한 게 있는데…….”

느릿한 목소리에 김윤혁의 흔들리는 동공이 이한영을 향한다.

“어떤 거?”

"며칠 전에 임정식 수석 부장님 지시로 보안 점검 확인차 보안실에 갔거든."

"보……안실?"

김윤혁의 철갑에 쩍쩍 금이 가는 소리가 들린다. 조금만 더 던지면 완전히 깨부수고 숨겨진 민낯을 볼 수 있을 것 같다.

'확실히 내가 죽기 전에 봤던 김윤혁보다는 약하구나? 이 정도로 당황하고.'

약한 악당은 짓밟는 게 제맛이다.

"엘리베이터에서 CCTV를 보면서 통장을 꺼내 보던데, 그거 뭐야? 적금 타?"

이한영이 이렇게 이야기한다고 해서 김윤혁이 이 말을 김진한 부장에게 전달하지는 못한다. 그가 했던 행동은 김진한 부장을 옭아매려는 방법이었기 때문이다.

당황한 모습을 보이지 않으려고 정말 억지로 웃는 김윤혁을 향해 이한영이 쐐기를 박아 넣었다.

"혹시나 해서 그러는데 안 좋은 돈이면 다시 돌려줘."

쩍! 김윤혁이 쓴 철갑이 갈라지는 소리가 들리는 것 같다. 당황했는지 말까지 더듬는다.

"아, 아니야, 아무것도 아니야."

표정은 아무것도 아닌 게 아니다. 하지만 더 관찰할 수는 없었다.

김윤혁이 비틀거리며 자리에서 일어섰다.

"자, 잠깐 나갔다 올게."

* * *

"이한영 판사가 화학 공장 산업재해를 판결한다고 합니다!"

"그래서?"

"제 판결보다도 빨리 진행될 거예요! 만약 이한영이 피해자들의 손을 들어주게 된다면……!"

김윤혁의 말을 듣던 김진한 부장이 고개를 저었다.

"윤혁아, 우린 독립성을 인정받기 때문에 판결에 책임을 지지 않아. 잘못된 판결도 재판의 일부야. 왜 이한영과 비교하려고 해?"

"언론에서 저를 지목할 겁니다."

김진한 부장이 한숨을 푹 내쉰다.

"잠깐이야, 잠깐. 그 새끼들이 짖어봤자 일주일이야. 또 다른 사건이 터지면 넌 묻혀. 신경 쓰지 마."

그렇게 말했지만 김윤혁의 표정은 바뀌지 않았다.

김진한 부장이 자리에서 일어나 김윤혁의 앞에 섰다.

"그리고 네가 이한영의 논리를 깰 수 있는 판결을 내리면 되는 거잖아? 못 할 것 같아? 시작도 하기 전에 이한영보다 못하다고 스스로 꼬리 내리는 거야?"

"만약에……."

"만약에 뭐?"

"……청부였다는 게 들키면 어떻게 되는 겁니까?"

김윤혁은 이한영이 냄새를 맡았다는 말이 목구멍까지 치밀어 올랐지만 참았다. 그 이야기를 꺼냈다간 자신이 어떤 행동을 했었는지까지 까발려야 하기 때문이다.

"너만 조심하면 들키지 않아!"

김진한 부장이 말을 씹어 뱉으며 김윤혁을 노려본다.

하지만 김윤혁도 지지 않는다.

"전 혼자 죽지 않을 겁니다."

"뭐라고?"

두 사람 사이에 팽팽한 밧줄이 당겨지는 것 같다.

불같은 시선이 맞붙을 때 김진한 부장이 설레설레 고개를 저었다.

"윤혁아, 너 너무 민감한 것 같다? 혹시 이한영이 부장판사 대행을 맡아서 그런 거야? 너무 마음 쓰지 마. 강신진 수석 부장님이 너를 왜 충남으로 보냈겠어? 연수원 2등이면 처음부터 이곳에 올 수 있었는데. 수석 부장님은 힘들게 기어올라온 것이 실력이라 믿는 분이야. 이번에 네가 맡은 일도 강신진 수석 부장님이 믿으니까 친히 주신 거야. 알잖아?"

김진한 부장이 김윤혁의 어깨를 툭툭 치며 말을 잇는다.

"원래 느린 거북이가 토끼를 이기는 법이야."

그때 덜컥 문이 열렸다. 들어온 이는 강신진 수석 부장이다. 김윤혁과 김진한 부장이 빠르게 허리를 굽히자 강신진 수석 부장이 빙긋이 웃는다.

"손님이 있었네?"

김진한 부장이 고개를 끄덕인다.

"네."

강신진 수석 부장의 시선이 스르륵 김윤혁에게 향했다.

"지난번에 인사한 적 있지? 이름이, 김윤호라고 했나?"

강신진 수석 부장은 김윤혁의 이름을 잘 모르고 있었다.

김윤혁의 일그러진 얼굴이 확, 김진한 부장을 향한다. 김진한 부장은 티가 날 정도로 당황하고 있다.

"수, 수석 부장님."

강신진 수석 부장의 시선이 김진한 부장에게 향할 때, 김윤혁이 분노를 꾹 참는 목소리로 입을 열었다.

"김윤호가 아니라 김윤혁입니다."

하지만 강신진 수석 부장은 대수롭지 않게 여긴다.

"미안하군. 나이가 들어 그런지 깜빡깜빡해. 앞으로는 잊지 않도록 하지."

그게 끝이었다.

그는 이내 김진한 부장에게 시선을 향했다.

김윤혁은 한없이 무시당한다는 느낌을 받았다. 하지만 상대는 수석 부장이다. 단독판사 따위가 계속 붙잡을 수는 없다.

김윤혁이 고개를 숙이고 있는데, 강신진 수석 부장이 김진한 부장에게 입을 열었다.

"일전에 미뤘던 약속 다시 잡아."

"미뤄 뒀던 거요?"

"그거."

검찰총장과의 약속을 말하는 거다.

"알겠습니다."

김진한 부장의 대답에 강신진 수석 부장은 방을 떠나기 위해 몸을 돌렸다. 하지만 곧 고개를 틀어 다시 김진한 부장을 향한다.

"김진한 부장, 이한영 판사하고 조만간 술 한잔하지. 그 약속도 잡아둬."

김윤혁의 입이 콱 다물렸다.

'이한영과 술을 마신다고? 더러운 일을 맡은 난 뭐야……!'

강신진 수석 부장이 떠나고 방에는 적막이 찾아왔다.

그 적막을 깬 것은 미안한 눈빛으로 김윤혁을 바라보던 김진한 부장의 목소리다.

"윤혁아, 원래 수석 부장님이 판사들의 이름을 깜빡깜빡하셔……."

김윤혁이 메마른 입술을 어렵게 연다.

"큰일을 하는 과정엔 시체가 쌓인다면서요? 저도 이름 없는 시체가 되는 건가요?"

무거운 한숨을 내뱉은 김진한 부장이 힘주어 입을 연다.

"이번 재판으로 네 실력을 보여줘. 완벽한 법리로 이한영을 피해자의 감성팔이에 넘어간 판사로 만들어. 그럼 궁지에 몰리는 것은 이한영이 될 거야. 강신진 수석 부장님도 네 이름을 잊지 않게 될 거고."

“알겠습니다. 그만 가보겠습니다.”

김윤혁은 힘없는 얼굴로 고개 숙여 인사했다. 그리고 김진한 부장의 방을 벗어났다. 복도로 나온 김윤혁 앞에 뜬금없이 오바른 판사가 보인다.

오바른 판사가 김윤혁과 닫힌 문을 번갈아 보더니 묻는다.

“김진한 부장님 사무실에서 나오네?”

김윤혁의 굳어졌던 표정은 언제 그랬냐는 듯 평소처럼 돌아와 있었다.

“어, 말씀드릴 게 있어서.”

“뭐? 어떤 거?”

“그냥, 별거 아냐.”

김윤혁이 오바른 판사의 옆을 스쳐 간다. 동시에 그의 얼굴은 다시 딱딱하게 굳어져간다.

‘김진한 부장, 난 혼자는 안 죽어.’

그의 머릿속은 방금 김진한 부장의 방에서 있었던 일을 떠올리고 있다. 강신진 수석 부장이 들어오고 자신에게 했던 말.

‘김윤호라고? 씨발, 내 이름은 김윤혁이야!’

짜증 났던 순간은 오랫동안 잊히지 않을 것 같았다. 그때 김윤혁의 머릿속에 문뜩 뭔가가 떠올랐다.

두 사람이 했던 대화.

“일전에 미뤘던 약속 다시 잡아.”

“미뤄 뒀던 거요?”

“그거.”

‘그거? 그게 뭐지?’

주어를 생략한 대화는, 김윤혁이 들으면 안 되는 내용이기 때문이다.

‘도대체 누굴 만나려고?’

김윤혁의 시선이 천천히 틀어진다. 불같은 눈빛이 김진한 부장의 방을 쏘아보고 있다.

'필요한 사람은 쓰임이 끝나면 언제든 버릴 수 있어. 하지만 비밀을 공유하고 있는 사람은 버릴 수 없어.'

김윤혁이 주먹을 꽉 쥐었다.

그는 이번 재판이 진행되는 동안 두 가지 목표를 세웠다. 하나는 이한영보다 앞서는 것이고, 다른 하나는 강신진 수석 부장과 김진한 부장의 비밀을 손에 쥐는 것이다.

* * *

다음 날.

이한영은 짐을 챙기고 있었다. 새로운 사무실로 이동해야 하기 때문이다.

기록물을 보던 김윤혁이 고개를 들어 이한영을 향했다.

"아쉽네."

"나도."

"아, 나 유성전자 재판 일정을 바꿨어. 당겨서 하기로 했거든."

김윤혁은 희미한 미소를 지었지만, 이한영의 눈엔 시커먼 속마음이 보였다.

'되지도 않는 수작을 부리고 있어?'

비슷한 내용의 재판이 연달아 일어나면 아무래도 뒤에 하는 사람의 부담이 클 수밖에 없다. 김윤혁은 수단과 방법을 가리지 않고 이한영의 우위에 서려는 것이다.

하지만 상대는 이한영이다. 그런 것 따위는 상관하지 않는다.

"좋은 판결 내려줘. 나도 참고 좀 하게."

"그럴게."

김윤혁은 조용히 대답하며 그가 짐 챙기는 모습을 집중해서 보고 있었다.

김윤혁이 궁금한 것은 하나다. 몰래 보려고 했던 이한영의 책상 서랍! 잠겨 있던 그곳에 무엇이 있는지 궁금했다. 이한영이 먼저 퇴근한 후에 열어보려고 했던 게 한두 번이 아니다. 하지만 이한영이 키를 가지고 다녀서 확인할 수가 없었다.

오늘 바로 그 숨겨졌던 책상 서랍이 열리자 김윤혁의 눈동자는 더 짙어졌다. 이한영이 꺼낸 것은 두툼한 서류봉투다. 그런데 강신진 수석 부장의 도장이 찍혀 있다.

'뭐지?'

다른 것도 아니고 강신진 수석 부장의 도장이라니. 안에 뭐가 들었는지 미칠 정도로 궁금했다.

김윤혁이 마른침을 삼켰다. 몇 걸음만 걸어 손을 뻗으면 닿을 수 있는 거리! 마음만 먹으면 봉투를 찢고 안에 있는 내용물을 확인할 수 있다. 하지만 닭 쫓던 개가 지붕만 쳐다보듯 아쉬움 가득한 눈동자로 바라보는 게 전부였다.

이한영이 봉투를 박스에 넣으며 힐끗 김윤혁의 표정을 살폈다.

'궁금하지?'

일부러 보인 거다.

사실 책상 서랍 안에는 아무것도 없었지만 몰래카메라를 통해 김윤혁이 뒤지던 것을 보고 일부러 넣어둔 거다. 강신진 수석 부장의 도장이 찍힌 서류는 김진한 부장에게 어렵지 않게 받았다.

'계속 궁금해해라.'

잠시 후, 이한영은 새로운 사무실 앞에 섰다.

문을 열자 책상에 앉아 있던 윤슬혜 판사가 벌떡 일어나 고개를 숙인다.

"제가 오른팔입니다. 앞으로 잘 부탁드립니다."

그녀가 이한영의 우배석판사를 하게 되었다.

이한영은 책상에 짐을 내려놓은 후 좌배석으로 배정된 판사에게 시선을 향했다.

"그쪽이 왼팔?"

"잘 부탁드립니다. 이소이라고 합니다."

"이소이 판사는 이제 막 예비 끝났지? 법정에 서는 건 처음인가? 힘들겠지만 잘 부탁해."

"열심히 하겠습니다."

잠깐의 인사가 끝나고 이한영이 손뼉을 쳤다.

"처음 만난 자리라 회식 같은 것도 하고 싶지만 임박한 사건부터 처리해야지. 화학 공장 산업재해, 윤슬혜 판사는 기록물의 중요한 부분을 요약하고, 이소이 판사는 관련 판례를 모두 찾아봐줘."

* * *

"완벽한데?"

김윤혁이 쓴 판결문을 읽어본 김진한 부장이 흡족한 얼굴로 말을 잇는다.

"이한영이 어떤 판결을 내릴지 모르겠지만 네가 이 판결문을 때리면 이한영도 어쩔 수 없이 기업의 손을 들어줄 거야. 네 논리를 깰 수는 없을 테니까. 이건 단독판사의 레벨이 아니야."

최고의 칭찬이다.

김윤혁은 며칠 밤을 지새우며 최선을 다해 판결문을 작성했고, 재판이 시작도 되기 전에 유성전자의 승소가 적힌 판결문을 완성했다.

김진한 부장이 빙긋이 미소를 그린다.

"걱정 없겠어."

"감사합니다."

김진한 부장이 책상에 놓인 탁상 달력을 손에 들었다.

“우리, 밥 먹은 지 오래됐지? 난 이날만 빼고 다 괜찮아. 너만 시간 내면 돼.”

김윤혁의 시선은 ‘이날’에 집중했다.

“그날은 바쁘신가 봐요?”

“아, 선약이 있어서.”

‘약속?’

김진한 부장은 의미 없는 약속을 잡지 않는 사람이다. 강신진 수석 부장과의 비밀스러운 약속이라는 느낌이 확 덮쳐 왔다.

김윤혁이 가만히 있자 김진한 부장이 말을 잇는다.

“언제가 좋아?”

“……아, 전 장날이 좋은데요.”

재판이 열리는 날을 장날이라고 부르기도 한다.

“그럼 유성전자 사건 끝나고 먹을까?”

“네.”

김진한 부장이 달력에 동그라미를 그릴 때 김윤혁이 자리에서 일어섰다.

“그럼 들어가겠습니다.”

“응, 오늘도 고생하고.”

김윤혁은 김진한 부장의 사무실을 벗어났다. 그런데 또 오바른 판사가 보인다.

오바른 판사가 능글능글 웃으며 입을 연다.

“여기서 자주 보네?”

“그러네.”

오바른 판사의 시선이 김윤혁이 들고 있는 서류봉투로 향했다.

“그거 뭐야?”

“판결문. 김진한 부장님께 확인받고 싶었거든.”

"아, 그래? 열심히 해, 흐흐."

오바른 판사의 옆을 스쳐 복도를 걷던 김윤혁은 자신이 작성한 판결문을 들어 올렸다.

'완벽하다고?'

김진한 부장의 실력은 최고 레벨이다. 그런 사람이 입에 발린 칭찬이 아니라 진심으로 말했다.

'내 판결문을 보면 이한영도 어쩔 수 없이 기업의 손을 들어줄 거라고?'

김윤혁의 입술이 비틀어졌다.

'좋네. 이제야 상황이 역전되겠네. 다시 밑으로 내려가라. 넌 내 밑이 어울려.'

김윤혁은 사무실의 문고리를 잡았다.

자신의 사무실이 아니다. 이한영의 합의부 사무실이다. 완벽한 판결문이라는 소리를 들어서 그런지 고생하고 있을 이한영의 얼굴이 너무나 보고 싶어졌다.

끼릭, 문이 열렸다.

그런데 이한영이 보이지 않는다. 혼자 있던 윤슬혜 판사가 자리에서 일어나 고개를 숙인다.

"이한영 판사는?"

"좌배석판사랑 도서관 갔습니다."

김윤혁은 아쉬운 표정으로 고개를 끄덕였다. 그리고 방을 둘러보며 입을 연다.

"이한영 판사가 일감 많이 주지 않아?"

"업무량은 좀 많아요."

"잘 배워. 이한영 판사가 경력이 짧아서 그렇지 실력은 최고니까."

김윤혁은 천천히 이한영의 책상으로 걸어갔다. 그리고 그 책상을 슥 어루만진다.

'합의부로 올라온 첫 재판, 나한테 밟히면 창피해서 얼굴도 못 들겠네. 어쩌면 이 책상의 주인이 바뀔 수도 있겠어. 그 주인은 바로 나.'

김윤혁의 입가에 자신만만한 미소가 스쳤다.

그때 그의 시선에 서류꽂이에 놓인 서류봉투가 보였다. 바로 강신진 수석 부장의 도장이 찍힌 그 봉투다.

김윤혁의 눈동자가 어두워진다. 지금 이곳엔 이한영도 없다. 윤슬혜만 밖으로 내보내면 안에 어떤 내용이 있는지 확인할 수 있다.

김윤혁이 마른 입술을 혀로 핥았다. 그리고 윤슬혜 판사를 향해 시선을 틀었다.

"이 팀의 첫 재판이 화학 공장 산업재해 사건이지?"

"아, 네."

"혹시 판결문 초고 쓴 거 있어? 내가 맡은 사건이랑 비슷해서 참고하고 싶은데."

윤슬혜 판사가 책상에서 파일철을 건넸다.

김윤혁이 판결문 초고를 손에 들며 말을 잇는다.

"미안한데……."

"아, 차 한 잔 드실래요?"

"아니, 혹시 음료수 있을까?"

"음료요?"

당연히 없을 거다. 이 사무실엔 냉장고가 없다.

윤슬혜 판사가 활짝 웃으며 입을 연다.

"제가 사 올게요. 어떤 거 드시겠어요?"

"아냐, 아냐. 없으면 괜찮아."

"아녜요. 우리 재판장님 동기시잖아요. 이 정도는 대접해 드릴 수 있어요."

"그럼 사이다?"

"네!"

윤슬혜 판사가 쪼르르 방을 떠났다.

동시에 김윤혁의 입꼬리가 대각선으로 휘어졌다.

'병신들.'

모든 것이 자신의 예측대로 돌아가고 있었다. 혹시 지갑을 두고 갔니 어쨌니 하는 상황이 발생할지도 모르기에 일단 시간을 두고 판결문 초고나 읽기로 했다.

사실 이한영의 판결문엔 관심이 없다. 어떤 내용이 있든 자신이 쓴 완벽한 판결문이 앞설 것이라는 자신이 있기 때문이다.

하지만 대충대충 넘기던 김윤혁의 손이 점차 느려지기 시작했다. 급기야 다시 앞장으로 넘기기까지 한다. 그의 눈은 튀어나올 것 같다.

'이게 초고라고?'

김윤혁의 아래턱에 힘이 콱 들어갔다.

'도대체 이 새끼는 뭐야?'

이한영은 이 바닥에서 수십 년을 굴러먹은 사람이다. 10년도 안 된 김윤혁이 단순한 노력으로 이길 수 있는 레벨이 아니다. 게다가 미래까지 알고 있다.

절대 이길 수 없다.

김윤혁의 얼굴에 점점 먹구름이 끼었다.

'젠장!'

입안이 바짝 마르고 뒷목이 뻣뻣해지는 걸 느꼈다. 이대로 가면 박살 나는 것은 김윤혁 자신이다.

'도대체 뭐가 완벽한 판결문이라는 거야!'

김윤혁의 머릿속에서 이한영이라는 판사는 거대한 괴물처럼 느껴지고 있었다.

'어쩌지? 어떻게 해야지?'

괴물과 싸워 이길 방법이 떠오르지 않는다. 그는 머리를 최대한 차갑게 만들기 위해 깊게 숨을 들이마셨다. 일단 판결문은 뒤로한다. 당장 해결할 수 있는 문제가 아니다.

지금의 목적은 강신진 수석 부장의 서류를 보는 것이다. 그의 하얗고 마른 손이 서류봉투로 향했다.

그 시각, 윤슬혜 판사는 휴게실에 앉아 이한영과 전화를 하고 있었다.

"네, 판사님. 김윤혁 판사가 와서 방을 비워줬어요."

–아, 잘했어. 한 15분 정도 혼자 있게 만들어.

이한영은 김윤혁이 오면 핑계를 만들어 혼자 있게 하라고 지시했다. 그리고 윤슬혜 판사는 그 지시를 잘 따르는 중이다.

김윤혁은 이미 이한영의 손바닥에 올라왔다. 뭔 짓을 해도 도망치지 못한다.

김윤혁의 눈동자는 갈피를 못 잡고 있었다. 그의 손은 수전증에 걸린 사람처럼 파들파들 떨리기까지 했다.

"이, 이게 뭐야?"

그가 꺼내 본 서류에는 충격적인 말이 적혀 있었다.

–유성전자 사건에 회유할 판사를 추천하라.

–회유할 판사는 우리 쪽 라인이 아니어도 좋다. 언제든 버려도 상관없을 사람이어야 한다.

–보상액은 3천만 원.

'3천만 원?'

김진한 부장에게 받은 통장에 3천만 원이 들어 있었다.

'이, 이거 내 이야기 맞지?'

몇 번을 다시 확인해봐도 자신을 지칭하는 게 맞다.

'그러고 보니까…….'

며칠 전, 이한영이 말했었다.

—안 좋은 돈이면 다시 돌려줘.

김윤혁의 다물린 입에 콱 힘이 들어갔다.

'다 알고 있었던 거야? 지켜보면서 비웃고 있었던 거야?'

김윤혁은 떨리는 손으로 얼굴을 쓸어 만졌다. 허옇게 마른 입술이 달싹이며 중얼대는 목소리가 흐른다.

"……버려도 되는 사람?"

생각이 정리됐는지, 힘없이 흔들리던 김윤혁의 눈동자가 천천히 자리를 찾았다. 그 순간 분노가 확 차오르며 얼굴이 무섭게 일그러진다. 힘을 준 턱엔 핏대까지 보인다. 지금껏 사람 좋아 보이던 그 얼굴이 아니다. 그야말로 악귀다.

김윤혁의 뇌리에 김진한 부장의 얼굴이 스쳐 간다.

"김진한!"

이번엔 강신진 수석 부장의 얼굴이 보인다.

"강신진!"

분노로 씹어낸 이름이다.

마지막으로 이한영의 얼굴이 떠올랐다.

"이한영!"

가장 마음에 들지 않는 얼굴이 이한영이다. 이한영만 없었다면 지금 부장판사 대행을 했을 사람은 바로 김윤혁 자신이다. 그는 그렇게 생각하고 있었다.

김윤혁의 눈동자가 벌겋게 충혈되며 핏물로 쩍쩍 금이 갔다.

"씹어 죽여도 아까울 새끼들!"

그의 눈동자엔 분노의 불꽃이 이글이글 타오르고 있었다.

* * *

이한영은 엘리베이터를 타고 사무실로 올라가고 있었다.

'띵!' 소리와 함께 문이 열리는 순간 김윤혁이 앞을 막아섰다. 김윤혁의 눈빛이 평소와 다르다. 금이 간 가면 속의 민낯이 보일 정도다.

하지만 이한영은 아무것도 모르는 척 입을 열었다.

"그냥 가는 거야? 기다린다더니?"

"기다린다니?"

"윤슬혜 판사한테 전화 받았거든. 기다린다고 해서 급히 올라왔는데."

"아, 미안. 너만 바쁜 게 아니라 나도 바쁘잖아? 할 일이 있어서 먼저 나왔네."

음성이 삐딱하다. 게다가 이한영의 앞을 가로막고 비켜서지 않는다. 잠시 불편한 시간이 흘렀다.

이한영이 한발 다가서며 입을 열었다.

"먼저 타도 좋고, 아니면 비켜줬으면 좋겠는데?"

"한영아."

김윤혁의 눈에 흉흉한 살기가 감돌고 있었다.

하지만 이한영은 내색하지 않았다.

"말해."

"저기……."

김윤혁이 입술을 달싹인다. 하지만 그게 끝이다. 그는 한숨과 함께 고개를 저으며 가로막듯 버티고 섰던 몸을 틀었다. 김윤혁은 마음속에 담고 있는 분노를 토해봤자 우스워지는 건 자신이라는 걸 잘 알고 있었다. 불만을 토로하기보다 몸을 숙이고 다음을 기다리는 게 현명한 거라고 생각했다.

그리고 이한영은 그의 생각을 모두 읽고 있었다. 하지만 티를 내지 않고 그의 옆을 스쳤다.

그때 김윤혁이 나직이 입을 열었다.

"이번 재판, 난 기업의 손을 들어줄 거야."

"알아."

"알아?"

"어, 알아."

김윤혁의 입에 비스듬한 미소가 걸린다.

"넌? 너도 기업의 손을 들어줄 거야?"

"글쎄."

김윤혁이 어이없다는 듯 고개를 흔들었다.

"넌 피해자들의 손을 들어줄 거야, 그렇지? 거지 같은 피해자 새끼들, 얼마 안 되는 돈 때문에 3교대를 뛰며 밤낮없이 일하는 새끼들! 넌 그런 사람들의 손을 들어줄 거야."

이한영의 시선이 김윤혁을 향해 틀어졌다.

"지금 네가 한 말이 재판과는 상관없는 것 같은데……."

"세상을 바꾸는 것은 힘을 가진 권력자들이야. 거지새끼들은 징징거리기만 할 뿐이야. 그 새끼들이 할 수 있는 건 없어."

"무슨 말을 하는 거야?"

김윤혁이 픽 웃으며 엘리베이터에 오른다. 그리고 몸을 돌려 이한영을 향해 냉소적인 눈빛을 보인다.

"새로운 세상이 되려면 조금의 희생은 필요하다더라. 역사는 피로 쓰여 왔고, 이번 재판의 피해자들 역시 역사를 쓰는 먹물이 될 거야. 그런데 한영아, 난 내 피를 흘리지 않을 거야."

이한영의 눈썹이 찌푸려질 때 김윤혁이 닫힘 버튼을 누르며 가라앉은 목소리로 말을 잇는다.

"새로운 세상, 같이 가자. 혼자 가지 말고."

스르륵, 엘리베이터의 문이 닫혔다.

김윤혁의 얼굴이 완벽히 보이지 않게 됐을 때 이한영의 입술이 대각선으로 휘어졌다.

'봤구나?'

이한영이 사무실로 들어오자 기록물에 파묻혔던 윤슬혜 판사가 고개를 들었다.

"김윤혁 판사, 방금까지 있었는데요."

"아, 복도에서 봤어."

이한영은 책상으로 향했다.

그리고 김윤혁이 몰래 봤을, 강신진 수석 부장의 도장이 찍힌 서류봉투를 꺼내 펼쳤다. 당연하지만 이 서류는 강신진이 아니라 이한영이 작성한 거다. 쭉 들어 살펴보니 한쪽이 심하게 구겨진 게 보인다.

'흔적까지 남겨둔 거 보니까 많이 동요했나 보네?'

서류를 보며 부들부들 떨었을 김윤혁의 모습이 눈에 보이는 것 같았다.

이한영이 픽 웃으며 들고 있던 서류를 책상에 던졌다. 그리고 손바닥을 쭉 펴봤다. 손바닥에 올라온 김윤혁이 보인다. 어떻게 움직여야 할지 갈피를 잡지 못하고 당황하고 있다.

'네가 할 수 있는 것은 무리수야. 뭐든 해봐라. 지켜봐줄게. 그리고 윤혁아, 너희가 말하는 새로운 세상은 모두가 좋은 세상이 아니야. 너희들만 좋은 세상이야. 마음껏 만들어봐. 내가 다 박살 내줄 테니까.'

* * *

이한영이 떠나며 잠시 혼자 쓰게 된 방.

김윤혁은 홀로 앉아 있었다. 그런데 평소처럼 정돈된 모습의 방이 아니다. 바닥에 종이가 어지럽게 떨어져 있다.

그때!

“이것도 아니야!”

김윤혁이 들고 있던 기록물을 거칠게 던지며 양손으로 머리를 감싸 쥐었다. 그의 입에서 숨이 토해진다.

“이길 수 없어!”

이번 재판이 이한영을 이길 수 있는 마지막 재판처럼 여겨졌다. 버리는 카드로 선택된 이상 발악을 해서라도 승리를 쟁취해야 한다. 그래야 강신진 수석 부장이고 다른 사람이고 자신을 바라보는 눈을 바꿀 수 있다.

“여기서 실패하면?”

그저 그런 인물로 평가되어 조용히 사라질 거다. 어쩌면 언론의 표적이 되어 사정없이 쏘아지는 화살에 법복을 벗게 될 수도 있다.

김윤혁이 핏기 없는 얼굴로 고개를 저었다.

“그럴 수는 없어.”

하지만 방법이 없다.

이한영의 판결문 초고를 보고 온 이상 답이 보이지 않았다. 머리를 움켜쥐고 있던 김윤혁의 손에 꽉, 힘이 들어갔다.

“어떻게 해야 하지?”

그의 시선이 천천히 달력으로 향했다. 김진한 부장이 말했던 약속의 날이 보인다. 동시에 그의 눈이 번쩍인다.

‘빠져나갈 수 있는 구멍이 있어.’

비밀 약속이 무엇인지는 모른다. 하지만 꼬투리를 잡아 쑤시면 지금 이

구렁텅이에서 벗어날 수도 있다. 잘 이용하면 빠져나오는 것뿐만이 아니라 이한영의 위에 설 수도 있다.

김윤혁의 손이 달력을 힘주어 잡았다.

* * *

"뭐 해?"

며칠 후, 복도를 걷던 이한영은 김진한 부장의 사무실 앞에서 기웃거리는 오바른 판사를 보고 입을 열었다.

오바른 판사가 화들짝 놀라더니 시선을 틀어 이한영을 향한다.

"아 씨, 기척 좀 내고 다녀."

"평소대로 걸었는데. 뭐 하는 거야? 부장님 사무실에 뭐 있어?"

오바른 판사가 거만한 미소를 지으며 고개를 흔든다.

"부장판사 대행 하니까 좋냐? 거긴 나 같은 1등이 갔어야 하는 건데. 넌 몇 등이었지?"

'말을 돌리고 있어?'

오바른 판사는 이한영의 질문에 답하지 않고 화제를 돌리고 있다. 어떤 이유인지는 모르지만 일단 장단에 맞춰주기로 했다.

"오바른 판사보다는 낮았겠지?"

오바른 판사의 거만한 미소가 짙어진다.

"조금만 기다려. 난 부장판사 같은 거 안 하고 바로 수석으로 갈 거니까."

"응. 알았으니까 도박이나 주식 같은 건 절대 하지 마."

오바른 판사는 곧 스스로 목숨을 끊는다. 하지만 그의 죽음에 다른 이유가 있을 것 같아 계속 지켜보는 중이다.

그때 도박이라는 말에 욱한 오바른 판사가 소리를 질렀다.

"그런 거 안 한다니까! 내가 도박을 왜 해!"

그 목소리가 시끄러웠나 보다. 김진한 부장의 사무실이 삐걱 열린다. 그리고 김진한 부장이 밖으로 나왔다.

"도떼기시장이야?"

낮은 목소리에 이한영과 오바른 판사가 바로 허리를 굽혔다.

"죄송합니다."

김진한 부장의 시선이 오바른 판사에게 향했다. 그의 허리 굽힘은 과할 정도다.

"야, 누가 보면 조폭인 줄 알겠다. 허리 펴."

"죄송합니다."

오바른 판사는 겁을 집어먹은 목소리와 함께 허리를 더 굽힌다.

김진한 부장이 혀를 끌끌 차며 이한영에게 시선을 옮겼다.

"이한영 판사, 조만간 시간 비워놔. 술 한잔해야지."

"아, 네."

이한영은 대답하면서 힐끗 오바른 판사의 얼굴을 살폈다. 오바른 판사의 눈은 김진한 부장의 시선을 피해 몰래 사무실을 엿보고 있다.

'겁먹은 눈빛이 아니잖아? 그러고 보니까…….'

이한영이 도박하지 말라는 말을 했을 때 오바른 판사는 평소보다 더 큰 목소리로 '그런 거 안 한다니까!'라고 답했다.

'왜 더 큰 목소리를 낸 거지? 김진한 부장을 밖으로 나오게 하려고?'

이한영의 눈동자가 오바른 판사의 시선을 따라 사무실 안으로 옮겨졌다. 강신진 수석 부장이 느긋하게 앉아 커피를 마시고 있는 모습이 보인다.

'강신진?'

생각은 더 이어지지 못했다. 김진한 부장이 이한영의 어깨를 툭툭 치며 입을 열었기 때문이다.

"열심히 해. 선배들 사무실 앞에선 조용히 하고."

김진한 부장이 다시 사무실로 들어가자 이한영이 오바른 판사를 보며 입을 열었다.

"오바른 판사……."

하지만 이한영의 말은 이어지지 못했다.

오바른 판사가 이한영의 말을 끊고 빠르게 말했기 때문이다.

"잘 기억해. 난 도박도 안 하고 주식도 안 해. 여자 문제도 깨끗하고 또 술도 안 좋아해. 이게 1등이야, 흐흐."

오바른 판사는 재수 없는 웃음을 흘렸다.

동시에 이한영의 눈엔 의문이 담겼다.

'또 말을 돌리고 있어?'

그 시각, 김진한 부장의 사무실 안엔 묘한 긴장감이 흐르고 있었다.

김진한 부장이 결의에 찬 눈빛으로 강신진 수석 부장을 보며 입을 연다.

"출발하실까요?"

"그러지."

김진한 부장의 긴장된 표정과 달리 강신진 수석 부장은 느긋하다. 사무실을 떠나는 모습도 마치 산책하러 나가는 것 같다. 두 사람은 곧장 지하 주차장으로 내려왔다.

운전석에 앉은 김진한 부장이 조수석에 오른 강신진 수석 부장을 보며 경직된 얼굴로 입을 연다.

"괜찮을까요?"

"안 괜찮을 건 또 뭔가?"

오늘은 검찰총장 엄준호를 만나러 가는 날이다.

다른 사람도 아니고 검찰총장을 상대해야 하는 순간이기에 김진한 부장은 평소와 달리 잔뜩 긴장하고 있었다.

"그래도 검찰총장인데요……."

하지만 강신진 수석 부장은 대수롭지 않게 답했다.

“이미 꼬리를 내린 개야.”

얼마 전 엄준호 검찰총장은 자식의 마약 문제 때문에 신념을 꺾고 에스로펌에 무릎을 꿇고 말았다.

그때를 생각하며 강신진 수석 부장이 느긋하게 말을 잇는다.

“처음이 어렵지 다음은 어렵지 않아. 내 앞에서도 무릎을 꿇을 거야. 날도 우중충하니 무릎 꿇기 좋은 날 아닌가?”

가벼운 농담에도 김진한 부장의 표정은 풀어지지 않는다. 그가 무거운 한숨을 내뱉으며 고개를 끄덕였다.

“그럼 출발하겠습니다.”

김진한 부장은 천천히 핸들을 돌려 주차장을 빠져나갔다.

그리고 곧 또 다른 차량이 그 뒤를 따라 움직였다. 바로 김윤혁이었다.

09

서울 삼성동 유성호텔 지하 주차장.

김윤혁은 엘리베이터 앞에 서서 층수를 확인하고 있었다. 방금 강신진 수석 부장과 김진한 부장이 탄 엘리베이터다.

한 층, 한 층 올라가던 엘리베이터가 5층에서 멈춰 섰다. 그곳엔 레스토랑이 있다.

'레스토랑이라…….'

비밀스럽게 잡은 약속이다.

김진한 부장의 성격상 홀이 아니라 방을 예약했을 가능성이 컸다.

'어떻게 하지? 쫓아 올라가도 소득이 없을 수도 있어. 아니, 그 전에 카운터 앞에 강신진과 김진한이 있을지도 몰라. 조금 시간을 두고 움직여야 하나? 아니면…….'

손톱을 물어뜯으며 생각에 빠진 김윤혁의 뇌리에 문뜩 이한영의 얼굴이 스쳤다. 동시에 아래턱에 콱 힘이 들어간다.

'그놈은 망설이지 않아. 그런데 나는 뭐가 두려워서 머뭇거리지? 이한영보다 내가 위야!'

김윤혁은 더 생각하지 않았다.

그는 들고 왔던 야구 모자를 머리에 꾹 눌러썼다. 그리고 모자가 달린 바람막이까지 걸쳤다. 바람막이의 모자까지 덮어쓰자 얼굴이 완벽히 가려졌다.

엘리베이터의 문에 비친 자신의 모습을 확인한 김윤혁은 이내 비장한 눈빛과 함께 엘리베이터에 올랐다. 하지만 쭉 올라가야 할 엘리베이터가 곧 멈춘다. 김윤혁이 시선을 들어 층수를 확인하자 로비 층이다.

스르륵, 엘리베이터의 문이 열리며 거인과 같은 기세를 가진 남자가 예고도 없이 성큼 올라섰다.

'엄준호!'

대한민국 검찰총장이었다.

그를 본 김윤혁은 신경 말단까지 소름이 돋는 것을 느꼈다.

'설마?'

김윤혁은 엄준호 총장의 손에 집중했다. 그는 층수를 누르지 않는다.

'5층에 간다는 건가?'

설마 했던 생각이 확신으로 바뀌고 있었다.

강신진 수석 부장과 김진한 부장이 비밀리에 만나려는 사람은 바로 엄준호 검찰총장이었다.

'도대체 무슨 이유로?'

만날 이유가 없는 사람들이 갖는 회동의 이유가 상상도 되지 않았다. 하지만 지금 중요한 것은 그게 아니다. 그들이 만나는 사람이 검찰총장인 만큼, 김진한 부장이 엘리베이터 앞에서 기다리고 있을 게 분명하다.

빠르게 생각을 정리한 김윤혁은 서둘러 4층을 눌렀다. 띵, 엘리베이터가 멈춰 섰고 김윤혁은 서둘러 내렸다. 그리고 시선을 틀어 올라가는 엘리베이터의 층수를 확인한다.

'역시 5층에서 멈췄어.'

김윤혁은 큰 비밀을 엿본 긴장의 숨을 내뱉었다. 말라만 가는 입술을 혀로 핥으며 김윤혁의 눈빛은 서서히 서늘하게 바뀌어갔다.

'제대로 이용할 수 있을 것 같은데?'

10분쯤 지났을 무렵 김윤혁은 다시 엘리베이터에 올랐다. 그리고 5층에서 내린 후 곧바로 카운터로 걸어가 신분증을 꺼내 보였다.

"법원에서 왔습니다."

카운터 직원의 눈이 동그랗게 커진다.

"법원요?"

"참고할 게 있어서 왔을 뿐입니다. CCTV 영상을 보고 싶은데요. 어디서 확인할 수 있죠?"

"아, 여기서도 볼 수 있는데요."

"그럼 협조 요청서를 보내도록 할 테니까, 확인 좀 할 수 있을까요?"

신분증이 가진 위력은 크다. 카운터의 직원은 의심하지 않고 고개를 끄덕인다.

"잠시만요."

강신진 수석 부장과 검찰총장이 만났다. 어떤 식으로든 세상이 움직일 게 분명했다. 그들이 만났다는 증거를 손에 쥐고 있으면 언제든 유리한 쪽으로 이용할 수 있다.

김윤혁의 입꼬리가 휘어졌다.

'너희는 절대 날 버릴 수 없어!'

* * *

레스토랑 특실의 원탁.

침묵 속의 긴장이 팽팽하게 당겨지고 있었다.

그 긴장을 끊고 입을 연 것은 김진한 부장이었다. 그가 고개를 들어 맞은편에 앉은 엄준호 총장을 향해 입을 연다.

"아시겠지만 요즘 사법부가 혼란스럽습니다. 그 덕에 우리 백이석 법원장님께서 대법관으로 가시게 됐습니다."

엄준호 총장이 고개를 끄덕였다.

"저도 뉴스를 통해 보고 있어요. 벌써 일흔 명이 사직서를 세출했다면서요? 여기까지는 안타까운 소식이지만, 백이석 법원장님이야말로 대법관에 어울리시는 분이라 한편으로는 기쁘게 생각하고 있습니다."

김진한 부장이 마른 입술을 핥으며 말을 이었다.

"……그래서 법원장이 공석일 동안 강신진 형사 수석이 대행을 맡을 것 같습니다."

엄준호 총장은 이번에도 대수롭지 않다는 듯 고개를 끄덕였다.

"그렇겠지요."

김진한 부장이 계속 말을 잇는다.

"강신진 수석은 법원장 대행을 맡은 후 지원장으로 1년 정도 머무른 뒤 법원장에 오를 겁니다."

엄준호 총장의 시선이 강신진 수석 부장에게 향했다.

김진한 부장이 하는 말의 내용은 모두 강신진 수석 부장에 대한 것이다. 그런데 정작 강신진 수석 부장은 어떤 말도 하지 않고 음식만 먹고 있다.

"그래서 하고 싶은 말이 뭡니까? 난 강신진 수석이 법원장이 됐을 땐 은퇴하고 없을 텐데요."

그때 강신진 수석 부장이 빙긋이 웃으며 고개를 들었다. 그리고 시작부터 칼날 같은 말을 찔러 넣었다.

"조사를 좀 해봤습니다. 총장님의 아내분께서 뒤로 받으신 게 꽤 많더라고요?"

엄준호 총장의 눈썹이 있는 대로 찌푸려졌다.

"뭐라?"

하지만 그의 말은 이어지지 못했다.

기다렸다는 듯 김진한 부장이 빠르게 말했기 때문이다.

"우리 법원장님의 사모님께 로비를 먹이려 했던 로펌을 조사하던 중에 총장님의 사모님께서 걸렸습니다. 중앙지검에서 수사하고 있는데, 모르셨나 봅니다?"

김진한 부장의 능글맞은 목소리가 끝나자 얼음이 쏟아진 것 같은 싸늘한 분위기가 공간을 채우기 시작했다.

엄준호 총장이 김진한 부장을 향해 눈을 부라린다.

"그래서 지금 뭘 말하고 싶은 거지?"

지금껏 말을 높였던 총장이지만, 더 이상 존대하지 않았다.

하지만 김진한 부장은 상관하지 않고 자리에서 일어나 허리를 굽혔다.

"법무부 장관을 조사해주십시오."

동시에 벼락같은 호통이 쏟아졌다.

"같잖은 협박에 넘어가 장관을 치라는 건가! 자네들이 나를 건들고 뒷감당을 할 수 있겠어!"

"네."

들려온 말은 강신진 수석 부장의 입에서 나온 것이었다. 그가 티슈로 손을 닦으며 분위기에 맞지 않게 느긋이 말했다.

"법무부 장관이 제 뒤를 조사하고 있다고 합니다. 제가 직접 싸워볼 수도 있지만, 그 전에 총장님께 기회를 드리고 싶었습니다."

"기회?"

"총장님의 임기가 6개월 남은 것으로 알고 있습니다. 명예롭게 가셔야죠."

누가 봐도 협박이다.

엄준호 총장의 손은 파르르 떨려 오고 있었다. 그가 분노를 씹어 뱉었다.

"감히 지방법원의 수석 따위가 검찰총장을 협박하고 있어? 내 남은 임기가 6개월, 그 전에 자네들이 먼저 옷을 벗게 될 거야. 사법부의 치욕으로 만들어 법정에 세워주지. 약속하겠네."

하지만 강신진 수석 부장은 여유롭다. 그가 낮은 목소리로 말한다.

"기각."

엄준호 총장의 눈빛이 무섭게 일그러지며 강신진 수석 부장을 쏘아봤다.

하지만 강신진 수석 부장은 담담하다.

"중앙지검에서 곧 총장님의 뒤를 캐기 시작할 겁니다."

"검찰을 우습게 보지 마. 검사들은 지휘 체계 없이 제멋대로인 판사들과 달라. 내 지휘를 따르는 게 검사야! 그런데 검사들이 내 뒤를 캔다고? 말이 된다고 생각하나?"

"중앙지검 지검장이 총장님의 자리를 노리고 있습니다."

"그놈은 아직 기수가 안 돼."

"총장님을 제물로 삼으면 새 정부에서 관심을 주겠죠. 어차피 국민에게 신뢰받지 못하는 검찰, 이번에 새로 물갈이해서 검찰 개혁을 보여주자. 이런 시나리오, 어떻게 생각하십니까?"

엄준호 총장은 섬뜩한 불안감을 느꼈다. 그가 떨리는 목소리를 애써 감추며 태연하게 입을 열었다.

"좋은 정보 고맙네. 그런데 그 이야기를 듣고도 내가 중앙지검장을 가만히 둘 것 같은가? 내가 먼저 그 새끼를……."

강신진 수석 부장이 손을 휘휘 저었다.

"엄준호 총장님, 일선에서 벗어나셔서 잘 모르시나 본데 영장을 주는 것은 우리입니다. 내가 법원장이 되면 어떤 힘을 써서라도 당신이 청구하는 모든 영장을 기각시킬 겁니다."

"……!"

"영장 없이 수사해보세요. 중앙지검장도 좋고 나도 좋습니다. 누구든 해보세요. 하지만 그 전에 총장님은 구속될 겁니다."

"뭐, 뭐?"

엄준호 총장의 시선이 강신진 수석 부장에게 향했다.

지금껏 평온했던 강신진 수석 부장의 눈이 불을 뿜어내고 있었다. 그가 소름 끼치는 눈빛으로 엄준호 총장을 노려보며 천천히 입을 열었다.

"처음에 총장님께 기회를 드리겠다고 말했습니다. 무소불위의 권력이라 불리는 검찰, 정권의 개라고 불리는 검찰을 바꿀 기회! 빌어먹을 세상을 바꾸는 초석이 되어 명예롭게 은퇴하지 않으시겠습니까?"

형형한 눈빛에 엄준호 총장은 자신도 모르게 눈을 피하고 말았다.

하지만 강신진 수석 부장은 꾸짖듯 말을 이어 나갔다.

"언제까지 권력자들 앞에서 설설 기는 검찰로 놔둘 겁니까?"

"도대체 무슨 소리를 하고 싶은 건가?"

엄준호 총장의 목소리는 많이 누그러졌다. 하지만 강신진 수석 부장의 목소리는 여전히 강하다.

"법이라는 것은 권력과 상관없이 누구에게나 공평하게 만들어졌습니다. 그런데 검찰이나 사법부는 권력자의 편에 서 있어요! 계속 그러기를 바라시는 겁니까? 원래의 목적에 맞는 법을 보고 싶지 않습니까? 법은 예외가 없어야 합니다."

엄준호 총장은 입을 열 수가 없었다.

강신진 수석 부장이 자리에서 일어섰다. 그리고 총장을 내려다보며 근엄하게 입을 연다.

"어차피 판사나 검사나 연수원이라는 같은 뿌리에서 나온 가지입니다. 사법부와 검찰이 손잡는다면 대한민국의 법은 바로 설 것입니다. 한비자는 법을 받들면 강한 나라가 된다고 했습니다. 강한 나라, 총장님께서 도와주신다면 가능합니다."

"……!"

"큰일을 위해서 작은 오물은 덮고 넘어가야죠. 사모님의 일, 제 선에서 덮겠습니다. 이 나라의 미래를 위해 힘을 빌려주십시오."

회유와 협박을 넘나들며 엄준호 총장을 압박한 강신진 수석 부장은 천천히 허리를 굽혔다.

그 모습을 보며 엄준호 총장은 마른침을 삼켰다. 그리고 애써 태연한 척 입을 열었다.

"도와주지 않는다면 나를 구속하겠다는 건가?"

"협박이라 느끼셨다면 죄송합니다. 큰일에 희생은 불가피하다고 생각합니다."

엄준호 총장이 스테이크 칼을 쥐었다.

"검찰을 칼이라고 부르기도 하지? 이 칼자루, 정권이 아니라 자네의 손에 쥐여준다면 세상을 바꿀 자신이 있는가?"

"네."

"검찰은 국민에 대한 신뢰를 잃어가고 있어. 자네가 세워줄 수 있겠는가?"

"새로운 세상을 보여드리겠습니다."

엄준호 총장은 눈을 감았다. 그리고 강신진 수석 부장이 했던 말을 곱씹었다.

"새로운 세상이라……. 그 세상을 보려면 명예롭게 은퇴해야겠군."

"큰 결심, 감사드립니다."

강신진 수석 부장이 다시 한번 고개를 숙였다.

그때 김진한 부장은 조심히 자리에서 일어섰다. 이 이상은 김진한 부장이 계속 끼어 있을 자리가 아니다. 지금부터는 앞으로의 정책과 방향이 만들어질 순간이기 때문이다.

김진한 부장은 문을 닫고 조용히 밖으로 나왔다. 저녁 시간이라 그런지 레스토랑의 홀에선 많은 사람들이 식사하는 모습이 보인다.

주변을 둘러보던 김진한 부장의 시선이 천천히 카운터로 향했다. 동시에 그의 눈살이 찌푸려졌다.

'저놈은?'

오바른 판사다. 그가 밖으로 빠져나가는 모습이 보였다.

'저놈이 왜?'

김진한 부장은 입술을 쓸어 만지며 오바른 판사가 빠져나간 자리에서 시선을 떼지 않았다.

'그러고 보니까 아까 내 사무실 앞에도 저놈이 있었잖아? 그 전에도 몇 번 앞에서 봤어.'

김진한 부장의 눈빛이 얼음이 담긴 것처럼 서늘해졌다. 그가 성큼성큼 카운터를 향해 걸어갔다. 그리고 카운터 직원을 보며 입을 열었다.

"혹시 판사나 법원이 찾아온 적 있습니까?"

"네? 네. 와서 CCTV 확인하고 싶다고……."

김진한 부장의 얼굴이 흉악한 도깨비로 변했다.

* * *

오바른 판사는 다급히 계단을 통해 내려가고 있었다.

'김진한이 날 본 것 같은데? 씨발!'

허덕거리며 계단을 내려가던 순간 확, 그의 멱살이 거친 손에 잡혔다. 그리고 그 손은 오바른 판사의 몸을 사정없이 휘둘러 벽에 꽂아버린다.

"끕!"

오바른 판사가 엄습하는 통증에 정신을 못 차릴 때 거친 손의 주인은 그를 벽에 밀어붙이며 낮은 음성으로 말했다.

"너, 뭐야? 뭐 하는 거야?"

정신을 차린 오바른 판사가 멍한 눈으로 자신의 멱살을 잡은 남자를 바라봤다. 그리고 떨리는 목소리로 입을 열었다.

"어? 이, 이한영 판사? 넌 여기 왜?"

거친 손의 주인은 이한영이었다. 이한영이 무서운 눈으로 오바른 판사를 노려봤다.

"너 이러다 죽어, 이 새끼야."

오바른 판사가 비아냥거리듯 낄낄 웃기 시작한다.

"킥킥킥, 네가 여기에 왜 있는지 궁금했는데, 생각해보니까 너도 강신진 수석 부장의 수족이었지? 이상한 일은 아니었네."

이한영을 쏘아보는 오바른 판사의 눈엔 핏줄이 꿈틀대고 있었다. 평소의 거만하고 잘난 척하던 눈빛이 아니다. 진심이 담겨 있다. 왜 죽었는지 의심스러웠는데, 모든 의문이 풀리는 것만 같았다.

오바른 판사는 계속 이죽거렸다.

"그런데 이러다 죽는다고? 죽여봐, 새끼야."

이한영은 오바른 판사의 멱살을 천천히 놓았다.

하지만 오바른 판사는 비아냥거림을 거두지 않았다. 그가 구겨진 옷깃을 탁탁 털며 말을 이었다.

"헌법과 법률, 양심에 따라 공정하게 심판하는 판사. 법관 윤리 강령을 준수하는 판사. 본인은 국민의 편에 서서 정직과 성실로 직무에 전념한다. 본인은 정의의 실천자로서 부정의 발본에 앞장선다. 판사 임용 선서문과 서약서, 벌써 잊었냐? 우리, 선서한 지 10년도 안 지났어. 강산도 그대론데, 기억이 안 나? 그렇게 살지 마. 그럴 거면 판사 그만둬, 새끼야. 쪽팔리니까."

이한영이 무겁게 한숨을 내뱉었다. 그리고 슥, 오바른 판사를 향해 고개를 틀었다.

"오해하고 있었네. 그냥 재수 없는 놈인 줄만 알았는데……."

"그런데 뭐?"

"멍청한 놈이었구나?"

그 시각, 호텔 레스토랑에선 김진한 부장이 사나운 인상을 감추지 않고 CCTV의 녹화된 화면을 보고 있었다. 그 덕에 마우스를 움직이는 호텔 직원은 죽을 맛이었다. 그때 화면에 엘리베이터의 문이 열리고 오바른 판사가 내리는 게 보였다.

"스톱."

직원이 재빨리 화면을 정지시켰다. 김진한 부장의 무서운 눈이 직원에게 향한다.

"이 사람이오?"

직원이 고개를 젓는다.

"아뇨. 이 사람이 아니고요."

직원은 마우스를 움직이더니 화면을 빠르게 재생시킨다. 그리고 손가락으로 모니터를 가리켰다.

"이 사람이에요!"

화면엔 처음부터 작심하고 얼굴을 가린 남자가 보였다. 그에게 집중하며 김진한 부장의 눈매가 죽 찢어졌다.

'누구지?'

화면을 앞뒤로 움직이고 엘리베이터까지 확인했지만 정체를 알아내는 것은 무리였다.

"지하 주차장은?"

"CCTV 사각지대가 많아서요."

"그럼 주차장으로 들어온 차량은 확인할 수 있죠?"

"아, 네."

직원이 차량 출입을 확인하는 동안 김진한 부장은 입을 꽉 다물고 있었다.

'놈은 지하 주차장으로 내려갔어. 호텔에 들어오고 나간 모든 차량을 확인해서라도 찾아낸다. 쥐새끼 같은 놈!'

잠시 후, 차량 번호가 빼곡히 적힌 종이를 들고 있던 김진한 부장의 휴대폰이 진동했다.

–차량 번호 조회했습니다. 그런데요, 여기 김윤혁 판사 차도 있네요?

"누구?"

잘못 들었나 싶어 다시 물었다.

–민사 단독에 있는 김윤혁 판사요.

"이런 미친 새끼가!"

* * *

이한영은 오바른 판사에게 계획 일부를 살짝 보여줬다. 전부는 아니지만 강신진의 반대에 서 있다는 걸 알리기에는 충분했다. 그리고 두 사람은 호프집에 앉아 있었다.

"난 이한영 프로에게 그런 뜻이 있는 줄 몰랐네."

"나도 오바른 판사가 그렇게 멍청한 줄 몰랐어."

"멍청하다니!"

욱하는 오바른 판사에게 이한영이 한심한 눈빛을 보냈다.

"흔적을 질질 흘리고 다니는데 그게 멍청한 거지."

오바른 판사는 할 말이 없는지 맥주를 들어 벌컥벌컥 마실 뿐이다.

이한영이 다시 입을 연다.

"앞으로 며칠은 더 기웃거리도록 해."

"기웃거려? 그래서?"

"김진한 부장에게 또 한 번 들켜. 그리고 제발 라인에 넣어 달라고 싹싹

빌어. 어차피 들킨 거, 어설픈 첩자 짓 그만하고 평소 이미지를 이용하는 게 좋겠어."

"내 이미지가 어떤데?"

"몰라서 묻는 거야? 잘난 척 좋아하고, 남보다 앞서고 싶은 마음은 크지만 실력은 모자란 사람."

"야!"

팩트는 잔인한 법이다. 오바른 판사의 눈썹이 치솟았다.

하지만 이한영은 상관하지 않고 계속 말했다.

"그런 이미지니까 다행인 거야. 라인에 들어가고 싶어서 기회를 보던 놈으로 위장할 수 있잖아."

오바른 판사가 한숨을 내쉬었다.

"내가 그렇게 위험하냐?"

"강신진 주변엔 사람 목숨을 가볍게 생각하는 인간들이 많아. 넌 판사이기 전에 아들을 가진 아버지잖아? 앞으로는 조심히 행동하도록 해. 아들 장가가는 건 봐야지."

오바른 판사의 미간이 다시 찌푸려진다.

"아들이 아니라 딸이야! 너, 내 딸 돌잔치 왔었잖아!"

수십 년 전의 일이다. 기억이 안 난다.

이한영은 "미안!"이라는 간단한 말로 사과한 후 계속 말했다.

"지금은 몸을 숙이고 참고 버텨. 그럼 언젠가 바늘구멍 같은 빈틈이 보일 거야. 우리는 그 빈틈을 찌를 거고."

이한영의 섬광 같은 눈빛에 오바른 판사는 자신도 모르게 고개를 끄덕였다. 그렇게 이한영의 치밀한 계획 속에 오바른 판사 역시 손바닥에 올라가고 있었다.

그때 호프집의 문이 열리고 송나연 기자가 들어왔다. 이곳으로 오며 이한영이 연락했는데, 오바른 판사는 그녀가 오는 걸 모르고 있었다.

테이블 앞에 선 그녀가 물끄러미 오바른 판사를 본다.

"어? 혼자 계신 줄 알았는데, 다른 분도 계셨네요."

오바른 판사도 송나연 기자를 바라봤다.

짧은 커트 머리, 얼굴만 보면 커리어우먼이다. 그런데 입은 옷을 보면 또 그게 아니다.

오바른 판사가 이한영을 보며 물었다.

"누구?"

"내가 한 명 더 온다고 말 안 했나? 드림일보 기자님이셔."

"야, 기자님이 오는 거면 미리 말해줬어야지. 나 술 마셨잖아. 헛소리라도 하면 어떻게 하려고."

오바른 판사의 당황한 목소리에 송나연 기자가 이한영 옆에 앉으며 방긋 웃는다.

"드림일보 법원 출입기자 송나연입니다. 헛소리는 걱정하지 마세요. 제가 이한영 판사님 만날 땐 보이스 레코드 하니까요."

"보이스 레코드요?"

"쏘리, 쏘리. 오프 더 레코드. 히히. 뭐, 암튼, 전 소주 마실게요. 사장님, 여기 소주 주세요!"

이한영과 오바른 판사 사이에 존재했던 묵직함은 그녀가 오며 한순간에 난장판이 되어버렸다.

오바른 판사가 황당한 눈으로 물었다.

"정말 기자 맞으세요?"

"네! 그런데 기자처럼 안 보이죠? 그런데 판사님은 정말 똑똑해 보이세요. 판사처럼 생기셨어요!"

판사처럼 생긴 게 뭔지는 모르겠지만 똑똑해 보인다는 말에 오바른 판사가 의기양양하게 웃는다.

"제가 연수원 수석이에요, 수석. 아시죠? 앞길이 창창한 사람."

"진짜요?"

"네, 수석입니다. 그리고 기자님도 너무 미인이시라 기자인 줄 몰랐네요. 배우인 줄 알았어요! 하하하!"

두 사람이 말도 안 되는 대화로 떠들고 있을 때, 이한영이 그녀의 옷을 훑었다.

시선을 느낀 그녀가 배시시 웃는다.

"아, 판사님이 사 준 옷은 불편해서요. 기자는 계속 움직여야 하는데, 이게 편해요. 뭐, 어쨌든, 어떤 말씀을 하려고 부르신 거예요?"

이제 본론이다.

"유성전자하고 화학 공장 재판이 다가오고 있잖아요? 분위기 좀 만들어줄 수 있을까요?"

"유성전자의 일은 위에서 커트할 텐데요."

"제가 맡은 화학 공장을 위주로 적되 유성을 곁다리로 넣으면 안 될까요?"

혼자 팔짱을 끼고 이리저리 고개를 갸웃거리던 그녀가 힘차게 고개를 끄덕인다.

"한번 해볼게요!"

* * *

"지금 뭐 하는 거야!"

다음 날, 김윤혁은 김진한 부장의 사무실에 끌려와 있었다. 바닥에는 종잇장이 쓰레기처럼 널브러져 있다.

하지만 김윤혁은 고개를 숙이지 않았다. 오히려 똑바로 시선을 들어 김진한 부장을 쏘아보고 있다.

"무슨 말씀을 하시는지 모르겠습니다."

잡아떼는 김윤혁을 보며 김진한 부장이 쾅, 책상을 내리찍었다. 그리고 핏줄이 곤두선 눈으로 김윤혁을 노려본다.

"너, 어제 뭐 했어?"

낮지만 칼날같이 시린 목소리다.

김윤혁이 대답하지 않자 김진한 부장이 서랍을 거칠게 열어젖히더니 종이 하나를 꺼냈다. 그리고 김윤혁의 얼굴을 향해 집어 던졌다. 김윤혁의 눈앞에서 펄럭이던 종잇장이 이내 힘을 잃고 바닥에 툭 떨어진다.

"주워."

강압적인 목소리에 김윤혁은 허리를 굽히고 종이를 들어 올렸다. 호텔을 출입한 차량의 번호가 적힌 종이다.

동시에 김윤혁의 미간이 확 일그러졌다.

'걸렸나?'

김진한 부장이 다시 입을 연다.

"설명해."

김윤혁은 눈동자를 굴리며 잠시 생각에 빠졌다.

'지금 치고 들어가?'

아직은 아니다. 얻을 게 없다. 자신이 버려지는 패라는 걸 안 이상, 히든카드는 마지막에 까야 한다.

김윤혁은 재빨리 고개를 숙였다.

"죄, 죄송합니다. 버림받지는 않을까 두려운 마음에 그만……."

목소리는 울먹이기까지 하고 있었다. 김윤혁이 계속해서 서러운 음성을 토해낸다.

"제가 충남에서 몇 년이나 있었는지 아시지 않습니까? 겨우 서울로 올라왔지만 강신진 수석 부장님께선 제 이름도 잘 모르시고……. 제가 지금까지 했던 노력이 아무것도 아니었다는 생각에 무서웠습니다."

김윤혁은 힐끗 김진한 부장의 표정을 살폈다. 그의 눈빛은 변하지 않았다. 여전히 불을 뿜어내고 있다.

김윤혁이 계속해서 설움을 뱉어냈다.

"얼마 전에 이한영 판사의 판결문 초고를 봤습니다. 부장님께선 제 판결문이 완벽하다고 하셨지만……."

논리적이지 못한 변명이 쏟아졌다.

김진한 부장이 얼굴을 쓸어 만지며 싸늘한 음성을 내뱉었다.

"윤혁아……."

"네."

"너 안 버려. 그러니까 다른 생각 하지 말고 일이나 해."

소나기는 피했다고 생각했는지 김윤혁의 입에서 안도의 한숨이 흘렀다.

김진한 부장이 말을 잇는다.

"그리고 이한영 판결문이 대단하다고?"

"제가 이길 수 없을 것 같았습니다."

"네 판결문 다시 가지고 와봐. 확인해줄 테니까."

김윤혁은 판결문을 가지러 가기 위해 방을 벗어났다.

문이 닫히자마자 누그러진 것처럼 보였던 김진한 부장의 눈동자에 다시 불길이 치솟아 오른다. 그가 천천히 전화기를 귀에 댔다.

"이번 재판에서 불미스러운 일이 생기면 김윤혁을 바로 버리겠습니다."

–알아서 해.

강신진 수석 부장은 김윤혁은 신경도 쓰지 않는다는 말투다.

* * *

사무실에 있던 이한영은 시선을 틀어 윤슬혜 판사에게 향했다.

"윤슬혜 판사, 잠시만."

자리에서 일어나 쪼르르 다가온 그녀에게 이한영은 서류봉투를 건넸다.

"이거 판결문이거든. 김윤혁 판사에게 보여봐."

"김윤혁 판사요?"

"내가 줬다는 말은 하지 말고 검토 부탁한다고 해."

재판이 열리기도 전에 판결문이 완성됐다. 하지만 윤슬혜 판사는 이유를 묻지 않는다. 알겠다는 대답만 남기고 사무실을 벗어난다.

복도를 걷던 그녀는 곧 김윤혁을 만날 수 있었다. 그녀가 생긋 웃으며 김윤혁에게 고개를 숙인다.

"판사님, 죄송한데요……."

김윤혁이 걸음을 멈춰 섰다.

"왜?"

"저희 판결문인데, 김윤혁 판사님 재판과 비슷하잖아요. 그래서 재판 들어가기 전에 검토받고 싶어서요."

김윤혁은 하얀 손으로 서류봉투를 건네받았다. 그리고 휙휙 넘기기 시작한다.

김윤혁의 눈동자가 꿈틀댔다.

'어?'

뭔가 이상하다.

지난번에는 완벽한 논리로 무장된 판결문이었는데 이번에는 허점이 보인다. 아주 작은 허점, 다른 사람은 모르겠지만 그동안 이한영을 연구했던 김윤혁은 알 수 있는 것.

'뭐지?'

그는 다시 앞장으로 넘겼다가 뒷장으로 넘기길 반복했다. 그의 입술에 잔잔한 미소가 걸린다.

김윤혁 판사가 시선을 들어 윤슬혜 판사에게 향했다.

"완성본이야?"

"그런 것 같아요."

김윤혁의 입가에 걸린 미소는 더 짙어졌다.

완벽한 초고가 완벽한 완성본을 말하지는 않는다. 마지막엔 빈틈을 보이기 마련이다.

'다른 사람은 모르겠지. 하지만 내 눈엔 보여!'

이한영은 배석판사나 보통 단독판사의 눈으론 알 수 없을 작은 오류를 만들어 뒀다. 그리고 예상대로 김윤혁은 그것을 찾아냈다. 완벽히 망가진 논리라면 의심했겠지만 미세한 실수는 오히려 강한 확신을 주고 있었다.

바둑의 고수라 할지라도 그 판을 모두 읽을 수는 없지만 훈수 두는 사람에겐 보이는 경우가 있다.

'이건 실수다!'

김윤혁이 표정을 숨긴 채 입을 열었다.

"나쁘지 않네. 이한영 판사 솜씨 알잖아?"

"감사합니다."

윤슬혜 판사는 고개를 숙였고, 김윤혁은 주먹을 꽉 쥐었다.

'이길 수 있어.'

그는 왔던 방향으로 다시 몸을 돌렸다. 향하는 곳은 김진한 부장의 방이다.

'이번 재판으로 인정받으면, 그리고 내가 두 사람의 비밀을 알고 있는 이상, 난 성공한다.'

김윤혁의 눈동자가 빛났다.

잠시 후, 다시 들어온 김윤혁을 향해 김진한 부장이 시선을 들었다.

"가지고 왔어?"

그는 방금 김윤혁에게 판결문을 가지고 오라고 지시했었다. 하지만 김윤혁은 빈손이다.

"스스로 해보겠습니다."

의기소침해 있던 목소리가 자신만만하게 바뀌었다.

"내가 봐줄 필요 없는 건가?"

"이길 수 있습니다."

김진한 부장이 고개를 끄덕였다.

"그래, 열심히 해봐."

김윤혁을 버릴 마음을 가졌지만 김진한 부장의 눈길은 다정하다. 지금 그의 눈에 김윤혁이 마음에 들 수는 없다. 하지만 유성전자 사건을 해결하기 위해선 김윤혁이 필요했다.

김진한 부장이 자리에서 일어나 김윤혁의 어깨를 툭툭 쳤다.

"재판이 시작되면 울고불고하는 피해자들이 있을 거야. 신경 쓰지 마."

"알겠습니다."

* * *

이한영은 창밖을 보고 있었다.

'김윤혁, 되지도 않는 공명심에 혼자 하겠다고 설치겠지? 지금껏 무리수는 실컷 뒀으니 이제 자멸할 시간만 남았어.'

김진한 부장이 본격적으로 개입하면 골치 아파진다. 그가 이한영에게 기업의 손을 들어주라는 지시를 내릴 수도 있기 때문이다.

아직은 김진한 부장과 붙을 때가 아니다. 지금은 김윤혁을 완벽하게 박살 낼 시간이다.

그리고 재판의 날이 왔다.

법원 앞, 가득한 시위대 안에 비니를 쓴 피해자가 보인다. 스물두 살의 나이에 백혈병에 걸린 여성이다.

김윤혁은 창밖을 통해 시위대를 보고 있었다. 그의 입가에 비웃음이 가득하다.

"이거 어쩌나? 난 너희들이 뭐라고 지껄이든 발병의 원인과 회사는 상관이 없다고 판결할 건데."

재판 시간이 다가오자 피해자들과 그 가족들은 법원에 들어와 있었다.

"우리가 이길 수 있을까요?"

"그럼요. 우리 측 증거자료 아시잖아요? 변수가 없는 한 무조건 이기는 게임이에요."

변호사는 시원하게 답했지만 비니를 쓴 피해 여성의 표정은 좋지 않다. 그녀가 기어들어가는 목소리로 입을 연다.

"……그래도 유성이잖아요."

사람들은 힘없는 민초가 기득권을 이길 수 없다고 생각한다. 그런데 상대는 보통의 기득권도 아니고 유성그룹이다. 상상할 수 없는 돈으로 정계의 인물들을 후원하고 있으며, 그 힘은 법조계에까지 닿아 있다.

소송을 걸어 법정까지 왔지만 계란으로 바위 치기라는 생각이 드는 것은 어쩔 수 없나 보다.

음료를 입에 대던 변호사가 슬쩍 웃었다.

"그렇게 걱정하실 필요 없어요. 영화나 드라마처럼 대기업의 편에 서서 일방적인 재판을 진행하는 판사는 거의 없으니까요."

변호사가 안심시키려 했지만 그녀의 눈빛은 그대로다.

짓고 있는 눈빛도 중요한 만큼 변호사는 그녀의 표정을 바꾸기 위해 계속 말을 잇는다.

"이 재판을 담당하는 판사가 김윤혁이라는 사람인데, 충남에서 올라왔거든요?"

"충남요?"

"네. 재판은 판사의 성향도 중요해서, 충남에 있는 변호사들한테 어떤 사람이냐고 물어봤어요."

"뭐래요?"

"한곳에 치우치지 않고 깔끔한 판결을 내리기로 유명하대요. 그러니까 우리만 잘하면 된답니다."

치우치지 않는 판사라는 말에 피해 여성의 표정이 조금은 풀어진다.

변호사가 그녀의 표정을 살피며 계속 말했다.

"그리고 우리는 다행이에요. 비슷한 재판을 진행하는 화학 공장 있잖아요? 그 재판은 이한영이라는 판사가 담당인데, 변호사들 사이에서는 탱탱볼로 불려요."

"탱탱볼?"

"어디로 튈지 모른다고 해서 탱탱볼이에요. 만나본 적은 없지만 듣기만 해도 가관이에요. 이 사람도 충남에 있었는데……."

이한영에 관한 이야기가 흥미로웠는지 피해 여성의 표정은 완전히 풀어져 있다. 이게 좋은 거다. 괜히 걱정만 하다간 될 것도 안 된다.

변호사는 계속해서 이한영에 관한 이야기를 이어 갔다. 실제로 만나보지는 못했지만 파격적인 행동으로 유명했기에 할 말은 많았다.

이야기를 듣는 동안 피해 여성은 깔깔 웃는다.

"정말요? 판사가 그래도 되는 거예요?"

"되긴 되는데, 그렇게 하는 사람이 없으니까 탱탱볼이라고 부르겠죠?"

그때 옆에서 '풉!' 하고 웃음소리가 들렸다.

변호사와 피해 여성이 고개를 돌리자 단발머리 여성이 보였다.

"아, 죄송해요. 말씀이 재밌으셔서 저도 모르게 그만 웃었어요. 그런데 변호사님들 사이에선 이한영 판사님이 탱탱볼로 불리나 봐요?"

변호사가 고개를 끄덕이자 단발머리가 피해 여성의 옆으로 엉덩이를 끌어다가 앉으며 입을 연다.

"저도 이한영 판사님에 관해 들은 게 있거든요. 검사들 사이에선 궁예라고 불려요, 궁예."

"궁예요?"

피해 여성의 질문에 단발머리가 고개를 끄덕이며 말을 이었다.

"예전에 좀도둑이 잡힌 적이 있어요. 그 좀도둑한테 이한영 판사가 '너, 사형!'이라고 한 거예요. 그거 기사도 났어요. 볼래요?"

좀도둑에게 사형이라니, 피해 여성은 재판을 앞둔 것조차 잊었는지 집중해서 듣고 있다.

그때 단발머리가 말을 뚝 멈추더니 시선을 다른 곳으로 옮기며 입을 열었다.

"이한영 판사님이 어떻게 생겼는지 궁금하죠?"

피해 여성이 고개를 끄덕이자 단발머리가 한쪽을 가리킨다.

"저렇게 생겼어요."

그곳엔 판사가 아니라 깡패같이 생긴 사람이 서 있었다.

"재판하러 온 사람이 아니라 재판받으러 온 사람처럼 생겼죠?"

피해 여성이 고개를 끄덕끄덕할 때 이한영의 시선이 그들을 향해 틀어지더니 뚜벅뚜벅 걸어와 앞에 선다.

"기자님, 뭐 하세요?"

단발머리는 송나연 기자였다.

기자라는 말에 변호사와 피해 여성의 시선이 꽂히자 그녀가 어색하게 웃는다.

"드림일보 송나연 기자입니다. 좋은 기사 쓰겠습니다."

변호사가 눈을 크게 떴다.

"드림일보요?"

"네, 드림일보."

지금껏 언론에 몇 번 오르긴 했지만 메이저급 언론사가 움직인 적은 단 한 번도 없었다. 그런데 메이저에서 왔다는 말에 변호사의 얼굴에 화색이 돈다. 드림일보급 대형 언론이 움직이면 기름에 불꽃이 닿은 것처럼 순식간에 알려질 수 있기 때문이다.

"잘 부탁드립니다."

변호사가 송나연 기자에게 간절히 부탁할 때 이한영은 피해 여성을 보고 있었다.

비니를 쓴 안타까운 모습. 누가 말해주지 않아도 피해자라는 걸 알 수 있다. 자본만 좇는 시대의 피해자다.

이한영이 그녀를 향해 살짝 허리를 굽혔다.

"좋은 결과가 있길 바랍니다."

할 수 있는 말은 이것뿐이다.

하지만 그에 관한 놀라운 이야기를 들은 피해 여성은 이한영의 말이 동화 속 주인공의 응원처럼 느껴졌다. 그녀는 간단한 메시지에도 활짝 미소 지었다.

"감사합니다."

그리고 그들은 법정으로 들어갔다.

이한영도 송나연 기자와 함께 법정으로 향했다.

그녀가 물었다.

"손에 든 그 모자는 뭐예요?"

"동기가 하는 재판이잖아요. 괜히 부담스러워할 수도 있어서요. 그리고 기자님이랑 같이 있는 걸 보면 안 좋을 수도 있잖아요."

"아……."

송나연 기자가 이해한 듯 고개를 끄덕였고, 이한영은 모자를 푹 눌러썼다.

* * *

"모두 일어나주십시오."

법대에 선 김윤혁이 주변을 둘러본다.

언론 보도가 되지 않은 사건이지만 사람이 꽉 차 있다. 대부분 피해자나 또는 그 가족들이다. 김윤혁은 그들의 간절한 시선을 마주하고 있었다.

김윤혁의 입가에 희미한 미소가 걸린다.

'어떤 정치인이 민중은 개돼지라고 말했지? 그 말이 맞아. 너희는 짖어 대기만 하는 개돼지야. 너희가 할 일은 고기가 되어 나를 살찌우는 거야. 고기를 먹을 때 죽은 가축에게 미안한 감정을 갖지는 않잖아? 나 역시 마찬가지야. 너희에게 미안함은 없어. 나는 너희를 짓밟고 위로 올라간다. 그러니까 그냥 죽어라.'

김윤혁이 눈을 번쩍이며 자리에 앉았다. 그의 입에서 건조한 목소리가 흘렀다.

"재판을 시작하겠습니다. 원고 소송대리인, 출석하셨습니까?"

본격적으로 재판이 시작되었다.

피해자 측의 변호사가 자리에서 일어났다. 방금 피해 여성과 이야기하던 사람이다. 복도에선 꽤 활달한 모습을 보였지만 법정의 그는 날카롭게 느껴졌다.

"피해자 진혜정 씨는 유성전자에서 2년간 근무하면서 벤젠, 포름알데히드, 납, 비전리방사선 등 여러 가지 발암물질에 노출되어 있었습니다."

변호사가 방청석을 향해 몸을 돌리며 더 강한 목소리로 외쳤다.

"미 국립 암 연구소 연구팀의 연구 결과에 의하면 포름알데히드의 직업적 노출은 백혈병 등 각종 암을 유발할 수 있으며 특히 골수성백혈병의 사망 위험은 78퍼센트나 높은……."

하지만 변호사의 강한 목소리는 끝까지 이어지지 못했다.

"대리인."

김윤혁의 칼로 자르는 듯한 목소리 때문이었다.

그 목소리에 위화감을 느낀 변호사가 몸을 돌려 김윤혁을 향했다.

"네, 재판장님."

"기록물에 적힌 내용은 그만 말씀하시죠?"

"네?"

김윤혁이 두툼한 서류 뭉치를 들어 보이며 말을 잇는다.

"이미 다 본 내용인데 일일이 말씀하실 겁니까? 새로운 내용을 말씀해 주세요."

판사의 냉랭한 눈빛에 변호사는 당황했다. 어떻게 해야 할지 몰라 멍하니 서 있을 뿐이다.

기록물에 적힌 쟁점만 확인하고 빨리빨리 넘어가는 재판도 있기는 하다. 하지만 이번 재판은 사안이 중요한 일이다. 그런데 대충 하는 모습이라니…….

그가 머뭇거리자 김윤혁이 단호하게 말한다.

"없으면 들어가세요."

변호사는 자리로 돌아갔다.

피해 여성은 애가 타는 심정으로 변호사를 바라봤지만, 그의 입에선 아무 말도 들려오지 않았다.

김윤혁의 시선이 유성전자의 변호사에게 향했다.

"피고 측 대리인, 시작하세요."

유성전자의 변호사가 자리에서 일어섰다.

"간단히 말씀드리겠습니다. 조사 결과, 발암물질로 알려진 포름알데히드 등에 대한 노출 수준이 측정되지 않았습니다. 그리고 피해자분의 업무와 질병 사이의 인과관계가 존재하지 않습니다. 이상입니다."

피해자 측의 변호사가 벌떡 일어섰다.

"재판장님! 이 사건의 근무 환경을 조사했을 당시는 사건 발생일로부터 몇 달이나 지났을 때입니다. 그동안 유성전자는……!"

김윤혁이 고개를 젓는다.

"원고 측 변호인, 지금 말씀도 기록물에 적힌 내용이잖아요."

"네?"

"앉으세요."

피해자 측 변호사의 얼굴에서 핏기가 사라지고 있었다. 완벽히 이길 수 있다고 생각했는데, 판사가 변수였다. 경력이 오래된 판사들보다 더 고압적이다.

'치우치지 않는 판사라고? 그쪽 변호사들 눈이 삔 거야? 이거 너무 노골적이잖아?'

변호사의 시선이 피해 여성에게 향했다. 아직 괜찮다고 웃어주려 했는데, 피해 여성도 이 분위기를 느끼고 있나 보다. 분을 이기지 못한 그녀의 몸이 사시나무처럼 떨리고 있었다.

뒤에서 노트북을 열고 재판 과정을 적던 송나연 기자가 이한영의 귀에 대고 속삭였다.

"저래도 되는 거예요?"

"뭐가요?"

"변호사들 말 자르고 진행하는 거요."

이한영이 고개를 끄덕인다.

"판사 마음이죠. 막말 판사라는 말이 왜 나왔겠어요?"

송나연 기자가 황당한 표정으로 고개를 저었다.

"왕이네, 왕."

송나연 기자가 툴툴댈 때 이한영은 법정의 분위기를 살피기 위해 주변을 둘러보았다.

균형을 잡아야 할 판사가 피해자의 말을 개 짖는 소리로 취급하니 모두의 눈에 울분이 차오르고 있었다. 전생에선 이들의 분노는 소리 없는 아우성이었다. 재판은 이렇게 끝났고, 누구도 그들의 한을 들어주지 않았다.

하지만 이번은 다르다. 이한영이 있다.

이한영이 고개를 틀어 송나연 기자를 향했다.

"끝나고 피해자 측 변호사와 인터뷰할 거죠?"

"네, 해야죠."

"조만간 나올 기자님의 기사에 댓글도 달고 공유도 하라고 전해주세요. 불씨는 만들어질 것 같으니까 바람 불어서 불꽃 한번 키워봐야죠."

송나연 기자가 눈을 깜빡인다.

"그렇게만 하면 돼요?"

"네, 나머지는 제가 알아서 할게요."

이한영은 말을 마치고 자리에서 일어섰다.

조금 있으면 강신진 수석 부장과 김진한 부장이 법정으로 들어올 시간이다. 그들의 눈에 송나연 기자와 함께 있다는 걸 보여서는 안 된다.

법정을 빠져나간 이한영은 문 앞에 서 있었다. 눌러썼던 모자는 벗어 던진 지 오래다.

잠시 기다리자 강신진 수석 부장과 김진한 부장이 법정 앞으로 다가왔다.

허리를 굽히는 이한영을 보며 김진한 부장이 묻는다.

"분위기는 어때?"

"냉랭합니다."

"냉랭해?"

원하는 분위기였는지 김진한 부장의 입가에 미소가 걸린다.

그가 강신진 수석 부장을 보며 입을 열었다.

"들어가시죠."

이한영이 재빨리 문을 열었다. 모르는 사람이 본다면 이한영 역시 충실한 사람처럼 보일 것이다.

법정의 문이 열리고 강신진 수석 부장이 앞서 들어간다. 그 뒤를 김진한 부장과 이한영이 따랐다.

조용하던 법정의 문이 활짝 열리자 법대에 앉은 김윤혁의 눈동자가 그곳으로 향했다. 먼 거리였지만 그의 동공이 커지는 것을 이한영은 놓치지 않았다.

이한영이 빙긋이 미소를 그리며 김윤혁과 눈을 마주쳤다.

'강신진, 김진한의 옆에 내가 왜 함께 있는지 고민스럽지?'

이한영의 예상은 맞았다. 김윤혁의 눈살은 찌푸려지고 있었다.

'뭐지? 왜 이한영과 김진한 부장이 같이 있는 거지?'

강신진 수석 부장이 법정을 참관할 땐 보통 김진한 부장만 대동한다. 그런데 오늘은 이한영과 함께 있다.

'젠장!'

이한영과 강신진 수석 부장이 그만큼 가까워졌다고 생각할 수밖에 없었다. 김윤혁의 입이 꽉 닫혔다.

'위험한 일은 버릴 새끼에게 시키고, 원숭이가 쇼하는 것은 이한영과 함께 본다는 거지?'

김윤혁이 사나운 눈으로 이한영을 쏘아본다.

이한영은 그 눈빛을 느꼈지만 모른 척, 김진한 부장에게 더 친근한 척을 한다. 목소리는 들리지 않을 테지만 웃고 말하는 모습은 김윤혁의 머릿속을 사정없이 찌르고 있을 것이다.

그리고 지금, 이한영이 비웃음을 한껏 담은 미소로 고개를 틀어 김윤혁과 눈을 마주쳤다.

'돈 3천에 감옥 갈 쓰레기 판사 김윤혁. 카운트다운 들어간다. 제대로 무리수 한번 둬줘야지?'

"따라서 원고의 청구를 인정하지 않는다."

김윤혁의 목소리가 울렸다.

예상했던 판결에 법정의 분위기가 싸늘해지며 분기로 가득한 눈동자가 김윤혁을 노려보고 있다. 하지만 김윤혁은 그들의 눈빛을 외면했다.

“이상으로 유성전자 사건에 따른 판결 선고 및 재판을 마칩니다.”

김윤혁이 자리에서 일어나 몸을 돌리자 뒤에서 욕이 들려왔다.

“야, 이 개새끼야! 판사라는 새끼가……!”

“피해자 말은 제대로 듣지도 않고 제멋대로 판결이냐!”

“너, 돈 받아먹었지! 개새끼야!”

김윤혁은 한숨을 내쉬며 다시 방청석을 향했다.

그때 강신진 수석 부장의 옆에 서서 자신을 조롱하듯 보고 있는 이한영이 보였다.

김윤혁은 이한영을 노려보며 싸늘한 목소리를 내뱉었다.

“경위.”

“네, 판사님.”

“지금 욕하시는 분들 모두 감치하세요.”

“네?”

경위는 눈을 깜빡였다.

법정 경위도 사람이다.

법정에서 소란을 피우면 안 되지만 피해자 가족들이 얼마나 분에 차 있을지 뻔히 알고 있다. 게다가 재판도 끝났고, 평소 김윤혁의 성격이라면 이 정도는 넘어갈 줄 알았는데…….

일갈이 터진다.

“안 해요?”

“아, 네. 알겠습니다.”

법정에서 판사의 명령은 절대적이다.

경위들이 욕설을 내뱉은 사람을 향해 우르르 움직이기 시작했다.

"놔! 내가 뭘 잘못했는데! 저 판사 새끼가……!"

비명에 가까운 절규를 들으며 김윤혁은 법정을 빠져나갔다.

'병신 새끼들.'

툭, 툭, 툭.

어두운 공기만 가득한 사무실.

볼펜으로 책상을 두들기던 김윤혁의 입가에 비열한 미소가 걸렸다. 피해자 가족들이 뭐라고 지껄이든 재판이 성공적으로 끝났으니 마음이 한결 가벼운 모양이다. 이제 이한영의 재판이 망쳐지길 기다리면 된다.

'넌 나한테 안돼.'

김윤혁은 이한영이 자신의 논리를 부술 수 없다고 확신하고 있었다.

'강신진은 대법원장이 될 사람이야. 그것도 역사상 가장 강력한 대법원장이 될 거야. 그런 사람 옆은 이한영 같은 새끼가 아니라 내가 어울려.'

김윤혁은 기지개하듯 팔을 쭉 펴 들었다.

'이한영의 재판이 끝나면 자연히 비교될 테고, 그럼 강신진도 나를 새롭게 보겠지? 이제야 정리 정돈이 되는 기분이네.'

김윤혁은 지금껏 이한영에게 눌리고 살아왔다. 하지만 앞으로의 일을 생각만 해도 명치에 박혀 있던 바위가 부서져 내려가는 듯한 느낌이 들었다.

그는 싱글싱글 웃으며 휴대폰을 들었다. 그리고 자동차를 검색한다. 받은 3천만 원으로 차나 바꿀 생각이다. 한참 휴대폰을 들여다보던 김윤혁은 문뜩 뭐가 생각났는지 고개를 들었다.

"결과가 나오기 전에 좋아하는 것은 하수지. 고수는 결과를 기다리는 게 아니라 만들어내는 거야."

입에 걸린 재수 없는 미소가 점점 더 짙어지며 시선은 모니터로 향했다. 그리고 이한영이 담당한 화학 공장 사건 재판을 검색해 기업 측 변호사를 찾는다.

김윤혁이 휴대폰을 들어 귀에 댔다.

"아, 법무법인 멧이죠? 천성대 변호사님 계십니까?"

* * *

"댓글이나 쓰라고요?"

"공유도 하시고……."

송나연 기자의 말에 유성전자 피해자 측 변호사는 머리를 북북 긁는다. 그가 벌겋게 충혈된 눈으로 송나연 기자를 노려본다.

"기자님, 진혜정 씨가 몇 살인지 아세요?"

진혜정은 피해자의 이름이다.

송나연 기자가 어렵게 대답한다.

"……스물두 살이죠?"

"맞아요. 그럼 앞으로 얼마나 살 수 있는지 아세요? 1년을 못 살아요! 1년을! 스물셋도 되기 전에 돈이나 벌다가 죽는 거예요! 꿈도 있었어요. 미래를 위해 적금도 넣고 있었고요! 돈 많이 벌어서 부모님 호강시켜드리고 결혼해서 떡두꺼비 같은 자식도 낳고 알콩달콩 행복하게 살고 싶었대요! 진혜정 씨가 돈이나 받자고 이 싸움을 시작한 줄 아세요? 그냥, 억울해서! 회사를 위해 밤낮으로 일했는데, 나 몰라라 발뺌하는 게 억울해서! 하, 씨발."

변호사가 고개를 절레절레 저으며 한숨을 푹 내쉬더니 말을 잇는다.

"죄송합니다. 기자님도 우리 도와주려는 거 아는데, 그 판사 새끼 때문에 짜증이 나서……."

한참이나 한숨을 내뱉던 변호사가 고개를 틀어 송나연 기자를 향했다.

"어? 기자님? 왜 그러세요?"

송나연 기자는 금방이라도 울음을 터뜨릴 눈을 하고 있었다. 급기야 뚝뚝 눈물을 흘린다. 그러더니 눈을 박박 비비며 말한다.

"작은 불씨가 불꽃이 되려면 여론이 필요해요. 그러니까 댓글과 공유 부탁드려요. 도와주세요."

도와 달라고 말해야 할 사람은 오히려 변호사다. 그런데 송나연 기자가 이러고 있다.

변호사는 깊게 고개를 숙였다.

"감사합니다."

앞으로의 일을 잠시 의논하고 변호사가 자리를 떠나려 할 때 송나연 기자가 다급히 입을 열었다.

"아, 이한영 판사님이 전해 달라고 한 말이 있어요."

"이한영 판사요?"

"자기 재판 꼭 보러 오래요. 그럼 실마리가 보일 수도 있을 거라고요."

* * *

이한영은 창밖을 보고 있었다. 법원 정문으로 김윤혁의 차가 빠져나가는 게 보인다. 차를 보며 이한영이 피식 웃었다.

'내 예상에서 조금이라도 벗어났으면 했는데…….'

이한영이 천천히 휴대폰을 든다.

"어디세요?"

-피해자 측 변호사님이랑 헤어진 다음 김윤혁 판사를 쫓고 있습니다. 바빠요, 바빠!

송나연 기자였다.

창밖을 보니 김윤혁의 차 뒤로 빨빨거리며 경차가 따라붙는 게 보였다.

"예쁘게 찍어주세요."

-그런데 그 법무법인 사람을 만나는 게 확실해요?

"아마도요."

건물 전체를 사용하는 고깃집.

차를 댄 김윤혁이 가게 안으로 들어간다.

"특실이 어디죠?"

고개를 숙인 종업원이 앞장선다.

"이쪽으로 오십시오."

따라간 곳은 2층이었다. 시원하게 트인 창으로 바깥 풍경이 훤히 보이는 방이다. 먼저 와 있던 한 남자가 자리에서 일어나 허리를 굽혔다. 배가 불뚝 나온 모습이 툭 치면 데구루루 굴러가게 생겼다.

"법무법인 멧의 천성대 변호삽니다."

이한영이 맡은 화학 공장 사건. 그 재판에서 기업의 편에 선 로펌의 변호사다.

"김윤혁이라고 합니다."

김윤혁이 사람 좋은 미소를 지어 보이며 고개를 숙이자 천성대 변호사는 다시 한번 허리를 굽힌다.

잠깐의 인사를 나누고 두 사람은 자리에 앉았다. 천성대 변호사가 능글능글 웃으며 입을 연다.

"어떤 걸 좋아하시는지 몰라서 한 점에 1만 원 하는 소고기로 주문했습니다."

"아, 네. 상관없습니다."

"그리고 이거……."

천성대 변호사가 테이블에 서류봉투를 꺼내 올렸다.

물끄러미 서류봉투를 보던 김윤혁이 물었다.

"이게 뭡니까?"

"올해 새로 출시한 독일제 자동찹니다. 회사에서 굴리던 차인데, 필요하시면 중고로 사 가시라고 서류를 준비해 왔습니다."

"중고?"

김윤혁이 서류를 손에 들자 천성대 변호사가 계속 말한다.

"가격이 1억 중후반쯤 되는데 워낙 험하게 탄 차라 딱 8천에 드리겠습니다."

김윤혁이 서류를 빼내 죽 훑어본다. 험하게 탔다고 말했지만 실제로는 이제 막 출고된 신차였다. 천성대 변호사가 가방에서 봉투를 꺼내 테이블에 올린다.

서류를 들어 보던 김윤혁의 눈길이 봉투로 향하자 천성대 변호사가 입꼬리를 올리며 말한다.

"식사비입니다. 김영란법 때문에 각자 계산해야 하잖아요. 미리 받아 두십시오."

김윤혁이 봉투를 들었다.

안에는 수표가 보인다. 금액은 1억.

천성대 변호사가 씩 웃으며 말을 이었다.

"그 돈으로 식사 계산하고 중고차 사시면 되겠네요. 회사에 출근하실 땐 평소 타던 거 타고, 주말이나 퇴근 후엔 독일 차를 타고. 좋지 않습니까?"

차를 그냥 주겠다는 소리다.

그가 계속 말한다.

"지금 자동차 명의는 로펌이나 변호사들과 전혀 상관없는 사람입니다. 그러니까 잘 아시겠지만, 법망에 걸리는 부분은 어떤 것도 없습니다."

재판을 결정하는 것은 변호사도, 검사도 아니다. 판사다.

어리지만 유망한 판사, 게다가 연수원에서 2등까지 한 판사와 손잡는다는 것은 로펌의 입장에서 아주 좋은 투자다.

천성대 변호사가 테이블 위로 자동차 키를 올려 두며 말을 이었다.

"가실 때는 독일 차 타고 가십시오. 타고 오신 차는 대리기사 불러서 댁으로 보내겠습니다."

김윤혁이 손을 뻗어 키를 손에 쥐자 천성대 변호사가 빠르게 입을 연다.

"판사님, 아직 결혼 전이시죠?"

"아, 네."

"나중에 결혼하실 때, 또는 집을 사실 때 돈이 필요하시면 연락 주십시오. 우리가 거래하는 사채업자가 있는데, 판사님껜 무이자로 빌려드릴 수 있습니다. 원금 상환의 거치 기간은 원하시는 대로 잡으시면 되고요."

김윤혁이 빙긋이 미소를 지었다.

돈을 받는다는 것, 첫 번째가 어렵지 두 번째는 쉽다. 유성전자 사건에서 3천을 받았는데 이번엔 아무것도 하지 않고 고급 자동차를 받는다. 앞으로 집도 주겠단다.

김윤혁에겐 나쁘지 않은 조건이었다.

"이런 걸 받으려고 전화한 건 아닌데요."

"나라를 위해 고생하시는 분인데, 이건 약소한 겁니다."

"뭐 어쨌든, 화학 공장 사건을 맡고 계시다고요?"

"아, 네."

김윤혁은 차 키를 자신의 주머니에 넣으며 천천히 입을 열었다.

"저는 기업인들이 열심히 해야 나라가 잘산다고 믿고 있습니다."

"암요."

"미안한 말이지만, 노동자 한 명이 만들어내는 가치와 기업이 이뤄내는 가치는 차이가 커요. 대를 위해서 소를 희생한다. 어쩔 수 없다고 생각합니다."

"그럼요."

천성대 변호사가 고개를 끄덕이자 불도그처럼 늘어진 볼살이 같이 흔들렸다.

이번엔 김윤혁이 가방에서 서류봉투를 꺼내 천성대 변호사 앞으로 건넨다.

“이한영 판사가 작성한 주요 쟁점과 논리를 정리해봤습니다. 오늘 제 재판으로 인해서 보강되거나 변경되는 부분은 있을 수 있겠지만 뼈대는 바뀌지 않을 겁니다.”

천성대 변호사의 눈이 빛났다.

* * *

서늘한 바람이 불어오던 날, 법원 앞에선 피해자와 그 가족들이 죽 늘어서 시위를 하고 있다. 그 모습은 며칠 전 유성전자 재판이 있던 날의 법원과 흡사했다.

피해자 대표가 확성기로 뭔가를 호소하지만 거리를 지나는 사람들에겐 시끄러운 소음일 뿐이다. 하지만 피해자 대표는 계속해서 외친다.

“화학 공장은 산업재해를 인정하고!”

그때 휠체어에 앉은 창백한 안색의 여인 앞에 그녀의 엄마가 무릎을 꿇어앉으며 입을 열었다.

“춥지? 먼저 들어가 있자.”

휠체어에 앉은 여인이 고개를 젓는다.

“괜찮아요.”

그녀의 이름은 한나연, 이번 사건의 피해자다.

그녀의 엄마가 안쓰러운 눈으로 딸을 살피다가 딸의 손을 두 손으로 꼭 감싸 쥔다.

“조금만 참아.”

한나연이 천천히 고개를 끄덕였다.

그때 그들의 앞으로 천성대 변호사와 화학 공장 대표가 지나갔다. 법원 바로 앞에 로펌이 있으니 걸어온 모양이다.

그들의 등장에 피해자들의 눈에 시뻘건 불꽃이 튀며 입에서는 욕설이 토해져 나온다. 참지 못한 한나연의 엄마가 그들을 향해 달려갔다.

"넌 자식도 없어?"

화학 공장 대표는 대답하지 않는다. 두 손을 양복 주머니에 꽂고 무시한 채 지나갈 뿐이다.

"자식도 없냐고, 이 새끼야!"

화학 공장 대표의 걸음이 멈춰졌다. 그리고 슥 고개만 돌려 한나연의 엄마를 노려본다.

"내 자식 아니잖아?"

"뭐?"

"그리고 아줌마, 우린 당신 딸한테 해줄 만큼 해줬어요. 취직이 안 돼서 빌어먹던 사람 채용해서 일하게 해준 게 우리예요. 그런데 일하다가 몸 아프다고 돈을 내놓으래! 말이 된다고 생각해요? 씨발, 감기 걸리면 약값 대줘야겠네? 당신 딸이 지금껏 불량 낸 거 다 가져다가 민사 한번 걸어볼까? 그 손해가 얼만 줄 알아? 사람이 그렇게 살면 안 되죠. 자기들만 생각하지 마요. 이래서 검은 머리 동물은 거두지 말랬어. 이기적이네, 이기적."

"뭐? 이기적?"

상황이 험악해질 것 같자 그 사이로 천성대 변호사가 섰다. 그가 기름기로 가득한 미소를 지으며 말한다.

"원고분들, 여기서 이래봤자 얻는 거 없어요. 날도 추운데 어서 들어가시죠? 어차피 누가 잘못했는진 법이 해결해줄 거 아닙니까? 아, 그리고 소식 들었는지 모르겠는데, 며칠 전 유성전자 재판 아시죠? 그거 피고 측이 이겼어요. 똑같은 내용의 재판인데 이번엔 누가 이기려나?"

말을 남기고 천성대 변호사는 몸을 돌린다.

화학 공장 대표가 그 뒤를 쫓으며 피해자들에게 한마디를 남긴다.

"병신들."

한나연의 엄마는 바닥에 주저앉아 오열한다. 견딜 수 없는 설움이다.

그런 엄마의 눈물을 멍하니 보던 한나연이 중얼댄다.

"그냥 죽었으면 좋겠어……."

* * *

법정으로 향하는 복도를, 법복을 입은 이한영과 윤슬혜, 이소이 판사가 빠르게 걷고 있었다.

이한영의 좌배석판사인 이소이는 이번이 처음 서는 법정이라 그런지 긴장한 표정을 숨기지 못하고 있다. 그녀의 마음을 알아챈 윤슬혜 판사가 옆으로 바짝 붙어 섰다.

"표정 관리."

"아, 네."

이소이 판사가 작게 한숨을 내뱉자 윤슬혜 판사가 말을 잇는다.

"천성대 변호사님, 아는 분이라고 했지?"

천성대 변호사는 법무법인 멧 소속으로, 화학 공장 측 대리인이다.

"네. 대학 다닐 때 교수님이셨어요."

그 말에 이한영이 고개를 틀어 이소이 판사를 향했다.

"교수님 만났다고 인사하고 그러면 안 돼. 아는 사람을 만나도 모른 척하는 게 법정이야."

"네."

이소이 판사가 작게 고개를 끄덕일 때 윤슬혜 판사가 다시 입을 연다.

"법정에서는……."

윤슬혜 판사는 처음 재판에 들어가는 신임 판사에게 이것저것 주의할 점을 알려줬다. 며칠 전부터 교육했지만 벼락치기의 효과만큼 좋은 게 없기에 다시 한번 되새겨주는 중이다.

그리고 그들은 '법관 출입문' 앞에 섰다.

이한영이 몸을 돌려 두 사람을 향했다.

"설명은 다 끝났지?"

"네."

이한영의 시선이 이소이 판사에게 향했다.

"하나만 더 기억해. 넌 판사야. 법복을 몸에 걸치는 순간 한 사람의 인생을 바꿀 수도 있다는 걸 잊지 마."

"네."

"그럼 들어가자."

이한영이 문고리를 잡았다.

"모두 일어나주십시오!"

법정의 모든 사람들이 일어섰을 때 이한영의 뒤로 윤슬혜, 이소이 판사가 따라 들어왔다.

법대에 선 이한영이 방청석을 죽 둘러봤다.

피해자와 그 가족들로 꽉 차 있다. 얼마 전 김윤혁의 재판에서 기업 측이 승소해서 그런지 그들의 시선은 따끔따끔할 정도로 강렬했다.

이한영은 그 눈빛을 피하지 않고 서류를 펼쳐 들었다.

"시작하겠습니다. 한나연 씨 등 스물네 분이 화학 공장에서 근무하다가 급성 백혈병과 뇌종양에 걸리셨네요. 이미 망인이 되신 분이 아홉 분이나 되고요. 맞습니까?"

피해자 측 변호사가 자리에서 일어섰다.

"네, 맞습니다."

"각 3억 원을 손해배상 하라고 하셨는데요. 원고 소송대리인, 요지를 설명해주세요."

"원고 한나연 씨는 3년 전, 화학 공장에 취업했습니다. 업무로……."

그때 화학 공장 측 변호사인 천성대가 뜬금없이 벌떡 일어나 목소리를 높였다.

"이의 있습니다! 한나연 씨가 근무했던 작업 현장은 유해 물질이 들어올 수 없도록 공기의 유입까지 완벽히 차단되어 있습니다. 영향을 받았다는 말에 동의할 수 없습니다!"

지금은 피해자의 주장을 듣는 시간이다. 천성대 변호사가 낄 자리가 아니다. 하지만 그는 기선 제압을 위해 일부러 치고 들어왔고, 무서운 눈빛으로 한나연을 노려보고 있었다.

예상치 못한 기습에 피해자 측 변호사는 잠시 말문이 막혔지만, 말 그대로 잠시뿐이었다. 밀리지 않고 빠르게 입을 연다.

"사람들이 병에 걸리고 나서야 보완한 공정을 말해서 뭐 합니까? 게다가 백혈병은 벤젠이나 포름알데히드에 조금만 노출돼도 발병할 수 있습니다!"

"근거가 있어요? 가지고 오세요!"

"가지고 왔잖아요! 제출한 것 안 봤습니까?"

두 변호사의 언성이 높아지며 법정은 개판으로 바뀌어 갔다. 하지만 양측은 목소리를 낮추지 않는다. 여기서 밀리면 기세가 꺾인다는 것을 잘 알기 때문이다.

결국 이한영이 벼락같이 입을 열었다.

"피고, 자리에 앉으세요! 저는 원고에게 질문했습니다!"

"죄송합니다. 원고 측이 말도 안 되는 걸 진술해서요."

"피고!"

"죄송합니다, 재판장님."

천성대 변호사는 슬그머니 앉는다.

이한영에게 한소리 들었지만 그의 입가에 걸린 미소는 짙어지고 있었다. 방금의 소란에서 '원고가 말도 안 되는 걸 진술한다'라는 문장을 판사의 머릿속에 각인했다고 생각하기 때문이다.

천성대 변호사가 옆에 앉은 화학 공장 대표에게 고개를 틀고 작게 말했다.

"피해자에게 '안타깝다, 불쌍하다'라는 말을 첫마디로 시작하는 병신 같은 변호사 새끼들이 있어요. 그거 다 머저리 같은 짓입니다. 불쌍하다고 말하는 순간 판사의 대가리에도 그 감정이 고스란히 전달돼요. 그럼 시작부터 지고 들어가는 거예요. 그 짓을 왜 해? 불쌍한 게 누구야? 열심히 일해서 돈을 벌어야 할 시간에 여기에 계신 대표님 아닌가요?"

화학 공장 대표가 입술을 비틀며 거들먹거리는 표정으로 고개를 끄덕인다.

"그러니까. 배우신 분이라 잘 아네. 못 배워서 그런가? 저 새끼들은 자기들이 피해잔 줄 알고 있어요."

"무조건 이겨드리겠습니다. 걱정하지 마세요."

천성대 변호사는 재판이 열리기 전 김윤혁을 만나 이한영의 행동과 논리를 미리 들었다. 그래서인지 자신감이 하늘을 치솟고 있었다.

화학 공장 대표가 원고석에 앉아 있는 한나연을 벌레 보듯 하며 입을 열었다.

"저 새끼들이 나한테 달라고 하는 돈이 3억씩, 총 72억이에요. 내가 스케일이 작은 사람도 아니고 기부도 많이 하는데, 거지새끼들한테 그깟 72억? 적선하라면 하죠."

"암요."

"그렇지만 죽은 남편이나 자식 팔아 돈 뜯어먹으려는 개새끼들한테는 못 주지. 인간 말종들 아닙니까? 남편 월급 꼬박꼬박 받아먹고 살다가, 남편 뒈지니까 그 돈을 나한테 내놓으라는 거잖아요?"

천성대 변호사가 동의한다는 듯 고개를 끄덕인다.

"그러니까요."

"그리고 저 한나연이라는 여자애. 어미랑 둘이 살고 있는데, 지 죽고 나서 혼자 남을 어미를 나한테 책임지라는 거잖아? 취업도 안 되던 사람을 취직시켜서 월급 안 밀리고 줬더니 병 걸렸다고 소송을 걸고 있네? 이러다가 술 처마시고 술병 난 새끼도 나한테 소송 걸겠어요."

"은혜를 모르는 인간들이죠."

"저딴 새끼들도 사람이라고, 쯧쯧. 그러니까 이겨주기만 하세요. 정의가 무엇인지 보여줘요! 내가 변호사님한테 추가로 5억 떼어 드릴게. 물론 로펌은 모르게, 현찰로."

"아이고, 감사합니다, 크크크."

천성대 변호사가 간신배처럼 손바닥을 비벼댔다.

피해자 측 변호사가 피해자들의 안타까운 상황을 설명하고 있었지만 이들에게는 그 목소리가 들리지 않았다. 그들이 듣기엔 개소리일 뿐이다.

그때 이한영이 입을 열었다.

"피고 측, 반론해주세요."

천성대 변호사가 화학 공장 대표를 향해 빙긋이 미소를 지으며 자리에서 일어섰다.

"존경하는 재판장님, 백혈병과 유해 환경의 인과관계는 불명확합니다!"

* * *

복도를 걷는 김윤혁의 옆으로 김진한 부장이 섰다.

"이한영이 법정에 가는 거지?"

김윤혁이 고개를 숙였다.

"아, 네."

"걱정되냐?"

"아뇨. 괜찮습니다."

"그래, 걱정하지 마. 네 논리를 깨려면 적어도 고등법원 부장이나 내 급은 돼야 하니까, 흐흐."

김윤혁은 고개를 저었다.

"그래도 한영인데요."

겸손한 말투에 김진한 부장은 힐끗 김윤혁의 표정을 살폈다. 가면을 쓴 것처럼 표정 관리를 잘하던 김윤혁이다. 하지만 최근 얼마간 그 가면이 산산이 부서져 조바심이 그대로 드러났었다. 그런데 그의 얼굴에 다시 가면이 덮여 있다.

'이것 봐라?'

김진한 부장이 묘한 미소를 지었다.

이윽고 그들은 법정의 문을 열고 안으로 들어갔다. 법정의 분위기는 냉랭했다. 얼음 창고에 들어온 것처럼 한기가 확 느껴질 정도다. 김진한 부장과 김윤혁의 시선이 앞으로 향했다.

천성대 변호사가 피해자 한나연 앞에 서서 이죽거리고 있었다.

"원고, 공장 유리창에 돌을 던져 박살 냈었죠? 자기 생각대로 안 되니까 홧김에 그런 거죠?"

한나연이 핏기 없는 얼굴로 입을 연다.

"네."

얼마 남지 않은 생을 확정받았던 그날, 화학 공장 대표는 "돈만 좇는 벌레냐?"라고 말했고, 화가 난 그녀는 공장의 유리창을 향해 돌을 던졌다.

하지만 그녀는 길게 변명하지 않았다. 모든 걸 포기한 표정으로 고개를 끄덕일 뿐이었다.

천성대 변호사가 계속 말했다.

"한나연 씨, 대한민국은 엄연히 법치국가예요. 법에 따라 해결될 일인데 왜 그랬습니까? CCTV에 똑똑히 찍혀 있어요. 우리는 이 소송이 끝나면 곧바로 깨진 창문과 그 손실에 대해 청구 들어갈 겁니다."

피해자 측 변호사가 자리에서 일어섰다.

"이의 있습니다! 지금 피고 측 대리인은 이번 사건과 관련 없는……!"

"이봐요! 관련 있어요!"

천성대 변호사가 눈을 부라리며 피해자 측 변호사를 노려본다.

"이봐요, 법원이 무슨 시장 바닥입니까? 그리고 어디가 관련이 있다는 겁니까!"

"여보세요, 우리는 CCTV라는 명확한 증거를 가지고 있습니다. 하지만 그쪽이 내세우는 건 뭐죠? 직접적인 증거는 단 하나도 없고 다 정황! 지금 조사를 하면 아무것도 안 나오니까 몇 달 전, 몇 년 전에는 안 좋았을 것이다! 다 억측! 우리도 똑같이 해볼까요? 한나연 씨가 유리창에 돌을 던질 때 칼을 들고 있었습니다."

"뭐요!"

한나연이 힘없이 고개를 저었다.

"칼은…… 없었어요."

"있었을 거라는 정황이죠! 그때 어땠는지 내가 어떻게 알아요? 지금은 안 가지고 있지만 그때는 가지고 있었겠죠. 이게 지금 당신들의 논리예요. 정황으로 화학 공장을 압박하고 있어요!"

천성대 변호사가 몸을 돌렸다. 그리고 뚜벅뚜벅, 화학 공장 사장 앞으로 걸어가며 입을 열었다.

"존경하는 재판장님, 피해자들의 숫자는 스물네 명. 그런데 화학 공장에서 일하는 노동자의 숫자는 200명에 가깝습니다. 40년이 넘어가는 공장의 역사상, 지금껏 일하다가 그만둔 사람, 드나드는 협력 업체의 직원까지 합치면 1만 명이 훌쩍 넘어갑니다."

천성대 변호사가 이한영을 향해 몸을 돌린다. 그리고 강렬한 눈빛을 내뿜으며 말을 이었다.

"통계학적으로 일반 사람이 백혈병에 걸릴 확률과 이 공장에서 근무하다가 백혈병에 걸린 사람들의 확률이 비슷합니다. 즉, 공장의 작업환경을 이유로 드는 것은…….”

그때 뒤에서 천성대 변호사의 말을 듣던 김진한 부장이 픽 웃었다.

“못된 놈이네.”

“천성대 변호사요?”

김윤혁의 질문에 김진한 부장이 고개를 끄덕인다.

“그래. 아주 못된 놈이야. 그런데 알지? 저런 놈이 이기는 거. 듣고 있으면 재수는 없지만…….”

그때 이한영의 목소리가 들렸다.

“양측 대리인, 재판장 좀 봐주시겠어요?”

느긋한 목소리.

하지만 김윤혁의 마음엔 어떤 위화감이 느껴지며 순간적으로 ‘쿵!’ 하는 소리가 들리는 것만 같았다. 오랜 시간 이한영을 지켜봤던 김윤혁은 알고 있다. 이한영의 저 목소리는 법정을 장악하고 있다는 뜻이다.

‘뭐지?’

분명 법정은 개판인데, 장악하고 있다니. 김윤혁의 눈동자가 빠르게 이한영에게 향했다.

이한영이 피해자 측 변호사를 보며 입을 연다.

“대리인, 재판을 준비하면서 어떤 게 가장 힘들었습니까?”

“네?”

뜬금없는 질문에 피해자 측 변호사가 마른침을 삼켰다. 상대는 이한영이다. 예측할 수 없는 행동으로 변호사들을 난감하게 하는 판사로 유명하다. 그래서 ‘탱탱볼’이라는 별명까지 있다.

변호사는 탱탱볼의 방향이 자신에게 유리할지 불리할지 가늠해보려 했지만 이한영은 그럴 시간을 주지 않았다.

"말씀해보세요."

변호사가 입을 열었다.

"업무상 질병을 인정받으려면 재해 노동자나 가족이 직접 증명해야만 합니다. 하지만 회사는 영업 비밀을 근거로 정보를 공개하지 않습니다. 그래서 피해자가 어떤 환경에 처해 있었는지 연관성을 입증하는 게 어렵습니다."

"그러니까 대리인 말씀은 지금 자신의 주장 근거가 완벽하지 않다는 걸 인정하는 겁니까?"

"네? 아뇨."

하지만 변명의 시간도 없었다.

이미 이한영의 시선은 천성대 변호사에게 향하고 있었기 때문이다.

이한영이 입을 열었다.

"피고 측 대리인, 아까 40년 된 공장의 역사까지 언급하시면서 백혈병이 발병할 확률을 말씀하셨잖아요?"

"아, 네."

"그런데 피해자분들은 최근 5년간 몰려 있네요. 그럼 일반적인 확률보다 높은 것 아닙니까? 그리고 그 시기가 전 대표분께서 은퇴하신 후 지금 대표님이 자리한 시간이네요?"

"까마귀 날자 배 떨어졌다고……."

순간 이한영이 고개를 저으며 천성대 변호사의 변명을 단칼에 자른다.

"팩트를 답해주세요."

"우연이 겹쳤을 뿐입니다……."

천성대 변호사는 말끝을 얼버무렸다.

이한영은 침묵했다.

모든 사람의 시선은 자연스럽게 이한영에게 향했다. 방금 이한영의 말은 양측 모두에게 불리한 이야기였기 때문이다.

어느 쪽도 희망 없이 기다리고 있을 때 이한영이 묵직한 목소리를 내뱉었다.

"현장검증 하죠."

사건의 현상 등이나 설명이 모호한 경우 판사가 직접 현장검증에 나서기도 한다. 연간 어마어마한 사건을 처리하는 판사들의 일정상 이례적인 일이긴 하지만, 그 위력은 대단하다. 말로 했던 거짓이 드러나는 순간일 수 있으니 잘못한 쪽은 당황할 수밖에 없다.

"현장검증요? 정말요?"

"네."

천성대 변호사가 빠르게 방청석을 향해 고개를 돌렸다. 그의 시선이 닿은 곳에 김윤혁이 있다.

'얘기했던 것과 다르잖아!'

눈으로 따져 물었지만, 대답이 들려올 리가 없었다.

그리고 이한영의 시선 역시 김윤혁에게 향했다.

'넌 왜 당황하고 있냐?'

김윤혁의 가면이 다시 쩍쩍 갈라지고 있었다.

10

화학 공장 백혈병 산재, 현장으로 가는 판사

화학 공장에서 일하던 스물다섯 살 한나연 씨가 급성 백혈병에 걸려 투병 중이다.

고등학교 때 아버지가 돌아가시고 일찍 일터에 뛰어든 그녀는 가난하지만 꿈 많은 젊은 여성이었다. 하지만 비극적인 시간은……(중략)……양측의 입장이 첨예하게 대립하던 중, 서울중앙지방법원 이한영 판사는 진실을 밝히기 위해 직접 현장으로 갈 것을 선언했다. (중략) 이 재판이 열리기 며칠 전, 비슷한 상황의 판결이 있었다. 유성전자 백혈병 사건으로……(중략)……유성전자 담당 판사는 김윤혁 판사로……(중략)……누군가는 피해자 가족들의 모습을 보며 보상금을 타내려는 수작이라고 욕하지만 본 기자는 그들의 아픔을 외면할 수 없었다.

—김윤혁인지 뭔지 하는 새끼가 하는 재판 봤다. 대놓고 유성 변호하는 역대급 판결이던데? 판사인지 변호사인지 모르겠더라.

—이한영 같은 판사가 있으니 그나마 법을 믿을 수 있는 거다. 좋은 판결 내려줬으면 좋겠다.

—탁상행정만 하지 말고 이렇게 행동하는 판사들이 많았으면.

—변호사의 말만 듣고 판결하지 않고 실제로 가서 확인하는 모습, 멋지네. 판결도 기대함.

—김윤혁 판사 유성전자 재판 봤던 사람은 다 욕했음. 진짜 지랄 났음.

—도대체 김윤혁 판사가 어떻게 했길래.

—그 새끼 백퍼 돈 받았음. 재판 후기 찾아봐.

—김윤혁 판사 재판 보면서 판사의 권위주의가 뭔지 잘 알게 됐다. 진짜 벼슬이더라. 오늘부터 공부한다.

—유성에서 백쉰 명이 아프고 일흔 명이 사망했는데 증거가 없다니. 진짜 공부 머리와 사회 머리는 다른 거야. 판사들이 빡대가리인 게 느껴지네.

—김윤혁 판사가 뭐가 이상함? 헌법에 무전유죄 유전무죄 나와 있잖아? 원래 이런 거 아님?

—김윤혁, 크게 한탕 해서 노후 편하게 보내려고 준비하네.

—판사님, 저는 웃지 않았습니다.

기사에 딱 한 줄만 적힌 김윤혁과 유성전자에 관한 내용.

평소라면 소란 없이 사라졌을 것이다. 하지만 송나연 기자의 부탁을 받은 변호사가 피해자들을 움직여 댓글을 적고 기사를 공유했다. 자연히 김윤혁의 이름이 거론됐고, 기사는 일파만파 퍼지고 있었다.

김윤혁의 눈동자는 사정없이 흔들렸다.

"도대체 어떤……!"

김윤혁의 부라린 눈이 기자의 이름을 찾는다.

"송나연? 이런 씨발! 멋대로 내 이름을 적어? 미친 거야!"

거친 욕을 내뱉으며 쾅, 휴대폰을 책상에 내리찍었다. 그러고도 안정이 안 되는지 서성이기 시작했다. 그의 걸음이 불안불안하다.

"어쩌지? 어떻게 하지?"

불안한 이유는 단 하나, 돈을 받았다는 추측성 댓글이다.

거리낄 게 없다면 대수롭지 않게 넘기겠지만 도둑이 제 발 저리고 있었다. 김윤혁의 혼란한 머릿속은 불길한 생각으로 헤집어졌다.

김윤혁이 초췌한 얼굴을 쓸어 만질 때, 휴대폰에 진동이 울렸다. 법무법인 멧의 천성대 변호사다. 발신 번호를 보며 받을지 말지 잠시 망설이던 김윤혁은 겨우 손을 뻗어 휴대폰을 쥐었다. 그리고 최대한 차분한 목소리로 입을 열었다.

"김윤혁입니다."

–아이고, 판사님. 천성댑니다. 이번 재판은 좀 어긋났네요?

"이한영 판사가 현장검증을 말할 거라곤 생각 못 했습니다."

–지나간 일은 지나간 거고. 우린 장밋빛 미래를 봐야죠. 그래서 말인데, 이한영 판사가 현장에 와서 어떻게 움직일지 언질 좀 줄 수 있습니까?

능글대는 목소리에 김윤혁은 입을 꽉 다물었다.

"현장에서 어떻게 움직일지? 그걸 내가 어떻게 압니까?"

–이한영 판사랑 동기라고 하지 않았나요? 독일 차 함께 타고 올림픽대로라도 돌면서 대화를 나누면 힌트 좀 얻지 않겠어요?

천성대 변호사는 자동차를 언급했다. 뇌물로 족쇄를 채워 질질 끌고 다니겠다는 선전포고다.

"지금, 협박하는 겁니까?"

–협박이라뇨? 함께 잘살아보자는 거죠. 내가 공장 대표님께 승소 조건으로 로펌 모르게 2억 받기로 했거든요. 그 시원하게 절반 드리겠습니다. 우린 함께 가는 겁니다. 그러니까 잘 좀 부탁드립니다, 흐흐.

천성대 변호사는 화학 공장 대표에게 5억을 받기로 되어 있었다. 하지만 그게 뭐라고, 2억을 받는다 속이고 있다.

뚝 끊긴 전화를 보며 김윤혁은 머리를 쥐어뜯기 시작했다.

"이놈이나 저놈이나! 씨발!"

돈을 받기는 쉽다. 하지만 돈이란 언제나 값을 치러야 하는 존재라는 걸 잊어선 안 된다. 그 금액의 크기가 크면 클수록 돌아오는 대가는 커진다.

* * *

"현장 나간다며?"

"아, 그렇게 됐네."

이한영은 김윤혁과 함께 휴게실에 앉아 있었다. 캔커피를 만지작거리던 김윤혁이 어렵게 고개를 틀어 이한영을 바라본다.

"어떻게 할 거야?"

"똑같지, 뭐. 배석 때 나가본 적 있잖아?"

이한영은 김윤혁의 검은 속셈이 빤히 보였다. 그래서 대수롭지 않게 답했지만 김윤혁은 질기게 물었다.

"아니, 나도 유성전자 사건을 만졌잖아. 비슷한 사건인 만큼 현장검증에서 어떤 식으로 확인할지 궁금하더라고. 기자들도 많이 따라붙을 텐데, 부담스럽지 않아?"

"부담스러운 건 없는데, 일단 대표실부터 체크하지 않겠어?"

"대표실? 거긴 왜?"

"중요한 것은 그런 쪽에 짱 박아 두잖아."

김윤혁이 선한 미소를 지으며 고개를 끄덕인다.

"아, 그래?"

이한영은 쭉 기지개를 켜며 일어섰다.

"그럼 먼저 일어난다. 준비할 게 많아."

"고생해."

김윤혁은 이한영의 모습이 사라지기를 기다렸다가 서둘러 휴대폰을 귀에 댔다. 상대는 천성대 변호사다.

"대표실부터 확인할 것 같아요. 혹시 관련 서류가 있으면 다 처분하세요."

—대표실요? 검찰도 아니고 압수수색이라도 한대요?

"상대는 이한영이에요. 어디로 튈지 알 수 없어요."

—이번엔 확실하죠?

"뭐라고요?"

—아니, 얼마 전에 판사님이 예상했던 게 하나도 안 맞았으니까, 다른 짓을 하면 어떻게 하나 걱정돼서 그러죠, 흐흐.

능글맞은 웃음소리에 김윤혁의 미간이 확 좁혀졌다. 그런데 그 순간, 머릿속에 이한영의 얼굴이 스친다.

—일단 대표실부터 체크하지 않겠어?

'대표실부터?'

그 말은 대표이사실이 시작이라는 거다.

'다음은 뭘 할 거지? 어떻게 진실을 찾아낼까? 기자들까지 가는데 빈손으로 올 수는 없잖아?'

김윤혁은 이한영의 지난날을 되짚으며 앞으로의 행동을 예상해봤다. 그러자 보였다.

'네가 할 행동은 뻔해!'

김윤혁이 눈을 날카롭게 빛내며 입을 열었다.

"거기 직원 중에 회사 상황을 가장 잘 아는 사람이 누구죠? 문서 말고 설비나 공정에 관해서 잘 아는 사람요. 그 사람들, 준비 단단히 시키세요."

—아, 실무자를 통해서 진실을 확인한다? 그럴 수도 있겠네요, 흐흐.

천성대 변호사의 재수 없는 웃음소리를 들으며 김윤혁은 휴대폰을 내려 뒀다.

"개새끼."

그의 눈동자엔 살기가 가득했다.

* * *

"쓸데없는 거 없죠?"

천성대 변호사의 말에 화학 공장 대표가 고개를 끄덕였다.

"그럼요. 어제 싹 쓸어서 뒷산에 묻었습니다. 혹시 불똥이 세금으로 튈까 봐 그쪽도 정리했으니까 여긴 아무것도 없습니다."

"유해 물질 검출은 확인해보셨어요?"

"완벽해요. 뭘 들고 와서 점검하든 기준치보다 한참 못 미칠 거예요."

현장검증 날이었다. 약속보다 2시간 먼저 온 천성대 변호사는 대표이사실에서 대표와 이야기를 하고 있었다.

비서가 테이블에 찻잔을 놓을 때 대표가 입을 연다.

"그런데 판사들도 돈을 많이 좋아하는가 봐요? 텔레비전에서 봤을 땐 되게 청렴한 척들 하던데."

"세상에 돈 싫어하는 사람이 어딨겠습니까? 다 똑같지."

"얼마 찔러주기로 한 거예요?"

"그건 영업 비밀이고요, 흐흐."

대표가 찻잔을 손에 들며 다시 입을 연다.

"사업을 하다 보니까 사람이 곧 힘이더라고요. 공무원을 몇 명 알고 있느냐에 따라 안 되는 일도 진행되니까요."

"그렇죠."

"그래서 이번에 사법부에 있는 공무원을 알고 지냈으면 하는데요."

천성대 변호사가 크게 웃으며 손뼉을 쳤다.

"역시 사업가이십니다. 위기에서 기회를 찾고 계시잖아요. 암요, 이번을 기회로 해서 판사 하나 알고 지내면 좋죠."

"만날 수 있겠습니까?"

천성대 변호사가 고개를 끄덕였다.

"이번 재판 끝나면 자리 한번 마련하겠습니다."

그때 사무실의 문이 열리고 비서가 고개를 내밀었다.

"유지보수팀 도착했습니다."

천성대 변호사가 자리에서 일어서자 공장의 유지보수팀 여덟 명이 우르르 들어왔다.

천성대 변호사가 일렬로 선 그들의 얼굴을 하나하나 눈에 담으며 입을 열었다.

"대표님, 대표님의 철칙이 가족 같은 회사라고 하셨죠?"

"아, 그럼요."

"여기 계신 분들이 고생도 많이 하시는 것 같은데, 금일봉 챙겨 주실 때가 되지 않았나요?"

"챙겨 줘야죠."

대표의 시원한 말에 천성대 변호사는 팀장의 앞으로 한 발짝 다가섰다. 그리고 낮은 목소리를 흘린다.

"팀장님은 자식 보기 부끄럽지 않습니까?"

"네?"

뜬금없는 말에 팀장의 눈에 의문이 담길 때 천성대 변호사가 계속 말을 잇는다.

"금일봉도 받을 텐데, 근사한 곳에서 외식 한번 하세요. 갖고 싶어 하던 자전거도 사 주고요. 재네 아빠는 사 주는데 우리 아빠는 왜 안 사 줘! 이런 소리 듣지 말고 떳떳한 아버지가 되세요."

자식 생각이 났는지 팀장의 입에서 작게 한숨이 흐른다.

천성대 변호사는 고개를 틀어 다시 대표를 본다.

"금일봉 얼마씩 주실 겁니까?"

"한 500은 돼야겠죠?"

천성대 변호사의 시선이 다시 팀장을 향했다. 팀장의 눈동자엔 탐욕이 흐르고 있다. 천성대 변호사는 그 틈을 향해 빠르게 말을 찔러 넣었다.

"단, 금일봉을 받으려면 해야 할 일이 있습니다. 지금부터 회사를 그만둔 전 직장 동료를 안타깝게 생각 말고 집에 있는 가족들이 불쌍하다고 생각하세요! 혼자 계신 어머니, 병원에 계신 아버지, 학원 못 다녀서 공부 못하는 내 자식! 불쌍한 것은 우리 가족입니다. 여러분의 말 한마디에 월급 제때 나오던 회사가 사라질 수도 있어요! 이렇게 심한 취업난에 이 나이 먹어서 어딜 가겠습니까? 이미 그만둔 동료 말고 지금 옆에서 함께 생활하는 동료를 생각하세요!"

천성대 변호사의 날카로운 말은 그들의 가슴에 그대로 꽂히고 있었다.

그리고 잠시 후 유지보수팀이 교육을 받고 빠져나가자 비서가 다시 고개를 내밀었다.

"판사님들이 도착하셨답니다."

천성대 변호사가 자신만만한 얼굴로 대표를 바라봤다.

"가시죠."

이한영의 뒤에는 따라온 취재진이 가득했다. 아침에 난 기사를 보고 냄새를 맡은 기자들이다.

천성대 변호사와 대표 그리고 피해자의 변호사가 자리하자 이한영이 입을 열었다.

"유지 보수하는 분들 있죠? 이야기 좀 듣고 싶습니다. 면담할 곳은 사원 휴게실이 좋겠네요. 준비해주세요."

예상대로 흘러가는 분위기에 천성대 변호사와 대표는 흡족한 미소를 지었다.

대표가 천성대 변호사의 귀에 대고 속삭인다.

"천 변호사님, 정말 대단하시네요."

"법조계에서 살아온 시간이 다른데요, 흐흐."

윤슬혜 판사가 유해 물질 검사를 하러, 이소이 판사가 대표이사실로 향하며 현장검증은 빠르게 시작되었다.

그리고 이한영은 직원 휴게실로 향했다. 휴게실의 닫힌 문을 보며 천성대 변호사가 묘한 미소를 지었다.

'김윤혁 판사, 이제야 돈값을 하고 있네.'

* * *

"교육받으셨죠?"

"네? 교육요?"

이한영 앞에 앉은 50대의 남자는 눈을 동그랗게 떴다. 그는 유지보수팀의 팀장이었다.

"안 받았어요?"

"네, 안 받았습니다."

팀장은 긴장되는지 마른 입술을 혀로 핥았다.

이한영은 김윤혁이 천성대 변호사에게 전화한 사실부터 그들이 무엇을 준비했는지 뻔히 알고 있었다. 하지만 이해한다는 표정으로 고개를 끄덕였다.

"알겠습니다. 더 묻지 않겠습니다."

"네?"

팀장은 눈을 깜빡였다. 분명 판사가 꼬치꼬치 캐묻고 들어올 테니 무조건 모르쇠로 일관하라고 교육받았다. 그런데 전혀 다른 상황이 펼쳐지고 있었다.

당황한 얼굴의 팀장을 보며 이한영이 안타까운 표정을 지었다.

"함께 일하던 동료가 아프고 사망하고, 그런데 이곳은 직장이라 어떻게 할 수도 없고. 그 마음이 얼마나 괴로울지 잘 알고 있습니다. 그래서 안 묻는 겁니다."

"아……."

정곡을 찔린 팀장은 제대로 답하지 못했다.

그때 이한영이 그의 앞으로 종이를 쑥 내밀었다.

"대신 이거나 작성해주세요."

팀장이 고개를 내밀어 물끄러미 종이를 보며 물었다.

"이게 뭐죠?"

"진료받으시라고요."

"진료요?"

"조금 알아봤더니 유지 보수하는 분들이 가장 위험하더라고요. 스물네 분의 피해자 중 열두 분이 유지 보수 파트이기도 했고요. 그래서 의사 선생님을 모셔 왔습니다. 바빠서 병원도 못 가실 텐데, 저랑 면담하는 김에 검사나 받으시라고요."

이한영의 뒤에 서 있던 여자가 가방에서 뭔가를 꺼내기 시작했다. 혈액을 뽑기 위한 주사기 등이다.

얼떨떨한 가운데 피를 뽑힌 팀장에게 이한영이 입을 열었다.

"선생님껜 죄송하지만 정말 만약에 백혈병 진단 나오면 어떻게 하실 겁니까?"

"배…… 백혈병요?"

"네."

눈을 크게 뜬 팀장을 보며 이한영이 가볍게 고개를 끄덕였다.

이 회사의 유지보수팀은 여덟 명. 전생을 되짚어보면 앞으로 네 명이 더 백혈병에 걸린다. 하지만 그때는 이미 화학 공장의 승리로 재판이 마무리 된 후였다. 뒤늦게 소송을 걸었지만 그 싸움은 가시밭길이었다. 그러나 이건 이한영만 알고 있는 미래다. 백혈병에 걸릴지도 모른다는 악담에 팀장은 황당해하고 있었다.

이한영이 슬쩍 웃으며 고개를 저었다.

“기분이 나쁘셨으면 죄송합니다. 그저 유지보수팀의 건강, 그중에서도 가장 오래 근무한 팀장님이 걱정돼서 드린 말씀입니다.”

“아, 네.”

“그리고 좋게 생각해주셨으면 해요. 이번 기회를 통해 발견되면 오히려 다행 아닌가요? 백혈병은 초기에 발견하면 완치될 가능성이 아주 크다고 하던데요.”

팀장의 눈동자가 이한영의 뒤에 선 의사에게 향했다. 젊은 여의사는 생긋 웃어 보이며 혈액이 든 병을 흔들어 보인다.

팀장의 머릿속에 순간 ‘검사 결과가 안 좋게 나오면?’이라는 생각이 스쳤다. 동시에 쿵쾅쿵쾅 심장이 떨리기 시작한 팀장이 의사를 보며 마른 입술을 열었다.

“……결과가 언제쯤 나옵니까?”

“내일이면 나와요.”

“이상이 있으면 어떻게 되나요?”

“골수 검사를 해야겠죠? 그래도 너무 걱정하지 마세요. 이한영 판사님 말씀처럼 초기에만 잡으면 완치 가능성이 크니까요. 매년 건강검진 받으시죠?”

“초기 증상으로 어떤 게 있나요?”

팀장은 불안했는지 계속해서 백혈병에 관한 것을 물었다.

의사는 친절히 답했다.

“코피, 잇몸 출혈, 빈혈, 식욕 부진, 체중 변화, 피로감, 원인 불명의 멍 등 워낙 다양해서요. 결과를 기다리시는 게 가장 좋아요.”

사람의 심리는 참 이상하다. 저런 말을 들으면 괜히 피로감이 있는 것 같고, 식욕도 부진한 것 같다.

팀장은 요동치는 심장을 애써 외면하며 양손을 맞잡고 고개를 숙였다. 그의 입에서 깊은 한숨이 흐른다.

그동안 병에 걸려 회사를 그만두는 직원이 안타깝기는 했다. 하지만 어디까지나 남의 일이라 생각했었나 보다. 막상 검사를 기다리는 처지가 되자 온갖 상상이 머릿속을 들쑤시며 불안해졌다.

그때 무겁게 가라앉은 이한영의 목소리가 그의 귀를 파고들었다.

“회사는 팀장님을 책임져주지 않습니다.”

팀장은 고개를 숙인 채 대답했다.

“그렇겠죠.”

팀장의 목소리는 떨리고 있다. 즉, 그의 감정이 흔들리고 있다는 거다. 이제 쐐기를 박아 넣을 시간이었다.

이한영은 팀장의 앞으로 피해자 한나연의 사진을 쑥 내밀었다.

“한나연 씨, 잘 아시죠?”

팀장은 눈동자만 움직여 사진을 바라봤다. 병에 걸리기 전, 예뻤던 한나연이 생글생글 웃고 있다.

물끄러미 사진을 보던 팀장이 고개를 끄덕인다.

“네, 알고 있습니다.”

이한영은 또 다른 사진을 꺼내 그 옆에 나란히 놓았다. 이번엔 병에 걸려 핏기가 사라진 모습이다.

한나연의 대비된 모습을 보던 팀장의 이마엔 땀방울이 흥건히 맺힌다. 그녀의 모습이 마치 자신의 모습처럼 느껴져서다.

이한영은 그의 불안한 마음을 똑똑히 보고 있었다.

"모른 척 가만히 계실지 회사를 상대로 싸워보실지, 선택하세요."

팀장은 입술을 움찔거렸다. 하지만 대답은 없다. 아직 망설이고 있는 것이다. 이럴 때 밀어붙여서는 안 된다.

이한영은 등을 의자에 기대며 느긋이 말했다.

"제 생각엔 진실이 밝혀지는 것은 이번이 마지막 기회가 될 것 같습니다. 얼마 전, 유성전자 사건 아시죠? 유성전자가 승소했어요. 이번에도 화학 공장이 승소하면 앞으로 이런 사건에 피해자 측이 이길 일은 없을 거예요. 한 번도 아니고 두 번이나 기업의 손을 들어줬는데, 그다음 재판에서 피해자의 손을 들어주면 사법부의 꼴이 우스워지잖아요?"

이한영은 대수롭지 않은 척 말끝을 끊었다. 권익을 얻으려면 사법부나 정부가 아니라 팀장 스스로 움직여야 한다는 걸 깨닫게 하는 노림수다.

그리고 마침내 팀장은 넘어왔다. 그가 힘겹게 입을 연다.

"전 가정이 있습니다. 회사를 상대로 목소리를 높이면……."

"이 회사, 사라질 겁니다."

"네? 사라지다뇨?"

"그건 지켜보시면 될 일이고요. 자, 이제 선택하세요."

이한영은 더 길게 말하지 않겠다는 듯 입을 꾹 다물고 팔짱을 꼈다.

팀장의 눈동자는 한나연의 사진으로 향했다가 의사에게 향한다. 의사는 팀장의 피가 담긴 병을 들어 보인다.

팀장의 시선이 마지막으로 이한영에게 향했다. 이한영의 눈동자는 결정을 강요하고 있다.

결국 그는 고개를 끄덕였다.

"……공정에 문제가 있었습니다. 유성도 마찬가지였을 겁니다. 우리처럼 유지 보수를 하는 사람들은 독성 물질에 노출되어 있으니까요."

어떤 식의 문제가 있었는지 팀장의 말이 이어졌다. 그 목소리는 녹음기에 담기는 중이다.

그리고 그의 말이 끝났을 때 이한영의 손가락이 피해자 한나연의 사진을 가리켰다.

"이분은 유지보수팀이 아니었는데요. 왜 병에 걸렸을까요?"

"제가 의사나 연구진이 아니라 확답할 수는 없지만, 현장에서 에칭액과 감광액을 사용하거든요. 사용되는 물질은 유성도 마찬가지였을 겁니다. 비슷한 사건이라 저도 관심 있게 봤거든요. 그래서……."

두 물질은 예전부터 위험한 물질로 꼽혀 왔다. 하지만 그 물질을 다루는 근로자가 입었던 옷은 먼지를 막는 방진복일 뿐 화학 물질을 막을 장치는 없었다.

"소송이 들어가고 부랴부랴 옷을 바꿨어요. 물론 회사 기록에는 예전부터 그 옷을 입고 작업했다고 적었고요."

그리고 이곳에서 사용되는 여러 물질은 회사의 영업 비밀을 이유로 공개되지 않았다. 그래서 얼마나 인체에 해로운지 알기 힘들었다. 이 상황은 김윤혁이 재판을 맡았던 유성과도 다르지 않았다.

이한영은 팀장의 말을 들으며 손가락으로 툭툭 책상을 두들겼다.

* * *

윤슬혜 판사는 검사관과 함께 유해 물질의 조사를 위해 작업장 대기 포집을 하고 있었다.

"아직 멀었어?"

이한영의 목소리에 그녀가 고개를 튼다.

"끝나셨어요? 저희도 이제 마무리예요."

그때 이소이 판사도 이한영의 앞으로 섰다.

"대표이사실 확인해봤습니다. 특이점은 없었습니다."

현장검증이 마무리된 것이다.

유지보수팀 면담 중에 어떤 일이 있었는지 모르는 천성대 변호사와 대표가 눈을 마주치며 히죽 웃는다.

이한영이 천성대 변호사와 피해자 측 변호사를 번갈아 보며 입을 열었다.

"마지막으로 조율할 게 있는데요. 이야기할 곳이 있을까요?"

대표가 나섰다.

"제 사무실로 가시죠."

대표가 몸을 돌려 앞장서자 이한영과 다른 사람들도 그 뒤를 좇았다.

그때 지금껏 조용히 현장검증 사진을 찍던 한 기자가 입을 열었다.

"판사님, 저희도 같이 들어갈 수 있을까요?"

"기사 쓰시려고요?"

현장검증도 재판 과정이다. 녹음이나 사진 촬영은 재판장의 허가에 달려 있다. 기자가 멋쩍게 웃자 이한영이 천성대 변호사에게 시선을 향했다.

"기자분들이 한 컷 찍고 싶다는데, 어떻게 생각하세요?"

천성대 변호사는 지금 상황에 자신이 있었다. 그래서 흔쾌히 고개를 끄덕였다.

"그거야 판사님 재량이죠. 전 괜찮습니다, 하하."

이한영의 시선이 피해자 측 변호사에게 향했다.

"변호사님은요?"

"저도 상관없습니다."

결국 대표이사실엔 열 명이 넘는 사람이 자리했다. 하지만 널찍한 대표실은 좁다는 생각이 들지 않는다.

먼저 천성대 변호사가 입을 열었다.

"나온 게 있습니까?"

뭘 조사했든 자신 있다는 표정이다. 하지만…….

"네."

이한영의 당연하다는 말에 순간적으로 움찔한다.

"어떤 게 나왔습니까?"

"조사한 것은 며칠 안으로 정리해서 보내 드리겠습니다. 그걸로 보시면 될 것 같은데요."

길게 말하고 싶지 않다는 뜻에 천성대 변호사는 입을 꽉 다물었다. 나이가 어려도 판사는 판사다. 말하면 따를 수밖에 없다.

이한영의 시선이 대표에게 향했다.

"대표님, 이곳에서 다루는 화학 물질요. 구성 성분을 알 수 있습니까?"

"구성 성분요?"

대표의 표정이 떨떠름해졌다. 그러자 천성대 변호사가 치고 들어왔다.

"영업 비밀이라 공개할 수 없습니다. 만약 공개를 지시하신다면 영업 비밀 침해 행위의 금지를 청구할 겁니다."

이한영이 천천히 고개를 끄덕였다.

"구성 성분도 알 수 없는데, 여기서 더 조사해도 역학 관계를 알아내기는 힘들겠네요?"

다시 천성대 변호사가 빠르게 답한다.

"재판장님, 몇 번이나 조사했지만 연관성이 입증된 적이 없어요. 이거 모두 피해자들이 돈을 받아내려고 애쓰는 겁니다."

피해자 측 변호사가 발끈한다.

"뭐요!"

하지만 그게 끝이다. 이곳엔 그들만 있는 게 아니라 기자들도 있다. 예민한 부분은 작성하지 않겠다고 약속했지만 믿을 수 있는 직업군이 아니었다.

"끔" 하는 소리와 함께 화를 참는 피해자 측 변호사를 보던 이한영의 시선이 다시 천성대 변호사에게 향했다.

"말씀하신 것처럼 연관성이 입증되지는 않았죠."

"그렇다니까요. 일방적인 주장일 뿐이에요."
"하지만 연관성이 없다는 것도 입증되지 않았죠."
"네?"
"천성대 변호사님, 연관성이 없다는 걸 입증해주세요."
"제가요?"
"아니면 구성 성분을 오픈해주시든가요."
천성대 변호사가 당황한 표정을 지우지 못할 때, 찰칵찰칵 카메라 플래시가 시끄럽게 터졌다.

잠시 후, 사람들이 떠난 대표이사실엔 천성대 변호사와 대표만이 남아 있었다.
천성대 변호사가 고개를 저었다.
"어린 새끼가 진짜. 이래서 어린놈들은 안 돼요. 법원 밥을 10년도 안 먹은 새끼가 공명심만 높아서. 지가 진짜 뭐라도 된 줄 알아."
대표가 걱정스러운 표정으로 천성대 변호사를 바라봤다.
"우리가 증명하라는데, 이젠 어떻게 해야 합니까?"
천성대 변호사가 생각하려는 듯 눈을 감는다. 그리고 10분 정도의 시간이 지날 동안 눈을 뜨지 않았다.
대표는 조용히 입을 닫고 기다렸다.
생각이 정리된 듯 천성대 변호사가 눈을 떴다.
"방법이 있습니다."
"그래요?"
"제가 대학에 있을 때 함께 있던 교수들 몇 명 준비할게요. 그 사람들이 이상 없다고 거짓 증언만 해주면 됩니다."
"화공 쪽 교수도 알아요?"
"에이, 아까 대표님께서 사람이 힘이라면서요? 저도 술 좀 마시고 다녔습니다. 교수들 손에 쥐여줄 돈이나 몇 장 준비해주십시오."

"얼마면 될까요?"

"1천?"

대표가 고개를 끄덕인다.

"그럼 우리가 이길 수 있습니까?"

"대한민국에 내로라하는 교수들이에요. 이쪽의 전문가도 아닌 판사가 교수들의 논리를 지적할 수 있을 것 같아요?"

대표가 기분 좋게 미소를 그렸다.

"변호사님만 믿겠습니다."

* * *

그 시각, 이한영은 윤슬혜 판사와 이소이 판사를 법원으로 보내고 공장의 뒷산을 타고 있었다. 송나연 기자와 함께다.

헉헉거리던 송나연 기자가 한 나무를 가리켰다.

"저기요. 나뭇잎 많은 데."

이한영은 그녀의 손가락이 가리킨 곳으로 걸어가 나뭇잎을 손으로 헤쳤다. 곧 라면 박스가 나타났다. 열어 보니 문서가 가득하다. 모두 화학공장의 대표이사실에서 나온 것들이다.

송나연 기자가 물었다.

"그런데 그게 뭐예요?"

문서를 넘겨 보던 이한영이 답한다.

"탈세의 현장요."

"탈세?"

그녀가 다가와 이것저것 살핀다.

"사진 찍어도 돼요?"

이한영이 고개를 저었다.

"기자님이 나서면 위험할 수도 있어요. 나중에 다른 특종 드릴게요."

"옙!"

송나연 기자는 빠르게 포기하고 물러섰다. 그리고 문서를 살피는 이한영을 물끄러미 바라보다가 묻는다.

"그런데요, 이런 문서를 빼돌릴 것은 어떻게 아셨어요? 정말 궁탱이에요?"

이한영은 대표이사실 점검에 관한 계획을 일부러 흘렸다. 김윤혁을 통해 말을 전해 들은 대표이사가 지레 겁먹고 행동을 취할 것은 당연했다. 그래서 송나연 기자에게 부탁해 그들을 감시했고 이곳을 알아냈다.

이한영이 송나연 기자에게 고개를 돌렸다.

"궁탱이라뇨? 그게 뭐예요?"

"궁예 플러스 탱탱볼. 궁탱이."

이한영은 말장난하는 송나연 기자를 이상하게 보며 휴대폰을 들어 귀에 댔다.

"박철우 검사님, 조세범 하나 신고하려는데요. 증거자료요? 라면 박스만큼 있습니다. 감사하게도 잘 정리해서 모아 뒀네요."

* * *

대표는 자신의 아버지와 전화하고 있었다. 그의 아버지는 이 회사의 선대 대표이자 창립자이기도 하다.

"걱정하지 마세요. 내가 알아서 한다니까."

화학 공장은 선대 대표가 있을 땐 꽤 괜찮은 회사였다. 하지만 창립자인 선대가 물러나고 그 아들인 현 대표가 자리하며 단 5년 만에 망가지는 중이다.

"그거 옛날 스타일이에요. 요즘 누가 꼬박꼬박 세금을 내고 있어요. 그거 내봤자 칭찬해주는 사람 아무도 없어. 돈 받고 쓰는 서민 새끼들이 손가락질이나 해대지."

아버지의 목소리에 대표는 짜증 섞인 얼굴로 고개를 저었다.

"누구? 아픈 애들? 내가 걔들을 왜 책임져요? 그거 다 유전이에요, 유전. 괜히 나한테 와서 뭐라고 하는 거라니까. 매일 안전 잘 확인하고 있으니까 끊어요."

그때 똑똑똑, 문 두드리는 소리가 들렸다.

비서가 빼꼼 고개를 내민다. 그런데 걱정스러운 표정이다.

"왜?"

"대표님, 검찰에서 왔습니다."

"검찰? 걔들이 여길 왜 와?"

* * *

산에서 내려온 이한영은 송나연 기자와 함께 커피숍에 앉아 있었다. 이한영은 느긋하게 커피를 마시는 중이었고, 송나연 기자는 부랴부랴 기사를 쓰고 있었다.

그녀 역시 현장검증에 함께 있었다. 하지만 이한영을 따라 산에 오르느라 이제야 노트북을 두들기는 중이었다. 이미 다른 업체의 기자들이 기사를 올린 후였기에 그녀의 마음은 다급했다.

한참 일하던 그녀가 불쑥 물었다.

"그런데요, 검찰에서 세금도 받아내요?"

"기소하죠."

"그럼 그 대표는 이제 감옥 가요?"

"아뇨."

"안 가요? 정말? 왜?"

송나연 기자의 하얀 미간이 찌푸려진다. 그런 나쁜 놈이 감옥에 가지 않는다는 게 황당하다는 표정이다.

이한영이 쓴 입맛을 다시며 입술을 움직였다.

"조세범들은 보통 집행유예로 나와요."

송나연 기자가 짜증 난다는 듯 고개를 저었다.

"아…… 저런 사람은 감옥에 갔으면 좋겠는데, 어떻게 안 돼요? 판사님은 뭐든 할 수 있잖아요?"

"저, 민사인데요. 감옥에 보내는 건 형사고요."

"아……."

이한영이 커피잔을 내려 두며 말을 이었다.

"하지만 이제 63억의 미납세를 추징당할 테고, 재판에 패소하면 72억의 배상금을 줘야 하죠. 합치면 135억. 그런데 이걸로 끝이 아니에요. 공장의 안전을 위해 추가로 설치할 기계의 비용을 생각하면 어마어마할 거예요. 예상하는데, 적어도 200억. 아까 서류 보니까 요즘 매출도 떨어지는 것 같은데, 돈 만들기 쉽지 않을걸요."

송나연 기자가 주먹을 꼭 쥐며 말한다.

"그럼 한 500억쯤 때릴 순 없어요? 그냥 다 뺏고 거지 만들면 안 돼요? 우리나라 법은 너무 약해요!"

"봐서요."

할 수 있다는 듯한 말에 송나연 기자가 눈을 크게 뜬다.

"가능해요?"

"글쎄요."

대표는 지금 벼랑 끝에 서 있다. 자신이 잘못한 것은 생각하지 않고 생돈을 뺏기는 기분을 느끼고 있을 거다. 그런 사람은 돈을 뺏기지 않기 위해 무리수를 둘 게 분명하다.

송나연 기자가 한숨을 푹 내쉬며 입을 열었다.

"피해자들이 몇 명이에요? 돌아가신 분이 몇 명이에요? 안전에 신경 썼다면 지금쯤 다들 행복하게 지낼 수 있었어요. 이건 인재잖아요. 제가 생각할 땐 그 대표라는 사람은 연쇄살인마보다 더 나쁜 놈이에요! 꼭, 지옥을 보여주세요."

"네, 알겠으니까 화내지 말고 기사부터 쓰세요."

이한영은 커피잔을 손에 들며 시선을 창밖으로 향했다. 송나연 기자도 다시 모니터로 시선을 돌린다.

그때 이한영의 휴대폰이 울렸다.

"네, 검사님."

–지금 압수수색 끝났어요. 급습해서 그런지 많이 당황하네요? 대표가 가만히 서 있길래 마네킹인 줄 알았어요.

갑자기 들이닥친 검찰을 보고 깜짝 놀란 대표가 돌처럼 굳어버린 모습이 상상이 간다.

–그런데 여기 공장, 오늘 판사님이 왔다가 간 곳 맞죠? 그 백혈병 피해자들이 소송하는 회사.

"네, 맞아요."

–이 대표, 오늘 로또 사야겠어요. 하루아침에 판사, 검사, 변호사가 다 왔다 가고 있어, 크크크. 뭐, 어쨌든 실적 하나 올리겠네요. 감사합니다.

박철우 검사와의 통화를 종료했을 때 송나연 기자도 팔을 번쩍 들었다.

"다 썼다!"

"끝났어요?"

"올렸어요."

어디서든 기사를 작성해서 올리는 걸 보니 세상 참 좋아졌다.

송나연 기자가 생긋 웃으며 이한영에게 모니터를 돌렸다.

"보실래요? 올리자마자 댓글도 네 개나 달렸어요. 물론 유성전자 피해자 쪽 변호사님이겠지만요."

현장으로 간 판사, 피해자들의 병과 업무의 연관성은 회사가 증명하라

피해자가 자신의 피해 사실을 찾아내고 증명해야 하는 게 현실이다. 하지만 회사 측은 영업 기밀을 이유로 구성 성분을 공개하지 않았고, 피해자들은 그 연관성을 증명하기 어려웠다.……(중략)……현장을 확인한 이한영 판사 역시 구성 성분을 공개할 수 있는지를 물었다.……(중략)……공개할 수 없다는 답변에 이한영 판사는 회사가 직접 연관성이 없다는 걸 증명하라고 지시했다.……(중략)……비슷한 사건으로 유성전자 재판이 있었다. 그 사건에선……(후략)…….

이번에도 유성전자와 김윤혁에 관한 내용이 딱 한 줄 들어갔다. 그리고 유성전자 사건의 피해자와 변호사는 댓글을 통해 당시 재판을 다시 지적하고 나섰다.

문제는 이번 기사는 송나연 기자만 올린 게 아니라는 것이다. 현장에 따라왔던 다른 기자들도 연이어 기사를 올려대고 있었다.

—이한영 판사, 새로운 시각으로 접근!

—피해자 측 변호사, 기업에 기울어지지 않은 판사라 다행이다

그리고 모든 기사들의 댓글란엔 김윤혁과 유성전자를 비난하는 댓글들이 올라가고 있었다.

—김윤혁, 이한영 판사 반만 따라가라.

—우리나라 판사들, 양심 가지고 일합니다. 김윤혁이 돈 먹었을 듯.

—유성의 개, 김윤혁.

–검찰에 고발하면 김윤혁 조사해주나? 판사나 검사나 친구니까 서로 쉬쉬하나?

–위의 분, 한번 해보세요. 어떻게 되나 궁금하네.

* * *

당연히 김윤혁도 그 기사들을 보고 있었다. 그의 시선이 멈춰 있는 곳은 댓글이다. 그중에서도 '검찰에 고발하면 김윤혁 조사해주나?'다.

"날 고발하겠다고? 하, 씨발."

그때 김윤혁의 휴대폰이 울렸다. 천성대 변호사다.

–5억 드릴게! 이번 재판, 우리가 무조건 이겨야 해요!

느닷없이 전화한 천성대 변호사가 강한 목소리로 이야기하고 있다. 평소라면 5억이라는 돈에 즐거웠겠지만 기사의 댓글을 보던 김윤혁에겐 그 목소리가 불안하게만 들려왔다.

"5억이나 준다고요? 이유가 뭐죠?"

–지금 이 대표님이 곤경에 빠졌거든요.

화학 공장 대표는 검찰이 왔다가 간 직후 천성대 변호사에게 전화해 사정을 설명했다. 탈세로 얼룩진 63억이라는 돈을 뺏길 상황이 된 대표는 이번 소송에 목숨을 걸었다.

–72억까지 뺏기면 이 대표님 난리 나요. 그러니까 이한영 한번 만날 수 있을까요?

"이한영은 안 넘어올 겁니다."

–하, 참된 판사 납셨네. 그럼 판사님이 이한영이 설득할 수 있겠습니까? 좀 해주세요. 독일 차 타고 올림픽대로…….

천성대 변호사는 또 김윤혁을 협박하고 있다.

"노력해보죠."

김윤혁은 차가운 대답과 함께 전화를 끊었다. 그리고 양손으로 머리를 쥐어뜯으며 고개를 숙였다.

"이러다가 나한테까지 불똥이 튀는 건 아니겠지?"

세상이라는 무대는 개연성이 없다. 특히 법정이라는 무대는 더 그렇다. 간단히 파던 조폭의 자금이 재벌까지 올라갔던 사례도 있었다. 검찰의 탈세 조사가 어디까지 뻗어갈지 알 수 없었다.

김윤혁이 떨리는 목소리로 중얼거렸다.

"나한테 줬던 차, 그거 화학 공장과 연관된 거 아냐? 로펌과는 관계가 없었다고 했는데……."

아는 게 많은 만큼 불안감도 커진다.

김윤혁은 마른 입술을 꽉 다물며 품에서 휴대폰을 꺼내 들었다. 방금 천성대 변호사와 통화했던 휴대폰이 아니다. 다른 휴대폰이다.

김윤혁은 새롭게 꺼낸 휴대폰에서 녹음 앱을 실행시키며 자리에서 일어섰다. 그가 향하는 곳은 김진한 부장의 사무실이었다.

"기사?"

"네."

김윤혁이 휴대폰을 꺼내 김진한 부장의 책상에 놓았다. 화면엔 송나연 기자가 작성한 기사가 보인다.

김진한 부장이 기사와 댓글을 죽 훑은 후 다시 시선을 올렸다.

"이게 왜? 댓글 때문에 그러는 거야? 이런 게 한둘도 아니고, 마음 쓸 것 없어. 여기, 다이내믹 코리아야. 매일같이 사건 사고가 터지는데, 네 기사 따위는 길어야 한 달, 짧으면 10분 안에 사라질 수도 있어."

"그래도 재판 전에 부장님께 받은 3천만 원이 든 통장, 그게 걸리면 어떻게 될지 걱정됩니다. 유성전자와 연관되어 있다는 걸 기자나 검찰이 캐기라도 하면……."

순간 김진한 부장의 눈썹이 꿈틀댔다. 김윤혁이 뱉은 말의 문장이 이상했다. 만약 김윤혁이 녹음하고 있는데, 김진한 부장이 아무것도 모른 채 순진무구하게 대답하면 함께 엮여 공범이 될 완벽한 문장이었기 때문이다.

'이 새끼가?'

김진한 부장은 모른 척 김윤혁이 건넨 휴대폰을 만지작거린다. 녹음 기능이 실행돼 있지는 않다.

그의 시선이 다시 김윤혁에게 향했다.

"윤혁아……."

"네, 부장님."

"무슨 말을 하는 거야?"

"그때 주셨던 통장……."

의자에 등을 기대고 있던 김진한 부장이 몸을 일으키며 날카롭게 묻는다.

"너, 돈 받았니?"

"네?"

김진한 부장이 뚜벅뚜벅 김윤혁의 앞으로 다가온다.

"너 돈 받았냐고, 새끼야."

김윤혁의 표정에 순간 당혹의 빛이 떠올랐다.

"부, 부장님?"

"그런 짓 하지 마."

김진한 부장이 김윤혁 앞에 섰다. 얼굴과 얼굴이 닿을 듯한 가까운 거리다. 잠시 그렇게 선 두 사람의 사이에 서늘한 기운이 감돌았다.

그리고 김진한 부장이 김윤혁의 몸을 툭툭 건들기 시작했다. 녹음기나 다른 휴대폰이 있는지 찾는 거다.

김윤혁의 얼굴이 새파랗게 질리기 시작했다.

"부, 부장님……."

김진한 부장이 낮은 목소리로 잔인하게 입을 연다.

"혹시 그런 짓을 했더라도…… 날 엮지 마."

김윤혁이 세워둔 계획이 사정없이 망가지고 있었다. 그리고 툭, 김진한 부장의 손이 김윤혁의 재킷 우측 주머니에서 멈췄다.

김진한 부장의 입꼬리가 올라갔고, 새파랗게 질렸던 김윤혁의 얼굴은 이제 시퍼렇게 변하기 시작한다. 김진한 부장의 손이 스르륵 김윤혁의 재킷 주머니로 들어갔다. 이윽고 빠져나온 손엔 휴대폰이 들려 있었다.

김진한 부장이 대수롭지 않게 휴대폰을 들어 화면을 봤다. 화면엔 녹음기가 돌아가는 중이었다.

"이 새끼 봐라?"

김윤혁이 주춤주춤 뒤로 물러섰다.

"부장님, 그러니까 제가 너무 불안해서……. 죄송합니다! 죄송합니다!"

김진한 부장의 입가에 섬뜩한 미소가 걸렸다. 하지만 목소리는 온화하다.

"윤혁아, 내가 용돈이라고 준 거잖아. 그거 안 걸린다고. 왜 사람 말을 못 믿어? 그냥 가만히 있었으면 좋았을 텐데, 치졸한 짓까지 하고 있어?"

"죄송합니다!"

급기야 김윤혁이 무릎을 꿇고 머리를 조아린다. 하지만 김진한 부장의 목소리는 단호했다.

"아니야. 나도 이제는 너를 못 믿을 것 같다. 그래서 이야기 좀 하고 싶은데, 이번 주는 깡치가 걸려 있어서 바쁘고, 다음 주에 시간 어때?"

"네? 전 언제든 괜찮습니다!"

"그럼 꺼져. 그리고 다음 주까진 제발 조용히 있자."

김윤혁은 비틀비틀 휘청거리며 사무실을 빠져나왔다. 하지만 복도에선 그의 얼굴은 순식간에 변해 있었다. 퍼렇게 질렸던 표정은 어느새 평소의 얼굴로 돌아와 있다. 다급했던 눈빛도 평온을 되찾았다. 휘청거리던 걸음 역시 마찬가지다. 어느새 뚜벅뚜벅 걷고 있다.

사무실로 돌아온 김윤혁이 바지를 걷는다. 양말에 소형 녹음기에 끼워져 있다. 그가 녹음기를 손에 들며 피식 웃는다.

"어차피 너는 날 버리려고 했잖아? 나도 너 안 믿었어."

이리저리 녹음기를 둘러보던 김윤혁은 플레이 버튼을 눌렀다. 그리고 느긋하게 의자에 등을 기대고 김진한 부장의 목소리를 감상했다.

윤혁아, 내가 용돈이라고 준 거잖아. 그거 안 걸린다고. 왜 사람 말을 못 믿어?

녹음된 김진한 부장의 목소리는 어떤 감미로운 노래보다 아름답게 들리고 있었다.

김윤혁의 입꼬리가 치솟아 올랐다.

"내가 이겼어. 병신아."

* * *

그날 밤 12시 30분, 대부분 사람이 퇴근한 후 이한영은 복도를 걷다가 문 앞에 섰다. 그리고 문고리에 손을 대고 돌린다. 하지만 덜컥덜컥 소리만 들릴 뿐 열리지 않는다.

이한영은 주머니에서 키를 꺼내 꽂았다. 문이 쉽게 열린다. 안으로 들어간 이한영은 주변을 두리번거린다. 아무도 없는 사무실.

이곳은 김윤혁의 사무실이었다.

이한영은 터벅터벅, 자신이 사용했던 책상을 향해 걸어갔다. 그리고 책상 아래를 더듬었다. 찌익, 테이프 뜯어지는 소리가 들리며 작은 물건 하나가 이한영의 손에 쥐어졌다.

소형 녹음기다.

녹음기를 보며 이한영이 빙긋이 미소를 그렸다.

이번엔 박석형 교수가 입을 열었다.

“네, 전 거짓된 실험을 한 적이 없어요. 하지만 실험이라는 것은 측정 방식에 따라 결과가 달라지는 거죠.”

천성대 변호사가 빙긋이 미소를 지었다.

“대표님, 화학 공장에 잘못이 없다는 걸 정확히 검증해야죠.”

이제야 이들의 대화를 이해한 대표가 허탈하게 웃으며 입을 연다.

“계약금으로 다섯 장 넣겠습니다.”

“통 크시네요, 하하.”

화기애애한 대화가 이뤄졌다. 그리고 모든 계획을 마치고 마무리 인사를 할 때 대표가 지금보다 더 작은 목소리로 물었다.

“그런데 노파심에서 묻는 건데요. 교수님, 랩실에 있는 학생들이나 다른 사람들이 찌르거나 한 일은 없습니까? 이런 말이 밖으로 나가면 골치 아파지잖아요.”

교수가 픽 웃는다.

“내 말 한마디에 유성전자에 입사할 수도 있고 백수가 될 수도 있어요. 그런데 찌른다고? 이쪽 업계도 좁아서 날 건드는 순간 미래는 없는 겁니다. 다른 일을 찾아봐야 할 텐데, 학비를 퍼부은 학생들이 그런 짓을 할 수 있을 것 같아요?”

대표의 입에 걸린 미소가 짙어졌다.

“아이고, 제가 생각이 짧았습니다. 오늘 밤, 술 한잔 어떠세요? 제가 아가씨들 예쁜 가게 아는데.”

“좋네요, 하하하하하.”

웃음꽃이 끊이지 않았다.

* * *

"아, 검사해봐야 한다고요? 네, 알겠습니다. 이번 주는 바쁘고 다음 주에 가보겠습니다."

병원에서 걸려 온 전화다. 화학 공장의 팀장은 통화 종료 버튼을 누르며 휴대폰을 바지 주머니에 쑤셔 넣었다.

그의 입에 쓴웃음이 걸린다.

"씨발."

백혈병, 남의 이야기인 줄 알았다. 하지만 그의 앞으로도 비극의 단어가 성큼 다가왔다. 어이없이 서 있던 팀장은 작업복을 훌훌 벗어 던진 후 공장 밖 흡연실로 나갔다. 뿌연 연기가 그의 입에서 흐른다. 따듯한 바람이 불어왔지만 마음은 겨울처럼 춥기만 했다.

그의 옆으로 팀원이 가까이 다가왔다.

"티, 팀장님……."

팀장이 굳어 있던 표정을 숨기며 빙긋이 웃었다.

"병원에서 전화 받았지? 넌 뭐래? 괜찮대?"

팀원의 목울대가 울컥거린다.

"저요. 저……."

더 듣지 않아도 알 수 있었다.

팀장은 팀원의 어깨에 다정히 팔을 걸었다.

"초기에 발견되면 완치된다더라. 그러니까 다행이라고 생각하자. 시간 빼줄 테니까 내일 병원에 가서 검사 받아봐."

팀원의 눈에서 굵은 눈물방울이 뚝뚝 떨어졌다.

"어떻게 다행이라고 생각해요? 이제 애가 세 살인데……."

"완치된다니까."

팀원의 어깨를 격려하듯 토닥이는 팀장의 입에서 무거운 한숨이 흘렀다. 의심되는 사람들은 바로 병원으로 보내 검사시킬 생각이다. 그런데 정작 자신은 바쁜 일정을 피해가려고 한다. 도대체 이 빌어먹을 회사가 뭐라고…….

잠시 후, 팀원이 떠나고 팀장은 흡연장에 홀로 서 있었다. 또 담배를 꺼내 입에 문다. 연이어 몇 개비를 태우는지 모르겠다.

그의 휴대폰에 진동이 울렸다.

"아, 여보."

-현수가 내일부터 프로젝트가 있다고 한동안 집에 못 들어올 수도 있다네. 랩실에서만 지낼 것 같다고. 그래서 저녁에 삼겹살을 구우려는데, 일찍 올 거지?

현수는 이번에 대학원에 들어간 아들이다. 능력 있는 교수 밑이라 졸업 후 취직은 문제가 없다고 한다. 잘만 보이면 경쟁률이 어마어마한 유성전자라는 대기업에 들어갈 수도 있다고 한다. 자식 하나만 바라보고 사는 팀장에겐 자랑스러운 일이었다.

"아, 일찍 갈게. 그런데 여보……."

수십 년을 함께 산 부부다. 누구보다 소중한 사람이라 그런지 목소리 하나로 상대의 감정을 느낄 수 있나 보다.

수화기 너머의 아내가 빠르게 묻는다.

-목소리가 왜 그래?

"아니, 아무것도 아니야. 그런데……."

-회사에서 나이 많다고 나가래? 그럼 나와. 까짓것 내가 먹여 살리면 되지.

"내가 나가면 이 회사가 망하지. 그게 아니고 소고기 먹으면 안 되나?"

-소고기? 비싼데. 그래, 기분이다. 일찍 와.

팀장은 전화를 끊었다.

그의 입에선 다시 한숨이 흐른다. 비현실적으로 느껴지는 상황, 두렵지는 않았다. 하지만 무서운 것은 있었다. 저축은 얼마나 했나, 대출은 얼마나 남았나, 보험은 있었나 등등……. 최악의 상황, 자신의 마지막보다 남겨질 사람의 미래가 걱정됐다.

그때 다시 팀장의 휴대폰이 울렸다. 한국대학교에 다니는 자랑스러운 아들이다.

“내일부터 프로젝트 들어간다며?”

−네, 아버지. 그런데 장소가 아버지 회사네요?

“뭐?”

며칠 후, 포장마차에 앉은 한 남자가 소주병을 기울여 잔을 채우고 있었다. 술을 마신 남자가 어금니를 꽉 문다.

“젠장!”

눈이 벌겋게 충혈된 그의 이름은 이현수, 팀장의 아들이다. 한국대학교 대학원 1학년으로, 공장 대표가 실험을 맡긴 박석형 교수의 아래에서 공부하는 중이었다.

입학 전, 선배들을 통해 이 랩실이 유성전자의 실험을 조작했다는 걸 들었다. 남의 일이라 생각했는지 당시는 대수롭지 않게 들었는데, 이번 타깃은 자신의 아버지가 있는 화학 공장이다. 그리고 아버진 백혈병에 걸려 있다.

‘탁’ 소리가 날 정도로 세차게 잔을 내려둔 그의 귓가에 아버지의 목소리가 들리는 것 같다.

−난 생각하지 말고 너만 생각해. 그 교수한테 잘 보이면 유성에 취직할 수 있다며? 초기라 완치될 수 있다니까 신경 쓰지 마.

“어떻게 하라는 거야!”

그가 버럭 소리를 지른다. 하지만 듣는 사람은 없다. 취객의 꼬장일 뿐이다.

그때 그의 앞에 한 사람이 섰다. 인기척을 느낀 그가 고개를 들자 이한영이 보인다. 물론 그는 이한영이 누군지 모른다.

이한영이 입을 열었다.

"5분만 시간 좀 주세요"

"안 믿어요."

"믿어야 할 겁니다."

이한영이 의자를 빼고 앉으며 테이블에 놓인 영수증을 손에 들었다.

"소주 한 병, 아직 필름이 끊기거나 할 정도는 아니죠?"

"안 믿는다니까!"

버럭 소리를 질렀지만 이한영은 태연하다. 그가 다시 영수증을 놓으며 말을 잇는다.

"이름, 이현수. 한국대학교 대학원생. 박석형 교수의 랩실에서 공부 중. 맞죠?"

처음 보는 사람이 자신의 신상을 줄줄이 말하자 팀장의 아들은 술이 확 깨는 걸 느꼈다.

"누, 누구세요?"

"아버지의 회사가 지금 어떤 소송 중인 줄 아시죠? 그 담당 판사가 접니다."

"판사요?"

팀장의 아들은 멍한 눈으로 이한영을 바라본다. 판사가 자신을 왜 찾아왔는지 도저히 모르겠다는 얼굴이다.

이한영이 입을 열었다.

"직권으로 증인 신청을 할 겁니다. 물론 그 증인은 이현수 씨, 당신입니다."

"제가 증인요?"

"네, 이틀 뒤에 증인 출석 명령서가 갈 겁니다. 미리 알고 계시라고 왔어요."

전생을 되짚어보면 뒤늦게 병을 안 팀장은 비극적인 결말을 맞이한다. 그리고 분노한 아들이 유성전자의 비리를 밝히며 화학 공장까지 공격하려 했었다. 하지만 무리였다. 그때는 강신진 수석 부장이 사법부의 힘을 모조리 손에 쥔 뒤였기 때문이다. 그랬기에 팀장의 아들이 할 수 있는 것이라곤 법원 앞에서 피켓 시위를 하는 게 전부였다.

하지만 이번엔 다르다. 이한영이 개입하며 전생에선 아무런 상관이 없었던 한국대학교 박석형 교수와 화학 공장이 손잡았다. 박석형 교수의 비리를 밝히면 유성전자와 화학 공장, 둘 다 무너뜨릴 수 있다.

이한영이 소주병을 툭 건들며 입을 열었다.

"요즘 취업이 힘들다죠? 이과생은 대학원이 기본이라면서요?"

팀장의 아들이 미간을 찌푸렸다.

"무슨 말씀을 하시려는 거죠?"

"교수의 말을 들으면 유성전자에 입사할 수 있다고 들었는데, 맞나요?"

"모릅니다."

팀장의 아들이 고개를 저을 때 이한영이 찌르듯 물었다.

"아버지는 괜찮으세요? 편찮으시다고 들었는데요."

지금까지 아버지 때문에 고민하던 아들이다. 그런데 이한영이 그 아픔을 쑤시고 들어오니 짜증이 났다. 그의 목소리가 커진다.

"이봐요!"

하지만 이한영은 그의 커진 목소리에 신경 쓰지 않는다.

"유성전자, 들어가기 꽤 힘든 회사라고 들었습니다. 교수의 말을 잘 따라서 자랑스러운 유성전자의 사원이 될지, 아니면 평범하지만 열심히 사는 아버지의 아들이 될지, 선택하세요."

"뭐, 뭐요?"

이한영은 손목을 들어 시간을 본다.

"처음 말씀드렸던 시간 중에 3분 지났네요. 2분 남았으니까 그 안에 결정하세요. 자랑스러운 사원을 선택하시면 출석 명령서는 안 보내겠습니다."

* * *

"네, 저희의 연구 결과 화학 공장에서 나오는 유해 물질은 모두 기준치 이하였으며 사람에게 해가 되지 않는다고 판단했습니다. 보면 아시겠지만, 해당 농도로 실험했을 때 사람보다 훨씬 약한 쥐에게도 이상이 보이지 않았습니다. 이렇게 말하면 되는 거죠?"

"그럼요. 그럼 아무 문제 없습니다, 하하하하."

재판 날이었다.

천성대 변호사는 박석형 교수와 법원의 식당에 앉아 증인신문 때 오갈 대사를 짜맞추고 있었다. 그 모습을 보는 대표의 입가엔 여유로운 미소가 걸려 있었다.

"두 분만 믿겠습니다."

천성대 변호사가 손을 젓는다.

"끝났어요. 끝났어. 게임 끝이야."

그리고 천성대 변호사는 손목을 들어 시간을 확인했다. 이제 법정으로 가야 할 시간이었다.

법정으로 향하던 그들의 앞에 한 남자가 섰다. 꾸벅, 인사하는 남자의 얼굴에 박석형 교수가 눈을 동그랗게 뜬다.

"너, 여기 웬일이야?"

남자는 팀장의 아들이자 박석형 교수의 제자였다.

"증인 요청이 와서 왔습니다."

"증인? 무슨 재판?"

"교수님도 증인으로 들어가시는 재판요."

천성대 변호사는 뭔가 철렁한 기분을 느꼈다. 팀장의 아들이 대표를 노려보는 눈빛이 섬뜩했기 때문이다.

"혹시, 판사 직권으로 증인 서시는 분? 공장 직원분의 아들?"

"네."

팀장 아들의 목소리는 냉랭했다.

가만히 팀장 아들을 바라보던 박석형 교수도 그의 눈빛과 말투에서 위화감을 느꼈나 보다. 그의 얼굴이 무섭게 일그러졌다.

"너 이 새끼, 쓸데없는 소리 하면 큰일 날 줄 알아. 이 바닥에 발 못 붙여, 이 새끼야."

—현수의 연구 노트가 책상에도 없습니다. 그런데…….

"캐비닛이라도 뒤져!"

실핏줄이 벌겋게 그어진 눈으로 대학원생과 전화하던 박석형 교수는 수화기 너머의 목소리를 기다리며 입술을 꽉 깨물었다.

—교수님, 캐비닛에도 안 보입니다! 지금 애들을 시켜서 싹 뒤졌는데…….

다급한 목소리는 이어지지 못했다.

"1학년 하나 통제 못 하고 뭐 하는 거야! 내가 연구 노트 밖으로 돌지 못하게 하라고 했지!"

박석형 교수의 벼락같은 호통이 내리쳤다. 하지만 전화를 받던 학생은 무엇인가를 계속 말하려 한다.

—죄, 죄송합니다. 그런데 교수님의 연구 노트가…….

하지만 교수는 듣지 않는다.

"끊어!"

박석형 교수가 희번덕거리는 눈으로 법정을 향하자 열린 문 사이로 팀장의 아들이 시야에 들어왔다.

"개새끼."

그가 흰머리를 쓸어 넘기며 팀장의 아들을 향해 뚜벅뚜벅 걸어갔다.

"이현수."

팀장의 아들이 고개를 돌려 박석형 교수를 향했다.

"네, 교수님."

"잠깐 이야기 좀 하자."

"재판 시작할 텐데요."

"나오라고, 이 새끼야!"

오가는 사람이 없는 법원 구석의 비상계단.

그곳에서 박석형 교수는 팀장의 아들을 때릴 기세로 노려보며 험악하게 입을 열었다.

"너 이 새끼야, 연구 노트를 증거자료로 쓰려는 거지? 네가 지금 어떤 미친 짓을 하려는 건지 알아? 배운 게 이것밖에 없는 새끼가 취직은 어떻게 할 거야? 이 바닥에서 매장당하고 싶어?"

"상관없습니다."

뻔대는 말투에 박석형 교수의 입꼬리가 비틀어진다.

"너희 집, 부자야? 아니잖아? 취직 안 하면 뭐 하려고? 네 아빠, 공장에서 일한다며? 치킨집 차릴 돈도 없잖아!"

아버지를 거론하자 눈이 돌아버린 팀장 아들이 박석형 교수의 멱살을 콱 쥔다.

"우리 아빠가 공장에서 일하는 게 뭐? 안 부끄러워! 자랑스러워! 우리 아버지가 너 같았다면 부끄러웠겠다! 교수라는 새끼가 사람 죽이는 대가로 돈이나 받아 처먹고, 넌 살인자랑 똑같아!"

"뭐? 살인자?"

개판이다. 법정이라는 곳이 한평생 같이 살아온 부부도 손가락질하는 곳이라지만 이들의 분위기는 더 흉흉했다.

팀장 아들이 눈을 치켜뜨고 끊어서 말했다.

"그래. 살, 인, 자."

"이 개새끼가!"

박석형 교수도 벼랑 끝이었다. 팀장 아들이 진실을 말하는 순간 지금껏 누렸던 사회적 지위는 모래성처럼 사라질 수도 있다. 그뿐만이 아니라 구속되어 교도소에 갈 수도 있다.

끓어오르는 화를 눌러 참으며 팀장의 아들을 노려보던 박석형 교수가 최대한 누그러진 목소리로 말을 뱉었다.

"현수야, 유성전자 연구직으로 보내줄게. 석사, 박사까지 기다릴 필요 없이 다음 달에 당장 가자. 가서도 학부 출신이라고 욕 안 먹고 잘 지낼 수 있게 만들어줄게. 어때?"

박석형 교수가 마른침을 삼키며 팀장 아들의 반응을 기다렸다. 하지만 들려온 목소린 냉랭하다.

"싫어요."

"야, 이 새끼야!"

"우리 아버지도 그 병에 걸렸어! 그런데 내가 거기에 동참하라고? 유성전자 연구직? 그딴 것 필요 없어! 난 아버지의 아들로 남을 거야!"

서로를 노려보는 눈빛엔 분노만이 있을 뿐이다. 여차하면 주먹이 뻗어질 것 같은 일촉즉발의 상황.

그때 손뼉 치는 소리가 짝짝짝 들려왔다. 두 사람의 시선은 자연히 소리가 나는 곳으로 향했다. 천성대 변호사가 능글맞은 미소를 지으며 서 있었다.

그가 히죽 웃으며 입을 연다.

"대학원생? 1학년?"

팀장의 아들은 대답하지 않았다.

"아버지가 아프다고요?"

이번에도 대답하지 않았다. 하지만 천성대 변호사는 또 묻는다.

"증인 아버지가 화학 공장 팀장 맞죠?"

"무슨 말을 듣고 싶은 겁니까?"

천성대 변호사의 미소는 점점 더 짙어졌다. 그러더니 다시 히죽 웃음을 날리며 입을 연다.

"좋아요. 알았어요. 그쪽 아버지, 건강하길 바랄게요, 흐흐흐."

천성대 변호사는 분한 주먹을 파르르 떨고 있는 팀장의 아들에게서 시선을 거두고 교수에게 고개를 틀었다.

"교수님, 가시죠. 재판 시작하겠어요."

"저, 저기, 변호사님! 지금 상황이 어떻게 됐냐 하면……!"

천성대 변호사가 손을 저었다.

"교수님, 제가 교수님이 어떤 걸 실험하는지 잘 모르듯이 교수님도 제가 어떤 일을 하는지 잘 모르시잖아요? 제가 변호삽니다, 변호사."

"네?"

"가면서 애기하죠. 적이 있는 곳에서 같이 말하기엔 썩 불편해서."

두 사람은 팀장의 아들을 뒤로하고 걸음을 걸었다.

거리가 조금 떨어지자 박석형 교수가 주머니에서 휴대폰을 꺼내 본다. 계속해서 진동이 오는 걸 느꼈는데, 랩실에서 부재중 전화가 아홉 건이나 와 있다. 박석형 교수는 부재중 전화를 무시하며 천성대 변호사에게 입을 열었다.

"저놈이 연구 노트를 가지고 왔어요! 그걸 증거로 제출하면……!"

"연구 노트라는 게 실험 결과를 적어 두는 것, 맞죠?"

"거기엔 적나라하게 적혀 있어요. 그래서 그게 증거가 되면요……."

가만히 듣고 있던 천성대 변호사가 "풉!" 하고 웃음을 터뜨렸다. 뜬금없는 웃음에 박석형 교수가 황당한 표정을 지었다.

“아, 죄송합니다. 교수님 말씀을 들으니까 평생 교직에만 있던 분이 맞네요. 걱정하지 마세요. 저쪽은 대학원생 1학년이라면서요.”

“네? 그게 왜요?”

“대학원생과 교수님, 세상은 누구의 말을 믿을까요?”

* * *

“내려가셔야죠.”

윤슬혜 판사의 목소리에 창밖을 보던 이한영이 몸을 돌리자 검은 법복을 입은 두 배석판사가 보인다. 재판에 들어갈 준비를 마친 거다.

이한영이 고개를 끄덕였다.

“가자.”

세 사람은 바쁜 걸음으로 복도를 걸었다. 긴 복도를 지나자 법정의 문이 보인다.

이한영은 머뭇거리지 않고 문고리를 잡아 문을 열었다. 찌릿찌릿할 정도로 싸늘한 법정의 공기가 느껴질 때, 법정 경위의 목소리가 크게 울렸다.

“모두 자리에서 일어나주십시오!”

사람들이 일어서 법대를 바라본다. 그들이 바라보는 시선이 집중된 곳에 이한영이 서 있다.

피해자와 그 가족들의 간절한 눈빛을 눈에 담으며 이한영의 눈동자는 원고석에 앉은 피해자 한나연에게 향했다. 한나연은 얼마 전에 봤을 때보다 건강이 더 안 좋아 보였다.

잠시 그녀를 바라보던 이한영이 조용히 입을 열었다.

“시작하죠.”

피해자 측이 신청한 증인이 신문을 마치고 자리에서 일어나자 이한영의 시선이 한국대학교 교수 박석형에게 향했다.

“그럼 다음으로 넘어가죠. 박석형 씨, 증인석으로 올라오세요.”

이한영의 목소리에 박석형 교수가 증인석에 앉았다.

긴장되는지 눈동자를 굴려 주변을 두리번거리던 박석형 교수는 자신을 노려보는 팀장 아들의 눈과 눈을 마주친다. 그러자 언제 긴장하고 있었냐는 듯 교수의 입꼬리가 주욱 찢어졌다.

‘내가 너만은 박살 낸다. 감히 나한테 덤벼? 벌레 같은 새끼가?’

그리고 천성대 변호사가 느긋하게 걸어와 그의 앞에 선다. 이제 증인신문을 할 시간이다.

“증인, 직업이 뭐죠?”

“한국대학교 교수입니다.”

“화학 공장 대표 황진호 씨와는 어떻게 알게 됐죠?”

박석형 교수가 힐끗 화학 공장 대표를 보고 답한다.

“화학 공장 측에서 안전성 검사 의뢰를 했습니다.”

“처음 만난 거고요?”

“네.”

“다른 사람도 많은데 증인에게 의뢰한 이유는 뭘까요?”

“가장 객관적으로 점검을 받고 싶다고 했습니다. 전 그럴 능력이 있고요.”

천성대 변호사가 천천히 고개를 끄덕였다.

“결과가 나왔죠? 말씀해주시죠.”

“모든 것이 기준치 이하였습니다. 같은 상황을 만들어 동물 실험을 했지만 이상은 없었습니다.”

“인체에 해롭지 않다는 말인가요?”

“네.”

“지금의 환경과 피해자들이 작업했을 당시의 환경이 다른데요. 어떤 방식으로 실험하셨습니까?”

"공장 직원분들에게 물어봐서 최대한 예전의 상황과 비슷하게 만들어 내려고 노력했습니다. 게다가 최악의 상황을 가정하기 위해 최근 들여온 안전 장비의 전원을 모두 껐고……."

박석형 교수의 거짓 실험 보고가 계속되었다.

그럴수록 피해자 측 변호사의 얼굴은 어두워진다. 상대는 권위 있는 한국대학교 교수다. 저 논리를 깨지 못하면 이 재판은 이길 수 없다. 그때 천성대 변호사의 신문이 끝났다.

그가 몸을 돌려 이한영을 향한다.

"재판장님, 화학 공장은 한국대학교 박석형 교수에게 안전성 검사를 의뢰했습니다. 그리고 피해자들이 걸린 병과 공장의 상황은 어떠한 역학 관계도 없다는 것이 결과로 나타났습니다. 지난 기일에도 말씀드렸지만, 까마귀 날자 배 떨어졌다는 것처럼 우연으로 일어난 일입니다. 이상입니다."

이제 피해자 측 변호사의 차례다.

변호사가 무거운 표정으로 자리에서 일어나 박석형 교수의 앞으로 걸어갔다. 하지만 그는 입을 쉽게 열지 못했다. 박석형 교수는 이 분야의 최고 권위자다. 변호사가 어떤 준비를 했어도 밀리지 않을 사람이다.

잠시 깊은 한숨을 내뱉은 후에야 그가 목소리를 냈다.

"증인, 실험했을 당시의 상황과 피해자들이 있었을 상황이 완벽히 같다고 할 수 있습니까?"

"아뇨. 완벽히 같을 수는 없죠."

"그럼 다르다는 걸 인정하는 겁니까?"

박석형 교수가 고개를 끄덕인다.

"당연히 다릅니다. 그런데요, 변호사님. 아까 말씀드렸듯이 최악의 상황을 가정해서 실험했습니다. 제 추측으로는 피해자분들이 근무했을 당시의 상황보다 더 가혹했으면 가혹했지 양호하지는 않았을 겁니다. 그러니까……."

이어서 전문용어가 쏟아져 나왔다. 동시에 방청석에서는 한숨 소리가 흐른다.

다른 곳도 아닌 한국대학교의 교수. 게다가 텔레비전에도 많이 나오는 사람이다. 그런 자가 전문용어까지 내뱉으며 안전성을 입증해주고 있다. 이길 수 없다는 것을 모두가 알고 있었다. 그렇게 박석형 교수의 신문이 끝났다.

이한영이 천성대 변호사와 피해자 측 변호사를 번갈아 보며 입을 열었다.

"마지막 증인이네요. 제가 직권으로 신청한 증인입니다. 이현수 씨, 증인석으로 나와주세요."

증인석을 향해 걸어가던 팀장의 아들 앞으로 내려오던 박석형 교수가 섰다. 그가 싸늘히 웃으며 작게 말한다.

"마지막 기회야. 살고 싶으면 내 뜻을 따라. 연구 노트를 증거로 내밀려고 하지? 그런데 너, 똑똑하잖아. 우리 학교 다니잖아. 머리가 있으면 생각해봐. 네 연구 노트에 적힌 걸 누가 믿을 것 같아?"

팀장의 아들이 고개를 틀어 불같은 눈빛으로 박석형 교수를 노려봤다.

박석형 교수는 비열한 웃음을 지으며 말했다.

"넌 대학원 1학년생이야. 전문성이 없어. 넌 아버지가 피해자야. 신뢰성이 없지. 넌 그 노트를 가짜로 만들어낸 거야!"

박석형 교수는 그 말을 끝내고 자리로 돌아갔다.

이제 증인석에는 팀장의 아들이 앉았다.

이한영이 입을 연다.

"피고 측부터 할까요? 대리인, 나와주세요."

천성대 변호사가 팀장의 아들 앞에 섰다.

"증인, 소개를 부탁합니다."

"이현수입니다. 한국대학교 대학원에서 석사 과정을 밟고 있습니다."

"이제 막 대학원에 들어갔다고 들었는데요."

"네."

"방금 증인에 선 박석형 교수님 아래에 있다고요?"

팀장의 아들이 고개를 틀어 박석형 교수를 향하며 끄덕였다.

"네."

"어떤 증언을 하고 싶어서 이 자리에 앉았습니까?"

"실험은 조작된 겁니다."

당당한 목소리에 법정이 술렁이기 시작했다. 하지만 천성대 변호사는 여유롭다.

"조작요? 이미 피해자 측에선 실험 결과를 받아 전문가들에게 검증까지 받았어요. 어디서도 조작되었다는 말은 없는데요? 이제 막 대학원에 입학한 학생이 뭘 안다고 그러는 거죠? 전문가들도 검증한 실험 내용이에요!"

"제, 제가 봤으니까요."

"이제 막 입학한 학생이 뭘 봤는데요?"

한없이 비꼬는 목소리에 팀장의 아들은 말문이 턱 막히는 걸 느꼈다.

천성대 변호사가 팀장의 아들을 향해 고개를 쑥 가까이 댄다.

"증인, 증인의 아버지도 병에 걸렸다고 했죠?"

"네?"

"그러니까 지금 피해자들과 손잡고 보상을 받겠다고 허위 진술하는 거 아닙니까! 한평생 연구에만 전념해 온 교수님을 조작된 실험이나 하는 사람으로 만들고 있잖아요! 옛말에 스승의 그림자도 밟지 말라고 했습니다. 그런데 그깟 보상비 때문에 스승의 명예를 자근자근 밟는 겁니까!"

"즈, 증거가 있어요!"

천성대 변호사가 씨익 웃는다.

"증거? 뭔데요?"

"실험했던 상황을 모두 적은 노트가 있어요."

천성대 변호사가 몸을 돌려 이한영을 향했다.

"재판장님, 증인이 증거가 있다고 합니다. 연구 노트라고 하는데, 전 이 증인의 증거를 채택했으면 좋겠습니다."

이한영이 고개를 갸웃거렸다.

"확인도 하지 않고 채택하겠다고요?"

천성대 변호사가 고개를 끄덕인다.

"네, 이번 사건은 확실히 매듭을 짓고 넘어가야 할 것 같습니다. 원고는 백혈병에 걸려 몸이 많이 아픈 상황입니다. 그런데 계속해서 법정 싸움을 하기보다는 이번 기회를 통해 화학 공장과 연관이 없다는 것을 확실히 밝히고 마무리 짓는 게 서로에게 좋다고 생각됩니다."

이한영의 시선이 피해자 측 변호사에게 향했다.

"원고 측 대리인, 어떻게 생각하세요?"

피해자 측 변호사가 시선을 이한영에게 향했다.

그는 지금 박석형 교수 때문에 낭떠러지에 버티고 선 것이나 마찬가지다. 동아줄이든 썩은 줄이든 일단 잡고 봐야 했다.

피해자 측 변호사가 고개를 끄덕였다.

"네, 저희도 상관없습니다."

이한영의 눈동자가 다시 팀장의 아들에게 향했다.

"노트라고 했나요? 가지고 오셨죠? 그럼 제출해주세요."

그 말에 방청석 가장 뒤에 앉아 있던 한 남자가 벌떡 일어선다. 그의 손에는 박스가 들려 있었다.

그 박스를 물끄러미 보던 천성대 변호사가 박석형 교수를 보며 입 모양으로 묻는다.

"연구 노트가 저렇게 많아요? 저건 그냥 문서 박슨데?"

박석형 교수는 고개를 절레절레 젓는다.

정말 노트다. 박스에 담길 정도의 문서가 아니다.

순간, 박석형 교수의 머릿속에 랩실에서 걸려 왔던 부재중 전화가 떠올랐다. 그러고 보니 전화했던 학생도 뭔가를 계속 말하려고 했던 것 같다.

'설마……?'

박석형 교수의 시선이 박스를 든 남자에게 향했다. 남자는 법정 경위에게 박스를 건네고 있었다.

그때 팀장의 아들이 입을 열었다.

"박스에 우리 랩실 학생들의 모든 연구 노트와 박석형 교수님의 노트가 들어 있습니다."

박석형 교수는 온몸의 피가 싸늘히 식는 느낌을 받으며 그대로 굳어져 버렸다.

넘치는 증거다.

팀장의 아들은 박스째로 들고 와버렸다.

11

박석형 교수의 충혈된 눈이 법대를 향하는 박스에 집중됐다. 자리를 박차고 일어나 빼앗고 싶은 마음이 가득하지만 그럴 순 없다.

이곳은 법정.

아무것도 할 수 없다. 그저 지켜볼 뿐이다.

경위가 들고 있던 박스가 사무관에게 전달되더니 이한영의 앞에 놓인다.

자신도 모르게 끔, 침음을 내뱉은 박석형 교수는 눈을 질끈 감아버렸다. 이제 끝났다. 상황은 최악으로 치닫고 있었다. 그리고 그의 귓가에 이한영의 목소리가 쑤셔 박히듯 들려왔다.

"노트에 적힌 것과 보고서에 올린 내용이 다르네요?"

박석형 교수는 고개를 푹 숙였다. 이한영의 칼날 같은 목소리가 계속 그를 찔러 들어온다.

"대질 신문이 필요할 것 같습니다. 박석형 교수님, 다시 증인석으로 올라와주세요."

동시에 적막했던 법정이 시끌벅적해지기 시작했다. 몰려 있던 기자들의 손이 바삐 움직인다.

"조작?"

"연구 노트라면 실험 상황을 적어 두는 것, 맞지?"

"어떻게 되는 거야? 저 사람, 유성도 검증했었잖아?"

모든 사람들의 시선이 꽂힌 박석형 교수는 자리에서 일어나려 하고 있다. 하지만 힘이 풀린 다리는 말을 듣지 않는다. 결국 휘청휘청 우스꽝스러운 걸음으로 증인석을 향했다.

자리에 앉은 박석형 교수의 시선이 천성대 변호사에게 향했다. 천성대 변호사의 표정 역시 푸르죽죽하다. 답이 없다는 뜻이다.

그때 이한영이 입을 열었다.

"증인, 보고서에는 공장 가동이 가장 활발한 오후 2시를 선택해서 실험했다고 적혀 있어요. 그런데 노트에 적힌 시간은 새벽 1시네요?"

"……학생들의 노트 아닙니까?"

지푸라기라도 잡아보려 했지만 하늘은 무심하다.

"아뇨. 교수님의 노트예요. 이게 뭐죠? 정확한 실험 시간이 언젭니까?"

"자, 잠깐 생각 좀 해도 되겠습니까?"

호랑이에게 물려도 정신만 바짝 차리면 살 수 있다고 했다. 팔 한 짝이야 내줄 수 있겠지만 개똥밭에 굴러도 이승이 좋다고, 목숨은 부지해야 한다. 박석형 교수의 머릿속은 최악을 피해 차악을 선택하기 위해 발버둥을 치고 있었다.

박석형 교수가 창백해진 얼굴을 들어 올렸다.

"죄송합니다. 실험 과정을 조작했습니다. 오후 2시가 아니라 공장의 사람들이 모두 퇴근한 뒤 환기까지 시킨 상황에서 실험을 진행했습니다."

천성대 변호사와 대표의 얼굴은 석고처럼 굳어졌다. 동시에 이미 소란스러워졌던 법정은 시장통처럼 시끌벅적해졌다. 그 소리를 뚫고 이한영이 묻는다.

"그럼 실험 결과는 엉터리라는 거네요?"

"네."

"누가 의뢰한 겁니까?"

박석형 교수의 눈동자가 데구르르 천성대 변호사를 지나 화학 공장의 대표에게 향했다. 화학 공장 대표가 퍼렇게 질린 얼굴로 눈을 크게 뜬다.

"내, 내가 언제!"

"저 대표가 탈세 때문에 나라에 돈을 내야 한다고…… 피해자분들에게 줄 돈이 없다고 했습니다."

이곳은 부부가 삿대질하고 피를 나눈 형제가 연을 끊는 법정이다. 몇 번 만나지 않은 박석형 교수와 화학 공장 대표가 의리를 지킬 이유는 없었다.

"저거 다 거짓말이에요!"

대표의 절규와 같은 목소리가 울렸지만 이한영은 그 말을 외면한 채 박석형 교수에게 물었다.

"조작한 이유가 뭡니까?"

"연구비가 부족해서 그랬습니다."

"연구비가 부족해서 아픈 사람들을 눈앞에 두고 조작에 가담한 겁니까?"

"죄, 죄송합니다."

"하나만 더 묻겠습니다. 증인은 유성전자도 검증하셨습니다. 그때도 조작했습니까?"

박석형 교수가 눈을 번뜩인다.

"아뇨!"

단호한 목소리가 이어진다.

“제가 이렇게 된 마당에 거짓말을 왜 하겠습니까? 유성전자는 철저하게 확인했습니다. 지금 당장 다른 사람이 실험해도 저와 똑같은 결과를 볼 것입니다!”

박석형 교수가 선택한 차악은 화학 공장을 버리고 유성전자를 지키는 것이었다.

유성이 어떤 회사인가? 대한민국을 좌지우지하는 거대 기업 중 하나로 공룡이라는 말도 부족한 그룹이다. 그런 회사가 뒤에 있다면 언제든지 다시 위로 올라올 수 있다. 아픈 사람들? 피해자들? 박석형 교수에겐 모르는 사람들이다.

박석형 교수가 희번덕거리는 눈으로 이한영을 바라보며 또렷한 목소리로 말을 이었다.

“화학 공장의 실험 조작은 인정합니다. 하지만 유성은 아닙니다.”

말을 마친 박석형 교수가 옆에 있는 팀장의 아들을 노려본다. 그 눈빛은 말하고 있었다.

‘넌 영원히 이 바닥에 발 못 붙여. 어떤 회사에도 입사할 수 없을 거야. 거지같이 살면서 지금의 선택을 평생 후회해라.’

그 눈빛을 느낀 팀장의 아들이 고개를 틀어 박석형 교수의 눈을 마주친다. 번뜩거리는 눈을 보며 팀장의 아들이 입을 열었다.

“박스 가장 아래에 유성전자를 조작했던 연구 노트가 있을 거예요. 다른 사람들 것은 이미 폐기된 후라 남은 게 교수님 것밖에 없었습니다.”

“어?”

박석형 교수는 잘못 들었나 싶었다. 그가 눈을 껌뻑이며 팀장의 아들에게 묻는다.

“너, 지금 뭐라고 했어?”

“유성전자 연구 노트도 가지고 왔다고요.”

학생들의 연구 노트는 모두 소각했다. 남은 것은 박석형 교수가 적은 것뿐이다. 위험한 물건이지만 언제든 유성전자와 거래하기 위해 꼭꼭 숨겨 뒀던 거라 누구도 찾지 못할 거라고 생각했는데, 팀장 아들의 뒤에는 미래를 알고 있는 이한영이 있었다.

전생에서도 교수의 연구 노트는 세상에 드러났었다. 천장 텍스를 열고 숨겨 뒀던 것이 연구실을 리모델링하던 중 발견된 것이다. 당시 뭔가 이상함을 느낀 건축업자가 검찰에 고발했지만 유성과 관련된 일이라 흐지부지 넘어갔었다.

박석형 교수가 벌겋게 충혈된 눈으로 팀장의 아들을 노려보며 물었다. 법정이 아니었다면 살인이라도 저지를 기세다.

"그, 그걸 어디서 났어?"

"지금 중요한 건 그게 아니잖아요."

"이런 개새끼가!

팀장 아들이 씁쓰름한 웃음을 짓는다.

"전 이 바닥에 있을 생각 없습니다. 거지같이는 살아도 다른 사람이 아픈 걸 이용해서 돈 벌고 싶지는 않아요. 그러니까 그쪽도 그 정도만 해요, 박석형 씨."

상황이 최악을 넘어 지옥으로 달려가자 지금껏 멍하니 있던 천성대 변호사가 부랴부랴 나섰다.

"재, 재판장님? 실험이 잘못되었다는 거지 화학 공장과 병의 연관성이 입증된 것은 아닙니다! 그러니까……!"

하지만 그의 말은 이어지지 못한다. 피해자 측 변호사가 빠르게 그의 입을 틀어막았다.

"증인의 말을 들어보면, 화학 공장 대표가 직접 의뢰했다고 했어요! 연관성을 은폐하려고 했던 게 아닙니까?"

천성대 변호사도 지지 않는다. 여기서 밀리면 받기로 했던 수억 원이 허공으로 사라져버리기 때문이다.

"납품 일정이 정해진 공장에서 어떻게 낮에 실험할 수 있겠습니까? 잠깐만 기계를 멈춰도 손해가 얼만데요? 그래서 밤에 한 것뿐, 은폐하려는 게 아니었습니다!"

이한영의 시선이 천성대 변호사를 향해 스르륵 움직였다.

"지금 하신 말씀을 들어보면 대리인도 이번 조작을 알고 있었다는 말이 되네요?"

"네?"

"아닙니까?"

천성대 변호사는 당황한 표정으로 자신이 어떤 말을 했었는지 되짚고 있었다. 그러면서 고개를 빠르게 좌우로 흔든다.

"아뇨! 아니에요!"

* * *

이한영의 시선이 법정을 훑었다.

모든 사람들의 시선이 이한영에게 집중되어 있다. 어떤 사람은 기도하듯 두 손을 꼭 잡고 있었고, 또 다른 사람은 간절한 눈빛으로 이한영을 보고 있다.

이제 판결을 선고할 시간이다.

이한영의 묵직한 음성이 법정을 채웠다.

"……따라서 원고의 청구를 모두 인정하고 소송비용은 피고가 부담하도록 판결한다."

판결의 목소리에 지금껏 조용히 있던 피해자 한나연이 왈칵 눈물을 흘렸다. 살아도 살고 싶지 않았던 그녀다. 이 싸움을 해오며 병에 걸린 게 설친다며 손가락질까지 받아 왔다. 그런데 이제 그 싸움이 끝났다.

그녀가 눈물을 닦으며 입을 연다.

"재판장님, 감사합니다."

힘없는 목소리였지만 그녀의 감정을 느낀 이한영이 입을 열었다.

"이제는 소송에 신경 쓰지 마시고 열심히 치료받으세요. 강한 분이니까 이겨낼 수 있다고 생각합니다."

그녀가 다시 고개를 숙인다.

"감사합니다. 보상비 같은 거 받으면 저 같은 사람을 위해 모두 기부할 게요. 전 돈이 필요 없어요. 우리 엄마도 제 목숨값이 좋은 곳에 쓰였으면 좋겠다고 하셨어요."

그녀의 구김 없는 미소를 보며 이한영이 자리에서 일어났다.

"재판을 마칩니다. 마지막으로 피해자분들, 꼭 완쾌해서 예전의 행복을 찾으셨으면 합니다."

방청석에 있던 피해자 가족들도 일어난다. 그들이 이한영을 향해 고개를 숙인다.

"감사합니다."

"정말 감사해요."

공장이라지만 중견 기업이다. 기업을 상대로 한 재판에서 피해자들이 승리했다는 것은 큰 의미였다.

모두가 숙연한 분위기 속에서 화학 공장 대표는 정신이 나간 사람처럼 중얼대고 있었다.

"내 돈……."

판결, 화학 공장 백혈병도 산재

서울중앙지방법원 이한영 판사는 백혈병에 걸린 한 모 씨 등이 공장을 상대로 낸 소송에서 원고 승소 판결했다.……(중략)……이 재판에서 한국대학교 박 모 교수가 실험 내용을 조작한 것으로 밝혀졌다. 재판장 직권으로 증인석에 앉은 이 모 씨가 가져온 박 모 교수의 연구 노트……(중략)……먼저 판결이 났던 유성전자 사건 역시 박 모 교수가 검증했다.……(중략)……유성전자의 산업재해를 인정하지 않은 주된 이유가 박 모 교수의 역학조사 결과에 근거한 것이었기에……(중략)……박 모 교수와 공장 대표, 소송대리인이었던 변호사는 불구속 수사를 받게 된다.

–유성전자 1심 판결, 김윤혁 판사도 조사해봐라.

–모두 알고 있죠? 이렇게 증거 나와도 유성은 못 잡습니다.

–이한영 판사 만세!

공장의 대표와 변호사 그리고 교수가 연루되었다는 소식에 기사는 빠르게 실검을 치고 올라갔다. 하지만 이번엔 유성전자가 관련된 일이라 그런지 예전처럼 김윤혁을 욕하던 댓글은 순식간에 사라져버렸다.

그리고 달린 댓글은 놀라웠다.

–지금 우리나라 경제, 유성전자가 끌고 가는 거 몰라? 한심한 새끼들.

–유성은 이미 피해자들에게 최고의 지원을 약속했다. 피해자들이 더 많은 돈 받겠다고 거부한 거지, 쯧쯧.

–유성전자하고 작은 공장하고 비교하는 기레기 수준. 대형 마트와 동네 슈퍼를 똑같이 보는 클래스. 기사 쓰기 참 쉽죠?

–원래 작은 공장일수록 폐기물 같은 거 막 버리고 그래요. 대기업은 환경부가 계속 보고 있고 관리가 많이 들어와서 안 그럼.

댓글의 태반은 유성쇼핑 장태식의 작품이다. 즉, 드디어 유성이 움직이기 시작한 거다. 지금껏 기사가 터졌을 땐 콧방귀도 뀌지 않던 장태식 회장이 꿈틀거렸다는 것은 나름대로 타격을 받았다는 말이다.

이한영이 모니터에서 시선을 떼고 빙긋이 웃었다. 장태식 역시 천천히 손바닥으로 올라오고 있다. 조금만 더 밀어붙이면 콱 움켜쥐어 없애버릴 수 있을 정도로 완벽히 올라올 거다.

이한영은 휴대폰을 손에 들었다. 유성그룹 장태식의 일은 진행되는 순리에 맞추면 된다. 지금 할 일은 따로 있다.

휴대폰을 귀에 대자 석정호의 목소리가 들린다.

–어, 한영아. 저 사람 지켜보고 있으면 돼? 특별한 것은 없어 보이는데?

"응. 금방 갈 테니까, 위험한 일이 있으면 가드 좀 해줘."

–오케이.

이한영은 휴대폰을 내려 뒀다.

석정호에게 가드를 부탁한 사람은 오바른 판사다.

이한영의 시선이 책상에 놓인 달력으로 향했다. 붉게 동그라미를 친 날짜가 보인다. 바로 오늘, 오바른 판사가 사망했던 날이다.

잠시 날짜를 확인하던 이한영이 자리에서 일어섰다.

"먼저 퇴근할게."

재킷을 걸치며 복도로 나온 이한영의 머릿속은 여전히 오바른 판사로 가득했다.

김진한 부장의 뒤를 캐다가 걸린 오바른 판사. 그는 이한영의 말을 듣고 김진한 부장을 찾아갔다. 그리고 라인에 들고 싶어 한 행동이었다며 변명했지만 가차 없이 거절당했다. 거절이 끝이라면 좋겠지만 김진한 부장은 무서운 사람이다. 자신의 앞에 걸림돌이 된다면 가차 없이 찍어 부숴버린다.

이한영은 엘리베이터에 올랐다. 숫자가 바뀌며 내려가던 엘리베이터의 문이 열렸다. 힘겨워 보이는 표정의 김윤혁이 보였다. 그는 최근 조작된 증거에 속은 판사로 손가락질을 받고 있었다.

올라탄 김윤혁이 물었다.

"퇴근해?"

"응. 너도 일찍 가네?"

"김진한 부장님이랑 약속이 있어서."

이한영의 눈썹이 찌푸려졌다.

'녹음 사건 이후 만나기로 한 날이 오늘이야? 김진한 부장이 알리바이를 만들려고 김윤혁을 이용하나?'

가능성은 충분하다.

잠시 후, 이한영은 차를 향해 걸어가는 김윤혁의 뒷모습을 노려보며 주먹을 꽉 쥐었다.

'넌 뇌물을 받은 판사, 김진한 부장은 살인 교사 미수. 나란히 보내주마.'

* * *

늦은 밤은 아니었지만 해가 짧아 그런지 도로는 한산하게 느껴진다. 파라솔에 앉아 우물우물 육포를 씹던 석정호가 고개를 돌려 편의점 안을 향했다.

아이를 주려는지 캐릭터가 그려진 음료를 들어 장바구니에 담는 오바른 판사가 보인다. 석정호는 고개를 갸웃거리며 다시 육포를 뜯는다.

'자살할지도 모른다고? 뭔 소리야? 아기 음료를 사는 사람이 그런 짓을 왜 해? 되게 행복해 보이네. 그리고 그게 아니면 깡패를 만날 수도 있다고? 이런 신도시에 깡패가 어디 있어?'

지난번, 이한영에게 백이석 법원장을 가드 하라는 부탁을 받았을 때도 소동 없이 지나갔다. 이번에도 그럴 것 같은 느낌이 든다.

시원한 바람을 맞이하며 석정호는 고개를 들어 하늘을 본다. 별은 없지만 높은 하늘은 마음마저 뻥 뚫리는 것 같다.

하지만 여흥은 잠깐이었다. 순간 석정호의 몸에서 소름이 싹 돋았다. 옆에서 들리는 목소리 때문이다.

"저 사람 맞지?"

"맞는 것 같은데? 맞네, 맞아."

"나오면 바로 움직이자. 준비해."

석정호의 시선이 틀어졌다.

허름한 옷을 입은 아홉 명의 사내들. 그들은 손에 쥔 사진과 편의점에 있는 오바른 판사를 번갈아 보고 있었다.

석정호의 시선을 느낀 한 명이 패거리를 향해 눈짓한다.

"야, 저 새끼가 우릴 보는데?"

동시에 사내들의 싸늘한 시선이 석정호에게 모인다.

석정호는 어색하게 웃어 보이며 고개를 돌렸다. 석정호의 가슴이 두근두근 뛰기 시작했다.

'진짜로 사람을 쑤셔본 놈들이나 가능한 눈빛이잖아!'

석정호는 다시 육포를 잘근잘근 물어뜯기 시작했다. 그의 머릿속엔 아홉 명의 사내들과 어떻게 싸워야 하는지가 그려지고 있었다.

한참을 생각하던 그는 한숨을 푹 내쉬며 휴대폰을 들어 이한영에게 메시지를 보냈다.

-나 감옥 가면 선처해주냐? 사정 봐주면서 싸울 수는 없을 것 같은데. 이 새끼들, 프로 같아.

곧바로 메시지가 왔다.

-이한영 : 왜? 무슨 일 있어?

그때 한 사내가 석정호의 손에 있던 휴대폰을 확 빼앗았다. 그리고 살벌한 목소리로 물었다.

"너 뭐 하고 있어?"

"네? 인터넷 검색하고 있었는데요?"

사내의 시선이 휴대폰으로 향한다. 하지만 화면은 잠금장치가 되어 있다.

"비밀번호 뭐야?"

"그, 그거 신상이거든요. 홍채 인식으로 풀 수 있는 거라……."

석정호가 놈들과 승강이를 벌이고 있을 때 계산을 마친 오바른 판사는 편의점 앞에 선 위험한 남자들을 확인했다.

저들이 누군지는 모른다. 하지만 사람에게는 감이라는 게 있다. 오바른 판사는 자신도 모르게 마른침을 삼켰다. 그의 머릿속에 얼마 전 이한영에게 들었던 말이 떠올랐다.

–너 이러다 죽어, 이 새끼야.

오바른 판사의 시선이 손에 들린 비닐봉지로 향했다. 딸에게 주려고 했던 음료가 보인다. 어쩐지 전해주지 못할 것 같다.

"하, 씨발."

오바른 판사는 고개를 저으며 다시 앞을 바라봤다. 험상궂은 사내들은 언제든 편의점으로 뛰어들어올 준비를 마친 것 같았다.

그때 오바른 판사의 휴대폰이 울렸다. 아내다.

–언제 와? 다 왔다며? 승희가 아빠 언제 오느냐고 난리야.

오바른 판사는 최대한 평온한 목소리로 대답한다.

"미안. 오늘 또 야근이네."

–오늘도?

"어, 조금 늦을 것 같아. 먼저 자고 있어."

아내의 한숨 소리가 들린다.

–알았어.

"어, 사랑해."

-갑자기 왜 그런대? 맨날 늦게 오는 게 미안하긴 한가 보지?

"어, 미안하네. 금방 갈게. 먼저 자고 있어."

오바른 판사는 통화를 마쳤다.

순간 사내가 편의점 안으로 훅 들어왔다. 오바른 판사도 기다렸다는 듯 문을 밀쳐내며 퉁겨지듯 앞으로 뛰쳐나갔다.

"눈치챘다!"

"잡아!"

남자들이 우르르 오바른 판사의 뒤를 쫓는다.

"내 휴대폰!"

석정호의 목소리에 뒤늦게 달리던 남자가 석정호를 향해 휴대폰을 집어 던졌다. '팍!' 하는 소리와 함께 휴대폰이 땅바닥에 나뒹굴었다.

석정호가 멍한 표정으로 자신의 휴대폰을 바라봤다. 그동안 친구 명의의 휴대폰을 사용했던 석정호는 이제야 돈을 갚고 자신의 명의로 된 최신 상품을 손에 얻었다. 그런데 며칠 되지 않아 액정에 금이 가버렸다.

석정호의 포악한 눈빛이 달려가는 남자들을 노려본다. 그가 어금니를 꽈악 씹어 물었다.

"너희는 다 뒈졌다."

* * *

쿵!

막다른 벽에 쑤셔 박히듯 밀린 오바른 판사가 거친 숨을 내뱉으며 앞을 보자 일렬로 죽 늘어선 아홉 명의 사내가 다가오고 있었다.

이곳은 신도시 구석에 있는 상가 공사 현장. 드럼통에서 타오르는 목재의 그림자가 일렁이고 있다.

오바른 판사의 앞으로 한 남자가 저벅저벅 걸어오며 말한다.

“신도시는 이게 참 좋아. 사방이 공사판이라 사고 칠 곳이 많잖아?”

“너희, 누구야? 왜 이러는 거야!”

핏발 선 목소리에 사내가 피식 웃는다.

“그걸 우리가 알겠어요? 판사님이 알겠지. 공부 잘했잖아? 그동안 누가 원한을 가졌을지 생각 좀 해봐요.”

오바른 판사는 다가오는 사내를 피하려고 주춤주춤 뒤로 물러섰다. 하지만 가로막힌 벽은 그것조차 허락하지 않았다. 인상을 찌푸린 오바른 판사가 다시 앞을 바라봤다. 죽 늘어선 사내들이 불같은 시선을 뿜어내며 압박해 온다. 그들 사이의 거리가 예닐곱 걸음밖에 남지 않았을 때 뚝 걸음을 멈춘 그들은 품에서 시퍼렇게 날이 선 칼을 뽑아냈다.

그 칼이 오바른 판사에겐 사신의 낫처럼 느껴졌다. 그의 몸이 사정없이 와들와들 떨려 오는데, 가장 앞에 선 남자가 칼을 이리저리 둘러보며 살벌한 목소리로 말했다.

“칼 맞을래요?”

오바른 판사는 고개를 저었다.

사내가 픽 웃는다.

“깔끔하게 유서 쓰고 자살하는 걸로 가죠.”

“뭐?”

“판사님, 가족도 생각해야죠. 그쪽이 칼에 찔려 죽으면 가족들이 들고 일어나겠죠? 그럼 시끄러워지겠지? 가족들은 무사할 것 같아요? 또 입 막아야 한다고 지시가 내려올 거예요.”

오바른 판사가 허망한 얼굴로 그들을 바라봤다. 사내는 그의 표정을 외면하고 천을 꺼내 칼날을 닦으며 말을 잇는다.

“그러니까 그냥 혼자 죽는 걸로 조용히 끝냅시다. 우리도 이런 일이 좋아서 하겠어요? 사람 죽이고 나면 우리도 그날 술 엄청 퍼마셔요. 그러니까 한 명만 죽고 끝내자 이겁니다. 무슨 말인지 이해하죠?”

그 말에 사내의 뒤에서 한 남자가 앞으로 걸어 나와 종이와 펜을 꺼냈다. 앞에 섰던 사내가 이글거리는 눈빛으로 미소를 짓는다.

"마지막으로 아버지 노릇 하고 하늘나라로 가세요. 딸의 장래는 밝을 겁니다."

오바른 판사가 앞에 놓인 종이를 바라봤다.

드럼통에서 타오르는 불빛으로 인해 그림자가 생겼다가 사라지기를 반복하고 있었다.

"그거 다 쓰고 옆에 있는 물을 마시면 한잠 푹 잘 수 있을 겁니다. 고통 없을 테니까 무서워하지 마시고. 나머지는 우리가 알아서 할 테니까 걱정하지 마시고."

오바른 판사의 입가에는 말로 할 수 없는 미소가 스쳐 갔다. 죽음의 그림자가 쏟아져내리는 걸 느낀 것이다.

그는 천천히 펜을 든다. 잘난 척하며 살아왔지만, 또 정의를 위해 살아오기도 했다. 헌법에 적힌 것을 지키기 위해 움직였다. 그런데 그 결말이 이따위다.

펜이 꾹 종이에 닿았을 때 오바른 판사가 미친 사람처럼 웃기 시작했다.

"법으로 안 되니까 나를 죽이려 하는 거야? 김진한 부장 이 개새끼! 내가 이긴 거야! 하하하하하하!"

사내가 픽 웃는다.

"의뢰한 쪽이 김진한 부장인지 뭔지는 모르겠지만 전해 달랍디다. 이긴 건 오래 살아남은 쪽이랍니다."

"안 써!"

오바른 판사가 종이를 구긴다.

순간 옆에 있던 남자의 발이 오바른 판사의 복부를 가격했다. 쾅! 둔탁한 소리가 울리며 오바른 판사는 시멘트 바닥에 나뒹군다.

"조용히 뒈지라니까!"

"끄어어어……."

오바른 판사가 일어나기 위해 애쓰지만 힘겹다. 그의 손이 시멘트 바닥을 벅벅 긁는다.

그 처량한 모습에 사내들은 킥킥대며 웃었다.

"야, 유서는 됐고 바로 물 먹여. 좋게 말해주니까 지가 여기서도 판산 줄 아네."

두 남자가 오바른 판사의 양옆에 서서 팔을 부여잡았고, 또 다른 남자는 수면제가 든 페트병을 손에 들었다.

"먹이고 죽여!"

그때…….

"뭐 하는 짓이야!"

공사 중인 건물 전체가 울릴 정도의 목소리가 쩌렁쩌렁하게 울렸다.

사내들의 시선은 소리가 나는 쪽으로 빠르게 향했다.

곰이다. 거대한 몸집의 야수가 서 있다.

바로 석정호다.

이상함을 느꼈는지 한 사내가 석정호를 향해 달려갔다.

"이 새낀 뭐야!"

하지만 턱, 그의 얼굴이 석정호의 큰 손에 잡혀버렸다. 그리고 "어?" 하는 순간 그대로 시멘트 바닥에 처박혔다. 꽈아아앙! 잔인한 소리가 울렸고 처박힌 사내는 고통의 신음을 쏟아내며 몸을 꿈틀거렸다.

석정호의 희번득거리는 눈이 그들을 노려봤다.

"칼 들고 덤볐으니까 정당방위다. 다음!"

또 다른 사람이 석정호를 향해 달려든다. 하지만 인간의 완력으로는 짐승을 이길 수 없었다.

콰직!

바위 같은 주먹이 얼굴에 꽂힐 뿐이었다.

* * *

“다, 다음을 노려야겠어…….”

피투성이가 된 사내들이 비틀거리며 어둠 속으로 사라지자 벽에 등을 기댄 채 힘겹게 앉은 오바른 판사가 입을 열었다.

“저, 저놈들을 잡아야 해요!”

석정호가 고개를 저었다. 섣불리 놈들을 쫓았다간 다시 오바른 판사가 위험해질 수도 있다. 놈들이 다시 와서 해코지할 가능성은 얼마든지 있다. 그가 이한영에게 부탁받은 것은 오바른 판사를 가드해 달라는 것이었다.

하지만 오바른 판사는 다시 외친다.

“잡아야 해요!”

“무립니다.”

단호한 목소리에 오바른 판사가 힘겨운 얼굴로 고개를 틀어 석정호를 바라본다. 쉽지 않은 싸움이었는지 석정호의 몸 역시 피 칠갑이 되어 있다. 이런 사람에게 놈들을 잡으라고 말할 순 없다.

한숨을 푹 내쉰 오바른 판사가 입을 열었다.

“……그쪽은 누구십니까? 일단, 도와주셔서 감사합니다.”

석정호는 자신이 누구인지 대답하지 않았다. 이한영에게 불필요하게 이름을 팔고 다니지 말라는 말을 들었기 때문이다. 그는 그저 지금 상황을 이한영에게 전달하기 위해 휴대폰을 들었다. 그런데 잠시 잊고 있었던 금이 간 액정이 보인다.

“이런 씨발!”

석정호의 불같은 시선이 놈들이 도망친 어둠으로 향했다.

* * *

공사 중인 상가의 계단.

내려가는 발소리와 함께 수군거리는 목소리가 울렸다.

"저 새끼는 누굽니까? 판사가 고용한 경호원인가?"

"지금 그게 무슨 상관이야! 일을 못 끝낸 게 문제지!"

"하, 돈 못 받겠네. 형님, 내일 다시 움직이죠. 저놈들도 우리가 바로 다음 날 움직일 거라곤 생각하지 못할 거예요."

"다친 곳은 없어?"

"코뼈랑 광대가 나간 것 같아요. 곰 같은 새끼가 힘만 좋아서."

"난 팔."

그들은 어느새 상가 입구로 나왔다. 그런데 분위기가 이상하다. 어두워야 할 세상이 번쩍거리고 있다. 그리고 입구 앞으로 한 그림자가 섰다.

"넌 뭐야!"

가장 앞에 선 남자가 섬뜩함을 느끼고 소리를 질러본다. 하지만 그림자는 대답이 없다.

"뭐냐고!"

다시 한번 소리를 질렀다. 그러자 대답이 들려온다.

"검사."

"뭐?"

검사가 뚜벅뚜벅 앞으로 걸어온다. 그리고 그들 앞에 서서 입을 열었다.

"정신 나간 새끼들, 판사를 건들고 있냐? 검찰도 웬만해선 판사는 안 건드려, 병신들아."

박철우 검사였다. 그가 품에서 수갑을 꺼낸다. 동시에 그의 뒤에서 경찰들이 쏟아져 나온다. 번쩍거리는 것은 경찰차의 불빛이었다.

* * *

모든 상황이 정리되어 고요한 상가 안에 발소리가 들렸다. 그 소리에 박철우 검사가 몸을 튼다.

"왔어요?"

이한영이었다. 그가 고개를 끄덕이며 묻는다.

"오바른 판사 도와줬던 사람은 어때요?"

"곰 같은 사람? 좀 긁히긴 했지만 문제는 없어 보여요. 구급차에 타면서도 자기 휴대폰을 걱정하던데요?"

머릿속에 석정호의 모습이 그대로 그려지는지 이한영이 픽 웃었다.

"오바른 판사는요?"

"딱 한 대 맞은 것 같은데, 그게 제대로 들어갔나 보네. 내장에 출혈이 있다고 수술해야 한대요."

이한영이 주변을 죽 둘러봤다. 드럼통에는 이제 불씨만 남아 있었다.

"여기에 있던 양아치들, 제대로 조사하세요. 분명 뭔가 있을 거예요."

"탈탈 털 테니까 그건 걱정하지 마시고."

박철우 검사가 입에 담배를 문다. 틱틱 라이터의 부싯돌이 퉁겨지며 어두운 공간에 불꽃이 일어났다가 사라진다.

박철우 검사가 희뿌연 연기를 내뿜으며 이한영을 향해 낮은 목소리로 물었다.

"판사님, 이것도 궁예의 관심법으로 알아낸 겁니까?"

"글쎄요."

"나도 의심하고 싶지는 않은데, 판사님이 가는 곳에 늘 사건 사고가 일어납니다. 이거 뭔가 이상하지 않아요?"

이한영이 박철우 검사를 바라봤다. 그는 광채로 빛나는 눈으로 이한영을 보고 있다.

"오바른 판사가 누군가의 뒤를 쫓고 있었어요. 그게 걸렸고요. 그 사람이 오늘 알리바이를 만들려는 비슷한 짓을 했네요. 그래서 예측했을 뿐입니다. 통찰력이 뛰어나고 머리 좋은 걸로 해주세요."

"얼굴만 보면 머리가 좋아 보이진 않는데……."

"난 머리 좋아서 판사, 됐죠?"

"하 참, 어쨌든 판사님이 말한 누군가가 누구죠?"

이한영은 고개를 저었다.

"아직 용의자일 뿐 진범은 아니라 말씀드리긴 어렵네요. 수사라는 게 한쪽에 꽂히면 다른 쪽을 못 보잖아요."

"그래도 참고라도 하게……."

이한영은 박철우 검사의 말에 대답할 수 없었다. 그의 휴대폰이 불길하게 울렸기 때문이다. 윤슬혜 판사다.

"무슨 일 있어?"

–김윤혁 판사가…….

"김윤혁? 윤혁이가 왜?"

–지금 병원에!

휴대폰을 끊는 이한영의 미간이 확 일그러졌다. 표정이 심상치 않음을 본 박철우 검사가 한 발짝 다가온다.

"왜요? 무슨 일 있어요?"

이한영의 대답을 듣기도 전 박철우 검사의 휴대폰도 진동이 울렸다.

"네, 박철웁니다."

박철우 검사의 미간 역시 찌푸려진다. 그가 휴대폰을 주머니에 쑤셔 넣으며 이한영을 향했다.

"같은 전화죠? 판사가 칼에 찔렸다는……."

이한영이 고개를 끄덕이자 그가 말을 잇는다.

"병원에 가봐야죠? 방금 사고당했다는 판사, 오바른 판사와 같은 병원에 있는 것 같은데……."

말을 잇던 박철우 검사가 이한영의 표정을 보고 고개를 절레 저으며 말했다.

"같이 현장에 가볼래요? 다른 사람도 아니고 판사가 당했다고 검사들더러 그쪽으로 모이라네."

"현장으로 가죠."

이한영이 앞서 걷자 박철우 검사가 그 뒤를 좇으며 중얼댔다.

"세상이 어떻게 되려고 하룻밤 사이에 판사 두 명이……."

＊＊＊

폴리스라인 앞으로 기자와 동네 주민 등 많은 사람들이 북적거렸다. 경찰들이 죽 서 있지만 사람들은 아랑곳하지 않고 안을 보려 애썼다.

그 앞으로 이한영의 차가 멈춰 섰다.

"여기예요?"

박철우 검사가 가볍게 고개를 끄덕이자 이한영은 시동을 끄고 내리며 주변을 둘러봤다.

'주택가?'

사건 현장은 주택가의 단층 단독주택이다. 여기서 김윤혁이 칼부림을 당했다.

'김윤혁은 김진한 부장을 만난다고 했는데…….'

이해할 수 없었다. 이곳은 법원에서도 꽤 멀리 떨어진 곳이다.

'김진한이 여기까지 끌고 왔나? 김윤혁은 순순히 따라왔고?'

알 수 없는 상황에 이한영의 눈살이 찌푸려지는데, 박철우 검사가 말했다.

"들어가죠."

현장의 거실엔 김윤혁이 발버둥 치며 만들어낸 참혹함이 고스란히 보였다.

박철우 검사가 눈살을 찌푸리며 한 남자를 향해 시선을 틀었다.

"임 검사."

그 한마디에 남자가 쪼르르 다가와 앞에 섰다.

"브리핑해봐."

검사는 바로 입을 연다.

"현장은 지난 11월부터 비어 있던 집입니다. 집주인은 신규 아파트를 분양받아 나갔고, 이곳은 재개발이 예정돼 있어서 내버려둔 모양입니다. 범인의 지문이나 흔적은 발견되지 않았고, 피해자 역시 의식이 없어 방문 목적 등을 알 수 없습니다."

"여기서 사고가 난 건 맞아? 다른 데서 일 벌이고 옮겨 놓은 건 아니고?"

"네, 밖에 주차됐던 차의 블랙박스에 피해자가 걸어 들어온 영상이 찍혀 있었습니다."

검사의 브리핑을 듣던 이한영이 물었다.

"다른 사람은요? 다른 사람은 안 찍혀 있었어요?"

"피해자만 찍혀 있었는데요."

"주변 CCTV 모두 확인했고요?"

"그건 지금 확인 중에 있습니다."

이한영이 다시 주변을 빙 둘러봤다.

"신고는 누가 했죠? 주인도 없는 집에서 사고가 났다면 신고한 사람이 유력한 용의자일 텐데요."

"그러니까……."

검사가 말끝을 흐릴 때, 이한영의 앞으로 한 여자가 섰다.

날카로워 보이는 눈매. 현장을 확인하던 형사다.

"신고 전화는 피해자 휴대폰으로 왔고요. 신고를 받았는데 말이 없어서 경찰은 일단 출동했는데, 와 보니 칼에 맞고 쓰러져 있던 상황. 의식은 없었고 살 가능성이 있는지 없는진 병원에 가서 알아보셔야 할 거예요. 됐나요? 더 궁금한 거 있으면 물어보세요. 다른 검사님들은 지금 막 도착해서 파악하지 못했을 테니까요."

어떤 불만이 있는지 투덜대는 말투다.

하지만 이한영은 상관 않고 그녀의 옆을 스쳐 방으로 들어가며 입을 열었다.

"1층이니까 출입문을 통하지 않고도 들어올 수 있잖아요? 이를테면 창문이나……."

이한영이 창문을 확 열어젖히자 옆집의 담이 보인다.

형사가 다가오며 입을 연다.

"여기도 흔적은 없었어요."

"담 너머는 어떤 집이죠? 역시 빈집인가요?"

"네."

이한영이 고개를 내밀고 주변을 둘러봤다. 담과 담 사이를 찍는 CCTV는 보이지 않는다.

"저 집은 확인했어요?"

형사가 고개를 저으며 불만으로 가득한 목소리를 내뱉었다.

"이제 확인할 거예요. 그런데 너무한 거 아녜요? 다른 사건이 일어났을 땐 코빼기도 보이지 않던 검사님들이 판사가 당하니까 우르르 와서. 이게 방해하자는 거지, 뭐 하는 거……."

이한영은 그녀의 말이 끝나기도 전에 창문을 넘더니 바로 담을 짚고 옆집으로 사라져버렸다.

잠시 황당한 표정을 짓던 그녀가 입술을 꽉 깨문다.

"말하고 있는데 무시하는 것도 아니고. 뭐 하는 사람이야!"

"저 사람, 검사는 아니에요. 그러니까 우리, 욕하진 마요."

그녀의 시선이 목소리가 들리는 쪽으로 이동했다. 박철우 검사가 보인다.

"검사가 아니라고요? 그럼 누구예요, 저 사람?"

"피해자의 동갑내기 친구면서 연수원 동기죠. 그리고 같은 법원에서 일하는 동료이기도 하고요. 그러니까 피해자의 가까운 지인이자 판사요."

"피해자 친구요?"

"네."

창밖으로 향한 그녀의 표정이 좋지 않다. 판사라는 말을 들었기 때문이 아니다. 피해자의 지인을 앞에 두고 투덜댄 게 미안한 모양이다.

그녀가 작게 한숨을 내뱉는데, 박철우 검사에게 브리핑했던 검사가 물었다.

"그런데 판사가 저렇게 현장 확인하고 다녀도 돼요? 경험도 없을 텐데 현장 망치는 거 아녜요?"

박철우 검사가 픽 웃으며 그를 향해 시선을 틀었다.

"넌 현장 경험이 얼마나 된다고 까부냐?"

"네?"

"네가 책상 앞에서 서류랑 씨름하고 있을 때 저 판사는 밖으로 나돌았으니까 걱정하지 마. 너보다 백배는 잘하니까."

"에이, 밖으로 도는 판사가 어딨어요?"

"저기 있잖아."

이한영은 넘어간 집을 훑고 있었다.

오랫동안 관리하지 않아 마구잡이로 자란 풀 때문에 발자국은 보이지 않는다. 역시 CCTV는 없다. 다시 담을 넘어 몇 집을 더 거쳤지만 마찬가지다.

이한영은 또 담을 넘기 위해 벽으로 향했다. 그런데 사람이 사는지 불 켜진 집이 보였다. 흔적을 숨기기 위해 최대한 멀리서부터 움직였다 해도 사람이 사는 집을 통과하지는 않았을 거다.

이한영의 시선이 대문으로 향한다. 다가가 툭 몸으로 밀자 끼릭 녹슨 소리와 함께 힘없이 문이 열린다. 재개발 때문에 집을 떠나는 주인들은 반드시 문을 잠가둔다. 쉽게 문이 열리는 것을 보면 범행의 시작이 이곳이었을 가능성이 크다.

밖으로 나간 이한영은 시선을 옮기며 CCTV를 찾아봤다. 역시 보이지 않는다.

'주차된 차량은?'

차의 블랙박스를 볼 수 있다면 범인의 윤곽을 알 수 있다. 하지만 보이는 차는 없다.

이한영은 작게 한숨을 내뱉으며 생각을 정리했다.

'김진한 부장이 직접 했을까? 그건 확률이 낮아. 아마 의뢰를 했겠지. 김진한 부장이 김윤혁을 이곳으로 불러냈고, 청부받은 범인이 김윤혁을 향해 칼을 휘둘렀을 거야. 그런데 김윤혁의 성격에 무턱대고 들어갔을까?'

아직 많은 가구가 살고 있지만 재개발 지역이라 빈집이 많다. 폐가가 된 집에선 음산한 기운마저 감돈다.

이런 분위기에서 선선히 들어갈 김윤혁이 아니다. 놈의 성격이라면 어떤 안전장치를 남겨둔 후 들어갔을 것이 분명했다.

이한영은 김윤혁이 남긴 흔적을 찾기 위해 도로를 따라 사건 현장으로 걷기 시작했다.

'김윤혁은 이곳에 처음 왔을 거야. 그것도 해가 떨어진 어두운 시간대!'

이한영의 눈동자가 주택가 전체를 담는다.

'김윤혁은 뭔가를 숨길 장소를 다급히 찾았겠지. 다른 사람은 쉽게 찾을 수 없지만 자신은 금방 알아볼 수 있는 곳, 그러니까 어떤 표식이 있는 곳!'

주변을 확인하던 이한영의 눈동자가 한 곳에서 멈췄다. 마당에서 자란 나무가 담을 넘어 뻗어나간 곳이다. 표식으로 삼기엔 충분하다.

그곳으로 다가간 이한영이 손을 뻗어 담벼락을 훑었다. 묵은 먼지를 쓸며 지나갈 때 툭 뭔가가 잡힌다. USB다. USB를 손에 들어 확인하는 이한영의 눈빛이 날카롭다.

그때 휴대폰이 울렸다. 박철우 검사다.

—뭐, 찾은 거 있어요?

"아뇨. 아직은요."

일단은 먼저 확인해볼 생각이었다.

박철우 검사와 전화를 끊자 휴대폰이 다시 울렸다. 이번엔 윤슬혜 판사였다.

—판사님, 언제 오실 거예요? 병원에 다 모이셨는데…….

"금방 갈게."

이한영은 전화를 끊으며 손에 든 USB를 품에 넣었다.

* * *

오바른 판사와 김윤혁 그리고 석정호가 있는 병원.

늦은 시간이었지만 응급실 앞은 구급차의 번쩍이는 불빛으로 요란하다.

엘리베이터의 문이 열리자 이한영은 수술실 앞에서 내렸다. 멀리서부터 스산한 분위기가 느껴질 때 기다리고 있던 윤슬혜 판사가 다급하게 말했다.

"다들 수술실 앞에 계시거든요."

"수술은 잘되고 있대?"

"오바른 판사는 무난할 것 같아요. 그런데 김윤혁 판사는……."

말끝을 줄였지만 어떤 말을 하고 싶은지 예상이 됐다.

이한영이 고개를 끄덕였다.

"여기에 있느라 힘들었지? 그만 가서 쉬어. 내일 또 일하려면 피곤하겠다."

윤슬혜 판사는 조금 더 있고 싶은 마음이다. 하지만 이한영의 눈길에 고개를 끄덕인다.

"그럼 먼저 들어가 볼게요. 고생하세요."

"아, 잠깐만. 오늘 밤에 휴대폰은 계속 손에 들고 있어."

"휴대폰요? 알겠어요."

그녀가 엘리베이터에 오르는 걸 본 후 이한영은 수술실로 향했다. 많은 판사들과 함께 망연자실한 표정을 짓고 있는 오바른 판사의 아내가 보였다.

'김진한 부장은?'

보이지 않는다.

'아직 오지 않은 건가? 알리바이를 위해선 가장 먼저 달려왔어야 할 텐데…….'

의심의 표정을 지운 이한영은 수석 부장과 부장판사들에게 가볍게 인사한 후 오바른 판사의 아내 옆에 앉았다.

"이한영이라고 합니다. 오바른 판사의 동기입니다."

오바른 판사의 아내가 힘겹게 고개를 들자 이한영은 그녀만이 들을 수 있을 작은 목소리로 말을 잇는다.

"저도 전해 들은 이야기지만 오늘 오바른 판사는 마지막까지 멋진 모습이었다고 합니다. 그러니까 수술도 잘 끝내서 원래 모습으로 다시 일어날 거예요."

아내의 눈에 눈물이 주르륵 흘렀다.

"판사가 위험한 직업이에요? 아니잖아요? 그런데 왜 우리 그이가……."

모르는 소리다. 오바른 판사는 가족들을 안심시키려 노력했나 보다. 판사의 옆에는 앙심을 품은 누군가가 항상 존재한다.

이한영이 그녀에게 할 수 있는 말은 하나뿐이었다.

"오바른 판사의 수술은 반드시 잘될 겁니다. 걱정하지 마세요."

그녀의 입에서 한숨이 흐를 때 강신진 수석 부장이 섰다.

"이한영 판사, 잠깐 얘기 좀 하지."

이한영은 강신진 수석 부장의 뒤를 따라 휴게실로 향했다. 휴게실에 들어서는 순간 이한영의 눈살이 찌푸려진다.

'김진한 부장?'

초점이 풀려 멍한 눈으로 앉아 있던 김진한 부장이 이한영을 보고 힘없이 입을 연다.

"왔어?"

"아, 네."

"하, 씨발, 김윤혁 그 새끼……."

김진한 부장은 울먹거리는 목소리와 함께 고개를 푹 숙인다.

강신진 수석 부장이 김진한 부장의 어깨를 토닥이며 무거운 목소리를 냈다.

"김윤혁이 김진한 부장과 약속이 있었나 봐. 그런데 하도 안 오길래 무슨 일이 있나 했더니, 정말 일이 벌어진 거지."

이한영은 김진한 부장의 모습을 샅샅이 살폈다.

김진한 부장은 금방이라고 눈물을 흘릴 것 같은 충혈된 눈으로 몸을 부르르 떨고 있었다. 괴로워 보이지만 이한영은 겉모습을 보지 않는다. 그 속에 숨겨진 괴물을 찾아내려 할 뿐이다.

강신진 수석 부장이 자판기로 걸어가 음료를 빼며 입을 열었다.

"김윤혁 판사의 일은 안타깝지만 우리가 할 수 있는 것은 수술이 잘되길 기도하는 것뿐이야. 우리는 계속 일을 해야 하지."

'덜컹' 하는 소리와 함께 자판기에서 음료가 떨어지는 소리가 들렸다. 음료를 든 강신진 수석 부장이 몸을 돌려 김진한 부장에게 향했다. 그리고 그에게 음료를 건네며 말을 잇는다.

"그래서 말인데, 이한영 판사. 자네가 맡아줬으면 하는 재판이 하나 있어."

위엄 섞인 목소리.

이한영은 싸늘한 한기를 느꼈다. 재판을 청부받고 있기 때문이 아니다. 그가 김진한 부장에게 음료를 내밀 때 그것을 받던 김진한 부장의 손! 엄지손가락 아래에 작게 혈흔이 묻어 있었던 것이다.

'이 미친 새끼! 직접 칼을 들었던 거야?'

손에 묻은 피는 쉽게 씻기지 않는다. 알리바이를 위해 달려왔다면 그 시간도 촉박했을 거다. 무슨 일이 있었는진 모르겠지만 김진한 부장은 어쩔 수 없는 확실한 틈을 만들어냈다.

이한영의 주먹에 꽉 힘이 들어갔다.

'넌 끝이다.'

이한영의 시선이 아직 김진한 부장의 손에 닿아 있을 때 강신진 수석부장의 말이 이어졌다.

"큰일을 하려면 작은 문제는 덮어야 할 때가 많아."

불법적인 일을 시키려는 거다.

이한영은 최대한 힘든 눈빛을 보이며 강신진 수석 부장을 향해 고개를 틀었다.

"수석 부장님……."

"말해."

"죄송하지만 지금 제가 경황이 없어서……."

강신진 수석 부장이 미안한 표정을 지었다. 김윤혁과 이한영이 동기이며 지금껏 같이 생활했다는 걸 뒤늦게 깨달았나 보다.

"아, 미안하네. 다음에 이야기하지."

강신진 수석 부장이 옅은 미소를 지으며 음료를 손에 들자 머리를 쥐어뜯던 김진한 부장이 자리에서 일어나 이한영에게 다가왔다. 그리고 툭툭 이한영의 어깨를 토닥인다.

"걱정하지 마. 윤혁이 수술은 잘될 거야."

이한영의 시선이 자신의 어깨를 토닥이는 김진한 부장의 손으로 향했다.

'피가 묻은 손으로 내 어깨를 토닥이고 있어?'

순간, 싸한 느낌이 들었다. 마치 일부러 혈흔을 보이려는 것 같다.

'뭐지?'

확인할 필요가 있었다. 이한영이 표정을 관리하며 입을 열었다.

"전 먼저 수술실에 가 있겠습니다."

"아, 그래. 가 있어."

이한영은 강신진 수석 부장과 김진한 부장을 향해 고개를 꾸벅 숙이고 휴게실을 벗어났다.

이한영이 사라지자 김진한 부장이 강신진 수석 부장을 향해 몸을 돌렸다. 지금껏 힘들어 보였던 모습이 아니다. 그는 사나운 눈빛을 숨기지 않고 혈흔이 묻은 손을 들어 강신진 수석 부장에게 내보였다.

"봤을까요?"

강신진 수석 부장이 느긋한 표정으로 고개를 끄덕인다.

"태도 변하는 거 봤잖아? 봤어."

김진한 부장이 픽 웃으며 혈흔이 묻은 손을 쥐었다가 폈다.

"이한영이 모른 척 넘어가면 완벽히 믿으실 겁니까?"

강신진 수석 부장이 고개를 휘휘 저었다.

"완벽이라는 말은 허상일 뿐이야. 하지만 꽤 믿을 순 있겠지. 여기서 자네를 고발하고 나선다면 같잖은 우정에 휘둘려 경거망동하는 철부지가 될 뿐이니까."

강신진 수석 부장은 빙긋이 미소를 그리며 들고 있던 음료를 입에 댔다.

김진한 부장은 자신의 손에 묻은 혈흔을 물끄러미 바라본다.

"돼지 핏물에 손을 담갔다가 뺐더니 참 찝찝하네요. 어서 씻고 싶은데, 에이."

강신진 수석 부장의 시선이 김진한 부장에게 향한다.

"김윤혁은 계획대로 됐는데, 오바른은 어떻게 할 건가?"

"바로 움직일 수는 없으니 지켜볼 생각입니다. 일전에 제게 찾아와 라인에 들어오고 싶다고 말한 적이 있거든요. 그 말이 진짜인지 가짜인지 파악할 수 있겠죠."

김진한 부장은 여유롭게 웃어 보였다.

* * *

'일부러 보이려고 한 걸까?'

이한영은 병원 복도 끝에서 벽에 등을 기댄 채 골똘히 생각에 빠져 있었다.

일반적이라면 아무리 피를 씻어냈다고 해도 흔적이 있을지 모른다는 두려움 때문에 범죄를 저지른 손을 감추려고 한다. 김진한 부장처럼 대놓고 드러내지 않는다. 그의 행동은 이상했다.

'이유가 뭐지?'

순간, 머릿속에 스쳐 가는 생각!

그러고 보니 오늘 퇴근할 때 김윤혁과 같은 엘리베이터에 타고 있었다.

'확인했을까?'

가능성은 충분하다. 완벽한 범죄를 이루려면 김윤혁의 동선을 확인하는 것은 필수다. 그렇다면 엘리베이터에서 이한영과 김윤혁이 대화하는 장면을 봤을 거다.

'목소리는 들리지 않았겠지만 김윤혁이 약속을 떠벌리는 것처럼 보였을 거야.'

여기까지 생각한 이한영은 휴대폰을 들었다. 가정은 가정일 뿐, 확인해 봐야 한다.

"보안팀이죠. 혹시 오늘 CCTV를 확인한 사람이 있었습니까?"

-8시였나? 김진한 부장님이 왔다 가셨는데요.

복잡했던 생각이 확 정리됐다.

김진한 부장이 보안팀의 CCTV를 확인한 것은 8시.

그는 약속 장소에 나가지 않았다. 약속 장소엔 범인을 보내두고 느긋하게 앉아 들려올 소식이나 기다리고 있었을 것이다.

이한영의 미간이 찌푸려진다.

'역시 손에 묻은 피는 김윤혁의 것이 아니야. 일부러 보인 거야.'

엘리베이터의 CCTV를 본 김진한 부장은 이 상황을 이용해 이한영의 충성심을 확인해보려 한다. 완벽한 알리바이가 준비됐기에 할 수 있는 자신감이며, 이런 상황에도 사람을 시험해보려는 미치광이다.

그때 이한영의 휴대폰이 울렸다. 박철우 검사다.

−범인 잡았어요. 확실히 조사 끝날 때까지 입 닥치라네요. 법원에서도 윗분들만 알고 있을 거예요. 그런데 이한영 판사님 동기가 다친 거라 몰래 연락 주는 거니까 다른 사람한텐 말하지 마요.

"감사합니다. 그런데 빨리 잡혔네요?"

−그럼요, 감히 판사를 찌른 미친 새끼 아닙니까? 경찰 다 출동하고 바로 잡아냈죠. 현장에서 조금 떨어진 CCTV에서 흔적 찾아내 잡았습니다. 아직 범행 동기는 모르는데, 20대 남자로 근처에 사는 새끼예요. 잡히니까 순순히 인정하더라고요, 지가 찔렀다고.

당연하지만 범인은 김진한 부장이 사주했다는 걸 밝히지 않을 거다. 그럼 사건은 이대로 종결된다.

하지만 상대는 이한영이었다. 선선히 당하지는 않는다.

"용의자 정보, 제 메일로 보내줄 수 있을까요? 범죄 경력은 물론이고 재산 사항이나 가족 중 아픈 사람이 있는지, 여자 친구의 유무까지요."

−내일이나 가능할 텐데요.

"괜찮습니다. 메일 주소는 메시지로 보낼게요."

이한영이 박철우 검사에게 메일 주소를 보내기 위해 휴대폰을 만지작거리고 있을 때 뒤에서 섬뜩한 목소리가 들려왔다.

"뭐 하고 있어?"

고개를 돌리니 김진한 부장이 서 있다. 그가 이한영을 향해 한 발짝 다가서며 살벌한 목소리를 내뱉는다.

"수술실에 있겠다고 먼저 나갔던 거 아니야?"

"아, 죄송합니다. 재판 준비 때문에 배석판사에게 전할 말이 있어서요."

그러나 김진한 부장의 눈에 의심은 풀리지 않는다. 그가 다시 한 발 다가선다.

"줘봐."

"네?"

"어떤 재판으로 이야기하는지 보게 줘봐."

이한영을 향해 손을 쑥 내밀었다. 이젠 대놓고 혈흔을 보인다.

이한영이 휴대폰을 주지 않자 김진한 부장이 낮지만 위협적인 목소리로 말한다.

"이리 내."

이한영은 마른침을 삼키며 그의 손에 휴대폰을 올렸다. 김진한 부장이 희번덕거리는 눈으로 메시지창을 확인한다. 박철우 검사에게 보낸 메시지와 보안팀에 걸었던 전화의 흔적은 지운 직후다.

윤슬혜 판사와 주고받은 메시지가 보인다.

-판사님, 이소이 판사가 관련 판례 다 찾아봤는데 비슷한 게 없다고 해요. 어떻게 하죠?

김진한 부장의 시선이 이한영에게 향한다.

"이소이, 이제 막 올라왔다고 했나?"

"네, 예비 끝내고 이제 배석 시작했습니다."

"판례도 못 찾고……. 잘 가르쳐."

"네."

김진한 부장은 자신만만한 눈으로 이한영을 바라본다. 그 눈빛이 마치 이한영을 손바닥에 올려놓고 있다는 것 같다.

그가 느긋하게 입을 연다.

"그럼 수술실 앞으로 가지."

김진한 부장이 휙 몸을 돌리는 순간, 이한영은 얼굴을 쓸어 만졌다. 지금껏 혼란스러웠던 표정이 바뀌며 입꼬리가 비틀어진다.

'나를 장난감처럼 가지고 놀려고 했어?'

이한영이 어이없다는 듯 고개를 저었다.

잠시 후, 수술실의 문이 열리고 의사가 앞으로 나왔다.

오바른 판사의 아내가 의사를 향해 달려간다.

"서, 선생님! 어떻게 됐어요?"

의사가 모자를 벗으며 고개를 끄덕인다.

"잘 끝났습니다."

오바른 판사의 아내는 주저앉아 오열했고, 주변에 있던 판사들은 안도의 한숨을 내쉬었다.

이어서 김윤혁을 수술했던 의사가 밖으로 나왔다. 모든 사람의 시선이 의사를 향했다. 이번 의사의 표정은 좋지 않다. 잠시 침묵하고 있던 그가 어렵게 입을 연다.

"위급한 상황은 넘긴 것 같지만 가족이 있다면 부르셔야 할 것 같습니다."

수술은 잘 끝났지만 살 수 있을지는 모르겠다는 말이다.

* * *

"법원장님은 뭐라고 하십니까?"

"매우 화내시지. 하룻밤 사이에 판사 두 명이 테러당해 병원에 갔으니 그 마음이 어떠시겠나?"

다음 날, 김진한 부장은 강신진 수석 부장과 함께 앉아 있었다. 김진한 부장이 여유롭게 찻잔을 들며 입을 연다.

"그런데 조용한 걸 보니 이한영이 똥오줌은 가릴 줄 아는 것 같습니다, 흐흐."

강신진 수석 부장이 고개를 끄덕인다.

"그래야지, 그래야 우리가 계획한 큰일에 동참할 수 있지."

"이한영이가 이번 시험을 끝내면 스타 판사로 메이킹 하는 게 어떻겠습니까? 개천에서 자랐다는 밑그림도 있고 지금도 언론에 자주 오르내리는데, 조금만 메이킹 하면 진짜 간판 노릇을 할 것 같다는 느낌이 와서요."

강신진 수석 부장은 옅은 미소로 고개를 끄덕였다.

"그런 것은 알아서 하도록 해."

"그럼 슬슬 준비하겠습니다. 그리고…… 김윤혁은 어떻게 하실 겁니까?"

"깨어날까?"

김진한 부장이 혀를 입술로 핥으며 답한다.

"명줄은 질긴 놈인 것 같습니다. 아등바등 일어나겠죠. 전 그렇게 믿고 있습니다."

"머리가 있는 놈이라면 왜 끝내지 않고 살려뒀는지 생각해볼 거야. 다시 한번 삶을 살 기회를 우리가 준 거라는 것을 알겠지. 우리는 그놈이 기회를 어떻게 이용하는지 지켜봐야지."

"좋지 않은 쪽으로 이용하면요?"

"그땐 끝내."

강신진 수석 부장은 대수롭지 않게 말한다. 사람의 목숨을 손에 쥐고 흔드는 신이라도 된 듯한 말투였다. 다른 사람이 했다면 오만하게 느껴질 것 같지만 강신진 수석 부장의 입에서 뱉어지니 전혀 어색하지 않았다.

그때 김진한 부장의 휴대폰이 울렸다.

"응? 법원장실로?"

그가 전화를 끊으며 강신진 수석 부장을 바라봤다.

"지금 법원장실로 오라는데요?"

"누구? 자네?"

"네."

김진한 부장이 고개를 갸웃거린다. 이유를 알 수 없었다.

법원장실의 문을 열고 들어간 김진한 부장이 백이석 법원장을 향해 고개를 숙인다.

업무를 보던 백이석 법원장이 고개를 든다.

"다음 달이면 내가 이 자리를 비우고 대법관으로 갈 거야."

"다시 한번 감축드립니다!"

"그런데 가기 전에 불미스러운 일이 자꾸 생기고 있어."

"심려가 크시겠습니다."

"크지. 커."

백이석 법원장이 자리에서 일어나 손가락으로 테이블을 가리킨다. 앉으라는 뜻이다.

김진한 부장은 잔뜩 긴장한 얼굴로 자리로 걸어가 앉았다. 그는 아직도 백이석 법원장이 자신을 부른 이유를 알 수 없었다.

그가 마른침을 삼킬 때 '사법부의 호랑이'라 불리는 백이석 법원장이 김진한 부장의 옆으로 걸어왔다. 하지만 백이석 법원장은 마주 앉지 않았다. 뒷짐을 진 채 먹이를 사냥하는 호랑이처럼 김진한 부장의 주변을 천천히 돌고 있었다.

어떤 말도 없었다. 그저 무겁고 서늘한 공기만이 공간을 채웠다. 김진한 부장이 그 분위기를 이기지 못하고 어렵게 입을 열었다.

"그런데 어떤 이유로 저를 부르셨는지……?"

"어제 김윤혁 판사가 피해를 입었던 그 현장."

"아, 네."

김진한 부장은 고개를 갸웃거렸다.

'왜 현장 이야기를 하시는 거지?'

겉으로 보기에 김진한 부장과 어젯밤 일어난 사고는 그 어떤 상관관계도 없다. 하지만 백이석 법원장은 계속 현장을 이야기하고 있었다.

"범인의 흔적을 찾던 검찰이 뭔가를 발견했어."

낮지만 강한 목소리에 김진한 부장은 심장이 쪼이는 느낌을 받았다.

'뭐지? 뭘 발견한 거지? 나하고는 아무 상관 없잖아? 난 거기에 있지도 않았는데.'

알 수 없는 공포가 다가오며 김진한 부장의 얼굴이 점점 창백해진다.

그때 백이석 법원장이 김진한 부장의 어깨를 가볍게 누른다. 분명 가벼운 누름이었지만, 김진한 부장에겐 호랑이의 이빨이 쑤시고 들어오는 느낌이 들었다.

김진한 부장이 고개를 들어 떨리는 눈으로 백이석 법원장을 향했다. 오싹할 만큼 서늘한 눈빛이 자신을 노려보고 있다.

"뭘 발견했는지 알겠나?"

"자, 잘 모르겠습니다."

뭔가 잘못되었다는 느낌이 강하게 스칠 때 백이석 법원장이 테이블을 쾅, 내리찍는다. 그리고 그 손이 천천히 치워지며 뭔가가 보인다.

이한영이 담벼락에서 찾았던 USB다.

김진한 부장은 이 USB 안에 무엇이 들어 있는지 몰랐지만 자신에게 몹시 불리한 게 있을 거라는 것은 굳이 듣지 않아도 알 수 있었다. 그리고 김진한 부장의 귓구멍에 호랑이의 으르렁거림이 들려왔다.

"김진한, 그동안 많이 해 먹었어."

"버, 법원장님."

"옷부터 벗어!"

벼락같은 목소리에 김진한 부장이 다급히 일어서서 변명을 늘어놓기 시작했다.

"USB 안에 뭐가 있는진 모르겠습니다! 하지만 모두 오해입니다! 저는 단 한 번도 부정을 저지른 일이 없습니다!"

백이석 법원장의 눈빛이 비틀렸다.

"없어?"

"절대 없습니다! 없어요! 정말입니다!"

백이석 법원장이 싸늘한 미소를 지으며 책상으로 걸어갔다. 그리고 책상의 서류를 그대로 김진한 부장을 향해 집어 던졌다. '팍!' 하는 소리와 함께 김진한 부장의 가슴팍에 맞은 서류 더미가 바닥에 나뒹군다.

숨 쉬기조차 힘든 압박감이 김진한 부장을 덮친다. 도대체 이게 무슨 상황인지 알 수 없어 눈동자만 굴리고 있을 때 백이석 법원장의 손가락이 느릿하게 바닥에 널브러진 종이를 가리켰다.

"읽어."

김진한 부장이 몸을 숙여 종이를 손에 쥐었다. 동시에 그의 눈동자에 붉은 핏줄이 죽죽 그어지기 시작한다. 서류에 적힌 것은 차명으로 이뤄진 재산 목록과 대포 통장을 통해 거래된 돈의 흔적이었다.

'도대체 이게 어떻게?'

김진한 부장이 떨리는 눈동자로 백이석 법원장을 향했다.

사법부의 호랑이가 그를 향해 저벅저벅 다가온다.

"계속 변명해봐."

김진한 부장의 시선은 다시 서류로 향했다. 최악의 상황이었지만 그의 머릿속은 구렁텅이를 벗어나기 위해 빠르게 회전하고 있었다.

'누가 이걸 만든 거지? 설마, 김윤혁? 약속 장소로 가기 전에 안전장치를 만들어둔 건가? 그건 그렇다 치고, 이걸 검찰이 찾아냈고 백이석 법원장에게 줬다는 거지? 그럼 아직 수사가 들어가기 전이라는 건가? 검찰과 법원의 관계 때문에 내부적으로 해결하려는 목적?'

김진한 부장의 입에서 작게 한숨이 뱉어진다. 빠져나올 구멍이 보인 거다.

'차라리 다행이야. 검찰이 은밀히 수사를 진행했다면 모르고 당했을지도 몰라. 하지만 알게 된 이상 당하지 않아. 백이석 법원장은 얼마 후면 이곳을 떠나. 그럼 지금 사법부의 상황상 강신진 수석 부장님이 일시적으로 법원장 대행을 하게 되겠지. 게다가 검찰총장이 우리 편이야. 수사는 얼마든지 벗어날 수 있어!'

그의 날카로운 눈이 번뜩였다.

'할 수 있어!'

김진한 부장이 자리에서 일어섰다. 눈에 있던 번뜩임은 숨긴 지 오래다. 그는 세상을 잃은 눈으로 백이석 법원장을 바라봤다.

"법원장님, 전 이게 뭔지 모르겠습니다."

"몰라?"

"네, 누군가의 음해입니다. 철저히 조사를 받아서 누명을 벗고 싶습니다."

억울함을 토해내는 말투였지만 백이석 법원장의 입가엔 알 수 없는 미소가 걸려 있다.

"그래?"

"네!"

백이석 법원장은 말없이 고개를 끄덕이며 김진한 부장의 어깨를 툭툭 토닥였다.

"좋아. 자네가 원하는 대로 해주지."

"감사합니다. 반드시 누명을 벗겠습니다!"

"일단 구속 수사부터 받아."

"네? 구, 구속요?"

김진한 부장은 잘못 들었나 싶어 되물었지만 백이석 법원장의 목소리는 단호했다.

"검찰에 가서 철저히 조사받도록 해."

"버, 법원장님!"

백이석 법원장은 그의 목소리를 귓등으로도 듣지 않고 차갑게 몸을 돌려 책상으로 걸어갔다. 그리고 전화기를 들어 올렸다.

"데려가."

동시에 벌컥 문이 열리고 박철우 검사와 또 다른 검사가 법원장실 안으로 들어왔다. 두 사람이 백이석 법원장을 향해 허리를 굽혔다.

"실례를 범해 죄송합니다."

검사의 등장에 김진한 부장은 당황한 눈빛을 숨기지 못하고 백이석 법원장을 향했다. 하지만 백이석 법원장은 뒷짐을 진 채 창문을 바라보고 있을 뿐이다.

그의 뒷모습을 보며 김진한 부장이 절규하듯 외쳤다.

"법원장님! 오해입니다! 누명이에요!"

잠시 후, 긴장되었던 분위기가 누그러진 법원장실엔 이한영이 서 있었다.

백이석 법원장이 서류를 한 장 넘기며 고개를 들어 이한영을 본다.

"자네의 뜻대로 했어."

"감사합니다."

"법원장실에서 구속당하는 판사는 최초일 거야. 망신이지, 망신."

김윤혁은 김진한 부장의 목줄을 잡기 위해 목숨 걸고 그의 비리를 가득히 찾아냈다. 그리고 이한영은 그 USB를 찾아 백이석 법원장에게 건넸고, 지금의 일이 벌어진 것이다.

백이석 법원장이 의자에 등을 기대며 입을 연다.

"이제 어떻게 하겠나? 김진한이라면 어디서든 비리를 정리할 수 있어. 그놈의 잔머리라면 일찌감치 손 털고 무혐의로 나오지 않을까 싶은데."

이한영이 기다렸다는 듯 대답했다.

"그걸 기다리고 있습니다. 구속당해 직접 움직일 수 없는 김진한 부장은 다른 사람을 이용해서 죄를 지우려 할 겁니다. 아마도 무리한 일정이 되겠죠."

건물을 지을 때도 무리한 일정을 잡으면 부실 공사가 나타나기 마련이다. 김진한 부장은 구속이라는 압박감 속에서 더 큰 죄를 만들어낼 것이 분명했다. 그래서 이번 기회에 김진한 부장을 지옥 불로 밀어 넣고 인생을 끝장내버릴 생각이었다.

백이석 법원장이 고개를 끄덕인다.

"그래, 혹시나 김진한이가 다시 나오게 된다고 해도 USB를 찾아낸 것을 검찰의 공으로 돌렸으니 자네가 의심받을 일은 없을 거야."

"감사합니다."

* * *

-하룻밤 사이에 서울중앙지방법원의 판사 두 명이 테러를 당하는 일이 벌어졌습니다. 어젯밤…….

-현직 부장판사가 뇌물을 받은 혐의로 긴급체포 되어 구속 수사를 받게 되었습니다. 서울중앙지방법원의 백이석 법원장은 철저한 수사로 한 치의 오해도 남기지 말아야 한다며…….

시끄러운 뉴스가 대한민국을 울릴 때 이한영은 점심시간을 이용해 석정호의 병실에 있었다.

"먹어."

이한영이 치킨을 내려 두자 석정호가 씩 웃는다.

"술은 없냐? 족발은?"

"너 환자야. 그런 건 퇴원해서 먹어."

이한영이 침대에 엉덩이를 걸치고 앉으며 주변을 슥 둘러봤다. 넓지는 않지만 작은 테이블과 소파도 있는 1인실이다. 병원 생활을 하기엔 나빠 보이지 않았다.

석정호가 침대에서 일어나 테이블에 놓인 치킨의 비닐봉지를 풀려 할 때 이한영이 미안한 얼굴로 입을 열었다.

"몸은 어때?"

"조금 긁혔지, 뭐. 내 몸이 워낙 튼튼해서 한 일주일 있다가 퇴원하면 멀쩡할 거래."

"어제 바로 못 와봐서 미안."

보는 눈이 있어서 석정호의 병실을 찾을 수 없었다.

석정호가 씩 웃는다.

"미안할 필요 없어. 여기 의사 선생님 대박 예뻐. 마음 같아서는 일주일 더 있고 싶다, 흐흐."

"어머니는?"

"잠깐 지방에 내려갔다고 말씀드렸어. 아들내미 병원에 있다는 소리 들으면 난리 날걸."

석정호는 치킨 상자를 뜯어 테이블에 펼치며 말을 이었다.

"먹어, 먹어. 소주가 없는 게 아쉽지만 콜라가 있네."

이한영이 테이블 앞에 앉으려 할 때 그의 휴대폰이 울렸다. 강신진 수석 부장이다.

–지금 어디야?

"김윤혁 판사와 오바른 판사, 병원에 와 있습니다."

–점심시간 끝나면 내 사무실로 오도록 해.

통화가 종료되자 치킨을 뜯던 석정호가 고개를 든다.

"왜? 또 들어가 봐야 해?"

"그러네."

"나랏일도 중요하지만 밥은 먹고 살아야지. 에이."

"맛있게 먹어. 또 올게."

이한영이 병실 문으로 향할 때 석정호가 입을 열었다.

"한영아, 눈치 보이면 자주 안 와도 돼. 전화로 생사 확인이나 하면 됐지."

자기 몸도 성치 않으면서 이한영을 걱정하는 마음이 느껴졌다. 이한영이 가볍게 웃으며 고개를 끄덕였다.

"땡큐."

이한영은 병원의 복도를 걸었다. 하지만 그가 가는 곳은 출입구가 아니었다. 향하는 곳은 중환자실. 혹시 강신진 수석 부장이 질문할 수도 있기에 김윤혁의 상태를 확인해봐야 한다.

"내일 밤은 지나봐야 알 것 같습니다."

의사의 사무적인 목소리를 들은 후에야 법원으로 가기 위해 병원 밖으로 나왔다. 그때 이한영의 휴대폰이 진동했다. 이번엔 박철우 검사다.

–지금 우리 지검에 강신진 수석 부장이 와 있어요.

"강신진 수석 부장요?"

–네, 뭔 이야기를 하는지 다 내쫓고 둘이 이야기하고 있어요. 판사가 검찰에 와서 주인 행세를 하는 것 같네요. 그냥, 알고 있으라고 전화했습니다.

"언제 왔나요?"

–온 것은 한 30분 됐는데요.

전화를 끊은 이한영은 강신진 수석 부장에게 전화가 걸려 온 시간을 확인했다. 10분 전이다. 강신진 수석 부장이 전화했을 땐 김진한 부장과 대화하는 중이었다는 거다.

이한영의 미간이 찌푸려진다.

'뭐지?'

* * *

이한영은 강신진 수석 부장의 방 앞에 섰다.

똑똑똑, 문을 두드리자 안에서 묵직한 목소리가 들려온다.

"들어와."

이한영이 안으로 들어가 허리를 굽히자 강신진 수석 부장이 자리에서 일어나며 물었다.

"김윤혁 판사는 어때?"

"내일 밤은 지나봐야 안다고 합니다."

"강한 놈이니까 일어나겠지. 일단 앉아."

이한영이 테이블로 걸어가 앉자 곧이어 강신진 수석 부장도 맞은편에 자리했다.

이한영이 고개를 들어 강신진 수석 부장의 표정을 살폈다.

'김진한 부장과 무슨 이야기를 하고 온 거냐? 나를 왜 부른 거지?'

하지만 언제나처럼 느긋한 강신진 수석 부장의 표정에서 알아낼 수 있는 것은 없었다.

'혹시, 김진한 부장의 구속으로 날 의심하는 건가?'

갖가지 생각이 든다. 이한영은 의심받을 만한 행동을 했었는지 생각을 정리해봤다. 하지만 잡히는 단서는 없었다.

그때 기다리던 강신진 수석 부장의 음성이 흘렀다.

"어제 했던 말 기억나지? 어떤 재판을 맡아줬으면 했다던 것."

강신진 수석 부장은 이한영에게 어떤 불법적인 청탁을 하려 했었다. 이한영이 고개를 끄덕였다.

"네, 말씀하십시오."

강신진 수석 부장이 고개를 젓는다.

“하지 않기로 했어. 김진한 부장이 구속되면서 언론의 눈이 우리를 감시하고 있어. 지금은 조심해야지.”

“아, 네.”

“대신…….”

‘대신?’

강신진 수석 부장은 말끝을 흐리며 이한영의 몸 전체를 훑어본다. 싸늘한 한기가 몸을 감도는 것 같다. 강신진 수석 부장이 이한영의 내면을 들춰 보듯 또렷이 노려보며 몸을 당겨 앉는다.

“김진한 부장의 일을 좀 도와야겠어. 오늘 8시에 검찰로 가. 기자들이 있을지 모르니까 조심히 들어가야 할 거야.”

＊＊＊

“괜찮으십니까?”

“괜찮진 않지.”

이한영은 중앙지검의 검찰 신문실에서 김진한 부장을 만나고 있었다. 김진한 부장은 괜찮지 않다고 말했지만 다리를 외로 꼬고 앉은 모습이 편안해 보인다. 강신진 수석 부장의 힘이 닿았는지 수사를 받기보다는 놀고먹는 것 같았다.

김진한 부장이 머리를 쓸어 넘길 때 이한영이 입을 열었다.

“강신진 수석 부장님께서 심려가 크신 것 같습니다. 앞으로 누가 수석 부장님의 옆을 보좌할지 모르겠습니다.”

김진한 부장이 픽 웃는다.

“그런 것은 걱정하지 마. 내가 옆에 있었을 뿐이지 보좌할 사람은 많으니까.”

“아, 그런가요?”

“그럼. 민사의 이성대 부장도 있고 형사의 윤지용 부장도 있고, 많아.”

이한영의 눈에서 번쩍 불꽃이 튀었다. 지금 거론한 인물들은 모두 전생에서 강신진 주변에 포진하던 대법관들이다.

‘이때부터 손잡고 있었던 건가?’

이한영이 아래로 들어왔다고 해도 강신진 수석 부장은 섣불리 자신의 힘을 보여주거나 과시하지 않는다. 어쩌면 김진한 부장도 강신진 수석 부장의 전부는 알지 못할지도 모른다. 그게 더 무서웠다. 강신진 수석 부장의 세상을 꿀꺽하기 위한 계획은 은밀히 진행되고 있었다.

이한영은 표정의 변화를 보이지 않고 고개를 끄덕였다.

“그럼 다행이네요. 그런데 제게 시키실 게 있다고 들었습니다. 어떤 겁니까?”

김진한 부장이 이한영의 앞으로 몸을 바짝 끌어당겨 앉는다. 그리고 낮지만 무서운 목소리로 입을 연다.

“너…… 날 의심하고 있었지?”

“네?”

“김윤혁의 일, 나라고 생각하지 않았어?”

‘이 말을 지금 왜 하는 거지?’

이한영이 마른침을 삼키며 김진한 부장의 눈빛을 살폈다. 그의 눈은 섬뜩할 정도로 확신하고 있다. 이럴 땐 듣고 싶은 말을 전해줘야 한다.

이한영이 선선히 고개를 끄덕였다.

“죄송합니다. 의심했었습니다.”

“왜 나를 찌르지 않았지? 내 손에 묻어 있던 혈흔이나 김윤혁과의 약속 등 살인 교사 미수로 충분히 찌를 수 있는 상황이었잖아? 넌 김윤혁의 동기이기도 하고!”

“김진한 부장님이라면 어떤 이유가 있었을 것으로 생각했습니다.”

"단지 그뿐?"

온몸을 찔러 들어오는 의심의 눈빛.

이한영은 그 눈빛에 밀려 어쩔 수 없이 진실을 토해낸다는 얼굴로 입을 열었다.

"성공하고 싶었습니다. 강신진 수석 부장님과 김진한 부장님의 옆이라면 성공할 수 있다고 생각했습니다."

항상 남을 의심하는 김진한 부장이다. 자신의 확신이 맞았다는 생각이 들었는지 입을 죽 찢으며 웃기 시작한다. 이내 책상을 탕탕 치며 크게 웃는다.

"하하하하!"

한참 웃던 그가 고개를 저으며 입을 열었다.

"난 의리니 정이니 하는 거 안 믿어. 하지만 사람의 순수한 욕망은 믿을 수 있지. 새로운 세상, 정의로운 세상. 그 세상의 정점에 서고 싶다는 바로 그 욕망!"

이한영이 자리에서 일어나 고개를 숙였다.

"오늘 낮에 진범이 잡혔다는 이야기를 들었습니다. 의심해서 죄송합니다."

"아냐, 아냐. 나도 일부러 의심받기 위한 행동을 한 거야. 앞으로 우리가 할 일은 큰일이야. 난 이한영 판사를 좋아하지만 큰일을 같이하려면 여러 가지로 그 사람을 확인해봐야 하거든. 시험해서 미안해."

"좋게 봐주셔서 감사합니다."

인사말이 끝나고 김진한 부장이 톡톡 테이블을 두들겼다. 큰 웃음이 돌았던 신문실에 무거운 분위기가 내려앉기 시작했다. 이제 이한영을 찾은 본론이 나올 시간이다.

김진한 부장이 입을 열었다.

"나를 위해 쓰려던 돈이 아니야. 큰일에는 많은 돈이 필요하고 준비해

둬야 하기 때문이지.”

“네.”

“본래는 내가 해야 할 일이지만 밖에 나갈 수 있는 처지가 아니잖아. 세탁 좀 해줬으면 좋겠어.”

“세탁요?”

이한영은 김진한 부장이 다른 사람을 시켜 무리한 범죄 은폐를 시도하길 기다리고 있었다. 그 은폐 현장을 잡아내면 다시는 빠져나오지 못할 구렁텅이로 밀어버릴 수 있기 때문이다.

그런데 그 일이 이한영에게 왔다. 이한영은 터져 나오는 웃음을 감추며 진지한 얼굴로 김진한 부장을 마주 봤다.

〈3권에서 계속〉